御製

佛光恩照　三千大千　隨緣徧滿
恒沙法界　普度衆生　悉證菩提
身心安泰　年時豐稔　風雨調順
日月升恒　乾坤清寧　百昌蕃熾
上下樂利　中外協和　庶物咸亨
萬善圓成　情與無情　同登正覺
大清雍正十三年四月初八日

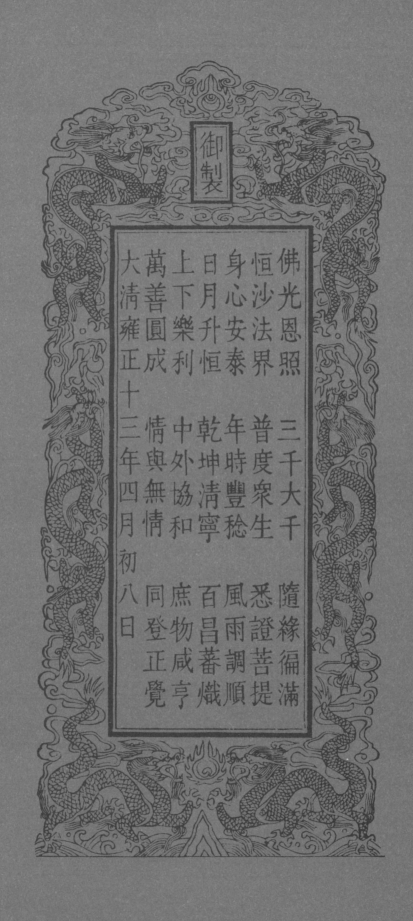

第一二二册　此土著述（一二）

金光明經文句記

宋四明沙門釋知禮述

清刻龍藏佛說法變相圖

金光明經文句記卷第三下

宋四明沙門知禮述

二從此下釋文二初對判分文二初對判明經力用通指三品也今品下乃以此品對讃歎品論於傍正耳二此品下分文二夢者下依文釋義二初明夢中見聞二初夢見金鼓三初正見金鼓二初釋夢疏中前釋信相菩薩在其似位或是鄰極之似或是鄰真之似於此位中夢見金鼓豈是博地昏惑之夢故以二義釋於夢字初謂三昧名爲如夢由達性具修德無功因辦果事如夢勤加是故名爲如夢三昧次又入下乃以凡人有夢有覺喻法性觀有入有出此以說默而爲出入二釋皆示夢是觀智初釋稍親問夢是顛倒迷眞之法觀是覺智悟理之法經文云夢疏中

那以觀智釋之迷解天殊如何融會耶答佛地迷盡凡夫未解皆不論觀於迷能解得言觀智故起信論云依業識故說見佛若離業識則無所見今明似解照法性故名爲入觀依業識故名之爲夢智解未極安得非夢照法性夢豈非觀智不得此意此文莫銷二法性即下釋鼓二初正釋二初直表三德能觀之智既以夢示夢必見相故以金鼓表於所觀即法性也蓋由鼓體具圓空鳴可表三德其狀姝大復彰三德無量甚深二姝大下三皆深廣以此三德一一皆是法性全體趣舉一德皆能具二得名三身三智三脫若不爾者那得三種皆無量甚深耶二此下結示即鼓之三德對光秖是所照法身即此法身攝報攝應爲上三德故云觀一而見三佛也

二從其下見鼓光全所照理起能照智故法性德皆成智德鼓圓空鳴光豈不爾鼓三姝大光亦合然須知法性體是本覺智是始覺秖是一覺由不覺故分本始殊既成大果已離不覺故始冥本稱法報合豈始覺得異於本耶所引新本同體同意同事者既法報合故與諸佛無二無別此即下此見鼓光正表報智此智冥法法具三故故報亦三亦是此報上能冥法下能垂應故云具三三復於下見光中佛二初約文表義言光從等者對上二身此總表應故云同事應不孤立必具三身瑠璃下法佛坐下報大衆下應二此即下結義歸圓二初別結此三以全法報爲應身故是故經文具表三佛二覩此下通結上義言三佛者即鼓表法佛光表報佛明表應佛

既其三佛皆具三義乃顯法法具三略則十種三法廣則一切皆三此諸三法順譬釋則世金光明所譬三法也若就附文當體釋皆是法金光明以一一具三可貴可重義寂而常照義能多利益義故其義既爾是故此經名金光明也此所表義乃由大師得旋總持一中解無量無量中解一故釋題消文圓融若此見聞之者當去情著而思修之二從見有下夢見擊鼓二初分文二見有下釋義三初見擊鼓二出大音聲三其聲下聲所詮辦二初鼓是下明似智會法起用上鼓表三光三佛三秖是一三今對信相機智所觀合三爲一但名法身婆羅門表眞似淨行既是鄰眞故經稱似圓似能伏同體惑染故名淨智以此淨智會本常理乃以甘露相似相應能

以妙音徧三千界滅苦生樂故使經文復以擊鼓表似位三身若不爾者則信相本性與佛天殊佛之應用非信相感也行者應了釋迦信相同興此夢故有懺法利益衆生耳二鼓是下明枹鼓合成三身二從時下覺已說見聞二初分文二時信相下隨釋四初往佛所二初釋受旦二初約教釋䟽存二釋初約入觀出觀此乃就法橫釋次約伏惑斷惑此乃就位竪釋入觀本期登地斷惑故知二釋其意相須也言三十心者借別顯圓也二觀解言觀行位者既對分眞即五品十信俱名觀行以未證眞似受觀名內外凡位無明眠法全未破故故觀三身如夢所見眞位分破於理明了故觀三身猶如已旦出王舍等者變易五陰因位未離如居王舍今出此舍表

至於果既論觀法有入分眞及極果分故預表之二往者下釋出往王城靈鷲雖俱是地山爲佛居故表果地信相在城合表因地今以出往表因趣果二爾時下與緣俱三伸敬信首爲貴者佛法大海以信得入信是因人以上求故如首爲貴慈悲爲賤者拔苦與樂乃果人下化故如足爲賤以貴敬賤者以信扣慈也經禮畢右繞表戀慕四從以下述夢二初分文皆言行者古以散說一十七字爲行偈頌二等四五言則四句爲行七言偈則二句爲行所以古師分經悉以行數爲準邇世變亂製度增減字數致損元規豈但使古疏分經參差亦令目録紙數無準寄語有識當依古製二以其下釋義二初總明夢二初明見金鼓三初見鼓形狀二其光下見鼓光明三又因下見光中佛此三共是長行所表三身之意鼓雖具三是所證故合爲法身光具鼓三全理是智故合爲報身諸佛境智及以攝機亦具三身對上名應此合九三乃如夢三昧所觀之境三昧是觀二見婆下明見擊鼓上文所表合九之三雖是佛法既與心法及衆生法無差別故爲信相心性之境今於夢中見已似智會性法身起應機用說懺悔偈斯乃信相同於如來起經力用二從是下別明夢二初分文二釋義二初明金鼓有滅惡生善之力二初別分經六初滅世間因果苦前二行滅果諸有者三有也後一行滅因諸惱三惑也二斷衆下生出世間因果樂前二行出世間果斷衆怖者離五怖謂惡道怖惡名怖死怖不活怖大衆威德怖得無所

畏者有四一一切智無所畏二漏盡無所畏三說障道無所畏四說盡苦道無所畏離二死此岸到三智彼岸後一行出世間因定謂楞嚴此定具慧即觀不思議境等正道行也助道即事度等對治行也三是鼓下能令衆生自他俱備前一行半自行備後二行半化他備害煩惱是破因除苦是破果下二句釋上貪瞋癡釋上煩惱等之一字等取諸苦悉令寂滅是正釋上能害消除義也四若有下能滅報障兼得宿命以戒緩故處於地獄以乘急故聞金鼓聲不獨出獄兼知宿命千萬億生善知此事故正念諸佛復聞諸佛圓妙法音五是金下能令衆生得諸法門先少得者且約一種遠惡修善之法也後多得者隨思隨願皆悉令成就也六若有下能破衆生八難流轉即經云諸難也八難者三塗爲三人中有四一盲聾瘖瘂二世智辯聰三佛前佛後四北洲天上一謂無想或長壽天二釋此下總示義經示六文該益雖徧語猶總略備解或難是故大師令講解者就此六文一一委明從苦得樂漏得無漏捨小入大自權至實從因至果節節皆論破惡生善具辯應如二十五有皆得果報因花小草中草上草小樹大樹一實事方便實報十番利益方盡金鼓所出妙音被物之相具如妙玄及請觀音疏也二從一下明教詔懺悔之法二初分文二初正分經文二叙意生起邪倒障理者於苦果身起八顛倒障四德此言報障也下二可知聖人下據上釋迦自作叙云我今當說懺悔等法今云聖人即本師也令達三障

即三德也示其懺悔總示也下三句別示也示道理報障即法身也示因果煩惱即般若三觀爲因三智爲果也示善行結業即解脫也須願指歸者以願導之令至究竟也二自懺下釋義五初教自說罪過懺悔二初分文二夫法下釋義三初明法身是依憑對修合故但名法身而性常離故具三德此三尊重復名三寶法名不覺佛名爲覺此寂照性本具諸法故徧一切修德之處以此和義名之爲僧凡小雖迷而全體即是故圓教初中後心一切菩薩無不以此爲歸爲本此本若立則三智三行三身三脫一切道法任運而生經言我爲等者衆生性德全是果佛眞如我也二內本下請佛覆護經兩足之尊者大經明十號中兩釋一約人天善趣兩足爲貴於佛天人中尊二約福慧俱備名爲兩足斯須猶頃刻也扶疏盛也豐鬱茂也說文云扶疏枝葉四布也二正明懺悔二初分文二釋義二初總明懺悔二別懺下別明懺悔二初分文二釋義三初懺煩惱障二初釋文三初釋不識諸佛十力者一是處非處力二業力三定力四根力五欲力六性力七至處道力八宿命力九天眼力十漏盡力此十通名力者即諸佛所得如實智用通達一切了了分明無能壞無能勝故名力也大菩薩亦分得此力但比佛小劣故沒不受名故直名佛爲十力也此之十力法佛本具報佛證之應佛用之衆生色心依正因果舉體即是三佛十力但以迷故全智爲惑名煩惱障而獨頭無明爲煩惱種蓋由觸處不了法身故喻牛羊

鳥雀之眼不識天子及以檠像以不了故三細六麤熾然而起言檠像者累土木爲佛像也人知畏敬鳥雀不然或引周禮正弓之檠者非此中意二釋及父母恩淨名云善權方便父智度菩薩母一切諸導師無不由之生以其不了獨頭相應全是二智是故法身隱滅不生三釋不解善法助道衆善能辦應身既其不解是故不修二三佛下結示舉不識解顯令識解是妙懺也二自恃下懺報障三初約事釋以姓慠他者以貴慠賤也西土剎利婆羅門姓貴毗舍首陀姓賤餘二可解此二善報若縱恣者爲修道障若不縱者堪能助道二令更約法釋二初約三學乃以事三表於三學由慧得道故如姓貴定能資慧故如財寶戒能制犯故如盛年染此下示爲障相大論云自法愛染故毀呰他人法雖持禁戒人不脫地獄苦非求法者法過涅槃尚了如幻豈染自法以慢他人不見巳他方名求法也二法華下約三教三中且取盛年一種該於三教窮子除糞至知庫藏歷漸三味二邊心强皆名少壯佛居道後究竟無爲方名衰邁凡人下欲明法壯更舉事壯藏教二乘通教三乘析體雖殊皆以空强而陵有弱別雖三觀共緣無量故恃法眼陵於慧眼此等皆名盛年放逸種姓財寶歷教亦然三著此下結須懺三學三教名報障者此心成就由宿熏感望後在因望前爲果故得名爲於報起障障故須懺三從心下懺業障三初節經示義二初一下隨文略釋十二段如疏列亦是教他者指口作惡業也即自造四過復教

他人行一切惡既隨癡心豈能反照經心生忿恚者求五欲則忿他不與有五欲則忿他見侵忿怒也經云親近非聖謂外道也外道自以爲聖故佛弟子指爲非聖慳恪財也疾妬賢也私詐曰姦曲媚曰諂由貧窮故而行詐媚言無佛世敬田者以辟支佛出無佛世故菩薩歷劫形服不拘故無佛世隨機化物恩田者田有三種三寶曰敬田父母曰恩田貧窮曰悲田通名田者皆堪種福故經憍慢者俱舍云慢對他心舉憍由染自法三造業下示解釋法約令禀教且人爲始若所懺多屬四趣通惑所造名有漏業別惑所造名無漏業大悲不思議等種種之業故等覺來皆須懺也二從我下明供養諸佛二初立意分文二依文釋義二初明財供養經我今等者此乃即法以明財供何者以一大千界中自有千百億佛況無量無邊大千諸佛財若有限何能徧供良由了達所奉之供體是法界出生無盡一一周徧故一切剎一切佛前皆有六塵妙供養事不獨廣徧亦乃常存盡未來時施作佛事爲彰次段修行法門故此別名財供養矣須知二供其體相即爲門不同故分爲二二法供養二初分文立意化他用慈是無緣慈不離三智自行順智既是佛智豈離三慈爲令易解相對說耳法供養第一者能令佛壽常住不斷妙化無窮故也又有法則二供俱成無法則財供亦廢是故法供得稱爲最二依文釋義二初明化他法供養二初化他令修行二初分文二釋義四初我當下明化始以大悲拔苦二我當安下勸眞

因十地之行三已得下勸眞果菩提大覺四爲一下勸精進督使成行二夫衆下初教義二觀行一念心者趣舉一念也以妙三觀調妄即眞名眞明發或至初住或至六根或成五品皆得名爲成眞果也故止觀義例道樹之喻觀陰等境成不思議名爲生芽初品已上皆名生果彼修止觀生芽生果與今觀心眞明眞果法喻相當調一切等者乃一心觀成歷彼彼心無不成觀與彼義例淨心徧歷任運泯合其意亦同二次四下化他令懺悔二初立意分文二依文釋義三初欲説懺二千釋下正爲説涉時旣多造罪復重若了逆罪即金光明全所具理爲能觀觀由此顯出法性金等名拔王難障轉成德何罪能縛故五無間皆解脫相此乃名爲正爲説懺三我今下説懺已二從我下明自行法供養二初分文立意前自下問譬如下答以譬帶法兼而答之金師譬金鼓釋迦化主也初習譬始發僧那時皓首譬今果後示現從始至今何嘗暫廢説行説懺互燒譬即懺説行互打譬即行説懺智斷亦然器成譬一期之機自因得果故未得果須數燒打何嫌重説今是下辨異雖數燒打各有其門二我當下依文釋義二初自修行三初標章二珍寶下修因脚足者疏存二解初以十地爲果脚足二以十度爲十地脚足言十度者六外更加方便願力智也於餘下釋出十度爲地足意華嚴十地品廣明其相三果中下明成果指經初句爲總餘三行三句爲別功德是福嚴光明是智嚴不離色光而論智光以其色心不二究

竟也三行之中疏不釋者今略列之兾免檢尋法藏須論八萬四千皆祕密故名爲甚深功德乃是六度萬行所成就者略言萬德廣則無量一切種智即中道智中必雙照今三圓極禪謂達禪達根本等皆法界故定謂楞嚴本性健相二是大乘事理二定於一切法皆明靜故泛舉百千根謂五根力謂五力即信進念定慧此五能生一切善法名之爲根力排五障乃以疑怠邪亂癡遮此五故名之爲力與上五根名同用别覺謂七覺分一擇法覺分二精進三喜四除五捨六定七念此七能令定慧均平通名覺分者有到極果覺知之分也道謂八正道一正見二正思惟三正語四正業五正命六正精進七正念八正定八離偏邪通至涅槃故名正道根等道品

修雖在因證皆果德陀羅尼者翻爲遮持遮一切惡持一切善數或五百八萬四千表破煩惱且言其實數一切法能遮能持十力如向記中巳列此乃自行始終之相二從諸下自修懺二初分文二釋義二初請佛二後十下明懺二初分文二百劫下釋義五初懺報障二初出報障相百劫受身身作衆惡惡爲因緣即生憂苦能生所生皆是報障良由報得惡五陰故故疏與經對於五陰既知皆陰非報是何須了五陰造作衆惡方名報障若作衆善豈名障耶二十方下請惡除滅願佛受懺即是除滅若不助正資導成懺佛雖有力何能除障意可見故疏更不釋二懺煩惱障二初分文二釋義二初出相經業垢者業名動作煩惱心動成於垢染亦可煩惱從宿

業生故名業垢二唯願下乞清淨經大悲水者同體之悲方稱爲大此悲爲水洗無不淨悲雖同體非緣不與三懺爲緣不洗而洗也三懺業障二初分文二隨釋三初豎論三世造業二初對報示現前色心名正受者未成報者有繫屬能若修善禪諸無漏道則來責報現諸業相或容爲障不依大乘三種懺法此障不滅二設問釋二初設未有問二明遮起答三初引經論證數家是婆沙論家是成實遮未來者斷相續心若不遮斷音短未來必起故新經淨除業障品懺罪文中依三世菩薩皆云已作之罪願得除滅未來之惡更不敢作並遮未來也二今更下引現事例在家例造罪時捨家例修懺時若不遮斷必須更改未有之事至於正有三未來下據義結答

索然猶解散也二橫明現起十惡三遠離下求懺過去業若十惡十善止就三塗人天解釋豈安十住逮十力耶得前五戒持犯之意則今義可解十住十力別圓二教皆可明之持犯之意今義易明故須因位至於後果節節論於十惡十善四明迴向此懺愛著因果之罪他以此國及餘世界是五乘人修善法處約處明人故云隨喜今明我在此土他界所修之善今悉攝取迴向衆生證無上道聲聞諸善角聞迴向近遠可知方便力大者若善迴向成大方便功等太虛然若不了善即法界不名迴向也五釋八下懺善惡二難二初揀示分文次一行半疏釋正取善遮道義二初四下釋二隨文釋義二初指惡爲難六初釋諸有險難二十五有者四趣并四洲六

欲大梵天四禪無想報那含四空處未絶漏業故同名有釋報障義具於前疏二釋生死險難業爲險難至非非想定報爲險難至有頂天鬱頭藍弗是其例也下之業報險難可知三釋婬欲難四釋輕躁難二初正示輕躁相謂初心在緣名覺細心分别名觀亦尋伺心也此之陰心故屬報法二如羅下引聖凡例二初聖出觀者出定也就無學釋無感業故驗是報法也二更舉下凡迴轉易轍者如學經未成復欲學律學律未成復欲學論此輕躁人終不成功業也不成業障者障應作者字之誤也五釋近惡友難如移廐者廐音救馬舍也馬之所聚也付法藏傳云親近賢善聽聞正法如昔華氏國有一白象氣力勇健若有罪人令象蹋殺後時象廐爲火所燒

移近精舍有一比丘誦法句偈曰爲善生天爲惡入淵白象聞之心便柔和後付罪人不害齅舐而已王召智臣共謀此事一臣白王此象繫近精舍必聞妙法是故爾耳今可繫近屠坊彼覩殺害惡心當盛王令繫象屠所象見殺戮惡心猛盛殘害彌甚鄰於哭貨者謂墓學哭鄰市學貨蔡氏貨清經曰貨化也變化易之也故字有化又財也史記曰孟軻考母偏孤居近墓軻乃常戲於墓母曰此非所居去居市傍軻復戲爲商賈母又曰不可居又居學館之傍乃爲揖讓進退有禮母曰此眞可以居軻後遂爲大儒著書七篇六釋三毒難疏分科云善惡八難善論四難經疏可了今之惡難經似列七約何云四蓋就三障義有兼獨一兼三獨乃成四難何者六趣

險難三有險難及輕躁難此雖三難獨在報障婬欲愚癡及三毒難獨屬煩惱近惡友難獨屬業障若生死險難疏有兩解體兼業報故三障惡義當四難然須了知惡是性惡是故此惡即無生觀如此懺之頓消諸難二遇無下指善爲難二初明善惡俱能爲難二初雙明二義二遇無下依善釋文四初釋遇無難難二乘出宅到無畏處無難相顯故舉爲例暫樂人天自謂無難皆當此難二釋修功德難如一等者大論第八云迦葉佛時有兄第二人出家求道一人持戒誦經坐禪一人廣求檀越修諸福業至釋迦佛出世一人生長者家一人作大白象力能破賊長者子出家學道得六通羅漢而以薄福乞食難得他日持鉢入城乞食徧不能得到白象廐見王

供養象種種豐足語此象言我之與汝俱有罪過象即感結三日不食守象人怖求覓道人見而問曰汝作何術令王白象病而不食答此象是我先身時弟共於迦葉佛時出家學道我但持戒誦經坐禪不行布施弟但廣求檀越作諸布施故飲食備具種種豐足我但行道不修布施故今雖得道乞食不得妙莊嚴王者法華疏云昔佛末法有四比丘於法華經極生殷重如甘露未霑於是結契入山修道居山日久衣粮殫罄一人云君三人但以命奉道莫慮朝中我捨身力營給所須三人功圓事辦一人數涉人間偶逢王出愛彼光榮功德熏修報生人天常得爲王三人議云我免籠樊功由於王王躭果報增長有爲方沉火坑宜早開化一人云此王著欲而

復邪見若非愛鉤無由可拔一人爲端正婦二作聰明兒婦之言必當從順如宜設化果獲攺邪婦即妙音菩薩也二子即藥王藥上也王即花德也三釋值好時難如劫初閻浮人壽八萬歲北洲壽定一千歲俱以壽長受樂不樂修道鬱單越此云殊勝勝餘三洲故四釋值佛亦難興起行經云多舌童女舞杅起腹至我前曰沙門何不自說家事乃說他事汝今自樂不知我苦耶汝先共我通使我有娠今當臨月事須酥油養於小兒盡當給我天帝化作一鼠入其衣裏齧杅忽然落地是時地裂旃遮現身墮阿鼻獄涅槃迦葉品善星是佛菩薩時子出家之後受持解說十二部經壞欲界結獲得四禪而親近惡友退失四禪生惡邪見言無佛無法無有涅槃

遥見佛來生惡邪心入阿鼻獄調達是佛堂弟而自造三逆謂出佛身血破轉法輪僧殺阿羅漢教阿闍世殺父成就害毋加行復以惡心十爪甲下藏於毒藥欲嗚佛足剌足害佛將往耆山出城地裂生入泥犂此等值佛而成大難然上三句體是漏善障修無漏故名爲難此句造逆似不類上以值三寶最名爲善逆故成難亦可例上於善障道二若讀下明平去二聲讀文二初明讀字通平二又依下據經屬去三從諸下明稱歎二初立意分文二種供養可對身意既不興言是故未洩三業不足是故未備今加口業顯而復具故成次第前雖自他修行修懺而能資益佛之壽命名供養門今雖稱歎佛之三身而能成就行人觀法名念佛門法雖互具從增勝

故立二法門二標諸下隨文釋義三初標歎報應二修全理之事也法身一性全事之理也十方三世佛佛三身如此標章何所不攝我依止者既云法性一體三佛驗知他佛為心性佛此依本覺起於始覺亦是三諦發於三智非此依止不成妙懺故圓初心名修佛行四眼入佛眼等大論文也十智與如實智總十一智十智與二乘共如實獨在佛十智者一法智二比智三他智四世智五苦智六集智七滅智八道智九盡智十無生智如物投等者石蜜至甘海水至鹹物投水會皆失本味體法即性無不妙也此之佛海寧不歸敬二就正下正歎二初分文二略歎下隨釋二初寄言歎二初略歎略況二初釋略歎二初金色相貌二初以他金比色閻浮金者此是西域河名近閻浮樹其金出彼河中此河因樹立稱金由河得名二又佛下以照物顯光二然金下讚金色所以二初明是衆相所依二金有下明為四德之譬三猶如下釋略況二廣歎廣況二初廣歎二初分文二從其下隨釋言讚應色意彰法報色相是表智證是裏雖分表裏豈是異體故新本中所明四德別屬三身謂法具常我應身具淨化身具樂分圓為別融別為圓故圓三身身身四德其得意者了今應四即法報四當以此意尋乎經疏文四初歎我德二從善下歎淨德三從功下歎常德經巍巍者高大貌也玻瓈此云水玉也四從三下歎樂德潦音老行水也稽首者說文云下首也首頭也孔安國云稽首謂首至地二從如下廣況二初分文二佛

功下隨釋二初廣況此之四句喻前四佛舉大師釋之或喻應身有量無量或喻法報四諦四德玄文序中顯金光明佛不能喻良以三身三一自在是故四喻或別在一或總顯三此文正同前對四德海無增減故常地體是淨山形高出如我虛空無礙故樂二合喻二從一下絕言歎二初分文二一切下隨釋二初正絕言二更牒下牒喻帖合問蹤釋寄言及以絕言皆離思說同耶異耶答四德祕密本離心緣今之稱歎為令衆生入祕藏故故寄言絕言皆彰離念寄言用四喻於四德喻既莫數顯德忘緣絕言中四不可為喻亦顯四德忘於緣慮大師深達經文妙旨故解二文皆絕思說也三從相下總結四從我下明發願二初立意分文如牛無御者謂牧豎也夫立願者若多若少皆須不失四弘之意而此四弘須依四諦願不依諦名為狂願今就圓論依無作諦雖世出世二種因果皆了即性無苦可度無集可斷無道可修無滅可證如是則能徧度盡斷圓修妙證比前三教願未免狂銷今諸願若失此意非圓行人二隨文釋義二初正明發願二初自發願二初願果滿四初我以下願意輪滿大覺圓明故屬意業二講宣下願口輪滿三摧伏下願身輪滿陰死天子多約於身煩惱屬意今從多分四住壽下願慈悲滿非無緣慈住壽不爾二願因圓二初分文二釋義四初我當下願有為功德滿六度成就此約真因破於六蔽從斷正論是智德故名有為二斷諸下願無為功德滿此約真位垂形九道調伏衆生

任運不與惑苦相應是斷德故故名無爲故海東法師云始覺斷障是實斷斷本覺斷障是不斷斷正與今家智斷二德其義齊也三我下願宿命念佛滿憶宿命故見過去佛亦憶諸佛所說正法四我因下願值佛滿因過去善見未來佛遠惡修善成智斷因二爲他發願二初分文二一切下釋義二初願作藥王拔苦二願作珠王與樂此能拔能與是無緣慈悲所拔所與須論十番所謂果報修因聲聞支佛四教菩薩方便實報今藥樹王拔此十種行人之苦珠王合與十種人樂當以此意銷與拔文初自分四初總拔衆苦二若有下拔根鈌苦三十方下拔病苦四若犯下拔王難苦次與樂二初分文二上文下隨釋三初與世間樂果經鼓吹古今注云短簫也

經優鉢羅此云黛色即青蓮華也常於三時者晝三時也二從願下與出世樂因二初分文二人緣下隨釋二初令修行外緣具二初值三寶二離八難二令修行內因具二初分文二人因下隨釋二初生尊貴二饒財寶五礙者一不作梵王二不作帝釋三不作輪王四不作魔王五不得作佛三從若下結成二初分文二釋經二初結自二結他二從若此下約願隨喜二初分文二釋經二初隨喜他二隨喜自五從若有下結成二初分文二釋經三初結成斷惡二諸善下結成生善三非於下結值佛多三釋讚歎品二初釋題二初約義通釋二初示四悉意二初列二釋四初世界思疑佛壽者即前經云作是思惟心生疑惑也一心信解者開悟也即經云信相聞

是四佛宣説壽命深心信解也斯人者相信也本事者今之所爲皆由昔願令衆歡喜故屬世界二從下爲人三從滅下對治罪之尤者尤甚也以德勝恩重毀之罪甚口毀曰呰亦訶也四從所下第一義言諸佛極尊甚深無量者圓初住去分以法性爲身體相妙覺盡以深廣法性爲身體相故起信論云諸佛如來皆是法身智相之身第一義諦離於施作今稱讚此令人入理二若欲下釋讚歎名二初分字釋義亦更互分別者以述德爲讚襃喻爲歎但使叙述襃稱義成對字無在二引論證成彼之稱揚可證襃喻也二此品下結示别顯二初約三業别顯雖具三業口業爲正故是别顯二結此下約四悉别顯四義指向能讚人等也此品下别顯也於四悉中

正在生善對前懺品正滅惡故二釋文二初分文二隨釋二初長行二初釋對告人二初約對治釋瑞應云佛告魔王我積功累德今得作佛魔云積功累德誰爲證佛時以手指地云是知我是者謂指地神于時地神涌現爲證二又對下約爲人釋半空已上皆是男天半空已下皆是女天是鬼神報稱爲天者有天然力用故襃之以天召諸鬼神皆以天名不唯此也實智乃是善法之本今讚覺者生人實智宜告善女又别名堅牢宜證往事稱理不懷云云之意也二釋金龍尊金光明法門所依法也金龍尊能契行也若法若行皆性一修二故金爲理能讚爲龍能益故尊斯以證理起用二修對於一性當體名爲金龍尊也二偈頌二初分文二隨釋三初讚三

世佛五初總讚三初約事理明總三世十方心意識境名之爲事何有一事不從理現經云寂滅是涅槃義既稱微妙是大滅度則彰三德非縱非横名祕密藏密藏圓徧無别世方世方宛然無非三德不以二相見諸佛土斯之謂歟以此總讚爲妙何極二總理下約三法明總法身者明性一也報應者明修二也全修在性合三爲法名總法身全性成修合三爲報合三爲應是故名爲總報應也一切三法莫不然耳又法身總三土以實報等皆寂光故報身總二土方便同居覩尊特故應身總同居淨穢兩處凡夫二乘見生身故分别則三身三土勝劣不濫融即則三身三土局徧相收以此讚佛佛德無遺矣三如是下約四德明總經云諸佛清淨尅果明德也

果中衆德更無不會舉一淨德必常樂我四德圓妙舉一全收是故此四乃是三身之德三身融故四德徧嚴是故三身無非四德總此爲讚極佛體用也今此點示故注云云二從色下别讚二初分文立義二初分文大相謂三十二相小相謂八十種好皆稱海者若大若小悉無有邊故皆是法界全體顯現故一一相無非法海據其總讚諸佛清淨微妙寂滅以總顯别一一相好皆祕密藏大師見彼得意處故故釋相好皆立海名二所以下立義二初明能讚智巧二夫下明所讚德深二初歷教分别二據圓融即此之二意學者應知括經論之幽文立教觀之深趣彰化迹之不濫顯圓機之頓照何者以分别故從勝别示以融即故觸境徧收得後後者必得前

前得前前者不得後後不知後故當分義成能知前故跨節義顯若能了知眞中感應二識見佛則令二意收揀無遺矣二識者起信論云佛用有二種一依分別事識凡夫二乘心所見者說名應身以不知轉識現故見從外來取色分齊不能盡知故二者依於業識謂諸菩薩從初發意乃至菩薩究竟地心所見者名爲報身身有無量色色有無量相相有無量好所住依果亦復無量種種莊嚴隨所示現即無有邊不可窮盡離分齊相隨其所應常能住持不毀不失皆因諸波羅蜜無漏行熏及不思議熏之所成就是受樂相說名報身(文畢)斯乃如來以法界用隨順衆生事業二識現報應身應身是今生身報身是今尊特及法性身依事識者但見應身不能覩報以其麤淺不窮深故依業識者既覩報身亦能見應以知眞如起二用故行者應知眞如之用現佛身相大有三品一如華嚴談相好數有十蓮華藏世界微塵二如觀無量壽佛經明八萬四千相好光明三如此經及法華般舟等說三十二相八十種好此三品相既是眞如全體之用若多若少皆無邊際故悉稱海無非尊特然有通局以藏塵八萬局業識見其三十二通事識見名生名應若業識見即無有邊不可窮盡離分齊相名爲尊特屬於報身此如今經別所歎相在三十二以金龍尊就佛四德微妙寂滅而爲總讚以總顯別故三十二無非祕藏故一一相離於分齊如空無邊常住不毀疏據此釋三身融即正讚尊特若其不知龍尊總讚是依業識

見應即報豈三十二圓光一尋名尊特耶言眞中感應者良以如來現應化身示住偏眞說於生滅及無生法被藏通機現尊特身住於中道宣說無量及無作法被别圓機故文句云丈六身佛住眞諦丈六尊特合身佛雙住眞中尊特身佛雙住俗中法身佛住中道疏有六處明應化尊特皆約眞中感應而辨如法華歎佛經文顯云三十二相八十種好法身具故嚴法身故是尊特相是故荆谿類同華嚴一一相好與虛空等又云一一相皆法界海一一好無非名海疏釋今文大相小相皆稱爲海此大小相全異華嚴九十七名一一皆與法界次第三十二相八十種好名目無差又懺悔品讚佛三十二相八十種好豈龍尊昔讚與今金鼓所讚優劣故知秖就中道感應稱爲尊特非是加添相好之數方名尊特故華嚴中業報衆生等十種之身皆盧舍那舍那非報報非尊特耶失此意者勿議今宗也父母生身丈六身也三藏及通鈍根所感尊特即是他受用報通教利根及别所感法性是法身圓人所感此乃如來法界大用對三類機現三種身故能嚴相亦分三種三身力用優劣有殊不唯示果身相不同亦示行因三種差别以今見佛皆是曩世結緣機也如示迹因論四修相行六度等或示事修或即空修或次第修或圓頓修示修不等致令衆機結緣有異今日感見三身不同二三身下别釋二初釋三身相三初釋生身相林微尼此云解脱處舉手攀樹者即摩耶夫人攀無憂樹而太子自右脅而生也阿夷

亦阿私陀此云無比仙人名也披開也太子既生三日遂裹以白氎王召仙人相之於是開氎相其形也相相炳明者謂三十二相皆明顯也決定成佛者即仙人奏王之語謂輪王雖有三十二相相不明了今觀太子相相炳明決定作佛不爲輪王也悲不能聲者即仙人自嗟年老不見太子成佛故泣也無聲自出淚曰泣今云悲不能聲是泣也此是生身也者疏雖標云父母生身須解其意豈後二身全無父母今特云者彰藏通佛住偏真也以偏真理不具五陰故使佛身從正習造機緣若盡灰滅淪空永無示現故以父母顯其有生機盡歸空顯其有滅通雖幻有亦須永無依教分別相狀如是二如釋下釋尊特相巍巍高也堂堂明也言尊崇竒特者此別圓機所見身也常身常光者即凡夫二乘所見身也然高明身相應知兩意有須現起有不須現皆是如來鑑機進不中道之力於須現者即爲現之如梵網經云方坐蓮華臺華嚴藏塵相維摩所說身如須彌映于大海觀無量壽相好八萬身量無邊此等皆是現起尊特相也有不須現者但以力加令於劣身見無分齊作巍巍堂堂而解以不可思議而觀此如今經讚三十二爲尊特法性之身法華以三十二相莊嚴法身相相皆與虛空等量此等機緣悉以業識而見以中智而觀劣即無邊色即智性故不須現起而稱尊特若不爾者龍尊所讚三十二相疏云融三正讚尊特如何和會學人於此當善了之三釋法性相此乃諸佛第一義諦智相之身凡夫二

乘尚不知名豈能覩見若論極證等覺罔窮又復初地不知二地是故樹神哀泣雨淚請佛現身即此身也皆得名爲非下地見唯應度等者斯是大乘第一義悉檀機扣佛者乃以此身應之令見即前疏解一時之義一切種智與中諦一時也無身等者非質礙身是微妙身非差别相是智淨相一切智是萬行首故以爲頭第一義諦諸法中最故以爲髻八萬塵勞轉爲法門數多名髮大悲爲眼見苦即拔中道白毫不偏無染無漏爲鼻齅功德香十八空舌徧嘗理味不共爲齒四十數齊大論以十八不共法十力四無畏大慈大悲三念處等爲四十皆不與下地共故四弘爲肩荷負不息三三昧止散如腰束衣圓三三昧秖是三觀空即空觀無相即假觀不得空相故無願即中觀於二邊不作願求故如來藏腹含三千故權實智手徧拔衆生定慧等足究踐理地今第三身與餘處列不無少異如觀無量壽佛經疏云色相身義當生身及他受用同爲應身次法門身即今所列種種法門義當報身乃自受用也三實相身即以法門所嚴之理爲第三身今則合彼理智二身爲法性身開彼應身爲生身尊特互有開合三身不虧又復應知今法性身頭等法門即是龍尊所讚之相心即色故名前二身色即心故名爲法門但令歷教就分别門隨機所見前不見後是故後後從勝立名故使三身有優劣相又復尊特及法性身皆業識見以尊特相兼於别修故就身相高廣而示今法性佛即修明性故隱色相從法門說講

者學者宜在精詳二種相下釋三相業此從如來淨佛土時隨彼機緣示修不等故分三種初釋生身業雖通通教今且在藏以其通教是大乘門利人能見後二佛故今就三藏修行事度爲相好因言修百福成一相者論存多解今明一種大千衆生遇緣當死一一救之皆得壽命是爲一福此福至百方成一相此指伏惑事度所成令彼衆生効此修之今見生身二若以空下釋尊特業言空慧者良以體法即空之慧三教共修鈍根之者但能空有利人知空非但空有亦能空空令分別門論尊特業雖能雙空且在別教但中之慧導諸相業諸業不出前之六度以知中故非莊嚴莊嚴乃能莊嚴第一義體令彼衆生効此修種今見尊特無分齊身三若以實下釋法性業實相者中道理也全中實理爲能觀慧名實相慧實相即慧也非別有慧從其所照得實相名導成諸業者諸業豈離前之六度以圓修故一一即性故無非實相一攝一切故無非法界故散脂云安住一切法如性於一切法舍受一切法如是修之絶三教之情名不思議業令彼衆生効此修之今見法佛同虛空相二三身下據圓融即三初正融即圓佛頓證三身三相亦能頓示三種修相若其圓機能於一念修三相業能於一身見三身三相以了三身是祕藏故生身必具尊特法性尊特必具法性生身法性必具生身尊特見身既爾修業亦然如是方祛縱橫一異之情想也常樂我淨微妙寂滅此義方成金龍尊王昔是圓人頓修頓見故於一身

讚三身相欲彰三相是祕藏故寄言讚後絕言讚之欲令衆生圓見圓修故也二令經下明巧讚經之讚辭就三十二即示絕言乃顯能嚴即非莊嚴嚴第一體尊特身相豈不然乎亦可得云非生非法而生而法上兼法性下攝生身其意在此斯乃龍尊巧讚之意也三一一下明妙用三相三業據圓雖即被物成差歷教分之即融而别初安平相生身則表魔邪不動魔謂愛惑邪是見惑既住偏眞此二莫動若尊特佛雙住俗中即無量四諦故凡夫有二乘無此二莫動若法性佛唯住中道邪外三教一切二邊當處皆中何邊能動最後肉髻兼無見頂故以不禮而爲所表言法不禮者謂法爾也生身出離愛見一故法爾不禮凡夫之人尊特出離界内界外二種塵沙法爾不禮藏通之聖法性身佛究竟圓中法爾不禮分證中道初後既爾中三十相論用可知然不禮凡聖兼因而説非專果也别有所出及注云云者指諸廣文解相好處也

金光明經文句記卷第三下

音釋

瘖瘂 瘖於禽切瘂倚下切瘖瘂口不能言也　檠 渠京切　訾 蔣氏切譏也　柝 先的切與析同　躁 則到切不安靜也　軻 丘何切　齧 倪結切噬也　杅 雲俱切飲器　豎 臣庾切童僕之未冠者　呰 將此切　分齊 分扶問切齊才詣切分齊限量也

金光明經文句記卷第四上

宋四明沙門知禮述

二依經釋義六初讚七大相海三十二爲大八十種好爲小一一相好皆是法界無邊無底故稱爲海謂初句是讚第十四金光微妙故云上色次一句讚第十五身光三一行讚二十八梵音深遠四一行讚小相中第七十九髮色青珠五一行讚二十二四十齒具足六一行讚二十九眼七一行讚二十七舌大薄覆面至髮際八一行讚三十一眉間白毫相此八段中一是小相七是大相二眉細下讚兩小相海初一行讚第三眉如月初次一行讚第二鼻高好孔不現脩揚者脩長也揚舉也即是眉高而長也面門口也三兩句徧讚大相海者既云次第最上即徧讚三十二也四得味下又讚四大相海初二句讚二十六咽中津液得味中上味二四句讚十三毛向上青色柔輭右旋三脩臂下四句讚第九立手摩膝相四圓光一尋下四句讚第十五身光面各一丈此言一尋是約佛說也手既摩膝即當面各一丈也此既常光驗知諸相皆是常相云讚尊特者故知不須身大相多但是業識依中理見即名尊特學者應知此丈六身若其量度即不得際若不度之所見如故如淨名室但是一丈而能容受百千人天又能容於三萬二千師子之座皆高八萬四千由旬其一丈量初無所改良以三脫不思議力使之然也今即常身歎尊特相義豈不然微妙寂滅斯言得矣經文除此四大相外或歎放光拔苦與樂行業之因功德之果

悉如經文但須皆作十番益解其有二小相以文顯故疏不指之即面貌如月乃第四十一面淨如滿月也身無垢穢即十一身淨潔也五臂臃下二句又讚一小相海即第十四指長纖圓也臃丑凶切均也直也又音容六手足下二句復讚一大相海即第四手足柔輭勝餘身分三十二相八十種好具如法界次第龍尊智巧雖略而周三從去下徧類讚三世塵數而言一者過去不滅未來不生現在不住法身平等報應無差一不離多多即是一生佛尚即佛佛豈殊是故讚一類於一切此文復是讚尊特身何者如前疏云若見四佛同尊特身一身一智慧即是常身弟子衆一故若四佛不同即是應化弟子衆多故知秖就一身一智及常住義是尊特相不必須論現起大身也文殊問般若者問字誤也應作說字今家依二經明常坐三昧一文殊說般若二文殊問菩提今所引文是說般若文也四從設下絕言讚二初分文二而有下隨釋二初絕言令兼例絕心三畨者仍就分別門三身優劣不離分別有融即義學者應知五從下迴向一迴事向理即實際二迴自向他即衆生際三迴因向果即菩提際今闕實際菩提兼之謂無上道本性無上故也二從如下發來世願二初分文立意來在不久者即下授記品十千天子從忉利天來者是也二隨經釋義二初佛述二若我下龍尊發來願五初夜夢晝說願二我當下爲他取淨土願不修六度不拔衆生土無由淨當知四修及拔四相令於當世見我三身三奉貢下

同求記莂願以鼓必具圓空鳴義今讚如來一體三身名爲金鼓讚佛因緣以此因緣趣向果地名爲奉貢不論事相金鼓形也四若有下下化願五我未下上求願此之二願皆明滅惡生善二益在文可見三從信下結會二世事釋空品二初釋題二初正釋題二初約四教詮空示所言空者破相爲義故一代教四空不同若不辨之迷名昧理此自分二初約部列四二初正判四空滅色入空者三藏教也且寄色言諸法皆滅謂析破見愛陰乃不生既詮實有滅方入空也即色是空者通教也體乎因果非四性生既詮幻有故即色是空也滅邊入空者別教也中道爲空不唯空有亦乃空空然不知中具於空有是故次第滅二邊已方入中空也即邊是空者圓教也中道具德何邊不中唯假唯空三皆絶待頓破諸相名即邊空二此經下約部須四判教屬通三乘同儀前攝三藏後通別圓導成之空合論四種故四空慧不得不明二而今下定品唯圓二初直示唯圓二初就理示攝機用四此乃通塗品在圓空斯爲的旨是故中空即邊而示二何故下引文示諸部般若廣示衍中三教空慧復以三藏爲助道觀斯爲聞持利根之者廣談空相此空慧機義持雖利聞持根鈍故不廣談四種空相唯説即邊一中空慧二又空下略示圓相中受空名意彰蕩相凡夫執有塊然質礙二乘證無灰滅歸寂中觀絶念空此兩邊令畢竟淨約次不次分於別圓今不次也二直作下約六句對中簡二初明用句意若直說空是中道

義能空三邊其如邪小及以別教皆說雙非空於有無故迷名者謂與今同何能超悟邊即中空又復恐謂若是圓實合談中道那但名空空唯離有豈此中道雙離二邊爲防此計故作相破相修相即三雙六句而對辨之若諸法相名相濫者無此六句莫辨異同二空破下正用句簡二初列六句雙非是中沒於中名存雙非者以中道名邪小稀立若雙非名處處皆有故特用之對今圓空辨於同異又外道二乘別教空句及雙非句體是思議可破壞法圓教雙非及空若立諸義皆滅是以圓二互破諸二又復諸二互修圓二則二酥中外道菩薩入圓者是二乘初心亦有修義此之兩雙諸二對圓優劣有異第三一雙屬圓當教名別體同是故相即不言修破

二空破下釋句相三初釋相破句二初空破中二初略示以理定詮不遭名惑豈聞雙非便是實理蓋能了知凡邪雙非體是見惑二乘雙非但證偏眞別教雙非既存教道未與三融圓空若立前諸雙非須皆銷殞故云破也二凡邪下廣釋三初破凡邪雙非二初泛示見相二初正示複四者複由重也謂於一句更計有無即執有是有執有是無乃至雙非是有雙非是無具足之見其計轉巧故於句句皆生四計二雖單下結過三種四句雖轉巧細以執一爲實餘皆妄語見愛尤盛業苦無涯浩然如海二雖計下正破第四二初示所破邪計雙非是惑不入眞中實是虛妄二故爲下明能破圓空二破二乘雙非二初泛明證相二初明證相二乘雙非雖非中實

而離斷常諦於眞理未至寶渚已到化城寧不安隱梵行等者無學四智四中但關我生已盡以滅度等當之乃足由保此故不求徧知二示四門阿毗曇此云無比法詮有門觀法拘鄰五人千二百羅漢皆此門入成實論詮空門觀法須菩提此門入昆勒此云篋藏彼論詮於雙亦觀法故大論云若不得般若波羅蜜多入阿毗曇則墮有中若入空門則墮無中若入昆勒則墮有無中那陀等者釋論明佛垂滅阿難問車匿佛答云惡性車匿吾涅槃後心漸調伏當爲說陀那迦旃延經即雙非門也四門觀法假人本無四門不異而其實法四柜不同有門則念念生滅空門則三假浮虛雙亦門則有無從容雙非門則有無俱遣隨依一觀可以發眞三藏四門其

意略爾二離斷下正示破中二初示所破假名中中道之名大略有二一離斷常稱爲中道有名無體屬前二教二者佛性稱爲中道此有實體屬後二教今論雙非斷常二見得中道名其實全非妙色妙心故無中體故情想不忘保偏取證此以沙礫謂瑠璃珠也二故爲下示能破畢竟空斯乃今品即邊之空若發此空假名中壞是爲空破非有非無三破別教雙非門三初示迷門起失二初舉意明失二初舉意別人望圓其根名鈍非四說四名爲權巧筏喻者四門意在入理簟筏意在度川若執門起諍如檐筏馳道故筏喻經云法尚應捨何況非法二不得下明失失於融攝是一非三二涅槃下示四門相亦色非色雙亦門也非色非非色雙非門也二若各

下明失故須破此之執諍非即邊空無由可破三新本下引證示失相經談初地被於地前悉有四門者經云初地菩薩欲行有相道即有門於無相法多用功力即空門一意欲入涅槃一意欲入生死即兩亦門微妙祕密之藏修行未足即雙非門大經下明今之得顯前之失前屬別門執諍邪見非是外道邪見也二非有下明中破空二明相修句二初明諸空修圓中凡邪空見二乘空證別教空門既隨二邊若聞圓中皆須即邊而觀中道二諸雙非修圓空若邪小及別教門雖曰雙非皆成取相皆須修於三諦俱空名畢竟空由諸雙非及諸空句非究竟道是九界法是故皆須修於圓教空中妙觀歸祕密藏三釋相即句雖諸經論說空說中名相多少中若即邊空蕩三諦此則圓教一體異名是相即義不須相破及互修也二初明圓教空中不二三初直示不二二引般若結實相觀照文字三種般若即三而一故是一法即一而三立名何極得此意者一切異名無不相即二而不下明今品略說名空文約義豐空無不盡以被義持根利之者故以略名而標品目二此品下明來意二初導成上品二初正示二初導二用若其不了即邊是空懺非無生破惡不盡讚非稱性生善不深善不深故豈成智德惡不盡故豈成斷德鈍根之者於前未悟故於今品圓談空慧導前懺歎令成二用二亦是下成三章懺歎是用如向說之導成宗者萬行之因以無所得方證三身非究竟空豈無所得是故圓空導於萬行成果德

宗導成體者深廣法性徧一切法二種我故生死浩然今以二空導一切法顯成經體二故釋下引證論明一切以體宗用攝無不盡二又常下開悟鈍根圓空具德一切清淨故談常宗及顯性體懺歎二用皆是究竟清淨之法豈有一句暫離圓空如云一切衆生皆是般若即此意也利根聞上已解空義今爲鈍根未解之者特論生法境觀皆空倂成上義二釋文二初分文二隨釋二初釋欲說空二初釋八初釋餘經廣說二初總示相顯意二若指下別明指前義二初約部次相違問大經云從生酥出熟酥譬從方等出摩訶般若故知般若在方等後此經既屬方等豈得指般若爲已說耶二約後分至終答二初正答通二初引教答通二初總立意以此經是方等後分故信相聞佛入滅唯三月在所以懷疑故指般若名爲已說二且舉下引三經三初引阿含二初正引前佛而去者七日前入滅也均頭沙彌是身子弟子二此下結示二引方等即方等陁羅尼經先於靈山唯法華授聲聞佛記二豈非下結示三引大品二初正引二當知下結示二以此下詳定結斥二此經下示非妨二釋略而解說二初示教門名義廣略二初示二門二應作下明四句二初直示三句十八空等者空體唯一徧蕩諸境隨境立名如火是一隨所燒物乃有異名名下之義不得不異是故因亡內法乃名內空因亡外法乃名外空亡十八境名十八空二十空二十四空亦復如是故名義俱廣立一空名唯詮泯蕩故名義俱略若法性等

立名衆多但詮本性之義耳二委示第四二初標示二迄從下證釋秖立二空是名略也此名召義偏乎十界從凡至佛皆有衆生及五陰故問位至聲聞生法已空因何釋論至佛猶有衆生及法豈獨不無又稱無上其義何耶答小乘談空終歸灰斷故入無餘生法永絶大乘談空其體常住又非獨一覺性常住須知生法一切皆常故生法未空則凡鄙微劣生法若空則高勝廣大是以極果生法無上斯乃空之究竟也故荆谿云三千果成咸稱常樂三千闕何生法依報耶二今言下明今品名略義廣三釋衆生根鈍二初定廣略利鈍二初約聞持立宜廣爲利宜略爲鈍二此語下約義持翻身子初遇阿鞞說偈詮三諦義謂苦集滅令速證故不言道諦身子一聞即悟初果及其轉爲目連說之再聞方悟一說是略再說是廣豈非義持略利廣鈍耶二此經下示今機利鈍二初明經意自就不能廣持詮空名數故曰鈍根二示今機若論義持聞略能悟乃稱根利無見經云衆生根鈍便謂今機不能悟於無量空義尠於智慧亦約聞持智也此同起信論說尋於廣論文多爲煩但樂少文而攝多義者故造此論又末爲諸佛甚深廣大義我已隨順總持說此品略說無量空義同彼總持說深廣義也四釋無量空義二初約眞中揀偏眞斷滅不具色心是有量空義中道具足妙色妙心出生不竭融攝無遺是無量空義二就此經示旣談法性性則不改此乃常德實相者中實之相此品云求於如來眞實法身新本云法

身是常是實實是我德自在何窮既具常我豈虧樂淨四德彌彰無量空義也五釋異妙方便六釋起大悲心七釋令我演説八釋知衆生意皆可見耳二正説空二初分文立意二初分文二立意二初直示無境等者生法之境皆妙三諦故曰二空境生法之觀皆妙三觀故曰二空觀妙境發觀其觀方正妙觀照境其境方顯具明境觀令正令顯二引證十番檢境智者境謂十境智謂十乘言十境者一陰入境二煩惱境三病患境四業相境五魔事境六禪定境七諸見境八增上慢境九二乘境十菩薩境陰乃現前九則待發若現若發一一境界皆須修於十乘觀智言十乘者一觀不思議境二依境發菩提心三巧安止觀四破法徧五識通塞六調道品七對治助開八知次位九安忍十無法愛此十都爲十種境絶於思議是故五品得觀行絶十信乃得相似論絶四十一位分證論絶妙覺乃能究論絶也下文即是散脂自説名密之義乃名境智俱不思議新本言法即是境也如者不異也皆重言者蓋以境智本來不異以情異故今復不異故東陽大士云一是本性如二是滅結如智不異境故曰如如法境不異智故曰如如智斯皆明於不思議意也二明空下隨文釋義二初明空境二初分文立意二初分文二立意五初直示二相言實法者對下假想淨爲不淨乃是事觀今於五陰及以假人皆直觀理故名實法身雖下出假想義二亦名下示二異名行行者慧行之上加修事行故名行行助道者以不淨想破

事中會資於正觀破障理惑故名助道三小乘下明大小皆修二初明小三種解脱不言無疑解脱以俱脱人達內外典籍得無疑名今論正助故且明二二明大薩婆若大論翻一切智遊戲神通以於三界得自在故名遊戲以修得通多於九想背捨等起故以假想爲助道也法華大車具度白牛名爲正道儐從爲助涅槃正慧遠離十相即色聲香味觸生住壞男相女相能離深故所離非輕又諦下明助道也想白骨等觀等事禪即用三觀於事禪境破三惑障顯出我性成王三昧正助合修名爲達禪見禪法界也四衆經下明經論有廣略五明今品二義即俱略也二實法下隨釋二初明實法境二初分文二隨釋二初明苦果境三初生空境二初釋是身虛

僞二初體妄計故虛二初計攬陰有身攬陰成身者五陰和合假名爲身如攬五指故有拳名凡夫不了執此假名而爲我等廣有十六一我二衆生三壽者四命者五生者六養者七衆數八人九作者十使作者十一起者十二使起者十三受者十四使受者十五知者十六見者今略云五我者於陰等法中若即若離計我我所之實人者於陰中妄計我人衆生者則於陰五衆妄計我生壽者則陰等法中妄計我受一期報壽命者則於陰等法中妄計我命根連持不斷以執此故計有我身名身見得起二若體下體本虛叵得妄執有生生實不生故生名虛僞既本不生故見身寂滅叵猶不可也二又檢下檢原由了僞二初正檢二初檢假名由一念妄想者謂

男託胎時見母爲所取境見父是所競境於母起貪於父起瞋父流謂是已有乘玆妄念故得託胎女人反是委如大經假名始者男女之名由此妄想而爲始也二此赤下檢實法由二初五陰赤白即遺體也三性者謂善惡無記也二又精下六大五陰六大是所依實法原由若是二觀此下結示身是幻質名是假名既由妄想及從精血以驗所成身名虛僞二釋猶如空聚無明業力業即是行乃無明緣行也或初作業時或託胎時如向所明男女之識於父母起貪瞋以父母流謂是已有乘玆妄念故得託胎體即遺體謂赤白也

二從六下體法空境二初立意分文二初立意二分文二隨釋三初釋六入四初釋六入三初釋二名二檢其下檢三事命煖識者大集云歌羅邏時即有三事出入息者名爲壽命不臭不爛名之爲煖即是業持火大故地水等色不臭爛也此中心意名之爲識即是刹那覺知心也三法和合從生至長無增無減七日一變者謂在胎也一七名雜穢狀如凝酥二七名疱狀如瘡疱三七日名凝結狀如就血四七名凝厚漸堅硬故五七名形位四支差別故六七名毛髮爪齒位七七名具根位五根圓滿故今云五疱即形位也三結成下明六數五根并前識是意根則六根具足二識依下釋村落三塵從下釋結賊所止由塵起結能害慧命故云結賊四眼見下釋不相知伺候也二從眼下釋十二入四初約開辦數開色爲十者五根五塵也少分者法

入攝二種法一者心法除心王但取相應諸心數也二者非心法即過去未來色法及心不相應諸行及三無爲法也今云少分即非心法中過未色也開心爲二者謂意入也及法入也然於法入亦秖少分謂於法入二種中但攝心法耳今云二者且舉全數二塵入下明通别名三當一下釋各各自緣四他根下釋不行他緣三從心下釋十八界二初辨數釋名二隨文釋義三初明識徧諸根追緣過去預念未來馳騁猶奔走也如人下舉例也端坐一室而心思天下愛涤塵緣名曰坐馳自非妙空莫息馳想以愚下釋六賊所害也如大經者德王品云譬如有王以四毒蛇盛之一篋令人瞻養若令一蛇生瞋恚我當準法戮之都市其人怖畏捨篋逃走王時復遣五旃陀羅拔刀隨後一人藏刀詐爲親善其人不信投一聚落欲自隱匿既入聚中不見人物即便坐地聞空中聲云今夜當有六大賊來其人恐怖復捨而去路值一河其水漂急即取草木爲筏截流而去既達彼岸安隱無患菩薩亦爾聞涅槃經觀身如篋四大如蛇五旃陀羅即是五陰詐親即貪愛空聚即六入六賊即外六塵河即煩惱筏即道品到於常樂涅槃彼岸二心常下明識常在根塵即對即覺者對塵便覺也引釋論證即覺義既云心欲聞則知識在根經隨行平聲三心處下明識常去還作出作入者對塵故作出不對即作入出入間關者應法師云謂出入也亦設置之貌莊子云小智間間隔礙也啄一捨一者捨一網目復啄一網目隔礙難

出得論常在者以塵對即覺故三從身下結二境二初標示二身空下牒釋二初釋初二句結生空境長養即十六中養育見也妄計我能養育於他又是計我爲父母養育二亦無下釋後二句結法空境二初超釋無主二初别檢心主必能制及得自在既爲他惱二義不成知心非主二或時下互推主四微色香味觸也大論云地有色香味觸重故自無所作水少香故動作勝地火少香味故勢勝於水風少色香味故動作勝火心無等者心望四大以不藉微勝故爲主若論被惱復不成主二追釋無諍因緣和合雖成諸法本無思念有何諍訟皆由情計故四大如蛇六塵如賊若觀本空則諸法寂爾有誰諍訟故以無諍結法空境二從諸下明集因境二初分

文對辨二初分文二前三下對辨二初對假想辨前三者即此集境自立三科謂集起相等是慧行正觀之境後一即假想是行行助道觀境此九行經文既相連又俱言四大似難分别故以前三對於後一而論正助以區别之又前一者即以集境三中初一對後假想而論生滅以前一云從諸因緣和合而有及云地水火風合集成立後一乃云水火風種散滅壞時豈非四大生滅相耶而言生滅皆從無明者彰此生滅不離迷妄也故前生云妄想故起至後滅云散滅壞時此乃死支合云憂悲苦惱斯是無明之果復是無明之因故論云老死有果所謂無明無明有因乃指老死是故生滅皆從無明二若直下對小乘辨如上所論無明生滅何教不然若欲了

知須論小衍小明四大實從無明生實從無明滅衍明四大而有三教通教四大體本自空故本不生滅由無明故見有生滅如幻之生如幻之滅别教四大體是佛性由無明故四大生滅性無生滅相有生滅圓教四大體亦佛性而性本具九界四大故九四大若生若滅皆是法界是故性相俱不生滅乃不思議論生滅也故法華明世間相常其義既爾則衍三教皆得明於本不生而生本不滅而滅生滅不二而二今非通别的就圓論二從諸下隨文釋義三初明集起相二初通約生法釋三初揀苦從集苦是世間果集是世間因此之因果皆因緣生今之所辨雖然涉苦果其意乃明集之因緣二前三下分句對義三小乘下破小因緣二初叙小俱舍云極微

微金水兎羊牛隙塵等小乘有門謂極微始有十方分故不破鄰虛以此爲因緣也二今明下斥非細塵亦盡者鄰虛亦破二塵既破因緣不成二言因下别約生法釋二初假名因緣三初釋從諸因緣此中宜用起信論說無明爲因生三細境界爲緣生六麤方盡疏意言三細者業相轉相現相即根本不覺熏習眞如生三種相故云無明内惑爲因也言六麤者謂智相相續相執取相計名字相起業相業繫苦相即枝末不覺於外境界起智相等生法二執名爲染愛於外觸處染著以二不覺熏二執心成起業相故云無明潤愛集業得起忽都不辨迷一法界爲無明内惑等者豈能顯今中道空慧耶二以業下釋和合而有以業起者即起業相也則有下即業

繫苦相也此云苦果即是攬陰成假名人也三此一下釋無有堅實由無明愛者二不覺爲因即能生心也一念託胎是不覺果名所生心計此因果名爲本末既皆不覺豈是真實故云都虚無堅實也二妄想下實法因緣亦是妄想一念託胎與前不異但前成於假人今則成於實法假實和合成一報身修二空故破於二執故分二境機關主者如機關木偶假人轉動主即弄機關人也故以業因喻所弄木偶以陰果喻之色陰如木偶形質故云機關具三陰如木偶動作去來識陰如看人故云以自娱樂也二隨時下明集相呑噬二初因果對釋四初釋增減殘害豎約十時者大經云一歌羅邏時異二阿浮陀時異三閉手時異四皰時異五初生時異六嬰孩時異七童子時異八年少時異九壯盛時異十老死時異又念念生滅雖在於心須知四大亦隨增減又新諸根謂生時故諸根死時又飲食資益血肉爲新目淚耳聹等爲故二譬如下釋四蛇同篋二初明四蛇二初約蛇報明四相蛇有力敵羸絶等報可譬身有生老病死增減四相二如此下約蛇因明四分四分煩惱皆有毒害即是蛇因此因能感四大四相二初別示四分感報二初明生四大二瑞應下明致四相經出三相疏以等分例致生相二總結集業致苦上釋四蛇雖言苦報意明集因緣故總結云集業相噬令大增損推功歸集是經正意二明同篋二初約身爲篋螫知列切又音釋音郝謂行毒也經舉四蛇以喻四大意彰四分有毒害義一分具

足二萬一千四分共具八萬四千無量劫來
法身慧命喪壞由此大經所明身持四大大
不起集蛇無毒義如鳥在籠者次文再舉䟽
粗釋之故注云云二又用下約業爲篋宿業
尚存故四大未散重舉籠鳥以明業篋須知
今䟽舉業持大意顯集因故云心鳥鳥喻四
分外馳六塵常求生死非安法身若人念念
思破戒事乃求地獄永滅五分宿人業謝泥
犂長往三釋其性各異二初約一身釋性別
等者雖云四大和合成身大性既異那可合
成此顯成中當處即壞妄情不了於壞執成
保著生集四大對四方者顯內四大有四方
性四方升降驗大相違對時對維其意皆爾
良由內體與外時方其性本一故依正色心
感召義成是故今經特以四大明乎集業也

二或言下約六根釋以其六根俱是四大造
色故也四釋悉滅無餘比至必利切及也見
人死滅四大分散便謂息風煖氣已歸於上
骨肉血汗必歸於下及至推尋都無去處以
本不來故若有來去非今教境二苦果下結
由集業經舉四大升沈尤甚正明集境善惡
殊塗以其四大不獨是惡亦通漏善也三明
集善惡境三初釋心識學斯宗者要知境觀
若論觀者須明三識謂第九菴摩羅是不動
識當正因佛性可爲中觀第八阿剌耶是無
記無明識無明之性即了因佛性可爲空觀
第七阿陀那是分別識是惑性故當緣因佛
性可爲假觀此之三識既與三德無二無別
是祕密藏何法不收何處不徧修圓觀者必
能了知一心一塵無非三識即是所顯妙理

復是能觀妙觀若論境者唯尚近要秖以第六見思之識而爲境界知妙三識未始暫離一見一思故即此心爲妙三觀顯妙三諦雖唯一識未甞不用三識爲觀未甞不以三識爲境若謂今宗不明三識但於第六顯三諦理今之釋題及彼妙玄示其三識爲妙三法將何用耶於一識心以何而爲三諦三觀故無通見難議圓宗今明集境故引論文通小之說但於第六辨心意識一法三能立三名字對數名心者對通大地等一切數故名曰心王也能生名意者意是依義依之能起一切因果以具三性故也分別名識者以能了別所緣之境故名識也又言下雖秖一識約三時異而立三名不同前釋秖約一時有對數能生分別之義也前是横釋此乃竪釋初起極微次起漸著後起彌顯豈非竪耶二釋二性夫性有二義一眞理不變名性二隨緣染習名性此言性異約染習性也此之二性偏心意識一一皆二也三釋躁動二初正釋躁動二初約王數釋二又如下約業牽釋二初明業牽二明兩牽二亦是下例釋隨業即當四句也若了兩牽即知受報二水火下明假想境二初正釋相二初釋散滅壞時二釋大小不淨能破欲情令正觀立故名助道

金光明經文句記卷第四上

音釋

殞（羽敏切歿也）礫（郎狄切小石也）簰（蒲皆切筏也）邏（郎佐切）皰（披教切）伺（相吏切）炮（普教切）噬（視制切齧也）篋（詰十切箱）

金光明經文句記卷第四下

宋四明沙門知禮述

二若正下明功能二初明破欲助正二初略示二廣示三初引釋論明助正三解脱者謂空無相無作從三證果名解脱門解脱涅槃二名一體道品是開門法者小乘則以十六行觀爲三脱門今品則以即空假中爲三脱門欲此門開須以道品調試修之如以念處四種修於即空假中正勤四種乃至八正調試修之亦復如是小乘三脱七科調試其義亦然俱以道品爲開門法九想者一脹想二壞想三血塗漫四膿爛五青瘀六噉七散八骨九燒若約小乘有二種人一壞法人但求斷苦即至燒想成慧解脱人二不壞法人來住骨想不進燒想得有流光等功德具足成俱解脱人今明菩薩見禪實相名修達禪求異於小大小雖異俱以不淨助開三解脱於助開中不淨九想破欲先鋒故名初門二示進修明力大初修不淨進入八背及大不淨所言大者但觀自他正報名小不淨即九想觀若兼觀依報名大不淨所謂舍如丘墓錢如死蛇羮如屎汁飯如白蟲衣如臭皮山如肉聚池如膿河園林如枯骨江海如汪穢名大不淨亦名大背捨背謂背是淨潔五欲捨謂捨是著心三引大經顯治欲禪得解觀對治力强速發無漏二此不下明二空助正三初據義總示二引經別示八色流光者謂地水火風青黄赤白八種色也法界次第云見地色如黄白淨潔之地見水色如深淵澄清之水見火色如無烟清淨之火見風色如無

塵迴淨之風見青色如金精山見黃色如薝蔔花見赤色如春朝霞見白色如珂貝雪三此就下結成助正爲治欲故修於事禪而以二空正觀了達不淨境是法界故於骨於光不見假人及以實法此正助合而修之方是大乘助開之法二明生法二空觀二初分文立義二初分文二立義三初明諦緣本大二初明通大四初約專小問今說圓空那得卻用聲聞四諦支佛因緣二約通大答佛說諦緣通被大小二乘菩薩通四教故如世大道羣小同遊不定屬小三重問即通意云何四字也四涅槃下廣釋二初明四諦通我昔等者佛與三乘昔在凡時不見四種四諦眞理故又流轉分段生死偈文未畢今具引之故注云云凡夫有苦無諦者雖遭大苦不以爲患以不審諦知是苦故聲聞有苦有苦諦此當三藏不了無生故云有苦能審知故名有苦諦菩薩等者通等三教俱達如幻俱能解苦當處無苦而有眞諦者章安疏云眞是眞實故知即是次第不次第二種眞實也諸佛等者佛果圓極究竟實也是知四教智雖淺深皆依四諦所以下更引勝鬘兩種四諦釋成前意二乘有量者藏通不知如來藏故所觀四諦終成有量別圓菩薩了藏性故所觀四諦皆無限量而兼有量者深必知淺故別人次第觀量無量圓人一念觀四四諦二大經下明因緣通四智皆觀十二因緣智淺深故得菩提道四種高下彼經四智意彰四教故知因緣不局在小二復有下明唯大二初明獨菩薩法二初引經儒童者儒仁也謂仁

賢童子也習應者謂修習與空相應也四諦因緣各舉初後並略中間故俱云乃至諦緣既是法忍菩薩相應之法驗知理深二乘不及彼通衍三今取圓教諦緣相應成今空慧二當知下結示二明二乘見淺三初明聲聞若望因緣乃以七支總爲一苦仍以五支總爲一集又復苦集不分過未總是現在以根鈍故法相總略二明支佛開聲聞總成別相現在五者謂識名色六入觸受未來二者謂生老死別相苦也過去二者謂無明行現在三者謂愛取有別相集也又開三世不唯現在故云略果及略因由中可比三是則三世皆有十二以福資智故能別觀三雖復下斥淺二初正斥二乘所修三學不爲衆生不成佛法是故名爲自調自度大論云二乘戒名自調定名自度慧名自淨緣覺雖有少分慈悲不能廣益故同名自二與菩薩下對形菩薩未分權實但是菩薩俱異二乘二今舉下明析體有殊二初約共三乘明析觀二約不共菩薩明體觀諸文所明實有滅空爲析幻有即空名體今明幻有即中爲體乃以實滅及以幻空俱名爲析以其未達諸法實體體義不成由謂諸法終歸無常秖是析義今明諸法一一常住既見法實名爲妙體初義分二初別釋二初約二乘明觀二初生空觀二初舉譬推二我人下就法檢各推無故合之亦無以聚虛空不成色故即陰下更於即離檢今叵得二雖求下法空觀二初明法存牒前譬顯人亡法存二更須下用觀析二初正明推法空正檢法空先析色陰次前念下析

四陰無想受略於行識二既不下雙結二空
智雖空境智須自亡是故境智俱云不得二
通菩薩下以菩薩例結前論析觀乃三藏法
以對今品體觀屬圓故以通教鈍根菩薩不
能體中亦屬析觀故云通菩薩亦然二是爲
下總結言自行爲他異者以通教菩薩對兩
二乘分別二行也二約不共菩薩明體觀三
初總示異前言別菩薩者非是別教乃是圓
人異偏小故稱爲別也故云永異二如見下
深明觀相四初明妙空體法二初立喻顯然
鏡像喻文乍濫通須知圓意通但六界而爲
鏡像別圓十界而爲鏡像別雖十界九是修
成修成不實故如鏡像圓知十界性德本具
以本具故奪修無功故如鏡像不二門云幻
因既滿鏡像果圓如此解之故云懸體體秖

是解鏡內鏡外者解因緣所成即鏡內拳指
不實亦解能成因緣即鏡外拳指不實二衆
生下就法觀二初生法雙空二初明觀若假
若實皆本不生空則俱空二如大下引證我
是假人色是實法二性俱空人法不異是故
名如二今世下因果俱寂二初明觀五果既
是因緣所生可合鏡內拳指不實二因既是
能生因緣可合鏡外拳指不實二下文下引
證假實當體即空假中名本性空寂無始强
執謂假實生名無明故有既了因寂果那不
寂二雖不二下示妙三諦智即空假中而爲
空觀以即空故不得六界生法以即假故不
得二乘生法以即中故不得菩薩佛生法蕩
十界惑是故境智俱名不得而能審諦十界
生法故二境二智皆名了了通達境是妙俗

以無相故故無所染智是妙空以無緣故故無所淨非染非淨稱本離念故雙亡二邊正入中道任運雙照三結三諦圓顯三德三諦即念開明舉一即三體非次第顯無前後無覺而覺稱爲大覺四與此下與經體相應佛示二空顯法性體不照三諦豈稱法性無量甚深故知今解與性相應此性名爲金剛寶藏若徧照之德非具足三是爲下約人結示故知今體非獨是體空須體三諦方得名爲別體三諸小下斥諸師失意三初正斥失二初斥小乘師毗曇有門說存鄰虛成實空門說破鄰虛若存若破皆爲析滅見受二惑弘者失意各生定計起見起思故屬斷常同彼外人全非正析二斥大乘師般若等經談一切法如幻即空此空畢竟三諦宛然諸師罔

窮作但空解不即假故不能遊戲神通不即中故不能解釋佛之知見非佛知故不得三智一心非佛見故不能五眼具足雖依大教理齊小乘於小乘中同壞法人進修燒想壞滅骨人既其不修觀練熏修無由成就三明六通三明者天眼宿命漏盡也更加天耳他心身如意則成六通願智頂禪以超越禪最高上故故名爲頂願欲知三世事隨願則知故名願智頂也二引經示首即經初軸即經末如來法身謂果上法身智斷必具令用二空當念求之無上涅槃體具三德皆與無量甚深法性無二無別故首軸所詮窮深極廣三豈可下結不用世人邪見即是癡空外道斷見也小乘之析雖是正教以無般若方便故墮斷常中大乘之體法雖圓備諸師但作

偏空之體同彼小乘慧解脫觀安能解此即邊之空耶二善女下依義釋文二初明修因二空觀二初約苦集明二空觀二初生空二初分文二釋義三初對告勸發二初釋善女二初約四悉釋四初世界二又時下爲人三又男下對治四又佛下第一義二此是下結成因緣二釋當觀二諸法下指上境二初釋諸法名目雖略者秖云諸法則能攝上所說諸境無不偏也二釋如是二初標列三義正明總觀者下二空觀歷諦緣境別別明修空假中觀此之三觀盡稱諦境今一如是總示三觀如是三觀如三諦是有三義者列於三法即當三觀所如之義也二如事下指釋三義二初指釋謂指經文中上下釋三法相假想指上餘二指下上下皆是不思議境故皆指爲所如之法二又事下融即初乃俗即眞中次乃中即眞俗後乃眞即俗中以妙三德爲三諦故所以此三不一不異如是之言是故得名爲正明總觀也以亦一異爲諸法既以不一不異爲能觀觀乃以亦一亦異爲所觀境境觀不二卷舒無妨三何處下正作觀二初通釋四句三初約初二句明空觀二初釋初句二初就五陰觀言默出者已用如是總示三觀今以四句明示三觀故皆言默出今檢無人義當理觀二又果下就因果觀二人既下例次句二本性下約第三句明中觀不以本性爲能觀者非中觀也即一切法非理非事名爲本性非別有也故法華云諸法從本來常自寂滅相般若讚云平等眞法界佛不度衆生以本無無明豈有衆生本無空

慧豈有於佛既無生佛何度之有非破非立雙非亦忘名本空寂二無明下約第四句明假觀二初由迷俱立二初正釋二初直約事理釋諸法雖即本性空寂由具性染故起事染由破事染故立空慧欲忘染淨故立即中此之藥病悉由無明二以有下委就迷悟釋生法是果成由惑業故云以有無明等也既有下欲空生法須論三觀助事觀者助道事想觀也即不淨流溢等是所助正道即二空契理之觀正助二修爲顯一性故立非事非理之觀也是事下以今知三驗其無明是事不知三皆事者以在修故不二門云修雖具九也二淨名下引證以衆生實病生菩薩權病示病意者爲明法藥也二若知下由悟俱忘若知無病用三藥爲此之泯忘空品意也

二但我下别釋初句二初明所破人執二初總示我相五住之初三界之主若破我者縱起結使不生四趣故云深重小乘大乘俱實無我我不復斷四教賢聖入之無路故云大郭凡夫下明起我處初徧六作次徧六度二若攬下别示利鈍二初鈍攬他遺體而起者是俱生惑與身俱生名俱生惑如諸蠕動實不推理而舉蟣張鬐怒目自大底小凡劣何嘗執見行住坐卧常起我心常時自起故名踈鈍二若執下利二初明密利執法塵起者是分别惑以對意根故曰法塵因分别生迷理之惑此名利使藏之初果通之見地别之初住圓之初信皆斷此惑二明相狀二初略論十使二初正明使相二初明十爲枝葉執一法者不問邪正大小偏圓隨執一句即生

十使前五是利後五是鈍乃利中鈍也二十使下明我爲根本二縱令下兼示其人二初明具邪禪慧長爪即拘絺羅身子舅也勤學不暇剪爪時人呼爲長爪梵志根性最利是外道中高著者故舉之鍱腹者金七十論云優樓僧佉外道中有一衆首至金地國頭戴火盆鐵鍱其腹與僧論義難石等者大論二十六云薩遮尼乾子難人乃至樹木瓦石流汗至非想者如鬱頭藍弗巳至有頂故云將出却墮飛狸故云復還二如此下明不能破我尚非小乘内凡豈同初果破我二重廣我見謂即色是我離色有我我大色小色在我中色大我小我在色中受想行識亦復如是五陰各四即有二十二若一下明能破空慧二初通明空慧二初就境智明生空二初別示二初於陰境推還就即陰離陰陰中有我我中有陰四句推之是義不然者能破之觀也據義合須二十徧言以破二十種身見也約外境者望能觀智是其内心故所觀陰得名外境非他身也二而其下明觀智檢所觀五陰既立於五能觀之智任運成五五陰一一皆有四智悉應計我故須亦破二十身見二内外下總結以數顯觀令智不漏二毗曇下約大小觀人法三初毗曇我見是共等因者即共業別業合有四句略言共等此有門論陰中求我我空陰有我法兩分故我見思惟前後而起我即衆生思是實法故悟生空未得法空二成實此空門論攬陰成我故我見思惟起不異時是故生法二空同悟三大乘我見即具諸法者俗即眞中何法不具我

性如色性生空即法空二破二下别明三觀既云我見即具諸法合於三諦而破我見是故用上三句破之二初正破人我三初約理觀檢二若作下約非事非理檢我見即中豈存境智四十種執三若作下約事觀檢經文既云無明故有愛取心强須作不淨助道之觀觀邪見惡心是穢惡陰若善直心慙於義天愧於聖人入方便位眞理未明是隱没陰善惡雖異皆未破見豈有見心不依於色色須敗壞故云不淨不淨之境何處有人今方便位義當五品也二若得下更推法我二初明得悟推法破思觀雖圓修而其麤惑有除不除若以三觀檢我叵得見惑斷者得入初信更於三諦修二十觀者乃破法執即思惑也從二信位進至六信也二若未下明未悟

推法破見二初轉計實法二初正明度入妙觀破見惑未除見雖未除觀巳有力能於假名柔伏愛惑若其我執度入實法二引經及事屈步蟲者要因前脚得移後足方於假名伏惑又於實法起見如彼蟲也二須實下勸更修觀宜於五陰作二十觀顯我本性使空慧明隨度入處以觀逐之名處處作二明法空二初約經文釋成三觀二初正釋二初立意分文我見即具一切諸法豈觀生空不空實法鈍根未了故今重說二如是下隨文釋義三初明即法而空二初示境觀二若四下明修觀二初就法明空二初正明空逐一推檢不應動等者地動則成風性煖則成火性史記曰陽伏而不能出陰迫而不能蒸於是有地震注云蒸升也冬則地中煖故禮云

古者夏則橧巢冬則營窟水堅故成地性波動故成風性貞堅也炭火貞則成地性火焰動則成風性風能持物則成地性觸壁止則成水性二引經證水性不住者不守於濕火從緣生者既賴緣而生則不能守其熱性風性無礙者以無礙故不能守其動一一下四大俱無性故皆入如實之際前之二教以空爲如實後之二教以中爲如實今取圓中實際爲正二上檢下對生辨觀二本自下明即法而中二初二句法本自中二初明性非生滅以元中未三節顯於性是中道元無四大者非謂獨一全無四大以其大陰皆如來藏性體常住本無生相故曰元無既無法生與誰相會而爲和合無和合故無可散滅故不論空如此談中之義顯矣二本自下明非觀

使爾世間之相本來常住豈以觀智息乎生滅然後不生滅耶此名即事而理亦曰即邊而中也二三句顯由觀解二初正示性雖本然遣迷由觀言因緣性欲爲因師教爲緣因緣成觀違本三諦諸大即是空假中故從本不生二引證無明轉即變爲明名菩提燈若非感應因緣之力豈滅無明故知成佛全假因緣三和合下明即法而假二初成違理之事二此法下成照性之修此法有故者即迷惑因果也體有下三諦也即空下三觀也境觀悉由迷惑因果和合而有也二三觀下結觀三段經文與三觀合知今宗旨契會佛心豈可不信二更爲下爲鈍根重破法執前釋生空已明度入實法或利根雖曉恐鈍者猶迷是故大師以無緣慈更說其相二初明法

執二初依報起見愛心四初依大陰起四執一切外道四教行人若未伏斷見惑已來皆有此執二四執下因四執生我見四中雖云無及雙非既是執生四皆屬有見既依色合當即離色我我色見依四陰即離亦然三我生下依我見生十使如生空中說四方招下因十使招生死縱依圓教性具大陰開於四門隨執一門生我見者起惑造業招致來苦與彼外人生死不別大師正爲即時行人陳四執過二惑此下指見心名汙穢陰此之五陰皆成執見故悉汙穢韊褺歸有豈名法空二心不下明空觀三初明不依是忘四執心不依陰四教皆然今明圓宗論不依者即穢汙陰爲能觀智何陰可依何執可破誰爲能觀亦無所顯心不依陰今意略言二寂然下

明契理則備衆德三種般若與金光明牟尼三身無二無別若不以此爲三觀者見之無由三行人下明此觀速能復本觀生觀法皆以三觀一念而觀猶如懷璧復金光明法性之理如向本國二三世中可登圓住可以保任二明十二因緣生法二空觀二初分文立意二初分文此十二支而分生法者順此經文初支既名曰無明名即假名故屬生境無明者我執也起信論云計名字相也向下諸文但言行識等既不云名乃是直指色心也以行至老死不出五陰色心故義雖炳然猶恐不信故引釋論逐段證成誰老死者如問云誰則答言我故知誰我悉假名也經云名曰與論寘符論號生空經豈不爾是老死者則直指色心是老死法經不云名與論亦合

二然十下立意二初通辨因緣相貌二初標列二三世下解釋三初三世過去破神常者過去已滅故非常也現在破神我者五果皆五陰和合故無我也未來破神斷者未來有果故非斷減皆言神者外執身神有斷常等也此三世義世共傳之故云常塗所用二果報以前十因緣屬現在後二因緣屬未來二世合爲十二而文云一期始終且據無明行在一期之始相帶而言遂云始終非謂秖在一世此果報因緣出大集經以在中陰於父母所生貪愛心爲無明出入息風爲行自識支已去義同三世三一念二初所憑教二如眼下明行相二初正釋相二初對塵直釋六處生貪者眼識染故潛牽諸識各有貪情故普賢觀云以貪香故分別諸識處處染著一日等者一根對塵即起十二六根晝夜數數對塵何念不起十二因緣一一成因皆須感果迴轉如輪纏縛如網二今更下更推因起因緣之觀通三世者意推過去無明爲因生於現果現果之上復起惑因本欲即今無明不起是故今推過現二處起無明相文二初逆推過因從名色起者五果之初故五陰已具故識支未具五陰故不言也過去之因極於無明令觀無明意欲令觀成覺了智而謂無明定是有等則能破智翻爲無明藥乃成病故云四句取者皆是無明無明爲緣豈不生行生識等耶如前說者六入至老死皆如前文直示中明二又觀下順推現果於此受中等者以受支是五果之終故觀至此若生計著還成一念十二因緣或有受等者即是

無明不了之心行識等支一念成就二如此下歎難知逆順推檢雖在一念其十二支宛然具足所以枝條徧滿諸有其猶大樹尚無能識況能伐耶言大樹者婆沙云過去二支爲根現在五支爲質現在三支爲花未來二支爲果布濩者文選注云布濩長多貌從言從水並通漢書云布濩猶布露謂於闕露處皆布也二今經下略示今經觀境二初明經意但舉生法爲境者以假名無明爲生空境以行識色心等爲法空境此因緣二境通四教觀今意在圓二宜以下示境觀二初示境二初立喻二法合著於假名者不達三諦而妄起我見猶如舞燼成輪故云不息輪依火有而假名因實法而有也迷故不達色心即空假中名迷陰入言薪火者即燼也二若知

下示觀二初立喻二輪火下法合觀生觀法皆即空假中乃輪火雙無二空觀也二生空下依義釋文二初出境相二初生空境二初分文二釋義四以前生空三觀釋之故疏無文二行識下法空境例應有三者行即空假中乃至老死即空假中佛言巧略此前可知故二衆苦下出觀相二初據經文示觀二初正示二初指文二衆苦下釋義三初明中觀衆苦行業指上生法當體妙故不可思議若生若法皆非空有如是體達名爲中觀此觀不見生死輪轉有際有息即法界故無際皆常住故不息二本無下明空觀三不善下明假觀前不善思惟即過去二支今不善思惟即現在三支經心行者即上思惟也斯乃舉病必對於藥假觀彰矣二雖名下結勸名偏

義圓名但云空而義乃是即空假中義既必當故明與經任運符契生空法空名義皆爾故勸修者息乎疑情仍須了知全祕密藏爲生爲法是故生法無非三德故觀生法能所皆三境觀名別其體不殊是故能所二即非二此乃今經二空觀也二爲鈍人更說二初特示空觀二別指假中良以初心於假名實法起見愛增强障道事重是故大師特陳空觀不說假中此同釋題觀解三道三道正觀舉名而已但於假實三毒六作委破四性頻示二空蓋爲始行我見彌隆故示真空以爲要術初文二初示二初推人法二初推人若假名下對於實法推無四性今之下四性被推執情稍薄但謂有名還須四性檢今叵得所召之人既無生相能召名字四性亦忘略示人空其觀如是二觀法二初橫推以現名色對過去業推無四性羅漢有業者無始所造諸有業因其數何限無惑潤故不受後身故曰不生各有等者如合兩空豈成一色二既不下豎推計法之執如屈步蟲捨一取一生被破故便計無生還是性執雙亦雙非計皆依生既悉無理復計於滅亦成四執八句之上皆云不得即是空觀無滅無生者檢滅檢生俱不可得方乃得名實法無生二無生故下明觀成二初明二執忘攬陰成人實無生故假名則壞於假無我諸見俱亡實既無因安得不壞二既不下舉二喻示不然火喻不執法無煙喻實法不生日中舞喻爐空心秉法是亦無輪喻不生我見二是略下結二中觀下別指中假言別記云云者具如止觀

假中破法行者應知今明三觀圓修二空但爲鈍根見惑偏重故別指空對治此惑此惑若忘二諦自顯故中假別指而已二我斷下明果上二空用二初分文二一切下釋義二初明自行成二初明智德滿二初明人法二觀成二初約人法銷文二初明人空觀成二以智下明法空觀成別明十纏者瞋覆睡眠戲掉無慚無愧慳嫉忿恚曰瞋隱藏自罪曰覆意識昏熟曰睡五情暗冥曰眠嬉遊曰戲三業躁動曰掉屏處起過不自羞曰無慚露處爲非不羞他曰無愧財法不能惠施曰慳他榮心熱惱曰嫉煩惱即思惑也雖見思通名煩惱今別以思惑當之罥繫也二二乘下約大小釋斷二初論大小斷盡不盡二初明二乘斷通餘別界內一切煩惱名數皆通界外但以所鄣空中分之則知通別淨名室中天女散華聲聞著身菩薩不著故被訶云結習未盡華則著身斯乃斷通未能斷別也二而言下明佛地通別都忘二初正示雖云菩薩能斷別見而斷未盡究竟在佛若至佛地不唯別盡通亦窮邊何者蓋由見思徧十方界六道衆生差別種習之所成就因地乃斷未盡邊涯唯佛究竟故云若通若別究竟在佛二引證性德生法體本無上通別二執染故成果妙覺執盡二俱無上故云無上假實佛地所不惑也二經論下明佛地有斷不斷二初明經論異說二初明有斷智以悟極而爲上上惑以迷極而爲上上今迷將盡唯餘微細故名下下故起信論云覺心初起心無初相遠離微細念故心即常住惑微細故難

別難除故上上智方能斷盡下下之惑無明力大者惑雖微細能障妙覺故華嚴明灌頂菩薩所有功德如一塊土妙覺功德如四天下土最後無明所障若斯力豈不大非佛智發此惑不忘一念相應慧者究竟覺也正習俱盡者該於通別也二或言下明無斷有上士者等覺也此位須修清淨淨禪斷微細念故名之爲斷無上士者是妙覺位修證既忘更何所斷二斯乃下用悉檀和會此斷不斷各見教文人師執之諍計莫止今以四悉逗機之意而和會之諍無由起國是境域即當世界機所居處隨處樂聞佛智有斷不斷而歡喜者時即對治隨時當有斷不斷義而破惡者人即爲人隨人宜以斷不斷而生善者悟即第一義隨悟斷不斷而入理者爲此四

機說有二義究論佛智不可言思二證無下明正助二道滿無上生法證由二空名無上道事助之行與正合修故得稱爲微妙功德二開甘下明斷德滿二初略釋甘露以命等四如次對於常樂我淨二然此下廣釋諸句四初對華嚴四位二初正對彼雖兼別今取其圓別三十位未得甘露故二下地下釋疑恐後人疑故釋也化他令同我之所得二又通下對般若四智論雖多釋猶通三教今四皆從甘露而說故的在圓以一心三智蕩一切相名道慧開門一心三智立一切法名道種慧示器一心三智雙遮蕩立名一切智入城一心三智雙照蕩立名一切種智處室由此四智住大涅槃令諸衆生得此四智名食味也三對法華大事彼佛知見是今甘露彼

之開等對令四句唯有悟入與入處少殊其義不別四對涅槃四德前以四德釋甘露義今用四德對開等文有此異也二吹大下明化他成二初分文立意二初分文二餘經下立意二初明智定相成前現通者令重法樂聞後現通者令依法修證故前云開後後云成前二修因下明因果同類二空正道爲智德類二空助道爲斷德類即緣了二因非此二因安慰二果二說法下依義釋文二初明轉法輪化他二初明說法二初總示二吹螺下別釋二初別明螺等二初約教位釋二初釋四句四初明吹螺是故號者大經云吹貝知時是也苦忍凡性者即內凡上忍位中於苦諦下留一行一緣是凡性也聖人正性謂初果也說大乘法者唯以圓教爲大乘也改

凡聖偏性通教六地是聖別教十向圓教十信是內凡以中理未顯悉名偏性通教七地者至此得知圓者皆是改號之位者三人俱破無明見中道圓性也二擊大下明擊鼓誡進者軍陣之法也兵權曰聞鼓則進聞金則止鼓則嚴肅軍衆使前驅也督率也率導引也位在修道者令初果進二果也通教位在八地者前釋改號是七地破無明今進入八地是增道損生別教應言二地圓教應言二住方名進入修道今言十行初住者恐誤也或別有意眞修道者即通八地別二地圓二住故云咸進地論以初地爲見道二地至七地名修道八九十地爲無學道彼雖別位例圓可知三釋然炬通教下皆取當教化他位也此言八地不取受接但約當教出假道觀

雙流耳別約十向其意亦爾以內修中觀外亦出假故圓在初住者以百界作佛普門示現故圓從勝說乃取分眞止觀名眞出假位也皆是下結示三位道謂外化觀謂內行此該三教不同餘文唯就通說四釋雨雨扶疎盛茂也時澤時雨也大恒者殑伽河也二若得下例上四經二此一下以橫豎結豎擬諸經之位者即向四經名字雖殊但是住行向地圓位耳故名爲豎橫論一切諸位者即攝四教凡聖諸位如向消文是也云云者部在方等故此化他必兼四益橫攝諸位旨在其中二此中下通釋大義前三云大後一云勝勝亦大也故云皆言大也通塗下若取通名唯在大法義並歸圓對於四經其義彌順二我今下明神通二初明摧怨二初明煩惱爲

怨二魔爲下明天魔是主二明豎幢高出衆行者即法幢三昧也萬行功德皆爲眷屬莫不歸宗此之三昧故爲衆行之望兵望麾者手指曰麾尚書云左仗黃鉞右秉白旄而麾之兵權曰將軍乃秉旄麾衆而誓之又云聞鼓則進聞金乃止隨其指麾五陣乃理三德下出三昧體其體若非不縱不橫豈出衆行豈摧五住豈壞天魔無記神通體用如是二從度下明四弘誓化他二初牒文示義雖復等者既依四諦而運四弘四諦既常誓豈休息因人求佛意在利生今遂所求豈忘與拔四弘是下示誓有依誓即無緣慈悲境乃無作四諦無緣無作行相如何衆生誓度生死即涅槃故煩惱誓斷煩惱即菩提故法門誓學即惑成智故佛道誓成即生成滅故不爾

豈能廣度求度二度諸下隨義釋文四初令度苦諦經求斷三惡即三惡道也須約十番論度論斷二令斷集諦須明五住燒十界生三令證滅諦當分而論四種甘露跨節而辨唯一圓常四令安道諦四初約檀明諦不獨行檀具於四諦五度皆然五不依諦則不動不出何度之有復須知今依無作諦二無量下略釋經文三論云下檀攝六度大論十二解檀度云若菩薩行檀度能生六度是時名檀度滿云何布施生檀度有下中上若以飲食麤物輭心布施名下能以衣服寶物布施名中檀能以頭目血肉國財妻子布施名上云何施生尸度菩薩思惟衆生不知布施後世貧窮故行惡若行布施後世有福無所乏短則能持戒云何生忍度菩薩施時受者惡

罵若大求索若不時索或不應索而索是時菩薩思惟我今布施欲求佛道亦無有人使我布施我自爲故云何生瞋如是思惟已而行忍辱云何生進度菩薩布施時常行精進欲行二施勤求財法以求足之云何生禪度菩薩施時能除慳貪而行一心漸除五蓋是名禪度又心依布施入於初禪乃至滅定云何生智度菩薩施時知有果報而不疑惑能破邪見無明又分別淨不淨施得報不同是名生智故云檀義攝六也餘之五度亦互相攝非今文意故且論檀六之首故攝生便故四捨身下以彼岸結生死爲前際涅槃爲後際身命及財此三屬事以觀此三及能施心所施之境三輪當處即空假中是故能等三德涅槃此以常因而尅常果不然豈得不壞

常住如是行檀名波羅蜜三德甚深故檀豎高三德無量故檀橫廣此機樂略是以如來妙說一檀遵修諸行仍須了知既談果後行檀利物行人豈不即聞而修耶

金光明經文句記卷第四下

音釋

脹知亮切 瘀依據切 薝蔔薝之廉切蔔蒲墨切 鬘莫班切 蠕乳兗切蟲動貌 螯牛刀切蠏大足也 鬐渠伊切鬣也 絺抽遲切 鍱音葉 橧音增巢類 𦇧氎𦇧陟涉切猶摺也氎徒協切猶褋也 燼徐刃切火餘也 罥古法切 麾吁爲切 鉞王月切大斧也 旄莫褒切旌旄也

金光明經文句記卷第五

宋四明沙門知禮述

大章流通二初釋四天王品題二初因緣釋二初約處釋人二初明處二十八天皆上升之趣此當其首天分三界於下界中此復在初居半須彌者處之所依欲界六天二天依山忉利居頂四王在半梵語須彌此云妙高出水八萬四千由旬四寶所成二東黃下出人持國者護持國土故乾闥婆此云尋香行天帝俗樂神也富單那此云臭餓鬼中勝者或云主熱病鬼也增長者令自他善根增長故鳩槃茶此云甕形頗似冬瓜是厭魅鬼也薜荔多此云祖父鬼餓鬼中最劣者雜語者能作種種語故毗舍闍此云噉精氣鬼噉人及五穀精氣故亦云顛狂鬼也毗沙門此云多聞福德之名聞四方故夜叉此云輕健飛空健疾故羅刹此云可畏亦名暴惡二此四下明品來意二觀行釋三種觀法此當託事以其境智一一皆借事義而立也須知託事多兼法相如王舍城而觀五陰耆闍崛山而表三德此之五三何殊四諦然此正是託感應事明境觀也分二初示觀相四諦四智乃至諦下各論見思何教不說今釋教義既專約圓故所明觀不關三教四天須表無作諦理四王乃表無緣妙智照事即理名護諦境了縛爲脫名護心數爲他說此名爲護世通別見思同體爲障名爲鬼神法花指此等者不無少異彼以鬼神但譬五利乃將蟲鳥而譬五鈍今則利鈍俱類鬼神但取分同也二若不下明利益而且先明不觀有損侵害心

王妙智不發也毀損境界諦理不彰也心王至迸散示迷三德而爲三障雖論三障迷由煩惱故云俱爲鬼神所惱能觀下正示觀之有益無明即明爲能觀智此觀觀苦生死即涅槃也此觀觀集煩惱即菩提也控御等者不動諸見而修道品不斷癡愛起諸明脫如斯控御豈獨不被侵害而能顯理備德顯理故諦境國安備德故心數民寧以轉八萬塵勞成八萬定慧也自行了達既其若此令他修證豈不然乎託護世天王之事修觀獲益其相略爾二釋十三品經文二初立意分章二初立意季亦末也翳障也二凡爲下分章三初開流通七章方軌者方法軌範也二天王下出天神五段以地味膏腴請處說處者膏腴土田良沃也史記曰東割膏腴之地是

也腴下多味字禳除也又天王下且從增勝備論一一皆有五能三四天下示此品六番二正釋經文七初段分五初又分六初述護國之能二初分文二敘敬下釋義二初四王白佛二初經家敘先標北方天王者西土以北方爲上也偏袒者西方之禮弟子詣師必須偏袒表有執役二正白佛二初分文立義二法性下用義釋文二初歎經三初歎體佛所護理無量甚深橫攝法周豎收法盡理若不爾豈名經王問文詮此理故言經王是則經文但是能詮王惟在理釋題那云文號經王教攝衆典指文指理二處不同如何和會答若前三教文理不合此則爲妨今乃從圓法皆不二文外無理理外無文釋題舉文若其孤立豈得稱王今疏指理不攝文者翻屬

前教信文理合是經是王其義祕妙不可情求今經王歎體與序品不別二約體下歎經宗約體修行者體是本覺起成始覺方得名爲約體修行體具佛界因果二嚴全體成修二嚴無作名非莊嚴而爲莊嚴今以極果二嚴爲宗世天下經云諸天包此三也然應有四恐文脫誤或可天王本是生天故疏不出此四天名義出大經德王品云一者世間天如諸國王二者生天從四天王乃至非非想三者淨天謂四果支佛四者義天謂十住菩薩以見一切法是空義故大論明三種天一假名天即世天也二生天三清淨天則兼三乘也三又下下歎經用上至菩薩者經無菩薩之言既云能滅一切衆生苦惱則通指九界方名一切經文有四初天趣能與衆生快樂者天趣衆生也次是經下三惡趣諸河三趣沈沒猶如大河焦乾枯竭者滅三惡苦也有經於枯竭上加能令二字者妄也三能除怖畏去是人趣初言一切怖畏是總次別明破三障惡三灾是報障怨賊即刀兵也并饑饉疫病名三灾惡星是業障業來責報故惡星現也憂惱是煩惱障四舉要下總指九界衆生也二從世下述能護二初分文二護國下釋義二初內以法護國四初護國之由二以法護國即是述其護國所以無法安能護持國土而其所以有內有外外即世法內即心法若但行說世間之法則令此經非方等教天王全是凡夫心口須知文文皆有世間出世間意但以此句顯內義便故云正與觀心相應如下散脂鬼神品中諸文且順世法

詮辨及至自述得名之由則全廢事解故云現見不思議智境不思議智光乃至云我能安住一切法如性於一切法舍受一切法境智若是故名爲密方能外現鬼神大將豈非有理密故乃有事密今文經雖不顯大師得意乃以行説諦智之法而爲護世安民所以心數不行等者心心數法全體即是方便般若心王邪故數行邪境今王既正導令不行不行而行行深般若到於彼岸三天黨護國意同向説黨謂徒黨即八部也黨輩也師黨者師音率導引也如轉輪王下是事釋以輪王降四方喻天王遮惡鬼七寶謂輪象馬女珠臣兵也四天眼護國以報得天眼者非修得也受天身則眼必徹障幽暗也燭照也萌種子初剖也杜塞也謂以天眼徹照防將萌之禍根塞漸起之惡源也二從若下外以策護國二初標科叙意二初標科二一若下叙意三初勸説聽因縁和合二初勸法師爲外縁日出朝陽者爾雅云山東曰朝陽山西曰夕陽雰扶文切不祥氣也呂氏春秋曰冬行夏令則氣霧冥冥春秋元命包曰霧陰陽之氣也陰陽怒而爲風亂而爲霧今以日出喻弘經雰霧歇喻三災息也二次王下勸王者修内因秉法者秉持也一人謂王也慶善也王有善則萬方之民恃賴之即尚書曰一人有慶兆民賴之也故王受是典而致國安經饑饉者爾雅云五穀不熟曰饑菜蔬不熟曰饉國邑郡縣者王制曰凡四海之内九州方千里州建百里之國三十七十里之國六十五十里之國百有二十凡二百一十國凡九

州千七百七十三國春秋左氏傳曰凡邑有宗廟先君之主曰都無曰邑又曰上大夫受縣下大夫受郡二勸供給四衆因緣經優婆塞此云近事男優婆夷此云近事女以成就戒者堪何親近承事出家二衆故也流衍者衍達也三勸能讚所讚因緣先王之德行者先王道德之行若行之於身即可以儀軌風俗法言者是出自典誥聖人禮法之言若宣之於口即可以教人民君既無此故邦民不從其令鄰國不謀其德令勸下即勸王重道尊師修功補過也身意恭重謙以自牧即道德之行也讚歎在口即典誥之法言也夫高下明謙卑之意王高而民下爲國者以人爲本基故當勞謙以聚之辯以訥爲師者訥者内照清淨故外絶矜飾即大辯若訥也故能

爲俗中小辯之師尋常治身理國尚當如此況今請出世之法祈人民之福豈宜倨慢乎儒禮以父事三老兄事五更屈王之尊敬卑爲師儒釋一揆矣羽檄者文心雕龍云檄者皦也宣露於外皦然明白也或稱露布蓋露板不封布諸視聽也顔師古注漢書高紀曰檄以木簡爲書長尺二寸用徵召也其有急事則加鳥羽插之示速疾也今云羽檄稱歎者即告之以文辭述具休明也爾雅云顒顒昂昂君之德靡偃也論語曰君子之德風小人之德草草上之風必偃草萊者萊藜草也或作葉或作菜字之誤也二用意銷文三當以上意對經釋之故云可見二如來述成二初分文一四王下釋義二初合述歎經四王所讚經體宗用既合佛證三德妙理故佛述

成諸佛從是法生者體宗用三既是法性豈有一佛不從此生二從於下述能護國二初分文二法護下釋義二初述以法護國四初述護國由發心畢竟者昔種善根是發心今日聞經得益是畢竟二心比校昔種誠難故佛述成歎其宿種然此發心等語即大經迦葉說偈讃佛故佛初心但用彼語以成今意護世下云云者此與觀心相應義如前述也三從汝下超述天眼護國四從汝下追述天黨護國二從汝下述以智眼護國前云策令云智眼互見其文策即智謀智能鑒照名之爲眼言和合者即前云內因外緣因緣和合然後禳惡云云者前白佛則三段別明今則一番總述以包前別也第二番白佛述護國之事二初分文二一是下釋義二初白佛二

初王奉人法天除怨患經天律治世者師古治民則天行化罰必當罪賞必當功名天律也二鄰國興兵天今懅退斥逐也經四兵象馬車步也覘往討罰者覘求也或作覩字之誤也討誅也傳例曰有鐘鼓曰伐或作罰者非罰折辱也出金贖罪也軍者萬二千五百人曰軍天子六軍諸侯三軍二佛述成二初標科二從爾下隨釋二初述成物意無鬪訟名僧者無鬪訟即和合也二述成後意二初正以等慈述其懅退豫安也二又勸下兼勸諸國各守本業貪企者企望也佛告帝釋者大經文也經楚撻者楚一名荆可以爲杖撻擊也廣雅沃濕也美也亦柔也壞土也時不越序者四時和也心無貪悋者無貪故不多求無悋故能惠施后妃婇女者天子一后三

夫人九嬪妃二十七世婦八十一御女風俗通云婇女者采擇其容色之女也第三番白佛示其軌模二初分文二釋義二初白佛二初出願欲六文如疏列二示軌模六一一如疏對上六願栢梁者漢時殿名天火曰災漢方法以海中鴟魚尾安殿脊以禳之灾遂息世眛其由謂之鴟吻八紘八方也休美也自勵者勵勉也四海者博物志云天地四方皆海水相通地在其中蓋無幾也七戎六蠻九夷八狄形類不同總而言之謂之四海皆言近於海也次佛下述成二初分文立意二佛告下用意釋文二初別述二初述成六方法六初述成安身方法羽儀者漢書高紀曰紀信乘王車黄屋左纛注云以黄繒爲蓋裏纛毛羽幢也在乘輿車衡左方上注之蔡邕曰氂牛尾爲之如斗或在騑頭或在衡以纛是毛羽幢爲天子儀仗故曰羽儀經躬出者躬親也二從復下述成安國方法爾許生死之難者劫數如值佛之數也三述成安妻子方法四述成安王領方法五從常下述成宮殿方法六從在下述成上攝福方法二從汝下述成六願欲六段如疏經棘兵器也與戟字同剌殺也二從汝下總述第四白佛要其法利二初分文由第三段末者由前世尊述成云亦當迴此所得最勝功德之分施與汝等及餘眷屬四王因茲遂要法利二釋義二初白佛二初人王運心二人王下天宮相現二初事釋人王至金光者心存即三智金光明也至典即三諦金光明也智諦合即起事用金光明也以色心不二故香隨智徧迴施下

天王意云若以法利迴施我等我等皆得故以光照天宮爲表龍猶屬畜對天幷鬼成三法界言法界者今從解脫所燒之香非法界者何能周徧三趣之體非法界者豈能承受二觀釋上之所説雖談諦智猶是約教示經力用未論觀行今之所論的就研心令觀諳理故荆谿云本雖久遠圓頓雖實第一義雖理望觀屬事此乃託事觀心借義成行三智妙解如火能然三諦融心如香離臭起三學行如煙氣氳真本覺照故曰金光行冥真故無礙而照但期觀行契金光明功用自然相周沙界唯務相現內觀不修心緣五塵魔必得便愼之愼之次佛述二初標科二隨釋二初述成香光普徧經摩醯首羅此云大自在金剛密跡者正法念經云昔有國王夫人生千子欲試當來成佛次第故俱留孫探得第一籌釋迦當第四籌乃至樓至當千籌第二夫人生二子一願爲梵王請千兄轉法輪次願爲密跡金剛神護千兄教法世傳樓至化身非也乃法意王子耳據經唯一人今狀於伽藍之門而爲二像者夫應變無方多亦無咎摩尼跋陀此云威伏行阿耨達此云無熱惱娑竭此云鹹海經百億非非想天者夫百億即大千界也但同一四禪及四無色三禪統中千界以大千言之則有一千三禪也二禪統小千界則有百萬二禪唯四洲至初禪則有百億今非想亦言百億以下望上言之耳又恐翻譯之訛也以義淨重翻則無百億非想之言二從諸下述成施善護讚二初讚因二讚果經勤修下明修苦行善能下壞外

道降魔怨是莊嚴道場也覺了下成正覺善男子下轉法輪此並果上之事如瑞應經廣明第五白佛舉興衰二初分文二釋義二初白佛三初舉興勸四初述弘經四天聽受二大梵下明釋梵八部皆集經釋提桓因者具云釋迦提婆因達羅此云能天帝三世尊下明人王爲善知識四以甘下明得利護國彌勤二次舉衰勸二初分文二隨釋四初明天失法食二明天神捨離三明惡鬼興灾經流星者星說曰絶跡而去曰奔星光跡相連曰流星薄蝕者案漢書天文志作日月薄蝕孟康注曰日月無光曰薄韋昭曰氣往迫爲薄虧鈌曰蝕京房易傳云日月赤黄爲薄釋名云日月虧曰蝕謂稍侵虧如蟲食草木葉也虹者爾雅云螮蝀虹也爾雅音義云雙出鮮盛者爲雄雄曰虹暗昧者爲雌雌曰蜺蜺或霓江東呼爲絳俗呼爲美人釋名云虹攻也謂純陽攻陰義也四展轉成灾三正勸二初分文二隨釋六初欲得現利二天忻法食三出過三論四韋陀者即外人典籍摩蹬伽經云初人名梵天造一韋陀次有仙名白淨變一爲四一名讃誦二名祭祀三名歌詠四名禳灾次名弗沙有二十五弟子各一韋陀能廣分別遂成二十五韋陀次名鸚鵡次名善道及其弟子漸漸增廣如是展轉有千二百六韋陀今言四者從其根本爲名皆明梵事此名記論婆尼尼造明種種經書并諸雜語出離欲染故云梵天說出欲論也毗伽羅論又名字本河西云世間文字之根本典籍音聲之論宣通四辯訶責世法讃出家法言辭

清雅義理深邃雖是外論而無邪法將不是善權大士所爲也僧佉此云數論諸法從數起故劫初黄頭仙所造衛世師此云勝論謂諸論中勝故勝人所造故成劫末鵂鶹外道造勒沙婆此云苦行未知出世時節以人名名所造論此三仙所説無漏盡通故唯五通四始終獲利經如來正徧知説者十號中二號也五教主勝故經以大悲力故等者用無緣大悲普覆法界故超梵王四等之心以難思苦行積劫利物故超帝釋十善之因六諸法本故經一切衆生等者世間謂五戒十善十二門禪等出世間者四教法門者三乘修證也國事者禮樂征伐治世育民之事也造世論者如上三論及下正論等也皆因此經者乃教行理三種經也故新本云欲生人天欲得四果支佛欲得佛皆依此經懺悔滅障方得成就若探取化意即是於一佛乘分別説三但以此經部在方等教猶屬通理就人分未免異趣故欲令等言隨其五乘而得安樂也二佛述二初分文二隨釋二初舉興衰勸二正勸第六説偈頌德二初分文二夫三下釋義三初説偈歎三初歎三身三初依現文別對三身空是法身者經無空字以其日月必依於空又下文云佛真法身猶如虚空是故疏以空日月三對於三身空無明暗日月共依別喻法身體本周徧日能破暗別喻報身三惑盡淨月能盈昃別喻應身隨機勝劣此之別對爲下圓融而作張本耳二通意下取喻義通具三身二初取喻顯圓若以三喻別對三身恐謂三身其體隔異故今委取

能喻之事其義不局每喻各自具於三義如日一喻上必依空下必現水此之三義則顯報智圓具三身此則三般若論三身也月喻亦爾可顯應用圓具三身此則三解脫論三身也太虛空是日所依空天日水日當體含空此之三空則顯法體圓具三身月亦如是者月所依空天月水月其中含空亦顯法體圓具三身空徧日月兩說三身者乃約雙照中道而示此則三軌而論三身也二依下以結文示此結歎文凡舉三喻謂月焰化此三事義各合具三如月一喻必上依空必下現水此乃應身圓具三身文舉如焰焰必依日日必依空此乃報身圓具三身文舉如化化必有術名爲化法術必在人即是化主其變化物名爲化事此乃法身圓具三身三雖復

下復取結文以通融別經既顯云無有障礙若非以法而定於喻一一圓融何稱此中無障礙說當以此意融身相文使一一相皆嚴三身成密藏相二歎身相二初分科釋經二初分科二釋經五初歎上二相二歎智斷者初二句總標有喻有法次四句是別歎二句是智二句是斷淵海也管子曰水出於地而不流曰淵三歎下二相四絶言歎五結歎二夫相下總示身相三初通嚴三身相好不獨在應身報法亦通等者如今所列目齒輪網例於上下二十八相通能莊嚴三種身也以身相是一隨見成三莊嚴父毋生身者以藏通人但言偏空所見佛相謂由正習構造而成相非奇特但能少勝輪王而已以不知心現見從外來取色分齊故名生身此乃如來

曲順凡小示現此身故名爲應莊嚴尊特身者以別教人能信中道妙色妙心隨緣變造所見佛相知從心現無有分齊或現大身十蓮華藏世界塵相或現八萬四千相好或時秖於丈六三十二相令其機緣無分齊見不同藏通分齊之身故名尊特此乃如來修道所得故名爲報莊嚴法門者以圓教人了大小身及多少相皆性本具修德無功相雖是色色即是心故起信論云色性即智說名智身智性即色說名法身今從即智名法門故以八萬四千陀羅尼爲髮乃至定慧爲足以即色故故得名爲法身相好此乃相好隨解而轉故使莊嚴三身相異二此中下別示法門此乃指經智淵無邊而爲智德百千三昧而爲斷德此之二德能收一切莊嚴法門也

學者若於色心分隔而解此義則永不識法身相好也三文下文示圓融上來分別法報應相欲令易解故須就機淺深優劣須了前前不知後後須了後後必見前前良以前麤後妙故也今四天王是大菩薩就圓稱歎見三身相與妙三德無二無別應是解脫豈隔二德報法準知欲彰此義是故特云無有障礙若知此意方是深達金光明法門也三偈初下結歎二初直銷經文二初銷文結佛月爲三身者現文唯有空與水月合有天月可喻三身言佛化爲四身者法身妙色而爲化法報應二身照理鑒機而爲化主曲順機緣現九界身而爲化事今以化事顯具上三故論四身皆具三四者趣舉一身即三即四彼彼皆爾方名無礙二品初下結妙二初明始

末皆三三章是法三身是人攬法爲人人不離法故云辭異其義是同佛月清淨者取偈初句成今三身三歎天辯絶妙初歎三章云金光明微妙經典顯不縱橫今結三身言無障礙亦非縱横以初以後顯於中間句句無非談祕密藏太師歎妙其意在茲二料簡機應上明三身無有障礙其義幽微猶慮學人三相不泯情有分張今明三身及以所被無非法界法界無外更何彼此三初一問答明法外無餘言法不作報非報者非報是應難云三身秖一法界豈有能作作所作耶而言依法者此同體依依而復即全體之用用還依體二一問答報即法界影是應身非影是化身以現九界非佛像故法界下注云云者更合明於應是法界三同祕藏豈有一身非法界耶三又並下一問答明機外無應三身一體人或信之其所對機多謂他境故今顯示令泯此疑二初設並顯動譬機生不能覩應不動譬機熟則能覩應水譬正因安樂性者即大涅槃既是三德性必妙融寧非法界故自他不二門云物機無量不出三千能應雖多不出十界物機應契身土無偏同常寂光無非法界若昧此意勿議今宗二又淨下引文證因感出世由生成佛人皆共知四教悉爾今從圓説始窮經意良以自他性本不二方有能感及有能資因感出世者即十界機感十界應也以生地獄與佛地獄性不二故方能感見地獄之應乃至感佛亦復如是今宗所論感應皆具十法界者爲顯不二義若不然豈惟衆生不能感佛抑亦十處不成

法界宜深究之宜深究之由生成佛者衆生能作成佛勝緣也若順若違並資佛行而惡逆者其功最强如無達多佛豈成道然若惡法本非佛性何能資助菩薩成佛菩薩不觀生爲法界非同體悲非無作行何能成就大菩提果若其佛外有一衆生非佛法界生外有佛法界不成不作此解未超三藏何況通別二佛以偈答二初立意分文二初立意二初正立法能成佛者諸佛軌法方成因果以法常故諸佛得常例樂我淨亦復如是二般若下引證法能成立一切凡聖者以法本具十法界故隨染淨緣起成凡聖凡夫雖迷而其迷中假實依正未始離性須知染緣熏於性染方成染法淨緣熏淨人皆共知性染性淨其體本融全體而起隨染緣則染淨俱染隨淨緣則染淨俱淨故不二門云三千在理同名無明三千果成咸稱常樂性之染淨是金光明經妙體如來今說爲作淨緣是故稱歎以答天王二分文二用意釋文三初歎經體二十力下歎經宗三以是下歎經用私開爲四初三行通就衆生明生善滅惡二閻浮下十二行半別約人王明生善滅惡三初三行半明願欲二應當下三行半明立行三譬如下五行半明獲益三是金下二行半約上聖護念明生善滅惡四若有下四行半約師弟說聽明生善滅惡三四王歡喜發誓經悲喜者悲昔不聞喜今得聞悲他不聞喜自得聞涕淚橫流者涕音體涕即淚橫謂交橫古本皆作橫流不須改爲交字大經亦爾無識所翻多云橫流也文選王粲登樓賦曰悲舊

鄉之擁隔兮涕橫墜而未禁怡解者怡謂和悅解謂舒散也二大辯品二初釋題二初釋大辯二初所住法門二初具明四辯擬於四教藏不明大但說無漏故名小辯通教出假說於界內塵沙八門名無量辯別教能說界内界外二種塵沙故名雙辯圓談十界法法皆中二邊情泯法法互徧真俗宛然三諦一諦名爲大辯二此天下明所住法最勝王云大辯才天女依高山頂葺茅爲室結草爲衣坐翹一足空假中智一心中得破根本惑莊嚴法身心既融通說乃自在即自住大辯也二以自下能用四悉圓辯深妙能談麤淺隨機而授無有罣礙方名大辯是故疏以悅宜對悟而論四悉令得四悅乃至四悟此則一悉明於四教亦是四教各有四益大辯才天

力用如是二對佛下明品意二釋文二初分文釋義二初分文二初加下釋義三初加法師加圓四辯自能該三即前四四十六益也樂說辯者於一字中說一切字於一語中說一切語於一法中說一切法隨可度者而有所益也辭辯者種種莊嚴言語善巧也義辯者知諸法義所歸趣處也法辯者智慧通達諸法名字也二若有下加化道前加四辯是能化之道今加其人是所化之機此二和合化道無窮也三從復下加聽者經技術也二結示益深第三功德天品二初釋題二初釋功德於二嚴中此當福德福能資智以嚴本理智即三般若福即三解脫所顯所嚴即是三軌若總若別皆金光明一體異名也應知大辯與功德天咸皆證入金光明法門皆能

徧攝一切法也引物偏好名行不同彼攝一切以智爲首此攝一切以福爲首能攝所攝對智不同故當世界所須不乏能生正念即當爲人思惟深義能破偏淺即當對治能令速悟本性菩提當第一義二此是下明品意二釋文二初分文二釋義六初誓給四事即經所列衣服飲食卧具醫藥也及餘資産者即四事之外一切資具産生之物也二明福德之由述過去世値佛修證金光明法門故能今日隨弘經處有求皆與寶華等八字别號也如來等通號也無虚妄名如來良福田名應供知法界名正徧知具三明名明行足不還來名善逝知衆生國土名世間解無與等名無上士調他心名調御丈夫爲衆生眼名天人師知三聚名佛具茲十號名世間尊

種諸善根者以照金光明微妙之智爲諸善之根也璧者王所琢器也周禮云以蒼璧禮天是也珂貝螺屬也三勸示行法二初略勸示二廣勸示私開六初示常所住處經阿尼曼陀此云有財二示稱名供養三明誦持神呪四明歎呪勸持灌頂章句者以法性水灌十地頂受法王職今畧談此法故名灌頂必定是般若德吉祥是解脱德真實不虚是法身德以此三德讚灌頂義等行謂具行諸行中善根謂行一行八戒者即在家人一日一夜也於五戒上更加不著華香不觀聽妓樂不止高牀此八是戒不過中食是齋五勸廻向菩提此乃奉供及誦畧言邀請意也若爲自身受五欲樂希望財寶即輪迴業衆聖所訶尊天寧護令爲已他成菩提故其所尅獲

非生死因當依此文修今行法六勸嚴處奉待阿蘭若此云無諍以其所居不與世諍即離聚落五里處也又有達摩阿蘭若謂說諸法本來清淨因名其處爲法阿蘭若即華嚴經初於阿蘭若法菩提場是也今經所指該其一也四誓臨影響五要求同行六別示歸敬問大經中說功德姊主黑暗妹隨有智主人二俱不受今令奉供與彼大違兩經所談如何和會答尊經設法取捨多塗大權垂形表報非一彼對黑闇表生必死四相相隨此對大辯表福資智二嚴互顯也四相是過寧不雙驅二嚴是功理合俱進有智之福生死自亡有福之智菩提可證今爲說聽金光明典故藉天資所須之物須知今用雙亡生死弘經之心感功德天所獲資財離我我所姊尚不著妹豈能來此爲弘經彼專修觀用捨論益去留豈同又如國王大臣官長法華令離湼槃令近故知設法名有異門豈以彼經難今所說第四堅牢地神品二初解題二初正解名二初所表之智立四悉淨名云智度菩薩母方便以爲父一切衆導師無不由是生上是天神天是陽故如父此既地神地是陰故如母一義也者父母不同故屬世界天陽上覆地陰下載卉是草之總名木是樹之都稱智度下合喻衆善合卉木也各有下如檀破主慳乃至禪主破散五屬緣因故未亡泯智破生法方無名相破惡中最故當對治智度復本破立俱忘故無等無上名第一義此於智度立四悉檀二智度法門下能召之名彰四德堅牢即常德地即樂淨無苦受故

荷持一切離染著故出生無盡神即我德威德力用悉自在故二此品下明品意二釋文二初分文二隨釋三初誓涌地味三初明已身增長二初生起八事二隨事釋經當依生起次第消之經聚落者落居也人之聚居故名聚落山澤者下有水曰澤宿衞謂止宿衞護五果者即經云壽命色力辯安也此之五果由食而致二從何下明眷屬增長二初生起五事二隨事釋經五並如生起經縱廣者南北曰縱東西曰廣三從世下明報恩增長二初生起六事二隨事釋經亦如生起二佛述成二初標文二隨釋二初述成展轉增長一約聞經下爲成展轉義故探取下科爲出世也日夜受樂在次文耳二述成供養增長經明供養是在人世也是人下往天世也日夜下至出世也雖受天樂住樂法界故無所受是故名爲不可思議微妙快樂三發誓護經二初分文二釋義三並如分文第五散脂品二初解題二初釋名并領二初翻梵名二初翻名二密有下示義密名順世界密行可爲人密智能對治密理是第一義皆約三法不縱不橫非偏小凡下所知是故名等悉稱爲密注云云者旨在於此二蓋此下明屬領二初明所屬二初正明所屬二餘三下兼明三將二管領下明所領二初出部數二初就方維明數六方者四方天地也四維者四隅也二又說下約五大明數此五各有主執之神故二巡游下示功能二聞經下明品來意注云云者雖三天王各有神將散脂爲首故獨標名今釋此意也二文爲下釋文二初分

文二隨釋四初發誓護持二初經家叙二正發誓二述有能護之德二初分文二釋義三初標經唯然上聲禮對曰唯野對曰阿二述又下述二初節句立意二神旣下總別釋義二初總釋三初據名標義大權所爲有本有迹以智證真名之爲本隨情立俗名之爲迹雖分本迹但立一名昔從密本垂於密迹今從密迹顯乎密本垂迹之際此之密名但詮世俗統領神衆有於密謀今對世尊叙護經德宜須顯本此之密名合詮理智非是偏小賢聖所知稱之爲密散脂本迹旣於此彰以驗四王諸天神等皆是從本而垂迹化是故今釋委論密義豈獨能顯諸天本迹亦乃能彰經體宗用二智若下依名釋義二初約境智釋二初釋三智即能觀之三智境即所觀之三諦正即顯境智之非邪能所互融邪正不二密名顯德其在兹乎初初五句明智密二初揀非淺深階級者别雖三智前空次假後中此可言思何所論密二即一下顯密二初約三智互融不出三也初句即一智是三智妙空智也次句即三智是一智妙假智也後雙非三一雙照三一即妙中智也若指諸法爲一切者未必盡備以空假中爲一切者更無遺餘矣二若得下附文示融五句即三智配釋如下二次五句明境密二初揀非智知即可思口説即可議那成密耶二不可下示密二初正示境非智外豈以偏小智之可知識即是境豈以六凡識之可識此明絶思也境離名字豈以諸法名字之境離言説豈以四句言説説之此明絶議也二而約下

附文前三智云唯數唯密今雖五句句句皆云不可思議即唯數唯密也三後五句明正密二初揀非介爾對待皆非中正乃麤顯法密義不成二即邪下示密二初直就理示邪正中邊趣舉其一收法界盡更欲與誰而論待對欲令解了強言中正二引思益證心通真妄今以分別有無分之言分別者分於邪正別於中邊乃令諸法不正其中其失既然得可知矣二我行下結二又此下約三業釋二初釋言一往者既智境正外傍顯此義故也散脂今就密名顯本本密必三謂身口意若其不爾何能示現神將三業令衆不知故未顯本前非同證者皆不能測此乃三密使之然也二所以下結雖在三業言且不彰復是密義如先陀婆非智臣莫曉三如此下結

前生後二世尊下別釋前以五句共明智密乃至五句共爲正密但以智等彰其密名故當總釋今於初五句分對三觀乃至後五句分對三身故當別釋二初大師用三法釋二初正別釋二初約離釋義二約合對題初三初約五句別對三觀三初牒文示義作觀釋者此出散脂本修之行也二知一下依義釋句二初二句示境能生所生皆言一切法者如十二支皆是能生皆是所生能生生所生所生資能生能生名因能資爲緣因緣不盡生法無窮此等即是所觀境也二了一下三句示三觀三初一句空觀了達虛無者悉從因緣無性實故虛離名相故無畢竟叵得方名了法二知法下次句明假觀了無性相名曰知空不礙緣起名爲非空以一切道起一

切種名道種智此智分別十界假名海印森羅而有差別而或作無字必誤也三如法下後句明中觀以二觀等者出安住行相也圓論三觀若非一心觀體則縱若其不以二爲方便中爲真實觀體則橫今論三觀不縱不橫如此修之即能安住十界之法如於本性即修成性功由一心三觀之力也故荆谿云以正觀安故世諦方成不思議也此則雙遮中道也雙照二諦故言舍受遮乃遮情照則照性邊情既泯二諦皆中中既不偏是故空假各舍一切經云於一切法舍受一切法不作雙照中道解之經意莫顯也三若三下結觀名容二初揀非二即一下示容即一而三故不一即三而一故不異縱橫並別非之例知欲知等者兼用口容以結此文

二約次五句別對三脫此明散脂自顯本地已證解脫而兼三諦者得脫由見諦也三初牒文示義二現見下依義釋句三初一句示圓淨實智照不思議真諦者真諦體是性德般若全性起修名爲實智諦非般若寧發實智此諦離縛乃成分滿圓淨解脫當知理果終始一如二三句示方便淨隨機屈曲因果廢興皆是權智照不思議俗諦俗諦體是性德解脫全性起修名爲權智離縛乃成分滿方便淨解脫理果不二準前可知三後一句示性淨前云智光乃至智聚四名但召能照之智唯此智境雖亦標智體是諦理義當所照故疏引經法如如智此智與法如如冥故意彰境智如如不二然而此說人皆知之所解終成二物相合蓋以不曉境智之體故也

欲知境體須簡頑境及偏小妄心假立真如此境安能與智不二今依馬鳴立境體者所謂本覺其智體者所謂始覺故起信論云所言覺義者謂心體離念離念相者等虛空界無所不徧法界一相即是如來常住法身依此法身說名本覺(文畢)此覺是性全性起修名爲始覺論云始覺者即同本覺既云離念豈有思議既等虛空無所不徧豈有一時一塵一心而非本覺及始覺耶是故得云三世十方生佛依正爲所觀境三世一方生佛依正爲能觀智境智名别其體不殊是故能所二而不二境照於境境照於智智照於智智照於境此四句說說即無說無說而說此四句照照而無照無照而照不可思議智境斯之謂歟此之智境須論六即今是分真究竟二位三若三下結脫名密二初簡非二以不下示密俱例前三約後五句別對三身三初牒文示義二正解下依義釋句三初二句示報正解能顯體等者此乃似解能顯真體真體乃是性德般若既得顯發即能觀達根本無明故名正觀而言報身者在心名觀就身名報四十二位皆得論之二得正下二句示應分別約法知藥病也解緣約機知生熟也非此解別則無應身故應身對機未熟而出乃名待時已發後出乃名過時啐啄同時是應機相三一句示法無覺等者此義須對報應簡之秖一大覺而有寂照及非寂照三種之能故名三身覺即照覺能照理故即是報身無覺即寂覺能現形故即是應身今云無覺無不覺者即非照非寂覺能雙亡雙用名究

竟覺即是法身是故三身名爲三佛三種之了亦復如是就身名覺就心名了三義宛然三若此下結身名寂二初簡非二非一下示寂可見二約正下約合對題二初合三德對題上文約正明於三身觀明三觀脱明三脱三三皆可對金光明此明離也今合三身爲一法身但對金字合於三觀爲一般若但對光字合於三脱爲一解脱但對明字諸經諸論以三德等作修二性一説者圓人解之是合三義此意至妙學者應知二三德下明五章皆寂三德是佛所證寂藏以被機故説金光明微寂之教散脂本因禀此寂教而生寂解即聞寂名也住理乃是顯於寂體也行行乃是修於寂宗也利他乃是起於寂用也不言教者同佛故也二復次下明互通雖作三身三脱三觀三節解之而十五句一一皆是金光明海體量高廣故使名義展轉相釋如涅槃中百句解脱以一一句皆是三德微寂藏故大師釋句句具百成於萬句今舉正解具十四句能具成十五句合云由正解故正觀由正解故得正分別由正解故正解於縁由正解故正能覺了由正解故不思議智光乃至由正解故於一切法含受一切法以正解一句爲首既然餘句爲首例亦如是乃成一百七十五句以體量一貫故名義相成疏於三五皆舉頭句例於四句皆十五句注云云令此銷釋也二又作下用五性釋所用五種皆名佛者是果德故皆稱性者不改義故若將此五對今三節五句義者能顯散脂本證圓常迹用周徧護經德妙利人益深此乃

今家對釋意也文二初大師對初五句二初示五性異同二初明三種不異正謂中正緣謂助緣了謂覺了此三名義諸師立同故云不異二又一下明二性出没二初二家立異二初明異相果性者緣了所尅智斷果也境界者緣了所轉境界即陰等十種境也果及果果者果則別在智德果果者別在斷德智德之上又加斷德故重言果此之二二皆稱性者悉以常住不改爲義境界不改者修惡即性惡故也二若作下明開合没境界性爲緣因所攝者陰等十境乃是正觀近方便法親發了因故可攝屬緣因也没果果性爲果性所攝者智斷雖殊俱名果故二雖開下五數不虧二今以下約五句對性二初對初家五性安樂性即正因佛性者安樂乃是涅槃之義具足三法今就合説但名正因世出世等者六道是世間因果三乘是出世因果言因佛性者境界之性但齊九界十如是法望佛是因以其佛界十如是法望九稱果皆屬能觀不名境界故起信論但以九相而爲境界是故業相名細中細爲佛境界又云依轉識故説名境界而此證者無有境界可説故知境界是九界法若爾何名佛性良以果人不獨成就佛界十法亦能成就九界十法是故千法衆生雖具體用不彰唯佛究竟圓融自在所以因法是果人性二若作下對次家五性境界既以合入緣因遂取知法分齊之句而爲果性究盡實相名智照分明見無分齊之分齊也如云智度大海佛窮其底豈非無底而爲底耶乃以安住諸法如性一切皆

能舍受一切同名果果性此則果後任運求求雙遮雙照也二若然下章安例兩五句二初例上合對二師雖下準義須釋五性秖是開於三法三番五句既其番番對於三法亦合番番對於五性後之二番大師不釋意云可見章安恐後學不知故略指云義例應爾復令講者伸釋其意故云準須釋出等也第二番中智光是了因性智炬是境界性知境不濫如炬照物智行是緣因性智聚是果性智境是正因性若依次師沒境界性者則智炬是果果性斷德對機不濫也第三番中正解顯體是了因性正觀體顯既當報身合是果性正能分別是境界性正解於圓是緣因性正能覺了是正因性若依次師沒境界性則以正能分別爲果果性果後應機任運分明也三世尊以是下結三從世下發誓充益二初分文示好二依此消文二初益能化經三初世尊下益口業二衆味下益身業三心進下益意業二以是下益所化經三初未種令種二若有下已種令熟三無量下已熟令脫問既得智聚又攝福聚斯乃真似二種莊嚴合居方便及實報土經那但云無量千劫人天受樂答須知十益皆悉不離二十五有此中乃是人天方便人天實報故仁王般若云出三界外更有衆生界者此是外道大有經說須知四土若横若豎秖在三界一處而論學者宜審四從南下歸敬三寶一切衆經初皆歸敬者謂結集經者皆有歸敬在通敘前此方好略譯人省之亦有存者如薩遮尼乾子所說經初云歸命大智海毗盧遮那佛

注云外國本一切經首皆有此句諸論下即造論者歸敬也如智度起信等三寶者佛法可知功德大辯即菩薩理和僧也南無此云歸命二正論善集明人王徃日通經二初正論品二初解題二初正釋題二初直釋二字世聖者謂輪王也易曰備物致用立功成器以爲天下利莫大乎聖人管子曰聖人若天然無私覆也若地然無私載也此皆言世間聖人出世聖謂三乘果人斷惑證理名聖也覈者說文云考事之實也覈事實則世間正論可治國覈理實則出世正論可以詣道二此品下委明四悉謂世間正論而有四益皆引孝經結成其義文爲四初世界先王舊法即世間事實世世不同即世界意也二王行下爲人百穀者楊泉物理論云梁者黍稷之總名稻者粳糯之總名菽者衆豆之總名三穀各二十爲六十蔬果之實助穀各二十凡爲百穀社稷者孝經緯曰社土地之主也土地闊不可盡敬故封土爲社以報功也稷五穀之長也穀衆不可徧祭故立稷神以祭之禮記曰厲山氏之子（厲或作列）柱及周棄爲稷（厲山氏之有天下也其子柱能植百穀夏之衰也周棄繼之故祀爲稷神）共工氏之子后土爲社（共工氏之霸九州也其子曰后土能平九州故祀爲社）民用和穆者人民被服其教自相和睦尊卑上下無相怨者三對治內姦謂亂臣賊子孔安國曰在內曰姦在外曰宄禍亂下禍者謂善人逢殃亂者謂臣下悖逆作起也灾者天反時風雨不節也害者地反時水旱傷稼也四第一義本金光明者即四王品云所作國事所造世論皆因此經也至德要道者至謂窮

理之極要謂以一總衆謂茲正論是先王舊法爲德之極道之要也前之三悉屬於世間且就末辯令此第四兼出世足故雙明本末之義令其聞者解悟兩種第一義故鈍者但得世間要道此從末也利者乃悟出世要道此從本也增益天德亦須兩分從末者益但生天若從本者益在義天亦兼淨天以金光明屬通教故二此文下明來意冥聖者即諸天是冥聖也故法華三昧云一切冥空二釋文二初分文二隨釋二初長行經受灌頂位者華嚴三十九云轉輪聖王所生太子母是正后身相具足其轉輪王令此太子坐白象寶妙金之座張大網幔建大法幢然香散華奏諸音樂取四大海水置金瓶内王執此瓶灌太子頂是時即名受王職位墮在灌頂刹利之數即能具足行十善道亦得名轉輪聖王二偈頌二初分文二隨釋四初集衆三如分科二次四下發問二初分文二釋義四如分文三結問開答四梵天答二初述意分文二初述意佛經釋天子義此文最顯若儒教則云王者父天母地爲天子之故援神契曰天覆地載謂之天子二分文二隨文釋義二初略答四初許答二答王義經故稱人王者謚法曰德象天地稱帝仁義所生稱王白虎通曰王者往也天下所歸往也三答天下答問天義二初指出三義未入等是一義分德是一義力加是一義二以護下明答三問三初以護胎答第二問未入護者猶在中陰已入護者處在胎藏此之二時多爲鬼害故假天護二以分德答第一問三以力加答三四

問前第三問處王宮殿何故名天四問以人法治世那得名天故今答中雖處人宮天力加故自在如天答第三問也遮惡勸善令人生天答第四問也四從半下重答問王義二初正明人王三義三初明執樂名王王執此樂者謂持禮樂以化民也孝經曰導之以禮樂而民和睦樂記曰大樂必易大禮必簡樂至則無怨禮至則不爭揖讓而治天下者禮樂之謂也使天下去明樂之化成也京房易候云太平之時十日一雨凡歲三十六雨此休徵時若之應風土記曰擊壤者以木作之前廣後銳長尺三四寸其形如履臘節僮少以爲戲也逸士傳帝堯之時有老人擊壤於路曰吾日出而作日入而息鑿井而飲耕田而食帝何力於我哉豈非至聖之德爲而不宰玄功讚運是以百姓日用不知竹馬兒童所戲也人王執樂治國故得天下和平老幼俱樂其性也二明遮惡名王即經云羅剎魁膾等以能遮暴惡故亦名羅剎魁膾也以亦名二字貫下如羅剎中魁卒故衆鬼不敢爲非也三明父母名王即是王爲民之父母也誨示禍福等者謂違仁義者致刑罰是禍惡也録仁義而授爵禄是福善也制禮以檢其迹作樂以和其心故樂記曰樂者爲同禮者爲異同則相親異則相敬民知禁者民知有禁令也二能爲下兼顯天子三義因中說果者以禮樂化民必生天上故二從若下廣答二初分文釋義二初廣明非法失於六義二廣明正治得於六義此六經文前後相參故幷前段皆不細分講者當以六義得失對文

銷之其理自會二此中下示觀明本二初令
思觀義自思之者禀斯宗人合知三種修觀
之法故疏不示令其自思今恐後學未能別
之不免略說此於三種是託事觀謂託世天
明於諦境託於人王明於妙觀即此一念性
是義天依止此天能令此觀不起邊倒名天
護義中觀也觀合義天同天之德不分而分
名天分德空觀也義天神力加妙觀故能歷
諸境皆得圓融假觀也又託人王修理觀者
全諦起觀中觀雙照即父母義空觀伏惑即
魁膾義假觀立法即執樂義此諦此觀皆離
縱横秖於一心具兹六義二設問明本二初
設問上四王品云閻浮提内諸國王等所作
國事所造世論皆因此經豈非正論以金光
明而爲其本欲令答示即末之本故與此問
二天者下答示二初正示方等所說豈有一
事不本於理如向散脂翻爲密者常所稱呼
豈知召於祕妙三法今於此典自叙密名十
五句義斯乃委彰世名之本此之正論是梵
王說梵王之本諸經開爲法身菩薩法身菩
薩隨所住處是常寂光以身例口隨有所說
無非祕藏今之正論既金光明而爲其本豈
可末事暫乖本理水波金器本末同時以金
光明具世間法故即世名而可示本自此爲
二初明末即於本二初就天子三義示本應
先了知此金光明是法非譬以法報應是金
光明異名故也天者第一義大也子者無上
衆生本來人也攬金光明妙三實法爲此假
人此人依止第一義天本離八倒是天護義
此人智光冥法身金德與法同爲分德義此

人應盖名之爲明義天之力之所加也二又父下約人王三義示本此妙假人體是金故雙具權實能與一切而作父母體是光故照感本空即遮惡義體是明故能生衆善即執樂義二以此下明末從本立如上所示本之六義因果六位皆即此義此義能作世出世間一切事本今即此本而談正論其圓教機聞治國事即達其本乃能頓治四種之國二如半下例結經於一人而立人天兩種之稱意願此論通世出世也釋善集品二初解題二初正解題二初釋善集得名二初據名廣集六善海導師謂海中船師善法雖多不出此六二附文別集檀智二初明攝六檀能攝六智能導五成就二嚴故舉茲兩二提如下示經文二初正示經經舉此二其相深廣實

滿四洲盡奉三寶興隆事廣合掌而立聽金光明證悟理深二檀智下例餘行此王心大集善不輕檀智深廣在文既然驗餘所修皆非聊爾二此六下用悉檀立品總舉六度名數不同是世界五度望智且在事善屬爲人智照五度破取相惡屬對治達六法界絶乎思議皆到彼岸名第一義此王具集四悉檀善故以其名立今品目二此品下明來意治國之論是世正見聽金光明是出世間上上正見夜睡夢中聞佛功德是感動聖及見比丘名曰寶冥是感動賢縱入分真望佛名賢二釋文二初分文釋義二初分文二釋義二初對告地神二佛以偈說二初通明因地行檀二別明善集二施謂四天下實施財也請說此經令無量衆聞金光明施法也此別爲

六當如分文以義解釋經治政之勢者謂化之勢分極於海際厠雜也填塞也繒帛之總名也曼陀羅此云適意曼殊沙此云柔輭舊小大白小大亦不鼓鼓擊也熈怡悅樂也璝美石次玉琦玉名耳璫釋名云穿耳施珠曰璫應作珥璫珥如志切蒼頡云珠在耳也二就此下指歸三法言就此品論金光明者就其所說論三法門疏文秖云論金光明驗直就法立此三名實不從譬以前後文悉皆如是講者學者知之知之然以諸句對三字者以此三是深廣法性當體之名法性可尊可貴名金法性寂而常照名光法性能多利益名明與諸三法無二無別若指品內事理依正即此三者乃令行人達乎所詮不縱不橫絶思絶議此典方得名爲經王是知對三深

有所以此自爲三初就善集論翻波羅密名到彼岸是所歸處故名金般若翻智故名光五度是行故名明此就智行及果爲三對金光明二就寶冥論窟是所依名金滿月能照名光讀誦是行名明此約依正對於三法三就二人論寶冥依正與王雨寶對於三法行者應知秖一法性名金光明豈可光明暫離於金豈可金光暫離於明令以三名分對依正自他人物爲令了依不離於正自不離他人不離物以金光明舉一即三全三是一不縱不橫而高而廣物物皆是金光明海心心皆是三德祕藏若不爾者何名經王耶第三鬼神品二初釋題二初正解題二初正釋鬼神二初釋鬼歸者尸子曰人死曰歸云云者觀佛三昧經云修羅與天帝戰時空中刀輪

而下修羅軍衆身支墮落即便怖畏竄隱藕絲若依俗釋者鄭玄云聖人之精氣謂之神賢智之精氣謂之鬼禮記曰明則有禮樂幽則有鬼神二釋神二此品下對上題品二此品下明來意二釋文二初分文二釋義二初長行二初正釋義二初列二釋二初舉事別佛從等者果後慈悲熏法現像說法化人此乃應身被機之佛從本覺如起始覺智合本真如名報身佛是始覺也一切諸法元是諸佛所行之處即法身佛是本覺也三佛歷別者修二性一能起所起能顯所顯條然異故事供別者四事供養資持應佛萬行功德資成報佛稱理之智顯發法佛資成顯發皆供養義三佛既異三供亦別二圓供養前有理智以歷別故貶之為事今聽經事以融即故褒之為法第一供養者不思議供也能聽所聽體不二故秖於文字了具三身能說是應解脫德也能詮是報般若德也所詮是法身德也不解新伊但論能所豈顯圓佛及圓供耶文字若非祕密之藏那生諸佛恭敬之心非祕妙者安能圓供三世佛耶注云云者令如向釋也二又別下敘重聞二初標示謂四願一勸也二若欲下釋出二初出四種願欲問經示行人欲以妙具供三世佛及知他佛甚深行處大師何故即以知字而為報佛所知是法二必垂形是則三身皆屬行者因既濫果供養義乖此解違經如何取信答前揀事別正却此情經云欲知豈非行者甚深行處既是法身能知之心寧非報佛文字之應現亦唯心若生佛條然能所永異斯出小教

何預圓宗今就圓宗解四願欲若迷三世諸佛三身同在剎那法界六塵頓彰妙解是可思議正當違經二聽經下明一事滿四三世諸佛覺智爲命而與衆生同一心性之熏修故即不受供養諸佛壽命不滅而滅以隱爲滅也今以聽經爲供養故即是受供諸佛壽命不生而生以顯爲生也行人應了生佛無差聽經智生即諸佛現以諸如來同一智故觀行相似分真之佛與究竟佛無二無別又了智生即三佛生即一而三不縱不橫此乃欲供欲知三世諸佛秖聽經一事四願俱滿三偈頌二初分文二蠱道下隨釋科節並如分文所列經若入是經者一言於經即有三種謂教行理能了此三是妙三法名入是經若不然者安得入經即入法性所入法性無量甚深三義具足名金光明稱此安住名之爲如即見釋迦三身妙體須論觀行相似分真入經見佛經若百由旬滿中盛火應從中過者爲法亡軀也經文殊師利云妙德彌勒云慈氏經勇捍說文云多力也五舉能致天龍以勸修二初翻現文疏從摩醯去也閻摩羅王或閻摩羅社此云雙王閻摩雙也羅社王也兄及妹皆作地獄主兄治男事妹治女事故曰雙王又苦樂並受亦名爲雙那羅延此云鉤鏁力士難陀此云喜跋難陀此云賢喜兄弟二龍風雨應時能令人喜賢謂性又賢善故毗摩質多此云淨心正法念經翻爲響高亦云穴居正云吠摩質咀利此云綺畫又云寶飾帝釋婦公舍支之父佉羅騫陀此云廣髀二脫因却解初段脫因等者初段文

云能令一切衆生解脱度無量苦諸有大海
既云一切衆生解脱度諸有海須於界内及
以界外各脱三障故以因果對於業報諸有
由惑故當煩惱經優鉢羅華下四句四色蓮
華優鉢羅是青波頭摩是赤拘物頭是黄芬
陀利是白

金光明經文句記卷第五

音釋

腴容朱切腹下肥也 倨居御切慠也 皦吉了切明也 顒魚容切 懅其據切懼也 纛徒沃切 氂莫襃知二切 騑芳微切驂旁馬也 薄蝕薄伯各切侵迫也蝕實職切虧敗也 螮蝀螮丁計切蝀德紅切 蹬唐亘切 鵂鶹鵂音休鶹音留 怡解怡弋支切和悅也解胡買切舒散也 厠初吏切 璝姑回切 琦渠宜切 璫都郎切 竄取亂切藏匿也 捍侯旴切 鏁蘇果切與鎖同 咀在呂切 佉丘迦切

金光明經文句記卷第六上

宋四明沙門知禮述

釋授記品二初解題二初正解五初明今是二種四種記者首楞嚴三昧經佛告堅意記有四種一者未發心記或有流轉六道生於人間好樂佛法過百千萬億劫當發心過百千萬億阿僧祇劫行菩薩道乃至供養佛化衆生皆經若干劫當得菩提二適發心與記者是人久劫種諸善根好樂大法有慈悲心發心即住不退地故故發心與記三密記者有菩薩未得記而行六度功德滿足天龍八部皆作是念此菩薩幾時當得菩提劫國弟子衆數如何佛斷此疑即與授記舉衆皆知此菩薩獨不知四無生忍記者於大衆中顯露與記也今是二種者即適發心記及無生記也二授者下約訓釋二字三此中下明所記之人四亦名下釋記異名五從佛下明授非受二此是下來意昔行經者金龍尊王讚佛發願而爲行經十千枯魚聞法熏修而爲行經以爲因方猶將也今得記莂將來作佛證驗今日若親弘經若爲外護不久得記成佛不虛二釋文二初分文二釋義二初與記二初與三大士記二初同緣者集過去同緣此經不說或見彼經二正與記世界轉名淨幢者應論四句者一名轉土不轉轉名淨幢是也二土轉名不轉如往古釋迦取土名娑婆今釋迦亦名娑婆三名土俱轉如觀音補彌陀處四名土俱不轉如今銀光補金幢光照佛處世界名字如本不異此中是一者恐誤合云二也二與十千天子記二初分科二

釋義二初聞經生解或相似解或分真解經無定判故須從容經心無垢累等如下釋疑䟽中明二正與記既云於是世界而無別名即是還名娑婆此乃土轉名不轉一句注云云者令如向釋也二疑記二初分文二釋義二初疑問三初行淺記深二如餘下約權疑實引錐指地者謂無有容錐之地不是捨身命之處也從假入空非止一世者菩薩性地經於三祇修六度故直行等者歷別漸次其相如是三爲衆發問大權解頓自必無疑爲他故問二佛答二初分文二釋義二初舉現行四初明三事和合二證聽經功德順前三教上求下化亦得名爲修法供養但以偏漸故經多劫一聽此經頓達妙性一攝一切名真法供既生圓覺即三世佛皆受供養能知

諸佛甚深行處三身頓顯令萬天子來此聽經若不能滿四種願欲安得受於成佛記莂驗知前品所說不虛三聞記下明稱經悟入無有成佛不具三身三身之果由於今日聞金光明以爲妙因從法性明生慇重心應身因也從法性光起無垢心報身因也從法性金起虛空心法身因也此金光明與其三德無二無別三德爲本無量功德之所莊嚴或似或真顯此三德是故如來授與果記聽經之益其相如是四以隨下指令昔因緣經皆因緣者一聞得記豈無因緣此乃總標有妙善根別標遠因緣以隨相修別標現因緣言因緣者感應也或內心外教而爲因緣何以故下釋出現因緣行隨實相而修者以十乘觀而爲行也不思議境名實相也即境爲觀

此觀順境名隨相修非今宗意此句莫銷然此十觀修有三根上根一觀中根二至七下根具用十今萬天子一坐聞經或但用一或在二三是信行根依言而修入似真位有妙善根下釋出遠因緣善既云妙乃昔聞圓而爲根種故云緣實相而種善根也二從亦下舉遠緣經誓願因緣者流水品云未來之世當施法食也乃以此文對下二品而爲略廣五釋除病流水二初釋除病品二初解題二初來意即廣答遠緣四字是也意通流水文在此中二由醫下釋題方等經王標除病目不止除於果報病苦義合該收惡業煩惱十種之病故下文云治諸衆生所有病苦悉令除差文意含攝十種行人故上正論品䟽云半名世論半名出世論今豈不爾又判谿云上根即於境種而生於果故文云直聞是言病即除愈爲中下根更須後法是故文云至長者所爲合衆藥故知不獨除果報病二釋文二初通後品分文二就二品釋義五初緣本二從像下遠緣二初分文二釋義六初明父二善女下生子經受性聰敏敏達也孝經云參不敏何足以知之三是時下國人遇病四善女下其子請三初見人遇病二作是下思惟經衰邁說文衰減也損也廣雅邁歸往也謂壯力已往也禮記八十曰耄注云耄惛忘亦亂也顫四支動也掉振也机杖者坐則凭机行則執杖三即至下正問四初問四大增損二問飲食犯觸三問治病醫方四問病動時節五父爲說二初分文釋經二初分文二隨釋四初答四大增損二初佛叙父醫欲

答二正答時節五初釋時節二初依俗法謂孟仲季者孟始也仲中也季末也二依佛法一歲三時以四月爲一時也何故没秋時耶爲破下凡有二一爲破常計二爲開迦提以秋是收成物皆結實易起保著故不言秋爲開安居者爲後安居人續結令成爲前安居人開迦提月也律中有三種安居謂前中後也四月十六日是前安居十七以去至五月十五日名中安居五月十六是後安居若四月十六日結者至七月十五日夜分盡名夏竟至明相出十六日後至八月十五日以來名迦提月明了論云本言迦絺羅爲存略故但云迦提此翻功德衣以前安居人坐夏有功五利賞德律中受此衣故一畜長財二離衣宿三背請四别衆食五食前後至他家西域記以迦提翻昴星以昴星直此月故於昴星月中得受功德衣故是知若不没秋中後安居不名坐夏以後安居人至八月十五方解故二釋若二二説三初依俗法土寄四季者三六九十二月也各十八日者四季共七十二日也秖是陰陽二月者皆以奇數爲陽偶數爲陰也陽土陰土者從冬至一陽生爲陽遁故十二月三月是陽土從夏至一陰生爲陰遁故六月九月是陰土若論下二陽土二陰土亦是二二故加本月足滿六時二依佛法皆起於十六日者彼以十六日爲朔也三又云下復依俗法皆以奇偶之數分陰陽也三釋三三本攝二初正釋二初依俗法二初以孟爲本二又云下約五行説二依佛法三時三月以爲其本各攝一月故云三三本

攝二釋妨既三爲一數是故俗法及以佛法皆約三論但以俗法本之與攝秖在三中故名三三本攝若佛法者即以三三爲能攝本乃以三一爲所攝月亦得名爲三三本攝四釋隨時消息二初依俗法三依佛法夏之後分冬之初分隨俗名秋隨此兩間消息斟酌五釋代謝增損二初通內外釋春動肝病等者肝藏屬木木春王則可治脾屬土木尅土故脾難治心藏屬火火夏王則可治肺屬金火尅金故肺難治肺屬金金秋王則可治金尅於木故肝難治腎屬水水冬王則可治水尅於火故心難治二約佛法料簡二初問二答意者佛所制法非爲養身但爲修心及以禁足分二初約破常答凡夫四倒常樂我淨顛倒之計託緣而成故廢秋時令諸弟子不

保常樂二約坐夏答既開後安居免於坐秋則前安居人得立迦提月廢秋之意爲此二緣二從有下答犯觸二初正明犯觸其中先論六事犯觸多行倚者倚立也次若火下四大動病火少痰多者火減故水增也飲食下通明六種犯觸過量等者封君達云體欲常勞食欲常少勞勿過極少勿至虛常去肥濃節鹹酸減思慮損喜怒除馳逐慎房室苦菜別示妨食二略明六大白虎通曰府者何謂也謂大腸小腸胃膀胱三焦膽也府者爲藏宮府也胃者脾之府也膀胱者肺之府也三焦者腎之府也膽者肝之府也大腸小腸心之府也䟽中兩膀胱唯一藏黃帝脉經云上焦自頭巳下至心中焦自心巳下至臍下焦自臍巳下至足廣雅云膀胱脬也脬字匹交

切腹中水府三蒼云盛尿處曰脬三從多下答病起時節生與起時相不同者微發爲生動用爲起微著不同也夏日等者四病四時生起所以也四從有下答治病方法二初分文二風病下隨釋三初未病藥防二飽食下正以藥治也但舉病發者以病顯藥當用對病妙藥治也三風踈下病退藥補二此中下示銷文所出良以真諦善閑世術兼有神通故銷此文全憑彼疏六善女下知已徧治二初分文事釋二初分文二釋義二初病輕聞說即差二經善女下病重服藥方除此品事醫意含法藥除病不一非可卒陳次示觀心略申其意其文在即故注云云二觀釋者此品所詮是佛自叙宿命所作淨佛國因文中雖說除果報病意乃通結四教機緣是故大師事解之後示觀心法明彼流水結緣之意如觀音疏釋於七難帖文但在事中火等至觀行釋方明三障四教今豈不然問既結四教生土之機何故但約停心方便而論觀心答語似三藏停心之法意則不然何者以四分名通界內外數息等四四教行人無不修證今之觀解約此而論彌顯除病結緣之意分三初明觀之藥病三毒者謂貪嗔癡偏起也言等分者謂三毒等起也然貪嗔癡性本相反終非三心一時並作但是不定雜雜而生故云等分一分乃有二萬一千四分共成八萬四千塵勞之門此則十界衆生心病對前果報身病是外故今四分名爲內病數息等四對前甘辛種種之藥皆是事治故今四觀名爲法藥二宜聞下示行之根性自有衆

生聞說四觀四病得差屬信行人自有研心修此四觀四病方差名法行人信行則是學讀之人法行則是坐禪人也今明二人皆通四教三眼是下明對病用藥二初明四分起相二明四觀治相初四初約五根對時此就五行對於五藏藏主五根根屬四時眼耳鼻舌偏屬一時身通四時如常所說二妙好下明五欲致病以其五欲麤妙偏總對根不同致令四分增損有異須知五欲徧界内外故使四分通別天殊迦葉斷通故稱少欲未斷別故聞琴起舞請觀音云斷除三毒根成佛道無疑既論三毒寧無等分此四亦由實報五欲麤妙偏總對根而起也三明三受犯觸違情苦受順情樂受不違不順平平受此三偏起也總三起等分名覺觀緣慮紛紜也四

慢時下明四分病因五欲三受既從外境蓋是四分助發之緣今舉慢等内心惡習乃是四分親發之因慢心發嗔乃至放逸發於覺觀并前犯觸通界内外例五欲說二慈心下明四觀治相前說外緣及以内因起四分心皆所觀境即是病相今明四觀正明能觀四種法藥慈心治嗔者嗔既通於界内界外能治慈觀不獨觀於衆生作父母想與世間樂觀一切法無性無相能與衆生涅槃之樂觀一切法無非法界能與衆生究竟之樂以此治於三種嗔心是故釋論明三種慈也不淨治貪者不獨修於實想假想破於凡夫依正之染亦能破於二乘涅槃之染亦破菩薩執於次第三諦之染故起信論云始覺能破六種之染因緣治癡者不獨觀於三世無常因

果破於凡夫斷常之癡亦能次第觀於三諦十二因緣破於二乘有無之癡又能一心觀於四種十二因緣破於菩薩縱橫之癡是故大經觀十二因緣具四種智也數息治覺觀者不獨數息觀於生滅而破凡夫有著散亂亦能數息修俗諦三昧深入緣起破於二乘偏空亂意又體數息息息皆中諸法趣息破於菩薩二邊亂意故請觀音於數息法得三乘道住首楞嚴身如瑠璃毛孔見佛然此四治或可四人各修一法以其四法各合三觀人人自可依次不次而治三惑或可四治秖對三觀慈心即假觀不淨即空觀因緣即雙照中觀數息雙遮中觀此三自可約次不次次復不定或可三人各一或一人前後若不次者唯是一人一念而進觀音疏中尚以三

毒直對三觀而論次第及不次第況慈等四非三觀耶若其圓人四分偏總而發起者即於一心融妙三觀對病用之即止觀中勝別意也三流水品二初解題二初兼除病釋名二初釋流水二初引文標二名二接經釋二義二初釋二義二初別釋二義二初釋與水二釋流水初則大慈與樂次則大悲拔苦初又二初列二水二釋二水今此一類世樂且在果報之益出世唯明一實之益若論此時結淨國緣合偏人天及以四教二釋流水二初列二水流除者流去其水即是除義二流除下釋二水言業因者於果報外九益皆能除於業因令十號等乃以能除顯於所除十二因緣經稱甚深驗三歸十號皆是圓說識本雖無三歸之文最勝經有真諦所譯必亦

有之授法之儀闕之不可二請父下雙成二義二既有下單示題二初問二文中下答經文與題二名互顯巧不過此也二釋長者子法華疏中具十種德名長者一姓貴二位高三大富四威猛五智深六年耆七行淨八禮備九上歎十下歸子者下亦如王子公子也故經云持水大長者家中後生一子名曰流水二此文下取授記出意二釋文三初明第三結緣近由二初分文二釋義二初弄引二初行恩布德二國人稱美二善女下正近由三初明眷屬二時長者子將下見魚之緣即禽獸馳奔也三時長者子遂下正救魚私開爲二初明因緣二初因流水興悲二時有下緣樹神示數二善女下與水食二初與水四初取樹枝覆日恃依也二作陰涼已下知水

源決絕捕捉也決棄其水決音穴廣雅云穿也說文云下流也周易藩決不羸亦音穴也三時長下就大王借象廄馬舍也釋名云廄聚也馬之所聚也二時長下施食二初察魚飢惱傍徉上扶方切下以章切廣雅徙倚也又徘徊也二善女天下取食施與二從未下明第四結緣二初分文二釋義四初發誓願二復更下思惟說法三作如下正說法先稱十號次說因緣十號在悟在果因緣在迷在因迷悟因果其名雖殊而體不異以十號果是究盡三德十二因緣是本來三德三德不改因果寧殊故普賢觀云大乘因者諸法實相大乘果者亦諸法實相諸法是修二實相是一性此三圓融不縱不橫全體爲因全體爲果衆生雖迷十號無減諸佛悟極十二不

虧以世間相皆常住故今先唱果果理已顯令其解生初稱寶勝者乃是別名名於一佛如來等十乃是通名三世十方佛佛皆具若以通從別合得名爲寶勝如來寶勝佛寶勝世尊此三既然例此合云寶勝應供寶勝正徧知乃至寶勝天人師也此十通號大經大論出其名天台慈恩出其義相狀已顯今傍諸釋更約三三及一總結以銷十號令知一一無非祕藏此義若明則不辱於果人名字初三既以如來爲首即法身中三也如來是真如屬法身應供利生是解脫正徧知具二智是般若以其法身必具二德故也次三既以明行足爲首即解脫中三也三明之行是解脫善逝能趣極是般若解三世間一一常住是法身以其解脫必具二德故也後三既以無上士調御丈夫爲首即般若中三也見性名丈夫故當般若天人師軌訓衆機是解脫佛是復本大覺是法身以其般若必具二德故也此九即三此三即一一無一相三九宛然三千世間九世刹那一多延促究竟自在故言世尊十二因緣束爲三道無明愛取三支屬煩惱道行有二支屬業道識名色六入觸受及生老死屬苦道此雖昏迷繫縛輪轉而全體即是三因佛性皆不可思議隨人觀察顯發不同故大經說下中上智觀此乃得三乘菩提若上上智觀得佛菩提以前三教智有思議故觀十二止得三乘唯有圓教不思議智體無明等即是性染非佛天人脩羅所造一一常住當處圓融方曰因中具於果性又玄文中三道三識雖本有位與果後

三德無二無別得此意已方可分別十二別名無明謂不了六受即空假中行謂依不了心動作業行識謂業牽中陰識託母胎名色謂二滴爲色心但有名六入謂名色增長成六入根觸謂六根對外爲塵所觸受謂觸生三受苦樂平平愛謂迷三受故於樂染著取謂愛染纒綿四方求索有謂由取造業須有來報生謂有業既熟未來陰興老死等謂生須變滅悲惱縈纒此十二支或約三世或約二世或約一念雖三不同皆以十二而對三道即事而理一一究竟清淨自在不縱不横而高而廣如是觀者得佛菩提略三歸者義已具也蓋三寶三德體本不異既稱南無寶勝十號豈非歸命果上三德復説甚深十二因緣乃是心依因中三德迷悟極際三德無差一體義備三皆具足常樂我淨真是歸依三寶義究竟成當知識師意趣深妙四魚生天報恩四初魚報生天凡初生天以自業力有三種念一自知從其處死二自知今此處生三自知先作何業得來生天既知是事故下酬恩二天酬恩下地經樓屋者重屋曰樓或作樓臺者誤也釋此爲二初事因緣十號且就能詮屬言教故同於水食名爲事也二理秖於四事而解四德故成理益以十千魚由戒緩故受鱗介身由乘急故今遇大乘真善知識故能於事深解妙理受食得命即表真常受水得樂表涅槃樂於十二棘林解自在我依十號法獲天報財於世淨命解性淨德此四法益因流水得故持四萬真珠瓔珞報恩供養食等四事既表理益四萬珠瓔豈

但事供蓋表千界萬如是法一一皆具常樂我淨即四十千真珠瓔珞非嚴而嚴嚴於法身此乃財供而成法供若不爾者豈得名爲有妙善根得記緣耶三時閻下王見光瑞四長者據教定答三明第五結會古今經羅睺羅此云覆障以六年在胎因立斯號新云羅怙羅此云障月然本迹事不可審知傍文思之十千今昔必是所化餘皆能化此之能化據華嚴等諸經所說皆是劫海修其實因熟其十千令今得脫若取法華久成之意皆是迹中接此等機令今得記此宗講者內心合知六釋捨身品二初釋題二初問捨多題少二此從下答從要立題受者須身虎飢所逼正須身肉壽命財位非彼所求夫行門無量根由宿熏四種三昧逐人所尚於隨自意善行六度樂行檀者於身命財無所悋惜自行教他隨喜讚歎皆在於施若於善師及依實教修檀行者體能施心及受施境所施身等即空假中事行理觀合一而修助道正修相資而進既稱本習故忻然而爲或因事卒行宿緣會故或積年要誓今覲成故或顯陳所願令物効故或密遂其心息他謗故悲重故密慈重故顯心若真實四悉俱成心若詐欺二利皆失然佛談本事令人効行故疏云引昔捐軀誡今師弟勿悋法財問大論云捨身易捨心難論欲行者捨執著心故以難歎欲息事施故以易斥何不依論遠離執心令人爲何好捨身命答抑揚取捨皆遵佛教悉赴人心佛談正助不同人樂理事不等今品特示捨於身命安得以論難易爲譏又復空說

捨心而執已見膠固自體一毛不拔毀他捨命爲非既乖隨喜之心寧逃嫉善之咎願聞佛說隨力奉行二釋文二初分文二釋義四初問小人即國病者小蟲一萬枯魚魚闕末來法食之誓獲成佛記例病差者定於後世爲解脫機是故皆蒙二世之益感深契極者以不二解導難行行此感至深捨身命財與後際等此契唯極衆聞獲益正當此時是故樹神乘機發問二答二初分科二釋義十段悉如科列二就本下正明捨身二初分文二釋義二初長行四初明本眷屬二初分科二釋義五段如分科列二從作下捨身方便二初分科二釋義二初述觀解二起誓願願行相扶者行即觀解非此觀解莫成其願非乎誓願行則有退踈適産七日至樹神數魚等

者此文追解前第四見産虎文也䟽可見經從作是念言下述觀解觀有二種一助觀二正觀從初至甚可患厭是助道觀也以三藏教假想對治戀著依正之心從是故我今下正觀也至無諸塵累等即空觀也無量禪定至諸佛所讚即假觀也從證成如是至法樂即中觀也說乃前後修必一心二從是王子下述誓願先作方便次作誓言下正起誓六句不出四弘初二依滅諦發成佛願三四依道諦發悲智願第五依苦諦發度生願第六依集諦發斷惑願此依界外滅諦爲首驗發圓心也三正捨身二初科二釋經六種震動者謂動起涌三種是形震吼擊三種是聲今於形聲略言其二故言震動四捨身後悲戀二初科二釋如文二偈頌二初分文二釋義

三初通明昔行二我念下別頌長行二初分文二釋義五初頌上本眷屬二頌上捨身方便三頌上正捨身四頌上眷屬愁苦五頌上父母愁苦私開二初經是時王子當捨下頌見相時愁憂二初王妃憂惱二初見相二於是下述相六初正述惡相二是時下述已迷悶三王聞下王臣憂惱四爾時下國人驚愕五爾時下王妃敘德六我所下驗相失子二爾時下大王求覓二初慰諭其妃二大王下求覓其子二先所下頌知終後悲苦三初使者廻白二初前使慰王二須臾下後使告實二是時下大王悶絕三復有下王迎二子三初臣述失志二是時下王並思惟一亡二存對並思忖亡者叵尋存者宜取三爾時下迎子慰母三從佛下結會二初科二釋三初結

會人經輸頭檀或閱頭檀此云淨飯摩耶此云天后調達亦提婆達多此云天授父母從天乞子天授與之是佛堂弟瞿夷此云明女悉達有三夫人一瞿夷二耶輸三鹿野各有二萬婇女五比丘者憍陳如頞鞞跋提十力迦葉拘利太子陳如十力迦葉二是母親餘三是父親舍利弗此云身子母好身形故母名身是彼之子故名身子目揵連此云胡豆姓也上古有仙居山常採菉豆而食因以命族尊者是彼之後也二經爾時下結會塔具云塔婆義翻方墳或云聚相謂累木石及寶高以爲相荼毘後分云佛塔高十三層上有相輪支佛塔十一層羅漢四層輪王塔無復層級以未脫三界故十二因緣經八種塔並有露盤佛塔八重菩薩七重支佛六重四果

五重三果四二果三初果二輪王一凡僧但
蕉葉火珠而已雖兩經異說而凡僧並無層
級邇世所立雖無露盤既出四簷猶濫初果
儻循蕉葉火珠之制則免僭上聖識者宜効
之舍利此云身骨三經是時下結會誓願三
說是下大衆所益四樹神下結問意經怖懅
其據切廣雅云畏懼也廩必遲切疽疾也奄
忽忽謂倏忽也鶵士虞切鳥子也瞤如輪切
目動也技武粉切拭也躃旁益切倒也慟哀
過也惙陟劣切疲也七讚佛品初解題二初
明讚之能所二初大師約因人讚果釋能讚
是三番菩薩者一是經初陳列之衆二是信
相發起之人三是樹神善女此雖衆兼道俗
形混人天既發大心咸名菩薩所讚是一佛
世尊者即釋迦教主一佛也斯欲異前讚品

能讚是往世金龍一人所讚是三世極果諸
佛也然准前釋題品目具含四悉今文略示
欲明其相者應云題標讚佛義含能所即世
界歡喜也二能讚善生必托緣起緣中最勝
莫過讚佛故三菩薩能讚即爲人生善也三
所讚爲能讚乃印成三菩薩說無虛謬即破
惡對治也四如來讚樹神快說果地大體大
智大用即入理第一義也題含四義文理一
如今疏存略不無其以蓋題讚佛實通能所
以所讚果佛反讚因人生善破惡二俱不便
然或以所讚爲能讚生他善業破他事惡斯
何不可故知略也二私謂下章安約因果互
讚釋言一佛是能讚者經云善哉善哉樹神
善女汝於今日快說是言經雖獨讚樹神意
兼前二故云三番是所讚言三番是當佛等

者釋疑也恐人疑云既讚兼能所何以獨題
讚佛故釋云佛通現未皆是讚佛爾

金光明經文句記卷第六上

金光明經文句記卷第六下

宋四明沙門知禮述

二次第下明品之次第二初明諸品所歸亦是今品之來意也何者下釋諸品次第序品叙大體等者向疏釋經叙乎五章今唯叙體者蓋指極果所游所契而高而廣法性是佛地之所證爲今經之大體也下壽量洎諸品功德皆不出大智大用言窮源等者妙覺中理之源已窮邊際之事亦極故種智泯照萬行休息是唯一性更無異途故曰經之大體也壽量果地二智已圓故冥深廣之體起長短之用懺讚空導豈越大用諸品功德無違應體故下云皆金光明之力也如是下二示今文讚意明由上一十七品之利益故有下六十二行之歎辭也善始令終者序等三分既皆獲利故三菩薩荷佛深恩而興讚歎故有讚佛品也令亦善也二釋文二初標科二釋義二初經家叙疏文可見經云從此至金寶蓋國者欲張大其衆滿中菩薩皆讚釋迦教主也比見有人不曉斯旨謂讚彼佛經疏非闇一何昧哉或恐後學隨他所解謬釋經文今略引疏示之原乎讚品之來者蓋三沓菩薩並由上聞經得利故讚佛及教豈關他佛況疏云一佛是能讚若謂讚彼佛者能讚一佛何指釋迦定起耶經疏泠然故不繁引

二正說偈二初分文別釋二初分文即智者就題分偈故合六十五行半文爲三即以如來定起三行經文合在樹神段中故云二十八行半樹神說分文可見疏不委釋故注云云應云六十五行半文爲二初六十二行半

三番菩薩說二後三行如來定起說故下章安總釋乃云其文有四即斯義也具如下釋二釋義三然此三番菩薩讚辭疏不分釋達者必辭意俱明恐新學者不曉今粗科釋初諸菩薩讚三初寄言讚三初讚能說教主自行功德三初讚大小相海二初如來下一行讚金色光一大相經云如來之身者標起也金色微妙等三句者讚第十四金色光微妙一大相也二身淨下二行半讚身清潔等三小相經云身淨者即讚第十一身清潔一小相也柔輭者讚第十二身柔輭小相也圓足無垢二句讚第二十身滿足小相亦是讚容儀滿足三其音下二行重讚梵音一大相也亦是兼讚言音深遠小相海也梵聲者譬佛音深遠故師子吼聲者譬佛音無畏也大雷震聲者譬佛音破迷也云六種聲者諸文皆云八音一極好二柔輭三和適四尊慧五不女六不誤七深遠八不竭譯人增減不須和會亦可先舉妙如梵聲者即八音中深遠音也師子吼大雷震即舉不女音也以佛住首楞嚴定常有世雄之德久離雌耎之心故所出音聲能令一切聞者敬畏天魔外道莫不歸伏也上既已列二種聲下但云六種聲者即舉迦陵頻伽孔雀等六種聲也以迦陵頻伽翻極好聲也二清淨下一行半讚尊特上以大小相間而讚蓋顯身相大小咸遍辭意雖含尊特未彰故今復讚身相光明俱無限齊經云威德者巍巍堂堂之相也二智慧下二句讚智斷功德上句讚智德下句讚斷德三世尊下總結尊特大論云尊特身佛者巍

巍堂堂譬如須彌映臨大海所有大小相好亦巍巍堂堂然如來自行具足三身功德諸菩薩唯讚尊特者上冥下應已攝三身斯乃讚智之巧學者思之二爲諸下六行半讚所説教法化他利益二初叙説教因由在文可見新經云欲利益諸衆生故常行法施乃至令得大果證常樂故二讚所説教法二初如來下二句讚經宗體體指序品如來所游深廣無界超諸因理故稱第一深義舉深該廣即甚深無量也宗指壽量極果所得過諸菩薩亦稱第一也法報體一深義可知二讚經力用三初能令下二句讚上懺品滅惡寂滅者寂諸業行之惡滅於果報之苦二能與下二句讚上讚品生善上是如來叙昔龍尊讚佛意生今日當機之善故能與無量快樂三讚空品雙導二初能演下一行讚能導空法妙經云甘露者即長生不死之藥也文詮中道妙空實相真諦能過二死迷變可生四德常身故斯理空即名甘露仍由染體本淨空名妙法從此而入復名法門二能入下二行讚滅惡生善深懺得斯空二死惡患之報即謝三德涅槃之宅可入言解脱者有二意若就解脱惑業之縛即破惡也若取無染自在之淨即生善也度三有等破惡生善可知三結讚人法者功德智慧結上讚能説教主尊妙人也慈悲精進結上讚所説教法宏深也法之宗用如是者皆慈悲精進所致也二絶言讚三初如是無量下一行絶言讚故不能稱計説喻二諸天世人下二行絶心讚故盡思度量不能得知大海一滴少分也三我今

略讚下一行指廣結讚可見三若我功德下一行讚已迴向迴向有三義現文有二理合其三在文可見二信相說二初經家叙二正說偈二初世尊下一行總讚相好功德千數者舉大數也二别讚大小相海五初别讚二種光相二初色淨下四行讚色具光相色淨遠照下即第十四金色光相光明熾盛下即第十五身光相然二種光相若據生身皆有齊限如云身光面各一丈今云如日千光乃至悉能遠照無量佛土故知信相昔爲龍尊讚佛尊特發願未來得值釋迦今日讚佛豈忘其本是則大相小相皆寄尊特而讚也二能滅下一行明光具與拔昔爲龍尊讚佛身故大光滅盡三界一切諸苦令諸衆生悉受快樂今日讚佛還讚光明滅苦與樂在文可見二諸根下一行總讚諸根相好如大相中有身端直皮膚薄細舌大覆面齒白齊密眼如金精睫如牛王小相中有鼻高好孔不現耳輪輻相埵成身清潔柔輭等諸根皆見者無有猒足三又比讚一小相二初髮紺下一行讚髮相孔雀項蜂王等皆比髮有紺色如八十好中有髮色青珠好等二清淨下一行半具功德清淨慈悲無量禪定久皆莊嚴故髮好柔輭四復明相好功德二初明相好具功德二初相好下一行明嚴身克果之用可見二如來下二行明攝生感讚之功若相若好隨大隨小悉能調伏令心柔輭受諸快樂故爲諸佛所讚二其光下二行明功德具光明功德高廣猶如須彌顯出大海五齒白下二行半又比讚齒毫二大相三樹神說二初

經家叙言道場菩提樹神者即如來得道之場在此樹下然樹本名畢鉢羅佛坐其下得菩提智果立此爲名故今女天依此樹住亦以爲名也西域記云昔佛在世高數百尺屢經殘伐猶高四五丈莖幹黃白枝葉青翠冬夏不凋光鮮無變每至如來涅槃之日葉皆凋落頃之復故此在中印度摩竭陁國大城西南四百餘里修苦行處不遠有此樹也二正說偈四初二句總讚南無者歸命之辭也清淨者佛性論有二種一性淨本無惑染故二相淨對治離障故今總讚如來中邊智滿法報應圓故謂無上正覺也二別讚二初廣讚能說教主三初甚深下一行半就所覺顯明讚佛法身甚深妙法者法性高廣諸法融妙圓智圓覺徧一切處衆邪染障本自離故

如來隨順斯理覺了其性一切魔外涅槃非法禪戒非道猶如大樹盤根厚地唯佛金剛大智獨拔而出成佛正覺者所謂出纏大法身也然準圓佛大智覺了本性非法非道應離三乘七方便涅槃非法戒定非道方曰遠離一切法者即所生果法也道者即能生因道也苟未離無明相分皆曰其非也二知有下二行半就能覺智行讚佛報身三初約法知有下二句讚報智也知者照也有即俗非有即真本性清淨即中以一切種智知照三諦則冥深契廣事理周極名佛無上報智也希有下二句讚佛助行功德重言希有者歎美之鄭重也下皆例然因中戒定萬行有排障敵惡之力名功助發大智成佛大果名德法華云久修業所得即無上報故謂如來功

德也二希有下一行約喻即喻上報身智行也大海喻智也須彌喻行也其智冥理窮實相底故方之大海釋論謂智度大海佛窮其底因中萬行積功累德喻彼須彌如華嚴涅槃皆云析骨書經如彼妙高三希有下二句總合智行契理三法一如故曰無邊行也三希有下一行半就垂世形益讚佛應身優曇花者具足云優曇鉢羅此言瑞應亦云靈瑞輪王出世時感此華泥洹經云閻浮提内有尊樹王名優曇鉢羅有實無華優曇鉢樹有金華者世乃有佛故云時一現耳無量大悲者垂應本也以大悲故不住涅槃二釋迦下一行半略讚所說教法如來將欲口輪說法必須意業鑒機如日照物無所不徧爲欲利益者準金光明之力用須明十種利益方盡垂世說法之意也三請佛出定二初讚今所入定爲請見由三初善哉下二行就果佛讚所游定諸根寂滅者以了眼等性常具無滅修諸惑死生悉已寂滅故常居寂定而復游入者將軫法輪表不妄說又三世佛說必須入定故首楞嚴經云雖知諸法常是定相而示衆生諸禪差別言善寂大城者正讚所入定也即向經初法性三昧若入此定即能善了諸法寂滅無非法性故防生死之非禦涅槃之敵即中道善寂而名大城也亦名無垢清淨三昧等既是佛之境界故受無垢清淨之名爲諸佛行處也二明三昧能空行相此經雖則結歸方等說在般若時後慨讚善惡皆推空導故空品謂無量餘經已廣說空故此經中亦譚其空爲入理門也佛游三昧亦

從空入聲聞之人雖從空入猶爲身果所纏如來空智明見聲聞身果性相皆空諸佛境界亦空如是一切無量諸法者指上自他依果國土淨穢推性推相不見差品一切衆生依正境界推求性相皆同真淨無復其異然推乎性相者即空觀遣情顯理之要門也一家明觀諸處共論其如講學之人亦多昧之今家承用則依中論智論準理準義開拓觀門故於權教實教事觀理觀悉已明之學者須知且如性相二空本是一空觀法備遣情計故有兩畨行相是知若善修一空觀者必遣二種執性如法華止云知法常無性荊谿謂應無性性無相性諸文爲辨性相寄前後說故以二諦分之乃云四句推性不見性是世諦破性四句推名不見名是真諦破相相破即相空也荊谿釋云若有性執世而非諦破性執已世乃名諦是以名爲世諦破性性執破已但有名字名之爲假假即是相爲空相故觀理證真是名真諦破相空非前後二諦同時故知性執破已雖名世諦初軫其觀即須觀真四句推性雖不執性其如惑存轉計其名既不見理但名世諦仍觀法性真理破名字相相執破已方證其真故名真諦破相或初觀真諦四句推性便了陰界色心名字無四句相即名真諦破性破相豈待轉觀破相方用真諦耶若爾推性何故云不自他共等推相自謂不內外中間等句法既別顯理用觀自異何謂秪一四句空觀破二種執耶答向謂寄前後說對所破執相故推性則謂不自他等推相乃言不內外等考乎觀門

豈有異途故荆谿云内秖是因外秖是緣等況止觀明性空觀畢乃引中論諸法不自生等四句爲證洎明相空觀畢亦引斯論諸法不自生等四句以斯照之應無别觀又止觀但名一總空觀者即二空觀也問法華疏約真俗假實明生法二空荆谿釋云真諦即法空俗諦即生空俗假真實乃引玄文世諦破性真諦破假假破即相空性破即性空爲證若以性相二空秖一空觀何引人法二空對顯二諦耶以人空時亦未法空故性相二空若例人法空者應二空須異何謂性空未顯於理相空無别觀耶答小乘得人空時容有未得法空如云見惑若破得須陀洹果名得生空此則少顯真理進破思惑方得法空其理究顯大乘人法境融觀道不異如大品云色性如我性我性如色性四陰如我用觀亦然縱有惑分麤細執破前後用觀必無異時而法華疏約人法空名二諦者爲對所破寄分真俗故引世諦破性名性空真諦破相名相空爲證其如用觀委明行相須於我人生境破性破相方得生空復於陰界入法寄俗寄真推此二空窮斯真理名爲法空方是用觀行相委悉故止觀云於性相中求我人知見不可得是生空於性相中求陰界入不可得是法空而疏以俗諦對生空者蓋此生空體是法執故以俗諦顯此空相故云俗假假即虚妄也法執若破妄染究盡方名真諦故云真實實即究竟也荆谿體斯疏意復以玄文寄世諦顯性空等義而爲證也故云真俗不二二空俱時問既云二諦不二二空俱時

顯是一理一空又何分二諦及明二空耶答其實所顯理是一能觀觀亦一為對所破執故而分二空顯空淺深故而寄二諦是故性相空中性空約理理既未顯但名世諦明空空猶未盡但名性空仍於世法又觀真諦破此執名之相相若破已理顯方名真諦觀成方名相空故寄二諦顯二空相故知若曉性相二空對所破而分真俗者則寄二諦明人法二空準理亦然是則人空空未實故乃寄俗顯故云俗諦即生空也法空空既已淨而寄真顯故云真諦即法空也矧又雖用生法互融之觀而照真俗不二之境其如衆生無始多於生境計我起執不二之觀亦於生境先當其用故破人執時且名生空既法執在復觀其法本無其執離四句相方名法空故

大師謂始覺人空終覺法空然此二諦顯二空相通圓之教行相亦同但通用其觀止照真理故寄俗寄真顯性顯相明斯二空唯在真理而圓實之教體生體法推性推相唯是中道法性法性無生無性名世諦破生破性此生此性即法法體本空名真諦破法破相雖寄二諦悉用中道而顯二空通無此觀學者思之然委明二空推所執能人執隨法執亡者具如前䟽空品記文三狂愚下二句指凡愚不了請現上讚佛所遊三昧空智徧了諸有差異悉皆泯亡唯真智獨存更無染異樹神分曉悲愍凡迷狂亂愚癡不了性相俱空故請佛出定二騰昔常願見正請出定四初我常下五行正叙昔願行請現我常念佛者念即觀照之異名也心遊法界常照三身

叙昔觀力未充欲求深證故助之以誓願跪之以合掌加乎戀慕哀泣雨淚修行大悲等並助常念之觀也言最上大悲者即無緣悲也正助合修故曰最上問樹神在會明見如來入定說經何故今方頻言欲見於佛耶答今有二意一者如來入定本爲說經說經既畢要須出定欲出其定須得其請故佛出定能印三番所說皆實既一期事畢乃樹神致請殷勤故叙昔常願見復加願行欲使未來亦得見佛故云願使我身常得見佛二者樹神久已分見如來真身欲增念佛之觀更求上證故寄請佛出定頻陳欲見苟得如來酬請現身即已心中真佛顯發更明故下結云唯願慈悲爲我現身二約定具慈悲請現三初世尊下二行明慈悲能護迷暗樹神自昧如來上位真身故請佛加願使我身常得見佛復愍於他迷瞽所及不見佛之真體故叙世尊常護一切是故渴仰欲見者即引已及他請佛現身二聲聞下一行半約聖凡未發性明即樹神擊請令佛出定也佛雖在定明了性淨猶如瑠璃表裏通徹照機起應皆不動於寂定如來雖久已明了其如衆生未發上定故樹神頻請出現發悟斯機乃舉六喻顯乎聲聞色體非性明體所證真理閒寂無知如空之虛無亦燈之烟焰術之所幻聲之谷響神通之化水中之月皆非實性不能即寂即現也衆生之性虛妄現在如夢所見都無實相三就佛行處明見請現正明佛所入定具慈愍照故請如來出定令我及衆得安樂故三一切下一行半愍凡聖不知請現樹

神以凡夫小聖共迷佛所遊境界故請佛現身即令明見唯心佛現經五通神仙者別舉人趣中有術成仙者發得五通雖有他心宿命而不知佛所遊定照理起應不離衆生心體無漏二乘雖有三明六通亦昧佛境唯心故曰亦不能知也四我今下一行指已信不疑請現樹神述已於佛行處明了無滯雖知本無隱現上舉他衆共迷佛境實有動靜故敦請出定云惟願慈悲爲我現身問今佛入定說法對告起禮舍利既有往來時會共見樹神焉知如來在定未出而致請殷勤耶答樹神大權久與佛同事昔爲流水救魚樹神現半身示數長者既已成佛樹神豈猶滯凡故今一動一靜皆扶佛化何不知之有矧凡出定入定皆有其儀佛雖起坐往來其如未示出定之相樹神敦請至勤方現出相其相者必須先示微微動搖其身次乃[illegible]氣頻呻徐緩而起方知如來示出定相故法華謂安詳而起此經云出微妙音故知定起皆有其相也問新經自云爾時薄伽梵於日晡時從三昧起觀察大衆而說頌曰金光明妙法最勝諸經王今之識本何故至三番讚畢方云從三昧起耶苟譯者所見不同其如集經者梵本編文安次如何耶答梵本不同豈須和會其如學者無由曉經今略試評之在理或當冀無私隱且夫此經古師謂是偏方之教即一時赴機之說也故天台結歸方等部攝斯由機分大小應赴權實赴權小者令見佛從定起說法應實大者則知佛在定而告亦如華嚴中令見女子身中入正受男子身中

起出說等當時應物既殊故集經者或言定起方說或云說畢定起然佛滅度後集經者又匪一途亦有窟內窟外所集亦云梵語有賒有切等致譯經者所覩梵本不同如讖師曾遊五天必覩梵文正本見云佛在定而說必須信受敬譯淨師本弘小典晚接梵文或見云佛從定起方說正符所宗故徧譯無改至列聲聞菩薩等衆皆云於日晡時從定而起到佛會所古師嘗推譯者未爲雅當信亦有之然聖師所爲必非徒然凡流膚學莫盡考乎厥由也求過得過附贅之尤亦已甚矣學者體而思之問大師既依讖本釋經何故云入遊法性出敘經王耶答如來常在法性上定應機順物示入定相雖心遊寂理口出其言故謂出敘經王蓋寂不阻照說無妨定

非謂身出其定也四酬請起定二初爾時下一行明經家敘起定爾時者即當樹神請畢之時佛示出定之相乃云以微妙音而讚歎言即微細妙好之音而悅豫四衆也二善哉下二行明佛定起能讚佛讚樹神意合前二以諸菩薩及妙幢能讚佛所說教皆是快言如來序品已來明大體大宗大用是金光明妙三法也故云快說是言若衆生聞此三法即能發解證悟明了常住故云入甘露無生法門耳二章安總釋二初約義釋二初約佛讚義二初約定果讚因二初正明讚因義二初示義私謂下總釋也其文有四者前大師分科止爲三段以如來定起三行之文合爲樹神段中故註云云今章安開釋方爲盡理文現可見二引證二示印成讚教三番菩薩

皆先讚佛次讚說教即讚如來從序品已來是說一經大體大智大用菩薩修因也何者序品明遊法性佛指所遊是諸經王等三番謂佛是說一經之大體也壽量明佛常果三番謂佛是說一經之大智智即宗也懺讚空品謂佛是說一經之大用也四王至捨身品皆是說菩薩修因也三番讚教既稱佛所說故如來定起印成即讚樹神等快說是言也二讚通三業章安因明今品果佛定起能讚因人快說復考經之上文亦有果身禮舍利之義舍利者翻骨分也即因身爾上懺品佛讚大懺讚品佛讚龍尊是大讚皆言大者一懺一讚等法性大體知罪福性空也四王品能請善集品能說鬼神品等能聽捨身品能行皆是快說者共能了金光明教能詮所詮是體宗用三即一切三法故皆名快說也信相龍尊四王等並是因人故謂因口所說孱字(士限切)現也身口非意不行故云任運例成也二約出定義二初據起問入二答始末在定二初明住法性定問諸經先須入定定起方說今經何故一向在定而有所說耶答若論法性上定豈有出入說默之異既示其定蓋順物機物機所宜適樂不同諸經示同往佛皆先入定履歷法緣對治散心妄有所說故須入定定起方說此經首尾在定而能說者意同向理又示金光明無量甚深自在無礙寂照融徧故說畢定起印成三番快領如來所說法也二彰法性圓融言若作入法性者顯理含容不阻出入上唱法性無量甚深一出一入有說有默豈逾法性故云法性自

在言四佛者即四方佛也五佛者并釋迦耳同處各處等者信相室與靈鷲山雖異若了唯心者見唯妙土則弟子衆一故五佛同處共一身一智也是則四無來去一無住在其執權教者弟子衆異謂妙幢所居共佛看山敻隔多里故四佛五佛匪唯各處亦見異身異智實來實去定住定在雖此殊别無離法性故云隨人所觀皆無障礙也二約觀釋二初明事三業境言觀心者標明觀釋也先明諸菩薩讚具三業爲妙觀境然讚雖在口身須恭謹心仍尊重三業齊運讚義方成二明理三觀成二初明於事觀理言三觀心者寄身等境示空假中能觀三觀心也近有講人不知便謂後人妄加心字亦由向迷心爲所觀致有蹐駮斯之踈謬不可云也止如十六

觀經本明佛觀疏云心觀爲宗或不見斯意乃妄有穿鑿今之學者切宜思之觀身不得身者先明身觀推檢四大本無實性名身性空但有名字即身相也名字多種且舉六度十度等如身行布施名檀身離諸非名戒身受所辱名忍身勤前行名進身能安靜名禪身了體空名慧身行其巧名方便身立盟誓名願身利及於他名力身出生死名智身乃至身行八萬塵沙法門行者隨受名字達名無名名身相空推檢性相雖空而色心諸法宛然故空不定空假不定假非空非假皆真實妙性名顯中道也觀身既然口意例解二明事得理成三初明無觀俱失身等爲境能發其觀觀成境現事理雙明猪揩金山方之可解二以衣物爲例三衣者僧伽梨鬱多羅

僧安陀會也六物者兼尼師壇鉢多羅漉水囊也是知六外無三亦如四禪八定定外無禪蓋衣名則局物名稍通衣者遮覆之義也鉢多羅等且非遮覆故通名物也亦如無色四處受想慮亡則無支林喜樂之名故通受定名也色界四處雖通靜慮受想尚行則別受禪名故知解之則事三理六俱明昧之則三六四八俱暗三得理俱成境由觀顯理觀若成身口意三名妙色心故亦名六觀亦名事理成也無六亦無三者牒上例中若不解之文也可見

維昔先稟法智大師甞講次撰記解釋經疏方終一十七品會乃歸寂其最後讚佛一品經旨幽邈疏科尚簡而鉤索深隱固亦難矣予雖不敏忝久親講授遂纂集舊聞繫諸卷末亦冀覽者豈貽續貂之譏云

金光明經文句記卷第六下

音釋

睫即涉切目旁毛也　闃苦臭切寂靜也　黈他口切　嚬呻嚬毗賓切呻音身　敻許正切遠也　踳駮踳尺準切駮音剝踳駮相乖舛也　邈墨角切遠也　貂丁聊切貂鼠也

菩薩戒義疏

隋天台智者大師說
門人灌頂記

清刻龍藏佛說法變相圖

菩薩戒義疏卷上

隋天台智者大師說

門人灌頂記

菩薩戒者運善之初章却惡之前陣直道而歸生源可盡聲聞小行尚自珍敬木叉大士兼懷寧不精持戒品内外二途咸皆敬奉王家庶衆委質虔恭斯乃趣極果之勝因結道場之妙業然經論所載戒相有於多種記傳所辨受法不無同異良以機悟偏圓宜聞詳略辭無雙舉事不並行今謹按什師所述法相出自梵網經律藏品什師秦弘始三年來達漢境光顯大乘匡維聖教傳譯經論三百餘卷梵網一本最後誦出誓願弘宣是故殷勤一言三復特爲文義幽隱旨趣深玄所以指掌曉示令後生取悟爲易經稱梵網者欲

明諸佛教法不同猶如梵王網目品言心地者菩薩律儀徧防三業心意識體一異名三業之中意業爲主身口居次據勝爲論故言心地也釋此戒經三重玄義

第一釋名　第二出體　第三料簡

就釋名中初明人名次辨法號後明階位天竺梵音摩訶菩提質帝薩埵今言菩薩略其餘字譯云大道心成衆生亦云開士亦大勇心復云善美隨行爲名以其運心廣普因斯立號大品經明此人有大道心不可沮壞猶如金剛從初發心終至等覺皆名菩薩也又稱佛子以紹繼爲義三乘皆從佛生解盡是子義法華云若如我子大士紹續爲勝稱爲真子又三乘同皆修道盡有此義二乘自通至小果狹而且短大士廣長自通通他故受斯稱大經發心云初已爲天人師勝出聲聞及緣覺故言大心次辨法號即是戒義梵音尸羅大論云秦言性善亦云清涼以其能止破戒熱惱從能得名亦云波羅提木叉譯言保解脫又名淨命亦言成就威儀無所受畜未來生處離三惡道淨土受形能止邪命防非止惡亦言戒是約義訓義復言勅義禁義並是隨義立名大經云如佛禁無常汝猶說者即破佛禁舌則墮落又云是人所有禁戒皆不具足尚不能得二乘菩提況無上道今言戒者有律儀戒定共戒道共戒此名源出三藏律是遮止儀是形儀能止形止諸惡故稱爲戒亦曰威儀威是清嚴可畏儀是軌範行人肅然可畏亦曰調御使心行調善也定是靜攝入定之時自然調善防止諸惡也道

是能通發真已後自無毀犯初果耕地蟲離四寸道共力也此二戒法既是心上勝用力能發戒道定與律儀並起故稱爲共薩婆多說律儀戒禪戒無漏戒此名雖出三藏今菩薩戒善亦有此三若要誓所得名曰律儀若菩薩定共道共皆止三業通稱戒也若攝律儀攝善法攝衆生此三聚戒名出方等地持不通三藏大士律儀通止三業令從身口相顯皆名律儀也攝善者於律儀上起大菩提心能止一切不修善事勤修諸善滿菩提願也攝生者菩薩利益衆生有十一事皆是益物廣利衆生也戒品廣列菩薩一切戒竟總結九種戒皆爲三戒所攝律儀能令心住攝善自成佛法攝生成就衆生此三攝大士諸戒盡也瓔珞經云律儀戒謂十波羅夷攝善謂八萬四千法門攝生謂慈悲喜捨化及衆生令得安樂也大論戒品列十種戒一不缺二不破三不穿四不雜五隨道六無著七智所讚八自在九隨定十具足義推此十不缺者持於性戒性重清淨如護明珠若毀犯者如器已鈌佛法邊人也不破者持於十三無有破損也不穿者波夜提等若有所犯如器穿漏不堪受道也不雜者持定共戒雖持律儀念破戒事名之爲雜定共持心欲念不起大經云言語嘲調壁外釧聲男女相追皆汙淨戒也隨道者隨順諦理能破見惑也無著者見真成聖於思惟惑無所染著此兩約真諦持戒也智所讚戒自在戒約菩薩化他爲佛所讚於世間中而得自在此約俗諦論持戒也隨定具足兩戒即是隨首楞嚴不起滅

定現諸威儀示十法界像導利衆生雖威儀起動任運常淨故名隨定戒前來諸戒律儀防止名不具足中道之戒無戒不備故名具足用中道慧徧入諸法故名具足此是持中道第一義諦戒也次明階位釋尊一化所説教門準義推尋具明四教謂藏通別圓如大論引迦旃延明六度齊限尸毗代鴿是檀滿須摩提王不妄語是尸滿忍辱仙人歌利王割其心不動是忍滿大施杼海是進滿尚闍梨鳥巢是禪滿劬嬪大臣分地息諍是等智滿偏菩薩也大品明有菩薩發心與薩婆若相應通菩薩也有菩薩發心遊戲神通淨佛國土淨名中不思議解脱變身登座而復受屈被呵者別菩薩也發心即坐道場成正覺轉法輪度衆生圓菩薩也四菩薩中行位深淺今當説最初三藏正爲小乘聲聞有七賢聖外凡有三一五停二別相念處三總相念處次入内凡有四善根第四暖法五頂法六忍法七世第一法過此入聖位一隨信行二隨法行三信解四見得五身證六時解脱七不時解脱聲聞如此菩薩不論階位不斷煩惱唯修六度若論次位秖可準望小乘作深淺耳從初發心起慈悲誓願觀察四諦以道諦爲初門專修六度檀破餓鬼尸救地獄忍濟畜生進拔修羅禪靜人中慧照天衆從釋迦至罽那尸棄名初僧祇得五種功德一不生三惡道二不生邊地三諸根完具四不受女身五常識宿命而自不知作佛不作佛準望位在五停別總念處也從尸棄至然燈名二僧祇爾時雖自知作佛而口不説準望位

在暖法性地既有證法之信必知作佛修六度行心未分明口不向他說也從然燈至毗婆尸三僧祇滿是時内心了了自知作佛口自發言準望在頂法位中修行六度四諦解明如登山頂了見四方故口向他說若過三僧祇種三十二相業準望此是下忍之位若坐道場位在上忍後一剎那入真三十四心斷結得三菩提則爲佛也通教菩薩即三乘共十地一乾慧地者事相名同三藏觀行心別體陰界入如幻如化總破見愛八倒名身念處心受法亦如是住是觀中修止勤如意根力覺道雖未得暖法相似理水總相智慧深利故稱乾慧地二性地者得過乾慧地得暖法已能增進初中後心入頂法乃至世第一法皆名性地得無漏性水故言性地也三八人地三乘信行法行體見假發真斷惑在無間三昧中八忍具足智少一分名八人地也四見地者三乘同見第一義無生四諦之理同斷見惑八十八使盡五薄地體愛假發真斷欲界思證第六解脫煩惱薄也六離欲地者三乘體愛假即真斷欲界五下分結身見戒取疑貪瞋故言離欲地也七已辦地者三乘之人體色無色愛即真發無漏斷五上分結掉慢疑色染無色染七十二盡三界事惑究竟故言已辦地也八辟支佛地緣覺發真無漏功德力大能除習氣也九菩薩地者從空入假道觀雙流深觀二諦進斷習氣色心無知得法眼道種智遊戲神通淨佛國土成就衆生學佛十力四無畏斷習氣將盡也十佛地者大功德力以資智慧一念相應慧

觀真諦究竟習亦無餘如劫火燒木無復灰炭香象渡河到於邊底雖佛菩薩名異二乘通觀無生體法同是無學共歸灰斷證果處一稱爲通也別教階位五十二地一外凡十信一信二念三進四慧五定六不退七迴向八護法九界十願第二内凡習種性十住一發心二持地三修行四生貴五方便具足六正心七不退八童真九法王子十灌頂盡三十心皆名解行位悉是内凡盡名性地第三性種性十行一歡喜二饒益三無恚恨四無盡五離癡亂六善現七無著八尊重九善法十真實第四道種性十迴向一救護一切衆生離衆生相二不壞三等一切諸佛四徧至一切處五無盡功德藏六隨順一切堅固平等善根七隨順等觀一切衆生八真如相九無縛無著解脱十法界無量第五聖種性十地一歡喜二離垢三明四燄五難勝六現前七遠行八不動九善慧十法雲第六等覺地名金剛心菩薩亦名無垢地隣真極聖衆學之頂也第七妙覺地即見性究竟佛菩提果了了見性稱妙覺也性習二性若據位分習種在前性種在後若據行論性習同時故前後不定依體起用先明性種後明習種尋用取體先習後性與教證二道相似就位以論教道在前證道在後據行論之證教同時前後不定依體起用先證後教尋用取體先教後證也就解行中復有四種一名解行二名發心三名迴向四名道種於出世道解而勤行故名解行於大菩提起意趣求故名發心用已善法趣向菩提故名迴向當分之中如

觀道立故名爲道望後佛果能生曰種也習種性能生報佛性種性能生法佛舊云法才王子六心中退即云十住第六心難云十住云性地性以不改爲義云何退作二乘其猶一答性是不作一闡提不妨退大向小終是難通止觀師説是十法信中六心退耳比釋論師及金剛般若論師皆作此解是信習十心中六心耳七心已上永離二乘爾時設爲利弘經不無輕漏而度物心不失恒有菩薩之名也圓教明位別教五十二位次第修行圓教圓修一心具萬行異於次第行也外凡五品位一初隨喜心若人宿植深厚或值善知識或從經卷圓聞妙理一法一切法一切法一法非一非一切不可思議起圓信解信一心中具十法界如一微塵有大千經卷欲開此心而修圓行圓行者一行一切行略言爲十謂識一念平等具足不可思議傷已惛沈慈及一切又知此心常寂常照用寂照心破一切法即空即假即中又識一心諸心若通若塞能於此心具足道品向菩提路又解此心正助之法識已心及凡聖心又安心不動不墮不退不散雖識一心無量功德不生染著十心成就其心念念悉與諸波羅蜜相應也二讀誦者圓信始生善須將養涉事紛動令道牙破唯得內修理觀外則讀誦大乘聞有助觀之力內外相藉圓信轉明十心堅固如日光照見種種色也三説法者內觀轉强外資又著圓解在懷弘誓熏動更加説法如實衍布但以大乘法答設以方便終令悟大隨説法淨則智慧淨説法開導是前人得

道全因緣化功歸已十心三倍轉明也四兼行六度上來前熟觀心未遑涉事今正觀稍明即傍兼利物能以少施與虚空等使一切法趣檀檀爲法界事相雖少運懷甚大理觀爲正事行爲傍故言兼行事福資理十心彌盛也五正行六度圓觀稍熟事理欲融事不妨理理不隔事具行六度權實二智究了通達治生產業皆與實相不相違背具足解釋佛之知見而於正觀如火益薪力用光猛也第一内凡十信圓聞圓信修於圓行善巧增益五倍深明因此圓行得入圓位善修平等法界即入信心善修慈愍即入念心善修寂照即入進心善修破法即入慧心善修通塞即入定心善修道品即入不退心善修正助即入迴向心善修凡聖即入護心善修不動即入戒心善修無著即入願心是名圓教鐵輪十信位圓教似解六根清淨也第二聖位前明十住真中智也初發心住發時三種心發一緣因善心發二了因慧心發三正因理心發即是境智行妙三種開發緣因心發即是住不可思議解脱首楞嚴定了因心發即摩訶般若畢竟空也正因發心即是住實相法身中道第一義諦也華嚴云初住所有功德三世諸佛歎不能盡初發心時便成正覺了達諸法真實之性所有聞法不由他悟淨名云知一切法是坐道場亦是入不二法門大品從初發心即坐道場轉法輪度衆生謂如佛阿字門一切法初不生也第三明十行者即是十住後實相真明不可思議更十番智斷破十品無明一行一切行念念進趣流

入平等法界海諸波羅蜜任運生長自行化他與虛空等也第四十迴向者十行之後無功用道不可思議真明念念開發一切法界願行事理自然和融迴入平等法界海更證十番智斷破十品無明故名迴向也第五十地者即是無漏真明入無功用道猶如大地能生一切佛法荷負法界衆生普入三世佛地又證十番智斷破十品無明也第六等覺地者觀達無始無明源底邊際智滿畢竟清淨斷最後窮源微細無明登中道山頂與無明父母別是名有所斷者名有上士也第七妙覺地者究竟解脫無上佛智故言無所斷者名無上士此即三德不縱不橫不並不別究竟後心大涅槃也一切大理大誓願大莊嚴大智斷大徧知大道大用大權實大利益

大無住即是十觀成乘圓極竟在於佛過茶無字可說盧舍那名淨滿一切皆滿也南嶽師云四十二字門是佛密語何必不表四十二位諸學人執釋論無此解多疑不用但論本文千卷什師九倍略之何必無此解深應冥會何者經云初阿後茶中間四十二字門具諸字功德華嚴云從初一地具足諸地功德此義即同阿字門諸法初不生故此豈非圓教初住初得無生忍過茶無字可說豈非妙覺無上無過廣乘品明一切法皆是摩訶衍竟即說四十二字門豈非圓菩薩從初發心得諸法實相具一切法至妙覺地窮一切法底此義與圓位甚自分明次發趣品明別教十地後明三乘共十地三教階位其文現也第二出體者初明無作次明止行二善初

戒體者不起而已起即性無作假色經論互說諍論有無一云都無無作色心假合共成衆生善惡本由心起不應別有頑善頑惡皆是指心誓不爲惡即名受戒瓔珞經云一切聖凡戒盡以心爲體心無盡故戒亦無盡或言教爲戒體或云真諦爲戒體或言願爲戒體無別無作大經聖行觀析無常阿闍世王觀析境界但明色心不道無作五陰名教通大小乘唯有一色四心小乘引接小根恐其輕慢因果權言重惡口能別生一法無作牽報善法須行惡法須止行一則有兩力豈可不慎方便假說適會一時直如論主一生成四果法勝別有凡夫法豈可依此便是實耶若因中別有頑善共爲佛因佛地亦別有此善共爲佛果當知心爲因果更無別法二云大小乘經論盡有無作皆是實法何者心力巨大能生種種諸法能牽果報小乘明此別有一善能制定佛法憑師受發極至盡形或依定依道品別生皆以心力勝用有此感發成論有無作品云是非色非心聚律師用義亦依此說若毗曇義戒是色聚無作是假色亦言無教非對眼色大乘所明戒是色法大論云多少思是心數云何言多少耶觀論意以戒是色即問此是數義大乘云何而用數義解云若用非色非心復同成實還是小乘今言數自家是數色大乘色何關數家中論云語言雖同其心則異今大乘明戒是色聚也大乘情期極果憑師一受遠至菩提隨定隨道誓修諸善誓度含識亦以此心力大別發戒善爲行者所緣止息諸惡優婆塞戒經

云譬如有面有鏡則有像現如是因作便有無作大論解戒度云罪不罪不可得具足尸羅此是戒度正體復云云何名戒以心生口言從今受息身口惡法是名爲戒既有能持所持則別有法即無作也地持戒品云下輭心犯後四重不失律儀增上心犯則失律儀若不捨菩提願不增上心犯亦不失律儀若都無無作何得言失梵網大本即大乘教下文云若不見好相雖佛菩薩前受不名得戒又云若有七遮雖發心欲受不名得戒若直以心爲戒發便是戒何故言不得大經云非異色因果又念戒中雖無形色而可護持雖無觸對善修方便可令具足又如刀劒灰汁脚足橋梁若即心爲戒何假言無形色無觸對故知別有無作能持戒心以爲真戒聖行

與世王中不道觀析無作直舉色心者是易觀者耳亦不言無無作小乘説四果大乘開之是權法勝説凡夫法跋摩明其非有未有大乘經開無作是權又既積善作佛因此自非妨如無常善亦作常善因即其例也然此二釋舊所諍論言無於理極會在文難愜言有於理難安在文極便既皆有文何者當道理耶然理非當非無當當無當皆得論理教義若言無者於理爲當若言有者於教爲當理則爲實教則爲權在實雖無教門則有今之所用有無作也次明道定皆以無作爲體定共於定心中發無作無復諸惡道共者見諦道中所發無作與心上勝道俱故言道共也止觀師釋未必見道所發無作是道共戒秖取中道正觀心中發此無作有防非止惡

義故云道共大經云一心法戒二受世教戒菩薩得心法戒謂道共戒得此戒者終不爲惡不從師授故稱爲得中道心中發得此戒也受世教戒謂白四羯磨然後乃得必假憑師故稱爲受差别約示故言世教也定共道共通大小乘大乘道定入攝善法戒有師言唯入禪定能發無作欲界定不發無作唯假空解能發無作有言但令證此定道隨能止伏麤品成就便發無作欲界定念處前皆能發戒也次論與廢者初菩薩律儀方便求受其體則與若捨菩提願若增上煩惱犯十重其體則廢若無此二緣至佛乃廢定道兩戒得定得道爲因初念定道未與戒俱具足前心爲因第二念心方與戒俱爾時是與出定出道最後一念爾時即廢二言入定入道時戒與心俱是時名與出定出道時戒與心俱謝是時名廢俱稱心俱戒也三言一發之後出入恒有後入勝定勝道隨從勝受名爾時恒與退定退道三藏盡壽菩薩至菩提爾時即廢攝善攝生與律儀同隨受則與二緣則廢也次三聚戒體者律儀者法戒儀則規矩行人令入道也又云律者埒也如此馬埒令馬調直律亦如是調直行人不令作惡大士誓心不過止惡與善若不動身口即是止惡發戒防動不動即是律儀戒若應動身口即是與善令發此戒防其不動攝善攝生即是應動涉事故開爲兩取策勵衆善依六度門稱善法起心兼物依四弘門稱攝衆生即是爲人故動下化衆生中修萬善上歸佛果也律儀多主内德攝生外化攝善兼於内外故

立三聚戒也次論止行二善如百論息惡不作名之爲止信受修習名之爲行佛教雖多止行收盡諸惡莫作即是誡門衆善奉行即是勸門無作義該善惡善惡無作義總止行今先明善善戒不起而已起則伐惡皆是止義皆有進趣皆是行義逐其强弱故有止行差别者逐與心止惡無作是止善與心修善無作是行善如造井橋梁禮佛布施是善無作如造魚獵等網是惡無作次論道定二無作有行有止道定二戒義判爲止道定二心義判爲行尋無作從因緣息從止緣息後生無作是止善從行緣息後生無作名爲行善又誡門是止善勸門悉屬行善又解行唯是作止唯無作又云止行二善皆有無作聲聞七衆戒皆是律儀戒體但止身口二惡菩薩

律儀備防三業復申之至佛長短闊狹爲異無作義從緣增上心發下劣不發無記心劣不發無作如欲界修道惑有九品前六品發無作後三品不發故云斯陀含出無作表阿那含出不善表羅漢出無記表善惡無作對心爲論各有四句善四句者一是戒非無作息惡之心能止故名戒也二是無作非戒謂造井橋梁隨事隨用無作等不能止惡非是戒也三者是戒是無作謂善律儀等四非戒非無作者謂餘善心也惡戒四句一是戒非無作謂息善之心二是無作非戒謂殺盜等事隨用無作也三是戒是無作謂惡律儀等四非戒非無作謂餘惡心也惡戒二種一十六惡律儀二外道邪戒惡律儀如大經外道惡戒九十五種各有戒法或苦行爲戒持牛

馬等事火服風常翹一脚赴火投巖等以此爲戒即是邪戒運心長短皆是惡戒也第三料揀更爲三一須信心二無三障三人法爲緣信心者依三藏門略舉三種一信因果善惡必有所招二信觀諦得道我能觀諦必得聖道三信有戒是觀諦入道初門依方等戒故宜備此三信復加三種一信自他心識皆有佛性二信勤行勝善必能得果三信所得果常樂我淨次無三障者衆生障閡乃有三種煩惱常有故不説障業障乃有輕重重業障戒防因之義謂七逆十重現身有此是則爲障前身非復可知隔生事遠七逆一云懺滅非障二云犯一悔與不悔悉皆是障十重一云前四性罪事同七逆悔與不悔悉障後六悔者非障不悔則障二云前四須悔見相非障後六不悔亦不障三云十重不悔悉障悔已悉非障報障者地獄餓鬼二道重苦自隔從多例判不説爲因非人畜生但能解語皆得受戒非人是鬼神修羅龍是畜生人中男女黄門二根天從六欲天上至十八梵皆説爲因四空處既能聽法亦應得戒但業報虛妙故略不説非想倒執脱若迴心慕善亦能得戒經説三塗長壽天邊地爲難地據不能修道義耳薩婆多記云龍等受八齋止是得善不得名齋今依文準理五戒既是菩薩戒根本又不表定佛法五戒菩薩戒許四道皆得從八戒已上至具足戒既是出家表定威儀唯人中三天下能感餘道悉非因也大論龍即得八齋戒次人法緣初人緣三種得菩薩戒一諸佛二聖人三凡師諸佛有兩一

真佛如妙海王子從盧舍那佛受菩薩戒二像佛金銅泥木等千里内無師許求得好相自誓受也舍利髮爪鉢杖牙齒皆起重敬盡可爲緣而舍利真僞難知或是小聖敬重如佛便可憑對次大乘經卷也三釋一云不許二云與佛像差次爲授千里無師許對佛像千里無像許對經卷三云莫問有佛無佛對大乘經卷即得爲緣大乘經典所在如佛塔無異也二聖人亦二一真聖二像聖真者謂十地等大士對此爲緣故宜發戒像聖者謂金銅等作菩薩像此經亦云於佛菩薩前自誓受戒恐單菩薩像則成遊漫如凡夫發心是菩薩作此人像不能發戒言佛菩薩者是佛邊有菩薩地持但言佛像不道菩薩也凡師者有内凡外凡並以真人爲緣不許形像經中稱爲智者人數多少地持瓔珞並止一師梵網受法亦止一師下制戒中道和尚闍梨故成七逆亦不見請和尚法有言和尚者請諸佛爲和尚文又云二師應問言汝有七遮罪不似非指佛雖有現前智者猶應共在佛像前若經卷前助爲發起爾時智者在佛像前若有智者無經像不應得戒具十八物中制佛像經典恒應相隨故也次論德業梵網經中言爲師必是出家菩薩具足五德一持戒二十臘三解律藏四通禪思五慧藏窮玄什師所傳融師筆受流傳至今此其正説次地持云必須戒德嚴明善解三藏堪能發彼敬心方可從受不爾得罪也次論法緣道俗共用方法不同略出六種一梵網本二地持本三高昌本四瓔珞本五新撰本六制旨

本優婆塞戒經偏受在家普賢觀受戒法多似高位人自誓受法今不具列梵網受法是盧舍那佛爲妙海王子受戒法釋迦從舍那所受誦次轉與逸多菩薩如是二十餘菩薩次第相付什師傳來出律藏品先受三歸云我某甲從今身至佛身於其中間歸依常住佛歸依常住法歸依常住僧(三說)次三結已(三說)次悔十不善業(更起三拜)次讚歎受約勑諦聽(三說)直說十重相問能持不(次第答能)然後結撮讚歎發願餘所未解問戒師(便散)後文言欲受戒者應香火請一師至佛前受師應問能忍十事不割肉飴鷹投身餧虎等(恐性地已上方能此制)亦云千里内無師許佛像前自誓受三歸懺悔說十重如前無異出口爲別耳二地持經相傳是彌勒說原本是燈明佛說蓮華菩薩受持次第三十餘菩薩傳化後有伊波勒菩薩應迹託化傳來此土然地持是曇無讖所譯疑讖即是伊波勒第四戒品出受戒法若菩薩發無上菩提願已於同法菩薩已發願者有智有力善義能誦能持於此人所先禮足已作是言我某甲從大德乞受菩薩戒大德於我不憚勞苦哀愍聽許(三說)次起禮十方諸佛更請師云唯願大德授我某甲菩薩戒(三說)次生念不久當得無盡無量大功德聚師應問言汝是菩薩不已發菩提願未問竟應言法第聽汝欲於我受一切菩薩戒謂律儀戒攝善法戒饒益有情戒此戒是過去未來現在一切菩薩所住戒過去一切菩薩已學未來一切菩薩當學現在一切菩薩今學汝能受不(答能三說)師應起自禮佛竟作是言其甲菩薩

於我某甲菩薩前三說受菩薩戒我爲作證一切十方無量諸佛第一無上大師於一切衆生一切諸法現前見學者證知某甲菩薩於我某甲菩薩前三說受菩薩戒(三說)然後結攝讚歎便散席依經本受法如此三高昌本者或題暢法師本原宗出地持而作法小廣先請師云族姓大德我某甲今從大德乞受菩薩戒唯願大德忍許聽受憐愍故(三說)次乞戒云族姓大德今正是時願時與我受菩薩戒(三說)次問遮法(凡十問)師應起爲白諸佛唱言一切諸佛及大地諸菩薩僧聽此某甲菩薩欲從諸佛菩薩僧乞受菩薩戒此某甲已是真實菩薩已發菩提願能生深信已能捨一切所有不惜身命唯願諸佛菩薩僧憐愍故施與某甲菩薩戒(三說)次問受戒者言汝某甲聽一切諸佛菩薩僧受菩薩戒律儀戒攝善法戒攝衆生戒是過去未來現在一切菩薩所住戒如過去菩薩已學未來菩薩當學現在菩薩今學汝如是學汝能持不(答能三說)次白竟唱言此某甲菩薩於一切佛菩薩前從我某甲菩薩邊已第二第三說受菩薩戒竟我某甲菩薩爲作證人此受戒菩薩名某甲復白十方無量諸佛第一勝師及柔和者一切衆生輒覺者此某甲菩薩於某甲菩薩前已三說受一切菩薩律儀戒竟(三說)次說十重相竟結攝讚歎(便散)自齊宋已來多用此法所以題作高昌本者尋地持是曇無讖於河西所譯有沙門道進求讖受菩薩戒讖不許且令悔過七日七夜竟詣讖求受讖大怒不答進自念正是我障業未消耳復更竭誠禮懺首

尾三年進夢見釋迦文佛授已戒法明日詣讖欲說所夢未至數十步讖驚起唱善哉已感戒矣我當為汝作證次第於佛像前更說戒相時有道朗法師是河西高足當進感戒之時朗亦通夢乃自卑戒臘求為法弟於是從進受者千有餘人河西王沮渠蒙遜子景環後移據高昌既奉進為師進亦隨往值高昌荒餓進生割已身以救飢者因此捨命進弟子僧遵姓趙高昌人傳師戒法復有比丘曇景亦傳此法宗出彼郡故名高昌本又元嘉末有玄暢法師從魏國度在荊蜀之門宣授菩薩戒法大略相似不無小異故別有暢法師本此出曇無讖而小廣地持恐讖誓願發起人情有此重複也四瓔珞經受菩薩戒法前禮三世三寶三說次受四不壞信歸依佛歸依法歸依僧歸依戒三說次懺悔十惡五逆等三說次說十重戒犯者失四十二賢聖法問能持不答能然後結撮三歸重騰前十重戒讚歎發願言受菩薩戒者超度四魔越三界苦生生不失常隨行人乃至成佛若不受戒不名有識畜生無異常離三寶海非菩薩是邪見外道不近人情勸化人受戒功德勝造八萬四千寶塔有戒犯者勝無戒不犯若真佛菩薩前受者名上品戒若佛滅後千里內無法師從佛菩薩像前自誓受者名下品戒五新撰本者是近代諸師所集凡十八科第一師初入道場禮佛在佛邊就座坐第二弟子入道場禮佛胡跪第三師請三寶第四令起心念三寶如在目前第五懺悔十不善業第六請諸聖作師第七請現前師第八師讚歎

弟子能發勝心第九正乞是戒第十教發菩薩心第十一問遮法（有十五問）第十二想念得戒第十三發戒時立誓第十四受菩薩三歸（以此三歸發戒十五文缺）第十六結竟第十七師還坐勸學第十八說十重相結撮讃歎作禮便去六制旨受戒法備有在家出家方法文廣不列也此經題名梵網上卷文言佛觀大梵天王因陀羅網千重文綵不相障閡爲說無量世界猶如網目一一世界各各不同諸佛教門亦復如是莊嚴梵身無所障閡從譬立名總喻一部所證參差不同如梵王網也品名菩薩心地者亦是譬名品内所明大士要用如人身之有心能總萬事能生勝果爲大士所依義言如地也盧舍那者實梁經翻爲淨滿以諸患都盡故稱爲淨衆德悉圓名爲滿也釋迦牟尼者瑞應經譯爲能儒亦云能仁又能忍亦直林牟尼者身口意或云度沃焦此是異說華嚴名號品或名盧舍或名釋迦今明不一不異機緣宜聞耳釋迦在第四禪摩醯首羅宮說此心地品尋文始末有千釋迦與千百億釋迦各接有緣皆至舍那所受菩薩戒藏然後各坐道場示成正覺覆述說法凡有十處一在妙光堂說十世界海二在帝釋宮說十住三在夜摩宮說十行四在兜率陀天說十迴向五在化樂天說十禪定六在他化天說十地七在初禪說十金剛八在二禪說十忍九在三禪說十願十在四禪說心地品第七會總更說前三十心十地皆約無相義爲解後又云釋迦從初蓮華藏世界入天宮下閻浮提成道號釋迦始於道場說法乃

至十處復從天宮下至菩提樹下爲此衆生説盧舍那初發心所誦戒即是十重四十八輕華嚴所説文來未盡止有七處八會多道不起本座不道在化樂天説法而此經多道座起復至餘處在化樂天説十禪定又諸地多不相應前後席或復同異良由聖迹難思隨機異説耳於三教中即是頓教明佛性常住一乘妙音所被之人唯爲大士不爲二乘華嚴云二乘在座不知不覺以大士階位非二乘所行制戒輕重非小乘所學大小乘戒制法不同菩薩一時頓制五十八事聲聞持犯隨犯隨結理論關機宜事論凡有三義一大士深信頓聞不逆聲聞淺信頓聞則不受二者大士不恒侍左右無有隨事隨白故一時頓制聲聞恒得隨侍可有小欲白佛故待犯方制三者梵網所制起盧舍那爲妙海王子受菩薩戒爾時諸大士法須説此五十八種故一時頓制也梵網大本一百一十二卷六十一品唯第十菩薩心地品什師誦出上下兩卷上序菩薩階位下明菩薩戒法從大本出序及流通皆闕即別部外稱菩薩戒經就文爲三從初偈長行訖清淨者爲序次十重訖現在菩薩今誦爲正説餘盡卷爲勸説流通也就序中初偈明舍那發起長行明釋迦勸發偈中大意四戒三勸四戒者一舍那戒二釋迦戒三菩薩戒四衆生戒舍那爲本傳授釋迦爲迹釋迦得此復授諸菩薩諸菩薩得此戒復傳授凡夫衆生也三勸者一勸受二勸持三勸誦此四品戒得之有由根本寘傳自下授作佛記所以勸凡夫受既受須

持旣持須誦欲使相傳不斷也十一行半偈分爲三段初三行三句明舍那說戒傳授釋迦二從是時千百億下三行四句明釋迦迹佛傳授諸菩薩諸菩薩傳授衆生三從諦聽我正誦下盡偈明勸信受持一言三序是三佛各說二言初序是舍那自說餘二是此土釋迦說今言三序悉是此土釋迦說雖有經家之辭初更爲二前兩行半明本迹次一行一句明人法就初又三初半行明舍那本身二一行半明釋迦迹佛三半行總結本迹上句明舍那本身下句明舍那本土此即依正兩報佛身四種一謂法身二謂眞應三謂法報應毗盧徧耀正法爲身舍那行滿報果爲身釋迦應迹赴感爲身也舍光攝論名法應化若更四身者應身受純陀供化身受大衆供我今者八自在我也舍那者無明塵垢永盡智慧功德圓備如淨滿月以名表德也方坐蓮華下句明依報方者正也安住正法故云坐也何故坐華臺世界形相似蓮華故云蓮華藏華嚴云華在下擎蓮華二義處穢不汙譬舍那居穢不染也藏者包含十方法界悉在中也臺者中也表因能起果故譬臺也又以本佛坐於華臺又表戒是衆德之本周帀千釋迦望百億國釋迦千爲本百億爲迹故兩重本迹此又爲三一明迹中之本二明迹中之迹三明本之與迹皆成佛道今初明迹中之本千華者人中華有十餘葉天華百葉佛菩薩華千葉一葉有一佛世界故有千佛淨土表十地十波羅蜜圓因起應果之本地現千釋迦一葉一淨土即是一佛世界起

圓應身又一世界中一佛國土此猶略說華嚴微塵世界也十方方各一百也一華百億國下二明迹中之迹一葉一世界有百億國土娑婆百億國是一葉之上耳各坐下三明本迹俱成佛道如是千百億下第三總結本迹是千百億初句結迹身舍那下句結本身明千百億皆以舍那爲本千百億下第二明人明法就文爲兩初明人次明法人中有三句一明能接之人二明所接之人三結能所接人俱至佛所能接之人是千百億釋迦也各接下明所接之人接者取有緣之義也微塵者聽衆多也俱來至下第三結能接所接之人俱至舍那佛所聽我下第二明法二句上明說戒次正歎戒初誡菩薩聽也誦佛戒者問何故誦不道說耶答此是三世十方諸佛之法非始自作故秖得稱誦不得道說甘露門者歎戒譬服甘露令人長壽不死要因此戒得至涅槃常樂我淨教能通理譬之如門又戒能濟拔免離生死譬如甘露服得命長大經云有山從四方來唯當持戒布施也是時千百億下第二釋迦迹佛傳授菩薩菩薩授衆生也又爲三一明經家序釋迦佛傳授之緣由二明釋迦說戒傳授諸菩薩三勸菩薩傳授諸衆生令初經家述釋迦傳授之由三句明千百億佛各還本處然法身無在今初明迹傳本戒則本爲迹師以迹誦本故也傳授諸菩薩此文爲三一明戒體二明戒用三勸菩薩受持十重四十八下第一明戒體則十重等爲戒體戒如明日月下二歎戒用持此戒能除罪霧譬之於日使得清涼喻

之若月富有善法如瓔珞珠又日能長萬物戒亦如是能生長萬善又如瓔珞能差貧窮戒亦如是能差衆生貧長善法財又如日月麗天無不瞻仰持戒在體無不歸崇瓔珞在身莊嚴第一持戒離醜如端正也微塵菩薩衆下第三勸菩薩受持如人渡海必假舟航若度生死要因於戒大經云如憑船筏又喻浮囊又爲二前明能授之人次所受之人盧舍那下能授之人新學下所受之人受持是下第三勸發傳授衆生三十心菩薩傳授外凡發大乘心也第三勸信受持文爲三一出所誦法二勸人信受三結勸諦聽下出所誦法此戒簡異外道鷄狗等戒淨戒爲因木叉爲果大衆第二勸人信受又二一勸信二勸受今初勸信所以爾者信是入道初門大論云信爲能入我持此戒得成正覺汝亦應爾一切有心下第二勸受凡有心者皆得受菩薩大乘常樂等明衆生有心所有佛性要當作佛須受三戒大衆下第三結勸上句結下句誡聽總明諸佛傳授戒法發起序竟長行下此土釋迦序爲二初經家辭次釋迦自說初中三階一叙佛欲結戒二放光表瑞三大衆顒聞初階四別一摽化主大聖釋尊二摽處所謂坐菩提樹下得道因名道樹亦曰思惟梵音貝多也三明得道謂成正覺即正徧知號四出所結法謂菩薩波羅提木叉於第四自更四句一摽所結名即是木叉二能成勝因謂孝事等實藏經云孝事父母天主帝釋在汝家中又能行孝大梵尊天在汝家中又能盡孝釋迦文佛在汝家中眹摩菩薩親

服患愈慈心童子火輪速滅即其靈應爾雅云善事父母爲孝孝即順也太史叔明用順釋孝孝經鉤命決云孝字訓究竟是了悉始終色養也亦可訓度度是儀法温凊合儀也三明能得勝果謂至道之法四結名字是制戒也即口放光中階叙放光表瑞瑞者信也欲説大事前須放光故稱爲瑞光是色像之勝放勝光明召有緣衆同來聽戒戒是諸善最勝能滅惡生善口放者表釋尊今日宣説大乘菩薩戒法是時百億下後階叙大衆願聞也文爲三一總叙大衆二别叙四衆一菩薩二十八梵三六欲天四十六國王十六國者名出長阿含一史伽二摩竭提三迦尸四拘薩羅五跋祇六末羅七支提八跋沙九尼樓十槃闍羅十一阿濕波十二婆蹉十三蘇羅十四乾陀羅十五劒浮沙十六阿槃提西土諸國甚多略舉此耳機應聞聲自然雲集合掌即第三時衆樂聞也告菩薩言下釋迦自説亦三階一舉我自誦二釋迦放光因縁三勸物尊學即準前諸佛序中三事亦成經家三意前舉譬讚歎此釋迦放光即是讚歎也此三階各兩别初階兩者一序我自誦二勸餘人中凡舉五位人一發心謂共地菩薩二十發趣謂初十心依梵網列名一捨二戒三忍四進五定六慧七願八護九喜十頂心三十長養謂中十心一慈二悲三喜四捨五施六好説七道八同九定十慧四十金剛後十心一信二念三迴向四達五圓六不退七大乘八無相九慧十不壞心五十地謂登地已上一體性平等地二體性善方便地三體

性光明地四體性爾炎地五體性慧照地六體性華光地七體性滿足地八體性佛吼地九體性華嚴地十體性入佛界地是故戒光下中偕釋放光因緣亦兩別一直緣二列因緣於中有兩一表得果二表行因各三句得果中三句者一非青黃色心二非有無三非因果法行因三者一諸佛本源二菩薩根本三大衆之根本或言表真俗兩諦是故大衆諸佛子後偕勸物習學亦兩別一標四勸二釋四勸標者一勸受二勸持三勸讀誦四勸學後釋中但釋勸受一事餘皆略也

菩薩戒義疏卷上

音釋

嘲（陟交切言相調也）杼（神與切與抒同挹也）埒（盧拙切）飴（盈之切與詒同遺也）沮渠（沮子余切渠求於切沮渠姓也又匈奴官名）複（方六切重也）

菩薩戒義疏卷下

隋天台智者大師說

門人灌頂記

十重此下第二正說段也文爲二先明十重次四十八輕初三章一總標二別解三總結也第一殺戒十重之始若聲聞非梵行在初者人多起過故地繫煩惱重故制之殺雖性罪出家人起此罪希亦易防斷婬既易起制之當初大論云聲聞戒消息人情多防起邊所以輕者多起是故重制重者起希輕罪制之婬欲非性罪殺是性罪大乘制之當初也今言殺斷他命故五陰相續有衆生而今斷此相續故云殺也大經云遮未來相續名之爲殺道俗同制如五戒八戒之類也大士以慈悲爲本故須斷也七衆菩薩同犯聲聞五衆大同小異同者同不許殺異者略三事一開遮異二色心異三輕重異開遮異者大士見機得殺聲聞雖見不許殺色心異者大士制心聲聞制色三輕重異者大士害師犯逆聲聞非逆又大士重重於聲聞重也文爲三別先標人謂若佛子第二序事謂中間所列三結罪名波羅夷就序事有三一不應二應三結就不應中三別初六句明殺事次有四句成業後一句舉輕況重初六者一自殺謂自害他命凡三種法内色外色内外色並皆犯也二教他他亦是殺大論云口教是殺罪非作瘡律部分別甚多條緒教他遣使等三方便殺者即殺前方便所謂束縛繫等四讚歎殺亦得罪也五隨喜者獎勸令命斷亦犯也六呪殺謂毗陀羅等雖假餘緣亦皆同犯

律中明殺十五種謂優多頭多㮵弦撥毗陀羅等如律部廣明云云殺業已下三重中第二成業之相也三業成殺自動用者正身業也教他及呪口業造身業心念欲殺鬼神自宣遂者意業造身業也三階於緣中造作皆是業義殺法謂刀劒坑㮵等皆有法體故稱爲法殺因殺緣者親踈二塗正因殺心爲因餘者助成故爲緣親者造作來果爲業四者一是衆生二衆生想三殺害四命斷一是衆生者衆生雖多大爲三品一者上品謂諸佛聖人父母師僧害則犯逆三果人兩解一云同逆以聲聞害時已是重中之重故二云犯重大經明三種殺殺三果人但入中殺不在上殺故知非逆菩薩人以取解行已上大經云畢定菩薩同上科今取不作二乘爲畢定

位或取七心已上皆可爲斷也養胎母一云無逆二云犯逆大士之重重於聲聞也中品即人天害心犯重三下品四趣也兩解一云同重大士防殺嚴重故文云一切有命不得殺即其證也二云但犯輕垢在重戒中兼制以非道器故文云有命者舉輕況重耳三殺心有兩一自身殺心二教他殺心自身殺心有二一通心二隔心通心者如漫作坑㮵漫燒煑等通三性皆犯若緣此爲彼於彼上起害心皆屬通心既自對境又命不復續雖所爲不稱悉皆正犯隔心者作坑止爲此無心在彼彼死亦犯彼邊不遂輕垢若此路本是此道衆人行往今作坑止爲此而彼死亦重以此殺具體能通害以具緣心還屬通心也若本斫東人誤中西人中西人上都無殺心

此屬隔心四命根斷有兩時一此生二後生此生有二句一有戒時犯重二無戒時斷當戒去時結不遂輕垢命斷時結罪同前聲聞臨終時未結聲聞捨具戒作五戒等結也後生爲戒自復兩種一自憶二不自憶自憶者若任前勢若更加方便命斷坐重以前後皆自憶故不自憶者若任勢死犯重巳死時有戒故若加方便當知前瘡不死後方便時不憶但犯輕垢也而言命根者數論別有非色心爲命根成論及大乘無別非色非心爲命根也秖取色心連持相續不斷爲命耳大論亦然六入六識得相續生假名爲命乃至一切有命下第三舉輕況重是菩薩下第二階明應有三句一常住慈悲心兩解一云應學常住佛起慈悲二云心恒應常住慈悲之地

二孝順心秉戒不惱他三方便救護非直爾不惱乃應涉事救解而恣心下第三結不應故成罪亦三句一恣心謂貪心殺二快意謂瞋心殺三殺生謂舉殺事有此三故墮不如意罪第二盜戒謂不與取灼然不與取名刼潛盜不與取名盜盜彼依報得罪此戒七衆同犯聲聞五衆有同有異同者皆不應盜異者有三一開遮異如見機得不得等或復謂見機盜以無盜心大士爲物種種運爲皆得聲聞自度必依規矩大士不畏罪但令前人有益即便爲之聲聞人佛滅後盜佛物輕菩薩恒重又本應與他外命而反取豈是大士之心耶序事中有三三中各有三不應有三就十一句判三也初六次四後一應中亦三如文文句同前殺戒不應中三如前盜業下

第二别明成業之相有四句同前運手取他物離本處成盜業業是造作爲義重物謂五錢也律云大銅錢準十六小錢其中錢有貴賤取盜處爲斷菩薩之重重聲聞二錢已上便重有人作此說者今不盡用取五錢爲斷是重離處盜業決在此時而菩薩第二階明應也與前大同小異前明應學常住佛行慈悲今言孝順行慈悲也菩薩應學此等事故言應也不應者不應爲偷盜及殺生等事此即誡勸二門也誡勿令殺盜勸令行善慈悲孝順及學常住佛行行等皆是善法而爲孝順也佛性者一切衆生皆有當果之性性是不改爲義耳而反第三結不應也解三寶物如律說第三婬戒名非梵行鄙陋之事故言非淨行也七衆同犯大小乘俱制而制有多少五衆邪正俱制二衆但制邪婬與聲聞同異大略同前序事三階一不應二應三結婬事出家人不應爲也應學佛菩薩淨行如前教門不異初不應有三别第一三句舉婬事中四句明成業後三句舉輕況重文小差互不次耳此戒備三因緣成重一是道二婬心三事遂或備五一是衆生二衆生想等後三句舉劣結過自妻非道非處産後乳兒妊娠等大論皆名邪婬優婆塞戒經云六重以制邪婬戒中復制非時非處似如自妻非時不正犯重教人婬自無迷染但犯輕垢或言菩薩則重今釋聲聞菩薩同爾不與殺盜例也人畜鬼神男女黄門二根但令三道皆重餘稱歎摩觸出不淨皆是此戒方便悉犯輕垢也而菩薩下第二階明應也而反下第三結

此中所制皆不應爲爲即犯罪故結不應也第四妄語戒妄是不實之名欺凡罔聖迴惑人心所以得罪此戒七衆同犯大小乘俱制與聲聞同異大略同前殺戒序事三段不應中三別初三句明妄語等事次四句明成業後三句舉輕況重自妄語者言得上法教他者教說或教他自說方便妄說如蜜塗樹衆蜂悉來此戒備五緣成重一是衆生二衆生想三欺誑心四說重具五前人領解一是衆生者謂前三品境上品境中自父母師僧妄語犯重向諸佛聖人兩解一云入重因二云此人不惑又能神力遮餘人令不聞但犯輕垢聖人有大小有他心智者有不得者今從多例羅漢及解行已上向說罪輕降此或得他心或不得者例悉同重向中品境天人等同重正是惑解防道之限向下品境四趣等或言同重今釋輕垢二衆生想有當有疑有僻大略同前有言妄語心通本向此說此不聞而彼聞說亦同重今釋不重於彼無心故三欺誑心是業主若避難及增上慢皆不犯地持云菩薩味禪名染汙犯當知菩薩起增上慢亦輕垢遣使有兩解一云教他說我是聖人亦重以士無珪璧談者爲價傍人讃說勝自道教他道是聖名利不入我非重也二云聖法冥密證之在我必須自說方重他說坐輕四說重具謂身證眼見若說得四果十地八禪神通若言見天龍鬼神悉是重具若說得登性地一云既是凡法罪輕垢五前人領解結罪時節多少兩解一云隨人二云隨語結此戒既制口業理應隨語遠爲妨損必

應通人小妄語戒應隨人人復隨語若增上煩惱犯則失戒者復說但犯性罪若對面不解且結方便後追思前言忽解者則壞輕結重十重皆有因緣今且釋四重餘可例知直出爲言宣述爲語論述有所表明能詮理事名爲語也第五酤酒戒酤即貨貿之名酒是所貨之物所貨乃多種酒是無明之藥令人惛迷大士之體與人智慧以無明藥飲人非菩薩行大論明酒有三十五失所以制此爲菩薩十重中攝也七衆同犯大小乘俱制大小同異者同不應酤菩薩以利物故重聲聞止不應作犯七聚貨賣但犯第三篇是販賣戒所制菩薩若在婬舍或賣肉犯輕垢以招呼引召不能如酒故也文句同前酤者求利教人者令人爲我賣酒亦同重教人自酤罪

輕酤酒因下明成業四句業者運手法者是酤酒方便法用也因緣者備五也一是衆生二衆生想三希利貨貿四眞酒五授與前人衆生謂前三境上品無醉亂者輕是醉亂者重中品境謂人天正是所制故重下品四趣亂道義弱酤與罪輕衆生想有當有疑有僻同前若隔心亦重希利貨賣亦重以欲得多集故眞酒者謂依醉亂人者藥酒雖希利貨不亂人貨無罪二云待飲時隨人數結重如小兒來沽彼竟不飲於誰結重耶第六說四衆過戒說是談道之名衆謂同法四衆過者七逆十重也一以抑没前人損正法故得罪也此戒七衆同犯大小乘俱制大士掩惡揚善爲心故罪重也上者第二篇中者第三篇下者第七聚聲聞法如此與菩薩有異也文

句同前此戒備六緣成重一是衆生二衆生想三有說罪心四所說罪五所向人說六前人領解一是衆生者上中二境取有菩薩戒者方重以妨彼上業故無菩薩戒止有聲聞戒及下境有戒無戒悉犯輕垢此戒兼制以妨業緣文云在家菩薩即是清信士女出家菩薩是十戒具戒又言比丘比丘尼一云猶是出家菩薩具戒者耳亦云是聲聞僧尼若說此人重過亦犯重此是行法勝者亦損深法故二衆生想有當有疑有僻大意同前三說過者有兩一陷没心欲令前人失名利等二謂治罰心欲令前人被繫縛等此二心皆是業主必犯此戒若獎勸心說及被差說罪皆不犯四所說過謂七逆十重稱犯者名字在此戒正制若謂治罰心在第四十八破法戒制若說出佛身血破僧依律部本制向僧說是謗僧知出血等事希故輕此正制向無戒者說應得重若重罪作重名說是事當義作輕名說是論則失當義但令心重事重悉同犯重此是名僻若事僻者實輕謂重則犯重實重謂輕則罪輕以其心謂輕重故若作書遣使一云同重二云罪輕然犯七逆十重前人失戒失戒後說但犯輕垢五向人說謂上中二境無菩薩戒向說犯重損法深故爲下境悉輕毀損不過深文云菩薩聞外道二乘說佛法過應慈悲教化而反自說即是向彼人說損辱爲甚六前人信解已所說口業事遂據此時結罪結罪多少一云隨人二云隨口業第七自讚毀他戒自讚者自稱己功德毀他者譏他過惡備二事故重菩薩與直

於他引曲向已何容舉我毀他故得罪七衆同犯大小乘俱制但菩薩利安爲本故讚毀罪重聲聞不兼物毀他犯第三篇自讚犯第七聚文句同前二此戒備五緣成重一是衆生二衆生想三讚毀心四説讚毀具五前人領解一是衆生者一云毀上中二境犯重毀下犯輕二云上中二境有菩薩戒者方重惱彼妨深故若無戒及下境有戒悉輕惱妨淺故二衆生想有當有疑有僻大意同上三讚毀心謂揚我抑他欲令彼惱若折伏非犯自非心正是業主教他兩解一云同重二云罪輕四説讚毀具者此經漫云他人受毀辱依律部有八事云云五前人領解者彼人解讚毀之言隨語語結重增上犯已失戒後但性罪前戒制向他説彼過止八事中犯事以向無戒人故重第八慳惜加毀戒慳惜是愛悋之名加毀是身口加辱前人求財請法慳悋不與復加毀辱頻乖化道故得罪此戒七衆同犯大小不全共菩薩不揀親疎求者皆施不與加辱皆犯以本誓兼物故聲聞唯弟子不教法犯第七聚不與財不制尼家二歳内不與財法犯第三篇二歳外不與犯第七聚加毀隨事各結不合爲重此戒備五緣成重一是衆生二衆生想三慳毀心四示慳相五前人領解一是衆生者謂上中二境犯重下境輕二衆生想如前三慳毀心謂惡瞋悋惜財法而加打罵是犯若彼不宜聞法得財宜見訶辱皆不犯自慳自毀正是業主犯輕垢以前人教不犯我故四示慳相者或隱避不與財法或言都無或手杖驅斥或惡言加罵

等皆名示相或自身示作或使人打罵皆重若彼遣使求財請法對使人慳惜或惡言呵罵皆應不重既非對面損惱彼輕故決定毗尼經云在家菩薩應行二施一財二法出家菩薩行四施一紙二墨三筆四法得忍菩薩行三施一王位二妻子三頭目皮骨當知凡夫菩薩隨宜惠施都杜絶故犯也五前人領解知恪惜之相領納打罵之言隨事隨語結重此戒亦一例結重也第九瞋心不受悔戒不受悔謝乖接他之道故得罪此戒七衆同犯大小乘不全同菩薩本接取衆生瞋隔犯重聲聞自利犯第七聚二文句同前此戒具五緣成重一是衆生二衆生想三隔瞋心四示不受相五前人領解一是衆生者上中境重下境輕也二衆生想有當有疑有僻等同

上三隔瞋心者不欲和解犯重知彼未堪受悔不犯四示不受相或闗閉斷隔發口不受五前人領解知彼不受身口加逼之苦隨身口業多少結重第十謗三寶戒亦云謗菩薩法或云邪見邪說戒謗是乖背之名絓是解不稱理言不審實異解說者皆名爲謗也乖已宗故得罪七衆同犯大小俱制大士以化人爲任令邪說亂正故犯重聲聞異此三諫不止犯第三篇文句同前此戒備五緣成重一是衆生二衆生想三欲說心四正吐說五前人領解一是衆生謂上中二境若菩薩若聲聞若外道向說犯重二衆生想有當有疑有僻如上三欲說心者運意作欲向說之意四正說者發言向他自對他說若令他傳說悉重五前人領解納受邪言隨語語結重若

作邪說經者欲令人解隨彼披覽發解者隨語語重邪見推畫條緒乃多略有四種一上邪見二中三下四雜上邪見者撥一切都無因果如闡提中邪見者不言都無因果但謂三寶不及外道有兩相一法相異謂三寶不如此是痤陋之心計成失戒二非法相知三寶爲勝口說不如既不翻歸戒善不失隨所出言犯重亦此戒所制下品邪見不言三寶不及外道但於中棄大取小心中謂二乘勝大乘不及若計未成犯輕垢下自有背大向小此戒中廣明雜邪見有四種一偏執二雜信三繫念小乘四思義僻謬偏執有二一執大謗小二偏謗一部執大謗小者計云唯有大乘都無小乘非佛所說此謗聲聞藏犯輕偏謗一部者於方等中偏言一部非佛說若計成犯輕垢既不頓違經教犯輕垢不失戒二雜信者謂心中不背因果及三寶大乘但言外道鬼神有威力遂奏章解神或勸他悉犯輕垢三繫信小乘知大乘高勝且欲斷煩惱取小果後更修大此名念退若計成犯輕垢四思義僻謬如即令人義淺三五家釋此應非罪是我智力不及非作意强撥也復有知義輕輒解復有知他爲是强欲立異皆邪畫之流所犯輕垢善學十重第三段總結有三章前舉所持法二誡勸三指後說此三中各二段初二者一舉人謂善學諸人是歎美之辭二舉法菩薩波羅提木叉此言保解脫解脫是果戒是因因中說果也應當下第二誡勸犯持亦二初勸學持二別舉得失若有下第一舉得失汝等下第二勸學持也八萬

下第三總指後說懸指大本後分八萬威儀品當說四十八輕類前三段第一不敬師友戒憿不可長妨於進善故制七衆同犯大小乘俱制自下諸戒皆有三章一標人謂若佛子二序事謂中間所列三結罪名謂輕垢就序事中或差降不同三階一勸受二明應三明不應與十重無異前明勸受是結戒遠縁凡舉位人爲勸恐在憍奢縱誕不修戒行故偏勸王雖秉法行殺有罪有福如聖所說若受得戒非人防護福善增多此階三別一舉所勸人二正勸令受三明受利下悅鬼神上匡佛法有人言此文屬總勸受戒若是總勸何簡高下偏勸王官者制令恭敬恐王憍奢故舉爲言先也既得已下第二明應應行敬事也亦有三別一序已得戒善二應生孝敬三出所敬之境而菩薩下第三不應生慢前明應應行謙卑敬讓師友自下諸戒皆有此意第二飲酒戒酒開放逸門故制七衆同犯大小俱制唯咽咽輕垢序事三階一明過失二制不應三舉非結過過酒器與人二解一云執杯酒器令相勸二云止過空器令斟酌尋下況語應如後釋過器尚爾況自飲乎所以結戒有五五百一五百在鹹糟地獄二五百在沸屎三五百在曲蛆蟲四五百在蠅蚋五五百在癡熟無知蟲令之五百或是最後與人癡藥故生癡熟蟲中也不得教此第二制不應教人及非人并自飲皆制若故下第三段舉非結過自作教他悉同輕垢必重病宣藥及不爲過患悉許也未曾有經未利飲酒此見機爲益不同恒例第三食肉戒斷大

慈心大士懷慈爲本一切悉斷聲聞漸教初開三種淨肉等後亦皆斷文云當知斷現肉義大經四相品廣明三種九種十種也序事三階一明過失二制不應三舉非結過若有重病飲藥能治準律得噉或應不制第四食五辛戒葷臭妨法故制七衆大小如前菩薩小重發色故也序事三階一明單辛不應食二明雜飲食亦不應三舉非結過舊云五辛謂蒜葱興蕖韮薤此文止蘭葱足以爲五兼名苑分別五辛大蒜是葫荾茖葱是薤慈葱是葱蘭葱是小蒜興蕖是葨荽生熟皆臭悉斷經云五辛能葷悉不食之必有重病餌藥不斷如身子行法菩薩亦應不制第五不教悔罪戒以明惡長過故制出家二衆全犯餘三衆及在家雖未有僧事利養見過不令悔亦犯輕垢大小同制序事三階一出犯事二明應三明不應犯事者謂犯八戒五戒十戒大小乘皆有小乘八戒即齋法大乘八戒謂地持八重小乘五戒清信士女優婆塞經所明小乘五逆大乘七逆七逆如下文應教悔第二明應凡大小乘人犯上諸罪必有三根應須舉處教悔而菩薩下三明不應不應有三句一不應同住二不應同利三不應同法凡上來所制若一往見犯不舉是一罪是不可同住者復默與同住復加一罪不可同利養者復是與施利復加一罪第六不供給請法戒喪滋資神之益故制七衆同犯大小乘不全共大士見有解者常應供給啓請以欲善無猒故聲聞有解廣略布薩法應供給五歲內及未解五法法應啓請不者犯第七聚

序事中第一序大乘師來言大乘同見同行簡小乘第二明應應二事所謂應供給請法言三兩金極勢之語若有諮請當應捨三兩金如雪山一偈爲此殞軀況小供給三時者中前中後初夜請益第七懈怠不聽法戒制意與前同序事三段一有講法處二應三不應言毗尼經律者大乘毗尼經律非三藏中毗尼也大乘經有滅惡義故稱毗尼傍人已請在彼講說法應往聽而懈怠不去日日輕垢地持有講法處不聽不往瞋慢心得罪優婆塞經相去一由旬不限第八背大向小戒直制猶預未決是下邪見之方便若決謂大劣小勝計成失戒若心邪畫未成犯輕垢同此戒制令舉背大向小爲語以凡夫菩薩多行此事故若彰言說則有兩種若法相說戒善已謝正犯性罪若非法相說犯第十重而受持二乘者是欲受外道惡見兩解一云二乘望大乘悉是外道二云若背大乘欲受六師法計未成是邪見方便犯輕垢此戒制第九不看病戒乖慈故制七衆同犯大小乘不全共大士一切應看聲聞止在師友同活共房及僧尼此外不制以其本不兼物故序事三重一舉病人是勝福田二應言供養病人如佛極敬爲語此明在心不在田如阿難分飯與餓狗以此心明好故與佛一等菩薩見一切病人隨力所能皆應看視文中舉父母師弟子從近爲始也末云城邑曠野凡是病皆救即知通一切也若瞋心捨置隨人結輕垢若力不及起慈念心不犯其細碎如律部也第十畜殺具戒以傷慈故制七衆同犯大

小俱制序事三重一不應畜二引況三舉非結過父母之仇尚不思報況畜殺具欲害衆生罥繳羅網等道俗皆制刀梁弓箭舊開國王王子等此十戒總結如下六品所明第十一國使戒夫爲敵國使命必覘候盈虛矯誑策略邀合戰陣情存勝負以乖本慈文云國賊七衆同犯大小俱制序事中三一不應二引況三舉非結過序爲利惡心揀除和合不得入軍中軍中喧雜非佛子所行處興師相伐殺乖慈不應爲也此使命爲相害因緣故制第十二販賣戒希利損物乖慈故制大小同犯七衆不全共夫販賣者謂生口六畜或販賣良人多有眷屬分張之苦若販賣棺材則惡心希售故道俗俱斷若自作若教他爲我或教他自作悉犯輕垢若偷販生口賣畜生令殺呪令人死欲得棺材售此別犯盜罪殺罪第十三謗毀戒陷沒前人傷慈故制大小乘俱制七衆同犯刪取天人已上同有菩薩戒者說其七逆十重或陷沒或治罰莫問有根無根但令向異法人說悉犯重前說四衆過戒已制若向同法人說莫問境高下有戒無戒陷沒人者此戒同犯輕垢序事有三一舉謗事二應三不應言父母兄弟者舉大士之心心常想一切如父母六親應生孝順慈悲心而今反加謗害聲聞向同戒同見同衆四重無根者僧殘餘如律部廣說第十四放火燒戒傷損有識故制七衆同犯大小乘俱制序事三重一放火事二遠有焚燒三舉非結過有師言殺鬼畜犯重初戒已制此戒但不得燒林木遠損害義今釋殺鬼畜既不

犯重今燒林木而死者與此戒同制四月至九月多生蟲類此時道俗同制不得燒林木遠有損害義在家菩薩爲業燒者不制出家菩薩爲妨害衆事亦應開許者若不慎燒犯輕垢一切有生物謂有生命有言生誤應言有主物若燒有主物何但四月九月當知作有生也第十五僻教戒使人失正道故制七衆同犯大小乘不共以所習異故序事三階一舉所應教人自佛弟子謂内衆外道謂外衆六親善知識通内外二明應應教大乘經律令發菩提心十心者十發趣心起金剛心謂十金剛略不說十長養此三十是始行者急須應爲開示故三明不應不應惡心教二乘外典等若見機益物不犯第十六爲利倒說戒乖訓授之道故制七衆同犯大小乘俱制前戒隱大示小今戒雖爲說大而希利靳固隱没義味不令顯示聲聞教訓他人隱没義理犯輕垢序事三階一先應自學二爲後來者具說三明不應爲利隱没就文易見有師言此中所列苦行制令救物不爾輕垢又解是舉没況之辭大士當應捨身施人然後具爲說法況今止爲說法而希利隱没耶後階示三文相易見第十七恃勢乞求戒者惱他故制七衆同犯大小乘俱制序事有三一爲利親附二非理告乞三舉非結過因倚勢乞書屬置打拍乞索若自及教他爲我皆犯此戒第十八無解作師戒無解强授有誤人之失故制出家二衆同犯大小乘俱制三衆及在家無師範義未制聲聞師德在七法誦受戒法所制菩薩師法必須十歲五法如初

釋序事三重一應誦戒解義亦是所制日日六時晝夜各三一云誦未通利必須六時已通利未必恒爾二云恒應六時二明不誦不解不應作師一乖己心則自欺誤前人則欺他也第十九兩舌戒遘扇彼此乖和合故制七衆同大小俱制序事兩階一舉所鬬遘人謂持戒菩薩比丘手捉香爐聊舉善行一事二不應不應鬬遘兩頭持此過向彼說故言兩頭謗欺賢人道其無惡不造兩舌之辭實語兩舌亦犯此戒舉虛遘爲語故言謗欺過字或作遇字文語以鬬言値遇二邊皆消文或言應作遘字文誤也此戒名嫉善戒直憎嫉善人說其過惡於兩頭之語小不便令言嫉善此戒兼制由以鬬於彼此也第二十不行放救戒見危不濟乖慈故制菩薩行慈悲爲本何容見危不救大士見危致命故也七衆同犯大小乘不俱制大士一切普度聲聞止在眷屬此制自度序事三重一非親應度二是親應度三舉非結過初重可解前明想念如親即制令憶慈觀如大經明習九品七品等第一使上怨等於上親大士應與資身之益及資神之利在文易見若父母下第二是親應度大士前人後已故親在後凖前亦應有三今止明資神之益如是下第三總結指滅罪品中廣明第二十一瞋打報仇戒既傷慈忍方復結怨故制也外書有二途一是禮之所許二是法之所禁漸教故也今内經悉禁七衆同犯大小俱制序事三階初制不應報仇謂以瞋打報瞋打非謂應以德報怨尚不應畜下第二舉況而出家下三舉非結

過奴婢出家菩薩不得畜在家得畜而不應非理打拍第二十二憍慢不請法戒慢如高山法水不住有乖傳化之益故制七衆同犯大小不全共大士常應諮請聲聞是應請者内懷憍慢不請方犯輕失序事三階一自恃憍慢即是兼制言始出家者染法未深多有自舉解者未有正自恃聰明者於餘事有知其法師者下二出慢之境小姓卑陋所以起慢實自有解是故不應而新學下第三舉非結過第一義者菩薩勝法皆名第一義此戒與前第六戒同制不請法以心爲異前制懈怠不請此制憍慢不請若慢心不往聽應同此戒第二十三憍慢僻說戒乖教訓之道故制七衆同犯大小俱制序事三階一求法之人遠來問道文中具序初新學菩薩已受戒

竟遠來聽法法主言非已師恃解恃勢輕慢心不好答問使義理隱没顛倒法相故犯若千里内無師於佛像前自誓受必須見好相方得二師師相授不假見相生重心故若法師此二法師自恃所以與慢而新學下舉非結過第三句也彼遠來問義倚恃憍慢不好訓對故犯第二十四不習學佛戒不務所務不應學者乖出要之道故制七衆同犯大小不全共菩薩常應大乘在先不限時節聲聞五歲未滿五法未明若學失所非急犯第七聚此外不制以自修自滿故序事三階一應學而不學有佛經律大乘法者通舉菩薩藏正見者謂萬行之解正性者謂正因性正法者謂正果性修萬行從因至果此是要知而今反不勤學而反學二乘外道數論等是斷

佛性此第三舉非結過習小助大不犯爲伏外道讀其經書亦不犯菩薩若撥無二乘亦名爲犯若學二乘法爲欲引化二乘令入大乘不犯第二十五不善知衆戒自損損他故制出家二衆同犯大小俱制三衆及在家既未持衆不制序事三階出衆主凡五種人以初句爲兩方便成六人律中有十四人如律中說此略舉六人應生下第二應應有三事一事慈心謂欲與衆生樂二善和諍訟謂如法滅諍諍有四毗尼有七應如法除滅不得差違三善守三寶物應事施用不得差互而反亂衆第三不應但舉後兩句不舉不生慈心此二事即是無慈第二十六獨受利養戒僧次請僧不問客舊等皆有分而舊人獨受不以分客乖施主心貪利故制此戒出家二衆同犯大小俱制三衆及在家未知僧事下制序事三階一有客來至文中雖道菩薩比丘若聲聞僧預利養分亦同其例先住下二應應有二事一禮拜迎接給僧卧具等二應依次差僧言賣身供給舉況之辭而先住下第三不應不應中但舉不次差僧據後以兼前若不與僧物分不迎接亦同此制若知僧次的至彼人不差而舊但犯輕垢以臨差時界外或有來者未專有分故差竟而舊與餘人餘人知爾能差及所差並是盜方便後得施家食䞋五錢入手各結重畜生無異或云此爲不差僧次戒差僧次有六種如律中說第二十七受别請戒各受别請則施主不請十方僧使施主失平等心功德十方僧失常利施故制出家五衆同犯在家二衆無此利

未制大小乘不同菩薩僧一云凡齋會利施悉斷別請若請受戒說法見機或比智知此人無我則不營功德如此等不制二云從四人已上有一僧次不犯都無者被制文意似前解序事三階初標不應而此第二釋不應意施主修福法應廣普當知利施本通十方由汝別受故十方不得遠有奪十方之義是故不應八福田下此三結不應八福田並有應得僧次義如佛應迹爲僧等八福田者一佛二聖人三和尚四闍黎五僧六父七母八病人然三藏中佛恒受別請而不名犯一佛是上福田不減等心之福二此土秖有一佛無有奪餘中義第二十八別請僧戒分別是田非田如經德王品當知是心則爲狹劣失平等心七衆同犯大小乘不全共道俗菩薩

請僧齋會一云都不得別請悉應僧次的請一人便犯二云一食處莫問人數多少止請一僧次便不犯都無則制若悉請者益善文意似如前解序事三階一標應而世人下二釋應意明次請雖得凡僧有勝的請聖僧也他云五百羅漢不及一凡僧此就心邊不論田也若別請下三不應不應同外道異法不隨佛教即乖孝道七佛者並在此土應化迹在百劫之內長壽天皆所曾見故多引七佛證義欲使信者易明過去九十劫初有一佛名毗婆尸亦維衞中間諸劫無佛至三十一劫有兩佛一名尸棄二名毗舍婆亦言隨比第九十一劫名賢劫千佛應出四佛已過一拘留孫二拘那含牟尼三迦葉四釋迦牟尼也第二十九邪命自活戒大論云貪心發身

口名爲邪命文列七事例同者皆犯乖淨命也序事三階一惡心爲利揀見機益物二列七事三舉非結過即是無慈故犯聲聞邪命凡有四食方仰及下等四此中五事通前四食一販賣女色二手自作食通制道俗三相吉凶俗人如相以自活不犯道一向制四呪術五工巧六調鷹方法此三事於物無侵如法自活在家不制出家悉斷若淨治救無所希望不犯出家亦開七和合藥毒殺人犯罪第三十不敬好時戒三齋六齋並是鬼神得力之日此日宜修善福過餘日而今於好時虧慢更犯隨所犯事隨篇結罪此時此日不應不知加一戒一云七衆俱制皆應敬時二云但制在家年三長齋月六齋齋本爲在家出家盡壽持齋不論時節序事三階一總舉犯戒凡有所犯皆言行相違乖反正真皆謗三寶於六齋日下二所敬之時謂六齋三長齋等作殺生下第三更舉所犯結過殺生劫盜略舉初二重破齋者謂非時食等優婆塞戒云六齋日三齋月受八戒持齋在家菩薩應行此事如是十戒第三總結也第三十一不行救贖戒見有賣佛菩薩形像不救贖損辱之甚非大士行應隨力救贖不者犯罪故制七衆同大小不全共菩薩應贖聲聞見父毋不贖犯第七聚經像不見制序事有三先能責之人謂劫賊所賣即佛菩薩形像此有父母有大慈故而菩薩下第三正應救贖也第三十二損害衆生戒此有六事遠防損害乖慈故制七衆同犯大小乘俱制序事凡列六事一販賣殺具二畜輕秤小斗丈尺短者

亦從此例三因官形勢求覓錢財四害心繫縛五破壞成功六畜養猫狸此等六物皆有損害不應畜損傷之事也第三十三邪業覺觀戒凡所運爲皆非正業思想覺觀有亂真道故制大小同犯七衆不全同序事三階前標不應惡心捸去見機二列事三總結列事大列成五第一兩事不同觀看道俗同制第二若爲自娱道俗同不得作不得聽若供養三寶道俗同開第三八事不得雜戲第四六事不得卜筮爲利此道俗等俱制也第五使命第三十四暫念小乘戒乖本所習故制七衆同犯大小不共以習各異欲背大向小心計未成犯前第八背大向小戒計成失戒在第十重戒中説此戒所制不欲背大正言小乘易行且欲斷結然後化生序事有兩一應應念大乘略舉三事一護大乘戒凡舉兩譬一金剛取堅義浮囊如大經草繫出因緣經二生大乘信三發大乘心若起下二不應不應一念起自度之想外道者指二乘爲外道若權入此道爲化非所制也第三十五不發願戒菩薩常應願求勝事緣心善境將來因此尅遂若不發願求善之心難遂故制七衆同大小異所習不同故序事三重一出願體二應三不應一願體有十事一願孝父母師僧二願得好師三願得勝友同學四願教我大乘經律五願解十發趣六願解十長養七願解十金剛八願解十地九願如法修行十願解持佛戒寧捨下第二應應發此心若一切下第三不應不應不發此心第三十六不發誓戒誓是必固之心願中之勇烈意始行

心弱宜須防持若不發心作意亦生違犯故制七衆同犯而用不必皆盡大小乘不共二乘不制心易防持序事有三初一句標勸以發一願下應發誓持戒後一句結不發爲過中間十三復次正明誓體第三十七冐難遊行戒始行菩薩業多不定且人身難得堪爲道器不慎遊行致有夭逝在危生念所喪事重以不慎故制七衆同大小俱制序事三重一明遊止所應是制戒之緣在先兼制更有三初明遊止二時十八物自隨二時頭陀者遊行時也春秋二時調適遊行化物無妨損也頭陀有十二大論廣明食有五一不受別請二常一食三中後不飲漿四一坐食五節量食住處有五一阿練若處二常坐不卧三冢間住四樹下坐五露地住衣上有兩一但畜三衣二常著納衣冬寒夏熱遊行多妨損故制若不依制犯輕垢有人言菩薩立誓安居五月下半至八月上半文云此時不復頭陀是安居之限遊行冐難皆是制限第三十八乖尊卑次序戒乖亂失儀故制七衆同大小俱制序事三階一應次第莫如外道下二不應不應亂次我佛法中下三總結應不應義聲聞次序出律部卧具法以戒爲次乃至大須臾時皆名上座通道俗九衆一比丘二比丘尼三六法尼四沙彌五沙彌尼六出家七出家尼八優婆塞九優婆夷此九衆有次第不得亂如律部說第三十九不修福慧戒福慧二莊嚴如鳥二翼不可不修乖出要之道故制七衆同大小乘不全共菩薩攝一切善應修聲聞夏分自誓應修福業餘時不制

序事三階一修福自作教他文中略序七事一僧坊二山林三園四田五塔六冬夏坐禪安居處七一切行道處凡此流類悉應建立力若不及者不犯而菩薩下第二應修智慧亦自作教人而新學下第三舉非結過不修爲失如是九戒下第四段總結梵壇品廣明第四十揀擇受戒戒有心樂受悉皆應與若瞋惡揀棄乖於勸奬故制出家二衆同犯餘無師範者未制大小不全共菩薩本兼物聲聞若許而中悔是犯不許不犯序事有三初不應揀擇二應揀擇者有兩一身形不如應揀擇二業障不如須揀擇衣中聲聞用青泥櫼菩薩亦應用依此文意似不必盡備但與俗艷不同便名如法一云道俗受戒皆須服壞色二云是可壞色處道俗同制文云與俗有異當知出家菩薩必用壞色然出家人法下第三舉非結過第四十一爲利作師戒内無實解外爲名利輙爾强爲有誤人之失故制出家二衆同大小不俱制三衆及在家無師範義不制序事三階一明所解解此故堪爲師兼制不解則犯問遮道遮道有三一七逆二十重三四十八輕如是三事皆應一一好解不欲受者不得逼增受之罪若不解大乘下第二不解不解此而作師亦是兼制而菩薩下第三舉非結過第四十二爲惡人説戒凡未受菩薩戒者皆曰惡人若預爲説後受不能慇重故制七衆同大小制序事三階一不得輙説唯除國王外道惡人即九十五種是惡人輩下第二不受皆爲惡人空生空死同畜生也而菩薩下第三舉非結過第四

十三無慚受施戒當分犯已自結罪不思慚愧而冒當利施無愧故制出家五衆同大小俱制以枉當福田故文云信心出家毀正戒者在家未當田任未制序事三重一帶罪無愧不得受施國王本以地水給有德之人無有德行不應受用五千下第二帶罪無愧人鬼所毀若毀正戒第三舉非結過第四十四不供養經典戒三寶皆應供養若不修者乖於謹敬之心故制七衆同大小不全共菩薩應修五事聲聞五篇輕重法應誦持餘事不制序事三階一標勸受持下二別列勸事凡五種一受持二讀三誦四書寫五供養解說已在上三十九中若不下第三舉非結過經典是佛母應供養不者犯罪第四十五不化衆生戒菩薩發心爲物見有識之類應須教化令得悟解若不能者乖大士之行故制七衆同犯大小不共大士化衆生是正行小乘自度不化非犯序事三重一勸起大悲不起兼制悲能拔苦大士恒願衆生離苦若入一切下二列悲心之事凡三種一見人類令發心二見畜令發心三隨所至方隨所見人悉令發心是出要之急故須此三通制道俗菩薩若不下第三舉非結過第四十六說法不如法戒强爲解說彼此有慢法之失故制出家五衆同大小俱制在家不全爲法主止說一句一偈不如法亦犯序事三重一常應大悲教化即是兼制也不得立示說法儀則爲白衣說不得倚立法應同坐若相與立亦非過此中舉立爲語若人卧說法坐立或復覆頭捉杖悉不得二爲四衆說亦不得立莫言

僧尼有道而倚立爲說亦是輕法爲犯也其說法者三舉非結過第四十七非法制限戒既見善事法應隨喜而今制網障閡乖善之義故制在家二衆同犯出家五衆無其自在之制脱立閡善制限亦同此制大小同犯序事三階一標受戒者兩釋一云標被制之人佛子欲信心受戒而制限障閡不聽彼受二云標能制之人佛子始以信心受戒未便立非法制限是故示應若國王下二正制限之事不聽出家斷僧寶也不聽四部出家者謂居士居士婦童男童女不聽道立形像斷佛寶也不聽書寫經律斷法寶也故作下舉非結過第四十八破法戒内衆有過依内法治問乃向白衣外人說罪令彼王法治罰鄙辱清化故名破法乖護法之心故制出家五衆同犯大小乘俱制序事三重第一不應破法第二明護法從若受佛戒文巳去是也第三舉過結非從教人破法巳去文是也或名此戒爲令他得損惱戒也諸佛子下第三總結有三一標數二勸持三勸誦一標數即四十八輕汝等受持即第二勸秉持在心第三勸誦舉三世菩薩誦爲勸諸佛子聽下第三大段流通就此中大分爲兩一流通此戒制輕重二流通此一品就第一流通此戒輕重復有四意一明誦二正流通三流通得益四大衆奉持就此四更各有三别第一誦中三者一標名二三世諸佛誦三我釋迦亦誦第一標名數十重四十八輕事也第二三世佛尊重此戒誦持勸也我今亦誦第三我釋迦亦誦爲流通勸物汝等一切大衆此四階中第

二正流通亦有三一勸流通人二流通相三流通事流通人者即時座大衆也流通相五種法師也流通事者以此戒法流通三世化化不絶得見千佛下此是四重中第三階流通得益得見千佛是益事也就此文爲三一值聖二離苦三得樂值聖者見千佛也三世千佛悉見今舉千佛一世耳佛佛授手者非即舉手更授也明秉戒如與佛相隣次不遠故義言授手也世世不墮離苦也常生得樂也所離所得豈止於此且舉凡情所欣猒以之爲勸耳我今在此樹下付囑奉行此下不更開也爾時釋迦第二章總流通一品一卷戒本亦有闕者是抄不盡耳亦四階一徧結說心地品二略舉總結十處說三所說之法四大衆奉行初階兩別一明此釋迦說竟二明餘釋迦說竟從摩醯第二階總結十處說竟亦兩一舉此釋迦所說十處出上卷二舉餘釋迦所說餘釋迦中文未闕亦如是學第三階舉所說法凡七句亦兩前六是別後一是總千百億世界中下第四大衆奉行亦兩前明千百億世界中衆生各各皆說各各奉行指餘處廣說華光王品應是大本中也本不同三千者是菩薩應學三千威儀三年者聲聞五年菩薩三年三事者戒定慧耳

菩薩戒義疏卷下

音釋

㩿其亮切　酤音孤　絓古賣切與罣同　痤才何切　蒜蘇貫切與祘同

蕖求於切　葫荾葫洪孤切荾音雖與荾同葫荾香菜　茖音格　葸蔟葸私力切蔟音疾

罾音增魚網有機者　繳職略切矰繳也　遘居候切猶結構也　覷初覷切

歷代三寶紀

隋翻經學士成都費長房譔

清刻龍藏佛說法變相圖

歷代三寶紀

隋翻經學士成都費長房譔

開皇三寶録表

臣房言臣聞有功於國史録其勲有政於民碑傳其德況如來大聖化洽無窮而不垂美百王流芳千載者也臣竊尋覽自漢魏來代有翻譯而録目星散經多失源世罕綴修時致間絶緣此佛以正法付囑國王是知教興寄在帝主伏惟陛下應運秉圖受如來記紹輪王業統閻浮提愍世間昏開慧日照廣緝經像大啓伽藍闡解脱之門導天人之路建善舟檝濟拔蒼生斯實曠古一代盛歟豈臣庸微輙敢妄述但昔毁廢臣在染衣今日興隆還忝法侶時事所接頗預見聞因綱歷世佛法緣起始自姬周莊王甲午佛誕西域後

漢明皇永平丁卯經度東歲迄今開皇太歲丁巳歷一千二百八十一載其間靈瑞帝主名僧代別顯彰名開皇三寶錄凡十五卷庶法無隱異經有弘不任下情惶悚戰懼輕冒奉表上錄以聞伏願天慈垂神降省謹言

開皇十七年十二月二十三日大興善寺

翻經學士臣費長房上

開皇三寶錄總目序

竊惟三寶所資四生咸潤而世有興毀致人自昇沉興則福業恒感天堂輪王人主毀則罪報常受地獄餓鬼畜生論益物深無過於法何者法是佛母佛從法生三世如來皆供養法故勝天王般若經云若供養法即供養佛是知法教津流乃傳萬代佛僧開導止利一時故賢劫之興千佛同其化脩短之壽四聖異其年雖復住世延促有殊取其宣揚弘法無別莫不煎熬愛海濟含識以趣涅槃鏨鑿慢山度蒼生以會般若然般若玄寂非因聲難以通聲必託形不藉相無由顯所以境稱忍刹總百億之須彌世號娑婆統三千之國土區分三界五濁之穢土沙形別六道二乘之鄙羊鹿大聖慈愍俯降迦毗丈六金容應王宮之裏三十二相炳太子之身十九出家三十成道四十九載處在世間假以言音方便演暢無染之法金口自宣一音敷揚萬類各解機緣匪一教有塵沙阿難總持滴無遺失譬別器水瀉之異瓶雙樹入般涅槃迦葉王城結集一千羅漢迭察迭書著之葉皮布乎天竺五百中國各共奉持十六大王皆同擁護後漢之始方扃脂那帝世交絲十有

六代翻彼域語作此方言相承迄今五百餘
祀古舊二録條目殘亡士行道安創維其缺
爾來間有祖述不同各紀一方互存所見三
隅致隔故多失疑又齊周陳並皆翻譯弗刋
録目靡所遵承兼值毁焚絶無依據賴我皇
帝維地柱天澄靜二儀廓清六合庭來萬國
化攝九州異出遺文莫不皆萃臣幸有遇屬
此休時忝預譯經稟受佛語執筆暇隙寢食
敢忘十餘年來詢訪舊老搜討方獲雖粗緝
綴猶慮未周廣博尋求敬俟來俊今所譔集
略准三書以爲指南顯玆三寶佛生年瑞依
周夜明經度時祥承漢宵夢僧之元始城塹
棟梁毗賛光輝崇於慧皎其外傍採隱居歷
年國誌典墳僧祐集記諸史傳等僅數十家
摘彼翠翎成斯紀翮扇之千載風於百王共
秉智炬之光照時昏暗同傳法流之潤洽世
燋枯闡我皇猷導開厥始昔結集之首並指
在其國城今宣譯之功理須各宗時代故此
録體率舉號稱爲漢魏吴及大隋録也失譯
疑僞依舊註之人以年爲先經隨大而次有
重列者猶約世分總其華梵黑白道俗合有
一百九十七人都所出經律戒論傳二千一
百四十六部六千二百三十五卷位而分之
爲十五軸一卷總目兩卷入藏三卷帝年九
卷代録代録編鑒經翻譯之少多帝年張知
佛在世之遐邇入藏別識教小大之淺深昔
姬潛之鼎出現彰漢室之將隆近周毁之法
重興顯大隋之求泰佛日再照起自大興之
初經論冥歸發乎開皇之始事扶理契合此
會昌述紀所由因斯而作所以外題稱曰開

皇三寶録云其卷内甄爲歷代紀

開皇三寶録卷第一

帝年上周秦

合二十六主四百八十一年

周

莊王　十五年今止取六年入紀佛生

僖王　五年　惠王　二十五年

襄王　三十三年　頃王　六年

匡王　六年四年佛入涅槃

定王　二十一年　簡王　十四年

靈王　二十七年

景王　二十五年

敬王　四十三年二十六年阿育王起八萬四千寶塔

元王　八年　貞定王　二十八年

考王　十五年

威烈王　二十四年

元安王　二十六年

夷烈王　七年　顯聖王　四十八年

順靜王　六年　赧王　五十九年

秦

昭襄王　五年　孝文王　一年

莊襄王　二年　始皇帝　三十七年

二世皇帝　二年

始皇帝子　四十六日

開皇三寶録卷第二

帝年前漢　次新後漢

合二十六主四百二十五年

前漢

高帝　十二年都長安

惠帝　七年　吕后攝　八年

文帝　二十三年

景帝　十六年

武帝　五十四年

昭帝　十三年
宣帝　二十五年
元帝　十六年
成帝　二十六年
哀帝　六年　平帝　五年
新　王莽　十七年治長安
更始帝　二年亦長安
後漢　光武帝　二十三年都洛陽
明帝　十八年十年譯經
章帝　十三年
和帝　十七年
殤帝　一年　安帝　十九年
順帝　十九年
沖帝　一年　質帝　一年
桓帝　二十一年
靈帝　二十一年
獻帝　三十年

開皇三寶録卷第三

帝年下魏晉宋齊梁周大隋

合四十五主三百八十一年

魏　文帝　七年都雒陽
明帝　十三年
齊王　十四年
高貴鄉公　六年
元帝　五年
西晉　武帝　二十六年都雒陽
惠帝　十六年
懷帝　六年　愍帝　四年都長安
東晉　元帝　六年都建康
明帝　三年　成帝　十七年

康帝　二年　穆帝　十七年
哀帝　四年　海西公　五年
簡文帝　二年　孝武帝　二十四年
安帝　二十二年
恭帝　一年
宋　武帝　三年都建康
前廢帝　一年　文帝　三十年
孝武帝　九年　中廢帝　一年
明帝　八年　後廢帝　五年
順帝　二年
齊　高帝　五年都建康
武帝　十年　廢帝　半年
新安王　半年　明帝　四年
東昏侯　二年　南康王　一年
梁　武帝　四十八年都建康

簡文帝　二年　孝元帝　四年都江陵
西魏　齊王　二年都長安
周　略陽王　二年都長安
明帝　三年　武帝　十八年
宣帝　二年　靜帝　一年
大隋　開皇來　十七年都大興

開皇三寶録卷第四譯經後漢總一十二人
合三百五十九部四百六十四
卷

後漢　沙門迦葉摩騰一部一卷經
沙門竺法蘭五部七三卷經
沙門安世高一百七十六部　一百九十
七卷經律
沙門支婁迦讖二十一部六十三卷經
優婆塞都尉安玄二部三卷經

沙門竺佛朔二部三卷經
沙門支曜十一部十二卷經
沙門康巨一部一卷經
清信士嚴佛調七部十卷經
沙門康孟詳六部九卷經
沙門釋曇果一部二卷經
沙門竺大力一部二卷經
諸失譯經一百二十五部一百四十八
卷經呪
開皇三寶録卷第五譯經魏吳總道俗十人
合二百七十一部五百六卷

魏

沙門曇柯迦羅一部一卷經
沙門康僧鎧二部四卷經
沙門曇帝一部一卷羯磨
沙門白延六部八卷經

沙門支彊梁接一部六卷經
沙門安法賢二部五卷經

吳

沙門維祇難二部六卷經
沙門竺律炎三部三卷經
優婆塞支謙一百二十九部一百五十
二卷經
沙門康僧會一十四部二十九卷經及
註
諸失譯經一百十部二百九十一卷經
開皇三寶録卷第六譯經西晉總道俗一十三人
合四百五十一部七百一十七
卷

西晉

沙門竺法護二百十一部三百九十四
卷經戒
沙門畺梁婁至一部一卷經

沙門安法欽五部一十二卷經
沙門無羅叉一部二十卷經
清信士聶承遠三部四卷經
沙門竺叔蘭二部五卷經
承遠子清信士道真二十四部六十六
　卷經及目録
沙門白法祖二十三部二十五卷經
沙門釋法立四部十三卷經
優婆塞衛士度一部二卷經
沙門支敏度二部十三卷經
沙門釋法炬一百三十二部一百四十
　二卷經
沙門支法度四部五卷經
　諸經失譯八部一十五卷經呪
開皇三寶録卷第七譯經東晋總道俗二十七人

東晋

　合二百六十八部五百七十九卷
沙門帛尸梨蜜多羅三部十一卷經呪
沙門支道根二部七卷經
沙門康法邃一部十卷經
沙門竺曇無蘭一百一十部一百一十
　二卷經呪戒
沙門康道和一部三卷經
沙門迦留陀伽一部一卷經
沙門僧伽提婆五部一百一十七卷經
　論
沙門卑摩羅叉二部五卷律雜事
沙門曇摩一部二卷律要
沙門佛䭾跋陀羅一十五部一百一十
　五卷經戒論
沙門釋法顯六部二十四卷經戒論傳

沙門祇多蜜二十五部四十六卷經
外國居士竺難提三部四卷經
沙門釋法力一部一卷經
沙門釋嵩公三部三卷經
沙門釋退公一部一卷經
沙門釋法勇一部一卷經
沙門釋慧遠十四部三十五卷論讃
沙門釋僧敷一部一卷論
沙門釋曇詵二部六卷註論
沙門支道林七部七卷論旨歸
沙門竺僧度一部一卷旨歸
沙門釋道祖四部四卷目録
沙門支敏度一部一卷都録
沙門康法暢一部一卷論
沙門竺法濟一部一卷傳

沙門釋曇微二部二卷論旨歸
諸失譯經五十三部五十七卷經呪
開皇三寶録卷第八譯經二秦總一十六人
合一百六十三部九百十四卷

符秦
沙門曇摩持二部二卷戒法壇文
沙門釋慧常一部一卷戒
沙門曇摩蜱一部五卷經
沙門鳩摩羅佛提一部二卷經
沙門曇摩難提五部一百一十四卷經論集
沙門僧伽跋澄三部二十七卷經
沙門僧伽提婆三部六十卷阿毗曇等
沙門釋道安二十四部二十八卷經註解志録

姚秦
沙門竺佛念十三部八十六卷經論

沙門曇摩耶舍二部三十一卷經阿毗
曇
沙門弗若多羅一部五十八卷律
沙門鳩摩羅什九十八部四百二十五
卷經論傳
沙門佛馱耶舍四部六十九卷經律戒
沙門釋僧叡一部一卷經録目
沙門釋僧肇四部四卷論
沙門釋道恒一部一卷論

開皇三寶録卷第九（譯經乞伏西秦沮渠北涼元魏高齊陳氏）

總二十七人
合二百四部九百十七卷
（乞伏西秦）沙門聖堅十四部二十一卷經
諸失譯經八部十一卷經
（沮渠北涼）沙門釋道龔二部十二卷經
沙門釋法衆一部四卷經
沙門僧伽陀一部二卷經
沙門曇摩讖二十四部一百五十一卷
經戒
安陽侯沮渠京聲一部二卷禪法
沙門浮陀跋摩一部六十卷阿毗曇
沙門釋智猛一部二十卷經
沙門釋曇覺一部十五卷經
諸失譯經五部一十七卷經佛名
（元魏北臺）沙門釋曇曜二部五卷經傳
沙門吉迦夜五部二十五卷經論
沙門釋曇辯一部一卷經
沙門釋曇靖一部二卷經
（元魏南京）沙門曇摩留支三部八卷經
沙門釋法場一部一卷經

沙門菩提留支三十九部一百二十七
卷經論
沙門勒那婆提六部二十四卷經論
沙門佛陀扇多十部十一卷經論
元魏鄴都　優婆塞瞿曇般若留支十四部八十五
卷經戒
期城郡守楊衒之一部五卷寺記
信士李廓一部一卷經録
優禪尼國王子月婆首那三部七卷經
高齊　沙門那連提耶舍七部五十二卷經論
優婆塞萬天懿一部一卷經
陳氏　沙門俱那羅陀四十八部二百三十二
卷經論疏傳語
王子月婆首那一部七卷經
沙門須菩提一部八卷經

開皇三寶録卷第十宋譯經　總二十三人
合二百一十部四百九十五卷
宋　沙門佛陀什三部三十六卷律戒羯磨
沙門釋智嚴一十四部三十六卷經
沙門釋寶雲四部十五卷經
沙門釋慧嚴一部三十六卷經
沙門伊葉波羅一部十卷阿毗曇
沙門求那跋摩七部三十八卷經論記
沙門僧伽跋摩五部二十七卷阿毗曇
集偈
沙門求那跋陀羅七十八部一百六十
一卷經集譬喻
沙門曇摩蜜多一十部一十二卷經
沙門畺良耶舍二部二卷經
沙門曇無竭二部六卷經

安陽侯沮渠京聲三十五部三十六卷經
沙門功德直二部七卷經
沙門釋慧簡二十五部二十五卷經
沙門釋僧璩一部二卷羯磨
沙門釋法頴三部三卷戒羯磨
沙門竺法眷六部二十九卷經
沙門釋翔公一部二卷經
沙門釋道嚴二部三卷經
沙門釋勇公四部四卷經
沙門釋法海二部二卷經
沙門釋先公一部一卷經
沙門釋道儼一部二卷經
開皇三寶録卷第十一譯經齊梁周總五十一人
合一百六十九部一千三百二十三卷

齊
沙門曇摩伽陀耶舍一部一卷經
沙門摩訶乘二部二卷經律
沙門僧伽跋陀羅一部一十八卷律
沙門釋法意二部二卷經
沙門求那毗地三部十二卷經
沙門釋法度二部二卷經
沙門釋法願二部二卷經
沙門釋王宗二部七卷經及録目
沙門釋曇景二部四卷經
沙門釋法尼一部二卷經
沙門釋道政一部一卷經
沙門釋道備五部五卷經偈
竟陵文宣王蕭子良一十七部二百五十九卷經抄

常侍庾頡一部一卷經
沙門釋超度一部七卷律例
沙門釋法化一部一卷經
沙門釋法瑗一部三卷註經
沙門釋慧基一部一卷註經
文宣王記室王巾一部十卷僧史
沙門尼僧法二十一部三十五卷經
沙門釋僧盛一部一卷戒法
沙門釋妙光一部一卷經
沙門釋僧祐一十四部六十三卷集記傳
沙門釋道歡一部一卷偈
沙門曼陀羅三部一十一卷經
沙門僧伽婆羅一十一部三十八卷經論傳

梁

清信士木道賢一部一卷經
王子月婆首那一部一卷經
沙門眞諦一十六部四十六卷經論疏記
沙門釋僧旻一部八十八卷經抄
沙門釋僧紹一部四卷録目
沙門釋寶唱八部一百七卷雜録
沙門釋法朗一部七十二卷註經
沙門釋智藏一部八十卷義林
武皇帝蕭衍一部五十卷註經
沙門釋慧令一部十二卷經抄
沙門釋慧皎一部十四卷僧傳
優婆塞袁曇允一部二十卷論抄
簡文帝蕭綱一部二百卷法集
湘東王文學虞孝敬一部三十卷博要

周
沙門釋曇顯二部二十三卷經要
沙門攘那跋陀一部一卷論
沙門達摩留支一部二十卷梵天文
沙門闍那耶舍六部一十七卷經
沙門耶舍崛多三部八卷經
沙門闍那崛多四部五卷經
沙門釋僧㔛二部二卷傳記
沙門釋慧善一部八卷論
沙門釋忘名十二部十二卷論銘傳
沙門釋淨藹一部十一卷集
沙門釋道安一部一卷論

開皇三寶録卷第十二大隋譯經　總一十九人
合七十五部四百七十二卷

大隋
洋川郡守曇法智一部一卷經
沙門毗尼多留支二部二卷經
沙門那連提耶舍八部二十八卷經
沙門釋僧就一部六十卷經
沙門闍那崛多三十一部一百六十五卷經
沙門釋法上三部四十三卷數及論録
沙門釋靈裕八部三十卷論記
沙門釋信行二部三十五卷三階集
沙門釋法經一部七卷録目
沙門釋寶貴一部八卷經
沙門釋僧粲一部一卷論
沙門釋僧琨一部三十一卷場論
沙門釋彦琮六部九卷論傳録
沙門釋慧影四部二十七卷智度解及論
廣州司馬郭誼一部二卷經

儒林郎侯君素一部十卷傳
晉王府祭酒徐同卿一部二卷論
翻經學士劉憑一部一卷内數術
勑有司譔一部十卷衆經法式
開皇三寶録卷第十三大乘録入藏目
合五百五十一部一千五百八十六卷
大乘
修多羅有譯一　二百三十四部八百八十五卷
修多羅失譯二　二百三十五部四百二卷
毗尼有譯三　一十九部四十卷
毗尼失譯四　一十二部一十四卷
阿毗曇有譯五　四十九部二百三十八卷

阿毗曇失譯六　二部七卷
開皇三寶録卷第十四小乘録入藏目
合五百二十五部一千七百一十二卷
小乘
修多羅有譯一　一百八部五百二十七卷
修多羅失譯二　三百一十七部四百八十二卷
毗尼有譯三　三十九部二百八十五卷
毗尼失譯四　三十一部六十七卷
阿毗曇有譯五　二十一部三百五十一卷
阿毗曇失譯六　十部二十七卷
右開皇録總目訖此通總目録十五卷其後十三十四

大小乘入藏目録合

一千七十六部三千二百九十二卷

衆經別録二卷 未詳作者似宋時述

大乘經録第一卷上

總四百三十八部九百一十四卷

右三百七十部七百七十九卷

三乘通教録二

右五十一部九十七卷

三乘中大乘録三

右一十七部三十八卷

小乘經録四卷下

總六百五十一部一千六百八十二卷

右四百三十六部六百一十卷

第五篇本闕

大小乘不判録六

右一百七十四部一百八十四卷

疑經録七

右一十七部二十卷

律録八

右一十二部一百九十五卷

數録九

右六部一百二十一卷

論録十

右六部一百五十二卷

都兩卷十篇一千八十九部二千五百九十六卷

出三藏集記録

齊建武年律師僧祐譔

新集譔出經論録一　四百二十部一千八

百一卷
新集異出經諸録二　三十四部二百九十四卷
新集序四部律録三　一十四部一百八十卷
新集安公古異經録四　九十二部九十二卷
新集安公失譯經録五　百四十一部一百四十六卷
新集安公涼土異經録六　五十九部七十九卷
新集安公闕中異經録七　二十四部二十四卷
新集續譔失譯雜經録八　一千三百六部一千五百七十卷
新集抄經録九　四十六部三百五十二卷
新集安公疑經録十　二十六部三十卷
新集疑經僞譔雜録十一　二十部二十六卷
新集安公註及雜誌録十二　二十四部二十八卷
都十二件合二千一百六十二部四千三百二十八卷
魏世衆經録目　永熈年勑舍人李廓譔
大乘經目録一　二百一十四部
大乘論目録二　二十九部

大乘經子註目録三　一十二部
大乘未譯經論目録四　二十三部
小乘經律目録五　六十九部
小乘論目録六　二部
有目未得經目録七　一十六部
非眞經目録八　六十二部
非眞論目録九　四部
全非經愚人妄稱經目録十　十一部
都十件經律論眞僞四百二十七部二千五十三卷
齊世衆經目録
武平年沙門統法上譔
雜藏録一　二百九十一部八百七十四卷
修多羅録二　一百七十九部三百三十卷
毗尼録三　一十九部二百五十六卷
阿毗曇録四　五十部四百二十一卷
別録五　三十七部七十四卷
衆經抄録六　一百二十七部一百三十七卷
集録七　三十三部一百四十七卷
人作録八　五十一部一百六卷
都八件經律論眞僞七百八十七部二千三百三十四卷
梁世衆經目録
天監十七年勑沙門寶唱譔
衆經目録卷第一大乘
凡二百六十二部六百七十四卷

有譯人多卷經一　六十九部四百六十七卷

無譯人多卷經二　五部一十九卷

有譯人一卷經三　九十部九十卷

無譯人一卷經四　九十八部九十八卷

衆經目録卷第二小乘　凡二百八十五部四百卷

有譯人多卷一　一十七部一百二十卷

無譯人多卷二　五部一十七卷

有譯人一卷三　五十部五十卷

無譯人一卷四　二百一十三部二百一十三卷

衆經目録卷第三　凡三百六十二部一千六百八十二卷

先異譯經一　四十三部多卷　二十八部一卷　二百七十九部　三十八卷

禪經二　九部多卷　三十一部一卷　三十八卷　三十一卷

戒律三　六十八部二百七十五卷

疑經四　六十二部六十七卷

註經五　四十部二百四十六卷

數論六　三十一部三百六十七卷

義記七　三十八部三百四十一卷

衆經目録卷第四　凡一百二十九部九百八十五卷

隨事別名一　一十三部四百一十三卷

隨事共名二　三十五部四百七十卷

譬喻三　一十三部三十六卷

佛名四　一十四部一十九卷

神呪五　四十七部四十七卷

總四卷都二十件凡一千四百四十三部三千七百四十一卷

大隋衆經目録

開皇十四年勅翻經所法經等二十大德譔

大乘修多羅藏録一六分

合七百八十四部一千七百一十八卷

衆經一譯分　合一百三十三部四百二十一卷

衆經失譯分　合一百九十五部五百三十二卷

衆經失譯分　合一百三十四部二百七十五卷

衆經別生分　合二百一十一部二百六十四卷

衆經疑惑分　合二十一部三十卷

衆經僞妄分　合八十部一百九十六卷

小乘修多羅藏録二六分

合八百四十二部一千二百一卷

衆經一譯分　合七十二部二百九十二卷

衆經異譯分　合一百部二百七十卷

衆經失譯分　合二百五十部二百七十二卷

衆經別生分　合三百四十一部三百四十六卷

衆經疑惑分　合二十九部三十一卷

衆經僞妄分　合五十三部九十三卷

大乘毗尼藏録三六分　合五十部八十二卷

衆律一譯分　合十二部三十二卷

衆律異譯分　合七部七卷

衆律失譯分　合十二部一十四卷

衆律別生分　合十六部一十六卷

衆律疑惑分　合一部二卷

衆律僞妄分　合二部十一卷

小乘毗尼藏録四六分　合六十三部三百八十一卷

衆律一譯分　合一十五部一百九十八卷

衆律異譯分　合八部一百二十六卷

衆律失譯分　合二十九部三十五卷

衆律別生分　合六部六卷

衆律疑惑分　合二部三卷

衆律僞妄分　合三部三卷

大乘阿毗曇藏五六分　合六十八部二百八十一卷

衆論一譯分　合四十二部二百六卷

衆論異譯分　合八部五十二卷

衆論失譯分　合一部二卷

衆論別生分　合十五部一十九卷

眾論疑惑分　合一部一卷
眾論僞妄分　合一部一卷
小乘阿毗曇藏六 分六
合一百一十六部四百八十二卷
眾論一譯分　合一十四部二百七十六卷
眾論異譯分　合八部六十六卷
眾論失譯分　合五部二十二卷
眾論別生分　合八十六部一百七卷
眾論疑惑分　合一部一卷
眾論僞妄分　合二部十卷
佛滅度後抄集録七 分二
合一百四十四部六百三十七卷
西域聖賢抄集分　合四十八部一百一十九卷
此方諸德抄集分　合九十六部五百八卷
佛滅度後傳記録八 分二
合六十八部一百八十五卷
西域聖賢傳記分　合一十三部三十卷
此方諸德傳記分　合五十五部一百五十五卷
佛滅度後著述録九 分二
合一百一十九部一百三十四卷
西域聖賢著述分　合一十五部一十九卷
此方諸德著述分　合一百四部一百一十五卷
右九録合二千二百五十七部五千

三百一十卷
前六録搜尋並見故列諸家體用如
右
漢時佛經目録一卷似是迦葉摩騰創譯四十二章經因即譔録
右録一卷似是秦時釋利防等所賫來經目録
舊録一卷似是前漢劉向搜集藏書所見經録
釋道安録一卷秦時
聶道真録一卷晉時
釋僧叡二秦録一卷後秦
朱士行漢録一卷魏時
竺道祖衆經録一卷魏世呉世晉世東晉雜録河西僞録
竺法護録一卷晉時
支敏度録一卷東晉
又都録一卷
釋王宗録二卷前齊世

釋弘充録一卷
釋道慧宋齊録一卷
釋道憑録一卷
釋正度録一卷
王車騎録一卷
始興録一卷
廬山録一卷
趙録一卷
岺號録一卷
菩提流支録一卷後魏
釋僧紹華林佛殿録四卷
梁天監十四年勅沙門僧紹譔
靈裕法師譯經録一卷
衆經都録八卷似是總合諸家未詳作者
右二十四家録有目並未嘗見故列

之

歷代三寶紀

音釋

檝子葉切與楫同 鏨才敢切 鑿在各切 翮下革切勁羽也 僖許羈切 赧奴板切 蜱符移切 衒黄絹切 璩强魚切 勔彌兗切

請觀音經疏

隋天台智者大師説

弟子頂法師記

清刻龍藏佛說法變相圖

請觀音經疏

隋天台智者大師說

弟子頂法師記

此經從人法以標名人是至慈之大士法是至良之神呪人有二義一通二別別是觀音之勝名通是菩薩之嘉號別又二義一能二所請字是標能感之群機觀世音三字是標能應之聖主法有二義一用二體消伏毒害明其力用陀羅尼明其正體體有二義此間名爲能持能遮持於三義遮於二邊用即爲三一事二行三理事者虎狼刀劒等也行者五住煩惱也理者法界無閡無染而染即理性之毒也故言從人法以標名焉經前玄義五重云名者從人法以爲名靈知寂照法身爲體感應爲宗救危拔苦爲用大乘爲教相

名者衆經皆有通名別名此經人法等是別名經之一字是通名所以有此通別者三義往簡一教二行三理教者聲聞不同諸部名異異故是別然同是佛口所説非餘弟子人天所作是名通約行者入道多途非唯一種觀門有異修習亦殊是故言別契道之時同歸一理是故論通理者理是一法多諸名字或云眞如實際實相阿黎耶識種種名字名字既異所以稱別同名一理是故論通今就別名復爲二一人二法人法相成豈得相離今欲令易解故作兩釋先明於人次明於法人者即爲二一能請之人二所請之人請之一字是標能請之人即是有機之徒感於菩薩觀世音三字標所請之人今明能請有三義一爲自故請二爲他故請三護正法故請並出下文如斯那等是自請如月蓋是爲他請七言偈是護正法請復次自請是攝善法戒爲他是攝衆生戒護法是攝正法戒若得意只三請還是一法何以故如欲使自身戒定慧明淨即是攝善法若已定慧淨能利益他即是攝衆生界是故華嚴云心佛及衆生是三無差別故知三法是一也今作三者隨行者意逐其傍正或時自行爲正餘二傍云云

自請復爲三一延請二祈請三願請爲他護法皆具延祈願三請也此之三請只是機感之因用延祈願三請即對三業延即屈伸俯仰延致之義即身業請祈即發口干求即口業請願即要心處所即意業請皆出下文如五體投地是身業四行偈明大悲覆一切是口業一心一意是意業復次延即是請人祈

是請法願是總人法今就延請又爲三一標心請二約行請三約證請標心者如域意祈求專誠致請機成則感大聖也行請者如人雖不標心但其三業無瑕身口純淨大士自然感應證請者如人修念佛三昧現前時十方諸佛悉皆現前身業既具此三請口意亦爾合有九請自既有九爲他三業亦有九護法三業亦有九三九二十七足前十二合有三十九請能請既有三十九能所合辯即有七十八種也能請之人即是十法界衆生十界之中九界論請佛界須料簡第二明所請之人即是觀世音也此又爲二一通二別別即觀世音三字通即菩薩兩字亦約此通別明三義教行理教者菩薩皆具衆德普修萬行爲逗物設教各立一名如文殊以妙德爲稱彌勒以慈心爲名此菩薩以觀智標號至論三德妙理亦不異無緣之慈一切種智但逗物宜聞各舉一名耳各舉故論別從初地至後等覺同是因地故稱通約行者萬行皆修趣舉一行爲首如五百比丘各說身因亦如三十二菩薩各說入不二法門是故論別同入無生至理此處不殊故言通約理者無相一理多諸名字名字各異所以亦異是故言別異名異說不離於理是故言通今釋別名得觀世音稱者即爲二一總釋二別釋總釋又二一破二立破者觀是能觀之智世是所觀之境從境智得名今問此境智爲當自境故境自智故智爲當是由境故智由智故境爲當是境智合故境境智合故智爲當非境非智故智非境非智故境若自境自智此

是自生等此之四執皆如中論所破隨在自他四句中復次有此四見故具有六十二見見故是受受有三受三受故有三苦樂受則愛苦受則恚不苦不樂即癡三毒等有名等分從此四分開出八萬四千塵勞即是集諦以集故能招感生死苦報不窮即苦諦自生見中具六十二見四分煩惱八萬塵勞苦集流轉餘三見亦爾故經言衆生處處著即四見所起苦集也今時人尚不識自中所起苦集何能破他生共無因等諸見苦集以其不識四句中苦集故無道無道故無滅故令生死浩然是故不用第二立者今所明境智非自非他共無因等畢竟空寂言語道斷心行處滅何境何智之可論有所依則有所著若無四執則無所依倚無所依倚則無受無受則無集無集則無苦問若如是者亦無道滅答如此破四執之見故知句句中九十八使名識病名苦集於四見無滯閡名識道知四見皆是汙穢五陰是見依色不淨不受名爲念處勤斷見增道名四正勤道品等又正勤心覺了四執即佛寶了達法性即法寶與實相和合即僧寶如此觀時四諦三寶宛然假名以無所住心四悉檀意赴物機宜假設方便而論境智則有四種一因緣境智二假名境智三四悉檀境智四不思議境智因緣者或從自生他共無因等四種因緣而明境智故經言一切法從緣生也二假名者若實者則不可立以其浮虛不實假名施設如破瓶斬首等但有名字故云是字不住亦不不住無所有故故名假名境智也赴緣四悉檀者

法眼明了深識機宜逐其樂欲便宜對治第一義而爲立名則以出假名道種智中所明境智不思議境智者法界之理雖無境智之二而論境智故經言不思議智境不思議智照境智不二不相妨閡此之四種欲擬四教所明境智也今觀世音久祛四執慈悲普被應物立名而辯四種之號也故經言我於三乘亦無志求欲求聲聞云第二別釋者又爲二一明境二明智今言境者即是三諦三境一因緣俗諦境二眞諦境三中道第一義諦境此之三境爲智所觀即爲四一者觀因緣觀觀俗諦麤事二者觀因緣俗諦麤細空無所有無非幻化即是入空觀三者分別俗諦萬物方圓長短四微好醜細事無滯即是出假觀四者觀眞俗之實相是中道第一義諦觀故涅槃云十二因緣有四種觀中論偈云因緣所生法即空即假即中之謂也但此之四觀終是三諦之境問俗諦何獨開爲二觀耶答俗境有麤細故開爲二又問俗有麤細爲二觀眞亦淺深亦應二觀答俗是事故得爲二眞是理理則無二是故不開約此四觀亦明自觀化他護法標心行證等觀云次明智者又爲二初明智義二通對諸法今明智義者觀因緣俗是世智亦名名字智亦明等智觀因緣空觀亦名二諦觀亦名一切智出假觀亦名平等觀亦名道種智中道觀者亦名一切種智世智是世間之智但有名字凡聖通用但此智不能出生死菩薩觀因緣時於此觀中具行六度慈悲喜捨來成勝解具一切法然後坐道場三十四心斷煩惱如旃

延子所明菩薩義即是三藏境智觀音若觀因緣空不同二乘取證有善方便雖行於空不住於空而修萬行慈悲喜捨成滿誓願從初心斷結乃至十地爲如佛即通教境智觀音也若觀假名不同通教但從空出此中明知空非空破空出假以四悉檀具修萬行斷除塵沙無知之惑登初地斷無明乃至十地行滿即是別教境智觀音也圓教中道者不同別教次第觀理斷無明此乃稱理之觀理既三諦之境觀亦三智之觀從初至後三諦圓觀初住已能五住圓除乃至四十二地無明究竟稱爲妙覺觀音約此法門圓觀三諦故稱圓教境智觀音也第二通對諸法者此之三智亦對五眼照俗諦麤報色名肉眼照俗諦細報色名天眼照真名慧眼照假中諸道根性有別一切藥病塵沙法門名法眼照真俗之實相名佛眼此眼觀三法是一而異名開合四觀五眼三智云此之三智今合四教因緣法是三藏教即空是通教出假是別教中道是圓教如是廣類通諸經論異名法相皆融會入三智之法無不攸攝云世者即是十法界差別隔異故言世世是色色即觀世身四心是意即觀世意音是機即觀世音一界之中有自他護法自中有延祈願延中有標心行證等一界有三十九十界有三百九十觀也次釋通名言菩薩者具名菩提薩埵摩訶薩埵菩提名道薩埵名成衆生摩訶言大釋論云菩薩初發心誓度於一切能忍成道事不動亦不破是心名薩埵以菩提是成就衆生道有種種成因緣道空道第一義

道道語則通通稱爲菩薩也又於諸道中又言通別若直修因緣道止是人天乘此道則通若能起慈悲誓願萬行莊嚴是菩薩道此道則別今菩薩徧觀諸道徧行諸行無不周普豈有捨一取一經言五眼具足成菩提然菩薩於諸道亦不作難心苦心亦不分別我行是道不得是道分別出自前人之情希向既殊修行爲機亦異感降不同若作三藏教學者自感三藏之觀音乃至一心具萬行學者自見圓教觀音故經言隨諸衆生類爲之立異字也他人問三業俱觀身口若爲觀答聖觀智觀前人身口非是身口觀前人也意謂通亦得第二釋法即消伏毒害陀羅尼也消伏者消名消除伏名調伏故經言消除三障無諸惡五眼具足成菩提但除其病不除

其法譬如蛇虺有毒但除消其螫蠆令不侵人不可殞命也伏者調善令堪乘馭伏三障之毒爲入道之門隨應得度而度脱之故不須斷復次消有二義一消除二消滅即對斷煩惱入涅槃不斷入涅槃也伏亦二義一除伏二平伏亦對斷不斷也如金剛般若云如是降伏其心降是消義具二種消伏是二種伏也毒即三障文有三番明呪初云淨三毒根即煩惱障次云破惡業即業障次云遊戲五道及八難苦即報障通論三障其相如是但別明不無輕重之殊即用三呪消伏其病也歷四教十法界除三障陀羅尼者如釋論云陀羅尼中無閡陀羅尼最大三昧中王三昧最大此翻言能持能遮持者持名持義行證化他正法等遮者遮三障遮三障名消持

名義爲伏呪即是頤也經者教也如舊釋此對四詮教云餘四重玄義出餘疏感應爲宗者以十法界衆生三業爲機備於四句云分文爲三從如是至令得無患是序分第二從爾時佛告長者至如除重雲生諸佛前名正說分第三從佛說是已去訖文名流通分或時正說訖後番呪令不横死爲正說分今依前生起三段如别文今就序爲三次序由序述敘居一說之初名次序神光駭集名由序言論激發名述敘引例云三序之中復有通有别諸經同有次序故名通由藉各異故言别如是者如舊解大林者是第一義包含二諦故名大萬德叢聚故名林精者無八倒故名精如涅槃觀色不淨因滅是色獲得常色一陰通除八倒五陰合除四十倒名精空於二邊畢竟空故名舍亦是住十八空理故名舍重閣者重空觀也空生死涅槃也云就第一列聲聞有五云如鍊眞金是總歎云澄即歎定静即歎慧具足身心諸定也色界四禪爲身定無色四空爲心定前三背捨是身定後五背捨是心定故知得解脫者身心澄静也云第二列菩薩衆云大智去有六句前四是約因歎後二是鄰果歎大智者是慧莊嚴名爲解亦名爲目調伏諸根名福莊嚴名爲行亦名爲足目足備故入清涼池若約四種明智者三藏以四諦智爲大智通教以空慧爲大智别教以道種智爲大智亦可二諦智爲别大智圓教以一切種智爲大智一切種智亦有一切智此是總别之異名例如四諦十六諦四六不同二乘義一切智云本行者若

修行爲語從行以入理理則爲本若化道者從本起行如般若中百二十條勸學欲得佛法皆學般若般若即是諸行故知般若是行本如如意珠出生衆寶若無此慧解則不能起行要因有解立行故智爲行本皆成者還約四種論成非但解成亦是行滿具足云調伏者是明福德故大經云福德莊嚴者所謂六波羅蜜智慧莊嚴者所謂從一地乃至十地智慧今依諸度以釋調伏諸根義也如金剛般若明檀義初約眼根辨法相謂不住色布施若住色此名眼慳捨色名檀檀義攝三資生無畏法故約檀明義餘度自顯又經云福德莊嚴者有爲有漏此即斥無方便者亦是福德不趣菩提因實相慧導此福德以成正覺以有慧故眼色三事皆空若是但空復成聲聞無方便空菩薩以不可得空是空亦空無染不著而能於眼空中慈悲方便行諸萬行通達佛道導成福德趣於菩提但眼之本不空不有即是正因佛性了此眼不可得空即是了因佛性能捨一切塵勞而行布施事中諸用功德即緣因佛性約此眼根明三般若三解脱三法身在眼中亦約四位調伏諸根義於色中不起惡不染即因緣中不著色眼中檀義若知色空如幻即通教中調伏眼捨二十五有檀義知色假名分別一切色諸法相而不爲諸惑所惑即别教調伏眼即出假捨無知障明檀義若知色非色不二本性常淨即中道調伏乃至諸根調伏云如思益云不爲六塵所傷名尸能忍違從之境名忍於因緣六塵不染名生忍於空中不著違

從名法忍出假名中不著違從名法忍圓教中違從不著名中道忍捨六塵不染六根名精念念入道名進亦於四位中明不雜辨精進云云離憂喜苦樂諸根故名禪初禪離憂根得覺支二禪離苦根得喜支三禪除喜得樂支四禪除樂得不苦不樂得捨支是名眼根中得禪若如大乘菩薩眼根入正受耳根三昧起即是於六根具禪般若者根塵識三事是不可得了達究竟盡即般若如是於眼中方便修六度具佛威儀者即八相成佛道之威儀論四位中智慧覺了得八相義而非具但名鄰果等覺方是具也心大如海如論四位所約各有大義而非究竟今中道正觀具三義廣深舍衆流乃名大海今正智照十法界相名廣徹眞源故名深攝萬法故名受流

正觀乃名大也列名皆的約中道觀判名也實即實相實智也月即虧盈半滿方便權智也云云月光約智斷二德也跋陀云賢首等覺是衆賢位極故佛聖首聖極故云云第三列凡夫衆即有八部名四種衆當機是五百及後得道者發起是月蓋舍利弗等影響是上列二萬及八部中權者結緣者是當時無益後世得度人也又作乘急戒緩四句云云第二由序者從毗舍離去是由藉序就此爲二一病相二明病由文中說因之與病乃是假事表理豈可止就事解而不深推即具兩釋就事舍離翻爲廣嚴具如淨名疏中釋明諸病者及病相不出此國也病相即是眼赤如血耳膿等是也此病相是五根之相眼主肝耳主腎鼻主肺舌主脾口主心化爲麤澀是身根

病相如人食惡食納腹内爲病即是主身根以五根病故意識昏迷故云如醉即是意根病良由五根不利致五根病惱亦可是病從五根入五臟傷壞病由者即是五夜叉惡鬼爲是鬼故致令國人疾惱故言病之所由就理釋者法界之國無邊名廣性善莊飾是嚴義十種行人不出法界十者分段有八一受苦報人二修世間善法三修聲聞四修緣覺五修六度六修通教七修别教八修圓教此八在分段未斷惑造心之始各修諸法而有愛見之惑致六塵傷壞六根而致病也變易土二人即是分段盡來入别位三十心中或入圓位初住中此二人地地之中皆有愛見若别教有淨妙五欲之愛四句見佛性不融之見圓教有佛愛菩提愛順道愛四門見佛性等見皆是愛見義由是見故於五根中謂色是常是無常等四執謂是事實餘妄語而作四執之解推理之心皆是病義於五根推理名爲夜叉生五見故名爲眼鉤牙惡業從下向上傷害於人吸人福德智慧精氣以是惡業故言面黑如墨第三敘述序者從城中有長者去爲三一敬儀二敘病三請如文者婆是世醫妙術不救者就世間妙術爲四一因緣事相中明妙術即醫方神仙禁呪等術二空見外道無因無果謂此爲是爲術也亦有亦無非有非無外之妙術此四種妙術世醫所不能救治愛見之病故令五眼不明五分之身羸損福慧之精消歇五見愛夜叉所蠱害故請觀音云第二從爾時佛告長者名爲正說三序既足弄引義成是故正須利益

故言正説就此爲五一示能除毒害人方所二勸長者三業祈請三因光見佛三聖降臨四具楊枝淨水五説呪治病有生起意云就初示方所爲二一示方所二列名歎德言不遠者西方去此二十恒河沙何故言不遠一解云於凡是遠於聖不遠今解不爾若機緣未熟雖近而遠若機緣熟雖遠而必應故言不遠西方者佛法之中乃非時方數陰持入所不攝但隨俗故亦有時方使人信受言西者若依五行西即是金金主決斷剛直之義若對四諦即道諦道是能通用智慧見理此言彼有大智觀音能以無閡陀羅尼消此之毒故西方用表道諦也又解云日從東出而入於西此明東土釋迦能發生物善西方之佛能斷除衆生之惑生滅兩機在此二土故言西方也無量壽者佛有二種無量一生身無量此則有量之無量也二法身無量此是無量之無量也今釋迦彌陀俱是法身之無量此化緣短故故生身是有量彼佛化道長非人天所知故生身是無量而實有數也耆闍凛師解云釋迦爲應彼佛爲眞執應不能除毒害見眞則能消伏毒害今不用此解但此土西土同是應佛淨穢相形故有優劣若作眞語不復得移動辨其優劣若彼是眞佛土應極淨此則不可若作本迹語此爲迹彼爲本本迹相傳望此語則寬雖然今亦不用那知釋迦是迹無量是本二佛各有本迹那互爲本迹此又不可今明此土爲穢彼即爲淨今穢國衆生見思毒害欲借淨土來破其病是故請於彼佛國土相形互爲優劣破惑

互有消除如十種行人作意祈請方法不同是故觀音十種垂應有異此亦十種西方十種祈請十種消伏毒害也問何意請彼佛耶答此土請釋迦爲消伏之因彼佛二菩薩爲外緣因緣應在二佛故勸令請又就彼佛表如來法身實相之境觀音表中道正觀之智大勢表福德神力熏修但聖人皆具三德無不具足今各據一門的當爲語三人各從一法標名今欲消伏毒害必須勝境顯發法身亦須智慧照了除惑亦須福德資成智慧是故三聖俱請問若三聖俱請何意獨標題稱請觀音答正言智慧是除毒之對治對治義强總略爲言故止標一人得意具三義也恒以大悲者是歎也三聖俱有大悲俱愍俱救然而別說如來以大悲爲法身之境觀音爲智照大勢爲福力冥熏然而皆具悲愍救濟也第二從汝當五體投地去勸示祈請申三業之機大聖乃當常欲濟拔爲外緣無創之者毒不得入應須内因故令運三業爲機也事解五體投地者衆生之本體一義同父母是故虔恭尊敬歸投於地表欲報恩之相理解地是一實相若與薩婆若相應心合故名爲投地若離薩婆若名不投地如人謙卑恭謹是則投地致禮與常理合若傲慢逆理禮則不施今明五體即表五陰左脚是色右脚是受左手是行右手是想頭是識何故爾受是心神之法爲陽如右脚戒是色法無作冥寂如陰表左脚故言左陰右陽也想是推畫前境是陽如右手行是思數如陰表左手頭爲識者五識在頭能了別故對頭若離薩婆

若而起五陰者此是平倚五體不歸命觀音毒害不消名爲惑是故沉淪生死爲五受陰所害若依薩婆若心地者即得五分法身之五陰戒是防護七支故是色陰定是受者如經説三昧是正受定意開出故定是受陰慧是悟虛智即想陰解脱即是行陰行陰招累故解脱無累對之解脱知見即是識陰識陰能了別故以五分法身代生死之五陰故涅槃云因滅是色獲得常色乃至受想行識亦復如是即是薩婆若心故名五體投地五體歸命能令毒害消伏名之爲解脱則出生死蕭然累表故言五體投地也燒香散華者香即熏馨遮掩臭穢表於智慧斷結毒害香即智慧也亦是止善散華表定定是福德莊嚴如華能嚴飾彫麗故用華以表定亦名行善復次華以表慧何以故華是可見法慧是照了見理之法用華以對慧香以對定者香是冥熏對定有寂靜之義故用對定何故作此互判此是通釋定中有慧慧中有定若別對者法身皆名爲慧此中豈得無定七淨之法皆名爲華此中豈得無慧而別對定慧也故言化訓滅五陰拔斷十二根復次燒香對無作善無作因作而發不須更作任運常起亦如人受戒作意發得無作任運常能破惡如燒香時止用火爲緣即便煙香任運徧滿故用香對無作善華以手散若不運手華則不散此對作善若不作善則不生既表無作作兩善定慧亦爾明此約十種行人故用對此云云合消伏毒害意繫念是勸意業所以先意後口者先須域意然後口宣言繫念即是黙

念之請作禮即是延請口請佛即是祈請也繫念之法若能調和不風不喘不氣者名之爲息十息爲一念凡百息爲十念能如是者下根人即得心定亂止中根人得細住上根人即得未到地定於未到定喜發諸禪及諸無漏或於此定見十方佛念佛三昧乃至一切禪多約未到定發得也即將此數息約十種行人若數息調適能令身心安靜四大調和即是消伏果報上毒害若數數時能令善心開發惡心調伏煩惱惡業俱息其世者即是人天數息若觀此所數數息是風氣四大之强者故言此身無住風力所能風氣即是法色也能觀之心王即是識領受此數即是受緣想此數即是想其餘諸數即是行數息中具五陰即是四念處觀名聲聞數息若觀息是過去無明因緣所成致現在果報息三世因緣即是緣覺人數息若觀息不保不愛無所著名檀不於數息起不善名尸能安忍耐此數息名忍念念相續名精進知色數法在緣不謬亂名定照了數法分明分別是風是喘識邪正是智慧無相等慧即通教數息別修數息不定空不定俗中道佛性前後觀之即別教數息若圓觀此息非空非假一心三諦圓說即圓教數息也第三因光見佛爲二一見佛二三聖降臨今言於光中者即是釋迦放法身之光如如智慧之光照了因此法身得見應身也如來神力者或可是釋迦力或可如來只是眞如之法此眞如有神力乘此神力而來故言神力不動舍離至實相之法界廣嚴之處住此地愍衆生爲除毒害

城即法界取其防非禦敵之用爲城門即不二門住此門不動令衆生得入此門到法性城也金色照者如如即智還照如如境第四即具楊枝淨水者此是勸具兩因正爲機感也楊枝拂動以表慧淨水澄渟以表定楊枝又二義一拂除即對上消義二拂打即對上伏義又拂除對消滅之消二拂打即對消除淨水二義一洗除即對消義二惺悟即對伏義水又四義一洗除二潤漬三惺悟四安樂洗除對消滅之消潤漬對消除之消惺悟對除伏之伏安樂對平伏之伏復次洗除對消伏毒害大悲拔苦是慧義潤漬是大慈與樂是定義惺悟是慧義安樂是定義明此約十種行人自各有定慧拔苦與樂各有消滅伏義例作云云舊約此經文爲懺悔方法制爲十

意常所行用八意出在經文一一檢取一莊嚴道場二作禮三燒香散華四繫念五具楊枝六請三寶七誦呪八披陳九禮拜十坐禪釋此十意備作事理云云第五從大悲觀世音而說呪曰去爲三初從此去訖平復如本明消伏毒害是破煩惱障第二從世尊重請觀音去至如鷹隼飛明破惡業障第三從繫在囹圄去訖現前見佛說六字章句已去破六道治六根俱是破報障通論三障皆是毒害皆是煩惱皆是惡業皆是報法若別論不無輕重分爲三障三處經文悉具三障之語今就別明義判三呪破三障此有兩義或有人三障而悉須三呪破之自有人雖具三障而煩惱最重若破煩惱餘障弱者自消或業重或報重是故隨其强者破之弱者隨去或有

人雖破煩惱業報猶在如羅漢雖破子縛而猶有償狗齧除者例爾或除一障餘者皆除如經言若斷一法我證汝得阿那含果所謂貪也非是斷一能得此果乃是斷其重者輕自隨滅復次三呪治三障對三根人初呪對上根十種人煩惱毒害次呪破中根十種人惡業毒害後呪破下根十種人果報毒害也毒害之名通此三根能害法身慧命故今從別義更立破煩惱破惡業破報之名就理無勝劣行人修進便宜而爲勝劣類如法華三周說法通名開三顯一初說當開權顯實之名第二第三亦復如是而論別更加法譬因緣即此三番呪通別之意也自有人取後一番呪爲正說即是兼於總別而治三障也若不取後呪爲正說者只於前三呪之中各作正旁即兼得總別意也今就初呪爲五一勸三業爲機二歎呪體用三正說呪四明行者得益五舍離人平復就勸機爲二一經家叙二正三業致請三稱三寶是通爲衆生作消伏之所觀音是別緣是故請三寶復有通別所以三稱或可欲除三障故或可表三周說呪故或可表三釋故須三稱也三業如文云云四行偈爲二初二行正請後二行結請初爲二前一行總請後一行別請初一句標自請次三句自他請苦厄者約十種行人皆云苦厄云云不獨苦在身上眼赤耳膿之厄也大悲覆一切者非止覆舍離城中之苦亦是覆十法界人故言一切也普放光者即是請大智光明爲調伏柔善滅除無明癡闇即消除如華嚴又放光或除慳除恚等種種所治今此

智光亦治十種行人之毒害也無明既盡如覆大地即頓除惑次第除十人惑即漸除惑也次别請即是别標三障殺害苦者即是毒害惡業也由毒害故所以招苦報是故言害歷十種行人中明惡業毒害也如魔喜來惱行者或將空來破其有中修行令墮三乘害其菩提之善或將散善布施來破其空無相無漏善令墮人天中皆是害義二障如文必來是欲降施大樂者請大慈大慈調伏柔善大樂故前是大悲拔苦是消滅義若世間苦報得除亦名爲樂人天善成亦名爲樂如是等分有樂義而不名大至得常樂圓教之理方名爲大樂能請語長遠故知不止請於舍離城報苦一種也次二偈結慈父者十種行人皆名衆生世間而有父子義者同有佛性如來藏理是正因性昔經世世相隨或作諸功德低頭舉手隨從化道即是緣因性但未有了因而今結縛得滅爲說消除毒害平復如本豈非了因性三種天性相關得爲父子故請云世間慈悲父免我三毒苦當知請父甚廣豈止事中報障耶病除爲今世樂未來當得道爲涅槃樂未來有餘涅槃爲今世樂無餘爲後世樂十種人當分得道爲今世究竟涅槃爲後世餘諸樂非大樂究竟方是大樂也第二稱歎神呪爲二一歎呪體二明用從白佛必定去是歎體即是實相正觀之體非空非有遮於二邊之惡業持於中道之正善名實相呪體也此體具於三德不縱不橫文云三世諸佛陀羅尼印即是法身實相之德必定即是師子吼決定説般若吉祥即衆

苦未得盡普令各解脫以此三德歎陀羅尼
體也又必定名師子吼消滅拔苦義吉祥是
善利之詞是調伏與樂義故大品云是大神
呪大明呪無等等呪呪只是願佛說法時願
衆生如立是呪也譬如螟蛉故諸經皆是呪
也中道之呪遮於二邊伏空伏有破於二邊
滅空滅有即是消滅伏之亦有餘伏平伏等
意云呪亦是願亦是禁呪呪誓亦是呪術術
法盡與十行人毒害相應密能消伏諸佛祕
要不可思議也三世佛印即是實相印印定
諸經故名呪體也聞此呪者即是明用如不
識藥未知其良若不明用何知力強苦盡是
消滅得樂是調伏遠八難是消滅得念佛定
是調伏調伏柔善感見諸佛乃至有見無見
四見橫計不順於理皆名惡業二乘空中所
見三藏四門通教四門皆未順理亦是惡業
今此中道神呪悉能消伏當知此呪神用廣
遠第四持者得福如文第五平復如本約十
行人明如本此報身無明之病今病除如本
本修世善之心無惡業之害五塵之病今還
復人天善本修四諦求涅槃以無見愛今得
前心故言平復乃至圓教亦爾本是法性淨
照起五住妄惑之病即病除與法性等故言
如本第二從爾時世尊憐愍去是破惡業呪
就此爲三一如來重請二觀音奉命說三佛
述成今言佛請者非是自請是爲他護法耳
請字有二音若作淨語可施於下如天子請
百官又經題呼爲淨可施凡下若作請語重
兩語隨意消息今意重說消伏毒害呪者從
通爲言又破惡業呪者從別受稱如前云第

二正說呪爲二一正說呪二明力用一說呪言承佛力者承於如如大覺之力也更稱三寶義同前一切怖畏者即復爲二一總明呪力用二別釋今言一切怖畏者一歷十種行人各各有怖畏也二作惡鬼虎狼者例如金光明初地至十地皆有虎狼師子之難此中十人乃無事中虎狼約煩惱法爲虎狼也別釋者從破梵行人去也十惡業者十惡是性戒受與不受俱是罪不同其餘遮制等戒如比丘草木戒受者犯得罪不受犯不得罪今取性重者呪力能令清淨輕者例滅設者有二義一假設設二者但設設性淨之理本無惡業今起惡業皆是虛假實來破虛皆使清淨故言設此明除虛妄之假也但設者但有一法是業種類所攝者無問重輕此呪皆能破之令清淨大品設有一法過涅槃者亦如幻化此條然言無如十九界等畢竟不可得今言假設不妨有浮虛之樂與大品設語乃同復爲異云云現前見佛者見佛三昧爲種地獄人念佛時感見形質不同乃至人中所見二乘通別等菩薩所見各異凡約十行人明見佛不同三昧觀法亦異云云從佛告阿難去是第三佛述成就此爲四一述功能二勸行法方軌三引證四結成功能就明功能中能除二種患難身無患心無病從凡夫地乃至等覺猶一生在皆有身心於分段中具三塗身心人至第四禪爲身病四空有心病故知苦樂隨身至四禪憂喜隨心至有頂若聲聞五方便人具足身心之患須陀洹雖見諦思惟尚在乃至羅漢有餘時身病尚在習氣不

忘亦是心病緣覺亦爾六度通教亦爾若斷分段生變易者此就無作四諦中五分法身深淺優劣無明住地心惑重輕乃至餘一生在三賢十聖住果報豈非是身乃至欲得佛無上報皆是身患無明未盡佛性不了皆是心病故經云因滅是色獲得常色方無身病因滅受想行識獲得常受想行識方無心病還將此身心兩患約十種行人云火從四面來此是外火節節疼痛是內火事解如文理解外來者是見惑橫計而生故言外來四面即是有無四見等此見焚燒見諦解故言燒身龍是神靈之物即表法王自在設教如龍雨雨除見惑如火滅即是信行人節節疼痛是思惟惑附理生如須陀洹人已得無漏理解而猶有思惑故言內火節節即是思惟所

斷九品欲界九品四禪四空等處處九品豈非節節也前一作信行龍王降雨今龍即是無漏心王發得禪定法水滅思惑火也明此約十種行人分段見思可解變易既有菩薩勝妙五欲此中自有無作界外見思例作火義至一生在云穀貴饑饉者事解五穀不收爲饑菜蔬不生爲饉譬解者遠聖不聞道爲饑近則爲飽無正慧爲饑無助道爲饉如法華饑餓羸瘦此則事中乃至人天善皆例饑飽義若二乘非饑者法華不應云從饑國來此則小乘爲饑大乘爲飽約十人傳作云王難者分段用四魔爲難變易用十魔爲難乃至一生在亦有魔故言三魔已盡唯有一分死魔在惡獸是惡業盜賊是六根六塵迷路是邪僻牢獄是果報果報二種一者約諸道

明報獄如人得天徃云云二者當分受身爲獄亦約十行人杻械是定慧障枷是權實障鎖是得業繩等也海是生死或云法性妄想動法性故波浪爲難夜叉羅刹是見思毒藥是理境如四見取理不得而成毒故法性亦名毒藥亦名甘露刀劒是無常三界皆爲無常所遷云云第二從此陀羅尼灌頂去是勸如法行經三一正勸二示法用三得益灌頂者事解云輪王欲授位太子取四海水淋太子頂而委以天下故云灌頂若案十地云佛授十地菩薩記以法性海水淋十地法王子頂名爲佛受職故稱灌頂也今明此義凡有十種人智有頂可見佛但法性無見頂者餘人少分智慧理極不能思度名之爲頂若得陀羅尼呪被灌之即能得進解行轉深名爲灌頂如是約十種人皆有頂義皆有被灌之義唯妙覺身最高極不可復灌能以陀羅水普灌十種人頂此十地之頂也齋者齊也齊身口業也齊者只是中道也後不得食者表中道法界外更無別法也中前得噉而非正中此得明表前方便但似道之中得有證義故得噉也亦是表中道法界外有法也不噉肉者是無緣大慈也故不噉衆生緣法緣皆有分齊此無緣無分齊故不得噉也灰者五停心觀也五辛苦辢是五陰苦諦也葷氣是五陰中有集諦也汙穢五陰苦集也十方佛是十法界皆有佛性七佛是七覺分第三從佛告阿難有一女人去是引證非是獨證此段亦通證於前如文云云第四從此呪功德三障求盡是結成功能如文第三從若有衆生囹圄

去是第三番呪除報障此即爲四一明說呪之由二正說呪三稱歎功用四結成第一所由及第二正說如文第三歎功用文爲三一明六道六字章句用二明修因六字章句用三明六根六字章句用他釋六字者或言稱三寶名是六字章句此配六字乃足而不見文中有標章結句之言或三寶爲三字觀世音爲三字此於誦持爲便上文不標章結句若以此六字者處處皆有此義則通今皆不用今明六字章句者案經文有標章結句起盡之文約義爲便明六字章句今案經對六道六妙六根等以明六字章句如大經對二十五有明二十五三昧今對六道明六字章句成消伏六道之毒害於義爲便所以明此三種章句此三種六字凡有三處六出初明果報六字章句者說偈竟即云若有四部聞六字章句去便廣說六道中拔苦功用之事後結句云若有聞此六字章句次明修因六字章句者如斯那聞六字章句觀心心脉者廣明六妙後即結云此大精進勇猛寶幢六字章句三明六根六字章句者從舍利弗在寒林中斯那問眼眼與色相應云何攝住者廣明六根後即結云聞此六字章句數息繫念淨行之法此即三種起盡文義泠然故依此爲判也第一明六道六字章句者六道是果報法故六道是六字門一道之中分別有無量種即是章句觀音又照六道實相得陀羅尼究竟旨歸如大經云二十五有有我不耶答云有我我即佛性諸佛菩薩窮此理性於諸道中而得自在故能以陀羅尼力消除

六道三障之毒害今此中偈但列五道名若依舊解五道者但合脩羅爲一鬼道若開即成六道今文正明脩羅爲一道復明餓鬼道而不辨天道不知是翻者脫落不知更有別意今斟酌者或可天道苦少且明下五道耳故不論六又長行中則有六道義何以故如云從迷失道徑去乃至婦人生難此是人道此呪巍巍能免地獄餓鬼畜生脩羅等苦即是四惡道八難者即長壽天是一難此語即攝天道故具六道又偈中云普教一切衆令離生死苦若爾者一切之言即是攝得六道云今約六道段中爲四一明拔六道苦惱難二明得失三說偈四結如文從今世後世不吉祥事永盡無餘是明失也從持戒精進皆悉具足是明得也又二義一明得念定總持

諸法次明得見佛得旋陀羅尼得陀羅尼者勘法華經明位即齊佛如無生忍此即似初境界云第二從王舍城斯那去明修因六字此爲二一通二別通中又爲二一略觀心心脉者若事解只赤肉之心一身之主由是心脉能開出一切脉能開之心一身之主由是心脉能開出一切脉以通成一身具如通明觀云此即是因緣釋心義若空共一切世間中無不從心造心如工畫師造種種五陰種種五陰由心故有心無故一切法亦無心不有一切法不有心空故一切法空云雖一切法空而有諸脉名字假名差別從一心脉乃至無量諸脉皆能通達而無滯閡此即達心脉是假名故一切法皆是假名云心脉若定是空空不可假心若定是假假不可作空當

知心脉不空不假當知一切諸脉亦不空不假如是則遮於二邊兼照空假即是圓觀心脉如是三觀歷十種行人云今約經文作三觀者若有能觀即有所觀能所合故即是因緣觀也使想一處即是入空觀也見觀世音即是出假觀也即得解脱者即是中道觀也而又云得阿羅漢者此約十種行人小乘大乘明羅漢無谷云第二從端身去是廣明也依禪法明云二十五種方便俱有事理兩解今正取調五事明調色息心三方便是此文正方便意原身之始始於三事衆生不知三事故名迷達三事故名解今爲修此六字故須方便調此三事從端身是調身正心是調心心氣相續是調息端身是約戒正心是約定氣相續是約慧此明戒定慧調三事約世

間陽上陰下隨世俗故右陽居下左陰處上者欲將定静之法鎭於陽散也世俗既有威儀此即是以戒法禁約麤獷即對戒也二陽動相陰静相以静鎭動是制亂方便即對於定三者右表方便屬權而居下左是實智居上是則自權而顯實此即表慧此戒定慧還約十種行人云擧舌向腭爲防難故爲止言語故從一至十是數門成就息念不外向是隨門不澀不滑調和得中是止門下去是三門如文赤肉心起一脉生四大脉趣四支各起十脉合四十脉一支十脉復起百脉就根本合四百四十脉今但取四支四十爲言也又取頭十脉就根本四脉故言十四脉止應舌至鼻喻如江海通流若是肝氣青肺白脾黄腎黑唯有心赤而不見是略耳諸氣來會

鼻失本色故如琉璃息細八寸亦是定將散表八正道此中六妙門凡應有十科意令只是一相生妙門也若此中觀者只是通明觀也從佛告此大精進去是別明六妙門前六妙門通凡夫三乘共觀故言通令三乘未合故別觀六妙門也第一明聲聞六妙門者即爲二一從大精進去是歎六妙門從汝等善聽去是勸勸文爲二一勸二受行令明勸者當自攝身明戒端坐正受是定觀苦是明慧苦者只報身是苦聚生來無主爲空命盡故壞取此爲次也若無常爲初取念無常也五門者此有三種一五處止爲五門即五輪禪也此經云於節節間皆令繫念即是其義二五方便爲五門禪令明念佛一門餘者數息不淨因緣慈心等而毗曇無念佛但云界方便破我見是數息等爲五門令明界方便乃是因緣觀破斷常等見而猶闕念佛是故用念佛等爲五門此經文云得念佛定即是其義三無常苦空無我寂滅五門即如此文苦空無常是其義也若五輪爲五門一向是繫念於色屬定若無常等爲五門一向就理是慧若五方便合用定慧復次開五停心觀爲六妙門開息方便出隨止二門何以故數息有三種也合不淨慈心兩方便爲一觀門因緣方便是還門念佛是淨門何故爾念佛有法身佛法身即是空理淨故也又合五方便六妙門爲三障數息是報風故屬報障慈心不淨因緣治此三障各有三如數息是覺觀覺觀三種即有三治云云恚有三種欲有內外云云癡有斷常性云云業有浮沈惡境云云如是治

法亦有三治之具如禪門云今經不用此等治但明一空無相如幻如化以入實際徧治之云第二從寒林中即是受行又爲二一奉行得意二斯那聞下簡三乘人六門寒林者即是無漏清涼也金是慧三乘人同入第一義法性理故如金第二斯那問即是第三番六字章句意也眼見色即有三種初一念時是獨頭無明一念轉即與相應無明共起若順色即愛違即瞋平平即起無記事中攝住者但數息不令三種心起即是也理中論若根塵爲因緣析此因緣分分無常生滅以見理者即如毗曇見有得道也若觀根塵淨虛不實空平等見理即是見空得道若觀根塵無明因緣諸行老死即是緣覺人攝住此六根不次第於義無失今言色香味觸與細滑相應者五根微細皆寄身根法塵意根若領納法塵時身已虛有諸觸備至故言色香等與細滑相應細滑即身也六根例作理釋通別圓意云地無堅者如實故言無堅通教觀地如幻如鏡像有堅又四句責責見細理鄰虛是有見空即是無見乃至四句深著不可捨皆名爲堅今蕩此四執除此四過求不可得故言地無堅水不住四句故風無閡者豈無四句質閡是身出火者慧解脫人但有無漏火俱解脫人備有事理火慧人燒子縛身因俱解脫人燒果縛身果見十方佛是聲聞破惡成辟支佛住不退是菩薩言服者結成意也

請觀音經䟽

音釋

閡牛代切與礙同　虺許偉切蝮也　螫施隻切行毒也　蠆丑邁切毒蟲也　腎時賑切水藏也　臟才浪切腑臟也　隼聳尹切鷙鳥也　齧倪結切噬也　螟蛉螟忙丁切蛉盧經切　辢郎達切辛也　腭五各切與齶同　脾頻彌切土藏也

四教義

隋天台山修禪寺沙門智顗撰

清刻龍藏佛說法變相圖

四教義卷第一

隋天台山修禪寺沙門智顗撰

夫衆生機縁不一是以教門種種不同經云自從得道夜至泥洹夜所說之法皆實不虛仰尋斯旨抑有由致所以言之夫道絕二途畢竟者常樂法唯一味寂滅者歸真然鹿野鵠林之文七處八會之教非頓漸之異不定祕密之殊是以近代諸師各爲理釋今所立義意異前規故略撰四教用義大都漸頓不定祕密之蹤若能達斯旨者則如來權實信矣無方至人本迹淵哉難究況復此漸頓不定祕密之蹤皆無滯矣今明此義略開七重第一釋四教名第二辯所詮第三明四門入理第四明判位不同第五明權實第六約觀心第七通諸經論第一釋四教名四教者一

三藏教二通教三別教四圓教此四通言教者以詮理化物爲義大聖於四不可說用四悉檀赴緣而有四說說能詮理化轉物心故言教也化轉有三義一轉惡爲善二轉迷成解三轉凡成聖故教以詮理化物爲義也略爲五意一正釋四教名二覈定三引證四料簡五明經論用教多少不同第一正釋四教名即爲四一釋三藏教名二釋通教名三釋別教名四釋圓教名一釋三藏教名者此教明因緣生滅四聖諦理正教小乘傍化菩薩所言三藏教者一修多羅藏二毗尼藏三阿毗曇藏一修多羅藏者修多羅此或云有翻或言無翻言有翻亦有多家不同然多用法本出世善法言教之本故云法本即是四阿含經也二毗尼藏者毗尼此翻爲滅佛說作無作戒能滅身口之惡是故云滅即八十誦律也三阿毗曇藏者阿毗曇此翻云無比法聖人智慧分別法義也故云無比法若佛自分別法義若佛弟子分別法義皆名阿毗曇也然此三法通名藏者以含藏爲義但解者不同有言文能含理故名爲藏又言理能含文故名爲藏今言三法之名各是一句三名各含一切文理故名藏也阿含即是定藏四阿含多明修行法也毗尼即是戒藏正明因事制戒防止身口之惡法也阿毗曇即是慧藏分別無漏慧法不可比也此之三藏的屬小乘故法華云貪著小乘三藏學者問曰如此對當義理可然而名乖詮次答曰說時非行時教起之次阿含爲先修行之初木叉爲首又如八正道正見正思惟爲先次正語等

六法皆名爲正如人行法眼前瞻路然後發足故大智論云目足備故入清涼池也問曰佛於三藏初開三乘大乘最勝何不以大乘爲正小乘爲傍耶答曰鹿苑初說四諦法輪俱隣五人見諦成道八萬諸天得法眼淨但有小乘得道未有大乘故以小乘爲正也大智論云佛於阿含中雖爲彌勒授記亦不說種種菩薩行故大乘爲傍也問曰外人亦說戒定慧此有何異答曰外人所說戒定慧即是舊醫如彼蟲道舊醫戒有二一邪二正一邪者即是鷄狗等戒二正者即是十善道也舊定有二一邪二正一邪者即是九十六種道經所說鬼神邪定或能知世吉凶現神變相也二正者即是四禪四無量心四無色定及發五神通也舊慧有二一邪二正一邪者即是因身邊見心發諸邪智撥無因果食糞裸形等也二正者即是因身邊見心發諸世智說有因果修諸善法也今佛說三藏教所明客醫戒定慧即是新醫從遠方來曉八種術初說四枯正術即是三藏教門明戒定慧也一戒者即是十種得戒發一切律儀無作如是五部毗尼所明身口諸善法也二定者即依八背捨入九次第定師子奮迅超越三昧願智頂禪六通四辯等也三慧者即是生滅四諦破身邊二見六十二見發真無漏成十一智三無漏根也此戒定慧外人尚不聞其名況有少分譬如驢乳牛乳乳色雖同若停驢乳則成臭糞若停牛乳便成酪酥醍醐也二釋通教名通者同也三乘同禀故名爲通此教明因緣即空無生四真諦理是摩訶

衍之初門也正爲菩薩傍通二乘故大品經云欲學聲聞乘者當學般若欲學緣覺乘者當學般若欲學菩薩乘者當學般若三乘同禀此教見第一義故云通教也所言通者義乃多途略出八義一教通二理通三智通四斷通五行通六位通七因通八果通教通者三乘通禀因緣即空之教理通者同見偏真之理智通者同得巧度一切智斷通者界內惑斷同也行通者見思無漏行同也位通者從乾慧地乃至辟支佛地位皆同也因通者九無礙同也果通者九解脫二種涅槃之果同也通義有八而但名通教者若不因通教即不知通理乃至成通果也故諸大乘方等及諸般若有二乘得道者爲同禀此教也問曰何故不名共教答曰共名但得二乘近邊不得遠邊若立通名近遠俱便言遠便者通別通圓也三釋別教名者別者不共之名也此教不共二乘人說故名別教此教正明因緣假名無量四聖諦理的化菩薩不涉二乘故聲聞在座如聾如啞法華經明迦葉領解自述往昔聞方等大品淨佛國土成就衆生心不喜樂即其義也所言別者義乃多途略明有八一教別二理別三智別四斷別五行別六位別七因別八果別故名別教也教別者佛說恒沙佛法別爲菩薩不通二乘理別者藏識有恒沙俗諦之理也智別者道種智也斷別者塵沙無知界外見思無明斷也行別者塵沙刼修諸波羅蜜自行化他之行也位別者三十心伏無明是賢位十地發真斷無明是聖位之別因別者無礙金剛之因也

果別者解脱涅槃四德異二乘也別義有八但名別教者若不因別教則不知別理乃至得成別果也問曰何故不說爲不共教而作別教之名答曰智論明不共般若即是不共二乘人說如不思議經今明別教如說方等大品二乘共聞而別教菩薩故用別名也兼欲簡非圓教別雖異通猶是未圓之號也四釋圓教名者圓以不偏爲義此教明不思議因縁二諦中道事理具足不別但化最上利根之人故名圓教也華嚴經云顯現自在力爲說圓滿經無量諸衆生悉受菩提記維摩經云一切衆生即大涅槃不可復滅也大品經具足品云諸法雖空一心具足萬行法華經云合掌以敬心欲聞具足道涅槃云金剛寶藏無所減缺故名圓也所言圓者義乃多途略說有八一教圓二理圓三智圓四斷圓五行圓六位圓七因圓八果圓教圓者正說中道言教不偏也理圓者中道即一切法理不偏也智圓者一切種智圓也斷圓者不斷而斷無明惑斷也行圓者一行一切行也位圓者從初一地具足諸地功德也因圓者雙照二諦自然流入也果圓者妙覺不思議三德之果不縱不橫也圓義有八但名圓教者若不因圓教則不知圓理乃至得成圓果也問曰教理若圓何得更有行位因果之殊答曰只猶教理圓故便有智斷行位因果之殊如世間法書極能之本臨學之者得有階差雖復初臨劣於後臨本未曾異也第二覈定者明此四教通而爲語於一教中各有四教雖有四教覈其定實三義不成故各從一義

以受教名也即爲四意一覈定三藏教二覈定通教三覈定別教四覈定圓教一覈定三藏教者問曰如三藏教說無常三乘同禀入道即是通教別爲菩薩說弘誓六度此即別教爲說一切種智令求佛果豈非圓教答曰今覈此教三義若言說無常通教三乘是通教者二乘聞無常發真斷結一世便入涅槃可是禀教見無常理菩薩雖禀無常之教三阿僧祇劫不發真斷結豈見無常之理故知無常通教之義不成雖說願行化物別教義不成者本論別教詮別理斷別惑初三藏教所明願行猶約生滅四諦而起見生滅四諦不及二乘豈是別教雖說一切種智勸菩薩慕果行因不名爲圓者菩薩因中不得即具種智豈得論圓又此種智只照二諦不照中道豈得圓也是則雖有三教覈義不成但名三藏教也二覈定通教者問曰通教說戒定智慧豈非三藏教道種智豈非別教說一切種智豈非圓教耶答曰雖有此三教覈義不成所以然者通教說無生戒定智慧一相無相不同三藏戒定智慧別相異也復次一得不失從勝受名故不說三藏之名受通教名也雖說道種智止相異也復次一得不失從勝受名故不說三藏之名受通教名也雖說道種智止言照界內俗諦非是說如來藏恒沙佛法之道種智故別教義不成雖復說一切種智止是照界內二諦明一切種智非照中道不思議二諦之一切種智故圓教義不成是則三教不成但名通教也三覈定別教者問曰別教亦說戒定智慧何故不名三藏

教亦說無生空理何故不名通教亦說中道一切種智何故不名圓耶答曰別教說恒沙佛法無量戒定智慧異前生滅戒定智慧故非三藏也雖說空理是不可得空非是但空不與二乘同見故非通也雖說中道一切種智非初住發心即具一切種智故非圓也是則三義不成但名別教四覈定圓教者問曰圓教亦有戒定智慧何故不名三藏亦有真空之理何故非通亦有歷別階級法門何故非別答曰圓教所說戒定智慧皆約真如實相佛性涅槃而辯豈同三藏偏淺戒定智慧乎佛性真空平等之理聲聞辟支佛所不能知何況得入故非通也種種法門位行階級無不與實相相應攝一切法從初一地無不具足一切諸地是故非別三義不成但名圓教也是則四教四名雖復互通而研其理實當教立名不可混濫若圓教攝三即是又多僕從而侍衛之也第三引證者夫欲申通佛法事須經論明文但佛教浩漫玄旨難尋若不立名辯義何以得知旨趣今明此義略爲三意一明無文立名作義以通經教二別引經論證三總引經論也一無文立名作義以通經教者問曰立四教名義若無經論明文豈可承用答曰古來諸師講說何必悉有經論明文如開善光宅五時明義莊嚴四時判教地論四宗五宗六宗攝山單複中假興皇四假並無明文皆言隨情所立助揚佛化其有緣者莫不承習信解弘宣問曰何意不依半滿五味幸出經文答曰佛教具有漸頓不定半滿五味各據一邊豈得通釋此諸教也

但使義符經論無文不足致疑大智論云法施者依附經法廣作義理為立名字皆名法施今一家解釋佛法處處約名作義隨義立名或有文證或無文證若有文證故不應疑無文證者亦須得意譬如神農扁鵲華陀皆古之聖賢所造藥對治撰集經方當時所治無往不差今人依用未必皆愈而今代凡醫雖約古方出意增損隨病處藥少有不差若深解此喻通經說法覩時事所宜作義立名亦有何失今釋此經一部前後作義立名此非一條若不體此意者何但四教之名而生疑也經論正赴往人機緣末代學問執見千端行道障起非一寧可守株待兔必貽斯責且佛教無窮恒沙非辟東流之者萬不一達智人君子希更詳焉二別引經論證四教者

前釋名已具引經文今更略出如我心云應學修多羅毗尼阿毗曇佛在世時豈無三藏之教也故成論云我今正欲論三藏中實義次證通教者此經淨名為迦旃延解說五義二百比丘心得解脫大品經三慧品明薩婆若智三乘同得中論云諸法實相三人共入次證別教者此經明以無所受而受諸受未具佛法亦不滅受而取證也無量義經云摩訶般若華嚴海空宣說菩薩歷劫修行即是別文涅槃經明五行正是別教意也大智論云結使有二種一者共二乘斷二者不共二乘斷不共斷者不共般若斷於別惑次證圓教者華嚴經云為說圓滿修多羅此經云諸佛解脫當於衆生心行中求大品經云欲以一切種智知一切法當學般若法華經多寶

如來歎言善哉釋迦牟尼佛乃以平等大慧爲大衆説如所説者皆是眞實涅槃經云復有一行是如來行所謂大乘大般涅槃智論云三智其實一心中得如是尋討大乘經論四教義文處處有也三總引經論證者今影傍大乘經論立四教名義者如大涅槃經明四不可説有因緣故亦可得説四種之説以化前緣即是四教又涅槃經四種轉四諦法輪即是四教之意又法華經明三草二木稟澤不同辟方便説即三教也一地所生一雨所潤辟説最實事即圓教也中論破諸異執既洗淨説因緣四句通佛四説即是四教之意如此等四説法隨機化物即四教義四説即是四教之異名也第四料簡者問曰法華經云佛平等説如一味雨何曾有四説之殊答曰上來處處引四不可説有四因緣故亦可得説者上未曾定有一説何曾定有四教耶故此經云佛以一音演説法衆生隨類各得解隨類異解者即是四教不同之相也且諸經明義不同自有説異解異説一解一説異解一説一解異無説無解故此經云其説法者無説無示其聽法者無聞無得若達此意四教黙定立義何所疑哉問曰四教從何而起答曰今明四教還從前所明三觀而起爲成三觀初從假入空觀具有析體拙巧二種入空不同從析假入空故有三藏教起從體假入空故有通教起若約第二從空入假假中即有別教起約第三一心中道正觀即有圓教起問曰三觀復因何而起答曰三觀還因四教而起問觀教因何而起答曰觀教

皆從因緣所生四句而起問曰因緣所生四句因何而起答曰因緣所生四句即是心心即是諸佛不思議解脱不思議解脱畢竟無所有即是不可説不可説故淨名杜口默然説也有因緣故亦可得説者即是用四悉檀説心因緣所生之四句赴四種根性十因緣法所成衆生而説也四種根性者一者下根二者中根三者上根四者上上根赴此四種根故因此教觀無礙而起普利衆生得成信法兩行之益此即若聖説法若聖默然之義也問曰大涅槃經云根有三種一者下二者中三者上根爲中根人於波羅奈轉于法輪爲上根人於拘尸那轉大法輪若下根人如來終不爲轉法輪今何得言有四種根性爲下根人説三藏教耶答諸佛教門隨緣不定或説一根或説二根或説三根或説四根或言爲下根者説或言不爲下根者説言爲下根説者如法華經三草禀澤皆得增長言不爲下根説者即如引涅槃經文也問曰提謂經説五戒明人天善何意不開爲五教義耶答曰人天教舊醫所説世之常道不離生死法王出世欲化衆生令出火宅是以鹿苑三轉法輪人天得道以此爲實故有三藏教此經大品法華涅槃諸大乘經皆云於波羅奈轉四諦法輪又大智度論明結集法藏亦從鹿苑而起不取提謂經爲初也問曰若不開人天善何得法華經明三草二木禀澤也答曰三藏教明世間布施持戒禪定即是人天之教並是正因緣所生善法此已爲三藏所攝故不須爲五也問曰四教義與地論人四宗義同

不答曰若人問言四諦即是四大不此爲非問今不依四宗立四教者意乃多途略出三妨一四宗明義言方似滯二細尋研覈立名作義似如不便三四宗雖言富博一家往望攝佛法意猶有所鈌一四宗明義言方似滯者彼不約四不可説用四悉檀赴緣而説即成滯也二細尋研覈立名作義似如不便者彼之四宗毗曇見有得道可許因緣爲宗三假是世諦何得爲宗成論見空得道何不以空爲宗且智論明三藏教有三門入道一是有門二是空門三是假名門也又智論彈方廣義云取十喻直説一切法不生不滅失般若意豈得用夢幻爲不眞宗也今語曰不眞宗即是通教眞宗即是通宗者宗則通眞不眞何意没宗而用教眞宗何意無教而立宗宗若無教何得知眞眞宗若没宗有教則同名通教若俱没教留宗則同名通宗若俱安教則同名通宗教若留不眞眞則名通不眞宗教通眞宗教通不眞宗可爲三乘通修通眞宗亦應三乘通修也若言此通是融通之通者教亦是通眞之通也此則兩名混同義無別也答曰楞伽經云説通教童蒙宗通教菩薩故以眞爲通宗也又諮曰若爾是則前因緣假名不眞皆是教童蒙不應悉立宗名也覈却並決意謂立四宗名義甚不便也今言四教者佛從初得道至大涅槃顯示一切法門無非言教也三設巧救四宗名義得立若比古今雖爲富博一家往望攝佛法意猶大有所闕今採諸經論立四教義一教各有四門合十六門彼因緣假名兩宗似與此所

明三藏教有空二門相叅猶闕昆勒門及非空有兩門也彼不眞宗明諸法如幻如化似與此通教有門相叅餘三門彼所不明彼眞宗似與此別教有門相叅餘三門彼所不明此則四宗明義但得與此三教四門相叅此圓教四門彼所不明四教猶有十二門明義彼四宗所不明也又護身法師用五宗義四宗如前長立法界宗似與此圓教有門相用四教猶有十一門彼所不明也耆闍法叅師六宗明義三宗似與此三門相叅如上分別彼眞宗似與此通教空門相叅彼常宗似與此別教有門相叅彼圓宗似與此圓教有門相叅四教猶有十門彼六宗之所不明也故知四宗六宗雖言古今比來明義之富博今一家往望攝佛法意猶大有所闕也所以前明四悉檀義者正是述一家通經說法與古今所說運用不同也故前明三觀竪破諸法略爲數十番其尋覽者則知與諸禪師及三論師所說意有殊也今明四教一教各有四門四教即有十六門又開三藏教四門如五百阿羅漢各說身因即是五百門也故經說泥洹眞法寶衆生從種種門入但三藏教四門上開無量門入道何況通教別教圓教各有四門而不得各開無量門也故華嚴經明善財童子見四十二善知識各言我唯知此一法門如是見一百二十善知識乃至無量善知識皆各言我唯能知此一法門是則大乘法門無量無邊也此經三十二菩薩各說入不二法門乃至八千菩薩皆說入不二法門故法華經云以種種法門宣示於佛道如

此法於不可說用四悉檀而起教門令一切衆生以佛教門出三界苦若留心此意比決四宗五宗六宗自知殊別也第五明經論用四教多少不同若華嚴頓教用別圓兩教若漸教之初小乘經但用三藏教若大集方等則具有四教若摩訶般若用通別圓三教法華但用圓教大般涅槃名諸佛法界四教皆入佛性涅槃諸論隨經用教多少義類可解

問曰四教遍通衆經何故偏於此經文前廣辯答曰一切漸頓諸經未必皆明四教唯方等大集及此經具有四教之文故約此經玄略明四教義也但每嗟末代弘法之人採衆經義用通一論致使後生皆謂論富經貧輕經重論今採衆經論立四教義以通諸大乘經者意望後賢敬重佛言棄乎枝葉若能專心大乘方等聽受讀誦書寫如說修行非但功不唐捐契理之要也第二辯所詮者夫教是能詮理是所詮故因理設教顯理即理非教即教非理離理無教離教無理故思益經云菩提之中無文字文字之中亦無菩提離菩提無文字離文字無菩提以離菩提無文字故約理而施教離文字無菩提故即教能顯理是則教爲能詮理爲所詮意在於此所言理者即是諦也今約諦明理起教教能詮理教是能詮理是所詮今明詮義略爲四意一約四諦之理以明所詮二約三諦之理以明所詮三約二諦之理以明所詮四約一諦之理以明所詮也一約四諦明所詮者即爲三一明所詮四諦之理二明能詮之教三明約經論一明所詮四諦之理者有四種四諦

一生滅四諦二無生四諦三無量四諦四無
作四諦問曰何處經論出此四種四諦答曰
若散論諸經赴緣處處有此文義但不聚在
一處大涅槃經明慧聖行欲爲五味辟本是
以次第分別明此四種四諦勝鬘亦有四種
四諦之文所謂有作四諦有量四諦無作四
諦無量四諦但涅槃勝鬘明無量四諦詮次
不同義意少異問曰前明生滅四諦是三藏
教半字之義此事可然次明無生無量無作
云何分別答曰若作滿字明義三種四諦同
是滿教不須分別若五味明義三種四諦義
則不同無生四諦此雖大乘猶通二乘無量
四諦但是菩薩所行之道無作四實諦乃是
佛之境界此爲異也一明約生滅四諦之理
明所詮者即是因緣生滅次明諦理故法華

云昔於波羅柰轉四諦法輪分別說諸法五
衆之生滅生滅即是起作故勝鬘經明有作
四諦也所言四諦者一苦二集三滅四道所
言苦者逼切爲義無常三相逼切色心故名
爲苦審實不虛名之爲諦所言集者招聚爲
義煩惱業合能招聚生死苦果故名爲集審
實不虛爲諦所言滅者滅無爲義無有子果
二縛故名爲滅審實不虛爲諦所言道者能
通爲義戒定智慧能通至涅槃故名爲道審
實不虛目之爲諦此是生滅四諦故涅槃云
聲聞有苦有苦諦有集有集諦有滅有滅諦
有道有道諦也問曰滅道聖人行因得果可
言審實苦集虛妄何名審實答曰凡夫虛妄
因果虛妄非不虛妄是則有漏無漏因果皆
悉審實不可混濫故遺教經云日可令冷月

可令熱佛說四諦不可令異釋此生滅四諦義備如數人成論分別令不具明二明無生四諦者如思益云知苦無生名苦聖諦知集無和合相名集聖諦以不二相觀名道聖諦法本不生今則無滅是滅聖諦是則苦集滅道四法名字事相是同而諦義有異前以生滅之理爲諦今明不生不滅真空之理爲諦亦名四眞諦也故涅槃云菩薩解苦無苦是故無苦而有眞諦解集無集是故無集而有眞諦有滅有眞故名四眞諦三乘共觀得第一義證二種涅槃亦是勝鬘經明有量四諦也問曰若是三乘通學涅槃何故解滅明常樂我淨耶答曰若方等般若所明無生眞諦三乘共見而二乘通教菩薩不見佛性不明滅諦是常住也至大涅槃爲三乘人同說佛性故無生四眞諦通別圓故明滅諦四德異於方等大品意在於此也三明無量四聖諦者如大涅槃說知諸陰苦名爲苦諦分別諸陰有無量相悉是苦是名無量苦諦無量集滅道至下自當具出經文如是四諦之理涅槃云悉非聲聞緣覺所知皆是別教所詮文理也問曰此無量四聖諦是何等四諦無量耶答曰今明四教所詮菩薩學道種智並得論無量四諦但此無量四諦的屬別教也問曰若爾涅槃明四諦無量相何得定知是別教所詮無量四諦耶答曰若不明佛性而說無量即是前二教所詮無量也若明佛性說無量者則任運自成後兩教所明無量也若圓教亦名無量四聖諦者即是無作實諦之異名也四明無作四諦者如涅槃明約一實

諦而辯四諦即是無作四實明四實不作四故名無作觀四得實故名四實諦也涅槃云所言苦者爲無常相是可斷相是爲實諦如來之性非苦非無常非可斷相是故爲實虛空佛性亦復如是無作集滅道諦在下當具引經涅槃此文即無作實諦之明說也若能依經解此四諦即一實是爲圓教所詮之理勝鬘經明無作四諦無一實結成涅槃不云無作皆用一實結成四諦義既相關今合兩經立名故言無作四諦也問曰勝鬘云明無量四聖諦無作四聖諦涅槃亦有是說二處經文爲同爲異答曰有無量四聖諦雖依藏識非無作若無量四聖諦亦依藏識即是無作所以者何若約無明恒沙四法事數論無量即是別教所詮無量非無作若約法性明四諦無量即圓教所詮無量無量即無作也涅槃答迦葉明無量四諦正約教數無量此別教所詮也若答文殊明四諦即是明無作四實諦勝鬘明二種四諦一異未可判定別問曰勝鬘明無量四諦何故在無作四諦後答曰勝鬘云依無作說無量但依義有三種一依果說因無量即是無作之因也二明依理說義無作之理不可思量無量也三依體說用無量即是無作之數量也若解此三義次無作後說無量四諦不足致疑也問曰無生無作何異眞之與實何異答曰若覈名詮義一往難者恒强取意通釋佛意不無各有所主二明能詮之教者即是四教能詮四種四諦之理即爲四意一初三藏教詮生滅四諦之理但生滅四諦之理即是涅槃經明生

生之義生生既不可說云何說三藏教能詮此理涅槃經云有因緣時亦可得說即是四悉檀善巧故能詮也若是世界對治爲人用此三悉檀說生滅四諦此約隨情辯能詮用第一義悉檀說生滅四諦即是約隨智辯能詮也若無情智之機則不可說此二機發則可以方便赴機善巧說生滅四諦故法華經云諸法寂滅相不可以言宣以方便力故爲五比丘說是名轉法輪便有涅槃音及以阿羅漢也二明通教詮無生四眞諦之理無生四諦即是大涅槃明不生生義不生既不可說云何說通教能詮此理又涅槃云有因緣故亦可得說即是用四悉檀因緣說也若世界爲人對治三悉檀故說無生四諦此約隨情辯能詮也若用第一義悉檀說無生四諦即是約隨智辯能詮也若無情智之機則不可說此機若發則以方便赴機若巧而說三乘向道之人聞說即入見第一義諦無言說道斷見思煩惱也三明別教能詮無量四諦之理無量四諦即是涅槃明不生生義不生生既不可說云何說別教能詮此理又涅槃云有因緣故亦可得說即用四悉檀因緣說也若用世界爲人對治善巧方便而說無量四諦即是隨情辯能詮也若用第一義悉檀即是隨智辯能詮若無情智二機則不可說此二機發則可以方便赴機而說別教菩薩聞說即入十行迴向登初地也四次明用圓教詮無作四諦之理無作四諦之理即是大涅槃明不生不生義不生不生既不可說云何圓教能詮此理又涅槃經明有因緣故亦

可得說即是用四悉檀因緣說也若世界爲人對治三悉檀說無作四實諦乃得隨情辯能詮耳若用第一義悉檀說無作四實諦即是隨智辯能詮也若無情智之機即不可說此二機發則可說也利根大士聞說即開佛知見見佛性理住大涅槃也三明對治經論者即爲二意一對經二對論一對經者若華嚴經用別圓兩教詮無量四諦無作四諦之理小乘三藏漸教之初但詮生滅四諦之理大集方等及此經用四教詮四種四諦之理摩訶般若用三教詮三種四諦之理法華但用一教詮無作四實諦理大涅槃通用四教詮四種四諦之理事如前引涅槃文即其義也二明對論者別通經論類經可知若通申經論如中論破一切內外顛倒執諍外人問曰若一切世間皆空無所有者即應無生無滅以無生滅故則無四諦四沙門果三寶若受空法有如此等過論主答曰汝今實不知空因緣諸佛依二諦爲衆生說法若不知二諦則不知眞佛法以有空義故則一切法得成若無空義一切則不成一切法成者有四諦四沙門果三寶也今釋此語論主破執見既盡明有四諦四沙門果三寶者即是摩訶衍中三種四諦三種四沙門果三種三寶也問曰云何得知答曰論主說偈故知有偈云因緣所生法我說即是空此偈申通教大乘無生四諦四沙門果三寶也偈云亦爲是假名即是申別教大乘詮無量四聖諦四沙門果三寶也偈云亦是中道義即是通圓教大乘詮無作四實諦四沙門果三寶也破申之

意大乘三教亦用一偈作論之巧妙在於此次後說兩品初品云問曰已知摩訶衍入第一義今欲聞聲聞法入第一義論主具明生滅十二因緣破六十二見入第一義即是爲鈍根聲聞弟子說因緣生滅因緣即是生滅四諦四沙門果三寶也中論前申摩訶衍通別圓三教三種四諦四沙門果三寶後兩品申三藏生滅四諦四沙門果三寶者以後世人根轉鈍應須還用此教是則中論文略而義富申佛教旣明於四諦之理已顯故言有四諦也乃是如意珠論非水精珠論也若不解此義單複織假恐唐棄功夫四假通佛大小乘經意終難見也第二約三諦明四教所詮之理者即爲三意一明三諦所詮之理二明能詮四教三約經論一明三諦所詮理者

三諦名義具出瓔珞仁王經一者有諦二者無諦三者中道第一義諦所言有諦者二十五有世間衆生妄情所見名之爲有如彼情見審實不虛名之爲諦故言有諦亦名俗諦亦名世諦者如涅槃云如世人之所見者名爲世諦二無諦者三乘出世之人所見眞空無名無相故名爲無審實不虛目之爲諦故言無諦亦名眞諦亦名第一義諦故涅槃云如出世人之見故名爲第一義諦三中道第一義諦者遮二邊故說名中道言遮二者遮凡夫異見有邊遮二乘所見無名相空邊遮俗諦眞諦之二邊遮世諦第一義諦之二邊遮如此等之二邊名爲不二不二之理目之爲中此理虛通無壅名之爲道最上無過故稱第一深有所以目之爲義諸佛菩薩之所

證見審實不虛謂之爲諦故言中道第一義諦亦名一實諦亦名虛空佛性法界如來藏也故涅槃云凡夫著有二乘著無菩薩之法不有不無即是三諦之理不同之義此理並爲四教所詮故約三諦之理明所詮也問曰所言三諦之理爲是隨情爲是隨智之理答曰今一家明義所辯諦理有三種不同一者隨情二者隨情智三者隨智此義別當料簡今且用一途依涅槃判三諦之理也是則一是隨情之理二是隨智之理又云二是隨情之理一是隨智之理情智合說以爲三諦之理也二明能詮之四教三諦理者即爲四一三藏教但詮二諦之理所以稟教之流不聞佛性常住涅槃三乘猶在灰斷之果也二通教亦但詮二諦之理所以稟教之流亦不聞佛性常住涅槃三乘猶在灰斷之果也三別教別詮三諦之理所以稟教之流三十心但成二觀二智之方便道登地方乃見性入流也四圓教證一諦之理是故稟教之流初心即開佛知見自然深入薩婆若海也三明對經論華嚴但假名俗諦中道或云華嚴教詮別相三諦一心三諦三藏漸教詮眞俗二諦方等大乘之教詮三諦一往同華嚴摩訶般若亦具詮三諦一往同華嚴法華但詮一心三諦涅槃備詮三諦一往亦同華嚴也諸論隨經類之可知中論云因緣所生法我說即是空此即詮眞諦亦爲是假名即詮俗諦也亦是中道義即詮中道第一義諦也此偈即是申摩訶衍詮三諦之理若下兩品明聲聞雖入第一義此即是別申三藏教詮二諦之

理也第三明約二諦明所詮者亦爲三意一正明所詮之理二明能詮之教三約經論一明所詮之理者即是二諦之理也二諦有二種一者理外二諦二者理内二諦若眞諦非佛性即是理外之二諦眞即佛性即是理内之二諦也一理外二諦有二種一者不即之二諦生滅二諦也二者相即之二諦無生二諦也故大品云即色是空非色滅空色滅方空是不即之二諦即色是空相即之二諦也二明理内二諦亦有二種一不即之二諦二相即之二諦不即之二諦是無量二諦也故涅槃云分別世諦有無量相第一義有無量相非諸聲聞緣覺所知也二相即之二諦無作之二諦也無作苦集滅道名爲世諦即一實諦故名第一義二明能詮之四教者若三

藏教詮於理外不即之二諦若通教詮於理外相即之二諦別教詮於理内不即之二諦圓教詮於理内相即之二諦也三對經論文華嚴詮理内二種二諦三藏教詮理外不即之二諦方等大集詮理内理外四種二諦摩訶般若詮理外相即二諦理内二種二諦法華但詮理内相即之二諦涅槃經通詮理内理外四種二諦諸論通經類之可解中論云因緣所生法我說即是空此申理外相即之二諦亦爲是假名亦是中道義此申理内不相即相即之二諦後兩品明聲聞入第一義即是申三藏教理外不相即之二諦也第四明一諦之理辯所詮者亦爲三意一者正明所詮之理二明能詮之教三約經論一明所詮之理者即是一諦之理也何等名爲一諦

諦名審實審實之法即是不二豈有三諦二諦皆名審實今明眞俗說爲諦者但是方便實非諦也故涅槃云所言二諦者其實是一如來方便爲化衆生故說爲二辟如日月不轉醉人見轉當知唯有不轉之日不醉之人同見豈別有迴轉之日若實有轉日者不醉之人亦應並見也一諦如眞日二諦如轉日眞日審實可名一諦轉日不實何有二諦方便說二實義不成故非諦也今以此一實爲所詮之理也二明能詮之教者若三藏教通教正是煩惱惡酒未吐唯詮轉日說有二諦不能證一實諦也若別教詮一實諦如醉轉日圓教詮一實諦轉日即不轉日也三對經論者若華嚴教詮一實諦帶理內世諦不即之方便三藏教一向不詮一實諦也若方等教詮一實諦同華嚴有偏眞會一實諦之方便摩訶般若教詮一實諦亦同華嚴亦帶偏眞會實諦之方便故無量義經云佛成道已來四十餘年未顯眞實今謂何有不說實諦但或時赴緣開二諦三諦不即一諦之方便所覆法華教詮一實諦無復不即之方便但詮一切即一實諦也故法華說二萬日月燈明佛皆云諸法實相義已爲汝等說今佛放光明助發實相義諸佛法久後要當說眞實正直捨方便但說無上道若涅槃經同方等通釋入佛性爲異諸論隨經類之可解如中論云亦名中道義此即是申一實諦之教也故靑目釋云遮二邊故名爲中道即是遮因緣空邊假邊非此二邊則非遮眞俗二諦名一實諦也故涅槃云一實諦則無二也又云

無二之性即是實性無二之性即是入不二法門又一實諦者即是不生不生不生不生不可說故是故淨名默然杜口文殊稱歎意在於此也第一卷竟第三明四門入理者尋眞性實相之理幽微妙絶一切世間莫之能契但以大聖明鑒通理之門乃於無言之理赴緣起教以教爲門是以禀教之徒因門契理故法華云以佛教門出三界苦又云其智慧門難解難入淨名經明諸菩薩各說入不二法門即其意也今略以五意解釋一略辯四門相二正明四門入理三悉檀起四門教四約十法成門義五信法兩行四門不同也第一略辯四門相者門以能通爲義佛教所詮正四句法通行人至眞性實相之理故名爲門若外人邪因緣無因緣法四句因此四句各見四種邪法之理因此生十四難六十二見起諸結集沉輪生死此是邪道四門今所不述若佛法四門即是正因緣四句法能通行人同入第一義涅槃故大智論云四門入清涼池又般若如火聚四邊不可觸又云般若波羅蜜有四種相即四門義仰尋佛法既有四教不同今約教明門各有四別一三藏教四門二通教四門三別教四門四圓教四門一明三藏教四門即爲四一有門二空門三有空門四非有非空門一有門者即三藏教明正因緣生滅之有若禀此教能破十六知見見陰界入一切有爲諸法皆悉無常苦空無我得世第一法發眞無漏因有見眞有即第一義諦之門也故大集云甚深之理不可說第一實義無聲字聲聞弟子陳如比

丘於諸法獲得眞實之知見此即諸阿毗曇論之所申也二明空門者即是三藏教明析正因緣假實法生滅入空若禀此教能破假實之惑見假實空發眞無漏因空見眞空即第一義之門也故須菩提在石室觀生滅無常入空因空得道名見佛法身恐此是成實論之所申也三明有空門者即三藏教明正因緣生滅之有空若禀此教能破偏執有無之惑見因緣有空發眞無漏因有空見眞有空即第一義之門也此是迦旃延因入道故作毗勒論還申此門也四非有非空門者即三藏教明正因緣生滅非有非無理若禀此教能破有無邊邪執見因緣非有非無發眞無漏因非有非無見眞非有非無即第一義之門也惡口車匿因此入道未見論文有人

言犢子阿毗曇申此意也彼論明我在第五不可說藏中我非三世即非是見有非無爲法即是非空也此恐未可定用二明通教四門者即是智論明一切實一切不實一切亦實亦不實一切非實非不實佛於此四句廣說第一義悉檀中論明此四句皆名諸法之實相即通教明正因緣法如夢幻響化水月鏡像體法即空之句也若三乘共禀此教而根緣不同各於一句入第一義故四句皆名門也此具如青目注解又注云諸法實相有三種故知此四門即是三乘同入此四門得見第一義也三明別教四門者若用中論亦名假名而辯四門者即別教之四門大智論四句亦得也此別教四門意正出大涅槃經但多散說約乳明四句辟即是別教四門也

若明佛性如乳有酪性石有金性力士額珠即是有門若明石無金性乳無酪性衆生佛性猶如虚空大涅槃空迦毗羅城空即是空門也涅槃又云佛性亦有亦無者云何爲有一切衆生悉皆有故云何爲無從善方便而得見故又辟如乳中有酪性亦無酪性即是亦有亦無門也若明佛性即是中道百非雙遣故經辟云乳中非有酪性非無酪性即是非空非有門也别教菩薩别禀此四門之教因見佛性住大涅槃故此四句之説即是别教之四門也今一往約涅槃經分别别教四門之相但此經文或可圓教四門至下圓教四門自當料簡同異也問曰若别教四門但出涅槃爾前諸摩訶衍經何意無别教四門也答曰大涅槃經是解釋前教之經此前摩訶衍豈無别教四門具出經文事成繁也四明圓教四門者四門明入佛性第一義一往與别教四門入第一義諦見佛性得常涅槃名義是同細尋意趣有異問曰以何相知異耶答曰分别有異意乃多途今略約圓教七義分别即知别教四門與圓教四門有殊也七義者一若明一切法即眞性實相佛性涅槃不可謂復滅而明四門者即是圓教四門也二若初心即開佛知見圓照而辯四門者即圓教四門也三若明不思議不斷煩惱而入涅槃辯四門者即是圓教四門也四若明圓行而辯四門者即是圓教四門也五若明圓位而辯四門者即是圓教四門也六若明圓體而辯四門者即是圓教明四門也七若明圓用而辯四門者即是圓教明四門也第

二正明四門入理者若外人四門心行理外諸顛倒相與顛倒相應不得入眞性理所以者何隨心異故見理亦異是故各説謂得一究竟遂起諍論也今明佛性四門皆得入一理但有兩種不同一者三藏通教兩種四門同入偏眞之理二者別圓兩教四門同入圓眞之理一明三藏四門通教四門同入偏眞之理者各因四門同見第一義得二種涅槃是同也理雖是一而門有異者見有巧拙兩度之殊故有兩種四門能通之別也眞理無二故所通至理是一也辟如州城開四門使君是一從四門入者門雖有殊而所見使君只是一也三藏教四門如從州城四邊偏門入通教四門如從正門而入偏正雖殊入見偏眞第一義諦得二種涅槃是一也二明別教四門圓教四門同入中道實相眞性理者各因四門而入見實相佛性得常樂涅槃是一也理雖是同而門有異者教門既有偏圓之殊故有兩種四門能通之異也佛性眞理不二故所通至眞性理是一也辟如臺城有四門門雖不同所見天子是一也別教四門如從臺城四邊偏門而入圓教四門如從四正門而入偏正雖殊入見眞性解脱實相之理是一也第三明用四悉檀起四門之教者若外道四門皆不見根緣執心計相定説如舊醫常用乳藥治一切病此不因四悉檀而起四門也今佛法四門皆因四悉檀而起也一明悉檀起三藏教四門二明悉檀起通教四門三明悉檀起別教四門四明悉檀起圓教四門一明四悉檀起三藏教四門者即是

生生不可說有四悉檀因緣亦可得說一明用四悉檀起有門者若衆生心樂有法即用世界悉檀說毗曇有門若宜聞生善即用各各爲人悉檀說於有門若執無因緣邪因緣或執空計著起諸結業即用對治悉檀爲說有門若聞即悟見第一義即用第一義悉檀爲說有門如拘隣五人聞說四諦即見第一義諦得須陀洹果若不能用四悉檀赴緣而說者即是差機說法是衆生怨共天魔外道一手作諸勞侶涅槃云說法者諸佛境界非諸聲聞緣覺所知也二用四悉檀起空門者類前有門用四悉檀起空門義即成也而諸成論師云毗曇有門但是調心不能得道成實見空乃得道耳諸數論師云我用小乘明義見有得道汝採用大乘明義故說見空得道今謂此並不得三藏教意大集經云常見之人說異念斷也斷見之人說一念斷二見雖殊得道無異大智論云聲聞經中處處明法空義豈得言見空得道採明大乘今約此四悉檀意作成壞義數人四義成成論四義壞成論四義成數人四義壞是則成壞敵等何者是成論成何者是數人壞若解三藏教巧拙度則成論空門義成數人有門義壞三明用四悉檀起有無門類前有門用悉檀意則有空門得起故爲昆勒論之所通也四明用四悉檀起非有非無門者亦類前有門用四悉檀意可見也二明四悉檀起通教四門者通教四門雖知幻化但有名字即是生不生不可說而衆生四種根緣不同若用四悉檀赴緣即得起四門也用四悉檀起教類前

可知也三明用四悉檀起别教四門者不生生不可説以四悉檀因縁故得赴縁起别教説四門也但地論師明阿黎耶識是如來藏即是用别教有門通三論人曰汝是不眞宗亦是喛水義三論師明諸法畢竟無所有此是别教空門通地論師曰汝是外人冥初生覺義亦是黄蜂蝶義執諍不穆何可融會耶今謂此是不得别教四門之意不知四悉檀説此有空兩門義也四明四悉檀起圓教不生不生不可説以四悉檀因縁起圓教説四門也第四明十法成四門義者外人亦説四門但不爲十法所成故諸顛倒流轉生死不得解脱今佛法四門皆爲十法所成必得涅槃故不同外人也就此即爲四一十法成三藏教四門二十法成通教四門三十法成别教四門四十法成圓教四門一明十法成三藏教四門者四門即爲四一明用十法成毗曇有門見有得道者十法名目具如前出但知正因縁法成見有得道者知無明因縁生一切法破一切外人計無因縁耶因縁生一切法也二眞正發心成見有得道者知無明因縁有三界一切生死苦覺悟心生欲斷無明結業正求涅槃此心眞正過一切天魔外道之心也三止觀進行成見有得道者因止觀能發無漏定慧不同外人不知鑽摇槃猶難得況復生酪酥也四破法遍成見有得道者用生滅無常破身邊二見單四見複四見具足四見六十二見無量諸見皆知從無明因縁生心不愛著涅槃云是外道無有一法不從縁生從縁生法悉皆無常云何外道有

常樂我淨如此諸見四倒悉能遍破不同外道也五善知通塞成見有得道者知無量諸見皆有道滅故爲通悉有苦集故爲塞不同外道如彼蟲道不知是字非字也六善修三十七品成見有得道者三十七品調適行對涅槃開三解脱門不同外人如佛爲須跋羅經中作師子吼八正道外人尚無一分決定不得四沙門果也七對治助開成見有得道者五停心觀發諸禪定背捨勝處不同外人根本味禪起愛見慢之三病也八善知次位成見有得道者知七賢七聖之位心不叨濫起增上慢不同外人戒計見取計生死法爲涅槃也九安忍强輭兩賊成見有得道者能忍八風内外三障四魔心不退轉不同外人不能安忍細微遮道法也十順道法愛不生成見有得道者四善根人發得善有漏五陰大涅槃經説我弟子有外道則無若不生法愛則不頂墮進入忍法成世第一法發苦忍眞明十六剎那證須陀洹果若入超果人即成羅漢故知十法成見有得道聲聞乘辟支佛乃至大乘故知毗曇見有得道此非虚説也二明十法成空門三明十法成有空門四明十法成非空非有門悉得見第一義證二種涅槃類有門十法所成意可知也今佛法中義學坐禪若不深得此意但言見有見空得道與外人有何殊也故大智論云若無方便入阿毗曇即墮有中入空門即墮無中入昆勒門即墮有無中中論云若非有非無即是愚癡論也二明十法成通教四門三明十法成别教四門四明十法成圓教四門皆得

入道類前可知若偏取四門執諍戲論不深得十法入道意者皆爲邪見之所燒也故大智論云般若波羅蜜譬如大火炎四邊不可取邪見火燒故是事前於四教中已處處分別第五明信法兩種四門不同者外人不信三寶不學佛法邪信行雖有四門非佛弟子豈成信法兩行今明佛弟子深信佛教習佛法能發無漏故成信法兩行若信行人即是四種教門若法行即是四種觀門是則信行人以佛教門出三界苦約教各有四種教門一往則有十六教門十六種信行人約四教各有四種觀門一往則有十六觀門十六種法行人若細分別四教所有信法兩行教門無量無邊信行亦無量無邊觀門無量無邊法行亦無量無邊直論三藏四門五百羅漢各說身因即是五百觀門況復此經諸菩薩各說入不二法門善財入法界見無量善知識各各說所得法門皆從四教三十二門離出也若四不可說故文殊師利說一切無言無說空諸戲論名入不二法門淨名杜口默然無說文殊稱歎是眞入不二法門當知一切法門皆不可說也

四教義卷第一

音釋

鵠（胡谷切）覈（胡得切考也）啞（倚下切瘖也）級（居立切階次也）濫（盧瞰切水延漫也）撰（雛產切撰述也）析（思積切分也）鬘（音蠻）料（連條切量度也）敵（杜歷切匹也）蟍（力約切朝生暮死蟲也）

四教義卷第二

隋天台山修禪寺沙門 智顗 撰

第四約四教位分別淨無垢稱義者即爲六意一約三藏教位明淨無垢稱義二約通教位明淨無垢稱義三約別教位明淨無垢稱義四約圓教位明淨無垢稱義五約五味以結成六明經論辯多少第一約三藏教明位釋淨無垢稱義者尋佛三藏計緣多種元其正要不出四門入道一有門二空門三有無門四非有非無門但四教各明四門雖俱得入道然隨教立義必須逐便若是三藏教四門雖俱得入道而諸經論多用有門通教四門雖俱得入道而經論多用空門別教四門雖俱得入道而經論多用亦空亦有門圓教四門雖俱得入道而經論多用非空非有門也今明三藏教四門入道正用毗曇有門以判位也若論逗機化物計緣而說四門豈可偏用明義隨便事須如此四門義至下辯體中當略解釋今就三藏教有門明入道階位即是毗曇論主之所用也約此有門明位釋淨無垢稱義即爲三意一略開三乘二明三藏教三乘位不同三釋淨無垢稱義一略開三乘者佛於生生不可說非三之理用四悉檀約苦集滅道開三乘教門赴三種行人之根緣令同得滅諦涅槃也故法華經云爲求聲聞者說應四諦法度生老病死究竟涅槃爲求辟支佛者說應十二因緣法爲求菩薩者說應六波羅蜜法令得三菩提一切種智若聲聞小乘教門苦諦爲初觀四諦入道發眞無漏斷正使盡位證羅漢具足三明及八

解脫既無慈悲度物現身而入涅槃故大智論說如䴥在獵圍驚怖跳出都不顧羣令不約此判淨名位也若緣覺中乘教門集諦爲初觀十二因緣發眞無漏斷三界結盡侵除習氣具足三明及八解脫雖有少慈悲不能度物亦於一世即入涅槃故大智論云如鹿在獵圍驚跳自出雖顧眄羣怖不停待今亦不就此判淨名位若菩薩大乘慈悲弘誓不捨衆生爲物心大教門以道諦爲初修行六度化一切衆生共出三界至成佛果利益功圓方入涅槃故大智論云如大香象在於獵圍雖遭刀箭擁羣共出此是大士位懷故須約此判淨名位也問曰此說不思議大乘詹蔔之教何須說小乘除糞器乎答曰今欲明小乘法遠因以明除糞之器者不無諸所爲今略出十意一爲用故如維摩大士爲諸國王長者說無常不淨苦空之法二爲破故如破十大弟子五百羅漢如先有砧方可用槌三爲攝受故如室內所明說身有苦而不樂於涅槃又云亦不與聲聞辟支佛而相違背四爲會通故如大品經廣乘品會宗之所明五爲開塞故法華云決了聲聞法是諸經之王涅槃又云爲諸聲聞開發慧眼六爲末代聽學小乘經論觀行之人未善通達若爲外邪見人內邪見人所破即便退沒七爲破末代僻說小乘大乘教人壞亂佛半滿正教所以者何如有人言毗曇見有得道成實見空入道道非有無何得言見有見空得道耶是則兩論申佛小乘有空教門便成無用中論何故言欲聞聲聞入第一義耶是則謗佛四

枯之教八爲破末世坐禪内證豁虚解慧開發或同尼揵破戒行惡食糞裸形謂是大乘或復持戒坐禪同彼鬱頭藍弗是亦空修梵行也九爲令一家義學善別内外孟浪之説明識大聖枯榮教門十爲令一家禪學別識一切内外邪非精通大小乘觀取捨得宜正入佛道也二明三藏教三乘位不同者即爲三意一明聲聞乘位二明緣覺乘位三明菩薩乘位一明三藏教聲聞乘位者但三藏教具有四門明聲聞位今正約毗曇有門解釋次下略明空門辯位就有門明位即爲二意一明七賢位二明七聖位一明七賢位者一五停心觀二明別相四念處三總相四念處四煗法五頂法六忍法七世第一法是爲七賢之位也通言賢者隣聖曰賢此七位皆是

非學非無學智等智似解能伏見惑因此似解能發苦忍眞明故云隣聖曰賢今解賢者名直善也一切天魔眷屬及諸凡夫皆以愛著之心修善一切外道皆以邪見之心修善此等雖復修善虚僞邪曲不名爲直今佛弟子七種行人皆明識生滅四諦之理知愛論見論皆是邪曲伏此愛見邪曲之心用正信直之心修諸善法故名直善也復次一切愛論所詮皆有生滅四諦之理天魔眷屬及諸凡夫所不能見是故流轉生死猶若循環又一切見論所詮皆有生滅四諦之理六師外道悉不能見是故生死流轉猶若循環故涅槃云我昔與汝等不見四眞諦是故久流轉生死大苦海今佛法七種行人從聞生解明識此二種生滅四諦故得信心正直以此直

心修諸善法即是直善故通名爲賢也問曰云何名爲屬愛生滅四諦之理答曰行人一期果報即是屬愛之果具有三苦故名爲苦苦理審實不虛名之爲諦若於此之苦果無明不了愛著此果起諸惡業能招聚三途劇苦之報又愛著此果起諸善業能招聚修羅人天生死之報此二結業能招六道二十五有生死苦報通名爲集集理審實不虛名之爲諦若能觀此報身修戒定慧四念處三十七品通至涅槃名之爲道道理審實名之爲諦屬愛煩惱善不善業三界二十五有因滅名子縛滅捨此報身永更不受三界二十五有苦果名果縛滅此二種滅名之爲滅滅理審實名之爲諦問曰云何爲屬見生滅四諦之理答曰衆生一期報身具有三苦名之爲苦苦理審實不虛目之爲諦迷此報身起身邊二見四見六十二見即是無明愛取因此若起惡業則能招聚三途苦報又因此若起善業則能招聚修羅人天生死之果此二種結業能招聚六道三界二十五有生死苦果故通名集集理審實目之爲諦若能觀此諸見汙穢善不善五陰修戒定慧四念處三十七品則能通至涅槃名之爲道道理審實名之爲諦若身邊二見滅則一切八十八使煩惱業滅得須陀洹果超果之人三界思惟十使滅則九十八使業煩惱滅是則三界二十五有因滅名子縛滅捨此等報畢竟不生三界二十五有名果縛滅此二種滅名之爲滅滅理審實名之爲諦今明此諸見四諦並長爪所迷末代講說橫說四諦名義實爲委悉

豎而明之未必深見此意故以邪爲正以正爲邪以淺爲深以深爲淺世出世法混濫無分聽講坐禪若明識此意即於佛法得正信分明歸依三寶道心自然而發專求離苦涅槃終不染著文字語言無益諍論貪世名利眷屬果報也此之七賢三是外凡名乾慧地四是內凡即是性地若外凡已前未能歸心三寶豈識愛見四諦修五停心耶皆名爲邪定聚衆生也若乾慧地名不定聚衆生若性地名正定聚衆生也一明初賢五停心觀者一阿那般那觀二不淨觀三慈心觀四因緣觀五界方便觀此五通言停心者停以停止爲義亦名五度門觀若人歸依三寶受佛戒法名佛四衆弟子若聞生滅四諦之教因此發聲聞心欲觀四諦離生死苦求涅槃樂但以五種煩惱散動不定如風中燈當修五種觀法五種觀法者一數息觀二不淨觀三慈心觀四因緣觀五界方便觀問曰何不依數人說不淨觀爲先答曰今依禪門辯次第也以病先後隨人不須定執前後次第也問曰此五觀門爲對五人爲對一人答曰橫對五人豎爲一人一人隨病多少對不定也此五種觀法對治五不善法即有五意一對治二轉治三不轉治四兼治五亦對亦轉亦不轉亦兼治一對治者若覺觀多者對治數息二貪欲多者對治不淨三瞋恚多者對治修慈四愚癡多者對治修因緣觀五著我多者對治修界方便觀若行者覺觀等分煩惱偏重攀緣不住當修數息隨觀息對治相應則三種覺觀煩惱止息心不動散發諸禪定定法

持心入出安隱故名停心也所以者何修安般念有三種一名始習行二名已習行三名思惟已度一數即是始習二隨即已習行三觀即已度復次數隨觀皆名始習得三種欲界未到地定名已習行發諸初禪名已度餘不淨觀等四停心法亦當如是分别心既調停心乃可習觀猶如密室之燈入道根本無過此五法也若心不住或須轉治不轉治等及發諸禪功德具如次第禪門内方便明也若行人隨成一觀心得停住即入初賢位問曰此處何故不説念佛三眛爲五種耶答曰開因緣觀出界方便代也界方便與小乘念諸佛相同亦破境界逼迫障也有人言若作五度門無念佛名若作六度門即明念佛度治等分障道也問曰若以數息不淨等心得停住爲初賢者今世人修數息不淨等觀非但心住乃發種種禪門境界是初賢位不答曰若以愛見之心修禪乃至非想尚非初賢何況數息不淨等心得停住乃發淺近諸禪而名賢耶所以者何如經所説多修福德禪定不修智慧名之爲愚多修智慧不修福德禪定名之爲狂豈可説狂愚之人爲初賢也今明賢者本是直善人耳問曰何等名直善人相答曰此應四義簡别一者若人隨愛見破戒此非直非善故非賢人如無目無足之人不能到清涼池也二者持戒禪定而生邪見此善而不直亦不名賢如有足無目亦不能到清涼池也三者信心正見而破戒心亂此直而不善亦不名賢如有目而無足亦不能到清涼池也四者若人信解真正得佛教

意持戒清淨修阿那般那不淨觀等得心停住乃名直善初賢之位如人目足備故入清涼池也問曰云何名爲信解眞正得佛教意分明之相答曰如中論說佛去世後後五百歲像法之中人根轉鈍深著諸法求十二因緣五陰十二入十八界等決定相不知佛意但著文字今謂不知佛意者佛知生生不可說有因緣故亦可得說也佛說正因緣生滅教門計緣化物者意欲令衆生離生死苦得涅槃樂也若著文字分別諍競則爲三界火宅所燒此不得佛意也今明欲知佛意者若知三藏教門十意分明必定離生死苦得涅槃樂也十意者即是十法名目具如前三觀中辯今略就此三藏教門解釋一信解因緣法者即是知不可說無明因緣出生一切法破外人說無因緣生一切法破外人說邪因緣生一切法種種顛倒妄計之邪僻也二眞正發心者驚覺無常之火燒諸世間一心樂求涅槃不念世間名聞利養如麞在獵圍欲跳出也三巧修止觀出世之行者如人乘馬亦愛亦策也四破諸法徧者觀因緣生滅破一切愛見戲論諸法徧也五善知通塞者知一切愛見之法皆有道滅之理名之爲通悉有苦集名爲塞也六善修三十七品調適者於諸愛見不動而修性四念處乃至八正道也七善修助道法者即是修五停心入十二門禪九想八念背捨除入共念處等諸對治助道觀法也八善知位次者善識七賢之位心不叨濫破增上慢成慚愧有羞僧也九安忍成就者能忍内外强輭二賊三障四魔也

十順道法愛不生者發外凡内凡種種順道善法心不愛著也末世求聲聞乘行人知此十法信解分明不著一切文字戲論為求實慧修五停心入初賢位即是善知佛教意也二明別相四念處位者即為七意一明念處是佛法入道要門二略釋念處名三分別三種念處不同四明為破三種六師五明為成三種羅漢六明念處觀法七正明念處位一明念處是佛法入道要門者如佛在雙樹間將般涅槃阿難請問佛去世後諸比丘依何而住依何修道佛答阿難若我在世及滅度後諸比丘依波羅提木叉住念處修道當知五停心觀成得入初賢即是依尸羅清淨名攝根之戒也是故數人説欲界定為十善相應心若依未到地發初禪即是定共戒也佛法雖有種種法門而佛遺言但囑依念處以修道也若離念處雖復布施持戒忍辱精進誦經行道頭陀坐禪聽誦多聞講説教化皆不得入正道故佛勸令依念處修道也二略釋四念處名者四念處亦名四意止即是觀五陰十二入十八界一切諸法中各觀身受心法眞實智慧眞實智慧者破四倒四食四識四住四魔之智慧也一身念處二受念處三心念處四法念處一身念處者一切内外色陰名之為身觀身智慧名之為念明見不淨破淨顛倒名之為處是為身念處二受念處者一切内外受陰名之為受觀受智慧名之為念知受悉苦破樂顛倒名之為處是名受念處三心念處者一切内外識陰名之為心觀心智慧名之為念見心無常破常顛倒

名之爲處是名心念處四法念處者一切内外想行二陰及無爲法名之爲法觀法智慧名之爲念見法無我破我顛倒名爲處是爲法念處是四念處有十二種觀所謂内四外四内外四也問曰四念處是慧云何反從念受名耶答曰爲初學用念持慧不妄受異緣念爲增上從念受名也三明分別三種念處不同者一自性念處二共念處三緣念處所言自性念處者説不顛倒慧也如佛説修身觀身觀者是慧念處者所作事不妄受緣故除自性過故説念處南嶽師云亦名慧行亦名實觀緣理斷結之正要也所言共念處者與慧相共法如佛説此比丘善法積聚謂四念處是爲正説也南嶽師云亦名行行亦名得解觀是對治事中善法共正道斷結色及諸數也又能發諸禪神通也所言緣念處者一切法如佛所説比丘一切法四念處是爲正攝受具足故及略緣故南嶽師云還是性共二種念處能觀之智所觀之境合辯具一切法義也若能分別觀察即發四無礙辯也問曰如雜心説共念處斷煩惱非餘自性念處雖有略境界彼不具足不能斷結也答曰衆生根有利鈍鈍根結厚彼不具足不能斷結利根結薄雖不具助道性念處慧即能斷結復次如雜心明四念處法念處斷結非前三念處今明如禪經説摩訶迦絺那修身念處觀成即得初果何必定至法念處也問曰性念處但説慧數羸弱云何能斷結答曰慧數不獨起豈不能斷結也問曰若諸數隨起即是共義答曰諸數隨起有三種一但是緣

理之慧諸數任運隨起此說性念處二修諸數作助道善法故說共念處斷結故佛說善法積聚屬共念處助正道共斷結使故雜心偏說共念斷結然利根人用性念處非不斷結也四明爲破三種六師故佛說四念處教出過三種六師之說故能破一切外道也若三乘行人修三種念處得成就者亦能破一切外人也何等名爲三種六師外道一者一切智六師二者神通六師三者韋陀六師一切智六師者邪心見理發於邪智辯才無礙也神通六師者得世間禪定發五神通亦有慈悲忍力刀割香塗心無憎愛皆是根本十二門禪之力用也韋陀六師者即是博學多聞通四韋陀十八大經世間吉凶天文地理醫方卜相無所不知故名韋陀六師也若此六師內有邪一切智慧外能神通轉變知世吉凶通四韋陀及十八大經無不知曉是則各有智德神解十六大國敬之如佛爲欲破此三種六師故說此三種四念處也一者性念處破一切智六師所以者何外人皆依身邊二見發一切智謂得涅槃常樂我淨此則如蟲食木偶得成字蟲亦不知是字非字也今佛說性念處觀破此身邊二見不生四見六十二見顛倒是故破一切智六師也次明共念處破神通六師者外人但於根本四禪發五神通定既淺近兼無不淨觀故神力轉變蓋不足言今佛說共念處即能發背捨勝處一切處九次第定師子奮迅超越三昧發諸神通禪定既深觀行力大所發神通無礙自在變化無方摧諸外道事如反掌是以身

子降伏勞度差目連化河溺諸外道皆是共念處觀所成神通也次緣念處觀破帝陁外道者四帝陁十八大經皆明世間人天愛論見論淺近之論佛說出世三藏若名與義而彼經書所不記載佛說緣念處觀緣佛所說三藏教門出世名義法門道理相對比並豈是外人之所聞見故緣念處觀破帝陁外道也五明三種念處成三種羅漢者一若單修性念處成慧解脫羅漢二共念處成是俱解脫羅漢三緣念處成無疑解脫羅漢所以者何性念處即是緣理之智慧念處相應發眞無漏即成慧解脫羅漢也共念處共善五陰成就背捨乃至超越三昧願智頂禪如此助道共正道合發眞無漏即得三明六通具八解脫成俱解脫阿羅漢也若緣念處即緣佛言教所詮一切陰入界性共二種念處能觀所觀名義若在禪定觀此名義即發四無礙辯名爲無疑解脫大羅漢也問曰慧俱之名乃是曇無得部非數家所用也答曰三藏教同俱用無咎復次雜心偈云慧解脫當知不得滅盡定若得滅盡定當知俱解脫此偈明時不時有慧俱不同也問曰不應別說無疑解脫九種羅漢無此名目答曰此出智度論明欲結集法藏集千羅漢皆得共解脫無疑解脫也如辟支佛出無佛世雖得緣覺道具三明八解脫六通變化作佛以不聞佛說法故不得四無礙辯若欲報信施之恩但現十八變化何況羅漢不聞佛說三藏教而能自發四辯無礙解釋佛法無疑滯耶六明念處觀法者念處觀法有三種一性念處者大智

論云性念處是智慧性觀身智慧是身念處受心法亦如是解者不同有但取慧數爲智慧性即是性念處若南嶽師解觀五陰理性名性念處故雜心偈云是身不淨相眞實性常定諸受及心法亦復如是說觀别相性念處破四顛倒有二種一破愛二破見一破緣愛性念處者夫有生之類無不愛著果報五陰及外依報也一身念處觀者觀此内身有五種不淨一生處不淨二種子不淨三自相不淨四自性不淨五究竟不淨一觀生處不淨者女人腹中生熟二臟之間十月住也二種子不淨者攬佗精血合爲種子也三自相不淨者身諸垢穢九孔流溢也四自性不淨者觀身不淨如明眼人開倉見穀粟三十六物不淨充滿也五究竟不淨者此身若死降脹爛壞蟲膿惡露甚可猒患若見五種不淨破淨顛倒名内身念處觀外身内外身亦如是二受念處觀内有六根外有六塵根塵合故生六識六識生三受苦受樂受不苦不樂受觀苦受是苦苦相觀樂受是壞苦相觀不苦不樂受是行苦相若意根生三受皆苦即破樂顛倒名内受念處外受内外受亦如是三心念處觀此意識是有爲屬因緣故無常先無今有今有後無刹那念念生滅故無常即破常顛倒名内心念處外心内外心亦如是四法念處觀内想行二陰因緣和合無有自性起唯法起滅唯法滅無人無我衆生壽命十六知見皆不可得破我顛倒名内法念處外法内外法亦如是此如成實大智論明是爲性念處之初也二破見性念處者即是

觀身邊二見穢汙無記五陰即陰我離陰我陰中有我我中有陰撿我不可得破二十種身見各空聖行次別觀邊見五陰所言性身念處者即是色性色若麤若細悉是不淨麤色即是人身世界細色極於隣虛若見麤細色常是見依色若見麤細色無常亦常亦無常非常非無常是見悉依色常即有見無常即無見亦常亦無常即亦有亦無見非常非無常即是非有非無見如是等四見悉依色即是四邊見若不知是邊見色陰生解執著戲論諍競從見起諸煩惱結使因使作諸惡業或因使起諸善業結業流轉三界二十五有生死無際也云何名爲不知邊見色陰之相若是外人盲㝠故自不識邊見汙穢之色各云是事實餘妄語計爲涅槃常樂我淨此不足及言但末世佛法學問坐禪之人亦多迷此邊見之色所以者何如毗曇師言毗曇是見有得道析色至隣虛細塵不可破盡見此細塵有理即得道也今謂此猶是邊見有見汙穢之色若因有見生解起諸結業流轉生死事同前說何關道也故智度論云若不得般若方便入阿毗曇即墮有中又諸成論師皆云見隣虛細色有者此是調心之觀不能得道若析此隣虛細塵空得實法空以見空故即能得道也今謂若見隣虛色空秖是空見邊見汙穢色陰若見此生解起諸結業流轉生死事同前說何關道也故智度論云不得般若方便若入空門即墮無中昆勒說見有隣虛色亦有亦無入道過同前說論既不來此土無論可弘無繁具出但智論云若

不得般若方便即墮有無中也但曉諸三論師或云道非有無那忽毗曇見隣虚細色之有得道也成論復那忽云見隣虚細色空得道也今問若爾見非空非有是得道不若言得道中論何故云若言非有非無名愚癡論此是非有非無邊見汙穢之色何關道也答曰用非有非無破有無有無既破豈有非有非無之可存正道畢竟清淨無説無示也問曰若爾與長爪及老氏明不可説何殊答今一家明性身念處不爾若不見非有非無汙穢色陰四諦之理名愚癡論若知此是汙穢之色名性身念處開三念處門四念處開三十七品門因三十七品見生滅四諦得寂滅涅槃即是見有得道是名於諸見不動而修三十七品若知非有非無汙穢之色如幻如化畢竟不可得本自不生即是摩訶衍明身念處具足一切佛法如大智論説也此經云於諸見不動而修行三十七品是爲晏坐復何須捨非有非無以盡淨不可説爲道也故思益經云譬如有人欲捨虚空終不離空又欲遠覓虚空終不得空若不見非有非無中半滿之道亦不知盡淨不可説中半滿之道雖復慧解分明終是世智辯聰不免結業流轉生死同前所説若知身邊二見四見六十二皆是汙穢色陰即是觀色不淨破淨顛倒名身念處也二受念處若觀受是常是見依受受無常亦常亦無常非常非無常是四見悉依受即是四邊見受陰一受各有三受三受皆苦破樂顛倒是名受念處觀三心念處若觀心是常是見依識心無常亦常亦無常

非常非無常是見悉依識即是四邊見識陰四種見識皆是無常破常顛倒是名心念處也四法念處若觀想行二陰想行常是見依想行無常亦常亦無常非常非無常是見悉依想行即是四邊見想行二陰四種見想行二陰皆無我破我顛倒是名法念處觀此性四念處觀觀果報五陰身邊二見單複具足乃至不可説汙穢無記五陰若破四顛倒即破十四難伏六十二見八十八使及因見所起一切善不善二十五有生死之業又此諸見未必悉是外人所起若佛法中學問坐禪發種種知見是非諍論皆是身邊二見汙穢五陰起如是等諸見戲論破於慧眼不見眞實若不覺不知不能用性念處觀觀此五陰破四顛倒則起見使作諸惡業或用見心修善即是外道此意難見佛法學問坐禪之人當好思之若能覺知用性念處如前觀察破四顛倒能生暖法故智論云若有爲法中不得正憶念能生暖法無有是處有爲法中得正憶念不生暖法無有是處長爪梵志聰明博學爲一切法可轉一切論可破無一法可得自言得諸法實相尚迷此念處是故如來用受正性念處徃問即破其愛慢得法眼淨當知別相四念處入道之要門若利根人修此性念處觀解分明即能發眞無漏故佛勸諸比丘依念處修道若末世坐禪講説學此義即毗曇見有得道其意申也若迷此者設言非有非無畢竟不可説皆是愚癡論同上説長爪之過意在此也問曰若念處如此玄絶經論何意不作是説答曰佛在世時人根

猛利去世之後正像法中猶有得道之人經論何須言提其耳側諸其掌也復次西土經論悉度來耳

四教義卷第二

音釋

麞止良切麋屬　獵力涉切田狩總名　僻匹亦切非正道也　閡牛蓋切阻也　胮匹絳切脹臭貌　脹知亮切滿也

四教義卷第三

隋天台山修禪寺沙門智顗撰

復次上所引經論之文非佛菩薩意耶次明共念處觀大智論觀身爲苦因緣生道若有漏若無漏受心法念處亦如是解者不同有師解云共善五陰諸善心數法合明念處若南嶽師解即是九想背捨勝處諸對治觀門助正道開三解脱故名爲共念處故經云亦當念空法修心觀不淨是名諸如來甘露灌頂藥服者心無憂得至涅槃岸此即是共念處之明文也言空法者毗曇有門止觀生空名爲空修心觀不淨者即是初背捨不壞内外色相不内外滅色相以是不淨心觀外色是名初背捨從初背捨習不淨觀不淨觀有二種一小不淨觀二大不淨觀破淨顛倒内無色相入二背捨乃至成就八背捨八勝處十一切處九次第定師子奮迅超越三昧觀欲界入初禪皆見不淨破淨顛倒是名共身念處觀受心法念處亦如是也次明緣念處觀者智論云一切色法名之爲身十入及一入少分名之爲身六種受爲受六識爲心想行二陰及三無爲名法解者不同有師解通一切所觀境界皆名緣念處觀有言十二因緣境有言慈悲所緣境若南嶽師解緣佛説教所詮一切陰入界四諦事理名義言語音辭因果體用觀達無礙能生四辯於一切法心無所礙成無疑解脱是緣念處觀也七明别相四念處位者有三種根性不同若慧解脱根性别相四念處但修性念處若俱解脱根性修性念處亦修共念處若無疑解脱根

性俱修三種念處成別相念處若能於別相念處中生四種精進名四正勤修四種定名四如意足五種善法生名之爲根善法增長遮諸煩惱名之爲力分別道用名七覺分安隱道中行名八正道若入八正道即能觀四諦成別相四念處也三明總相念處位者有人言共念處即是總相念處今謂不爾應作四句分別一者境別觀亦別二者境別而觀總三者境總而觀別四者觀總境亦總初境別觀亦別正是別相性四念處位次境別觀總境總觀別此二即是總相四念處之方便四觀總境亦總此觀若成即是總相四念處之位今明境總觀總即是總上所明性念處所觀五陰作一身念處觀此身汙穢不淨及苦無常無我破淨顛倒及三倒也是名總相性身念處是總身念處觀或總二陰或總三陰或總四陰或總五陰具釋云云受心法念處亦如是總相共念處總相緣念處亦如是類之可解是名總相四念處位此位亦有三種根性類別相念處可知若有方便即入總相念處位若無方便即非總位也云何有方便若於總相念處之中具足修總相正勤如意足根力覺道皆如性四念處中說但以總相善法深細爲異耳若安隱八正道中行即能觀四諦是得性法念處故能生於煖法故智論云八正道中行初得善有漏五陰名爲煖法當知有方便者已得三十七品也問曰八正見道七覺修道今何念處位中說耶答曰毗婆沙論云若八正在前七覺在後決定是無漏若七覺在前八正在後通有漏無漏也

此三賢人位並名乾慧地未得善有漏五陰相似理水定水未沾故名爲乾而悉有觀行能伏諸見故名爲慧住持能生善法名之爲地名乾慧地亦名外凡人也四明暖法者是善五陰是智慧性生聖智火故名暖法行者因善方便總相四念處唯緣法念處依六地定瞿沙說暖頂亦依七地初發善有漏五陰等智似解得十六智火之氣分名之爲暖亦四正勤也譬如鑽火暖氣若發即有煙相用念處觀鑽五陰境發智慧暖起正勤煙故名暖法也又如冬冰春陽氣動則有消融之相暖法解發身邊六十二見氷執漸覺消融也涅槃云得暖法人七十三人我弟子有外道則無以佛法有別相總相四念處觀能破一切諸見顛倒故得暖法十八種六師雖各稱一切智人戲論破慧眼不見於眞實故法華云深著虛妄法堅受不可捨我慢自矜高諂曲心不實於千萬億劫不聞佛名字亦不聞正法如是人難度是故舍利弗我爲設方便說諸盡苦道當知外人如此執見罪障深重豈得生暖法也末法多學問坐禪之人不能如是修習念處執著諍競者亦同外人之過尚不能生暖法之善大乘功德終不發也略說暖位竟五明頂法位者亦是善五陰亦智慧性在暖法之上名之爲頂證暖法已用正方便正憶念勤修增進暖法善根依六地定亦依七地若暖法增長次生善根名爲頂法緣四諦十六行得四如意足定見四諦分明如登山頂觀矚四方悉皆明了故名頂法若生法愛即頂墮也六明忍法位者亦是善五

陰亦智慧性於四諦堪忍欲樂名忍法位於頂法位用正方便勤修增進頂法善根依六地定若頂法善根增進即生柔順忍亦緣四諦十六行爾時信等五種善法並得成根以慧根故於四聖諦堪忍欲樂故名忍法忍法有三品下忍於十六行作法諦觀中忍十番縮觀上忍但觀欲界苦下四行隨觀一行若下中二品忍雖起煩惱惡業而不受三塗報由受人天百千生若上品忍成但有人天七生業在增上一刹那即入世第一法也問曰暖頂亦堪忍何故不名堪忍答曰若通論四善根亦名四忍但忍法不退別受忍名若暖法遇惡因緣退能造五逆謗方等經作一闡提墮無間地獄若頂法遇惡因緣退雖不斷善根猶作五逆等罪也今此忍法智强惑弱諸惡所不能動以忍力大故一切惡心非數緣滅如師子王餘獸遠避也問曰若暖頂退者云何名性地答曰此人雖造惡墮地獄一入受罪竟終不重入有性地善根故能得聖果是故經云寧爲調達不爲鬱頭藍弗調達造三逆罪墮於地獄出生人中得辟支佛諸根猛利過舍利弗也七明世第一法位者於凡夫所得最勝善根名爲世間第一法也亦是善有漏五陰亦智慧性上忍一刹那依六地定以生一刹那最勝善根名世間第一法此一刹那具足五力苦下四行隨緣一行一刹那不住故似見道所以者何行人有二種一愛行二見行愛行有二種一我慢二懈怠增見行亦二種謂我及我所著我慢者修無常行入世第一法懈怠增者修苦行入著我

者修無我行入著我所者修空行入彼總相念處次第生決分世間善有九品下下下中下上名暖法中下中中中名頂法中上上下名忍法上上名世間第一法若觀陰無常等善根名暖法觀三寶功德名頂法觀察聖諦名忍法觀苦聖諦次第聖道名世間第一法暖法若退法捨若命終捨若度欲界地捨頂法亦如是忍法無退法捨餘二捨同上世第一法一刹那無捨復次是四善根人皆用性緣法念處修道亦是四念異名也即一得一失更受勝名之義也毗婆沙解釋世第一法遂有數十家異釋不同七賢名義無量豈凡所知也問曰七賢之位前淺後深何故偏釋乾慧地不委分別性地答曰乾慧地最淺如上分別巳自難知非世能測正是初心所學邪

正分流一切佛法行人即目急用一切學問坐禪之人所迷沒處須略分別也若入性地解慧自生非凡能測多言妄說何畢承信所以一家講經說法必須委釋初心若賢聖深位但點章而已其坐禪者略知佛法大意即須覺悟無常懺悔行道豈可馳逐不急之言其欲講說利物得此正意分明名相有所不達更白尋訪略說七賢位竟二明七聖位者一隨信行二隨法行三信解四見得五身證六時解脫羅漢七不時解脫羅漢此七位通名聖者聖以正爲義即練道懸鏡也苦忍眞明捨凡夫性得入聖人性眞智見理斷於同類之因故名爲聖此七聖人復有二種不同謂學無學前五種聖人悉是學人後二種聖人是無學位也言學人者始從苦法忍發得

眞智自爾方有聖人也有聖諦具有漏無漏二種五陰見聖迹故名爲學人於諦不推求故名無學人也又無學人者眞智見理既極三界正使已盡無惑可治不須更學四眞智也復就七聖之位分爲三道所謂見道修道無學道一見道者即是八正道見理斷見諦惑至十五心如破石方便也二修道者即是七覺分隨觀一諦所斷思惟如斷藕絲方便也三無學道者如前分別也一明信行位即是鈍根人入見道之名也所言鈍者非自智勲憑他生解名爲鈍也是在方便道先雖有信以未發眞不名爲行行以進趣爲義從得苦忍眞明十五刹那進趣見眞名隨信行故說但有近行人無遠行人又若在十五心中命終無有是處苦法忍者欲界見斷十使對治是法是則初無漏無礙道也復次世間第一法次第不作不向不行以能捨邪業邪趣邪見也又復世間第一法分別苦法忍作五種定謂地定行定緣定刹那定次第緣定次第緣定者世間第一法後即入苦忍也雜心偈云謂色無色苦集滅道亦然此法無間等是説十六心十五心成屬見道第十六心即屬修道也若謂不應然者如盡智成亦不應屬無學道也是信行人見道十五心亦名八人地八忍具足智少一分也即是須陀洹向亦名行中須陀洹也二明隨法行位者即是利根人入見道之名也言利根者自以智勲見理斷結故云利也本在方便道中能自用觀智觀四眞諦法但未發眞不名爲行因世間第一法發苦忍眞明十五刹那進趣見眞

故名法行也分別行類前行解釋可知但鈍根憑他生解智少觀察利根自智多觀察爲異耳三明信解位者即是信行人入修道轉名信解也鈍根憑他信進發眞解故名信解此信解人證果有三一證須陀洹果二證斯陀含果三證阿那含果一明信解證須陀洹果者第十六道比智相應即證須陀洹果也須陀洹天竺之言此翻修習無漏若成論明猶是見道若數人明義證果即入修道即用此一往釋修習無漏義便也若見使斷略說三結盡廣說八十八使盡名須陀洹受生死七返終不至八生二明信解證斯陀含果即有二種一向二果一向者從初果心後更修十六諦觀七菩提行現前即此世無漏斷煩惱一品無礙斷欲界煩惱一品二品無礙斷二品乃至五品皆是斯陀含向亦名勝進須陀洹約此說家家也二果者若斷六品盡證欲界第六品解脱即是斯陀含果也斯陀含天竺之言此翻云薄欲界煩惱分爲九品前六品盡餘三品在前斷已多其所未斷少故名爲薄三明信解人證阿那含亦有二種一向二果一向者若斷欲界七品乃至八品皆是阿那含向亦名勝進斯陀含約此說一種子也二明果者九無礙斷欲界結證第九解脱即名阿那含果也阿那含天竺之言此土翻云不還此人欲界五下分結盡更不還生欲界故言不還也復次須陀洹有三種一行中須陀洹即是須陀洹向二住果正是須陀洹果也三勝進勝進須陀洹亦名家家即是斯陀含向也斯陀含但有二種一住果二勝

進勝進斯陀含亦名一種子即阿那含向也阿那含亦二種一住果二勝進勝進阿那含進斷五上分結所謂色染無色染等結即阿羅漢向也阿羅漢但有一住果問曰此說次第得果毗曇明超越得果云何分别答曰若凡夫時斷欲界六品乃至八品盡來入見諦道後發苦忍眞明十五心中是斯陀含向十六心即證斯陀含果也若凡夫時先斷欲界第九品乃至無所有處盡後入見諦十五心名阿那含行第十六心即證阿那含果此是超越人不證前二果也是信解人雖是利根而有五種根性不同所謂退思護住勝進也若證阿那含果復有五種般及七種般八種般五種般者一中般二生般三行般四不行般五上流般也七種般者開中般爲三種也八種般者五種如前足現般無色般不定般也四明見得位者法行人轉入修道名爲見得是利根人自以慧勲見法得理故名見得是見得人在思惟道次第證三果超越得二果亦如信解中分别但以利根不藉聞法不假衆具自能見法得理爲異也見得利根但是不動根性若證阿那含果亦有五種般及七種八種不同也五明身證位者還是信解見得二人入思惟道用無漏智斷五下分結故發四禪四無色定即用共念處修八背捨八勝處十一切處入九次第定三空定事性兩鄣先已斷盡又斷非想事鄣滅緣理諸心心數法入滅盡定得此定故名身證阿那含也所以者何入滅盡定似涅槃法安置身内息三界一切勞務身證想受滅故名身證也

若約初果解身證者但以先於凡夫用等智斷結得四禪四無色定後得見諦第十六心證那含果即修共念處還從欲界修背捨勝處一切處入九次第定成身證也是阿那含有二種一者住果但是阿那含也二者帶果行向即是勝進阿那含也猶名那含行向故即是羅漢向攝故智度論云那含有十一種五種阿那含正是阿那含六種阿那含阿羅漢向攝當知此身證阿那含即是勝進阿那含阿羅漢向攝五種般那含七種般那含皆但有上流般八種般那含但有現般無色般也如是阿毗曇約信解見得分別數那含乃至有一萬二千九百六十種廣說大事豈煩分別也六明時解脫羅漢者即是信行鈍根待時及衆緣具方得解脫故名時解脫所言阿羅漢者是天竺語此土無翻名含三義一殺賊二不生三應供也具此三義位居無學羅漢有五種謂隨信行生五種退法思法護法住法必勝進也彼得二智盡智無學智等見也若用金剛三昧於非想第九品惑盡次一刹那證非想第九解脫成盡智次一刹那得無學等見也彼或時退故不說得無生智此五種阿羅漢是信種性根鈍因中修道必假衣食牀具處所說法及人隨順善根增進不能一切時所欲進也是五種羅漢各有二種不得滅盡定但是慧解脫得滅盡定即是俱解脫若不得滅盡定是人因中偏修性念處觀不修共念處觀若得滅盡定者是人因中修性念處觀亦修共念處觀若證果時三明八解一時俱得故名俱解脫也七明不時

解脱阿羅漢者即是法行利根名不動法阿羅漢也所言不時解脱者不動法人一向利根因中用道能一切時中隨所欲進修善業不待衆具故名不時解脱也是人不爲煩惱所動故名不動是不退義成就三智故謂盡智無生智無學智等見能用重空三昧擊聖善法以定捨定故言能擊是不動法阿羅漢亦有二種不同一不得滅盡定但名慧解脱二若得滅盡定即是俱解脱若聞佛説三藏教門修緣念處即發四辯名無㝵解脱是名波羅蜜聲聞能究竟具足一切阿羅漢功德也問曰是時不時二人利鈍不同云何並得俱解脱也答曰此簡鈍利明得有難易之殊何關簡得與不得耶此之七聖名眞沙門沙門有二種一者直言沙門沙門即因也二者沙門那沙門那者果也沙門有八十九所謂見諦八忍思惟八十一無㝵也就沙門那亦有八十九所謂見諦八智思惟八十一解脱也就沙門那復有二種一有爲果八十九有爲果也二無爲果八十九無爲果也此約智斷約智德明八十九有爲果約斷德明八十九無爲果也略説三藏教毗曇有門明七賢七聖位大意竟但賢聖義多有所關毗曇有門雖義無復是過若欲分别究其支派必須讀毗婆沙也問曰前説乾慧之位實與舊解殊途次明性地見思無學此與常人解釋未覺有異答曰若乾慧有異即性地見思無學皆悉異也譬如生人死人若一身分是生一切身分皆悉是生若一身分是死一切身分俱死死生之殊豈非一切俱異今明乾慧若

如生人則性地見思無學皆如生人他明乾慧若如死人則性地見思無學皆如死人復次今明乾慧若如死人性地見思無學皆如死人他明乾慧如生人性地見思無學皆如生人當用智斷合譬始終名相如身身分何曾不同始終智斷如生死之異何得不異其得此意者如人有目日光明照見種種色其迷此意者如爲盲人設燭何益無目者乎此應次明三藏教空門入道二十七賢聖位者信法二行即是兩賢在方便道空門發眞斷見惑未盡行即須陀洹近向見惑盡名須陀洹果空解增明斷欲界思惟一品乃至五品名斯陀含向斷六品盡即是斯陀含果斷七品八品盡名阿那含向欲界九品下分盡即是阿那含果阿那含有十一種帶果行向即是阿羅漢向進斷上二界思惟也非想九品盡即是阿羅漢果是阿羅漢有九種賢人有二聖有二十五合有二十七賢聖具出成論但事相煩多廢説摩訶衍義昆勒門非空非有門經不委出論不來此豈可謬有所判問曰兩門不度不可懸判空門明義勝阿毗曇何故捨勝用劣答曰毗曇雖劣而是佛法根本是故佛去世後流傳利物且又大乘經論破小用小多取毗曇有門少用空門故須略出毗曇有門佛法根本賢聖之位次也第二明三藏教辟支佛乘位者三藏教詮生滅十二因緣之理明辟支佛義亦應具有四門今但約薩婆多宗明有門辟支佛乘位即爲五意一翻譯二分別大小三明宿緣四明觀法五料簡一翻譯者即爲二意一翻名二解釋

一翻名者辟支迦羅是天竺之言此土翻爲緣覺此人宿世福德神根勝利學十二因緣以悟道也二解釋者大智論云緣覺有二種一獨覺二因緣覺一明獨覺辟支迦羅者若佛不出世佛法已滅是人先世因緣能獨出智慧不從他聞自以智慧得道故名獨覺如大智論明有一國王出園遊戲清旦見樹林華果蔚茂甚可愛樂時王食已即便偃卧王諸婇女皆競採華毀折林樹時王覺已見林毀壞內心覺悟一切世間無常變壞皆亦如是思惟是已無漏道心朗然開發斷諸結使成辟支迦羅具六神通即飛到閑靜處山林清曠入深禪定受無爲樂二明因緣覺者是人道根淳熟藉小因緣而能覺悟也如見林壞因此覺悟成辟支佛大智論意似用此爲因緣覺也今明因緣覺者因聞十二因緣覺悟成辟支佛也十二因緣有三種不同一者三世十二因緣二者二世十二因緣三者一世十二因緣三世破斷常二世破我一世破性也一明三世十二因緣者過去二因現在五果現在三因未來二果過去二因者謂無明行現在五果謂識名色六入觸受現在三因者謂愛取有未來二果者謂生老死憂悲苦聚是爲三世合明十二因緣是十二因緣有三種道一煩惱道二業道三苦道是三道更互爲因緣從無始已來生死不絕至于今身若不修觀智未來流轉憂悲苦惱無有邊際若修觀智則無明滅乃至老死憂悲苦惱皆悉滅也譬如千年闇室若不置之一燈其室方將求闇若置之一燈則故闇皆滅新闇

不生也若聞此十二因緣發眞無漏則無明滅乃至生老死憂悲苦聚皆滅是名因緣覺也二次明二世十二因緣者出大集經佛爲求辟支佛人說也此十二因緣現在有十未來有二有解現在有九未來有三現在十者一無明大集經云何爲觀於無明先觀中陰入父母所生貪愛心愛因緣故四大和合精血二渧合成一渧大如豆子名歌羅邏是歌羅邏愛有三事一命二識三煖過去世中業緣感果無有作者及以受者初息出入是名無明歌羅邏時氣息入出有三種道所謂隨母氣息上下七日一變息入出者名爲壽命是名風道不臭不爛是名爲煖是中心意名之爲識善男子若有欲得辟支佛果者當觀如是十二因緣二行者復觀三受因緣五陰十二入十八界云何爲觀隨於念心觀息出入觀於內身皮膚肌肉筋骨髓腦如空中雲是身內風亦復如是有風能上有風能下有風能滿有風能燋有風增長是故息之出入名爲身行以出入息從覺觀生故名意行和合出聲名口行也三者識三行因緣則有識生故名爲識四名色者著識因緣則有四陰及以色陰故名名色五六入者五陰因緣識行六處故名六入六觸者眼色相對故名爲觸乃至意法皆亦如是七受者觸因緣故念色至法名之爲受八愛貪著於色乃至於法名之爲愛九取愛因緣故四方求覓名之爲取十有者取因緣故受於後身故名爲有此下二因緣屬未來也十一生者有因緣故有生是名爲生十二老死生因緣故則老死種

種諸苦是名五陰十二入十八界十二因緣之大樹若聞此因緣發眞無漏亦名因緣覺也備說具出大集經三次明一念十二因緣者此但約現在隨一念心起即具足十二因緣亦出大集經爲辟支佛人說此因緣也經曰因眼見色而生愛心名爲無明爲愛造業名之爲行至心專念名識識色共行名爲名色六處生貪是爲六入因入求愛名之爲觸念色至法名之爲受若心貪著名之爲愛求是等法名之爲取此等法生名之爲有次第不斷名之爲生次第斷故名之爲死生死因緣衆苦逼切名之爲惱乃至意法生貪亦復如是是十二因緣一人一念悉皆具足若聞此因緣心開意解發無漏慧亦名因緣覺也瓔珞經又出十種十二因緣若隨聞一種發眞無漏皆名因緣覺也今不備出故涅槃經云譬如老人年百二十不堪付金意在此也問曰獨覺亦得悟上來所說諸因緣不答曰皆由前生之宿習也問曰若依三種因緣教得無漏智即是稟教緣覺名利根聲聞云何生聞等三慧耶又問何等爲生得慧何等爲方便慧耶少答二明分別大小不同者此二種辟支迦羅皆有大小不同今明獨覺辟支迦羅具有二種一者本是學人在人間生是時無佛佛法已滅或須陀洹七生旣滿不受八生自悟成道是人不名爲佛亦非羅漢名曰小辟支迦羅若論其道力或有不如舍利弗等大羅漢也二者大辟支迦羅於二百劫中作功德增長智慧得三十二相分或三十一相或三十相二十九相乃至一相於九種

阿羅漢中智慧利勝於諸深法總相別相能知能入久修習定常樂獨處有如是相名大辟支迦羅也皆歷三種十二因緣十種十二因緣分別小大也若因緣覺分別小大亦如是三明宿緣者今此小大二種獨覺辟支迦羅宿植不同或於前世若偏修性念處觀十二因緣善根淳熟生無佛世因於遠離自然獨覺成小辟支迦羅也若於宿世修性共二種念處理事善根淳熟獨覺自悟具足三明八解脫及六神通成大辟支迦羅也而其不發四無礙辯者禪定是內證習因符慧而發名義是外法故雖有宿習而不得發皆約三種十二因緣十種十二因緣分別宿習因緣也若生佛世聞生滅十二因緣三藏之教即發四辯還名羅漢在聲聞衆數猶如迦葉舍利弗等皆是辟支根性人也亦名辟支佛若不爾者那得次爲求辟支佛乘說十二因緣此人設不值佛亦自得道故法華經云若人有福曾供養佛志求勝法爲說緣覺皆因緣覺也根性三種十種宿緣不同可知四明觀法者十二因緣有二種一者觀屬愛十二因緣二觀屬見十二因緣一觀屬愛十二因緣者即爲二意一推尋二觀破一推尋者是人聞正因緣生滅之法信解分別覺一切屬愛煩惱皆是十二因緣觀因緣入定欲息心達本源求自然慧樂獨善寂修習定心得諸禪定住此定中知屬愛煩惱即是無明逆順推尋即見十二因緣云何逆推此貪愛因何而生即知因受受因何生即知因觸如是觸因何而生即知因六入六入因名色名色因識

識因於行行因無明過去一切煩惱也復順推此受愛能生取因取則成有業因此有業則有未來二十五有之生因生有老死憂悲苦聚輪轉無際若因停心觀入深禪定如是逆推尋或時見歌羅邏初受生乃至見過去身起業煩惱乃至二生百千生也順尋取有若因禪定之力或見未來一生二生乃至十百千生若見過去未來事其心悲感道心精熟轉復增感也二明觀破屬愛十二因緣者即是性念處歷别觀十二因緣也性念處觀略如前說所以者何若觀愛即汙穢五陰性念處若觀受觸六入名色識即是觀果報無記五陰性四念處若觀於行即是善不善五陰性四念處若觀無明即是過去汙穢煩惱五陰性四念處若觀於取即是現在汙穢五陰性四念處若觀於有即是善不善五陰性四念處若觀未來生老死即是報生無記性四念處是則用四念處逆順觀察十二因緣破四顛倒顛倒若滅即是無明一切煩惱滅以無明滅故行滅乃至老死憂悲苦惱滅是明性四念處歷别觀屬愛煩惱十二因緣之觀也二次明觀破屬見煩惱十二因緣者亦爲二意一者推尋二者觀破一推尋者若見神及世間常無常亦常亦無常非常非無常是則現在生身邊四見因此身邊四見生十四難六十二見此身邊四見即是四取逆順尋此四取逆尋四取四取因四愛四愛因四受四受因四觸四觸因四入四入因四名色四名色因四識四識因四行四行因四種無明復順尋四取四取能生四有此四有即受

一切二十五有生老死憂悲苦惱若因停心觀得深禪定或見過去未來生事具如前說也二明觀破因性四念處觀觀四取身邊四見如是次第乃至無明破過去如去不如去亦如去亦不如去非如去非不如去身邊二見汙穢五陰也又順觀有四取乃至未來生死破有邊無邊亦有邊亦無邊非有邊非無邊身邊二見汙穢五陰若能如是用性四念處破三世身邊二見之四見即破十四難六十二見一切屬見煩惱一時皆滅是名無明滅即行滅乃至老死憂悲苦惱皆滅若屬見煩惱滅即還用前觀受十二因緣性念處觀破欲愛色愛無色愛皆滅是則三界煩惱業道滅者名爲有餘涅槃若苦道滅者即是無餘涅槃是名用性念處智慧觀十二因緣入涅槃也性念處觀法略如前說故經云十二因緣其義甚深難解難見意在此也如佛說大涅槃經時有一外道名曰富那問世尊言瞿曇汝云何令我知神及世間常乃至非常非無常佛答言汝若能畢故不造新即能知神及世間常乃至非常非無常梵志即言我已知竟佛問汝云何知梵志答言故名無明新名取有若知無明不起取有即知神及世間者常乃至非常非無常是時梵志求哀出家爲佛弟子也又中論明聲聞經入第一義並約觀十二因緣破六十二見入第一義若深得此意不止破外道也若佛弟子學問坐禪發種種見取著諍論起諸煩惱二十五有生死之業皆是屬見十二因緣也覺知者能用性念處撿破即得解脫其迷此者十二因

緣流轉生死無有邊際故中論云眞法及說者聽者難得故如是即生死非有邊無邊也共念處緣念處助觀十二因緣類前可知也五明料簡者問曰若宿習自然覺悟者何須佛爲說十二因緣答曰聞說則疾得不說自悟少遲如果熟雖應自墮若須急取薄摇即落問曰辟支佛乘何意不制果答曰聲聞人鈍故制果若辟支佛久習智慧神根利故不須制果譬如二人共行其身羸者須止息處若身强者直到所在故佛但說辟支佛道不立果位也復次總相斷結智慧麤故但除正使名聲聞乘別相觀因緣智慧細故侵除習氣名辟支佛復次聲聞鈍故先觀苦諦緣覺利故先觀集諦也問曰聲聞念處別相爲麤總相爲勝今何故總相爲麤別相爲勝答曰還用別總歷別細觀十二因緣故別爲勝也復次聲聞功德禪定力淺天眼極遠但見小千國土辟支佛久種善根禪定力深若發天眼乃過三千見他方世界略明三藏教有門緣覺位竟空門如成論分別昆勒門非空非有門論既不度則不可知也

四教義卷第三

音釋

縮所六切斂也 邏魚果切 煗乃管切溫也 髓息委切骨中脂也 燋即消切 羸力追切瘦也

四教義卷第四

隋天台山修禪寺沙門智顗撰

第三約三藏教明菩薩位者三藏教詮因緣生滅之理明菩薩藏亦應具有四門今約毗曇有門明大乘菩薩位即有四意一翻譯二釋位三料簡四釋淨無垢稱義第一翻譯所言菩薩摩訶薩者是天竺語若具依彼言應云菩提薩埵摩訶薩埵但諸師翻譯不同今不具述而智度論翻云菩提名佛道薩埵名成衆生摩訶言大此人用諸佛大道成衆生也又師翻云菩提名道薩埵名心摩訶名大是爲大道心而諸經多云菩薩摩訶薩者什師以天竺語煩兩句八字標名故除三字留五字合爲一句名菩薩摩訶薩也但三乘菩提通名爲道而菩薩獨受大名者以其緣四諦起慈悲四弘誓願上求佛果下化衆生此心曠大故別受摩訶薩埵之稱也第二釋菩薩位略爲七意一發菩提心二行菩薩道三種三十二相業四六度成滿五一生補處六生兜率天七八相成道一發菩提心者如釋迦牟尼菩薩於過去世爲陶師值釋迦牟尼佛供養彼佛又見彼佛智慧第一弟子名舍利弗神足第一弟子名目揵連多聞侍者名曰阿難爾時陶師供養佛已即便發菩提心作是誓願願未來世我得作佛還名釋迦牟尼智慧弟子名舍利弗神足弟子名目揵連多聞侍者還名阿難佛可其願從是初發菩提心即慈悲四弘誓願發也但三藏教慈悲四弘誓願皆緣生滅四諦而起所言慈悲心者一大慈心欲與愛見二種衆生道滅之樂

也二大悲心欲拔愛見二種衆生苦集之苦也四弘誓者一未度者令度即是度天魔外道愛見二種六道衆生未度三界火宅之苦諦令得度也二未解者令解即是愛見二種衆生未解愛見二十五有業令得解也三未安者令安即是愛見二種衆生未安三十七品一切諸道令安道諦也四未涅槃者令得涅槃即是愛見二種衆生未滅二十五有生死因果皆令得滅諦涅槃也若緣愛見二種衆生生滅緣四諦而起慈悲四弘誓願者即是菩薩初發菩提心也知愛見四諦故智慧勝諸天魔一切外道有慈悲誓願功德故勝一切聲聞緣覺故大智度論云初發心以爲天人師勝出一切聲聞及一切也二行菩薩道者即是三阿僧祇劫行六度也從過去釋

迦牟尼至罽那尸棄佛時名一阿僧祇劫從此常離女人身爾時不自知我當作佛不作佛此初阿僧祇劫即是得五停心別相總相念處之位用性念處共念處緣念處行六度也三種念處義略如前説所以者何脩性念處爲壞屬愛魔業破屬見一切智六師修共念處欲壞愛結破神通六師修緣念處爲一切愛見衆生説法屬愛壞故一切天魔眷屬壞見壞故三六十八種六師及一切外道眷屬壞也故用三種念處行六波羅蜜意欲降伏天魔制諸外道菩薩用三種念處行六度時雖修性念處而不斷結爲生三界度衆生故常欲多修共念處觀爲得神通成四攝法同事調伏愛見衆生又常多修緣念處觀爲欲成四辯説三乘法化一切愛見衆生共出

三界火宅也是初阿僧祇劫修行六度用四弘誓願安撫生死衆生心無怯弱故壞女人之業常受丈夫之身也爾時未發煖解位在外凡故不自知已身當作佛不作佛次明罽那尸棄佛至然燈佛爲二阿僧祇劫是時菩薩用七莖青蓮華供養然燈佛敷鹿皮衣布髮掩泥時然燈佛便授其記汝當來世必得作佛名釋迦牟尼爾時菩薩雖能自知我必作佛口不稱我當作佛謂此是用煖法智慧修六度也所以者何因總相四念處初得善有漏五陰即是性地順忍初心之位既有證法之信故必知作佛而用煖解法修行六度心未分明故不向他說次從然燈佛至毗婆尸佛爲第三阿僧祇劫滿是時菩薩内心了了自知作佛口自發言無所畏難我於來世當得作佛今謂此是頂法之位行六度四諦觀解分明如登山頂四顧分明了了自知作佛亦向他人說也三明過三阿僧祇劫種三十二相業者今謂此是入下忍之位用此忍智修行六度成百福德用百福德成一相以爲三十二相之業因也種三十二相業因於下忍之位修六波羅蜜成百福之相以爲三十二相業因也是三十二相於欲界閻浮提人中受男子身佛出世時緣佛身相故得種也問曰所言百福得成一相者幾功德成一福德耶答曰異解不同難可定判有人言是福不可稱量不可譬喻是菩薩入三阿僧祇劫心修大行種是三十二相因緣以是故福無能量唯佛能知問曰菩薩幾時種三十二相答曰極遲百劫極疾九十一劫弗沙佛觀

釋迦菩薩自生弟子熟彌勒菩薩自熟弟子生多人難度一人易化故弗沙佛於寶窟中放光照釋迦釋迦菩薩尋光至弗沙佛所於七日七夜一心觀佛目不暫眴但用一偈稱歎云天地此界多聞室逝宮天處十方無丈夫牛王大沙門尋地山林徧無等以苦行力故超越九劫在彌勒前成正覺也四明六波羅蜜滿者問曰檀波羅蜜云何滿答曰一切能施無所遮礙乃至以身施時心無所惜如尸毗王以身施鴿解剔皮肉雖受痛苦舉身上秤以贖鴿命心不悔恨立誓自證我心無悔者身可平復既立誓已天地震動身還如故如是等菩薩本生捨身命施心不退悔是檀波羅蜜滿也問曰尸波羅蜜云何滿答曰不惜身命護持淨戒如須陀摩王是王精進持戒常依實語與劫磨沙陀大王共期乞駕還國七日供養沙門竟即來就終是王期滿爲持實語戒故赴期就死是則爲持一戒不惜身命如是等處處因緣經說本生菩薩因地持戒捨身心無悔恨即是尸波羅蜜滿相問曰羼提波羅蜜云何滿答曰若人來罵撾捶割剥支解奪命心不起瞋如羼提比丘常修慈忍在林樹下入禪三昧時迦梨尸王爲女色故生重弊妬截其手足耳鼻心忍不動時王問言今截解汝身定能忍不比丘答言實不瞋恨王言誰信汝邪比丘答言我若實忍心不瞋恨當令我身即尋平復說是語時身即如故如是等不惜身命修行忍辱是名羼提波羅蜜滿相問曰毗梨耶波羅蜜云何滿答曰若有大心如大施太子爲一切衆生

入海採寶從龍王得如意珠欲將還閻浮提雨衣服寶物布施衆生海神惜珠因其睡卧即盜取其珠將還海宮太子覺已爲此珠故誓以此身抒大海水令海乾盡從神索珠心定不懈帝釋天感太子心爲物精勤不惜身命即將諸天助抒海水水遂減半海神怖故慚愧還珠亦如釋迦菩薩值弗沙佛七日七夜翹一足目不暫眴如是等不惜身命爲物精進即名毗梨耶波羅蜜滿相問曰云何名禪波羅蜜滿相答曰如一切禪定自在又如尚闍黎仙人坐禪時無出入息鳥於螺髻中生子不動不摇乃至鳥子飛去是名禪波羅蜜滿相問曰般若波羅蜜云何滿答曰菩薩大心分別如劬嬪婆羅門大臣分閻浮大地作七分若干大城小城聚落村民盡作七分

般若波羅蜜亦如是是菩薩般若波羅蜜滿相今謂此皆下忍智慧能調伏諸根滿足六度也所以者何下忍智慧力強煩惱力弱用此智慧修行六度能忍六蔽不惜身命成六度也四波羅蜜滿正是性念處力至下忍也禪波羅蜜滿多是共念處力至下忍也般若波羅蜜滿正是緣念處力至下忍也問曰羅漢尚不能不惜身命修行六度下忍智慧之力何能成六度耶答曰若無慈悲誓願積劫修行之力羅漢智慧尚不能爾何況下忍今外緣慈悲誓願名植熏修内有忍法智慧助破六蔽之力也五住一生補處即是釋迦菩薩生在迦葉佛所爲補處弟子淨持禁戒行諸功德迦葉授記次當作佛恐此在中忍之位也六生兜率陀天者捨閻浮之報上生此

天為諸天師在於此天用三種念處修八勝處爲欲伏結清淨下閻浮提神通變化降伏天魔四辯說法破諸外道及一切衆生也此猶屬中忍之位問曰菩薩何意從初發心伏結至此伏而不斷耶答曰若斷結即不得受生化物觀無常伏結令諸煩惱脂消用清淨心修行六度令諸功德肌長也七下生成道者即是三藏教明八相成菩提果也所言八相成道者一從兜率天下二託胎三出生四出家五降魔六成道七轉法輪八入涅槃一兜率天下者菩薩將欲下生時用四種觀人間一觀時即是人壽百歲是佛出世之時二觀土地諸佛常依中國生迦維羅衛即是百億日月之中也三觀種姓生二種姓中一刹利姓勢力大故二婆羅門姓智慧大故釋迦牟尼佛生刹利姓也四觀生處何等母人能懷那羅延力菩薩唯中國迦毗羅婆淨飯王后能懷後身菩薩如是思惟已後兜率天下問何故作白象形非餘二明處胎即是正慧入母胎一切衆生邪慧入母胎菩薩憶念不失故名正慧入母胎中陰住則知中陰入胎時知入胎歌羅邏時知歌羅邏七日赤白精血合安浮陀時二七如薑狀伽陀時三七日如凝酪五胞時出生時皆憶念不失是名正慧入母胎復次餘人住中陰欲受生時於父母所生顛倒心生不淨心菩薩不爾正慧明識父母相續入胎是名正慧也三明出胎相者是菩薩滿足十月正慧不失念從右脇而出胎生墮於地即行七步口自發言天上天下唯我爲尊當初生時國内即有三十二瑞

事在瑞應經具明乃至將示相師阿夷相太子身具三十二相八十種好即便悲淚王恐不祥問阿夷曰我子不祥故悲淚耶仙人答曰吉無不利太子相好分明其若在家當作轉輪聖王飛行皇帝王四天下十善化世其若出家必成自然之佛度脱萬姓但太子相好分明必不在家作轉輪聖王其若出家必得菩提度脱天人傷吾年老不覩佛興故悲淚耳所以用三十二相八十種好莊嚴其身欲爲得三菩提之品器也問何故現相三十二好有八十答成佛莊嚴法如此故四明出家者是時菩薩年漸長大出四城門見老病死苦猒怖心生夜半踰城出家六年苦行食難陀婆羅門石蜜乳糜益身十六功德五明降魔相者即於菩提樹下破萬八千億鬼兵魔衆魔王敗衂鬼兵退散六成道相者魔衆散已攝心端坐於第四禪住中忍修觀成中忍一刹那上忍一刹那世第一法一刹那發眞無漏三十四心得阿耨多羅三藐三菩提三十四心者八忍八智九無礙九解脱也具足佛十力四無所畏十八不共法三達無礙三意止大慈大悲四無礙智一切諸法總相別相悉知故名爲佛第九解脱具足一切種智並在未來故名小乘佛七明轉法輪相者於鹿野苑爲拘隣五人三轉生滅四諦法輪天人得道此爲證三寶於是現世間次説十二因緣法輪次爲菩薩説六波羅蜜法輪是則開三乘之教名修多羅藏十二年後佛在毗舍離國爲須隣那迦陀長者子作婬欲以是因縁結初大罪二百五十戒次佛在舍婆

提城告諸比丘諸有五怖五罪五怨不除不滅是因縁故作此世未來受無量苦是名佛自説毗曇教從此轉三藏法輪乃至涅槃教三乘弟子是名轉法輪也八明入涅槃相者於拘尸那城娑羅雙樹間逆順出入超越三昧於第四禪中入火光三昧燒身滅度唯留舍利爲人天福田身智俱滅入無餘涅槃是爲聲聞經中説大乘之位也次第三明料簡者問曰聲聞經開三乘何故二乘即生斷結菩薩從初發心乃至降魔都不斷結答曰聲聞緣覺猒患生死自求涅槃不爲利物是故貪取眞斷結盡則不受生入涅槃也菩薩大慈憐愍欲度一切受生死苦教化衆生衆生出世善根淳熟即便成道説三乘教共三乘人同入涅槃若因中斷結即不得受生豈能利物是故忍受生死不斷結使三阿僧祇處在生死教化衆生共出三界不斷結使意在此也問曰菩薩斷結誓願神通應化利物何必須留結而受生耶答曰斷結誓願神通應化受生此乃是摩訶衍之所説非三藏之所明也所以者何斷結誓願受生通教之所説法性身神通受生別教之所説法身應生圓教所説也問曰聲聞經何意不得論斷結受生答曰三藏之教正化小乘傍化菩薩若説菩薩結盡受生二乘即疑若結盡而得受生者諸聲聞人得羅漢果將不更受生耶是故不説菩薩斷結受生也問曰若爲二乘疑不説菩薩斷結受生者大乘方等摩訶般若通教三乘亦應不説菩薩斷結用誓願神通受生也答曰此是生酥熟酥之教二乘漸淳熟

信解分明聞菩薩事心不疑惑故法華云過此已後心相體信入出無難然其所止故在本處問曰所明聲聞經菩薩義爲是佛說爲佛去世後諸聲聞弟子說耶答曰有是佛說亦有是諸羅漢作毗婆沙阿毗曇中說也問曰何者是佛說何者是羅漢說耶答曰如說菩薩從初發心乃至不斷結使坐道場時正習俱斷此是佛說何以得知龍樹論主答斆人言若後身菩薩不斷結者是佛方便所說也亦有是諸羅漢佛去世後說者如言初阿僧祇不自知作佛二阿僧祇劫自知作佛而口不宣說三阿僧祇劫了了自知作佛亦發言向他說此義非佛三藏中所說乃是羅漢作毗婆沙釋菩薩義也問曰若佛自說三藏教明菩薩義此則可信若諸羅漢所說云何可信答曰諸羅漢既是聖人共採佛三藏教意明菩薩義何容全失問曰若爾智度論何意從始至終一一彈破答曰龍樹爲欲申摩訶衍明菩薩所行之道以大破小皆可破也若就小乘明三藏宗途羅漢聖人之所撰集何容頓乖僻也若諸羅漢明聲聞經所釋菩薩義遂併乖僻末世凡人法師何可謬有申釋凡情解釋小乘既不可承用大乘深經豈可出在妄情而論故知雖非佛說若是羅漢作論亦須信受也第二約通教辯位以釋淨無垢義者通教既詮因緣即空之理三乘同稟契理證道必有淺深故須判位通教入道亦具四門四門者一實門二不實門三亦實亦不實門四非實非不實門此四門入諸法實相出智度論中論雖不作門名四句既能

通行人入第一義今立門名觀其義意今謂於理無失至下辯體當略釋今判三乘同入第一義智斷之階級此通教具有四門入道而經論多用空門若論逗機化物隨緣而說四門豈可偏用經論義便事須如此是故今約通教明三乘位正就空門以辯也就此即爲五意一略明半滿判位有同不同二約通教開三乘三正辯通教三乘次位四料簡五正約位釋淨無垢稱義一略明半滿判同不同者若三藏半字教門明位大同小異如毗曇成實釋三藏教辯賢聖位雖復小異而大意是同不足疑也若摩訶衍滿字教門通論秖是一摩訶衍教若細尋義理即有三教明位高下不同其不違大乘方便實可疑也故大品經云有菩薩從初發心即與薩婆若相應此恐約通教明入位亦是法華經小樹增長之譬也又大品經云有菩薩從初發心即遊戲神通淨佛國土成就衆生此恐約別教以明入位即是法華經大樹增長之譬也又大品經云有菩薩從初發心即坐道場度衆生當知是菩薩爲如佛此恐約圓教明入位亦是法華經一地所生之譬也故大智度論釋燈炷品云有人言乾慧地初焰佛地爲後焰有人言歡喜地爲初焰佛地爲後焰有人言初發心爲初焰佛地爲後焰如此解釋不同者恐是諸大乘論師釋滿字教門三教明位不同各取此意以釋初後焰問曰何意三藏教明位多同摩訶衍開爲三教判位不同耶答曰半字教門正明界内一世斷結便入涅槃小乘狹劣明事淺近不可動迭若是滿

字教門廣大深遠備明界内外行位法門權實無方説諸菩薩行類相貌位次不同無罣礙也故涅槃經云譬如隘道不容二人並行解脱不爾多所容受容受即真解脱真解脱内權實行位何所不容故龍樹菩薩作大智論種種因緣破迦旃延引毗婆沙釋三藏義明菩薩義正是欲申摩訶衍教不可思議行類階級隨緣不同也第二略明約通教開三乘者此通教約因緣即空之理分三乘也三人同禀通教見第一義諦同斷三界見思得一切智同求有餘無餘二種涅槃此義既同故約通教義以辯位也而分爲三乘若聲聞總相體法入空智慧力弱但斷正使根性不同亦有二種解脱如前三藏教中分別緣覺福德利根能少分別相體法入空生無佛世不因聞法時至道熟自然曉悟見第一義斷三界結盡侵除習氣是名辟支佛乘根性不同亦有二種一者小辟支迦羅二者大辟支迦羅已如前説若菩薩具修總相別相智慧體因緣即空起大悲誓願以修諸行見第一義斷界内煩惱用誓願扶習還生三界用道種智遊戲神通淨佛國土成就衆生三乘善根淳熟即坐道場用一念相應慧斷煩惱習盡得一切種智名之爲佛轉生滅無生滅二種法輪化三乘衆生無餘涅槃是爲大乘故大品經云三乘之人同以第一義諦無言説道斷煩惱但是煩惱習盡不盡爲異又中論云諸佛以甘露味教化衆生諸法實相是真甘露味也佛説實相分爲三種若得諸法實相滅諸煩惱名聲聞乘若生大悲發無上意

名爲大乘若佛滅度後時世無佛因遠離生智名辟支佛乘問曰若爾與前三藏教明三乘何異答曰前已處處説見第一義不殊但教門有拙度巧度之別觀門則有析體見眞之殊彼明菩薩從初發心乃至補處未言斷結使此明菩薩從初發心即斷結使乃至補處正使久盡殘習微薄此爲大異復次三藏教約生滅四諦十二因緣六波羅蜜三法分三乘今明通教則不如此三乘同觀無生四諦見第一義而分三乘之別者事如前解三乘同體假入空觀十二因緣見第一義而分三乘之別者事如前釋三乘同觀六波羅蜜見第一義而分別三乘之別者如前分別如此豈同三藏教之三乘也問曰菩薩可修六度二乘何得亦同修六度耶答曰涅槃經云

福德莊嚴有爲有漏是聲聞法何處有慳貪聲聞破戒瞋恚放逸散亂愚癡羅漢辟支佛耶但二乘之人不能徧行其事成就衆生何曾不同修六度第一義諦無言説道而能斷結耶問曰上引中論所明即應是大乘聲聞緣覺也答曰不然此雖通從大乘門入而二乘取涅槃證即身滅度故中論簡別得諸法實相滅諸煩惱名聲聞乘若生大悲發無上意名爲大乘若佛不出世辟支佛人因遠離生智此二既無大悲何得名爲大乘聲聞緣覺耶故法華經身子自歎云我等同入法性云何如來以小乘法而見濟度是我等咎非世尊也此則自述得法實相非是大乘聲聞若如迦葉領解聞法華開權顯實云我等今者眞是聲聞以佛道聲令一切聞也故不得

言見諸法實相即是大乘聲聞辟支佛也第三正明通教三乘位者即爲二意一明三乘共十地二簡名別義通一明三乘共行十地位者即爲二意一標名二解釋一標名者一乾慧地二性地三八人地四見地五薄地六離欲地七已辦地八辟支佛地九菩薩地十佛地故大品經云菩薩從初乾慧地至菩薩地皆行皆學而不取證佛地亦學亦證故言三乘通位也二解釋者釋乾慧地三乘初心通名乾慧地乾慧地者即是三賢之位一五停心二別相念處三總相念處一五停心者就此爲三意一分別拙巧不同二正明停心之位三簡眞僞一分別拙巧不同者三藏所明初賢與通教不同也彼約信解生滅四諦修五停心今約無生四諦信解修五停心二種信解旣拙巧不同故入停心之位目足不同也二正明五停心位所言賢者本是隣聖之義亦是直善之名今言直善即爲二意一釋直義二釋善義一釋直義者信解直正異於外人邪僻又不同拙度之曲離此二邊名之爲直所以然者三乘之人同聞無生四諦信解分明故得然也信無生苦諦者信五陰十二入十八界不生皆如夢幻響化水月鏡像畢竟空無所有是則解苦無苦苦雖無苦若不知無苦則爲苦所苦名曰愚夫若知無苦此則無苦而有眞諦信無生集者了一切煩惱業行皆如夢幻響化水月鏡像畢竟空無所有無和合相若不知無所有則有結業流轉知無所有是則解集無集是故無集而有眞諦信無生滅諦者知一切生滅之法皆

不可得設使有法過於涅槃亦如夢幻響化水月鏡像本自不生今亦無滅若不知不生不滅則生滅終不自滅若知不生不滅則生滅自然而滅是則有眞諦也信無生道諦者信一切至涅槃道皆如夢幻響化水月鏡像無有二相是則不見通與不通若見有二有通不通則成壅塞若知不二之相不見通與不通則任運虛通入第一義是則知道有道而有眞也若三乘之人初入佛法信解此語分明名正直心但菩薩因此無生四諦起慈悲誓願故名摩訶薩也問曰若知諸法皆無所有是則不見眞與不眞何須結無生四眞諦之名也答曰此約思益經涅槃制義非凡情自立得意忘言無生四眞之名何足疑礙二釋善義者即是五停心之善法也此之五法能發諸禪禪名棄惡亦名功德叢林止行二善無過於禪禪因五法此之五法内善之本也行人初心信解雖眞但以五種不善隨其重著牽心馳散不得暫停如風中燈照物豈了欲知因緣即眞必須一心禪寂如水澄清珠相自現是故覺觀多者教令數息因數息故心不動散得欲界定住未到地能發初禪乃至四禪四無色定如明鏡不動如淨水無波目足備故入清涼池是名直善直善之人能發無漏故說隣聖曰賢也是以大品經云阿那波那即是菩薩摩訶衍以不可得故此約初停心明賢人乾慧地之位不淨觀對破貪欲明停心入初賢乾慧之位亦如是故大品經云不淨觀即菩薩摩訶衍以不可得故慈心界方便因緣明停心入初賢乾慧之

位亦如是三簡眞僞者問曰三乘初心信解無生四諦有眞僞答曰迦羅迦果鎭頭迦果僞多眞少於末世學三乘之人雖知無生四諦不識正因緣義即是迦羅迦果若無道心貪著名利即是迦羅迦果不知善巧修習止觀即是迦羅迦果破法不徧即是迦羅迦果不知通塞即是迦羅迦果不知道品調適進趣修習即是迦羅迦果不知對治助開三解脫門即是迦羅迦果不知位次生增上慢即是迦羅迦果不能安忍内外强輭兩賊即是迦羅迦果是則迦羅迦果乃有九分如女人不別將還家食眷屬皆死若能了知畢竟無所有而精解此之得失發諸順道法門而不愛著即是鎭頭迦果纔有一分也故中論云佛去世後人根轉鈍聞大乘法中說畢竟空不知何因緣故空即生見疑若都畢竟空云何分別有罪福報應等如是則無世諦第一義諦取此空相而生貪著於畢竟空中生種種過龍樹菩薩造論意在此也智論云第三邪見破因緣果報亦破一切法與觀眞空何異龍樹論主八翻復次簡別眞僞具出云云問曰五停心善法有眞僞不答曰一家次第禪門明發禪覺支若過不及有二十種壞禪邪覺即是迦羅迦果十種成禪善覺即是鎭頭迦果也問曰信解無生四諦智慧辯才即是般若何須數息五停心觀耶答曰大智論云空無相無作雖是智慧若無定心即是顚智慧狂智慧豈可說顚狂之人是初賢乾慧地耶二明別相四念處乾慧地位者三乘之人住靜定心修三種念處事相略如前三藏教

分別但此通教所明性念處但觀五陰即空法性之智慧名為性念處是以大品經說即色是空非色滅空色性自空空即是色離空無色離色無空受想行識亦復如是若觀此屬愛屬見身邊二見四見十四見及一切諸色皆不淨虛妄不實本自不生破色四邊見無生有四十八番乃至九十六番類前體假入空觀可知也不生即是空空即法性法性非垢非淨即破垢淨二倒是真不淨義名身念處若觀屬愛屬見一切諸受皆苦虛妄不實本自不生破受四邊見無生有四十八番乃至九十六番類前可知不生即空空即法性法性非苦非樂破苦樂倒是真苦義名受念處若觀屬愛屬見一切心皆無常虛妄不實本自不生破心四邊見無生四十八番乃至九十六番類前可知也不生即空空即法性法性非常非無常即破常無常倒是真無常義名心念處若觀屬愛屬見一切想行二陰皆無我虛妄不實本自不生破想行四邊見無生有四十八番乃至九十六番類前可知也不生故即空空即法性法性非我非無我即破我無我倒是真無我義名法念處也三乘之人觀五陰第一義諦修四念處時四念處中四種精進名正勤四種禪定名四如意足信等五種善生名之為根善根增長遮諸煩惱名之為力分別道用名為七覺安隱道中行名八正道此性四念處對破身邊二見四邊見無生結成四十八番乃至九十六番明二十一心無生四念處意甚難解自非徹思終不可見若修共念處事相如前但以

脖相脹相爛相壞等相背捨勝處皆如夢幻畢竟不可得爲異也若修緣念處分别名義如前但知名字性離即解脫相無句義是菩薩句義如是通達一切名義即是緣念處三乘人修此三種念處皆以正勤如意足根力覺道善巧調適觀五陰一切諸法不取不捨能伏一切屬愛屬見八十八使三界二十五有一切結集故言善滅諸戲論也略說三乘通觀别相四念處住乾慧地但菩薩雖知五陰畢竟空寂而大悲誓願不捨衆生以無所得調伏諸根修行六度即是摩訶衍故大品經云四念處是菩薩摩訶衍以不可得故問曰通教性念處理既是通破八倒何須别對答曰三藏教别相四念處既别破四倒明乾慧地位既是齊對其别破拙但破四倒今明别破之巧故還用别以破八倒也三明總相四念處乾慧地位者總相三種四念處如前三藏教分别但以如幻如化體法即空爲異耳是爲無生總相四念處住是總相念處中若修身念處即觀五陰十二入十八界一切諸法總破八倒是名身念處受心法念處亦如是住是總相四念處修正勤如意足根力覺道雖未發暖法相似無漏法水而總相觀五陰智慧深利勝别相四念處是則名總相四念乾慧地外凡之位也問曰三乘人通觀第一義諦同破八倒應同見佛性何故通教人入二涅槃也答曰破八倒有四種意一破八倒不結枯榮是則通别圓不定二破八倒結成四枯定成通教三破八倒結四榮定成别教四破八倒結枯榮即是圓教今明破八

倒用淨名訶迦旃延破三藏五義說摩訶衍五義即結成四枯故二百比丘心得解脫正屬通教意也二明性地若因總相念處成三十七品初發善有漏五陰名暖法暖法義如前說增進初中後心入頂法忍法乃至世第一法名爲性地內凡性地之義皆如前說但以從乾慧地習無生方便異故所論性地初中後心解慧善巧亦有殊别拙巧雖復不同而俱伏界內見諦之惑也三明八人地者即是三乘信行法行人體見假以發眞斷見諦惑在無閒三昧即八人之位也四見地者即是三乘同見第一義無生四諦之理同斷見惑八十八使盡也問曰上明體法入空破屬愛屬見今何故見惑前盡屬愛在後方斷答曰見新愛舊體假入空雖復俱破見則易盡愛則難除譬如斷藕若手折斷藕斷絲連若用刀斷藕絲俱絕次第證果之人見惑雖盡思惑猶在超證之人則見思俱斷也五薄地者體愛假即眞發六品無礙斷欲界六品證第六解脫欲界煩惱薄也六離欲地者即是三乘之人體愛假即眞斷欲界五分結盡離欲界煩惱也七已辦地即是三乘之人體色愛無色愛即眞發眞無漏斷五上分結七十二品盡也斷三界事惑究竟故言已辦地也八辟支佛地者緣覺發眞無漏功德力大故能侵餘習也九菩薩地者從空入假道觀雙流深觀二諦進斷習氣色等無明得成界外法眼道種智遊戲神通淨佛國土成就衆生學佛十力四無所畏十八不共法大慈大悲斷習氣將盡也十佛地者大功德力資智慧

一念相應慧觀眞諦究竟習氣究竟盡也故智度論云聲聞智慧力弱如小火燒木雖然猶有炭在緣覺智慧力勝如大火燒木木然炭盡餘有灰在諸佛智慧力大如劫燒火灰炭俱盡亦如兎馬象三獸度河之喻也問曰菩薩佛地名異二乘何得言通也答曰名雖有異同是無學應供得二涅槃共歸灰斷證果是一名義不殊是則名義究竟俱同也二簡名別義通者即爲二意一約前三乘共十地菩薩別立忍名二明用別教名名別義通一明用通教位立別位名別而義通者義通已如前說今言名別者別爲菩薩立伏忍柔順忍無生忍之名也所以者何乾慧地三乘同伏見惑而菩薩別受伏忍之名者菩薩信因緣即空而於無生四諦降伏其心起四弘誓願雖知衆生如虛空而發心度一切衆生是故度衆生如度虛空故金剛般若經云菩薩應如是降伏其心所謂滅度無量無邊衆生實無衆生得滅度者次明三誓願降伏心亦如是故在乾慧修停心時別名爲伏忍異二乘也別相總相念處皆名伏忍亦如是復次三乘之人同發善有漏五陰生相似解皆能柔伏見惑順第一義諦理而菩薩獨受柔順忍名者菩薩非但伏結順理又能爲一切衆生伏心徧行六度一切事中福德智慧皆令究竟如三藏教門三阿僧祇修六度乃至不惜身命至中忍滿今此菩薩亦如是以空無相無願調伏諸根欲爲衆生滿足六度故名柔順忍也復次三乘之人同發眞無漏若知若斷同名無生而菩薩獨受無生法忍名

者以其見第一義諦雖斷結使而不生取證之心故別受無生法忍之名也所以者何若生取證心即墮二乘地不得入菩薩第九地復次三乘同得神通而二乘不能用神通成就衆生淨佛國土故不得受遊戲之名菩薩能爾故名菩薩受遊戲神通之名阿那含雖斷五下分結而不能捨深禪定來生欲界和光利物而不同塵菩薩能如是故別説爲離欲清淨也問曰通教三乘同觀二諦約位云何分別答曰二乘雖觀二諦一向體假入空用眞斷結至無學果菩薩亦觀二諦始從乾慧終至見地多用從假入空觀得一切智慧眼多用眞也從薄地學遊戲神通多修從空入假觀得道種智法眼多用俗也從辟支佛地學二觀淳熟雙照二諦入菩薩地自然流入薩婆若海是則無功用心修種智佛眼佛地圓明成一切種智佛眼圓照二諦究竟也故大智論云聲聞法中名乾慧地於菩薩即是伏忍聲聞法中名性地於菩薩法中名柔順忍於聲聞法名八人地於菩薩法名無生忍於聲聞法名爲見地於菩薩法是無生法忍果聲聞法名薄地於菩薩法名爲遊戲五神通聲聞法名離欲地於菩薩法名離欲清淨阿羅漢地於聲聞法即是佛地三藏佛三十四心發眞斷三界結盡與羅漢齊也大品經云阿羅漢若智若斷是菩薩無生法忍大品經云辟支佛若智若斷是菩薩無生法忍即對菩薩八地侵除習氣九過辟支佛地入菩薩位菩薩位者九地十地是則十地菩薩當知如佛齊此習氣未盡過菩薩地則入佛

地用誓願扶習氣生閻浮提八相成道五相如前料簡大小乘同異如智度論分別六成道相者菩提樹下得一念相應慧與無生四諦理相應斷一切煩惱習盡具足大慈大悲十力四無所畏十八不共法四無礙智一切功德智慧者名之爲佛七轉法輪相者權智開三藏生滅四諦法輪實智說摩訶衍無生四諦法輪通三乘人也八入涅槃相者雙樹入無餘涅槃如薪盡火滅留舍利爲一切人天福田也是名通教大乘八相成道是則三乘之人同見眞諦之理同得二種涅槃但大乘有八相成道之異是爲通教大乘別爲菩薩立名位也二明用別教別位名名別而義通者即是三乘同觀第一義諦之理取別教之名辯菩薩位也就此則爲二意一正約名別義通判位二料簡一正約名別義通辯位者即是十信三十心十地之名也鐵輪位即是乾慧地伏忍三十心即是性地柔順忍八人地見地即是初歡喜地得無生忍故大品經云須陀洹若智若斷是菩薩無生法忍薄地向果向即離垢地果即發光地也故大品經云斯陀含若智若斷是菩薩無生法忍阿那含地向果向即炎地果即是難勝地故大品經云阿那含智斷是菩薩無生法忍羅漢地向果向是現前地果是遠行地故大品經云阿羅漢智斷是菩薩無生法忍辟支佛地即是第八不動地侵除習氣也故大品經云辟支佛智斷是菩薩無生法忍菩薩地即是第九善慧地十法雲地當知如佛佛地如前說坐道場時一念相應慧斷二障習氣盡所

謂煩惱障法障之習氣也化一切有緣衆生竟入無餘涅槃如薪盡火滅八相成道如前說是則用別教名辯位名異而義同猶屬通教之位也第二料簡者問曰從初地至七地對四果出何經論耶答曰經論非不對當但高下不同末代法師對當亦多殊異所以然者或云見地止對初地此如今所用或取三地併對見地仁王經明四地併對見地此則難可定依但通教見地本是無間之道不出觀證須陀洹豈得從初地斷見乃至三地或云四地耶若斷別惑不共二乘如此明義或當有之又或言六地斷結與羅漢齊或云七地名阿羅漢此難定執前後兩果經論對既不定其間二果以意可知既不可定依今用義推作此對位雖一往小便終不可定執也

四教義卷第四

音釋

埵 都火切 揵 渠焉切 罽 吉器切 怯 乞協切畏懦也 窟 苦骨切

眴 輸閏切目動也 鴿 古沓切鳩屬 剔 他歷切解也

四教義卷第五

隋天台山修禪寺沙門　智顗　撰

第三約別教明位釋淨無垢稱義者別教詮因緣假名如來藏佛性之理菩薩稟此教門修行得證必有淺深故須明位此別教入道亦有四門一有門二空門三亦空亦有門四非空非有門別教雖有四門而尋經論意多用亦空亦有門明行位也如涅槃經云第一義空名爲佛性又云智者見空及與不空聲聞辟支佛但見於空不見不空不空者即佛性也若赴機利物四門入道各逐根緣豈可偏用但一往明位義便事須如此是以今明別教行位還約空有門以辯也就此即有四意一經論出別教菩薩位不同二總明位三別解釋四約教位釋淨無垢稱義第一經論出別教菩薩位斷伏對法門不同者尋別教正明因緣假名恒沙佛法佛性涅槃常住之理菩薩稟此教觀三諦理歷劫修種種行斷恒沙無知別惑欲見佛性求常住四德涅槃是則教別理別智別斷別行別位別因別果別此唯明一乘二乘聞此如聾若啞但諸經明此別位名數多少斷伏高下對論諸法門多有不同者即爲三一者位數不同二斷伏高下不同三對法門不同一位數多少不同者如華嚴經明三十心十地佛地有四十一地瓔珞經明五十二位仁王經明五十一位新翻金光明經但出十地佛果勝天王般若大品經等亦但明十地佛地不辯三十心等覺地也涅槃經明五行十功德約義配位似開三十心十地佛地而文不出名又十地論

攝大乘論地持論十住毗婆沙論大智度論並釋菩薩地位如此等諸經諸論明菩薩位名數多少不同斷伏高下亦異對諸法門明位非無殊別所以然者此既明界內界外生法兩身菩薩行位如來方便用四悉檀化界內衆隨機利益豈得定說若不廣尋經論則不知同異偏取定執空增諍論此同無目而諍天上日今明別教大乘次位須用瓔珞仁王兩經若明斷伏高下須約大品三觀若明觀行對法門意取涅槃五行釋義對諸法門隨便採諸經論一家說法正在初心觀門教門須分明也諸佛菩薩三乘聖位此非凡測寧可妄說而須明位知大意者若行修道破增上慢心若說法講經權須消文引物希向又欲令聽者咸知大乘經論出別教菩薩位行不同寧可偏執是非諍競耶問曰何意約數的取瓔珞仁王判位名目答曰華嚴頻教多明圓位四十一地又不出十信之名諸大乘方等經文多明諸法門不正辯位前四時般若亦多明菩薩觀行法門意亦不在辯位今謂瓔珞明五十二位名義整足恐是結成諸大乘方等別圓之位也仁王般若明五十一位恐是結成前四時般若別圓之位也法華但開藏通別之權位顯一圓位涅槃大意亦明別圓兩位而不的出名目問曰斷伏高下何故約大品三觀答曰一家義便問曰別教觀行對法門何故取涅槃五行答曰末代入道正得其宜別教明觀行有二種一者不共二乘說如華嚴十地論地持九種戒定慧及攝大乘論二者共二乘說如方等大品中

論釋論明涅槃五行實爲末代行用之要也第二總明別教菩薩位者即爲三意一約瓔珞經明位數二約大品經三觀明斷伏三約涅槃經對法門辯位一約瓔珞經明位數者瓔珞經有七種明位七位者一者十信二者十住三者十行四者十迴向五者十地六者等覺地七者妙覺地初十信即是外凡別教乾慧地伏忍之位也十住即是習種性位從此已去盡三十心解行位悉是別教之內凡性地柔順忍位也約別教義推如暖法也十行者即是性種性別教義推如頂法也十迴向即是道種性別教義推如忍法也世第一法也問曰別教何須明暖頂忍邪答曰十地既對四果故須明也通教通眞似解說爲暖頂忍世第一法今別教別眞似解義立此名比決分明也次十地即是聖種性此皆入別教四果聖位悉斷無明別見思惑也六等覺位即是等覺性若望菩薩名等覺佛若望佛地名爲金剛心菩薩亦名無垢地菩薩也七明妙覺地亦名妙覺性即是究竟佛菩提果大涅槃之果果也二約大品經及三觀合位明斷伏高下者大品經云佛告舍利弗菩薩欲具足道慧當學般若波羅蜜即此是十信習從假入空伏愛論見論欲入十住位若得十住即斷界內見思也欲以道慧具足道種慧當學般若此即修從空入假入十行也欲以道種慧具足一切智當學般若此即修中道正觀入十迴向位也欲以一切智具足一切種智當學般若此即是證中道觀入十地也欲以一切種智斷煩惱習當學般若此即

是等覺地無明煩惱習盡名之爲佛即是妙覺地也問曰智度論何故云佛説三智一心中得答爲辯圓教從初一地即具足一切諸地若執此義即乖三慧品説别相三智之義也三約涅槃經明五行合位者初戒聖行定聖行生滅四諦慧聖行即是十信位次無生四眞諦聖行即是十住位次無量四聖諦即是十行位次明修一實諦無作四聖諦即是十迴向位次若發眞見一實諦證無作四聖諦即是聖行滿住無畏地得二十五三昧能破二十五有名歡喜地五行具足次後而説十功德者恐此表住大涅槃十地之功德也過此明住大涅槃即是妙覺地第三歷别解釋者釋七番别位初明十信心者一信心二念心三精進心四慧心五定心六不退心七迴向心八護法心九戒心十願心此十通名信心者信以順從爲義若聞説别教因緣假名無量四諦佛性之理常住三寶隨順不疑名信心也今略釋初信心義即爲二意一發菩提心二行菩薩道發心即是目修行即是足目足備故入清涼池即是别教初賢善直之義也一發菩提心者聞大涅槃方等經典因信解心大悲誓願發也大涅槃經明有五行一聖行二梵行三天行四嬰兒行五病行云何菩薩修聖行若從如來聞大涅槃經聞已生信作是思惟諸佛世尊有無上道有大正法大衆正行復有大乘方等經典我當願樂割愛修道即是信心所以者何若聞大涅槃經信心歡喜即信佛性常住三寶即是信非因非果大涅槃果也若聞五行心生愛樂

即是信非因之因聖行因也若信心開發即是發菩提心欲行菩薩道發菩提心者即慈悲憐愍一切衆生於無量四聖諦慈與衆生無量道滅之樂悲拔衆生無量苦集之苦起無量四弘誓願未度無量苦諦者令度未解無量集諦者令解未安無量道諦者令安未得無量滅諦者令得大涅槃常樂我淨是爲別教菩薩因於信解初發菩薩心也問曰前明因大涅槃經四種聖諦約此人辯別教菩薩位今何但約無量四聖諦發弘誓不取餘二種四諦發願耶答曰若在別教此四種四諦皆名無量所以者何菩薩觀無量生滅四諦調心異於二乘觀無量無生滅四諦斷界内結異於二乘觀如來藏無量四諦之理雖非即是無作而二乘亦不聞其名若證無作

四諦爾時無作亦名無量所以者何依一實諦即有四諦名爲無作世間出世間因果法相數量無邊與虚空等亦名無量緣無量四諦發菩提心即是四種四諦也問曰若生滅無生滅二種四諦皆名無量者何故勝鬘經說名有量四聖諦耶答曰雖復數無邊量在二乘心同歸灰斷故名有量也問曰若有無作何意不約無作發心答曰此無作猶是無量以無作證果時名非不思議無作也如生滅盡非是無生四諦也二明修菩薩行者即是受持讀誦大乘方等爲人解說自行聖行亦教人行聖行自行聖行者大涅槃經聖行有三種一戒聖行二定聖行三慧聖行菩薩思惟佛性之理幽微難見初心不可頓入必須持戒修定慧次第三觀調心而入中道三

諦惑障若除方乃得道見於佛性住大涅槃別相三觀如前説一戒聖行者菩薩護持五篇之戒如護浮囊愛見二種煩惱羅刹來乞若能與我令汝得入涅槃者令得屬愛世間樂之涅槃屬見世間樂之涅槃也菩薩若不隨愛見破戒即具五支諸戒所謂具足菩薩根本業清淨戒前後眷屬餘清淨戒非諸惡覺覺清淨戒護持正念念清淨戒迴向具足無上道戒又復護持性重戒息世譏嫌戒等無差別如是持戒施與一切衆生願一切衆生得清淨戒善戒不缺戒不析戒大乘戒不退戒隨順戒畢竟戒具足戒成就諸波羅蜜戒菩薩善能護持諸戒得入於初不動地菩薩住不動地中不動不退不散是名菩薩修戒聖行二修定聖行者所謂從初安般隨息

觀息入根本特勝通明淨禪見身三十六物如明眼之人開倉見穀粟麻豆又分別三十六物不見有我又修八背捨觀禪觀身内外不淨除却皮肉諦觀白骨見骨色相異所謂青黄白色鴿色如是骨相亦復無我得觀禪欲界之定菩薩爾時次第觀骨觀青骨時見此大地東西南北悉皆青相黄白鴿色亦復如是此即是得觀禪未到地定成也又云作是觀時眉間出青黄赤白鴿等色光光中見佛是爲初背捨乃至成就八背捨八勝處十一切處九次第定師子奮迅三昧超越三昧菩薩住背捨勝處諸禪定中修四無量心六波羅蜜四攝法神通變化即是共念處又因受持讀誦大乘方等於禪定中思惟名義修四無礙辯即是緣念處若念處成就即得住

於堪忍之地是名菩薩修定聖行此二念處若未與性念處相應猶屬停心初賢位也三修慧聖行者即是四諦大涅槃經云所言苦者逼迫相集者能生長相滅者寂滅相道者大乘相又復苦者現相集者轉相滅者除相道者能除相又苦者三苦集者二十五有滅者滅二十五有道者修戒定慧此即是先觀生滅四諦調伏界内見思煩惱修性念處即是正觀苦諦若觀是苦集是苦滅是苦滅道如是正觀生滅四諦傍觀無生無量中道佛性之理而正用生滅四諦伏界内屬愛屬見一切煩惱結集皆是性念處智慧力也性念處義具如前說菩薩得是性念處與前共緣處合即是堪忍地智慧善根增長從初信心乃至願心十心成就即是鐵輪外凡乾慧伏

忍也問曰別教菩薩成就幾法所得信心異前通教答曰還約十法即知不同一信正因緣者即是知四種四諦因緣不亂也二眞正發心知於無量四諦發慈悲誓願也三勤修止觀者即知次第善修四種止觀也四破法徧者即觀因緣生滅空假中三諦惑徧也五知通塞者即知四種道滅是通四種苦集即是塞也六善修道品者即是知次第修四種三十七道品也七善修助道法者即是背捨勝處能成一切對治六波羅蜜助開三解脫門也八善識次位者即知因四種四諦入七位不叨濫也九安忍强輭賊者即是知修四種道諦時於四種苦集心能安忍也十順道法愛不生者即知次第修四種道諦發諸順道法不生愛著心也別教信心菩薩解此十

事分明異於通教之信心也此之十法深解義趣即得用釋十信心至下明圓教十信備出其相也瓔珞經云一信有十十信有百此之百法爲一切道法之根本也二明十住位者即是十解習種性初入內凡十賢之位也一發心住二持地住三修行住四生貴住五方便具足住六正心住七不退住八童眞住九法王子住十灌頂住此十通名住者會理之心名之爲住故仁王般若云入理般若名爲住此即體假入空觀成發眞無漏見通教眞諦之理斷界內見思惑九十八使故名發心住也此有二義一發眞解住偏眞法性之理二生中道似解住第一義佛性之理若生偏眞之解即是通教八人地見地智斷齊生中道似解是初得別教善有漏五陰入別教內凡性地柔順忍之位也所以者何是菩薩因前持戒禪定生滅四諦智慧調心觀無生四諦斷界內見思煩惱是聲聞經說五種佛子位齊五種佛子者一須陀洹佛子二斯陀含佛子三阿那含佛子四阿羅漢佛子五辟支佛佛子開一爲二合十品即對十住位斷見思煩惱及習氣是辟支佛齊侵斷恒沙上品但菩薩觀無生四諦如涅槃經說凡夫有苦無苦諦聲聞緣覺有苦有苦諦而無眞實諸菩薩等解苦無苦是故無苦而有眞諦凡夫有集無集諦二乘有集有集諦諸菩薩等解集無集是故無集而有眞諦聲聞緣覺有道非眞菩薩有道有眞聲聞緣覺有滅非眞菩薩有滅有眞無生四眞諦具如通教初說但大涅槃明此滅諦是常樂者此意與通教

有同有異同即四諦即眞通教三乘觀無生四諦見第一義即眞諦也別者菩薩知於空即是不空別知佛性涅槃常樂我淨也問曰若爾涅槃何得說二乘有苦有苦諦而無眞實答曰此明聲聞經三藏教門所辯非關摩訶衍初門通教也若得滅道能觀佛性常住即發中道似解爲別教之暖法也三明十行位者即是性種性内凡十賢一歡喜行二饒益行三無瞋恨行四無盡行五離癡亂行六善現行七無著行八尊重行九善法行十眞實行此十通名行者行以進趣爲義前既發眞悟理從此加修從空入假觀無量四諦無量四諦如大涅槃經說知諸陰苦名爲中智分別諸陰有無量相悉是諸苦非諸聲聞緣覺所知是名上智是名無量苦諦知諸入者名之爲門名爲苦諦分別諸入有無量相悉是諸苦即是無量苦聖諦也知十八界名之爲分亦名爲性即是苦諦分別諸界有無量相悉是諸苦是名無量苦聖諦所言無量集聖諦者知愛因緣能生五陰名之爲集一人起愛無量無邊況一切衆生所起諸愛如是等愛無量無邊即是無量集聖諦也所言無量滅聖諦者知滅煩惱名爲滅諦分別煩惱不可稱計滅亦如是不可稱計即是無量滅聖諦也所言無量道聖諦者能斷煩惱名爲道諦分別道相無量無邊所離煩惱亦無量無邊即是無量道聖諦也如是四諦大涅槃經說悉云非諸聲聞緣覺所知故知此屬別教菩薩之所學也菩薩住此無量道諦學十波羅蜜一切諸道斷塵沙無知中品十行成

就從空入假平等觀成也得道種慧法眼清淨相似中道之解轉更分明即是別教頂法之位菩薩住此位中遊戲神通淨佛國土成就衆生也四明十迴向者即是道種性内凡後十賢也一救護一切衆生離衆生相迴向二不壞迴向三等一切佛迴向四一切至處迴向五無盡藏功德迴向六隨順平等善根迴向七隨順等觀一切衆生迴向八如相迴向九無縛無著解脱迴向十法界無量迴向此十通名迴向者迴事向理迴因向果迴已功德普施衆生事理和融順入法界故名迴向正修中道第一義觀從無量四諦學無作四諦也約實説四實不作四故名無作之四觀四得實故名四實因名無量得果名無作證果斷苦集有道滅非圓教之無作也今立

無作四實諦名義意在此故涅槃云一實諦者名爲眞法若法非眞不名實諦實諦名無顛倒無顛倒者名爲實諦實諦無有虚妄若有虚妄不名實諦實諦名爲大乘非大乘者不名實諦實諦是佛所説非魔所説若是魔説非是實諦實諦者一道清淨無有二也有常有樂有我有淨是則名爲實諦之義又涅槃云一實諦者即是如來虚空佛性無差別也有苦有諦有實有集有諦有實有滅有諦有實有道有諦有實如來非苦非諦是名爲實虚空佛性亦復如是又涅槃云所言苦者名無常相是可斷相是爲實諦如來之性非苦非無常非可斷是名爲實虚空佛性亦復如是所言集者能令五陰和合而生亦名爲苦亦名無常是可斷相是爲實諦如來非是

集性非是陰因非可斷相是爲實諦虚空佛性亦復如是所言滅者名煩惱滅亦常無常二乘所得名曰無常諸佛所得是則名常亦名證法是爲實諦如來之性不名爲諦能滅煩惱非常非無常不名證知常住無變是故名實諦虚空佛性亦復如是所言道者能斷煩惱亦常無常是可修法是名實諦如來非道能斷煩惱非可修法常住不變是爲實諦虚空佛性亦復如是若菩薩學無量無作四諦觀觀知如來藏無量生死種子恒沙佛法斷恒沙下品煩惱伏無明别惑見相似中道之解更轉增明法界願行事理和融成别教一切智得六根清淨即是别教忍法世第一法位五明十地者此是聖種性位從此見佛性發中道第一義諦觀雙照二諦心心寂滅

自然流入薩波若海證無作四諦一實平等法界圓融從初地至佛地皆斷無明但以約位分爲三道初地名見諦道二地至六地名爲修道從七地已去名無學道十地者初歡喜地二離垢地三明地四燄地五難勝地六現前地七遠行地八不動地九善慧地十法雲地此十通言地者一能生成佛智住持不動二能與無緣大悲荷負一切故名爲地也初歡喜地名見道者初發眞中道見佛性理斷無明見惑顯眞應二身緣感即應百佛世界現十法界身入三世佛智地能自利利他眞實大慶故名歡喜地也大涅槃云菩薩聖行滿即是住於無所畏地即是初地初地菩薩離五怖畏無死畏無不活畏無惡道畏無惡名畏無大衆威德畏涅槃經雖不作此名

義推髣同若言不畏貪欲恚癡内無三毒外離八風無惡名畏也若言不畏地獄等即無惡道畏若言不畏沙門婆羅門即無大衆畏今既入無畏地見中道則無二死故言無死畏也法身常命已顯無不活畏以得入此地故則具二十五三昧破二十五有顯二十五有之我性我性即是實性是名慧行成就得王三昧即五行成住於無畏之地即得初地之名也就此即爲五意一明得二十五三昧聖行成二明梵行三明天行四嬰兒行五明病行一明得二十五三昧聖行成者即爲三意一釋二十五三昧名二正明修二十五三昧成三外用利物一釋二十五三昧名者略爲四意即是約四悉檀而立名也一者隨時趣立名二隨便立名三隨治立名四隨理立名一隨時立名者譬如人有二十五子隨時名作一字大者初生爲作一字次者後生又作一字不可見大兒名此亦令第二者名此如是則濫此二十五名亦如是各舉一名令世諦不亂世間名字皆爾不可求定實也二者隨二十五有便立名若作餘名事義不便是故隨便立名也三者隨對治立二十五三昧名各治一有因是故對治得名四隨理立名者此二十五不出法性理理含於義從義而立名名義雖別理實無異約此四意故得立二十五三昧名也詳經文意多用對治約理兩義以立二十五三昧名二正釋修成二十五三昧者一一三昧中皆有四意一出諸有行業惑障二用三昧治破三結成三昧四慈悲破有一一悉具此四意也初約無垢三

昧破地獄有即爲四意一明業結者罪之尤重莫若地獄惡業垢重見思垢塵沙垢無明垢二明用三昧破者菩薩爲破此諸垢故修前根本戒破惡業垢修前八背捨等定伏見思垢修有作無生等慧斷見思垢修無量慧破塵沙垢修無作慧破無明垢三明結成三昧者破見思垢故眞諦三昧成破惡業垢及塵沙垢故俗諦三昧成破無明垢故中道第一義三昧成四明慈悲利他菩薩巳自破地獄故得三諦三昧有大慈悲冥熏法界衆生有機關於慈悲以王三昧力法性不動而能應之如薩婆藪調達應入地獄隨其所宜而爲説法破地獄有如聖行所明自修戒定慧等諸行故自證三諦三昧成於聖行中有慈悲誓願故破他三諦上垢亦破他三諦上惡業煩惱垢自既無垢令他無垢故此三昧名無垢三昧也自下具此四意類前可知次不退三昧破畜生有者畜生無慚無愧起惡業故退失善道見思故退塵沙故退無明故退菩薩爲破諸退故修戒忍破惡業退修定伏見思退修生滅無生慧破見思退修無量慧破塵沙退修無作慧破無明退見思破故位不退三昧成塵沙破故行不退三昧成無明破故念不退三昧成自以修行力破三種退滅三不退自得三諦三昧慈悲之力冥熏法界隨畜生有機感或爲象王喙鳥大鷲之身隨其所宜而生其中而爲説法破畜生有自既不退令他不退故此三昧名不退三昧也次心樂三昧破餓鬼有者餓鬼常爲慳業纒繫貪愛飢餓苦見思煩惱苦塵沙無知苦無

明闇蔽苦菩薩爲破是諸苦修戒施破慳惡業苦修定伏見思苦修生滅等慧破見思苦修無量慧破塵沙苦修無作慧破無明苦破見思苦故眞諦無爲心樂三昧成破慳惡業塵沙苦俗諦分别多聞心樂三昧成破無明苦中道常樂三昧成以自修行證得三樂三諦三昧以諸行中慈悲之力熏現諸鬼形聲施令得飽滿而爲說法令破三種苦得三種樂菩薩自得此樂又令他得樂是故三昧名心樂三昧也次歡喜三昧破阿修羅有修羅多忿恚惡業怖見思怖塵沙怖無明怖菩薩爲破是諸怖故持戒精進而修諸行不破戒喜破惡業怖修禪悦喜伏見思怖修生滅等慧得喜覺喜破見思怖修照鏡喜及無量喜破塵沙怖修無作慧破無明怖見思破故眞空喜悦三昧成惡業塵沙破故一切衆生喜見三昧成無明破故喜王三昧成以巳修行力得如此三諦歡喜三昧以諸行中慈悲之力熏修羅有而生其中輙言調伏而爲說法破修羅有令得無怖自無三怖自證三喜令他無怖令他得歡喜故三昧名爲歡喜也次日光三昧破弗提婆有者日初出於東隨便爲名日譬智光能照迷暗破惡業迷暗見思塵沙迷暗無明迷暗菩薩爲破此之迷暗故修善業戒光修禪定流光修生滅無生滅一切智光修道種智光修一切種智光明生暗滅以善戒光破惡業暗禪定光伏見思暗以生滅無生滅慧光破見思暗修無量道種智光破塵沙暗修無作一切種智光破無明暗破見思暗故一切智日光三昧成破塵沙暗

故道種智日光三昧成破無明暗故一切種智日光三昧成以修行力自證如是三諦三昧以慈悲力熏弗婆提有應現說法破其三迷顯三諦智日光故此三昧名爲日光三昧也次月光三昧破瞿耶尼有者月之初生光現於西此隨便立名也月光亦譬破暗釋三昧四意類日光三昧可知次釋熱炎三昧破鬱單越有者北方是陰地冰結難消自非熱炎終不消也鬱單越人冰執無我我所難可化度非智火熱炎無我所心終不可消彼無我我所乃是妄計無我所理實由有性人我之惑有法我惑眞如我惑冰執未融也菩薩爲破此諸我惑冰執修生滅無生滅等眞無我慧破性人我惑修無量四諦破法我惑修無作四諦慧破眞如我惑若得眞人空智炎

破性人我惑眞諦三昧成得眞法空智炎破法我惑得俗諦三昧成故能如空種樹順俗以化物也得眞如無我智炎破眞如我惑知非我非無我是眞我義無我法中有眞我即見鬱單越之我性即有三昧成心心寂滅也菩薩自證三諦三昧慈悲力故現鬱單越形聲破北方無我我所令成眞我三昧故此三昧名爲熱炎三昧也次如幻三昧破閻浮提有者南方果報雜壽命短促不定由如幻化此是幻出惡業果幻出煩惱幻出無知幻出無明一切衆生不知如幻令菩薩爲破是諸幻故修三種三昧修眞諦三昧幻出無漏破見思之幻修俗諦三昧幻出道種智破無知之幻修中道三昧幻出一切種智破無明之幻修行力故自證三諦三昧成慈悲之力故

破他力成是故名爲如幻三昧也次不動三昧者破四天王有此天守護國土遊行世界身報流動此則是果報動見思動無知動無明動一心修善不動及修背捨等不動業破果報動眞慧不動破見思動出假慧不動破無知動中道不動如須彌頂破無明動修行力故自證三種不動慈悲力破他三動故此三昧名爲不動也次難伏三昧破三十三天有者此天居四天之頂即是果報難伏見思難伏無知難伏無明難伏菩薩爲破其高心是故修戒定慧破果報難伏修生滅無生滅故破見思難伏修無量慧故破無知難伏修中道故破無明難伏自行力故成三難伏慈悲力故破他三難伏故此三昧名爲難伏悅意三昧破炎摩天者此天處空無刀杖畏以之爲悅實非是悅未有不動業悅未有無漏悅未有道種智悅未有中道悅菩薩爲破此故修四諦觀八背捨中禪悅破其動散不悅生滅無生破其有漏不悅無量慧破沉空不悅無作慧破二邊不悅以無生悅故眞諦三昧成出假稱機之悅故俗諦三昧成中道悅意故中道三昧成自行力故自證三昧成以慈悲力故破他三昧成故名悅意三昧也次青色三昧破兜率天者此天果報樂青服翫皆青菩薩爲破此有故修第一義非青眞見青眞非青假見青假故得中道見青中道破其青有義推可知次黃色三昧破化樂天有次赤色三昧破他化自在天有類前青色三昧可解也次白色三昧破初禪有者初禪離欲界五蓋不善即是定心善白但未離見思

塵沙無明等黒菩薩爲破是諸黒行故修三諦白法破惑之義推之可知次種種三昧破梵王者梵王主三千大千大千品類旣多故有種種之號爲破其種種故修種種空入種種假見種種中道如來藏多所含藏名種種三昧也義推可知也次雙三昧破二禪者二禪獨有内淨喜兩支故受雙名菩薩爲破此雙故修雙空雙假雙中雙照二諦義推可知次雷音三昧破三禪者此禪受樂最爲第一著樂深入如氷魚蟄蟲菩薩爲破此樂故用三諦雷音以驚駭推之可知次注雨三昧破四禪者四禪如大地具種種芽若不得雨芽則不生一切善根在四禪中若得三諦雨三智善發生也義推可知次如虛空三昧破無想天者此是外道天實非無想而計爲無想

涅槃如小兒夢尿菩薩爲破是有故以三諦空破無想故言之也次照鏡三昧破那含有者修熏禪隨禪生此雖得淨色不能知色如鏡像菩薩知色如鏡像即空分別無量像依鏡即見本性中道成三諦三昧破那含有也次無礙三昧破空處者此處得出色籠飄颺無礙未是三諦三昧之無礙見思礙塵沙礙無明礙菩薩爲修三諦三昧破是諸礙故名無礙也次常三昧破識處識相續不斷即無常菩薩爲破此無常故修數緣常化用相續常佛性常湛然常破之也次樂三昧破不用處者此不用處如癡癡故是苦菩薩用三諦三昧破得三諦三昧樂是爲樂三昧也次我三昧破非想天者此天最頂計爲涅槃眞我菩薩見此由有細煩惱不自在即是見思不

自在塵沙不自在無明不自在何得是我爲破此我故修三諦三昧破之令得無我隨俗我八自在我是故名我三昧云云二十五有用自修二十五三昧一有之中悉有三諦菩薩自修三諦三昧自除二十五有三諦惑以慈悲力除他二十五有三諦之惑由是得二十五三昧之名或從無住之本用四悉檀立二十五名如前說通言三昧名調直定也眞諦三昧以離愛見而爲調直俗諦三昧以稱機爲調直中道以無二邊之曲爲調直是故皆名三昧若但入空之直不名爲直聲聞人得入空非王三昧若入假亦非究竟菩薩雖得道種智亦不名王三昧以得中道三昧故稱之爲王以二十五三昧一一皆有中道三昧是故稱二十五三昧悉是王三昧涅槃經云是二十五三昧名諸三昧王若入王三昧一切三昧悉入其中是故菩薩住不動地具得此二十五三昧種種力用須彌高廣内於芥子中呑吐出没變通自在能入地獄不受碎身相等苦若慧聖行成能有是力具如涅槃經說三明外用利物者所謂能隱顯二種利一隱利益者入王三昧一切三昧悉入其中是故一切衆生受諸苦惱一心皈依稱名求乞救護菩薩於三昧中即觀三業皆得解脱解脱有八種一破二十五有事報之苦二破二十五有因苦三破聲聞二十五有見思煩惱苦四破緣覺二十五有見思煩惱苦五破三藏菩薩二十五有見思煩惱苦六破通教三乘人二十五有見思煩惱苦七破別教菩薩二十五有恒沙無知別惑苦八破圓教菩

薩二十五有三諦無明之惑苦一心稱名皆得解脫意在此也故說二十五三昧能破二十五有也二顯利益者即是住二十五三昧十法界衆生機緣來感普現色身八番與衆生樂如觀音普門示現神通之相也若有衆生應以佛身得度者即能八相成道現身說法亦是此經明住不思議解脫種種示現也此菩薩初地聖行滿足具足無緣大慈大悲如磁石吸鐵也二明梵行者即是無緣慈悲喜捨菩薩以大涅槃心修於聖行得無畏地有二十五三昧無方大用爾時慈悲是眞梵行非餘梵天所修四無量心亦非三藏教通教等衆生緣法緣之慈也菩薩爾時以此慈悲無緣無念熏修衆行無不成辦此之梵行即是一切法故涅槃云慈即如來慈即佛性慈若不具足佛十力三十二相四無所畏者非如來慈故慈力弘深能具足一切福德以自莊嚴名梵行也

四教義卷第五

音釋

啄竹角切 鷲疾僦切鳥名 蟄直立切蟲藏也 駭下楷切驚也 颺餘亮切風飛物也

四教義卷第六

隋天台山修禪寺沙門智顗撰

三明天行者即是中道第一義天天然之理猶行顯理因理成行故名理爲天行菩薩雖入不應住以有所得故又應修上地智慧十重發眞修慧破蔽顯理成行名爲天行天行即智慧莊嚴梵行即福德莊嚴上求佛道是故有聖行天行下化衆生即有梵行病行嬰兒行四嬰兒行者若菩薩福德智慧轉增是則實相彌顯雖不作意利益衆生任運能有冥顯兩益以天行之力則有冥益以梵行之力則有顯益衆生應有小善之機無菩薩開發不能生長以慈善根力如磁石吸鐵和光利行能令衆生得見菩薩同其始學漸從五戒十善人天果報三十三天楊葉之行又示二百五十戒觀練熏修禪四諦十二因緣三十七道品同二乘嬰兒行又示同修習六度百劫種相柔伏煩惱六度菩薩小善之行又示同即色是空無生無滅通教小善之行又示同別教歷別次第相似中道小善之行皆是慈心之力俯同羣品提接成就從慈心與樂起嬰兒行如涅槃言嬰兒行者能説大字所謂婆和此即是同六度也六度是小行而求作佛故言大字所謂婆和又云不見晝夜親踈等相此即同通教菩薩即色是空第一義諦意也又云不能造作大小諸事大事即五逆小事即二乘心此即同別教非生死故五逆非涅槃故無小乘心云楊樹黃葉即同人天五戒十善之嬰兒又云非道爲道以能生道微因緣故説非道爲道即是同二乘嬰

見故知大慈善根之力能出假化物同其小善方便引之令趣佛慧故名嬰兒行也五病行者此行從無緣大悲起若爾小善必有病行今當分別同生善邊名嬰兒行同煩惱邊名爲病行病行從大悲生衆生病是故我病大悲熏心遊戲地獄同衆生惡業之病如調達在地獄如三禪樂乃至畜生餓鬼脩羅亦如是又同人天有結業生老病死之病又同二乘有見思之病方便附近語令勤作三藏通教菩薩亦如是又同別教塵沙無明之病是故菩薩還同彼病徧於法界利益衆生是爲五行之相也病行即是此經問疾品室内六品之所明也初地菩薩五行具足或是初功德也餘九種功德或可對九地所言破無明見惑者涅槃經云自此已前皆名邪見人也是則兩教三乘之人皆未見此理故名邪見人也是以大士訶須菩提六師是汝師天魔外道共一手作諸勞侶意在此也乃至別教十信三十心雖伏此惑既未能斷由是成就無明別見訶諸菩薩惑意在此也二從二地至六地名修道者斷別惑三界愛如智論明迦葉聞甄迦琴聲不能自安云三界五欲我已斷竟此是菩薩淨妙功德所生五欲故於是事不能安忍例色愛無色愛亦復如是此是此經大士訶須菩提云同於煩惱不到彼岸入於八難不得無難意在此也故從二地至六地通名修道斷此別惑也今以義推二離垢地即侵斷別教欲愛名斯陀含向三明地即是別教斯陀含果四炎地即是別教阿那含向五難勝地即是別教阿那含果斷

別惑愛欲盡也六現前地即是別教阿羅漢向斷別色無色愛也七遠行地即是別教阿羅漢果斷別無色愛盡故從此名無學道也問曰此對四果出何經論答曰別教明斷伏對四果經論多不同也諸大乘法師所用亦異地論師通教判位云初地斷見二地斷欲愛三地斷色愛四地斷無色愛地論師通宗判位有用三地斷見名須陀洹從四地至六地名斯陀含第二依法師七地名阿那含第三依法師十地等覺名阿羅漢是第四依法師有三地斷見四地名斯陀含五地名阿那含六地名阿羅漢有用仁王經四地斷見五地名斯陀含六地名阿那含七地名阿羅漢如是等異說不同難可定依今以義推作四對四果也一往似便既無的文佛意難解不

須局執問曰何故解釋不定答曰已如前釋八不動地即是別教辟支佛地地論師云從此明無學道未知的出經論不但入地得無生忍寂而常用用而無相無功用心自然斷法界無明色習盡也九善慧地無明稍薄斷心習盡慧轉分明善入實相也十法雲地慈悲智慧由若大雲慈悲普洽一切皆雨慧雲能持十方諸佛所説法雨斷無量品無明也六等覺地者即是邊際智滿入重玄門若望法雲名之爲佛望妙覺名金剛心菩薩亦名無垢地菩薩三魔已盡餘有一品死魔在斷無明習也問曰前通教何意不辯等覺佛耶答曰界内習氣易盡故不須開法雲出等覺也問曰別教經論何故處處明法雲之後更有金剛等覺自有經論止明十地行滿便成

佛果南北法師抑諍論此義答更立等覺未足為疑所以然者華嚴經明法雲地功德智慧用比於佛如爪上土方於大地若爾雖說一品無明而實不可說品何以得知後心菩薩無功用道其疾甚風一日之間能破無量品無明障惑何況瓔珞經明等覺地於百千萬劫入重玄門報修凡夫事是故開法雲更立金剛心等覺佛於理無失若知一品有無量品無明用法雲無礙之智即盡復何須開出等覺地耶妙覺者金剛後心朗然大覺妙智窮源無明習盡名真解脫蕭然無累寂而常照名妙覺地常住佛果具足一切佛法名菩提果四德涅槃名為果果問曰為定用金剛智斷無明為用妙覺斷無明耶答曰涅槃云有所斷者名有上士無所斷者名無上士

問曰勝鬘經云無明住地其力最大佛菩提智之所能斷答曰若用别接通十地等覺即是佛菩提智所以者何涅槃經云九住菩薩名為聞見十住菩薩名為眼見雖見佛性而不了了以無礙道惑共住故不了了諸佛如來了了見者即真解脫蕭然累外故了了也若别教明義從初歡喜地即用佛菩提智斷初品無明乃至等覺後心方乃斷盡若圓教明義即是初發心住得用佛菩提智斷初品無明乃至等覺後心方斷盡也第四約圓教明位釋淨無垢稱義者圓教詮因緣即中道不思議佛性涅槃之理菩薩禀此教門理雖非淺非深而證者不無淺深之位今明圓教入道亦具四門一有門二空門三空有門四非空非有門圓教雖有四門而諸大乘經意

多用非空非有門以明位也正如此經諸菩薩各說入不二法門一往雖同細撿不無四門之别而多用非空非有門入不思議解脱也此義在下自當可見若隨機利物四門赴緣皆入不思議解脱豈可偏用但一往明行位義便事須如此是以今明圓教次位正約非空非有門以辯也就此即為五意一簡别圓二教明位不同二正明圓教辯位三引衆經論證四料簡五約圓教位釋淨無垢稱義第一簡别圓兩教明位不同者圓教既詮圓理菩薩禀教圓斷五住之惑開佛知見住大涅槃是則教圓理圓智圓斷圓行圓位圓因圓果圓不同别教具如前說今略更用五義釋别圓兩教不同之相也一約斷無明判位高下不同二約斷界内界外見思不同三約斷不斷不同四約位明法門别圓不同五約位通不通不同一約斷無明高下不同者若别教明位三十心斷界内結盡即伏界外無明至迴向後心初地方發眞智斷無明一品乃至斷十品名為十地等覺後心斷無明方盡妙覺常果蕭然累外無所斷也此如前說若圓教所明從初隨喜心修一心三觀入十信位斷界内惑盡即伏界外無明十住初心即發眞智斷無明住地初品從此四心皆斷無明至等覺後心無明方盡妙覺極地蕭然累外名究竟菩提無上涅槃也此則判位高下殊别故有圓别二教明位不同也二約斷界内界外見思無明不同者若别教三十心斷界内見思伏界外無明十地斷界外見思無明分為三道如前别教明十地中分别若

圓教十信斷界内見思圓伏界外見思無明發趣初心圓斷界外見思無明終至等覺方盡故地持論明清淨淨禪云離一切見清淨淨禪煩惱智障斷清淨淨禪此並等覺之位明此義也大涅槃云十地菩薩爲無我見論惑之所轉也即是斷見不盡之義又十地菩薩雖見佛性而不了了諸佛如來見於佛性而得了了此皆約見惑盡不盡故有了了不了了殊也斷欲愛至佛果方盡者欲愛即是六欲央掘經云所謂彼眼根於諸如來常具足無減修了了分明見乃至意根亦復如是如法華經說六根清淨雖未得無漏而其六根清淨如此當知即是伏欲愛煩惱之位發趣初心發眞無漏即分斷欲愛至等覺方盡故華嚴經明得佛六根究竟清淨也斷色愛至等覺方盡者大涅槃云因滅是色獲得常色名爲色解脱涅槃色愛方盡斷無色至佛方盡者因滅是受獲得常受想行識亦如是是名受想行識解脱涅槃無色愛方盡也四住惑與無明合四住若盡無明亦盡若無明盡四住亦盡是則圓伏圓斷圓盡大品云色無邊故般若波羅蜜無邊陰入界一切諸法皆亦如是又云諸法等故般若波羅蜜亦等此經云於食等者諸法亦等諸法等者於食亦等以一食施一切若能如是乃可取食食法尚等況復見思無明所緣之法而不等耶如此之義豈與前别教斷伏而不異乎經說依了義經勿依不了義經三約斷不斷不同者至論其理虚無無明體性本自不有既無無明何論智慧無解無惑豈可分别别圓之

殊故涅槃云誰有智慧誰有煩惱而言毗婆舍那能破煩惱此則不論斷與不斷而涅槃云暗時無明明時無暗有煩惱時則無智慧有智慧時則無煩惱今約有智慧無煩惱義故說為斷若約別教多就定相論斷即是思議智斷明位大乘之拙度也若圓教明義多說不斷不斷而斷者即是不思議斷非次位以明次位正是大乘巧度之義故此經云婬怒癡性即是解脫又云不斷癡愛起於明脫

問曰義推斷不斷有三十六句今何意分斷屬別教不斷屬圓教耶答曰此兩句是佛法正意餘皆是傍不斷而入位義同須彌入芥子此是不思議智斷之位也四約法門別圓簡別者別教明位對諸法門非但法門不圓約位亦有劑限如十地論云初地具足檀波羅蜜於餘非為不修但隨力隨分是義有餘圓教明諸法門不如是一法門具足一切法門悉皆通至佛地也五約位通不通簡別不同者若別教明位初地不得通二地何況具足諸地若圓教明位如華嚴經說從初一地具足一切諸地功德第二正明圓教位者亦還約七位明五十二位不同一十信二十住三十行四十迴向五十地六等覺地七妙覺地但解者不同有師言圓教頓悟一悟即是佛無復位次差別之殊說十地位者為鈍根之人耳如思益云如此學者即不從一地至一地又有師解云圓教既是頓悟初心一悟即究竟圓極而有四十二位者但是化物方便立淺深之名耳故楞伽云初地即二地二地即三地寂滅真如有何位次也又有師云

圓教初頓悟至十住即是十地而說有十行十迴向十地者此是重說意謂此諸解釋悉是偏取但平等法界尚不論悟與不悟孰論淺之與深不悟而論悟者不淺不深而論淺深也尋諸大乘經明理究竟無過華嚴大集大品法華涅槃雖明法界平等無說無示而菩薩位行終自炳然是以今還約七位以明圓教菩薩之位也一明十信位者爲四意一明因法生信二明因信修行三明因行入位四明經說不同一明聞法生信者上根利智聞圓教詮因緣即中道明無作四實諦理即便信解一實諦即是如來虛空佛性非世間非出世間非因非果不可宣說非可顯示無說而說說世間因果即是無作苦集說出世間因果即是無作道滅故此經大士訶彌勒云佛知一切衆生畢竟寂滅即涅槃相不可復滅一切衆生即菩提相若知涅槃即生死是爲無作之苦諦若知菩提即煩惱是爲無作之集諦若知生死即涅槃是爲無作之滅諦若知煩惱即菩提是爲無作之道諦秖以非生死非涅槃非菩提非煩惱是一實諦論此四諦者即是無作四實諦也所以者何約一實以明四一實諦不作於四四不自作四不他作四亦非共作四亦非無因緣而作四也而說爲四者此是無作之四此四畢竟不可得即是一實諦名爲無作四實諦也若聞此信解無礙者即信一切衆生即是不思議解脫即是大乘即是般若即是首楞嚴定即是佛性即是法身即是實相即是中道第一義諦即是如來藏即是法界即是畢竟空即

是一切佛法因此慈悲誓願菩提心發是爲圓教名字即之信解也二明因信修行者因此名字信心即已發菩提心若欲行菩薩道應當受持讀誦解說書寫大乘經典末世人若欲疾得入十信位具六根清淨但起精進不惜身命應當加修四種三昧四種三昧者一常坐三昧如文殊般若經說二常行三昧如般舟經說三半行半坐如方等經法華經說四非行非坐三昧即諸大乘經說種種行法此諸三昧行法具如諸大乘經中說此即代於初停止觀今約圓教明修初信心行諸三昧應信解十法十法者如前三觀中說一善識思議不思議因緣者思議因緣如上三教所明不思議因緣者即是今所說不思議無作四實諦如前三觀中明譬一念眠心具一切法不縱不横即是不思議因緣無作四實諦也如此的取淨名大士訶彌勒云一切衆生即大涅槃即菩提相明此不思議因緣餘九法亦如是義意玄隱今次第明尋者可善思之二次明眞正發心者即是無緣慈悲無作四弘誓願也無緣大慈觀生死即涅槃煩惱即菩提與衆生此滅道之樂也無緣大悲觀涅槃即生死菩提即煩惱欲拔衆生此虚妄之苦也無作四弘誓願者知涅槃即生死未度苦諦令度苦諦也知菩提即煩惱未解集諦令解集諦也知煩惱即菩提未安道諦令安道諦也知生死即涅槃未得涅槃令得涅槃也菩薩如是慈悲誓願無緣無念而覆一切衆生由如大雲不加功用如磁石吸鐵是名眞正菩提心也三明行菩提道勤修

止觀者若知生死即涅槃即是善修止也若知煩惱即菩提即善修觀也如陰陽調適萬物長成若巧修止觀即能一心具萬行也問曰以何爲集答曰依此經及涅槃住無明愛一切煩惱爲集諦集屬於苦於今對義爲便也四明破諸法徧者若知生死即涅槃即破分段變易二種生死皆徧若知煩惱即菩提則破一切界內外煩惱徧也譬如轉輪聖王能破一切强敵亦不有所破般若波羅蜜亦復如是能破一切法亦不有所破五善知通塞者知生死即涅槃煩惱即菩提則一切皆通知涅槃即生死菩提即煩惱則一切皆塞六善修道品者觀十法界五陰生死即是法性五陰法性五陰即是性淨涅槃即是四念處破八倒知涅槃即生死顯四枯也知生死即涅槃顯四榮也知一實諦即是見虛空佛性住大涅槃也因此四念處修正勤如意足根力覺道即道品善知識由是成正覺亦是莊嚴雙樹是則煩惱即菩提也七對治助道修諸波羅蜜者知菩提即是重惡煩惱是以知生死即涅槃以起對治諸波羅蜜諸度法等侣助知煩惱即是菩提開三脫門對治若成煩惱即菩提也八善識位次者涅槃即生死菩提即煩惱此是理即若知生死即涅槃煩惱即菩提是爲名字即因此觀行分明成五品弟子即是觀行即得六根清淨名相似即成四十一地即是分證眞實即證妙覺果即是究竟即若能善解此之次位即不起大乘增上慢大乘旃陀羅之過罪也九安忍成就者若知生死即涅槃即不爲陰界入境病

患境業相境魔事境禪心境二乘境菩薩境之所壞也若知煩惱即菩提即不爲煩惱境諸見增上慢境之所壞能忍此無作苦集不爲所壞者此如大智論說能忍成道事不動亦不退是心名薩埵也十順道法愛不生者觀生死即涅槃生一切諸禪定三昧等功德觀煩惱即菩提生諸陀羅尼門四無所畏十八不共法四無礙智一切種智於順道法不愛不著若生愛著是名頂墮知如虛空不住不著即得成初信心乃至十信心也三明因修十法入十信心者解正因緣不思議無作四諦即修初信心信平等法界佛法三寶也二眞正發菩提心慈悲誓願憐愍一切即是修念心三勤修止觀成一切萬行即是修進心也四用觀破諸法徧即是巧修慧心五止心澄靜一切得失通塞之相自現即是修定心也六道品次第增長善根不退不沒即是修不退心七迴事中諸度助開三解脫門即是修迴向心八善知次位所防增上慢離旃陀羅業即是修護法心九安忍成就內外惡法皆不得生即是修戒心十順道法愛不生若願求勝果即不愛著所得淺近法門故名願心是以菩薩知生死即涅槃知煩惱即菩提故能巧修此十法即是修十信心名觀行即因此若得三昧陀羅尼得入初信心位如此一信有十十信有百成鐵輪十信心位住此信中得六根清淨功德不可思議如法華經說是名圓教柔順忍位亦是圓教之暖頂忍世第一法之位也故仁王般若云十善菩薩發大心長別三界苦輪海故知住此十信

之位斷界内見思盡破界内界外塵沙無知伏無明住地之惑也四明經說不同者如華嚴經法慧菩薩答正念天子明菩薩觀十種梵行空學十種智力入初住位即是此教十信位也所以者何觀十種梵行空即是一實諦學十種智力即是觀無作四諦此經即是方等之教明即大涅槃即煩惱相若止若觀生相似解即是瓔珞經明十信大品云是乘從三界中出也十法成乘如前三觀中說初出三界即十信也又大品經云譬如入海先見平相即是仁王經明十善菩薩發大心長别三界苦輪海法華明入如來室著如來衣坐如來座此即是修四安樂行行處近處得六根清淨住十信位普賢觀經明修大乘人未得無生忍前有十種證相此即是十信之

位涅槃云復有一行是如來行所謂大乘大般涅槃如大智論云菩薩從初發心即觀涅槃行道若觀涅槃行道生相似解即是一行是如來行也二明十住者十住名前說竟今明初發心住略爲四意一正釋初發心住二明經說不同三略辯功德四類明九住一正釋初發心住位者所言發心住者三種心發故名發心住三德涅槃名爲住也云何名爲三種心發一者緣因善心發二者了因慧心發三者正因理心發一緣因善心發者衆生無量劫來所有低頭合掌彈指散華發菩提心慈悲誓願布施持戒忍辱精進禪定等一切善根一時開發一心具足萬行諸波羅蜜也二了因慧心發者衆生無量劫來聞大乘經乃至一句一偈受持讀誦解說書寫觀行

修習所有智慧一時開發成眞無漏也三正因理心發者衆生無始以來佛性眞心常爲無明之所隱覆緣了兩因力破無明暗朗然圓顯也此三種心開發故故名發心二住三德涅槃名之爲住者一法身二般若三解脱此三不縱不横如世伊字名祕密藏眞實心發即是法身了因心發即是般若緣因心發即是解脱三心既發同世伊字假名行人以不住法住此三心即是住於三德涅槃祕密之藏故言初發心住也若住三德之理即是住不思議解脱即是住於大乘以不住法住於般若即是住首楞嚴三昧修持於心猶如虛空即是住法性即是住實相即是住如如即是住如來藏即是住中道第一義諦即是住法界即是住畢竟空即是住大慈悲即是住十力即是住四無畏住十八不共法四無礙智住大悲三念處住大神通住四攝法住諸波羅蜜一切三昧一切陀羅尼門舉要言之即是住眞應二身一切佛法也二明諸大乘經初發心住名義不同者華嚴經云初發心時便成正覺了達諸法眞實之性所有聞法不由他悟是菩薩成就十種智力究竟離虛妄無染如虛空清淨妙法身湛然應一切當知此即是發眞無漏斷無明初品也即是此經明一念知一切法是道場成就一切智故又即是此經入不二法門得無生法忍也即是大品經明從初發心即坐道場轉法輪度衆生當知此菩薩爲如佛又大品經明菩薩從初一日行般若智慧由如日光假使舍利弗目揵連滿閻浮提四天下如稻麻竹葦

智慧欲比菩薩如滿閻浮提四天下螢光欲比日月光也又即是大品經阿字門所謂一切法初不生也即是法華經云爲令衆生開佛知見又法華云龍女於剎那頃發菩提心成等正覺即往南方無垢世界坐道場轉法輪也即是大涅槃云發心畢竟二不別如是二心前心難即是涅槃經復有一行是如來行所謂大乘大般涅槃初住分證涅槃也如此等諸大乘經悉是圓教明初發心住也三明初發心功德發心功德無量無邊非是凡夫二乘所測不可宣說今採大乘經意略以十種法門稱述初住圓滿功德一者住圓滿清淨菩提之心即是無生法忍無緣慈悲無作誓願普覆法界二於一念中成就一切萬行諸波羅蜜三得一切種智圓斷法界見思無明四明佛眼圓見十法界三諦之法五圓入一切法門所謂得二十五三昧入王三昧一切三昧悉入其中實益衆生八番破二十五有六成就菩薩圓滿業能顯一切神通所謂三輪不思議化彌滿法界顯益衆生八番利益二十五有七能成就衆生開權顯實入一乘道八能嚴淨一切佛土如佛國品所明九能起法界三業供養一切十方諸佛得圓滿陀羅尼受持一切佛法如雲持雨十能從一地具足一切諸地功德心心寂滅自然流入薩般若海故華嚴明初住菩薩所有功德三世諸佛歎不能盡佛若具足說一切凡夫人聞迷亂心發狂此乃不思議難解之事諸大乘了義經之所稱說豈同通教所明十住功德比格此明初住與別教初地智斷功德

神通變化一往是齊與經論所說或深或淺意有所在四類釋九住者如此初住三觀現前無功用心念念斷法界無量品無明不可稱計一往大分略為十品智斷即是十住故仁王經云入理般若名為住即是十番進發無漏眞明同入中道佛性第一義諦之理以不住法從淺至深住佛三德涅槃之理即是十品住一切佛法故名十住地三明十行者即於佛性第一義諦無漏眞明一心具一切行念念進趣流入平等法界海破十品無明成十品智斷一切諸行諸波羅蜜不可思議增長出生自行化他功德與虛空法界等故名十行也四明十迴向者無功用不思議無漏眞明念念開發增長一切法界願行事理和融心心寂滅自然迴入平等法界薩婆若海又進破十品無明證十品智斷故名十迴向也五明十地者無漏眞明入無功用道猶如大地能生一切佛法能荷負法界衆生普入三世佛地廣大如法界究竟如虛空又進破十品無明成就十品智斷約此以明十地也六明等覺地觀達無始無明源本邊際智滿畢竟清淨斷最後窮源微細無明登中道山頂與無明父母別是名有所斷者名有上士也七明妙覺地者究竟解脫無上佛智故言無所斷者名無上士也此即是三德不縱不橫究竟後心大涅槃也是大涅槃名諸佛法界豎深橫闊能用二十五三昧普化衆生隱顯十番利物究竟周普譬如大樹其根若深入枝條亦大若實相智慧窮源盡性化用之功則彌滿法界無方大用究竟圓極也故

智論云智度大海佛從來智度深海佛窮底也大品經云過茶無字可説涅槃云不生不生不可説也若作如此而辯位者皆是寂滅眞如平等法界不思議無次位之次位也第三引衆經證成圓教位者大涅槃明月愛三昧從初一日至十五日光明漸漸增長又從十六日至三十日光明漸漸盡月光漸漸增長譬智德十五摩訶般若光明漸漸減盡譬十五斷德無累解脱無明漸減盡也十五種智斷者三十心爲三智斷十地爲十智斷等覺爲一智斷妙覺爲一智斷合爲十五智斷故從初一日至十五日故以月爲譬也月體即譬法身法身是一光明漸增譬般若智德不生而生光明漸減譬解脱斷德不滅而滅故涅槃經明從初安置諸子祕密之藏三德涅槃然後我亦當於此祕藏而般涅槃此最後究竟涅槃名爲不生不生般若畢竟不生不生不滅不滅更無惑可滅也問曰若是圓位頓悟一證即便究竟何得引月愛三昧十五日月喻答曰一向無淺深已如前破但證位是諸佛境界凡夫未證豈可定執今借十五日月喻者此約不可喻中而論喻也故經云又解脱者名無譬喻無譬喻者即眞解脱譬如面如滿月實非無有五根相同彼月也問曰何得知月喻譬地位答勝天王般若具出此義也問曰若約佛性中道爲無明所覆何得定有四十二品答曰此義前已略明無明雖無所有不有而有不無淺深階品一往大分爲四十二品然論品數實自無量無邊不可説爾故智論云無明品類其數甚多是

故處處說破無明三昧又云法愛難盡處處云重說般若也法華云諸佛爲一大事因緣故出現於世爲令衆生開佛知見示佛知見悟佛知見入佛知見道故此之四義南嶽師解云開佛知見即是十住示佛知見即是十行悟佛知見即是十迴向入佛知見即是十地及等覺地皆言佛知者悉得一切種智也皆言佛見者悉得佛眼又結句云是爲諸佛一大事因緣者同入一乘諸佛實相也又云唯佛與佛乃能究盡諸法實相又火宅品諸子門外索車長者各賜諸子等一大車是時諸子乘此寶乘遊於四方嬉戲快樂自在無礙直至道場言四方者即譬開示悟入四位也直至道場即是究盡諸法實相妙覺極位如此皆是明圓位之異名也大品經明字等

語等四十二字門南嶽師解云此是諸佛密語表四十二心之位若學問人多疑此語謂大智論無此釋然龍樹釋大品經論有千卷什師並略何必無此釋也今謂此釋實應冥會所以然者經說初阿後茶中有四十二字初阿字門具四十二字後茶字門亦具四十二字華嚴經云從初一地具足一切諸地功德詳此義意極以相關又大品經云若聞初阿字門則解一切義所謂一切法初不生故此豈非圓教菩薩初得無生法忍之位耶過茶無字可說此豈非妙覺極地無上無過不可過此字有法而可說耶又大品廣乘品說一切法門竟即說四十二字豈非是圓教菩薩從初發心得諸法實相具一切佛法故名阿字至妙覺地窮一切諸法源底故名茶字

作此解釋圓教之位極似分明又四十二字門後即說十地此即是顯別教方便之次位也又次十地說三乘共十地即是顯通教方便之位也經文三處然決此圓別通三教顯在大品經文也故大品云是乘從三界中出到薩婆若中又三慧品云菩薩從初發心修習三慧至坐道場仁王般若云三賢十聖忍中行唯佛一人能盡源前所引思益楞伽等經明寂滅眞如有何次位即是無次位之次位也又瓔珞經云三賢菩薩心心寂滅自然流入薩婆若海華嚴經明四十一位既是圓頓之教明圓位之意甚自分明但有時開別教方便之說事相隔別似如淺近故十地論師作教道證道二道明義或作地相地實二種明義正是爲修別教方便事相之文也又云一切無礙人一道出生死也智論云菩薩從初發心觀涅槃行道乃至坐道場又云菩薩從初發心觀諸法實相慧名爲般若波羅蜜至佛心中變名一切種智譬如大海有始入者有入至半者有到彼岸者皆名入海菩薩亦爾從初發心觀諸法實相實相雖一而觀智不無淺深之殊也第四料簡問何不依大乘經論對諸法門明位答曰今引此等經論釋成圓教次位者此約不思議平等法界辯不思議非次位之次位也若別對法門尋者若不得意多別解別執則失圓通中道之正意不思議諸佛菩薩之次位也是事非凡夫所知止可仰信而已故華嚴經云諸地不可說何況以示人所以然者且置大乘懺悔發初隨喜一信心獲二旋陀羅尼門已不可

向一切人説設復種種分别亦不可解何況圓教四十二字法門二乘尚不聞其名豈有凡夫而能説耶且置是事如聲聞法中學四念處發暖法時亦不可向一切外凡未證者説設種種因緣而解説者終不能解豈況圓教諸佛菩薩行位而可知可説耶且置是事如世凡人坐禪發五支功德尚不可爲未證者説設方便巧説未證之者亦不能解豈況諸佛菩薩地位法門而可分别耶末代法師多取經論方便所明斷伏對諸法門釋大乘賢聖地位執諍云云今意不爾所以者何如水性至冷飲者方知心無實行何用問爲是以今辯四教四位者出諸經論此乃諸佛權實法門於四不可説中用四悉檀而説此是諸佛大菩薩境界非諸小菩薩聲聞緣覺所知豈況末代凡夫所能解也深囑一家學道説法之者自非得證分明慎勿偏執經論諸佛菩薩方便赴緣之言空諍不思議不可測量之行位也普願法界衆生歸僧息諍論入大和合海也第五約五味譬顯四教位者大涅槃經明五味譬不同以成四教辯位不同之相也經云凡夫如乳須陀洹如酪斯陀含如生酥阿那含如熟酥阿羅漢辟支佛如醍醐此譬意恐是顯三藏教所明位也經又云凡夫如乳聲聞如酪辟支佛如生酥菩薩如熟酥佛如醍醐此譬意恐是顯通教明位也經又云凡夫如雜血乳羅漢如清淨乳支佛如酪菩薩如生熟酥佛如醍醐此譬意恐顯别教明位也經又云雪山有草名曰忍辱牛若食者即得醍醐忍辱草者喻八聖道乳喻

十二部經隨有能修八聖道者即見佛性住大涅槃此即譬於圓教菩薩從初發心即開佛知見見於佛性住大涅槃也涅槃明此之四譬譬四教明位其義宛然若不信四教明位不同者云何銷釋經此五味四種譬也今用前四教明位合此四譬一往似如目覩秪自聖人密意難知何可定執又涅槃云譬如有人置毒乳中乃至醍醐亦能殺人此譬應得兩用若對經教五味明義處處皆得見佛性入涅槃也此即是不定教門事在下釋若是約位明殺人義四位五味根緣不定隨其大乘機發即皆以如來滅度而滅度之故同殺人之義也第六辯衆經明四教位多少不同者華嚴頓教但明別圓兩位漸教之初聲聞經但明三藏教三乘之位若方等大集具用四教明位摩訶般若但明通別圓三教之位若法華經但明圓教一佛乘開示悟入之位大涅槃經亦具明四教之位俱通大乘明二乘如前但通教菩薩位用別接通名佛性四德涅槃三藏二乘如前廢三藏大乘之位無復三阿僧祇劫伏結之因三十四心斷結之果二涅槃也又通教三藏教明二乘位至大涅槃俱引入別圓二位也問曰若廢三藏佛位何得言羅漢辟支佛佛如醍醐耶答三位俱界内結盡此結成往昔之義非今之所用也

四教義卷第六

音釋

嬰（於京切嬰孩也）磁（才茲切石可引鐵）劑（才詣切限量也）

衆經目録

隋翻經沙門及學士等撰

清刻龍藏佛說法變相圖

衆經目録序

隋翻經沙門及學士等撰

佛法東行年代已遠梵經西至流布漸多舊
來正典並由翻出近遭亂世頗失原起前寫
後譯質文不同一經數本增減亦異致使凡
人得容妄造或私採要事更立別名或輒構
餘辭仍取眞號或論作經稱疏爲論目大小
交雜是非共混流濫不歸因循未定將恐陵
遲聖說動壞信心義闕紹隆理乖付囑皇帝
深崇三寶洞明五乘降勑所司請興善寺大
德與翻經沙門及學士等披檢法藏詳定經
録隨類區辯總爲五分單本第一重翻第二
別生第三賢聖集傳第四疑僞第五別生疑
僞不須抄寫已外三分入藏見録至如法寶
集之流淨住子之類還同略抄例入別生自

餘高僧傳等詞忝文史體非淳正事雖可尋義無在録又勘古目猶有闕本昔海内未平諸處遺落今天下既壹請皆訪取所願仁壽長延法門具足群生有幸方益無窮合成五卷顯之於左

都合二千一百九部五千五十八卷

單本（原來一本更無别翻）

合三百七十部一千七百八十六卷

右第一卷

重翻（本是一經或有二重翻者乃至六重翻者）

合二百七十七部五百八十三卷

賢聖集傳（賢聖所撰翻譯有原）

合四十一部一百六十四卷

右第二卷

已前二卷三分合六百八十八部二千五百三十三卷入藏見録

别生（於大部中抄出别行）

合八百一十部一千二百八十八卷

右第三卷

疑僞（名雖似正義涉人造）

合二百九部四百九十卷

右第四卷

已前二卷二分合一千一十九部一千七百七十八卷不須抄寫

闕本（舊録有目而無經本）

合四百二部七百四十七卷請訪

右第五卷

衆經目録卷第一

單本 原來一本更無別翻

合三百七十部一千七百八十六卷

大乘經單本一百五十九部五百五十八卷

大方廣佛華嚴經六十卷 或五十卷

晉義熙年佛陀跋陀羅共法業等於揚州譯

大般涅槃經四十卷

北涼沮渠世曇無讖共惠嵩等於姑藏釋

摩訶般若波羅蜜經四十卷 或三十卷

後秦世鳩摩羅什共僧叡等於長安逍遥園譯 一名大品經

大方等大集經三十卷

北涼世曇無讖於姑藏譯

大方等日藏經十五卷

大隋開皇年耶舍於大興善寺譯

大方等月藏經十卷

齊世耶舍譯

菩薩瓔珞經十三卷 或十四卷

前秦建元年竺佛念於長安譯

菩薩見實三昧經十四卷

齊世耶舍譯

佛名經十二卷

後魏世菩提留支於相州譯

月燈三昧經十卷

齊天統年耶舍共法智譯

賢劫經十三卷

晉元康年竺法護譯

華手經十卷 或十二卷 或十一卷

後秦弘始年鳩摩羅什於長安大寺譯
大方等月藏經十卷
齊世那連提法智等重譯
十住斷結經十卷
前秦建元年竺佛念共道安譯
大灌頂經九卷或十二卷
晋世帛尸梨蜜多羅譯
觀佛三昧經八卷
宋永初年佛陀跋陀羅於揚州譯
勝天王般若波羅蜜經七卷
陳世月支國王子婆首那於揚州譯
金光明經六卷或七卷
北涼世曇無讖譯後三卷陳時眞諦譯
寶雲經七卷
梁世曼陀羅於揚州譯

法集經六卷或七卷
後魏世菩提留支於洛陽譯
菩薩處胎經五卷
前秦世竺佛念於長安譯
信力入印法門經五卷
後魏世菩提留支譯
大悲經五卷
齊天統年耶舍共法智於相州譯
深密解脱經五卷
後魏世留支於洛陽譯
念佛三昧經五卷或六卷
宋大明年功德直於揚州譯
大方等無相經六卷一名大雲經
前秦世竺佛念於長安譯
密迹金剛力士經四卷

晋太康年竺法護譯

大方等陀羅尼經四卷

北涼世法衆於高昌郡譯

海龍王經四卷

北涼世曇無讖譯

央掘魔羅經四卷

宋元嘉年求那跋陀羅於揚州譯

僧伽吒經四卷

後魏世月婆首那譯

稱揚諸佛功德經三卷

後秦弘始年羅什譯

等目菩薩所問三昧經三卷或二卷

晋世竺法護譯

菩薩藏經三卷

後秦弘始年羅什譯

力莊嚴三昧經三卷

大隋開皇年耶舍譯

明度五十校計經二卷

後漢世安世高譯

須眞天子經四卷

晋太始年竺法護譯

瓔珞本業經二卷

前秦世竺佛念譯

超日明三昧經二卷

晋太始年竺法護譯

月上女經二卷

大隋開皇年崛多譯

中陰經二卷

前秦世竺佛念於長安譯

須彌藏經二卷

齊世耶舍共法智譯
首楞嚴三昧經二卷或三卷
後秦弘始年羅什譯
大法鼓經二卷
宋世求那跋摩於揚州譯
諸佛要集經二卷
晋世竺法護譯
文殊師利佛土嚴淨經二卷
晋永熈年竺法護於洛陽譯
濡首菩薩無上清淨分衛經二卷一名決了諸法如幻三昧經
宋世翔公於南海郡譯
大乘同性經二卷
後周天和年闍那崛多共僧安譯
諸法無行經二卷

後秦弘始年羅什譯
阿閦佛國經二卷或一卷一名佛刹菩薩學成經
般舟三昧經三卷或二卷
晋世竺法護譯
蓮華面經二卷
大隋開皇年耶舍譯
迦葉經二卷
後魏世月婆首那譯
孔雀王陀羅尼經二卷
梁世僧伽婆羅譯
無上依經二卷
陳世沙門眞諦於廣州譯
未曾有因緣經二卷
南齊世曇景譯
成具光明定意經一卷

後漢靈帝世支曜譯
太子須大拏經一卷
西秦世法堅譯
太子慕魄經一卷
晉世竺法護譯
須賴經一卷
吳黄武年支謙譯
金色王經一卷
後魏世留支譯
獨證自誓三昧經一卷一名如來自誓三昧經
晉世竺法護譯
摩訶摩耶經一卷
南齊世曇景譯
大方等如來藏經一卷
晉義熙年佛陀跋陀羅譯

如來方便善巧呪經一卷
大隋開皇年崛多譯
勝鬘師子吼一乘大方便經一卷
宋元嘉年求那跋陀羅於揚州譯
須摩提菩薩經一卷一名須摩提經
晉世竺法護譯
希有校量功德經一卷
大隋開皇年崛多譯
梵女首意經一卷
晉世竺法護譯
差摩波帝受記經一卷
後魏世留支譯
月明菩薩經一卷
吳黄武年支謙譯
滅十方冥經一卷

晉元熙年竺法護譯
普門品經一卷
晉太康年竺法護譯
菩薩十住經一卷
心明經一卷
右二經晉世竺法護譯
月燈三昧經一卷一名文殊師利菩薩十事行一名逮慧三昧經
宋世先公譯
不思議光菩薩所說經一卷一名無思議光孩童菩薩經
晉世竺法護譯
文殊師利問菩薩署經一卷一名問署經
後漢靈帝世支讖譯
佛說德光太子經一卷一名賴吒問光德太子經
晉太始年竺法護譯
施燈功德經一卷一名然燈經

齊世耶舍譯
菩薩訶色欲經一卷
後秦弘始年羅什譯
人本欲生經一卷
後漢桓帝世安世高譯
人所從來經一卷
晉世竺法護譯
不增不減經一卷
佛語經一卷
無字寶篋經一卷
右三經後魏世留支譯
如來師子吼經一卷
後魏世菩提留支共佛陀扇多譯
十法經一卷
梁普通年僧伽婆羅於揚州譯

不必定入定入印經一卷
後魏世留支譯
十二佛名經一卷
大隋開皇年崛多譯
魔逆經一卷
晉太康年竺法護譯
濟諸方等學經一卷
菩薩行五十緣身經一卷
右二經晉世竺法護譯
内藏百寶經一卷
後漢靈帝世支讖譯
大方廣總持經一卷
大隋開皇年毗尼多留支譯
彌勒菩薩所問本願經一卷
晉世竺法護譯

文殊師利說般若波羅蜜經一卷
梁天監年曼陀羅譯
牢固女經一卷
大隋開皇年耶舍譯
演說道業經一卷
西秦世法堅譯
菩薩生地經一卷一名差摩竭經
吳黄武年支謙譯
菩薩道樹經一卷一名私阿昧經一名私阿末經一名道樹三昧經
吳世支謙譯
寶網經一卷一名寶網童子經
晉世竺法護譯
百佛名經一卷
大隋開皇年耶舍譯
無量義經一卷

南齊建元年曇無伽他耶舍於揚州譯
觀彌勒上生兜率天經一卷
北涼世沮渠安陽侯譯
無量壽觀經一卷
宋元嘉年畺良耶舍於揚州譯
觀普賢菩薩行法經一卷
宋元嘉年曇無蜜多於揚州譯
不空羂索經一卷
大隋開皇年崛多譯
觀藥王藥上二菩薩經一卷
觀宋元嘉年畺良耶舍譯
請觀世音消伏毒害陀羅尼經一卷
宋世外國舶主竺難提譯
十一面觀世音經一卷
後周世崛多譯

觀世音菩薩授記經一卷
宋世曇無竭於揚州譯
鹿母經一卷
晋世竺法護譯
鹿子經一卷
吳建興年支謙譯
除恐災患經一卷
魏世白延譯
八吉祥經一卷
宋元嘉年求那跋陀羅於荆州譯
温室洗浴衆僧經一卷
四不可得經一卷
右二經晋世竺法護譯
諸德福田經一卷一云福田經
晋世法炬法立譯

出家功德經一卷
吳世支謙譯
大方廣十輪經十卷或八卷
大方便報恩經七卷
七佛經四卷
大方廣如來性起經三卷或二卷
菩薩本行經三卷
不思議功德經二卷一名功德經
大吉義呪經二卷或四卷
菩薩夢經二卷
文殊問經二卷
仁王般若經二卷
法界體性無分別經二卷
密迹力士經二卷
虚空藏菩薩問持經幾福經一卷
大方廣如來祕密藏經一卷
善臂菩薩所問經二卷
菩薩修行經一卷一名威勢長者觀身行經
菩薩投身餓虎起塔因緣經一卷
一切施主所行檀波羅蜜經一卷
頻婆娑羅王詣佛供養經一卷
薩羅國經一卷
大意經一卷
天王太子辟羅經一卷
長者音悦經一卷
長者法志妻經一卷
一切智光明仙人慈心因緣不食肉經一卷
文殊師利般涅槃經一卷
師子月佛本生經一卷
阿彌陀鼓音聲陀羅尼經一卷

法華三昧經一卷
金剛三昧本性清淨不壞不滅經一卷一名金剛清淨經
寶積三昧文殊師利問法身經一卷
千佛因緣經一卷
八部佛名經一卷
八吉祥神呪經一卷
八陽經一卷
十吉祥經一卷
賢首經一卷一名賢首夫人經
甚深大迴向經一卷
賢者五福德經一卷
幻士仁賢經一卷
藥師瑠璃光經一卷
大乘律單本一十四部三十卷

佛藏經四卷
後秦弘始年羅什於長安譯
菩薩藏經一卷
梁天監年僧伽婆羅於揚州譯
決定毗尼經一卷
衆録皆云燉煌譯竟不顯世代人名
寶梁經二卷
北涼世道龔譯
梵網經二卷
後秦世羅什譯
文殊師利悔過經一卷一名文殊師利五體悔過經
舍利弗悔過經一卷一名悔過經
右二經晉世竺法護譯
優婆塞戒經十卷或五卷是在家菩薩戒
北涼世曇無讖與惠嵩等譯

大方廣三戒經三卷
法律三昧經一卷
菩薩内戒經一卷
三曼陀跋陀羅菩薩經一卷
菩薩受齋經一卷
淨業障經一卷
大乘論單本四十二部一百一十一卷
大智度經論一百卷
後秦弘始年羅什於長安譯
十地經論十二卷
後魏永明年勒那摩提共菩提留支於洛陽譯
十住毗婆沙經論十四卷龍樹菩薩撰
後秦世羅什譯
大涅槃經論一卷
達摩菩提譯
大涅槃經本有今無偈論一卷
陳世眞諦於廣州譯
彌勒菩薩所問經論十卷或九卷或五卷
後魏世留支譯
寶積經論四卷
金剛般若經論三卷
勝思惟經論三卷或四卷
三具足經論一卷
法華經論一卷
轉法輪經論一卷
寶髻菩薩四法經論一卷
無量壽經論一卷
文殊師利問菩提經論二卷一名伽耶頂經論
右九論後魏世菩提留支譯

大莊嚴論十卷或十五卷馬鳴菩薩撰
後秦世羅什譯
佛性論四卷
陳世真諦譯
大丈夫論二卷提婆菩薩撰
北涼世道泰譯
中邊論三卷
陳世真諦譯
迴諍論一卷
後魏世瞿曇留支譯
佛阿毗曇論二卷
陳世真諦譯
業成就論一卷
後魏世瞿曇留支譯
中論四卷
後秦世羅什於長安譯
順中論二卷
後魏世菩提留支譯
百論二卷
後秦世羅什譯
起信論一卷
三無性論一卷
右二論陳世真諦譯
入大乘論二卷堅意菩薩撰
北涼世道泰譯
如實論一卷
陳世真諦譯
十二門論一卷
後秦世羅什譯
十八空論一卷

陳世眞諦譯
寶性論四卷
後魏世菩提留支譯
方便心論一卷
後魏延興年吉迦夜與曇曜譯
金七十論三卷
思塵論一卷
解拳論一卷
右三論陳世眞諦譯
十二因緣論一卷
一輪盧迦論一卷龍樹菩薩撰
百字論一卷
破外道四宗論一卷
破外道涅槃論一卷
右五論後魏世菩提留支譯

發菩提心論二卷
姚秦三藏法師鳩摩羅什譯
小乘經單本一百二部四百一十七卷
正法念處經七十卷
後魏世留支譯
增壹阿含經五十一卷
前秦建元年曇摩難提譯
中阿含經六十卷
晋世僧伽提婆譯
雜阿含經五十卷
宋世求那跋陀羅譯
長阿含經二十二卷
後秦弘始年佛陀耶舍共竺佛念譯
賢愚經十六卷或十七卷
後魏沙門惠覺共沙門威德在高昌譯

雜寶藏經十卷
　後魏延興年吉迦夜共曇曜譯
普曜經八卷
　晋永嘉年竺法護譯
生經五卷或四卷
　晋世竺法護譯
修行道地經六卷
陰持入經二卷
　右二經後漢世安世高譯
中本起經二卷
　後漢建安年康孟詳共竺大力譯
興起行經二卷
　後漢世康孟詳譯
達摩多羅禪經二卷
　後秦世佛陀跋陀羅譯

義足經二卷
　吴黄武年支謙譯
毗耶娑問經二卷
　後魏世菩提留支譯
大安般經一卷或二卷
安般守意經一卷或二卷
　右二經後漢世安世高譯
般泥洹經一卷
　宋元嘉年求那跋陀羅譯
當來變經一卷
過去佛分衛經一卷
柰女耆域經一卷
　右三經晋世竺法護譯
淨飯王般涅槃經一卷
　北涼世安陽侯沮渠京聲譯

八師經一卷
吳世支謙譯
大迦葉本經一卷
晉世竺法護譯
四願經一卷
吳黄武年支謙譯
婦人遇辜經一卷一名婦遇對經
西秦世法堅譯
辯意長者子所問經一卷一名長者辯意經
後魏世法場譯
胞胎經一卷一名胞胎受身經
四自侵經一卷
右二經晉世竺法護譯
五百弟子自説本起經一卷
晉太康年竺法護譯

七女本經一卷
阿難四事經一卷
右二經吳黄武年支謙譯
所欲致患經一卷
晉世竺法護譯
法受塵經一卷
禪行法想經一卷
右二經後漢世安世高譯
四天王經一卷
宋元嘉年智嚴共寶雲譯
佛垂般涅槃略説教誡經一卷
後秦弘始年羅什譯
别譯雜阿含經二十卷
優婆夷淨行經二卷
難提釋經一卷

無垢優婆夷問經一卷
造立形像福報經一卷
法常住經一卷
懈怠耕者經一卷
優填王經一卷一名優填王作佛形像經
阿難七夢經一卷一名阿難八夢經或誤作入字
佛入涅槃金剛力士哀戀經一卷
迦葉赴佛涅槃經一卷一名佛般涅槃時迦葉赴佛經
佛滅度後棺斂葬送經一卷一名比丘師經一名師比丘經
灌佛經一卷一名摩訶剎頭經
羅雲忍經一卷一名忍辱經
出家緣經一卷
三品弟子經一卷一名弟子學有三輩經
四輩經一卷
見正經一卷一名住死變識經

荷鵰阿那含經一卷一名阿謂阿那含經
五無返復經一卷一名五有返復經
阿含正行經一卷一名佛說正意經
五恐怖世經一卷
大魚事經一卷
頞多和多耆經一卷
梵摩難國王經一卷
摩訶迦葉度貧母經一卷
中心經一卷
龍王兄弟經一卷一名降龍王經一名難龍經
沙曷比丘功德經一卷
樹提伽經一卷
盧至長者經一卷
須摩提長者經一卷
燈指因緣經一卷

十二品生死經一卷一名大小諫王經
諫王經一卷
五王經一卷
末羅王經一卷
摩達國王經一卷
普達王經一卷
揵陀國王經一卷
堅意經一卷一名堅心意經
佛大僧大經一卷
耶祇經一卷
十二頭陀經一卷一名沙門頭陀經
護淨經一卷
木槵子經一卷
時經一卷一名時非時經
錫杖經一卷

栴檀樹經一卷
新歲經一卷一名婆恕羅經
貧窮老公經一卷一名貧窮老經
長者子懊惱三處經一卷
佛說越難經一卷一名曰難經
栴陀越國王經一卷
自愛經一卷一名自愛不自愛經
佛說處處經一卷
無上處經一卷
輪轉五道罪福報應經一卷
未生怨經一卷
十八泥犁經一卷
泥犁經一卷一名勤苦泥犁經
罪業報應教化地獄經一卷
僧護因緣經一卷

那先比丘經二卷（或一卷）

小乘律單本二十九部二百六十七卷

四分律六十一卷

　後秦世佛陀耶舍共竺佛念譯

十誦律六十一卷

　晋世卑摩羅叉於壽春譯

僧祇律四十卷

　晋世佛陀跋陀羅共法顯譯

彌沙塞律三十卷

　宋景平年佛陀什共智勝譯

僧祇戒本一卷

　後魏世曇摩迦羅譯

四分戒本一卷

　後魏世佛陀耶舍譯

解脱戒本一卷（出迦葉毗律）

　後魏世瞿曇留支譯

沙彌威儀一卷

　宋世求那跋摩譯

曇無德羯磨一卷

　魏正元年曇諦於洛陽譯

四分尼羯磨一卷

優婆塞五戒相一卷

　右二律宋元嘉年求那跋摩譯

善見律毗婆沙十八卷

　南齊永明年沙門僧伽跋陀羅於廣州譯

鼻柰耶十卷

　前秦世竺佛念譯

薩婆多毗尼摩德勒伽十卷

　宋元嘉年僧伽跋摩譯

舍利弗問經一卷
大愛道比丘尼經二卷
眞僞沙門經一卷 一名摩訶比丘經
戒消災經一卷
迦葉禁戒經一卷
犯戒罪報輕重經一卷 一名犯罪經
僧祇比丘尼戒本一卷
十誦比丘戒本一卷
十誦比丘尼戒本一卷
四分比丘尼戒本一卷
大比丘威儀經二卷
優婆塞五戒威儀經二卷
優波離問經一卷
毗尼母經八卷
薩婆多毗尼毗婆沙八卷

小乘論單本二十四部三百四卷
阿毗曇毗婆沙論八十四卷 或一百九卷
北涼世佛陀跋摩共道泰譯
阿毗曇論三十卷 或二十卷一名迦旃延阿毗曇名八揵度
前秦建元年僧伽提婆共竺佛念譯
舍利弗阿毗曇論二十二卷
後秦弘始年曇摩崛多共曇摩耶舍譯
毗婆沙阿毗曇論十四卷 一名廣說
前秦建元年僧伽提婆於洛陽譯
出曜論十九卷
前秦世竺佛念譯
婆須蜜所集論十卷
前秦建元年僧伽跋澄共竺佛念譯
立世阿毗曇論十卷
俱舍論二十二卷

右二論陳世眞諦譯
法勝阿毗曇論七卷
齊天統年耶舍共法智譯
十八部論一卷
四諦論四卷
部異執論一卷
明了論一卷
隨相論一卷
右五論陳世眞諦譯
成實論二十一卷
後秦世羅什譯
解脱道論十三卷
梁世僧伽婆羅譯
阿毗曇心論四卷
三法度論三卷

右二論晉太康元年僧伽提婆共慧遠
於廬山譯
雜阿毗曇心論十一卷
宋元嘉年伊業波羅共求那跋摩譯
衆事分阿毗曇十二卷
甘露味阿毗曇二卷
三彌底論四卷（或三卷）
分別功德論三卷
辟支佛因縁論二卷（或一卷）
衆經目録卷第一

衆經目録卷第二
隋翻經沙門及學士等撰
重翻本是一經或有二重翻者乃至六重翻者
合二百七十七部五百八十三卷
大乘經重翻一百七十二部四百一十六卷
悲華經十卷
北涼沮渠蒙遜世曇無讖於姑臧譯
大悲芬陀利經八卷
右二經同本異譯
妙法蓮華經七卷
後秦弘始年羅什譯
正法華經十卷
晉太康年竺法護譯
右二經同本異譯
楞伽阿跋多羅經四卷
宋元嘉年求那跋陀羅譯
入楞伽經十卷
後魏世菩提留支譯
右二經同本異譯
菩薩行方便境界神通變經三卷
大薩遮尼乾子經八卷或七卷
後魏世菩提留支譯
右二經同本異譯
大樹緊那羅王所問經四卷
後秦弘始年羅什譯
伅眞陀羅所問經三卷或一卷
後漢建寧年支讖譯
右二經同本異譯
持人菩薩所問經四卷
晉世竺法護譯

持世經四卷一名法印經
後秦弘始年羅什譯
右二經同本異譯
弘道廣顯三昧經四卷
晋永嘉年竺法護譯
阿耨達龍王經二卷或三卷一名阿耨諸佛
晋世竺法護譯
右二經同本異譯
普超三昧經三卷
晋太康年竺法護譯
阿闍世王經二卷
後漢世支讖譯
右二經同本異譯
等集衆德三昧經二卷或三卷
晋世竺法護譯

集一切福德三昧經三卷
右二經同本異譯
聖善住意天子所問經三卷
後魏世留支譯
如幻三昧經二卷或三卷
晋世竺法護譯
右二經同本異譯
無極寶三昧經一卷
晋永嘉年竺法護譯
寶如來三昧經二卷
右二經同本異譯
慧上菩薩問大善權經二卷
晋太康年竺法護譯
大乘方便經二卷或三卷
晋世竺難提譯

右二經同本異譯
文殊師利現寶藏經二卷
晉太始年竺法護譯
大方廣寶篋經三卷
右二經同本異譯
奮迅王問經二卷
後魏世留支譯
自在王經二卷
後秦弘始年羅什譯
右二經同本異譯
佛昇忉利天爲母説法經二卷
晉太康年竺法護譯
道神足無極變化經四卷（或三卷）
晉太康年安法欽譯
右二經同本異譯

維摩詰經二卷
吳黃武年支謙譯
維摩詰所説經三卷
後秦弘始年羅什譯
右二經同本異譯
彌勒成佛經一卷
晉世竺法護譯
彌勒下生成佛經一卷（一名彌勒受決經）
後秦弘始年羅什譯
右二經同本異譯
小無量壽經一卷
宋永嘉年求那跋陀羅譯
無量壽佛經一卷
後秦弘始年羅什譯
右二經同本異譯

老女人經一卷亦名老母經
吳月優婆塞支謙譯
老母六英經一卷
宋天竺三藏求那跋陀羅譯
右二經同本異譯
文殊師利巡行經一卷
後魏世留支譯
文殊師利行經一卷
大隋開皇年崛多譯
右二經同本異譯
大淨法門經一卷
晉世竺法護譯
大莊嚴法門經二卷
大隋開皇年崛多譯
右二經同本異譯

金剛上味陀羅尼經一卷
後魏世佛陀扇多譯
金剛場陀羅尼經一卷
大隋開皇年崛多譯
右二經同本異譯
正恭敬經一卷
後魏世佛陀扇多譯
善恭敬經一卷
大隋開皇年崛多譯
右二經同本異譯
離垢施女經一卷
晉太康年竺法護譯
德無垢女經一卷闕本訪得
後魏興和年瞿曇留支譯
無垢施菩薩分別應辯經一卷

晋世竺法護譯
右三經同本異譯
無畏德女經一卷
後魏元象年佛陀扇多譯
佛説阿闍世女阿術達菩薩經一卷
晋世竺法護譯
右二經同本異譯
無崖際持法門經一卷
西秦世法堅譯
尊勝菩薩入無量門陀羅尼經一卷
齊世萬天懿於相州譯
右二經同本異譯
第一義法勝經一卷
後魏興和年留支譯
大威燈光仙人問疑經一卷

隋三藏闍那崛多譯
右二經同本異譯
八吉祥經一卷
梁三藏僧伽婆羅譯
八佛名經一卷
大隋開皇年崛多譯
右二經同本異譯
龍施女經一卷
晋世竺法護譯
龍施菩薩本起經一卷
右二經同本異譯
睒子經一卷
西秦世法堅譯
菩薩睒經一卷
右二經同本異譯

順權方便經二卷一名轉女身菩薩經一卷
晉世竺法護譯
樂瓔珞莊嚴方便經一卷
宋世法海譯
右二經同本異譯
了本生死經一卷
吳黄武年支謙譯
稻芉經一卷
右二經同本異譯
大方廣菩薩十地經一卷
晉世竺法護譯
莊嚴菩提心經一卷
後秦弘始年羅什譯
右二經同本異譯
無所希望經一卷一名象步經
晉世竺法護譯
象腋經一卷
右二經同本異譯
大方等修多羅王經一卷
後魏世留支譯
轉有經一卷
元魏三藏佛陀扇多譯
右二經同本異譯
大乘要慧經一卷
彌勒菩薩所問經一卷
後魏世留支譯
右二經同本異譯
慧印三昧經一卷
吳世支謙譯
如來智印經一卷

右二經同本異譯
方等泥洹經二卷
晋世佛陀跋陀羅共法顯譯
哀泣經二卷
四童子經三卷
隋開皇年闍那笈多等譯
右二經同本異譯
大雲請雨經一卷
後周世崛多譯
大雲輪經二卷
大隋開皇年耶舍譯
右二經同本異譯
一切法高王經一卷
後魏興和年留支譯
諸法勇王經一卷

右二經同本異譯
決定總持經一卷一名決總持經
晋世竺法護譯
謗佛經一卷
後魏世留支譯
右二經同本異譯
乳光佛經一卷
晋世竺法護譯
犢子經一卷
右二經同本異譯
放光般若波羅蜜經三十卷
西晋無羅叉共竺叔蘭等譯
光讚般若波羅蜜經十卷或十五卷
晋太康年竺法護譯
右二經同本異譯

廣博嚴淨不退轉輪經六卷或四卷
宋元嘉年沙門智嚴共寶雲譯
不退轉法輪經四卷
阿惟越致遮經三卷或四卷
晋太康年竺法護譯
右三經同本異譯
思益梵天問經四卷
後秦弘始年羅什譯
持心梵天所問經四卷或六卷一名等御諸法一名莊嚴佛法
晋太康年竺法護譯
勝思惟梵天所問經六卷
後魏世菩提留支譯
右三經同本異譯
度諸佛境界智嚴經一卷
梁曼陀羅共僧伽婆羅譯

如來莊嚴智慧光明入諸佛境界經二卷
後魏世菩提留支譯
度諸佛境界智光嚴經一卷
右三經同本異譯
佛說月光童子經一卷更有一卷同名而卷小不足
晋世竺法護譯
申日經一卷
德護長者經二卷
大隋開皇年耶舍譯
右三經同本異譯
佛遺日摩尼寶經一卷
後漢光和年支讖譯
大寶積經一卷
摩訶衍寶嚴經一卷
右三經同本異譯

金剛般若經一卷舍衛國
後秦弘始年羅什譯
金剛般若經一卷婆伽婆
後魏世菩提留支譯
金剛般若經一卷祇陀樹林
陳世眞諦譯
右三經同本異譯
大方等頂王經一卷一名維摩詰子問經
大乘頂王經一卷
善思童子經二卷
大隋開皇年崛多譯
右三經同本異譯
長者制經一卷一名制經
逝童子經一卷
晋世支法度譯

佛説菩薩逝經一卷一名逝經
右三經同本異譯
文殊師利問菩提經一卷亦名菩提無行經
後秦弘始年羅什譯
伽耶山頂經一卷
後魏世菩提留支譯
象頭精舍經一卷
大隋開皇年毗尼多留支譯
右三經同本異譯
貝多樹下思惟十二因緣經一卷
晋世竺法護譯
闍城十二因緣經一卷
後漢世安世高譯
十二因緣經一卷
南齊永明年求那毗地譯

右三經同本異譯

郁伽長者所問經一卷

魏世康僧鎧譯

法鏡經一卷

後漢世安公共佛調譯

郁迦羅越問菩薩行經一卷

晋世竺法護譯

右三經同本異譯

無量清淨平等覺經二卷

魏世帛延譯

阿彌陀經二卷

吳黄武年支謙譯

無量壽經二卷

晋永嘉年竺法護譯

右三經同本異譯

道行般若波羅蜜經一卷

後漢光和年支讖譯

新道行經十卷或七卷一名新小品經

晋太始年竺法護譯

小品經十卷或七卷或八卷

後秦弘始年羅什譯

明度經六卷或四卷一名大明度無極經

吳黄武年支謙譯

右四經同本異譯

轉女經一卷

腹中女聽經一卷

南齊世法化誦出

胎藏經一卷

無垢賢女經一卷

右四經同本異譯

觀虚空藏菩薩經一卷
宋元嘉年曇摩蜜多於揚州譯
虚空藏菩薩經一卷
虚空藏神呪經一卷
後秦世佛陀耶舍譯
虚空孕經二卷
大隋開皇年崛多譯
右四經同本異譯
無量門微密持經一卷
吴黄武年支謙譯
出生無量門持經一卷
晋元熙年佛陀跋陀羅譯
阿難目佉尼訶離陀羅尼經一卷
後魏世佛陀扇多譯
無量門破魔陀羅尼經一卷
宋大明年功德直於荆州譯
舍利弗陀羅尼經一卷
一向出生菩薩經一卷
大隋開皇年崛多譯
右六經同本異譯
前世三轉經一卷
銀色女經一卷
右二經同本異譯
和休經一卷
太子刷護經一卷
右二經同本異譯
善法方便陀羅尼經一卷
金剛祕密普門陀羅尼經一卷
右二經同本異譯
阿闍世王受決經一卷

採華違王上佛受決經一卷
右二經同本異譯
師子奮迅菩薩所問經一卷
華積陀羅尼經一卷
華聚陀羅尼經一卷
右三經同本異譯
漸備一切智德經五卷是華嚴經十地品
晉元康年竺法護別譯
十住經四卷亦是十地品
後秦弘始年羅什別譯
羅摩伽經三卷是入法界品
西秦乞伏仁世聖堅別譯
信力入印法門經五卷是華嚴經別品
後魏世菩提留支別譯
如來興顯經四卷一名興顯如幻經是如來性起品

晉元康年竺法護別譯
度世經六卷是離世間品
晉元康年竺法護別譯
菩薩十住行道品一卷是十住品
菩薩本業經一卷是淨行品并十住品略無偈
吳黄武年支謙別譯
諸菩薩求佛本業經一卷是淨行品
右九經是華嚴經別品殊譯
大般泥洹經六卷是大般涅槃經前分十六卷盡大衆問品
晉義熙年沙門法顯譯
右一經是大般涅槃經別品殊譯
大哀經八卷是初陀羅尼自在菩薩品或七卷
晉元康年竺法護譯
虚空藏所問經六卷是虚空藏菩薩品或八卷
西秦乞伏仁世聖堅譯

寶髻菩薩經二卷 是寶髻菩薩品一名菩薩淨行經
晋永熙年竺法護譯
阿差末經七卷 是無盡意品或四卷
晋永嘉年竺法護譯
無盡意經四卷 亦是阿差末經
晋太始年竺法護譯
無言菩薩經二卷
晋世竺法護譯
寶女經四卷 是寶女品或二卷
晋太康年竺法護譯
右七經是大集經别品殊譯
相續解脱經一卷 是深密解脱經少分
宋元嘉年求那跋陀羅譯
解節經一卷
東世眞諦譯

右二經是深密經别品殊譯
放鉢經一卷
右一經是普超經别品殊譯
拔陀菩薩經一卷 是初四品
右一經是般舟三昧經别品殊譯
大乘律重翻三部三卷
清淨毗尼方廣經一卷
晋世竺法護譯
文殊師利淨律經一卷
晋世竺法護譯
寂調音所問經一卷
宋世法海譯
右三律同本異譯
大乘論重翻八部五十二卷
攝大乘釋論十二卷

陳世眞諦譯
攝大乘釋論十卷或十五卷
陳世眞諦於廣州譯
右二論同本異譯
菩薩地持論八卷或十卷
北凉世曇無讖譯
菩薩善戒經十卷一名菩薩跋地經
宋元嘉年求那跋摩於揚州譯
右二論同本異譯
攝大乘本論二卷
後魏世佛陀扇多譯
攝大乘論三卷
陳世眞諦於廣州譯
右二論同本異譯
唯識論一卷唯識無境界

後魏世瞿曇留支譯
唯識論一卷後道不共他
陳世眞諦譯
右二論同本異譯
小乘經重翻九十四部一百一十二卷
阿蘭若習禪法經二卷
後秦弘始年羅什譯
坐禪三昧經二卷或三卷
右二經同本異譯
舍頭諫經一卷亦名太子二十八宿經或名虎耳太子經
晉永嘉年竺法護譯
摩登伽經三卷或二卷
右二經同本異譯
本相猗致經一卷
後漢世安世高譯

縁本致經一卷

右二經同本異譯

阿難問事佛吉凶經一卷

西秦乞伏仁世法堅譯

佛說阿難分別經一卷 一名分別經

右二經同本異譯

罪業報應經一卷 一名分別業報經

業報差別經一卷

大隋開皇年曇法智譯

右二經同本異譯

五母子經一卷

沙彌羅經一卷

右二經同本異譯

阿遬達經一卷

玉耶經一卷 一名長者詣佛說子婦不恭敬經一名七婦經

右二經同本異譯

盂蘭盆經一卷

灌臘經一卷 一名般泥洹後四輩灌臘經

報恩奉盆經一卷

右三經同本異譯

摩登女經一卷 一名摩鄧女經一名阿難爲蠱道所呪經

摩登女解形中六事經一卷

右二經同本異譯

過去現在因果經四卷

宋世求那跋陀羅譯

太子本起瑞應經二卷

吳建興年支謙譯

修行本起經二卷

後漢世曇果竺大力共譯

右三經同本異譯

雜藏經一卷
晋世佛陀跋陀羅共法顯譯
鬼問目連經一卷
餓鬼報應經一卷一名目連説地獄餓鬼因緣經
右三經同本異譯
瑠璃王經一卷
晋世竺法護别譯
鴦崛髻經一卷一名指髻經
晋世竺法護别譯
移山經一卷一名力士移山經
晋世竺法護别譯
三摩竭經一卷一名須摩提女經一名難國王經一名忿恕檀五經
吴世竺律炎譯
大愛道般泥洹經一卷一名佛母般泥洹經
宋世沮渠安陽侯於揚州譯

須達經一卷一名長者須達經一名三歸五戒慈心猒離功德經
南齊永明年求那毗地譯
行七行現報經一卷出第三十卷
阿難同學經一卷出第三十八卷
增一阿含經一卷
群牛譬經一卷
國王不離先尼十夢經一卷一名國王十夢經
波斯匿王太后崩塵坌身經一卷一名波斯匿王喪母經
施食獲五福報經一卷一名五福德經一名施色力經
四未曾有法經一卷
阿那邠邸化七子經一卷
放牛經一卷
長者子六過出家經一卷
右十七經並是增一阿含别品異譯

漏分布經一卷
後漢世安世高譯
四諦經一卷
後漢興平年康孟詳譯
是法非法經一卷
後漢世安世高譯
一切流攝守因緣經一卷
後漢世安世高譯
頂生王故事經一卷一名文陀竭王經出十一卷
鹽王五天使者經一卷一名鐵城泥犁經出十二卷
古來世時經一卷出第十三卷
長壽王經一卷出第十七卷
阿那律八念經一卷一名禪行斂意經出十八卷
釋摩男本經一卷一名苦陰因事經出第二十五卷
吳黃武年支謙譯

瞿曇彌記果經一卷出第二十八卷
諸法本經一卷出第二十八卷
魔嬈亂經一卷一名弊魔試目連經一名魔王入目揵蘭腹經出第三十卷
賴吒和羅經一卷出第三十一卷
吳黃武年支謙譯
梵摩喻經一卷出三十二卷
吳世支謙譯
鸚䳇經一卷一名兜調經出第三十四卷
齋經一卷一名八關齋經一名優婆夷墮舍迦經出第五十五卷
吳黃武年支謙譯
十支居士八城人經一卷出第六十卷
法海經一卷一名海八德經一名瞻波比丘經一名水經
比丘問佛多優婆塞命終經一卷
佛說求欲經一卷

梵志孫陀耶致經一卷一名孫陀耶致經
凡人有三事愚癡不足經一卷
蓱沙王五願經一卷一名弗迦沙王經
七事經一卷
鹹水喻經一卷
右二十六經並是中阿含别品異譯
七處三觀經二卷或一卷
後漢世安世高譯
九横經一卷
後漢世安世高譯
八正道經一卷
後漢世安世高譯
五陰譬喻經一卷一名水沫所漂經
後漢世安世高譯
轉法輪經一卷

後漢世安世高譯
聖法印經一卷
晋元康年竺法護譯
雜阿含經一卷
不自守意經一卷一名自守經
戒德香經一卷
比丘聽施經一卷一名聽施比丘經
馬有三相經一卷
馬有八態譬人經一卷一名馬有八弊惡態經
比丘避惡名欲自殺經一卷
戒相應法經一卷
禪行三十七品經一卷
右十五經並是雜阿含别品異譯
普法義經一卷一名具法行經
後漢世安世高譯

樓炭經六卷是世記經或八卷
晉世沙門法炬共法立譯
大般涅槃經二卷是遊行經
吳黃武年支謙譯
佛般泥洹經二卷是遊行經
晉世竺法護譯
大六向拜經一卷一名威華長者六向拜經一名尸迦羅越六向拜經
晉世竺法護譯
梵網六十二見經一卷一名多增道章經
後漢世安世高譯
十報法經二卷
寂志果經一卷
梵志阿颰經一卷一名阿颰摩納經
七佛父母姓字經一卷一名婦人無延請佛經
梵志頞羅延問種尊經一卷

右十一經並是長阿含別品異譯
賢聖集傳賢聖所撰翻譯有原
合三十一部一百六十四卷
摩訶般若波羅蜜經抄五卷一名須菩提品一名長安品經
前秦建元年沙門曇摩蜱共竺佛念譯
六度集八卷
吳世康僧會譯
菩薩本緣集四卷僧伽斯那撰
吳世支謙等譯
僧伽羅剎集三卷
前秦世沙門曇摩難提譯
孛經抄集一卷
吳黃武年支謙譯
思惟經一卷一名思惟要略
後漢世安世高譯

佛醫經抄一卷
吳世竺律炎共支謙譯
分别業報略集一卷大勇菩薩撰
宋元嘉年求那跋摩譯
龍樹勸發諸王要偈一卷一名爲禪陀迦王説要偈
宋世求那跋摩譯
雜譬喻經一卷
後秦世羅什出道略集
無明羅刹喻集三卷或一卷
雜譬經二卷一名菩薩度人經
雜呪集十卷一名陁羅尼集或九卷
佛本行集經六十卷
大隋開皇年崛多譯
撰集百緣經七卷
吳世支謙譯

百喻集四卷僧伽斯那撰
南齊永明十年求那毗地譯
舊雜譬喻經集二卷
吳世康僧會譯
法句喻集三卷一名法句本末或五卷
晉世沙門法炬共法立譯
法句經二卷
吳世支謙譯
四十二章經一卷
後漢永平年竺法蘭等譯
禪祕要法三卷
後秦弘始年羅什譯
禪法要解二卷
後秦世羅什譯
治禪病祕要一卷

北涼世安陽侯沮渠京聲譯
請賓頭盧法一卷
後漢世安世高譯
阿含口解十二因緣一卷
後漢世安世高譯
禪祕要四卷一名禪法要或爲三卷
宋元嘉年沙門曇摩蜜多譯
阿毗曇五法行經一卷
後漢世安世高譯
賓頭盧爲王説法經一卷
賓頭盧突羅闍爲優陀延王説法經一卷
十二遊經一卷
佛本行讚經傳七卷
宋元嘉年寶雲譯
佛所行讚經傳五卷一名馬鳴讚

晉世寶雲譯
付法藏傳四卷或六卷
後魏世沙門吉迦夜共曇曜譯
迦葉集結經傳一卷一名迦葉結經
晉世竺法護譯
阿育王傳五卷或七卷
梁天監年僧伽婆羅於揚州譯
阿育太子壞目因緣一卷
前秦曇摩難提與竺佛念譯
馬鳴菩薩傳一卷
後秦世羅什譯
龍樹菩薩傳一卷
後秦世羅什譯
提婆菩薩傳一卷
後秦世羅什譯

婆藪槃豆傳一卷

陳世眞諦譯

撰三藏及雜藏傳一卷

失譯人名

衆經目録卷第二

衆經目録卷第三

隋　翻經沙門及學士等撰

別生 於大部内抄出別行

合八百一十部一千二百八十八卷

大乘別生一百二十一部一百三十八卷

華嚴經十種生法經一卷

佛名經一卷

淨行品經一卷

菩薩名經一卷

抄華嚴經一卷

菩薩十地經一卷

右六經出華嚴經

佛說金剛藏問菩薩行經一卷

漸備經一卷

右二經出漸備經

名字功德品經一卷

右一經出涅槃經

大智度無極經四卷

智度無極譬經三卷

總攝無盡義經二卷

摩訶般若波羅蜜神呪經一卷

般若波羅蜜神呪經一卷

道行經一卷

右六經出大品經

舍利弗問寶女經一卷 出第三卷

菩薩導示行經一卷 出第三卷寶女品

調伏衆生業經一卷 出第三卷

大慈無減經一卷

魔業經一卷 出十一卷

菩薩出要行無礙法門經一卷 出十二卷虛空藏初

過魔法界經一卷出十六卷虛空藏中
功德莊嚴王八萬四千歲請佛經一卷
無言菩薩流通法經一卷出十七卷
佛弟子化魔子偈誦經一卷出二十卷
寶女問慧經一卷出寶女品
舍利弗歎寶女説不思議經一卷
魔女問佛説法得男身經一卷
開化魔經一卷
魔王入苦宅經一卷
寶幢呪經一卷
佛入三昧以一毛放大光明經一卷
過去無邊光淨佛土經一卷
見水世界經一卷
佛説菩薩瓔珞莊嚴經一卷
八光經一卷

佛齎化出菩薩經一卷
調伏王子道心經一卷
明星天子問慈經一卷
佛説菩薩如意神通經一卷
光味仙人覩佛身經一卷
光味菩薩造七寶梯經一卷
梵王變身經一卷
寶女問三十二相經一卷
佛問四童子經一卷
菩薩本願經一卷
謦欬徹十方經一卷
無言菩薩經一卷
菩薩初發心持經一卷
不與婆羅門等諍訟經一卷
諸天問如來境界不可思議經一卷

太白魔王堅信經一卷
十八不共品經一卷
申越長者悔過供佛經一卷
波斯匿王蒙佛神力到寶坊經一卷
右四十經出大集經
提婆達多品經一卷
觀世音經一卷
右二經出妙法蓮華經
光世音經一卷
右一經出正法華經
寶海梵志成就大悲經一卷
佛說過去行檀波羅蜜經一卷
觀世音求十方佛各爲授記經一卷
梵志向佛說夢經一卷
東方善華世界佛座震動經一卷

文殊師利授記經一卷
佛變時會身經一卷
寶海梵志請如來經一卷
陀羅尼法門六動經一卷
寂意菩薩問五濁經一卷
梵志觀轉輪王發菩提心經一卷
五百王子作淨土願經一卷
當來選擇諸惡世界經一卷
大悲比丘本願經一卷
過去香蓮華佛世界經一卷
轉輪聖王發心求淨土經一卷
一音演正法經一卷
寶月光明菩薩問蓮華國相貌經一卷
彌勒菩薩本願待時成佛經一卷
樹提摩納發菩提心誓願經一卷

右二十經出悲華經
佛説菩薩三法經一卷
菩薩奉施詣塔作願念經一卷
棄惡長者問菩薩法經一卷
師子步雷音菩薩問文殊師利發心經一卷
師子步雷音菩薩問文殊師利成佛時事經
一卷
右五經出文殊師利佛土嚴淨經
賢劫千佛名經一卷
右一經出賢劫經
等御諸法經一卷
右一經出持心梵天經
定意三昧經一卷
右一經出十住斷結經
具善根經一卷

右一經出菩薩藏經下卷
帝釋施央掘魔羅法服經一卷
佛降央掘魔羅人民歡喜經一卷
無量樂國土經一卷
央掘魔羅歸化經一卷
央掘魔悔過經一卷
佛説央掘魔羅母因緣經一卷
右六經出鴦掘魔羅經
無吾我經一卷
三幻童經一卷
往古造行經一卷
擧鉢經一卷
心本淨經一卷
輭首童真經一卷
右六經出普超三昧經

右一經抄寶雲經禪行
善肩品抄經一卷
右一經别出善臂菩薩經
寶鬘品抄經一卷
右一經别出寶綱經
阿難惑經一卷
右一經出人本欲生經
抄寶積經一卷
右一經出寶積經
合首楞嚴經八卷
右一經出首楞嚴經
合維摩經五卷
右一經出維摩經
過去五十三佛名經一卷
右一經出藥王藥上經
人弘法經一卷
善德婆羅門求舍利經一卷
善德婆羅門問提婆達經一卷
大雲密藏菩薩問大海三昧經一卷
大雲密藏菩薩請雨經一卷
四百三昧名經一卷
右六經出大雲經
菩薩戒自在經一卷
四自在神通經一卷
右二經出自在王菩薩經
不退轉法輪經一卷
右一經出阿惟越致遮經
楞伽阿跋多羅經一卷
右一經出入楞伽經斷肉品
寶雲經一卷

三歸五戒帶佩護身呪經一卷
龍王結願五龍神呪經一卷
五龍呪經一卷
大將軍神呪經一卷
右四經出大灌頂經
大乘別生抄一百一十七部一百三十七卷
本行六波羅蜜經一卷
阿難見水光瑞經一卷
等入法嚴經一卷一名法嚴經
慈仁問八十種好經一卷
菩薩諸苦行經一卷
佛印三昧經一卷
菩薩善戒毗尼藏經一卷
佛說菩薩戒經一卷
日出經一卷

雜要經一卷一名菩薩要行經
迦夷國王頭布施經一卷
賢首菩薩二百問經二卷
三十二相因緣經一卷
普賢菩薩荅難二千經二卷
諸經雜事一卷
三昧王三昧經一卷
菩薩三十二相經一卷
梵天王請佛千首經二卷
衆生未然三界經一卷幷五道受生經共卷
降怨王所行檀波羅蜜經一卷
受持佛名不墮惡趣經一卷
無爲道經二卷
阿練若習禪法經一卷即是抄菩薩禪經初品
佛說分別觀經一卷

法門念佛三昧經一卷
惟日雜難經一卷
佛説六淨經一卷
内六波羅蜜經一卷
歡喜布施五事經一卷
異出菩薩本起經一卷
菩薩呵睡眠經一卷
菩薩呵色欲經一卷似異羅什所譯者
佛名經十卷
佛名經一部三卷
諸經佛名二卷
十方佛名經一部二卷
三世三千佛名一卷
三千佛名一卷
十方佛名功德經一卷

現在十方佛名一卷
千五百佛名一卷
千佛名一卷
現在千佛名一卷
過去千佛名一卷
當來星宿劫千佛名一卷
南方佛名經一卷
賢劫五百佛名一卷
五百七十佛名一卷
百七十佛名一卷
同號佛名一卷
菩薩名二卷
諸經菩薩名二卷
六菩薩名亦當誦持經一卷
九十五種道雜類神呪經二卷

摩訶神呪經一卷
大總持神呪經一卷
思益呪經一卷
十方佛神呪經一卷
七佛所結麻油述呪經一卷異本
七佛神呪經一卷結縷者異本
降魔神呪經一卷
華積陀羅尼神呪經一卷
威德陀羅尼神呪經一卷
陀羅尼句經一卷
集法悦捨苦陀羅尼經一卷
陀隣鉢呪經一卷
諸天王所説陀羅尼經一卷
四天王神呪經一卷
金剛十二使呪經一卷

請金剛呪經一卷
金剛隨意所樂一切皆得呪經一卷
金剛如所願一切勝呪經一卷
金剛結界呪經一卷
金剛小心除滅諸怨呪經一卷
金剛請夢呪經一卷
大神毋結誓呪經一卷
護諸比丘呪經一卷
護諸童子呪經一卷
十二因緣結縷神呪經一卷
伊洹法願呪經一卷
佛説六字大陀羅尼呪經一卷
移山神呪經一卷
和摩結神呪經一卷
解日厄神呪經一卷

七佛安宅神呪經一卷
三歸五戒神王名經一卷
佛說諸大地獄果報經一卷
小乘出別生三百五十二部三百五十二卷
善時鷄王經一卷
右一經出正法念經
舍衛城人喪子發狂經一卷一名梵志喪女經
調達入地獄事經一卷
飛鳥喻經一卷
三十三天園觀經一卷
四人出現世間經一卷
婆羅門避死經一卷
毗羅斯那居士五欲娛樂經一卷
波斯匿王詣佛有五威儀經一卷
波斯匿王何欲最樂經一卷

五戰鬪人經一卷
掃地經一卷
大枯樹經一卷一名枯樹經一名積木燒然經
世間強盗布施經一卷
羅閱城人民請佛經一卷
梵天詣婆羅門講堂經一卷
郁伽居士見佛說法醒悟經一卷
水喻經一卷
七寶經一卷
四泥犁經一卷
鷹鷂獵經一卷
鵄鳥事經一卷
毋子作僧尼意亂經一卷一名學人意亂經
右二十二經出增一阿含經
七知經一卷

七車譬喻經一卷

福行經一卷出第二卷

佛問阿須倫大海有減經一卷一名海有八事經出第八卷

婆拘羅答異學問經一卷一名薄拘羅經出第八卷

摩夷比丘經一卷一名摩夷經出第十卷

惡道經一卷一名惡意經出第十卷

離睡經一卷出二十卷

梵志計水淨經一卷出二十三卷

受歲經一卷出二十三卷

四意止經一卷一名四意止本行經出二十四卷

苦陰因事經一卷出二十五卷

苦陰經一卷出二十五卷

樂想經一卷出二十六卷

阿耨風經一卷出二十七卷

貧窮經一卷出二十九卷

柔輭經一卷出二十九卷

伏婬經一卷出三十卷

優婆塞五法經一卷出三十卷

受持經一卷出三十卷

佛爲黃竹園老婆羅門説學經一卷出三十卷

福經一卷出三十四卷

商人求財經一卷出三十四卷

名稱經一卷出三十六卷

何苦經一卷出二十六卷

婆羅門行經一卷出三十九卷

阿蘭那經一卷出四十卷

尊上經一卷出四十三卷

應法經一卷出四十五卷

意經一卷出四十五卷

瞿曇彌經一卷出四十七卷
鞞摩肅經一卷出五十七卷
邪見經一卷出六十卷
箭喻經一卷出六十卷
中阿含本文經一卷出六十卷
息恚經一卷
浮彌經一卷
長者梨師達多兄弟二人詣世尊經一卷
佛爲呵利曠野鬼説法經一卷
父母恩難報經一卷一名報父恩經
右四十經出中阿含經
佛爲婆羅門説四法經一卷出第二卷
佛跡見千輻輪相經一卷出第四卷
普施經一卷出第四卷
優陁夷坐樹下寂静調伏經一卷出第九卷

色無常經一卷出第十卷
諸漏盡經一卷出第十卷
水沫所漂經一卷一名河中大聚沫經一名聚沫譬經出第十卷
佛爲比丘説大力經一卷出十一卷
佛爲頻頭婆羅門説像類經一卷出十一卷
四大色身生猒離經一卷出十二卷
滿願子經一卷出十三卷
異信異欲經一卷出十四卷
佛爲比丘説三法經一卷出十四卷
葉喻多少經一卷出十五卷
醫王經一卷出十五卷
佛爲比丘説極深險處經一卷出十六卷
佛爲諸比丘説莫思惟世間思惟經一卷出十六卷
佛爲比丘説大熱地獄經一卷出十六卷

舍利弗等比丘得身作證經一卷出十八卷
釋提桓因詣目連放光經一卷出十九卷
目連見大身衆生然鐵纏身經一卷出十九卷
目連見衆生身毛如箭經一卷出十九卷
見一衆生舉體糞穢塗身經一卷一名衆生身穢經
阿那律思惟目連神力經一卷出十九卷
衆生頂有鐵磨盛火熾經一卷出十九卷
三行經一卷出二十卷
眼色相繫經一卷出二十一卷
無畏離車曰阿難經一卷出二十一卷
質多羅長者請比丘經一卷出二十二卷
世尊繫念經一卷出二十二卷
商人脫賊難經一卷出二十二卷
二童子見佛説偈供養經一卷出二十三卷
羅婆鳥鷹所捉經一卷出二十四卷

世間言美色經一卷出二十四卷
純陀沙彌經一卷出二十四卷
雪山無獶猴經一卷出二十四卷
商人子作佛事經一卷出二十五卷
婆羅門通達經論經一卷出二十五卷
比丘於色猒離經一卷出二十六卷
捨諸世務經一卷出二十六卷
嬰兒譬經一卷出二十六卷
外道出家經一卷出二十七卷
轉輪聖王七寶現世間經一卷出二十七卷
無毋子經一卷出二十八卷
婆羅門服白經一卷出二十八卷
向耶違法經一卷出二十八卷
佛説精勤四念處經一卷出二十九卷
田夫喻經一卷出二十九卷

不淨觀經一卷 出二十九卷
信人者生五種過患經一卷 出第四卷
婆羅門虛僞經一卷 出三十卷
佛將比丘優婆塞乞人遊行遇外道說法經一卷 出三十二卷
外道進問佛生歡喜天因緣經一卷 出三十二卷
佛爲調馬聚落主說經一卷 出三十二卷
外道問佛鬪戰生天因緣經一卷 出三十二卷
少多制戒經一卷 出三十二卷
四種良馬經一卷 出三十三卷
馬有八態經一卷 出三十三卷
釋種門優婆塞經一卷 出三十三卷
無始本際經一卷 出三十四卷
一切行不恒安經一卷 出三十四卷
長壽童子病見世尊經一卷 出三十七卷

婆羅門問佛布施得福緣經一卷 出三十七卷
十法成就惡業入地獄經一卷 出三十七卷
佛見牧牛者示道經一卷 出三十八卷
比丘浴遇天子放光經一卷 出三十八卷
魔作不淨色欲嬈亂經一卷 出三十九卷
尊者瞿低迦獨一思惟經一卷 出三十九卷
人民疾疫受三歸經一卷 出三十九卷
仙人說阿脩羅王歸化經一卷 出三十九卷
天於脩羅欲戰鬪經一卷 出四十卷
天帝釋受戒經一卷 出四十卷
逗遮婆羅門論議出家經一卷 出四十二卷
二老男女見佛出家得道經一卷 出四十二卷
河中草龜經一卷 出四十一卷
四蛇經一卷 一名四虵喻經 出四十三卷
恒水流澍經一卷 一名浮木譬喻經 出四十三卷

灰河經一卷（一名塵灰河譬喻經出四十三卷）

四吒婆羅門出家得道經一卷（出四十四卷）

佛見梵天頂經一卷（出四十四卷）

帝釋慈心戰勝經一卷（出四十六卷）

波斯匿王祖母命終經一卷（出四十六卷）

獨富長者財物無付經一卷（一名長者命終無子付囑經出四十六卷）

鑄金喻經一卷（出四十七卷）

金師精舍尊者病經一卷（出四十七卷）

離車不放逸經一卷（出四十七卷）

過去彈琴人經一卷（出四十八卷）

木杵喻經一卷（出四十七卷）

蛇行法經一卷

波斯匿王女命過詣佛經一卷

婆羅門解知衆術經一卷

十一相思念如來經一卷

羊群喻經一卷

三種良馬經一卷

四種人經一卷

悉鞞梨天子詣佛說偈經一卷

差摩比丘喻重病經一卷

佛爲比丘說燒頭喻經一卷

阿育王獲果報經一卷

大力士出家得道經一卷

比丘問佛釋提桓因緣經一卷

過去鳴鼓人經一卷

魔化年少詣佛說偈經一卷

阿育王於佛所生大敬信經一卷

天神禁寶經一卷

國王成就五法久存於世經一卷

佛爲事火婆羅門説悟道經一卷
阿育王施半阿摩勒果經一卷
處中行道經一卷
阿育王供養道塲樹經一卷
壽命促經一卷
長者命終生無熱天經一卷
長者命終生兜率天經一卷
不壞淨經一卷
佛化火與婆羅門出家經一卷
數經一卷
佛爲婆羅門説耕經一卷
佛爲老婆羅門説偈經一卷
佛爲憍慢婆羅門説偈經一卷
勸行有證經一卷
三時過經一卷

七處三觀經一卷
如來神力經一卷
四天王案行世間經一卷
帝釋禮三寶供養經一卷
婆羅門問世尊將來有幾佛經一卷
身觀經一卷
相應相可經一卷
右一百二十八經出雜阿含經
三劫經一卷
三因緣經一卷
大迦葉遇尼乾子經一卷
天地成敗經一卷
右四經出長阿含經
旃闍摩暴志謗佛經一卷出第一卷
五仙人經一卷出第一卷

甥甥經一卷出第一卷
鼈獼猴經一卷出第一卷
舍利弗般泥洹經一卷出第二卷
迦旃延無常經一卷出第二卷
閑居經一卷出第二卷
佛心總持經一卷出第二卷
和利長者問事經一卷出第二卷
和難釋經一卷出第三卷
比丘疾病經一卷出第三卷
仙人撥劫經一卷出第四卷
君臣經一卷出第四卷
夫婦經一卷出第四卷
拘薩羅國烏王經一卷出第四卷
冥具經一卷出第四卷
驢駝經一卷出第四卷

和難經一卷
分衛比丘經一卷
比丘各言志經卷
清信士阿夷扇持經一卷
過命神經一卷
弟子過命經一卷
五百幼童經一卷
審裸形子經一卷
光華梵志經一卷
前世諍女經一卷
墮珠海水中經一卷
負爲牛者經一卷
子命過經一卷
那賴經一卷
象王經一卷

水牛王經一卷
兎王經一卷
孔雀經一卷
野雞經一卷
野狐烏經一卷
腹使經一卷
雜讃經一卷
是我所經一卷
邪業自活經一卷
毒喻經一卷
毒草喻經一卷
毒悔喻經一卷
猘狗經一卷 一名㹊狗嚙主經
比丘尼現變經一卷
國王五人經一卷 一名五福德子經

吉祥呪經一卷
梵志經一卷
八陽神呪經一卷
右五十經出生經
沙彌守戒自殺經一卷
烏聞法生天經一卷
鸚鵡聞四諦經一卷
五百鴈聞佛法生天經一卷
堅誓師子經一卷
右五經出賢愚經
八受身入陰經一卷 出第一卷
人身八十種蟲經一卷 出第一卷
人身四百四病經一卷 出第一卷
地獄罪人衆苦事經一卷 出第三卷
地獄衆生相害經一卷 出第三卷

歡悅品經一卷出第四卷
五陰成敗經一卷
修行勸意經一卷
曉食經一卷
除恐怖品經一卷
修行慈經一卷
人病醫不能自治經一卷
右十二經出修行道地經
佛入甘露調正意經一卷
右一經出大十二門經
梵志疑爭得解脫經一卷
鏡面王經一卷
厭辭梵志經一卷
兜勒梵志經一卷
梵志觀無常得解脫經一卷

猛觀梵志經一卷
傑貪王經一卷
法觀梵志經一卷
右八經出義足經
三方便經一卷
積骨經一卷
地獄讚經一卷經後別有地獄讚此非經類
右三經出七處三觀經
還國品經一卷
右一經出普曜經
變化本起經一卷
右一經出中本起經
木槍刺脚因緣經一卷
右一經出興起行經
佛說無常經一卷出第一卷

阿難見伎樂啼哭無常經一卷 出第一卷
比丘求證人經一卷 出第一卷
佛說群牛千頭經一卷 出第一卷
佛說竊爲沙門經一卷 出第一卷
瓦師逃走經一卷 出第一卷
七老婆羅門請爲弟子經一卷 出第一卷
瞎鱉經一卷 出第一卷
阿梵和利比丘無常經一卷 出第二卷
集修行士經一卷 出第二卷
比丘問佛何故捨世學道經一卷 出第二卷
梵志問世間減損經一卷 出第二卷
梵志避死經一卷 出第二卷
佛看比丘病不受長者請經一卷 出第二卷
童子善射術經一卷 出第二卷
佛說孤毋喪一子經一卷 出第二卷

三魚失水經一卷 出第二卷
慳貪長者經一卷 出第三卷
斫毒樹更生經一卷 出第三卷
女人欲熾荒迷經一卷 出第三卷
獵師捨家學道經一卷 出第三卷
坐禪比丘命過生天經一卷 出第三卷
貧子得財發狂經一卷 出第三卷
放逸經一卷 出第四卷
甘露道經一卷 出第四卷
佛說多聞經一卷 出第四卷
求離牢獄經一卷 出第四卷
深淺學比丘經一卷 出第五卷
降千梵志經一卷 出第五卷
暴象經一卷 出第五卷
拘提比丘經一卷 出第五卷

良時難遇經一卷 出第五卷
梵志子死稻敗經一卷 出第六卷
佛說歡喜過差天經一卷 出第六卷
昔有二人相愛敬經一卷 出第六卷
佛往慰迦葉病經一卷 出第六卷
佛說護口意經一卷 出第七卷
波利比丘謗梵行經一卷 出第七卷
慈仁不殺經一卷 出第七卷
佛說摩那祇全身入地獄經一卷 出第七卷
佛命阿難詣最勝長者經一卷 出第八卷
最勝長者受呪願經一卷 出第八卷
比方世利經一卷 出第八卷
佛神力救長者子經一卷 出第八卷
流離王攻釋子經一卷 出第八卷
佛說信能度河經一卷 出第八卷

有衆生三世作惡經一卷 出第八卷
昔爲鹿王經一卷 出第九卷
梵志試大恩經一卷 出第十卷
二僑士經一卷 出第十卷
聰明比丘經一卷 出第十卷
佛說寤意經一卷 出第十卷
長壽王經一卷 出第十卷
說法難值經一卷 出十一卷
調達問佛顏色經一卷 出十一卷
佛說無害梵志執志經一卷 出十二卷
國王猒世典經一卷 出十二卷
佛度旃陀羅兒經一卷 出十三卷
出曜華經一卷 出十三卷
承事勝已經一卷 出十四卷
梵志問佛師經一卷 出十四卷

善唄比丘經一卷出十四卷
六師結誓經一卷出十四卷
無病第一利經一卷出十五卷
佛說法施勝經一卷出十五卷
水上泡經一卷出十六卷
流離王入地獄經一卷出十六卷
目連弟布施望即報經一卷出十六卷
調達生身入地獄經一卷出十六卷
童子問佛乞食事經一卷出十六卷
倒見衆生經一卷出十六卷
乞兒發惡心經一卷出十八卷
長者夜輸得非常觀經一卷出十九卷
八歲沙彌降伏外道經一卷
鐘磬貧乏經一卷
右七十五經從出曜論別生

小乘別生抄二百一十三部三百二十六卷
佛說進學經一卷一名勸進道經
觀身九道經一卷
八總持經一卷
慢法經一卷
禪思滿足經一卷
八正邪經一卷
黒氏梵志經一卷
佛說大蛇譬喻經一卷
地獄經一卷
說阿難持戒經一卷
阿難受持經一卷
阿難問何因緣持戒見世間貧亦現道貧經一卷
菩薩宿命經一卷

鬼子母經一卷
分別善惡所起經一卷一名十善十惡經
惟流王經一卷
惟婁王師子湩譬喻經一卷
佛並父弟調達經一卷
調達經一卷
調達喻經一卷
摩訶揵陀經一卷一名盡比丘經
目連問經一卷
摩訶目揵連與佛捔能經一卷
舍利弗赦度女人經一卷
解慧微妙經一卷
弟子死復生經一卷
須多羅入胎經一卷
羅漢迦留陀夷經一卷

羅漢遇瓶沙王經一卷
二十八天王經一卷
爲壽盡天子說法經一卷一名命盡天子經
阿鳩留經一卷
夷伽三摩斯經一卷
阿闍世王問瞋恨從何生經一卷
韋提希子月夜問天人經一卷
愛欲聲經一卷一名愛欲聲經
受十善戒經一卷
說善惡道經一卷
度世護身經一卷
爪甲擎土譬經一卷一名爪甲聚土經一名爪頭土經
迦丁比丘說當來變經一卷
憂波斯那優婆夷經一卷
墮釋迦牧牛經一卷

佛本行經一卷
自見自知爲知爲能盡結經一卷
便賢者坑經一卷
欲從本相有經一卷（一名欲從本經）
生聞婆羅門經一卷（一名生門梵志經）
難提和難經一卷（一名難提和羅經）
四姓長者難經一卷（一名四姓長者經）
阿難等各第一經一卷（一名阿難迦葉舍利弗説各第一經）
薩和達王經一卷
七事本末經一卷（一名七事本行經）
長阿含經三卷
那先譬喻經四卷
道地中要語章一卷
安般行道經一卷
道德章一卷

本起抄一卷
佛本記一卷
口傳劫起盡經一卷
父子因緣經一卷
貧女爲王夫人經一卷
度梵志經一卷
佛爲外道須深説離欲經一卷
梵志喪女經一卷
阿質國王經一卷
維藍經一卷
滅怪經一卷
第一四門經一卷
佛説善生子經一卷
和默王經一卷
修習禪觀法一卷

佛説恒河譬經一卷
恒耎尼百句經一卷
世間珍寶經一卷一名世間所望珍寶經
止寺中經一卷
分明罪福經一卷
衰利經一卷
八方萬物無常經一卷
六衰事經一卷
佛説弟子事佛吉凶經一卷
首至佛問十四事經一卷
佛説孝經一卷一名孝子報恩經
十八難經一卷
佛説三毒事經一卷
群牛偈一卷
十一因縁章經一卷

百八愛經一卷
七漏抄經一卷一名七漏經
五十二章經一卷
三界人天身量及壽經一卷
佛説諸天經一卷一名天地像經
度量天地經一卷
略説禪經要句一卷
法觀經一卷
禪法經一卷
阿那律念復生經一卷
阿那律七念章經一卷
禪數經一卷
治禪鬼魅不安經一卷
禪定方便次第法經一卷
小道地經一卷

數息事經一卷
深自知身偈經一卷
禪經偈一卷
內身觀章經一卷
數練意章經一卷
受食思惟經一卷
內禪波羅蜜經一卷
十二門禪經一卷
形疹三品風經一卷
佛治意經一卷
佛治身經一卷
身相經一卷
禪要經呵欲品一卷
明識諦觀經一卷
三慧經一卷

略述毗婆沙所問釋種因緣經一卷
雜數經一卷
六足阿毗曇一卷
苦慧經一卷
佛說五陰經一卷 一名陰事經
陰持入解一卷
十報法三統略一卷
十六無漏心經一卷
十二因緣經一卷
斷十二因緣經一卷
旨解經一卷
布施度無極經一卷 出第一卷
戒度無極經一卷
薩和檀經一卷 出第二卷
忍度無極經一卷

波耶王經一卷出第三卷
禪度無極經一卷
隨藍本經一卷出第三卷
摩天國王經一卷出第五卷
佛說雀王經一卷出第五卷
釋迦畢罪經一卷出第五卷
槃達龍王經一卷出第五卷
佛說菩薩身為鴿王經一卷出第六卷
調達教人為惡經一卷出第六卷
殺身濟賈人經一卷出第六卷
佛說殺龍濟國經一卷出第六卷
小兒聞法即解經一卷出第六卷
彌勒為女身經一卷出第六卷
蜜蜂王經一卷出第六卷
九色鹿經一卷出第六卷

菩薩以明離鬼妻經一卷出第六卷
車匿經一卷一名車匿本末經出第八卷
遮羅國王經一卷出第八卷
梵皇經一卷出第八卷
摩調王經一卷事同中阿含大天經出第八卷
察微王經一卷出第八卷
儒童經一卷出第八卷
阿難念彌經一卷出第八卷
尸呵遍王經一卷出第八卷
普明王經一卷
佛以三事笑經一卷
乾夷王經一卷
太子法施經一卷
太子慕魄經一卷一名太子沐魄
忠心正行經一卷一名藍達王經一名目連功德經

羼提和經一卷
仙歎經一卷
菩薩作龜本事經一卷
菩薩爲魚王經一卷
以金貢太山贖罪經一卷
彌蓮經一卷（一名彌蘭經）
右從布施度無極已下四十經是六度
集抄
羅彌壽經一卷（一名羅旬喻一名羅貧壽一名那彌壽）
栴檀塗塔經一卷
右二經是百緣集經別抄
蓮華女經一卷
右一經是法句喻經別抄
雜譬喻經八十卷
雜譬喻集十卷

康法邃撰
初受道經一卷
賣智慧經一卷
福子經一卷
罵意經一卷
國王癡夫人經一卷
八歲沙彌開解國王經一卷
六人喻經一卷
馬喻經一卷
化譬經一卷（一名化喻經）
獼猴與婢共戲致變經一卷
居士沒故爲婦鼻蟲經一卷
度脫狗子經一卷
俱夷懷羅云本經一卷
須河譬喻經一卷（一名須阿譬經）

毒喻經一卷
流離王入地獄經一卷
佛說首達經一卷一名唯先首達經
佛說福報經一卷
佛說教子經一卷
迦葉責阿難雙度羅漢喻經一卷
迦葉詰阿難經一卷
誨子經一卷
無懼經一卷
鼈喻經一卷
人詐名爲道經一卷
貧女人聽經爲毒蛇所齧命終生天經一卷
明宿願果報經一卷
聽四譬喻經一卷
王后爲蜣蜋經一卷

金色女經一卷
赤觜鳥喻經一卷
神通應化經一卷一名羅漢比丘問答
阿難多恒羅云毋經一卷一名羅云毋經
種田經一卷
學福經一卷
四飯聖法章一卷
八部僧行名經一卷
得道梯橙經一卷
阿難邠祁四時布施經一卷

右四十一經是雜譬喻集抄

別集抄七部三百三十四卷
法寶集二百卷
　梁簡文帝令學士撰
衆經要集二十卷

後魏世沙門曇顯等撰
内典博要三十卷
梁湘東王記室虞孝敬撰
眞言要集十卷
梁世沙門賢明撰
經律異相五十卷
梁武帝令沙門寶唱等撰
淨住子二十卷
南齊敬陵王蕭子良撰
釋迦譜四卷
梁世沙門僧祐撰
衆經目録卷第三

衆經目録卷第四 第五同卷

隋翻經沙門及學士等撰

五分疑僞 名雖似正義涉人造

合二百九部四百九十一卷

阿那含經二卷

定行三昧經一卷 一名佛遺定行品摩訶目連所問經

毗羅三昧經一卷

像法决疑經二卷

善王皇帝經二卷 一名善王皇帝功德尊經或爲一卷

隨願往生經一卷 一名普廣經

唯無三昧經一卷 一名唯務三昧

清淨法行經一卷

龍種尊國變化經一卷 與四事解脱經大同

四事解脱經一卷 一名四事解脱度人經

佛説定慧普遍國土神通菩薩經一卷

大通方廣經三卷

觀世音十大願經一卷 一名大悲觀世音經并有一卷論名爲無畏亦是人造

觀世音三昧經一卷

大乘蓮華馬頭羅刹經一卷

陰馬藏經一卷 一名陰馬藏光明經一名身土王所問治國經

空淨三昧經一卷 一名空靜大感應三昧

般若得道經一卷

初波羅耀經二卷

占察善惡業報經二卷

眞諦比丘慧明經一卷 一名慧明比丘經一名清淨眞諦經

善信神呪經二卷

善信女經二卷 一名善信經

弟子慢爲耆域述經一卷

五苦章句經一卷

護身主妙經一卷一名度世護世經
五濁經一卷
大育王經一卷
㑹有萬字經一卷一名㑹現萬字經
法滅盡經一卷
決罪福經二卷一名惠法經或一卷
華鮮經中説罪福經一卷
大阿那律經一卷
貧女人經一卷一名貧女難陀經
摩目連問經一卷一名定行三昧經
五龍悔過經一卷一名空慧悔過經一名五龍悔過護法經
戒具三昧道門經一卷
最妙初教經一卷
最妙勝定經一卷
天竺沙門經一卷

相國阿羅呵經一卷一名相阿羅呵公經
救護身命濟人病苦厄經一卷
應行律一卷
佛説應供法行經一卷經首題云羅什所出根尋傳録全無此經故入疑品
讓德經一卷
大那羅經一卷
惠明正行經一卷
佛説居士請僧福田經一卷經首題云曇無識譯按識傳無此經故入疑品
阿秋那三昧經一卷一名秋那經
兩部獨證經一卷
鑄金像經一卷
四身經一卷
遺教法律三昧經二卷

遺教論一卷
大空般若論一卷
大法尊王經三十一卷
金剛藏經三十卷
大方佛決狐疑經一卷
八方根源八十六佛名經一卷
寶如來經二卷一名寶如來三昧經舊録或云南海胡作故入僞品
普賢菩薩説此證明經一卷
彌勒成佛本起經一十卷
彌勒成佛伏魔經一卷
彌勒下生觀世音施珠寶經一卷
彌勒下教經一卷
妙法蓮華度量天地經一卷
造天地經一卷
觀世音詠託生經一卷

滅七部莊嚴成佛經一卷
空寂菩薩所問經一卷一名法滅盡經此經僞妄炳然固非竺法護所譯
大光明菩薩百四十八願經一卷
照明菩薩經一卷
照明菩薩方便譬喻治病經一卷
首羅比丘見月光童子經一卷
觀月光菩薩記經一卷
隨葉佛説須菩提經二卷亦名須菩提經
阿難現變經一卷
般若玄記經一卷
幽深玄記經一卷
玄記經二卷
大契經四卷
發菩提心經一卷

菩薩求五眼經一卷
菩提福藏法化經一卷舊録稱齊武帝時沙門道備撰備後改名道歡
般泥洹後諸比丘經一卷
小般泥洹經一卷一名大法滅盡經
佛説法滅盡經一卷
鉢記經一卷
五濁惡世經一卷
佛説蒺蔾園經一卷
妙法蓮華天地變異經一卷
五辛經一卷
華嚴十惡經一卷
觀世樓炭經一卷
小樓炭經一卷
正化内外經二卷一名老子化胡經傳録云晋時祭酒王浮作

須彌四域經一卷
薩婆若陀眷屬莊嚴經一卷舊録稱梁天監九年郢州頭陀道人妙光造
寶頂經一卷
南齊永元元年出時年九歲
淨土經七卷
南齊永元元年出時年九歲
正頂經一卷
南齊永元元年出時年九歲
法華經一卷
南齊永元元年出時年九歲
勝鬘經一卷
南齊永元元年出時年九歲
藥草經一卷
南齊永元二年出時年十歲

太子經一卷
南齊永元二年出時年十歲
伽耶婆經一卷
南齊永元二年出時年十歲
波羅柰經一卷
南齊中興元年出時年十二歲
優婁頻經一卷
南齊中興元年出時年十二歲
益意經二卷
梁天監元年出時年十三歲
般若得經一卷
梁天監元年出時年十三歲
華嚴瓔珞經一卷
梁天監元年出時年十三歲
出乘師子吼經一卷
梁天監三年出時年十五歲
踰陀衛經一卷
梁天監四年臺内華光殿出時年十六歲
阿那含經二卷或一卷
梁天監四年出時年十六歲
妙音師子吼經一卷
梁天監四年出時年十六歲
優曇經一卷
妙莊嚴經四卷
維摩經一卷
序七世經一卷
右自寶頂至此二十一經凡三十五卷
是南齊末年太學博士江泌女
子尼名僧法閉目誦出

梵天神策經一卷
天皇梵摩經一卷
安墓經一卷
安塚經一卷
安宅經一卷
危脆經一卷
安宅神呪經一卷
天公經一卷
安墓神呪經一卷
灌頂度星招魂斷絶復連經一卷此更有一小木盡是人作
度生死海神船經一卷
度法護經一卷
墮落優婆塞經一卷
救蟻沙彌經一卷

佛說呪願經一卷一名燒香呪願經
北方禮佛呪經一卷
敬福經一卷
阿羅訶條國王經一卷
五百梵志經一卷一名亦有亦無經
修行方便經一卷
情離有罪經一卷
偈令經一卷
度世不死經一卷
提謂經二卷舊録稱宋孝武時北國沙門曇靜撰曰一卷者耶正文乖
齋法清淨經一卷
妙好寶車經一卷一名寶車菩薩經舊録稱淮州沙門曇辯撰青州道人道侍治
無爲法道經一卷
佛說正齋經一卷

呪媚經一卷
尸陀林經一卷
招魂經一卷
佛説法社經一卷 披尋古録更應別有法社制度但自未見此經無假具顯
太子讚經一卷
比丘法藏見地獄變經一卷
人民求願經一卷
閻羅王東太山經一卷
七寶經一卷
字論經一卷
救護衆生惡疾經一卷 一名救病經
五果譬喻經一卷
國一切度經一卷 一名薩和薩經 一名薩和菩薩
尼吒國王經一卷

銀蹄金角犢子經一卷
孤兒孤女經一卷
後母經一卷
灌頂經一卷 舊録稱宋孝武時秣陵鹿野寺沙門惠蘭撰
度人王并庶民受五戒正信除邪經一卷
九十五種道經二卷 或名九十六種道
華嚴經十四卷
方等大集經十二卷
菩薩地經十二卷
菩薩決定經十卷
阿差末經四卷
淨度三昧經三卷 異於寶雲所譯者
摩訶摩耶經三卷
爲法捨身經六卷
胎經三卷

央掘魔羅經二卷
報恩經三卷
法華藥王經二卷
維摩經三卷
菩薩本業願行經一卷
法律三昧經一卷
照明三昧不思議事經一卷
諸佛要集經一卷
大乘方等要慧經一卷
樂瓔珞莊嚴方便經一卷
未曾有因緣經一卷
諸法無行經一卷
無爲道經　卷
德光太子經一卷
淨行優婆塞經一卷
法句譬經三十八卷
頭陀經二卷
義足經二卷
安般守意經一卷
四諦要數經一卷
遺教子住經一卷
分別經一卷
魔化比丘經一卷
貧女爲王夫人經一卷
異成實論九卷
異阿毗曇五法經一卷
右自華嚴下三十五經並是蕭子良造
毗跋律一卷
南齊永明年沙門法度於揚州譯
異比丘尼戒本一卷

尸梨蜜弟子覔歷所傳
異威儀一卷
宋元嘉世曇摩耶舍弟子法度造
五明論五卷
五凡夫論一卷
佛說三十七品經一卷一名內三十七品
戒果莊嚴經一卷
南齊永明年常侍庾頡造
衆經目録卷第四

衆經目録卷第五

隋翻經沙門及學士等撰

闕本舊録有目而無經本

合三百七十八部六百十卷

閑居經十卷

晋世沙門竺法護譯

海意經七卷

寶頂經五卷

如來恩智不思議經五卷

右三經宋明帝世沙門法眷於廣州譯

字本經二卷

後漢世沙門支讖譯

猛施經一卷一名猛施道地經

晋世竺法護譯

仁王經一卷重翻闕本

陳世眞諦譯

阿闍世女經一卷

晋世竺法護譯

無憂王經一卷

宋元嘉年求那跋陀羅譯

金益長者子經一卷

離垢蓋經一卷

慧明經一卷

右三經晋世竺法護譯

淨度三昧經一卷

晋世寶雲於揚州譯

光味三昧經一卷

後漢世支讖譯

嚴淨定經一卷一名序世經

寶施女經一卷一名須摩提法律三昧經

右二經晋世竺法護譯
三蜜底耶經一卷
宋明帝世沙門法眷於廣州譯
衆祐經一卷
三轉月明經一卷
十等藏經一卷
右三經晋世竺法護譯
惟逮菩薩經一卷
晋惠帝世沙門帛法祖譯
晋首童眞經一卷
晋世竺法護譯
淨六波羅蜜經一卷
晋世佛陀跋陀羅譯
遺日説般若經一卷
後漢世支讖譯

決道俗經一卷
晋世竺法護譯
廣義法門經一卷
陳世眞諦於晋安佛力寺譯
植衆德本經一卷
晋世竺法護譯
觀世音觀經一卷
沮渠安陽侯於高昌譯
觀世音懺悔除罪呪經一卷
南齊永明年沙門法意譯
法没盡經一卷一名空寂菩薩所問經
小法没盡經一卷
右二經晋世竺法護譯
十二門大方等經一卷
吳黄武年支謙譯

雜賢劫經七卷重翻闕本

後秦弘始年羅什譯

海龍王經四卷重翻闕本

晋世竺法護譯

成具光明定意經一卷重翻闕本

後漢世支謙譯

須賴經一卷重翻闕本

魏世白延譯

大方等如來藏經一卷一名佛藏方等經重翻闕本

晋惠帝世法炬共法立譯

光世音大勢至受決經一卷重翻闕本

晋世竺法護譯

普門品經一卷重翻闕本

晋世祇利蜜多譯

睒本經一卷

阿闍世女無憂施經一卷重翻闕本

隨權女經二卷重翻闕本

右三經晋世竺法護譯

龍施女經一卷重翻闕本

吴黄武年支謙譯

孔雀王神呪經一卷重翻闕本

孔雀王雜神呪經一卷重翻闕本

右二經晋咸康年沙門帛尸利蜜多譯

異了本生死經一卷

菩薩十地經一卷重翻闕本

晋世竺法護譯

得無垢女經一卷重翻闕本

後魏興和三年瞿曇留支於相州譯

維摩詰經一卷重翻闕本

晋世竺法護譯

異維摩詰經三卷 重翻闕本
晋惠帝世竺叔蘭譯
彌勒當來生經一卷 重翻闕本
申日兜本經一卷 重翻闕本
失利越經一卷 重翻闕本
法鏡經二卷 重翻闕本
吳黃武世支謙譯
佛說兜沙經一卷 是如來名號品
後漢世支讖譯
菩薩十法住經一卷 是十住品重翻闕本
晋世佛陀跋陀羅別譯
諸菩薩本業經一卷 是淨行品重翻闕本
晋佛陀跋陀羅譯
佛藏大方等經一卷 一名門明顯經是明難品重翻闕本
般涅槃經二十卷 重翻闕本

宋元嘉年沙門智猛於涼州譯
小阿差末經二卷 重翻闕本
晋世竺法護譯
無盡意經十卷 重翻闕本
宋明帝世沙門法眷於廣州譯
薩曇分陀利經一卷 是法華經寶塔品少分及提婆達多品是後十品重翻闕本
般舟三昧經一卷 重翻闕本
後漢世支讖別譯
佛說般舟三昧念佛章經一卷 是行品重翻闕本
出要經二十卷
阿惟越致轉經十八卷
摩訶衍經十四卷
大忍辱經十卷
行道經七卷

正法華經六卷
三昧王經五卷
梵王請問經五卷
佛從兜率降中陰經四卷
魔王請問經四卷
大梵天王請轉法輪經三卷
釋提桓因所問經三卷
法華光瑞菩薩現壽經三卷
深斷連經二卷
弘道經二卷
大本藏經一卷
無端底總持經一卷
菩薩本行經一卷
文殊觀經一卷
内藏大方等經一卷

太子法慧經一卷
是光太子經一卷
法志女經一卷
觀世音所說行法經一卷
持身菩薩經一卷一名持身經
金剛女菩薩經一卷
善意菩薩經一卷
佛寶三昧經一卷
金剛三昧經一卷
文殊師利權變三昧經一卷一名權變經
彌勒經一卷
小安般舟三昧經一卷
小阿闍世經一卷
小須賴經一卷
四無畏經一卷

菩薩十漚惒經一卷
十漚惒經一卷
普義經一卷
晉世竺法護譯
六法行經一卷
菩薩常行經一卷
菩薩等行經一卷
善德經一卷
阿陀三昧經一卷
阿多三昧經一卷
百寶三昧經一卷
提謂經一卷
十思惟經一卷
分別六情經一卷
隨迦羅問菩薩經一卷

瑞應觀世音經一卷
功德寶光菩薩問護持經一卷
自在王菩薩問如來境界經一卷
目佉經一卷
菩薩道地經一卷
方等決經一卷
讚七佛偈經一卷
阿彌陀佛偈一卷
後出阿彌陀佛偈一卷
迦旃延偈經一卷一名迦旃延說法設盡偈一百二十章
雜華經一卷
五百偈經一卷
三乘經一卷
菩薩戒經八卷
北涼沮渠蒙遜世沙門曇無讖於姑臧

譯

佛悔過經一卷

晉世沙門竺法護譯

菩薩戒優婆塞戒壇文一卷

北涼世曇無讖與惠嵩等譯

菩薩悔過法一卷

晉世竺法護譯

三歸及優婆塞二十二戒一卷 重翻闕本

宋元嘉年僧伽跋摩共寶雲於長干寺譯

菩薩戒本一卷

後秦弘始年羅什譯

菩薩戒本一卷 異本

北涼世曇無讖本與惠嵩等譯

菩薩齋法一卷 一名持齋 一名法齋

菩薩齋法一卷 一名賢首菩薩戒

晉世竺法護譯

阿惟越致菩薩戒經一卷

菩薩波羅提木叉一卷

菩薩受齋經一卷

颰陀悔過經一卷

在家律儀一卷

優婆塞優婆夷離欲具行二十二戒一卷

菩薩戒要義經一卷

勸德經一卷

優婆塞戒本一卷

淨除業障經一卷

菩薩戒經抄一卷

菩薩受戒次第十法一卷

菩薩戒獨受壇文一卷

菩薩懺悔法一卷
菩薩懺悔法一卷異本
菩薩受齋法一卷
菩薩教法一卷
菩薩出入諸則經一卷
菩薩正行經一卷
彌沙塞羯磨一卷
宋景平年佛陀什譯
三品悔過法一卷
誡具經一卷
右二經晉世竺法護譯
僧祇戒本一卷
晉世佛陀跋陀羅共法顯譯
四分羯磨一卷
宋元嘉年求那跋摩於揚州祇洹寺譯

佛本行經五卷
後漢世竺法蘭譯
大戒經一卷
比丘波羅提木叉一卷
賢者得福經一卷
異出比丘威儀經一卷
沙彌尼十戒經一卷
沙彌離威儀經一卷
沙彌威儀經一卷異本
五部威儀所服經一卷
威儀經一卷
道本五戒經一卷
六齋八戒經一卷
賢者五戒經一卷
賢者威儀經一卷

五戒報應經一卷
十誦羯磨一卷一名略要羯磨法
十誦律羯磨雜事一卷
十誦比丘尼戒本一卷
衣服制法一卷出十誦律
揵椎法一卷出十誦律
成就三乘論一卷
反質論一卷
正説道理論一卷
墮暑論一卷
寶行王正論一卷
意業論一卷
　右六論陳世眞諦譯
易行品諸佛名經一卷
菩薩地持戒經一卷
菩薩善戒受戒經一卷
大乘優波提舍五卷
十住毗婆沙抄一卷
釋論一卷
一切義要一卷
方等論抄一卷
五惟越羅名解説經一卷
熒火六度經一卷
散持法經一卷
四品學法經一卷
問忍功德經一卷
阿毗曇心論十六卷重翻闕本
　前秦建元年僧伽提婆於洛陽譯
三法度論三卷重翻闕本
　前秦建元年僧伽提婆共道安等於長

安譯
雜阿毗曇毗婆沙論十四卷重翻闕本
前秦建元年僧伽跋澄共佛圖羅刹於
長安譯
雜阿毗曇心論十三卷重翻闕本
宋元嘉年僧伽跋摩共寶雲於長干寺
譯
雜阿毗曇心論十三卷重翻闕本
宋世佛陀跋陀羅共法顯譯
雜譬喻三百五十首二十五卷
晉世竺法護譯
賈客經二卷
晉世竺法護譯
小本起經二卷
後漢靈帝世支曜於洛陽譯

大十二門經一卷
小十二門經一卷
右二經後漢世安世高譯
沙門果證經一卷
馬王經一卷
四部喻經一卷
右三經晉世竺法護譯
七法經一卷
後漢世安世高譯
鴈王經一卷
鴈王五百鴈俱經一卷
右二經晉世竺法護譯
五法經一卷
後漢世安世高譯
誡羅雲經一卷

給孤獨明德經一卷（一名給孤獨氏）
右二經晉世竺法護譯
釋六十二見經一卷
宋元嘉年求那跋陀羅譯
誡王經一卷
摩訶目連本經一卷
五福施經一卷
右三經晉世竺法護譯
優多羅母經一卷
吴黄武年支謙譯
觀行不移四事經一卷
盧夷亘經一卷
盧羅王經一卷
檀若經一卷
龍王兄弟陀達誡王經一卷

勸化王經一卷
右六經晉世竺法護譯
五蓋疑結失行經一卷
晉永寧年竺法護譯
小郁迦經一卷
舍利弗目連遊諸國經一卷（一名遊諸四衢經）
目連上淨居天經一卷
解無常經一卷
城喻經一卷
耆闍崛山解經一卷
右六經晉世竺法護譯
中阿含經五十九卷（重翻闕本）
前秦建元年曇摩難提譯
修行經七卷
晉世竺法護譯

普曜經八卷重翻闕本
晋永嘉年竺法護譯
普曜經六卷重翻闕本
宋元嘉年沙門智猛共寶雲譯
太子試藝本起經一卷
阿難得道經一卷
阿難般泥洹經一卷
五十五法試經一卷一名五十五法行經
八法行經一卷
給孤獨四姓家問應受施經一卷
弟子本行經一卷
四部本文經一卷
長者賢首經一卷
賢者手力經一卷
十二賢者經一卷一名十二賢經

有賢者法經一卷
四婦因緣經一卷
五百婆羅門問有無經一卷
道德果證經一卷
檢意四王經一卷
曉所諍不解者經一卷
沙門分衛見怪異經一卷
摩訶遮曷遊經一卷
摩訶厥彌難問經一卷一名大厥彌經
心情心識經一卷
失道得道經一卷
魔試佛經一卷
外道仙尼說度經一卷
奇異道家難問住處經一卷
長者難提經一卷

年少王經一卷
羅提坻王經一卷一名羅提神王經
天王下作猪經一卷
始造浴佛時經一卷
未曾有經一卷
三小劫經一卷
墮迦經一卷
八大人覺章經一卷
五方便經一卷
有四求經一卷
兩比丘得割經一卷
所非汝所經一卷
道德舍利日經一卷
舍利日在王舍國經一卷
獨居思惟息念止經一卷

問所明種經一卷
獨坐思惟意中生念經一卷
佛説如是有諸比丘經一卷
比丘所求色經一卷
色爲非常念經一卷
色比丘念本起經一卷
比丘一法相經一卷
佛説善惡意經一卷
有二力本經一卷
有三力經一卷
佛説道有比丘經一卷
有四力經一卷
人有五力經一卷
不聞者類相聚經一卷
無上釋爲故世在人中經一卷

身為無有反復經一卷
師子畜生王經一卷
阿須倫子婆羅門經一卷
婆羅門子名不侵經一卷
有桑竭經一卷
署杜乘婆羅門經一卷
佛在拘薩羅經一卷
佛在優墮國經一卷
是時自梵自守經一卷
婆羅門不信重經一卷
佛告舍利日經一卷
説人自説人骨不知腐經一卷
惡人經一卷
析佛經一卷
理家難經一卷

迦留多王經一卷
梵志闍孫經一卷
波達王經一卷
悲心悒悒經一卷
趣度世道經一卷
癡注經一卷
和達經一卷
分八舍利經一卷
悉曇慕經一卷
鉢呿沙經一卷
吉法驗經一卷
缾沙王經一卷
有無經一卷
須耶越國貧人經一卷一名須耶越國貧人賃剔頭經
坏喻經一卷

妖怪經一卷
阿般計泥洹經一卷一名陶射計泥洹經
四非常經一卷
五失蓋經一卷
要眞經一卷
本無經一卷
十五德經一卷
父毋因緣經一卷
金輪王經一卷
慧行經一卷
佛説未生怨經一卷
内外無爲經一卷
道淨經一卷
耆域四術經一卷
五蓋離疑經一卷

太子智止經一卷
苦相經一卷
須佛得度經一卷
由經一卷
分然洹國迦羅越經一卷
義決法事經一卷
漚惒七言禪利經一卷
三失蓋經一卷
王舍城靈鷲山要直一卷
思道經一卷
佛在竹園經一卷
法爲人經一卷
道意經一卷
陀賢王經一卷
阿夷比丘經一卷

比丘三事經一卷
憂墮羅迦葉經一卷
雜呪經三卷
晉世竺法護譯
阿惟越致菩薩戒經一卷
菩薩波羅提木叉一卷
颰陀悔過經一卷
在家菩薩戒一卷
在家律儀一卷
七女經一卷
五分戒本一卷
宋景平年佛陀什共智勝譯
彌沙塞羯磨一卷
彌沙塞比丘尼戒本一卷
大沙門羯磨一卷

雜經四十四篇二卷
後漢安世高譯
增一阿含經一卷
鳩摩迦葉經一卷 出中阿含經第十五卷
童迦葉解難經一卷
七事經一卷
鹹水喻經一卷 出中阿含
雜阿含三十章經一卷
義決律經一卷 一名決律法行經出長阿含
後漢世安世高譯
樓炭經五卷 是長阿含世記經
晉世竺法護譯
總持經一卷 一名佛心總持經
晉竺法護譯
吳品五卷

吳世康僧會譯
删維摩詰經一卷
晉世竺法護譯
道行經一卷
後漢世支讖譯
道行般若經二卷
晉世衛士度譯
第一義五相略經集一卷
宋元嘉年求那跋陀羅譯
文殊師利發願偈一卷
晉世佛陀跋陀羅譯
十四意經一卷一名菩薩十四意
後漢世安世高譯
佛從上所行三十偈一卷
吳黃武年支謙譯

惟明二十偈一卷
晉竺法護譯
四阿含暮抄二卷
姚秦世鳩摩羅佛提譯
法句集二卷
吳黃武年維祇難譯
大道地經二卷
百六十品經一卷
右二經後漢世安世高譯
禪經修行方便二卷一名不淨觀
晉世佛陀跋陀羅譯
五門禪經要用一卷
宋元嘉年求那跋摩譯
佛爲菩薩五夢經一卷
三品修行經一卷

右二經晉世竺法護譯

經律分異記一卷

宋世求那跋摩譯

比丘二百六十戒三部合異一卷

曇無蘭譯

十誦律釋雜事問二卷

曇摩卑譯

優婆塞五學略論二卷

外國三藏

衆經目録卷第五

衆經目録

隋翻經沙門法經等奉　勑撰

清刻龍藏佛說法變相圖

衆經目録卷第一

隋翻經沙門法經等奉　勅撰

大乘修多羅藏録第一六分

合六百四十五部　一千四百七十八卷

衆經一譯一

合一百三十三部　四百三十一卷

大方廣佛華嚴經六十卷

晉義熙年沙門佛陀跋陀羅等共法業等楊州譯

大般涅槃經四十卷

北涼沮渠蒙遜世沙門曇無讖共惠嵩等於姑藏譯

大方等大集經二十七卷

北涼世沙門曇無讖於姑藏譯

菩薩瓔珞經十四卷
前秦建元年沙門竺佛念於長安譯
菩薩見實三昧經十四卷
齊天統年沙門耶舍於相州譯
佛名經十二卷
後魏世菩提留支於洛陽譯
月燈三昧經十一卷
齊天統年沙門耶舍共法智於相州譯
華手經十卷
後秦弘始年沙門羅什於長安譯
十住斷結經十卷
前秦建元年竺佛念共道安譯
閑居經十卷
晋世沙門竺法護譯
觀佛三昧經八卷

宋永初年佛陀跋陀羅於楊州譯
金光明經七卷
北涼世曇無讖譯　後三卷陳時眞諦譯
海意經七卷
宋明帝世沙門法眷於廣州譯
法集經六卷
後魏世沙門菩提留支於洛陽譯
菩薩處胎經五卷
前秦世沙門竺佛念於長安譯
大悲經五卷
齊天統年沙門耶舍共法智於相州譯
深密解脱經五卷
後魏世菩提留支於洛陽譯
念佛三昧經五卷或有六卷

宋大明年沙門功德直於楊州譯
寶頂經五卷
宋明帝世沙門法眷於廣州譯
大方等無想經五卷一名大雲經
前秦世竺佛念於長安譯
如來恩智不思議經五卷
宋明帝世沙門法眷於廣州譯
密迹力士金剛經五卷
晉太康年沙門竺法護譯
大方等陀羅尼經四卷
北涼沮渠世沙門法衆於高昌郡譯
央掘魔羅經四卷
宋元嘉年沙門求那跋陀羅於楊州譯
僧伽吒經四卷
後魏世月婆首那譯

稱揚諸佛功德經三卷
後秦弘始年沙門羅什譯
等目菩薩所問三昧經三卷或二卷
晉世竺法護譯
菩薩藏經三卷
後秦弘始年沙門羅什譯
雜呪經三卷
晉世沙門竺法護譯
明度五十校計經三卷
後漢世安息沙門安世高譯
淨度三昧經三卷
晉世沙門寶雲於楊州譯
瓔珞本業經二卷
前秦世沙門竺佛念譯
如來莊嚴智慧光明入一切諸佛境界經二

卷

後魏世菩提留支譯

中陰經二卷

前秦世竺佛念於長安譯

大法鼓經二卷

宋世沙門求那跋摩於楊州譯

諸佛要集經二卷

晉世沙門竺法護譯

文殊師利佛土嚴淨經二卷

晉永熙年沙門竺法護於洛陽譯

濡首菩薩無上清淨分衛經二卷 一名決了諸法如幻化三昧經

宋沙門釋朔公於南海譯

孛本經二卷

後漢世沙門支識譯

大乘同性經二卷

後周天和年沙門闍那崛多共僧安譯

諸法無行經二卷

後秦弘始年羅什譯

淨六波羅蜜經一卷

晉世佛陀跋陀羅譯

遺日說般若經一卷

後漢世支讖譯

演道俗業經一卷

晉世沙門法堅譯

決道俗經一卷

晉世沙門竺法護譯

菩薩生地經一卷 一名差摩竭經

吳黃武年支謙譯

菩薩道樹經一卷 一名私呵昧經一名私阿末經一名道樹三昧經

吳世支謙譯
度一切諸佛境界智嚴經一卷
梁天監年曼陀羅仙共僧伽婆羅於楊州譯
照明三昧經一卷
晉世沙門竺法護譯
寶網經一卷一名寶網童子經
晉世沙門竺法護譯
無量義經一卷
南齊建元年沙門曇無伽陀耶舍於楊州譯
廣義法門經一卷
陳世眞諦於晉安佛力寺譯
殖衆德本經一卷
晉世沙門竺法護譯

觀彌勒上生兜率天經一卷
北涼世沮渠安陽侯譯
無量壽觀經一卷
宋元嘉年沙門畺良耶舍於楊州譯
觀普賢菩薩行法經一卷
宋元嘉年沙門曇無蜜多於楊州譯
觀藥王藥上二菩薩經一卷
宋元嘉年畺良耶舍譯
觀世音觀經一卷
沮渠安陽侯於高昌譯
滅十方冥經一卷
晉元熙年沙門竺法護譯
離垢蓋經一卷
菩薩十住經一卷
心明經一卷

慧明經
晉世沙門竺法護譯
光明三昧經一卷
後漢世支讖譯
月燈三昧經一卷 一名文殊師利菩薩十事行一名逮慧三昧經
宋沙門釋先公譯
嚴淨定經一卷 一名序世經
晉世沙門竺法護譯
不思議光菩薩所說經一卷 一名無思議光孩童菩薩經
晉世沙門竺法護譯
尊勝菩薩入無量門陀羅尼經一卷
齊世居士萬天懿於相州譯
文殊師利問菩薩署經一卷 一名署經
後漢靈帝世支讖譯
佛說德光太子經一卷 一名賴吒問光德太子經

晉太始年沙門竺法護譯
幻士仁賢經一卷
晉世沙門竺法護譯
寶施女經一卷 一名須摩提法律三昧經
晉世沙門竺法護譯
三密底耶經一卷
宋明帝世沙門法眷於廣州譯
施燈功德經一卷 一名然燈經
齊世沙門耶舍譯
菩薩訶色欲經一卷
後秦弘始年沙門羅什譯
人本欲生經一卷
後漢桓帝世沙門安世高譯
人所從來經一卷
晉世沙門竺法護譯

不增不減經一卷
後魏世沙門留支譯
衆祐經一卷
晉世沙門竺法護譯
佛語經一卷
後魏世沙門留支譯
無字寶篋經一卷
　後魏世沙門留支譯
如來師子吼經一卷
後魏世菩提留支共佛陀扇多譯
三轉月明經一卷
晉世沙門竺法護譯
十法經一卷
梁普通年沙門僧伽婆羅楊州譯
十等藏經一卷
晉世沙門竺法護譯

不必定入定入印經一卷
後魏世沙門留支譯
魔逆經一卷
晉太康年沙門竺法護譯
濟諸方等學經一卷
菩薩行五十緣身經一卷
晉世沙門竺法護譯
内藏百寶經一卷
後漢靈帝世支讖譯
惟逮菩薩經一卷
晉惠帝世沙門帛法祖譯
彌勒菩薩所問本願經一卷
晉世沙門竺法護譯
文殊師利巡行經一卷
後魏世沙門留支譯

溥首童經一卷
晉世沙門竺法護譯
文殊師利說般若波羅蜜經一卷
梁天監年沙門曼陀羅仙譯
後秦弘始年沙門羅什譯
阿閦佛國經二卷一名佛刹菩薩學成經或一卷
後漢建和年支讖於洛陽譯
般舟三昧經二卷
晉世沙門竺法護譯
迦葉經二卷
後魏世王子月婆首那譯
無上依經二卷
陳世沙門眞諦於廣州譯
未曾有因緣經二卷
蕭齊沙門曇景譯

猛施經一卷一名猛施道地經
晉世竺法護譯
太子須大拏經一卷
晉世沙門法堅譯
太子慕魄經一卷
晉世沙門竺法護譯
金色王經一卷
後魏世留支譯
無憂王經一卷
宋元嘉年求那跋陀羅譯
摩訶摩耶經一卷
蕭齊沙門曇景譯
阿闍世女經一卷
大淨法門經一卷
晉世沙門竺法護譯

勝鬘師子吼一乘大方便經一卷
宋元嘉年求那跋陀羅於楊州譯
須摩提菩薩經一卷一名須摩提經
晉世沙門竺法護譯
金益長者子經一卷
梵女首意經一卷
晉世沙門竺法護譯
差摩婆帝受記經一卷
後魏世菩提留支譯
獨證自誓三昧經一卷一名如來自誓三昧經
晉世沙門竺法護譯
月明菩薩經一卷一名日明童子經
吳黃武年支謙譯
請觀世音消伏毒害陀羅尼經一卷
宋世外國舶主竺難提譯

觀世音懺悔除罪呪經一卷
南齊永明年沙門法恵譯
金剛上味陀羅尼經一卷
後魏世佛陀扇多於洛陽譯
無崖際持法門經一卷
晉世沙門法堅譯
第一義法勝經一卷
後魏興和年沙門留支譯
正恭敬經一卷一名佛說威德陀羅尼中說
後魏世佛陀扇多譯
鹿母經一卷
晉世沙門竺法護譯
鹿子經一卷
吳建興年支謙譯
除恐災患經一卷

魏世沙門白延譯

法沒盡經一卷（一名空寂菩薩所問經）

晉世沙門竺法護譯

八吉祥經一卷

宋元嘉年求那跋陀羅於荆州譯

小法沒盡經一卷

晉世沙門竺法護譯

十二門大方等經一卷

吳黃武年支謙譯

温室洗浴衆僧經一卷

四不可得經一卷

晉世沙門竺法護譯

諸德福田經一卷（一云福田經）

晉世沙門法炬共法立譯

過去佛分衛經一卷

晉世沙門竺法護譯

出家功德經一卷

吳世支謙譯

右一百三十三經並是原本一譯其間非不分摘卷品別譯獨行而大本無虧故宜定録

衆經異譯二（此分有二一大本異譯二別品異譯）

合一百九十五部五百三十卷

悲華經十卷

北涼沮渠蒙遜世曇無讖於姑臧譯

大悲分陀利經八卷

右二經同本異譯

妙法蓮華經十卷

後秦弘始年沙門羅什譯

正法華經十卷

晉太康年沙門竺法護譯
右二經同本異譯
楞伽阿跋多羅經四卷
宋元嘉年求那跋羅譯
入楞伽經十卷
後魏世菩提留支譯
右二經同本異譯
賢劫經十卷一云賢劫三昧經或七卷
晉元康年沙門竺法護譯
新賢劫經七卷
後秦弘始年沙門羅什譯
右二經同本異譯
菩薩行方便境界神通變化經三卷
大薩遮尼乾子經八卷
後魏菩提留支譯

右二經同本異譯
海龍王經四卷
晉世沙門竺法護譯
新海龍王經四卷
北涼世曇無讖譯
右二經同本異譯
大樹緊那羅王所問經四卷
後秦弘始年沙門羅什譯
屯眞陀羅所問經三卷或二卷
後漢建寧年支讖譯
右二經同本異譯
持人菩薩所問經三卷
晉世竺法護譯
持世經四卷亦名法印經
後秦弘始年沙門羅什譯

右二經同本異譯
弘道廣顯三昧經四卷
晉永嘉年沙門竺法護譯
阿耨達龍王經二卷一名阿耨諸佛
晉世沙門竺法護譯
右二經同本異譯
普超三昧經四卷
晉太康年沙門竺法護譯
阿闍世王經二卷
後漢世支讖譯
右二經同本異譯
等集衆德三昧經二卷或三卷
晉世沙門竺法護譯
集一切福德三昧經三卷
姚秦沙門羅什譯

右二經同本異譯
聖善住意天子所問經三卷
後魏世留支譯
如幻三昧經二卷或三卷
晉世沙門竺法護譯
右二經同本異譯
須真天子經二卷
晉太始年沙門竺法護譯
須真天子經二卷亦名須真天子問四事經
晉太始二年沙門曇摩羅刹共文惠等譯
右二經同本異譯
無極寶三昧經一卷
晉永嘉年沙門竺法護譯
寶如來三昧經二卷

東晉沙門秪多密譯
右二經同本異譯
慧上菩薩問大善權經二卷
晉太康年沙門竺法護譯
大乘方便經二卷
晉世竺難提譯
右二經同本異譯
文殊師利現寶藏經二卷
晉太始年沙門竺法護譯
大方廣寶篋經二卷
宋沙門求那䟦陀羅譯
右二經同本異譯
奮迅王問經二卷
後魏世留支譯
自在王經二卷

後秦弘始年沙門羅什譯
右二經同本異譯
佛昇忉利天為母說法經卷上 少卷下
晉太康年沙門竺法護譯
道神足無極變化經二卷
晉太康年安法欽譯
右二經同本異譯
超月明三昧經二卷
晉太始年沙門竺法護譯
超日明經二卷
晉世聶承遠重出
右二經同本異譯
成具光明定意經一卷
後漢靈帝世支曜譯
成具光明定意經一卷

後漢世支讖譯
右二經同本異譯
金剛般若波羅蜜經一卷
後秦弘始年沙門羅什譯
金剛般若波羅蜜經一卷
後魏世菩提留支譯
右二經同本異譯
須賴經一卷（或名須賴菩薩經）
吳黃武年支謙譯
須賴經一卷
魏世白延譯
右二經同本異譯
大方等如來藏經一卷（一名佛藏方等經）
晉惠帝世法炬法立譯
大方等如來藏經一卷
晉義熙年佛陀跋陀羅譯
右二經同本異譯
無量壽佛經一卷（一名阿彌陀經）
後秦弘始年沙門羅什譯
無量壽經一卷
宋元嘉年沙門求那跋陀羅譯
右二經同本異譯
光世音大勢至受決經一卷
晉世沙門竺法護譯
觀世音菩薩受記經一卷
宋世沙門曇無竭於楊州譯
右二經同本異譯
普門品經一卷
晉太康年沙門竺法護譯
普門品經一卷

晉世祇蜜多譯
右二經同本異譯
老女人經一卷亦名老母經
吳世支謙譯
老母六英經一卷
右二經同本異譯
大方等頂王經一卷一名維摩詰子問經
晉世沙門竺法護譯
大乘頂王經一卷
右二經同本異譯
無所悕望經一卷一名象步經
晉世沙門竺法護譯
象腋經一卷
宋曇摩蜜多譯
右二經同本異譯

大方等修多羅經一卷
後魏世留支譯
轉有經一卷
元魏沙門佛陀扇多譯
右二經同本異譯
大乘要慧經一卷
後漢安息三藏安世高譯
彌勒菩薩所問經一卷
後魏世留支譯
右二經同本異譯
文殊師利問菩提經一卷亦名菩薩無行經
後秦弘始年沙門羅什譯
伽耶山頂經一卷
後魏世菩提留支譯
右二經同本異譯

一切法高王經一卷
後魏興和年留支譯
諸法勇王經一卷
宋沙門曇摩密多譯
右二經同本異譯
慧印三昧經一卷亦名惠三昧經
吳世支謙譯
如來智印經一卷
右二經同本異譯
決定總經一卷
晉世沙門竺法護譯
謗佛經一卷
後魏世留支譯
右二經同本異譯
睒子經一卷亦名孝子睒經亦名菩薩睒經亦名佛説睒經

乞伏秦沙門法堅譯
睒本經一卷
右二經同本異譯
乳光佛經一卷
晉世沙門竺法護譯
犢子經一卷
吳世支謙譯
右二經同本異譯
摩訶般若波羅蜜經三十卷一名大品經
後秦弘始年沙門羅什譯
放光般若波羅蜜經三十卷
晉元康年無羅叉共竺叔蘭於陳留倉垣譯
光讚般若波羅蜜經十卷
晉太康年沙門竺法護譯

右三經同本異譯
廣博嚴淨不退轉經六卷或四卷
宋元嘉年沙門智嚴共寶雲譯
不退轉法輪經四卷或三卷
安公涼土異譯
阿惟越致經三卷或四卷
晉太康年沙門竺法護譯
右三經同本異譯
思益梵天問經四卷
後秦弘始年沙門羅什譯
持心梵天所問經四卷一名等御諸法一名莊嚴佛法或六卷
晉太康年沙門竺法護譯
勝思惟梵天所問經六卷
元魏沙門菩提留支譯
右三經同本異譯

佛遺日摩尼寶經一卷
後漢光和年支讖譯
大寶積經一卷
摩訶衍寶嚴經一卷
右三經同本異譯
無畏德女經一卷
後魏元象年佛陀扇多譯
佛說阿闍世王女阿術達菩薩經一卷
阿闍世女無憂施經一卷
晉世沙門竺法護譯
右三經同本異譯
順權方便經二卷一名轉女身菩薩經
隨權女經二卷
晉世沙門竺法護譯
樂瓔珞莊嚴方便經一卷

宋沙門法海譯
右三經同本異譯
貝多樹下思惟十二因縁經一卷一名十二因縁經
晉世沙門竺法護譯
十二因縁經一卷一名聞城十二因縁經
後漢世安世高譯
十二因縁經一卷
南齊永明年求那毗地譯
右三經同本異譯
龍施女經一卷
晉世沙門竺法護譯
龍施女經一卷
吴黄武年支謙譯
龍施菩薩本起經一卷
右三經同本異譯

孔雀王神呪經一卷
孔雀王雜神呪經一卷
晉咸康年沙門帛尸利蜜多譯
孔雀王陀羅尼經二卷
梁世僧伽婆羅譯
右三經同本異譯
了本生死經一卷
吴黄武年支謙譯
異了本生死經一卷
稻稈經一卷
右三經同本異譯
大方廣菩薩十地經一卷
菩薩十地經一卷
晉世沙門竺法護譯
莊嚴菩提心經一卷

後秦弘始年沙門羅什譯

右三經同本異譯

觀虛空藏菩薩經一卷

宋元嘉年沙門曇摩蜜多於楊州譯

虛空藏菩薩經一卷

虛空藏經一卷

後秦世沙門佛陀耶舍譯

右三經同本異譯

長者子制經一卷（一名制經）

後漢安世高譯

逝童子經一卷

晉世沙門支法度譯

佛說菩薩逝經一卷（一名逝經）

晉世沙門白法祖譯

右三經同本異譯

離垢施女經一卷

晉太康年沙門竺法護譯

無垢施菩薩分別應辯經一卷

晉世沙門竺法護譯

得無垢女經一卷

後魏興和三年瞿曇留支於相州譯

右三經同本異譯

維摩詰經三卷

吳黃武年支謙譯

維摩詰經一卷

晉世沙門竺法護譯

維摩詰所說經三卷

後秦弘始年沙門羅什譯

異維摩詰經三卷

晉惠帝世竺叔蘭譯

右四經同本異譯

彌勒成佛經一卷
晉世沙門竺法護譯

彌勒成佛經一卷
後秦弘始年沙門羅什譯

彌勒受決經一卷一名彌勒下生經
後秦弘始年沙門羅什譯

彌勒當來生經一卷

右四經同本異譯

月光童子經一卷一名月明童子經
晉世沙門竺法護譯

申日經一卷

申日兜本經一卷
宋沙門求那跋陀羅譯

失利越經一卷

右四經同本異譯

郁伽長者所問經一卷
魏世康僧鎧譯

郁伽羅越問菩薩行經一卷
晉世沙門竺法護譯

法鏡經一卷
後漢世安玄共佛調譯

法鏡經二卷
吳黄武年支謙譯

右四經同本異譯

道行般若波羅蜜經十卷
後漢光和年支讖譯

新道行經十卷一名新小品經或七卷
晉太始年沙門竺法護譯

小品經七卷

後秦弘始年沙門羅什譯

明度經六卷一名大明度無極經或四卷

吳黄武年支謙譯

須菩提品經七卷

右五經同本異譯

轉女身經一卷

宋沙門曇摩蜜多譯

無垢賢女經一卷

晉世沙門竺法護譯

腹中女聽經一卷

北涼沙門曇無讖譯

胎藏經一卷

不莊校女經一卷

右五經同本異譯

無量門微密持經一卷

吳黄武年支謙譯

出生無量門持經一卷

晉元熈年佛陀跋陀羅譯

阿難目佉尼訶離陀羅尼經一卷

後魏世佛陀扇多譯

無量門破魔陀羅尼經一卷

宋大明年功德直於荆州譯

舍利弗陀羅尼經一卷

右五經同本異譯

無量清淨平等覺經二卷

魏世白延譯

阿彌陀經二卷

吳黄武年支謙譯

無量壽經二卷

晉永嘉年沙門竺法護譯

新無量壽經二卷
宋永初年佛陀跋陀羅譯
新無量壽經二卷
宋世曇摩蜜多於祇洹寺譯
新無量壽經二卷
宋世寶雲於六合山譯
右六經同本異譯
首楞嚴經二卷
後漢中平年支讖譯
首楞嚴經二卷
吴世支謙譯
首楞嚴經二卷
魏世白延譯
首楞嚴經二卷
晉世沙門竺法護譯

勇伏定經二卷
晉元康年沙門竺法護譯
首楞嚴經二卷
晉惠帝世竺叔蘭譯
新首楞嚴經二卷
後秦弘始年沙門羅什譯
蜀首楞嚴經二卷
後出首楞嚴經二卷
右九經同本異譯
前一百六十一經並是諸經大本異譯
漸備一切智德經五卷（是華嚴經十地品或十卷）
晉元康年沙門竺法護別譯
十住經四卷（亦是華嚴經十地品）
後秦弘始年沙門羅什譯
羅摩伽經三卷（入法界品）

西秦乞伏仁世聖堅別譯
信力入印法門經五卷 是華嚴經別品
後魏世菩提留支別譯
如來與顯經四卷 一名興顯如幻經是如來性起品
晉元康元年沙門竺法護別譯
度世經六卷 是離世間品
晉元康年沙門竺法護別譯
佛說兜沙經一卷 是如來名號品
後漢世支讖別譯
菩薩本業經一卷 是淨行品并十住品略無偈
吳黃武年支謙別譯
菩薩十住行道品經一卷 是十住品
晉世沙門竺法護譯
菩薩十法住經一卷 是十住品
晉世佛陀跋陀羅別譯

諸菩薩本業經一卷 是淨行品
晉世佛陀跋陀羅譯
諸菩薩求佛本業經一卷 是淨行品
佛藏大方等經一卷 一名問明顯經是明難品
右十三經並是華嚴經別品殊譯
大般泥洹經六卷 是大般涅槃經前分十卷盡大衆問品
晉義熙年沙門法顯譯
般涅槃經二十卷
宋元嘉年沙門智猛於涼州譯
右二經是大般涅槃經別品殊譯
月藏經十卷 是大集經月藏分
齊世耶舍共法智譯
大哀經八卷 是初陀羅尼自在王菩薩品或七卷
晉元康年沙門竺法護譯
須彌藏經二卷 是大集經別品

齊世耶舍共法智譯

虛空藏所問經六卷 是虛空藏菩薩品或八卷

西秦乞伏世沙門聖堅譯

寶髻菩薩經二卷 是寶髻菩薩品名菩薩淨行經

晉永熙年沙門竺法護譯

阿差末經七卷 是無盡意品或四卷

晉永嘉年沙門竺法護譯

小阿差末經二卷

晉世沙門竺法護譯

無盡意經十卷

宋明帝世沙門法眷譯

無盡意經四卷 亦是阿差末經

晉太始年沙門竺法護譯

寶女經三卷 是寶女品或四卷

晉太康年沙門竺法護譯

無言童子經二卷 是無言品或名無言菩薩經

晉世沙門竺法護譯

右十一經並是大集經別品殊譯

相續解脫經一卷 是深密解脫經少分

宋元嘉年求那跋陀羅譯

解節經一卷 亦是深密解脫經少分

陳世真諦譯

右二經是深密經別品殊譯

放鉢經一卷

右一經是普超經奉鉢品別譯

薩曇分陀利經一卷 是法華經寶塔品少分及提婆達多品

右一經是法華經別品殊譯

般舟三昧經一卷 是後十品

後漢世支讖別譯

跋陀菩薩經一卷 是初四品

佛說般舟三昧念佛章經一卷是行品

右三經是般舟三昧經別品別譯此前三十三經並是諸經別品異譯

右一百九十五經並是重譯或全本別翻或割品殊譯然而世變風移質文迭舉既無梵本校讎自宜俱入定録

衆經失譯三此分有二一單本失譯二重出失譯

合一百三十四部二百七十五卷

出要經二十卷

阿惟越致轉經十八卷

摩訶衍經十四卷

大忍辱經十卷

大灌頂經九卷

行道經七卷

寶雲經七卷

方廣十輪經七卷

大方便報恩經七卷

正法華經六卷

梵正請問經五卷

三昧王經五卷

佛本行經五卷

佛從兜率降中陰經四卷

魔王請問經四卷

七佛經四卷

大梵天王請轉法輪經三卷

釋提桓因所問經三卷

大方廣如來性起經三卷

菩薩本行經三卷

法華光瑞菩薩現壽經三卷

普賢菩薩答難二千經三卷
優婆夷淨行經二卷 一名淨行經
不思議功德經二卷 一名德經
大吉義呪經二卷
菩薩夢經二卷
濡首菩薩經二卷
文殊問經二卷
哀泣經二卷
法界體性無分別經二卷
伅真陀羅所問寶如來經二卷
深斷連經二卷
弘道經二卷
梵天王請佛千首經二卷
密迹力士經二卷
虛空藏菩薩問持經幾福經一卷

大方廣如來秘密藏經一卷
度諸佛境界光嚴經一卷
善臂菩薩所問經一卷
菩薩修行經一卷 一名威勢長者問觀身行經
大本藏經一卷
無端底總持經一卷
菩薩投身餓虎起塔因緣經一卷
一切施主所行檀波羅蜜經一卷
菩薩本行經一卷
賢首菩薩二百問經一卷
文殊觀經一卷
頻婆娑羅王詣佛供養經一卷
大意經一卷
內藏大方等經一卷
天王太子辟羅經一卷

金剛三昧本性清淨不壞不滅經一卷一名金剛清淨經
寶積三昧文殊師利問法身經一卷
文殊師利權變三昧經一卷一名權變經
彌勒經一卷
千佛因緣經一卷
八部佛名經一卷
八吉祥神呪經一卷
八陽經一卷
十吉祥經一卷
賢首經一卷一名賢首夫人經
小安般舟三昧經一卷
小阿闍世經一卷
小須賴經一卷
甚深大迴向經一卷
太子法慧經一卷
是光太子經一卷
長者法志妻經一卷
法志女經一卷
一切智光明仙人慈心因緣不食肉經一卷
文殊師利般涅槃經一卷
觀世音所說行法經一卷
師子月佛本生經一卷
功德莊嚴王八萬四千歲請佛經一卷
持身菩薩經一卷
金剛女菩薩經一卷
善意菩薩經一卷
法華三昧經一卷
佛寶三昧經一卷
金剛三昧經一卷

四無畏經一卷

菩薩十漚惒經一卷

十漚惒經一卷

賢者五福德經一卷

六法行經一卷

菩薩常行經一卷

菩薩等行經一卷

善德經一卷

阿阤三昧經一卷

阿多三昧經一卷

佛印三昧經一卷

百寶三昧經一卷

藥師瑠璃光經一卷

長者音悅經一卷一名音悅經一名長悅音不蘭迦葉經

提謂經一卷

十思惟經一卷

分別六情經一卷

阿質國王經一卷

三昧王三昧經一卷

八菩薩四弘誓經一卷

大光明菩薩百四十八願經一卷

墮迦羅問菩薩經一卷

大悲觀世音經一卷

菩薩諸苦行經一卷

瑞應觀世音經一卷

功德寶光菩薩問護持經一卷

自在王菩薩問如來境界經一卷

目佉經一卷

薩羅國經一卷

菩薩道地經一卷

佛說等入法嚴經一卷（一名法嚴經）

方等決經一卷

佛說本行六波羅蜜經一卷

讚七佛偈經一卷

慈仁問八十種好經一卷

阿彌陀佛偈一卷

後出阿彌陀佛偈一卷

阿彌陀鼓音聲陀羅尼經一卷

佛說阿難見水光瑞經一卷

迦栴延偈經一卷（一名迦栴延說法滅盡偈百二十章）

雜華經一卷

五百偈經一卷

三乘經一卷

右一百二十三經並是單本失譯

前世三轉經一卷

銀色女經一卷

右二經同本異譯

和休經一卷

太子刷護經一卷

右二經同本重出

善法方便陀羅尼經一卷

金剛秘密善門陀羅尼經一卷

右二經同本異出

阿闍世王受決經一卷

採華違王上佛受決經一卷

右二經同本重出

師子奮迅菩薩所問經一卷

華積陀羅尼經一卷

華聚陀羅尼經一卷

右三經同本重出

右十一經是重出失譯

前一百三十四經並是失譯雖復遺落

譯人時事而古録備有且義理

無違亦爲定録

衆經目録卷第一

衆經目録卷第二

隋翻經沙門法經等奉　勅撰

衆經別生四

合二百二十一部二百六十三卷

華嚴經十種生法經一卷

佛名經一卷

淨行品經一卷

菩薩名經一卷

抄華嚴經一卷

菩薩十地經一卷

右六經出華嚴經

佛説金剛藏問菩薩行經一卷

漸備經一卷

右二經出漸備經

名字功德品經一卷

右一經出涅槃經

大智度無極經四卷

大智度無極譬經三卷

總攝無盡義經二卷

摩訶般若波羅蜜神呪經一卷

般若波羅蜜神呪經一卷

道行經一卷

右六經出大品經

舍利弗問寶女經一卷出第二卷

菩薩導示行經一卷出第三卷寶女品

調伏衆生業經一卷出第三卷

大慈無減經一卷出第三卷

魔業經一卷出第十一卷

菩薩出要行無礙法門經一卷出第十二卷虛空藏初

過魔法界經一卷出第十六卷虛空藏中

無言菩薩流通法經一卷出第十七卷
佛弟子化魔子誦偈經一卷出第二十卷
寶女問惠經一卷出寶女品
舍利弗歎寶女說不思議經一卷
魔女聞佛說法得男身經一卷
開化魔經一卷
魔王入苦宅經一卷
寶幢呪經一卷
佛入三昧以一毛放大光明經一卷
過去無邊光淨佛土經一卷
見水世界經一卷
佛說菩薩瓔珞莊嚴經一卷
八光經一卷
佛臍化出菩薩經一卷
調伏王子道心經一卷

明星天子問慈經一卷
佛說菩薩如意神通經一卷
光味仙人覩佛身經一卷
光味菩薩造七寶梯經一卷
梵王變身經一卷
寶女問三十二相經一卷
佛問四童子經一卷
菩薩本願經一卷
謦欬徹十方經一卷
無言菩薩經一卷
菩薩初發心持經一卷
不與婆羅門等爭訟經一卷
諸天問如來境界不可思議經一卷
太白魔王堅信經一卷
十八不共品經一卷

申越長者悔過供佛經一卷
波斯匿王蒙佛神力到寶坊經一卷
右三十九經出大集經
提婆達多品經一卷
觀世音經一卷
右二經出妙法蓮華經
光世音經一卷
右一經出正法華經
寶海梵志成就大悲經一卷
佛說過去行檀波羅蜜經一卷
觀世音求十方佛各爲受記經一卷
梵志向佛說夢經一卷
東方善華世界佛坐震動經一卷
文殊師利受記經一卷
佛變時會身經一卷

寶海梵志請如來經一卷
陀羅尼法門六動經一卷
寂意菩薩問五濁經一卷
五百王子作淨土願經一卷
當來選擇諸惡世界經一卷
大悲比丘本願經一卷
過去香蓮華佛世界經一卷
轉輪聖王發心求淨土經一卷
一音演正法經一卷
寶日光明菩薩問蓮華國相貌經一卷
彌勒菩薩本願待時成佛經一卷
樹提摩納發菩提心誓願經一卷
右十九經出悲華經
佛說菩薩三法經一卷
菩薩奉施詣塔作願念經一卷

棄惡長者問善薩法經一卷
師子步雷音菩薩問文殊師利發心經一卷
師子步雷音菩薩問文殊師利成佛時事經
一卷
右五經出文殊師利佛土嚴淨經
賢劫千佛名經一卷
右一經出賢劫經
等御諸法經一卷
右一經出持心梵天經
定意三昧經一卷
右一經出十住斷結經
具善根經一卷
右一經出菩薩藏經下卷
帝釋施央掘魔羅法服經一卷
佛降央掘魔羅人民歡喜經一卷

無量樂國土經一卷
央掘魔羅歸化經一卷
央掘魔羅悔過經一卷
佛説央掘魔羅母因緣經一卷
右六經出央掘魔羅經
無吾我經一卷
三幻童經一卷
往古造行經一卷
舉鉢經一卷
心本淨經一卷
溥首童眞經一卷
右六經出普超三昧經
人弘法經一卷
善德婆羅門求舍利經一卷
善德婆羅門問提婆達經一卷

大雲密藏菩薩問大海三昧經一卷
大雲密藏菩薩請雨經一卷
四百三昧名經一卷
右六經出大雲經
菩薩戒自在經一卷
四自在神通經一卷
右二經出自在王菩薩經
不退轉法輪經一卷
右一經出阿惟越致遮經初
楞伽阿跋多羅經一卷
右一經出楞伽經斷肉品
寶雲經一卷
右一經抄寶雲經禪行
善臂品抄經一卷
右一經别出善臂菩薩經

寶髻品抄經一卷
右一經别出寶網經
曇昧摩提菩薩説經一卷
右一經出菩薩十住行道品經
阿難惑經一卷
右一經出人本欲生經
抄寶積經一卷
右一經出寶積經
合首楞嚴經八卷
右一經出首楞嚴經
合維摩經五卷
右一經出維摩經
雜要經一卷一名菩薩要行經
迦夷國王頭布施經一卷
三十二相因縁經一卷

諸經雜事一卷
菩薩三十二相經一卷
衆生未然三界經一卷并五道受生經共卷
降怨王所行檀波羅蜜經一卷
受持佛名不墮惡趣經一卷
無爲道經二卷
阿練若習禪法經一卷即是抄菩薩禪經初卷
佛說分別觀經一卷
法門念佛三昧經一卷
佛說六淨經一卷
内三十七品經一卷
内六波羅蜜經一卷
歡喜布施五事經一卷
菩薩訶睡眠經一卷
菩薩訶色欲經一卷似異羅什所譯者

右十八經是諸經所出既未見經本且附斯録

過去五十三佛名經十卷
右一經出藥王藥上經
佛名經十卷
佛名經一部三卷
諸經佛名二卷
十方佛名經一部二卷
三世三千佛名一卷
三千佛名一卷
十方佛名功德經一卷
現在十方佛名一卷
千五百佛名一卷
千佛名一卷
現在千佛名一卷

過去千佛名一卷
當來星宿劫千佛名一卷
南方佛名經一卷
賢劫五百佛名一卷
五百七十佛名一卷
百七十佛名一卷
同號佛名一卷
菩薩名二卷
諸經菩薩名二卷
六菩薩名亦當誦持經一卷
右二十一經是諸經所出旣未見經本
且附斯録
三歸五戒帶佩護身呪經一卷
龍王結願五龍神呪經一卷
五龍呪經一卷
大將軍神呪經一卷
右四經出大灌頂經
雜呪集十卷
九十五種道雜類神呪經二卷
摩訶神呪經一卷
大總持神呪經一卷
思益呪經一卷
十方佛神呪經一卷
七佛所結麻油述呪經一卷異本
七佛神呪經一卷結縷者異本
降魔神呪經一卷
華積陀羅尼神呪經一卷
威德陀羅神呪經一卷
陀羅尼句經一卷
集法悅捨苦陀羅尼經一卷

嚫水神呪經一卷

呪水經一卷

呪土經一卷

藥呪經一卷

毒呪經一卷

血氣神呪經一卷一云取血氣

呪時氣經一卷

呪小兒經一卷

呪齲齒經一卷一云呪蟲一云呪齒

呪齲齒經一卷異本

呪牙痛經一卷

呪牙痛經一卷異本

呪眼痛經一卷

呪眼痛經一卷異本

呪賊經一卷一云除辟賊害呪

呪賊經一卷異本

卒逢賊結帶呪經一卷

七佛安宅神呪一卷

三歸五戒神王名經一卷

右六十二經並是諸經所出既未見本且附斯録

前二百二十一經並是後人隨自意好於大本内抄出别行或持偈句便爲卷部緣此趣末歲廣妖濫日繁今宜攝入以敦根本

衆經疑惑五

合二十一部二十九卷

仁王經二卷別録稱此經是竺法護譯經首又題云是羅什撰集佛語今案此語始末義理文詞似非二賢所譯故入疑録

阿那含經二卷

定行三昧經一卷一名佛遺定行一名摩訶目連所問經
毗羅三昧經二卷
像法決疑經二卷
善王皇帝經二卷一名善王皇帝功德尊經或一卷
隨願往生經一卷
惟無三昧經一卷一名惟務三昧
清淨法行經一卷
龍種尊國變化經一卷與四事解經大同
四事解脱經一卷一名四事解脱度人經
佛說定慧普遍國土神通菩薩經一卷
大通方廣經三卷
觀世音十大願經一卷
觀世音三昧經一卷
大乘蓮華馬頭羅刹經一卷
陰馬藏經一卷一名陰馬藏光明經一名身土王所問治國經

空淨三昧經一卷一名空淨大感應三昧經
般若得經一卷
初波羅耀經二卷
占察善惡業報經二卷
前二十一經多以題注參差衆録致惑
文理復雜眞僞未分事須更詳
且附疑録

衆經僞妄六
合八十部二百一十七卷
大法尊王經三十一卷
十方佛決狐疑經一卷
八方根原八十六佛名經一卷
寶如來經二卷一名寶如來三昧經道安僧祐等録咸云南海胡作故入僞品
普賢菩薩說此證明經一卷

彌勒成佛本起經十七卷
彌勒下生觀世音施珠寶經一卷
彌勒成佛伏魔經一卷
彌勒下教經一卷
妙法蓮華度量天地品一卷
觀世音詠託生經一卷
滅七部莊嚴成佛經一卷
空寂菩薩所問經一卷（一名法滅盡）
　比經僞妄炳然固非竺護所譯
照明菩薩經一卷
照明菩薩方便譬喻治病經一卷
首羅比丘見月光童子經一卷
觀月光菩薩記經一卷
阿難現變經一卷
般若玄記經一卷

幽深玄記經一卷
玄記經二卷
大契經四卷
發菩提心經一卷
菩薩求五眼經一卷
菩提福藏法化經一卷
　舊録稱齊武帝時沙門道備撰備後改名道歡
般泥洹後諸比丘經一卷
小般泥洹經一卷（一名法滅盡經）
佛説法滅盡經一卷
鉢記經一卷（經記甲申年洪水月光菩薩出世事略觀此經妖妄之甚）
五濁惡世經一卷
妙法蓮華天地變異經一卷
華嚴十惡經一卷

觀世樓炭經一卷
小樓炭經一卷
正化内外經二卷一名老子化胡經傳録云晉時祭酒王浮竹
須彌四域經一卷
華嚴經十四卷
方等大集經十二卷
菩薩地經十二卷
菩薩決定經十卷
阿差末經四卷
淨度三昧經四卷
摩訶摩耶經三卷
爲法捨身經六卷
胎經三卷
央掘魔羅經二卷
報恩經二卷

法華藥王經一卷
維摩經二卷
菩薩本業願行經一卷
法律三昧經一卷
照明三昧不思議事經一卷
諸佛要集經一卷
大乘方等要惠經一卷
樂瓔珞莊嚴方便經一卷
未曾有因緣經一卷
諸法無行經一卷
無爲道經一卷
德光太子經一卷

自華嚴至此二十三經並是南齊竟陵王蕭子良輕悉自心於大本内或增或損斟酌成經違反聖教

無亂真典故附僞末用誡後人

薩婆若陀眷屬莊嚴經一卷

右一經僧祐録稱梁天監九年郢州頭陀道人妙光詣揚州治下弘晋寺方造此經聚徒誑惑梁朝擯治故須指明以懲後學

寶頂經一卷南齊永元元年出時年八歲

淨土經七卷南齊永元元年出時年九歲

王頂經一卷南齊永元元年出時年九歲

法華經一卷南齊永元元年出時年九歲

勝鬘經一卷南齊永元元年出時年九歲

藥草經一卷南齊永元三年出時年十歲

太子經一卷南齊永元三年出時年十歲

伽耶婆經一卷南齊永元三年出時年十歲

波羅柰經一卷南齊中興元年出時年十歲

優婁頻經一卷南齊中興元年出時年十二歲

益意經二卷梁天監元年出時年十三歲

般若得經一卷梁天監元年出時年十三歲

華嚴瓔珞經一卷梁天監元年出時年十三歲

出乘師子吼經一卷梁天監三年出時年十五歲

踰陀衛經一卷梁天監四年苑内華光殿出時年十六歲

阿那含經二卷梁天監四年出時年十六歲

妙音師子吼經三卷梁天監四年出時年十六歲

優曇經一卷

妙莊嚴經四卷

維摩經一卷

序七世經一卷

右自寶頂至此二十一經凡三十五卷是南齊末年太學博士江泌女子尼名僧法年八九歲有時靜

坐閉目誦出揚州道俗咸稱神授但自經非金口義無傳譯就令偶合不可以訓故附僞録

前八十一經並號乖真或首掠金言而末申謡讖或初論世術而後託法詞或引陰陽吉凶或明神鬼禍福諸如此比僞妄灼然今宜秘寢以救世患

衆經目録卷第二

衆經目録卷第三

隋翻經沙門法經等奉　勑撰

小乘修多羅藏録第二

合七百七十九部一千一百八十三卷

衆經一譯一　合七十二部二百九十二卷

正法念處經七十卷

後魏世沙門菩提留支譯

增一阿含經五十卷

前秦建元年沙門曇摩難提譯

雜阿含經五十卷

宋世沙門求那跋陀羅譯

長阿含經二十二卷

後秦弘始年沙門佛陀耶舍共竺佛念譯

賢愚經十三卷

宋世沙門惠覺共威德在高昌譯

雜寶藏經十卷

後魏延興年沙門吉迦夜共曇曜譯

生經五卷

晉世沙門竺法護譯

陰持入經二卷

後漢世沙門安世高譯

中本起經二卷

後漢建安年沙門康孟詳共竺大力譯

達摩多羅禪經二卷

東晉沙門佛陀跋陀羅譯

義足經二卷

吴黄武年沙門支謙譯

毗耶娑問經二卷

後魏世沙門菩提留支譯

賈客經二卷
晉世沙門竺法護譯
小本起經二卷
後漢靈帝世沙門支曜於洛陽譯
大十二門經一卷
小十二門經一卷
大安般經一卷
安般守意經一卷
後漢安息三藏安世高譯
般泥洹經一卷
宋元嘉年沙門求那跋陀羅譯
當來變經一卷
晉世沙門竺法護譯
難提迦羅越經一卷
後漢世沙門安世高譯

普義經一卷
晉世沙門竺法護譯
㮈女耆域經一卷
晉世沙門竺法護譯
淨飯王般涅槃經一卷
北涼世安陽侯沮渠京聲譯
沙門果證經一卷
晉世沙門竺法護譯
馬王經一卷
晉世沙門竺法護譯
八師經一卷
吳世沙門支謙譯
四部喻經一卷
晉世沙門竺法護譯
七法經一卷

後漢世沙門安世高譯

鴈王經一卷

晉世沙門竺法護譯

四願經一卷

吳黄武年沙門支謙譯

鴈王五百鴈俱經一卷

晉世沙門竺法護譯

五法經一卷

後漢世沙門安世高譯

誡羅雲經一卷

晉世沙門竺法護譯

婦人遇辜經一卷一名婦遇對經

乞伏秦沙門法堅譯

給孤獨明德經一卷一名給孤獨氏

晉世沙門竺法護譯

辯意長者子所問經一卷一名長者辯意經

魏太安年沙門竺法護譯

胞胎經一卷一名胞胎受身經

晉太安年沙門竺法護譯

四自侵經一卷

晉世沙門竺法護譯

釋六十二見經一卷

宋元嘉年沙門求那跋陀羅譯

五百弟子自說本起經一卷

晉太康年沙門竺法護譯

七女本經一卷一名七女經

吳黄武年沙門支謙譯

大迦葉本經一卷

晉世沙門竺法護譯

阿難四事經一卷

吳黄武年沙門支謙譯
所欲致患經一卷
晋世沙門竺法護譯
法受塵經一卷
後漢世沙門安世高譯
禪行法想經一卷
後漢世沙門安世高譯
誡王經一卷
晋世沙門竺法護譯
摩訶目連本經一卷
晋世沙門竺法護譯
四天王經一卷
宋元嘉年沙門智嚴共寶雲譯
五智施經一卷
晋世沙門竺法護譯

優多羅毋經一卷一名優多羅經
吳黄武年沙門支謙譯
鏡面王經一卷
吳世沙門康僧會譯
摩調王經一卷
晋世沙門竺法護譯
察微王經一卷
吳世沙門康僧會譯
阿闍世王問五逆經一卷一名阿闍世王經
後漢世沙門支讖譯
阿難念彌經一卷
吳世沙門康僧會譯
觀行不移四事經一卷
晋世沙門竺法護譯
盧夷亘經一卷

晉世沙門竺法護譯
盧羅王經一卷
晉世沙門竺法護譯
檀若經一卷
晉世沙門竺法護譯
梵皇經一卷
吳世沙門康僧會譯
龍王兄弟吒達試王經一卷
晉世沙門竺法護譯
勸化王經一卷
晉世沙門竺法護譯
佛垂般涅槃略說教誡經一卷
後秦弘始年沙門羅什譯
五蓋疑結失行經一卷
晉永寧年沙門竺法護譯

小郁迦經一卷
晉世沙門竺法護譯
舍利弗目連遊諸國經一卷一名遊諸四衢
晉世沙門竺法護譯
目連上淨居天經一卷
晉世沙門竺法護譯
解無常經一卷
晉世沙門竺法護譯
城喻經一卷
晉世沙門竺法護譯
耆闍崛山解經一卷
晉世沙門竺法護譯
右七十二經並是源本一譯其間非不
分摘卷品別譯獨行而大本無
虧故宜定録

衆經異譯二 此分有二一大本異譯二別品異譯

合一百部二百七十卷

中阿含經五十九卷

符秦建元年沙門曇摩難提譯

中阿含經六十卷

晉世沙門僧伽提婆譯

右二經同本異譯

修行道地經六卷

後漢世沙門安世高譯

修行經七卷

晉世沙門竺法護譯

右二經同本異譯

阿蘭若習禪法經二卷

後秦弘始年沙門羅什譯

坐禪三昧經二卷

右二經同本異譯

捨頭諫經一卷 亦名太子二十八宿經或名虎耳意經

晉永嘉年沙門竺法護譯

摩登伽經二卷

右二經同本異譯

本相猗致經一卷

後漢世沙門安世高譯

緣本致經一卷

右二經同本異譯

普曜經八卷

晉永嘉年沙門竺法護譯

普曜經六卷

宋元嘉年沙門智猛共寶雲譯

蜀普曜經八卷

右三經同本異譯

過去現在因果經四卷
宋世沙門求那跋陀羅譯
太子本起瑞應經二卷
吳建興年沙門支謙譯
修行本起經二卷
後漢世沙門曇果竺大力共譯
右三經同本異譯
雜藏經一卷
晉世沙門佛陀跋陀羅共法顯譯
鬼問目連經一卷
餓鬼報應經一卷一名目連說地獄餓鬼因緣經
右三經同本異譯
阿難問事佛吉凶經一卷
西秦乞伏仁世法堅譯
佛說阿難分別經一卷一名分別經

弟子慢爲耆域述經一卷
右三經同本異譯
此前二十二經並是諸經大本異譯
雜經四十四篇二卷
後漢沙門安世高別譯
流離王經一卷
晉世沙門竺法護別譯
鴦崛髻經一卷一名指髻經
晉世沙門竺法護別譯
移山經一卷一名力士移山經
晉世沙門竺法護別譯
三摩竭經一卷一名須摩提女經一名難國王經一名忿惒檀王經
吳世沙門竺律頭炎譯
太愛道般泥洹經一卷一名佛毋般泥洹經
宋世沮渠安陽侯於揚州譯

須達經一卷一名長者須達經一名三歸五戒慈心猒離功德經
蕭齊永明年沙門求那毗地譯
行七行現報經一卷出第三十卷
阿難同學經一卷出第三十八卷
增一阿含經一卷
群牛譬經一卷
國王不離先尼十夢經一卷一名國王十夢經
波斯匿王太后崩塵土坌身經一卷一名波斯匿王喪母經
四未曾有法經一卷
施食獲五福報經一卷一名五福德經一名施色力經
阿那邠祁化七子經一卷
放牛經一卷
長者子六過出家經一卷
右十八經並是增一阿含别品異譯

漏分布經一卷
後漢世沙門安世高譯
四諦經一卷
後漢興平年沙門康孟詳譯
是法非法經一卷
後漢世沙門安世高譯
一切流攝守因緣經一卷
後漢世沙門安世高譯
頂生王故事經一卷一名文陀竭王經出第十一卷
鹽王五天使者經一卷一名鐵城泥犁經出第十二卷
歡豫經一卷出第十二卷
古來世時經一卷出第十三卷
鳩摩迦葉經一卷一名童迦葉解難經出第十五卷
長壽王經一卷出第十七卷
阿那律八念經一卷一名禪行歛意經出第十八卷

釋摩男本經一卷一名苦陰因事經出第二十五卷
吳黄武年沙門支謙譯
瞿曇彌記果經一卷出第二十八卷
諸法本經一卷出第二十八卷
魔嬈亂經一卷一名弊魔試目連經一名魔王入目揵蘭腹經出第三十卷
賴吒和羅經一卷出第三十一卷
吳黄武年沙門支謙譯
梵摩喻經一卷出第三十一卷
吳世沙門支謙譯
鸚鵡經一卷一名兜調經出第四十四卷
齋經一卷一名八關齋經一名優婆夷墮舍迦經出第五十五卷
吳黄武年沙門支謙譯
十支居士八城人經一卷出第六十卷
法海經一卷一名海八德經一名瞻波比丘經一名恒水經
比丘問佛多優婆塞命經一卷
佛說求欲經一卷
梵志孫陀耶致經一卷一名孫多耶致經
佛有五百比丘經一卷
凡人有三事愚癡不足經一卷
蓱沙王五願經一卷一名弗迦沙王經
七事經一卷
鹹水喻經一卷
右二十九經並是中阿含別品異譯
七處三觀經二卷
後漢世沙門安世高譯
九横經一卷
後漢世沙門安世高譯
八正道經一卷
後漢世沙門安世高譯

五陰譬喻經一卷（一名水沫所漂經）
後漢世沙門安世高譯
轉法輪經一卷
後漢世沙門安世高譯
聖法印經一卷
晉元康年沙門竺法護譯
雜阿含經一卷
雜阿含四十章經一卷
不自守意經一卷（一名自守亦不自守經）
戒德香經一卷
比丘聽施經一卷（一名聽施比丘經）
馬有三相經一卷
馬有八態譬人經一卷（一名馬有八弊惡態經）
比丘避惡名欲自殺經一卷
戒相應法經一卷

禪行三十七品經一卷
右十六經並是雜阿含別品異譯
義決律經一卷（一名決律法行經）
後漢世沙門安世高譯
普法義經一卷（一名具法行經）
後漢世沙門安世高譯
樓炭經六卷（是世記經）
晉世沙門法炬共法立譯
樓炭經五卷（亦名世記經）
晉世沙門竺法護譯
大般涅槃經二卷（是遊行經）
吳黃武年沙門支謙譯
方等泥洹經二卷（亦是遊行經）
晉世沙門佛陀跋陀羅共法顯譯
大六向拜經一卷（一名威華長者六向拜經 一名尸迦羅越六向拜經）

晉世沙門竺法護譯
梵網六十二見經一卷（一名梵網經）
晉世沙門竺法護譯
十報法經二卷（一名多增道章經）
後漢世沙門安世高譯
寂志果經一卷
梵志阿跋經一卷（一名阿拔摩納經）
七佛父母姓字經一卷（一名婦人無延請佛經）
梵志頞羅延問種尊經一卷
右十三經並是長阿含別品異譯
總持經一卷（一名佛心持經）
晉世沙門竺法護譯
右一經是生經中別品異譯
右七十八經並是諸經別品異譯
前一百經並是重譯或全本別翻或品
殊譯然而世變風移質文迭舉
既無梵本校讎自宜俱入定録
合二百五十部二百七十一卷

衆經失譯三
別譯雜阿含經二十卷
興起行經二卷（一名十緣經）
難提釋經一卷
太子試藝本起經二卷
無垢優婆夷問經一卷
造立形像福報經一卷
法常住經一卷
懈怠耕者經一卷
優填王經一卷（一名優填王作佛形像經）
阿難得道經一卷
阿難七夢經一卷（一名阿難八夢經或誤作八字）

阿難般泥洹經一卷
舍利弗目連泥洹經一卷
佛入涅槃金剛力士哀戀經一卷一名佛般涅槃
迦葉赴佛涅槃經一卷一名時迦葉赴佛經
佛滅度後棺殮葬經一卷一名比丘師經一名師比丘經
灌佛經一卷一名摩訶剎頭經
羅雲忍辱經一卷一名忍辱經
五十五法誡經一卷一名五十五法行經
八法行經一卷
給孤獨四姓家問應受施經一卷
憂墮羅迦葉經一卷
弟子本行經一卷
出家緣經一卷
三品弟子經一卷一名弟子學有三輩經
四部本文經一卷

四輩經一卷
佛爲年少比丘說正事經一卷
見正經一卷一名生死變識經
長者賢首經一卷
賢者手力經一卷
荷鵰阿那含經一卷一名呵調阿那含經
十二賢者經一卷一名十二賢經
有賢者法經一卷
五無返復經一卷一名五有返復經
四婦因緣經一卷
五百婆羅門問有無經一卷
黑氏梵志經一卷
道德果證經一卷
檢意向正經一卷
曉所諍不解者經一卷

阿含正行經一卷一名佛說正意經
沙門分衛見怪異經一卷
摩訶遮昬漩經一卷
五恐怖世經一卷
摩訶厥彌難問經一卷一名大厥彌經
大魚事經一卷
心情心識經一卷
失道得道經一卷
頞多和多耆經一卷
外道誘質多長者經一卷
梵摩難國王經一卷
佛爲阿支羅迦葉說自化作苦經一卷
摩訶迦葉度貧毋經一卷
中心經一卷
魔試佛經一卷

龍王兄弟經一卷一名降龍王經一名難龍經
外道仙尼說度經一卷
沙昬比丘功德經一卷
佛爲年少婆羅門說知善不善經一卷
佛爲拘羅長者說根熟經一卷
奇異道家難問住處經一卷
奇異道家難問法本經一卷
佛爲外道須深說離欲經一卷
須摩提長者經一卷
長者難提經一卷
十二品生死經一卷
年少王經一卷
諫王經一卷一云大小諫王經
末羅王經一卷
羅提坻王經一卷一名羅提押王經

摩達國王經一卷
普達王經一卷
揵陀國王經一卷
天王下作豬經一卷
堅意經一卷一名堅心正意經
佛大僧大經一卷
邪祇經一卷
十二頭陀經一卷一名沙門頭陀經
木槵子經一卷
錫杖經一卷
栴檀樹經一卷
貧窮老公經一卷一名貧窮老經
長者子懊惱三處經一卷
佛說越難經一卷一名曰難經
旃陀越國王經一卷

自愛經一卷一名自愛不自愛經
無上處經一卷
輪轉五道罪福報應經一卷
泥犁經一卷一名勤苦泥犁經
僧護因緣經一卷
罪業報應教化地獄經一卷
那先比丘經二卷或一卷
護淨經一卷
時經一卷一名時非時經
讓德經一卷
始造浴佛時經一卷
度梵志經一卷
新歲經一卷一名婆恕羅經
惟流王經一卷一名惟留經
未曾有經一卷

佛說諸大地獄果報經一卷
罪業報應經一卷
三小劫經一卷
佛說進學經一卷一名勸進學道經
觀身九道經一卷
禪思滿足經一卷
佛說大蛇譬喻經一卷
八總持經一卷
八正八邪經一卷
說阿難持戒經一卷
阿難受持經一卷
阿難問何因緣持戒見世間貧亦現道貧經一卷
菩薩宿命經一卷
男子母經一卷

分別善惡所起經一卷一名十善十惡經
惟婁王師子湩譬喻經一卷
佛並父弟調達經一卷
調達經一卷
調達喻經一卷
目連問經一卷
摩訶揵陀經一卷一名畫信比丘經
摩訶目揵連與佛捔能經一卷
舍利弗歎度女人經一卷
佛說樹提伽經一卷
墮迦經一卷
五王經一卷
解慧微妙經一卷
八大人覺章經一卷
五方便經一卷

弟子死復生經一卷
須多羅入胎經一卷
墮落優婆塞經一卷
羅漢迦留咃夷經一卷
羅漢過瓶沙王經一卷
二十八天經一卷
爲壽盡天子說法經一卷一名命盡天子經
阿鳩留經一卷
庾伽三摩斯經一卷
阿闍世王問瞋恨從何生經一卷
韋提希子月夜問天人經一卷
愛欲聲經一卷一名愛欲一聲經
受十善戒經一卷
說善惡道經一卷
度世護身經一卷

爪甲擎土譬經一卷一名爪甲取土經一名爪頭土經
迦丁比丘說當來變經一卷
隨釋迦牧牛經一卷
佛本行經一卷
自見自知爲知爲能盡結經一卷
有四求經一卷
便賢者坑經一卷坑字或作楠
兩比丘得割經一卷
所非汝所經一卷
道德舍利日經一卷
舍利日在王舍國經一卷
獨居思惟自念止經一卷
問所明種經一卷
欲從本相有經一卷一名欲從本經
獨坐思惟意中生念經一卷

佛説如是有諸比丘經一卷
比丘所求色經一卷
佛説道有比丘經一卷
色爲非常念經一卷
色比丘念本起經一卷
佛説善惡意經一卷
比丘一法相經一卷
有二力本經一卷
有三力經一卷
有四力經一卷
人有五力經一卷
不聞者類相聚經一卷
無上釋爲故世在人中經一卷
身爲無有反復經一卷
師子畜生王經一卷

阿須倫子婆羅門經一卷
婆羅門子名不侵經一卷
生聞婆羅門經一卷 一名生聞梵志經
有隙竭經一卷
署杜乘婆羅門經一卷
佛在拘薩國經一卷
佛在優墮國經一卷
是時自梵守經一卷
婆羅門不信重經一卷
佛告舍曰經一卷
説人自説人骨不知腐經一卷
栴檀調佛經一卷
惡人經一卷
難提和難經一卷 一名難提和羅經
四姓長者難經一卷 一名四姓長者經

折佛經一卷
難等各第一經一卷一名阿難迦葉舍利弗說各第一經
理家難經一卷
迦留多王經一卷
梵志闍孫經一卷
波達王經一卷
悲心悒悒經一卷
趣度世道經一卷
薩和達王經一卷
癡注經一卷
和達經一卷
分八舍利經一卷
悉曇慕經一卷
鉢呿沙經一卷
吉法驗經一卷

瓶沙王經一卷
有無經一卷
須耶越國貧人經一卷一名須耶越國貧人貨剔頭經
坏喻經一卷
妖怪經一卷
阿般計泥洹經一卷一名陶射計泥洹經
四非常經一卷
五失蓋經一卷
要真經一卷
本無經一卷
十五德經一卷
父母因緣經一卷
金輪王經一卷
惠行經一卷
佛說未生怨經一卷

内外無爲經一卷

道淨經一卷

七事本末經一卷 一名七事行本經

耆域四術經一卷

五蓋離疑經一卷

太子智止經一卷

苦相經一卷

須佛得度經一卷

由經一卷

分然洹國迦羅越經一卷

義決法事經一卷

漚惒七言樿利經一卷

三失蓋經一卷

王舍城靈鷲山要直經一卷

思道經一卷

佛在竹園經一卷

法爲人經一卷

道意經一卷

陀賢王經一卷

阿夷比丘經一卷

比丘三事經一卷

右二百四十一經單本

五母子經一卷

沙彌羅經一卷

右二經同本重出

玉耶經一卷 一名長者詣佛説子婦不恭敬經一名七婦經

阿漱達經一卷

右二經同本重出

盂蘭盆經一卷

灌臘經一卷 一名般泥洹後四輩灌臘經

報恩奉盆經一卷

右三經同本重出

摩登女經一卷一名摩鄧女經一名阿難爲蠱道所說經

摩登女解形中六事經一卷

右二經同本是摩登伽經別品重出

前二百五十經並是衆經失譯雖復遺落譯人時事而古録備有且義理無違亦爲定録

衆經目録卷第三

衆經目録卷第四

隋翻經沙門法經奉　勑撰

衆經別生四

合三百四十一部　三百四十六卷

善時鵝王經一卷

右一經出正法念經

舍衛城人喪子狂經一卷一名梵志喪女經分三經

調達入地獄事經一卷

飛鳥喻經一卷

三十三天園觀經一卷

四人出現世間經一卷

婆羅門避死經一卷

毗羅斯那居士五欲娛樂經一卷

波斯匿王諸佛有五威儀經一卷

波斯匿王呵欲最經一卷

五戰鬪人經一卷

掃地經一卷

大枯樹經一卷一名枯樹經一名積木燒然經

世間强盜布施經一卷

羅閱城人民請佛經一卷

梵天詣婆羅門講堂經一卷

郁伽居士見佛説法醒悟經一卷

水喻經一卷

七寶經一卷

四泥犁經一卷

鷹鷂獵經一卷

鵄鳥事經一卷

母子作僧尼意亂經一卷一名學人意亂經

右二十五經出增一阿含經

七知經一卷一名七智經出第一卷

鞞摩肅經一卷出第五十七卷
邪見經一卷出第六十卷
箭喻經一卷出第六十卷
中阿含本文經一卷出第六十卷
息恚經一卷
浮彌經一卷
長者梨師達多兄弟二人詣世尊經一卷
佛爲訶利曠野鬼說法經一卷
父母恩難報經一卷一名報父母恩經
右三十九經出中阿含經
佛爲婆羅門說四法經一卷出第二卷
佛跡見千輻輪相經一卷出第四卷
佛說普施經一卷出第四卷
優陀夷坐樹下寂靜調伏經一卷出第九卷
色無常經一卷出第十卷

諸漏盡經一卷出第十卷
水沫所漂經一卷一名河中大聚沫經一名聚沫譬經出第十卷
佛爲比丘說大力經一卷出第十一卷
佛爲頻頭娑羅門說像類經一卷出第十一卷
佛說四大色身生猒離經一卷出第十二卷
滿願子經一卷出第十三卷
異信異欲經一卷出第十四卷
佛爲比丘說三法經一卷出第十四卷
葉喻多少經一卷出第十五卷
佛說醫王經一卷出第十五卷
佛爲比丘說極深險處經一卷出第十六卷
佛爲諸比丘說莫思惟世間思惟經一卷出第十六卷
佛爲比丘說大熱地獄經一卷出第十六卷
舍利弗等比丘得身作證經一卷出第十八卷

釋提桓詣目連放光經一卷 出第十九卷
目連見大身衆生然鐵纏身經一卷 出第十九卷
目連見衆生身毛如箭經一卷 出第十九卷
見一衆生舉體糞穢塗身經一卷 一名衆生自穢經出第十九卷
阿那律思惟目連神力經一卷 出第十九卷
衆生頂有鐵磨盛火熾然經一卷 出第九卷
三行經一卷 出第二十一卷
眼色相繫經一卷 出第二十一卷
無畏離連白阿難經一卷 出第二十一卷
質多羅長者請比丘經一卷 出第二十一卷
世尊繫念經一卷 出第二十二卷
商人脫賊難經一卷 出第二十二卷
二童子見佛說偈供養經一卷 出第二十三卷
羅婆鳥鷹所捉經一卷 出第二十四卷

世間言美色經一卷 出第二十四卷
淳陀沙彌經一卷 出第二十四卷
雪山無獲猴經一卷 出第二十四卷
商人子作佛事經一卷 出第二十五卷
婆羅門通達經論經一卷 出第二十五卷
比丘於色猒經一卷 出第二十五卷
捨諸世務經一卷 出第二十六卷
嬰兒譬經一卷 出第二十六卷
外道出家經一卷 出第二十七卷
轉輪聖王七寶現世間經一卷 出第二十七卷
無毋子經一卷 出第二十八卷
婆羅門服白經一卷 出第二十八卷
向邪違法經一卷 出第二十八卷
佛說精勤四念處經一卷 出第二十九卷
田夫喻經一卷 出第二十九卷

不淨觀經一卷出第二十九卷
信人者生五種過患經一卷出第三十卷
婆羅門虚僞經一卷出第三十卷
佛將比丘優婆塞乞人遊行遇外道說法經一卷出第三十二卷
外道進問佛生歡喜天因緣經一卷出第三十二卷
佛爲調馬聚落主說經一卷出第三十二卷
外道問佛鬪戰生天因緣經一卷出第三十二卷
少多制戒經一卷出第三十三卷
四種良馬經一卷出第三十三卷
馬有八態經一卷出第三十三卷
釋種問優婆塞經一卷出第三十三卷
佛說無始本際經一卷出第三十四卷
一切行不恒安經一卷出第三十四卷
長壽童子病見世尊經一卷出第三十七卷

婆羅門問佛布施得福經一卷出第三十七卷
十法成就惡業入地獄經一卷出第三十七卷
佛見牧牛者示道經一卷出第三十八卷
比丘浴遇天子放光經一卷出第三十八卷
魔作不淨色欲嬈亂經一卷出第三十九卷
尊者瞿低迦獨一思惟經一卷出第三十九卷
人民疾疫受三歸經一卷出第三十九卷
仙人說阿脩羅王歸化經一卷出第三十九卷
天於脩羅欲戰鬪經一卷出第四十卷
天帝釋受戒經一卷出第四十卷
逗遮婆羅門論議出家經一卷出第四十一卷
二老男女見佛出家得道經一卷出第四十二卷
河中草龜經一卷出第四十三卷
佛說四蛇經一卷一名四虵喻經出第四十三卷
恒水流樹經一卷一名浮木譬喻經出第四十三卷

佛說灰河經一卷一名塵灰河譬喻經出第四十三卷
四吒婆羅門出家得道經一卷出第四十四卷
佛見梵天頂經一卷出第四十四卷
帝釋慈心戰勝經一卷出第四十六卷
波斯匿王祖毋命終經一卷出第四十六卷
獨富長者財物無付經一卷一名長者命終無子付囑經出第四十六卷
鑄金喻經一卷出第四十七卷
離車不放逸經一卷出第四十七卷
木杵喻經一卷出第四十七卷
金師精舍尊者病經一卷出第四十七卷
過去彈琴人經一卷出第四十八卷
蛇行法經一卷
波斯匿王女命過詣佛經一卷
佛說婆羅門解知衆術經一卷

佛說十一相思念如來經一卷
佛說羊群喻經一卷
佛說三種良馬經一卷
四種人經一卷
悉鞞梨天子詣佛說偈經一卷
差摩比丘喻重病經一卷
佛爲比丘說燒頭喻經一卷
阿育王獲果報經一卷
大力士出家得道經一卷
比丘問佛釋提桓因緣經一卷
過去鳴鼓人經一卷
魔化年少詣佛說偈經一卷
阿育王於佛所生大敬信經一卷
天神禁寶經一卷
國王成就五法久存於世經一卷

佛爲事火婆羅門說悟道經一卷
阿育王施半阿摩勒果經一卷
處中行道經一卷
阿育王供養道場樹經一卷
壽命促經一卷
長者命終生無熱天經一卷
長者命終生兜率天經一卷
不壞淨經一卷
佛化火與婆羅門出家經一卷
數經一卷
佛爲婆羅門說耕經一卷
佛爲老婆羅門說偈經一卷
佛爲憍慢婆羅門說偈經一卷
勸行有證經一卷
三時過經一卷

七處三觀經一卷
如來神力經一卷
四天王案行世間經一卷
帝釋禮三寶供養經一卷
婆羅門問世尊將來有幾佛經一卷
身觀經一卷
相應相可經一卷
右一百二十八經出雜阿含經
三劫經一卷
三因緣經一卷
大迦葉過尼乾子經一卷
天地成敗經一卷
右四經出長阿含經
旃闍摩暴志謗佛經一卷出第一卷
五仙人經一卷出第一卷

舅甥經一卷出第一卷
鼈獼猴經一卷出第一卷
舍利弗般泥洹經一卷出第二卷
迦旃延無常經一卷出第二卷
閑居經一卷出第二卷
佛心總持經一卷出第二卷
和利長者問事經一卷出第二卷
和難釋經一卷出第三卷
比丘疾病經一卷出第三卷
仙人撥劫經一卷出第四卷
君臣經一卷出第四卷
夫婦經一卷出第四卷
拘薩羅國烏王經一卷出第四卷
蜜具經一卷出第四卷
驢駝經一卷出第四卷

和難經一卷
分衛比丘經一卷
比丘各言志經一卷
清信士阿夷扇持經一卷
過命神經一卷
弟子過命經一卷
五百幼童經一卷
審裸形子經一卷
光華梵志經一卷
前世諍女經一卷
墮珠海水中經一卷
負爲牛者經一卷
子命過經一卷
那賴經一卷
象王經一卷

水牛王經一卷
兔王經一卷
孔雀經一卷
野雞經一卷
蠱狐烏經一卷
腹便經一卷
雜讚經一卷
是我所經一卷
邪業自活經一卷
毒喻經一卷
毒草喻經一卷
毒悔喻經一卷
猘狗經一卷 一名樂狗嚙主經
比丘尼現變經一卷
國王五人經一卷 一名福德子經

吉祥呪經一卷
梵志經一卷
八陽神呪經一卷
右五十經出生經
沙彌守戒自殺經一卷
鳥聞法生天經一卷
鸚鵡聞四諦經一卷
五百鴈聞佛法生天經一卷
堅誓師子經一卷
右五經出賢愚經
人受身入陰經一卷 出第一卷
人身八十種蟲經一卷 出第一卷
人身四百四病經一卷 出第一卷
地獄罪人衆苦事經一卷 出第一卷
地獄衆生相害經一卷 出第三卷

觀悅品經一卷出第四卷
五陰成敗經一卷
修行勸意經一卷
曉食經一卷
除恐怖品經一卷
修行慈經一卷
人病醫不能自治經一卷
右十二經出修行道地經
佛大甘露調正意經一卷
右一經出大十二門經
梵志疑爭得解脫經一卷
鏡面王經一卷
[illegible]辭梵志經一卷
兜勒梵志經一卷
梵志觀無常得解脫經一卷

猛觀梵志經一卷
桀貪王經一卷
法觀梵志經一卷
右八經出義足經
三方便經一卷
積骨經一卷
地獄讚經一卷經後別有地獄讚非此經類
右三經出七處三觀經
還國品經一卷
右一經出普曜經
變化本起經一卷
右一經出中本起經
木槍刺脚因緣經一卷
右一經出興起行經
長阿含經三卷

那先譬喻經四卷
道地中要語章一卷
安般行道經一卷
道德章一卷
十二遊經一卷
本起鈔一卷
佛本記一卷
口傳劫起盡一卷
父子因緣經一卷
貧女爲王夫人經一卷
盧至長者經一卷
燈指因緣經一卷
優波斯那優婆夷經一卷
怛恕尼百句經一卷
世間珍寶經一卷一名世間所望珍寶經

佛說處處經一卷
止寺中經一卷
十八泥犁經一卷
慢法經一卷
分明罪福經一卷
地獄經一卷
襄利經一卷
八方萬物無常經一卷
六襄事經一卷
佛說弟子事佛吉凶經一卷
首至佛問十四事經一卷
佛說孝經一卷一名孝子報恩經
十八難經一卷
佛說三毒經一卷
小事經一卷

群生偈一卷
十二因緣章經一卷
百八愛經一卷
七漏經一卷一名七漏鈔
五十二章經一卷
三界人天身量及壽一卷
佛説諸天經一卷一名天地像經
度量天地經一卷
略説禪經要句一卷
法觀經一卷
禪法經一卷
阿那律念復生經一卷
阿那律七念章經一卷
禪數經一卷
治禪鬼魅不安經一卷

禪定方便次第法經一卷
小道地經一卷
數息事經一卷
深自知身事偈經一卷
禪經偈一卷
内身觀章經一卷
數練意章經一卷
受食思惟經一卷
内禪波羅蜜經一卷
十二門禪經一卷
形疾三品風經一卷
佛治意經一卷
佛治身經一卷
身相經一卷
禪要經呵慾品一卷

明識諦觀經一卷

右六十二經是諸經所出既未見經本且附前三百四十二經並是後人隨自意好於大本内抄出别行或持偈句便爲卷部縁此趣末歲廣妖濫日繁今宜攝入以敦根本

衆經疑惑五

合二十九部三十一卷

魔化比丘經一卷

眞諦比丘慧明經一卷（一名慧明比丘經一名清淨眞諦經）

善信神呪經三卷

善信女經二卷（一名善信經）

五苦章句經一卷

護身主妙經一卷（一名度世護世經）

五濁經一卷

大育王經一卷

胷有萬字經一卷（一名胷現萬字經）

法滅盡經一卷

決罪福經一卷（一名惠法經）

華鮮經中説罪福經一卷

大阿那律經一卷

貧女人經一卷（一名貧女難陀經）

摩目連問經一卷（一名定行三昧經）

五龍悔過經一卷（一名空惠悔過經一名五龍悔過護法經）

戒具三昧道門經一卷

最妙勝定經一卷

天竺沙門經一卷

相國阿羅呵經一卷（一名相阿羅呵公經）

救護身命濟人病苦厄經一卷

佛說應供法行經一卷經首題云羅什所出根尋傳録全無此經故入疑品
大那羅經一卷
惠明正行經一卷
佛說居士請僧福田經一卷經首題云曇無讖案讖所譯無故入疑品
阿秋那三昧經一卷一名阿秋那經
兩部獨證經一卷
鑄金像經一卷
四身經一卷

右二十九經多以題注參差衆録致惑文理復雜眞僞未分事須更詳且附疑録

衆經僞妄六

合五十三部九十三卷

梵天神策經一卷
天皇梵摩經一卷
安墓經一卷
安塚經一卷
安宅經一卷
危脆經一卷
安宅神呪經一卷
天公經一卷
安墓神呪經一卷
灌頂度星招魂斷絶復連經一卷此經更有一小本並是人作
度生死海神船經一卷此經更有一小本是人作
度法護經一卷
救蟻沙彌經一卷
佛說呪願經一卷一名燒香呪願經

北方禮佛呪願經一卷
敬福經一卷
阿羅呵條國王經一卷
五百梵志經一卷 一名亦有亦無經
修行方便經一卷
情離有罪經一卷
倡令經一卷
度世不死經一卷
提謂經二卷 僧祐録稱宋孝武時北國沙門曇靜撰與一卷耶正大乖
齋法清淨經一卷
妙好寶車經一卷 一名寶車菩薩經舊録稱淮州沙門曇辯撰青州道人道侍治
無爲法道經一卷
佛說正齋經一卷
呪媚經一卷

尸陀林經一卷
照魄經一卷
佛說法社經一卷 披尋古録更應別有法社制度但自未見此經無假具顯
太子讀經一卷
比丘法藏見地獄變經一卷
人民求願經一卷
閻羅王東太山經一卷
七寶經一卷
字論經一卷
救護衆生惡疾經一卷 一名救疾經
五果譬喻經一卷
國一切度經一卷 一名薩和薩經 一名薩和菩經
尼吒國王經一卷
孤兒孤女經一卷

灌頂經一卷舊録稱宋孝武時秣陵鹿野寺沙門惠蘭撰非藥師經
度人王弁庶民受五戒正信除邪經一卷
九十五種道經一卷
法句譬經三十八卷
頭陀經二卷
義足經二卷
安般守意經一卷
四諦要數經一卷
分別經一卷
魔化比丘經一卷
貧女爲王夫人經一卷

右自法句下八經並是蕭子良所造故附僞録前五十三經並號乖眞或首掠金言而末申謠讖或前論世術後託法詞或引陰陽吉凶或明神鬼禍福諸如此比僞妄灼然今宜秘寢以救世患

衆經目録卷第四

衆經目録卷第五

隋翻經沙門法經等奉　勑撰

大乘毗尼藏録第三（六分）

合五十部八十二卷

衆律一譯一

合十二部三十二卷

菩薩戒經八卷

北涼沮渠蒙遜世沙門曇無讖於姑臧譯

佛藏經四卷

後秦弘始年沙門羅什於長安譯

菩薩藏經一卷

梁天監年沙門僧伽婆羅於揚州譯

決定毘尼經一卷（衆録皆云於燉煌譯竟不顯傳譯世代人名）

寶梁經二卷

晉世沙門道龔譯

佛悔過經一卷

晉世沙門竺法護譯

菩薩悔過法一卷

晉世沙門竺法護譯

文殊師利悔過經一卷（一名文殊師利五體悔過經）

晉世沙門竺法護譯

舍利弗悔過經一卷（一名悔過經）

晉世沙門竺法護譯

優婆塞戒經十卷（是在家菩薩戒）

北涼世沙門曇無讖與惠嵩等譯

菩薩戒優婆塞戒壇文一卷

北涼世沙門曇無讖譯

三歸及優婆塞二十二戒一卷（一名優婆塞）

宋元嘉年沙門求那跋摩譯

右一十二律並是衆律一譯定本

衆律異譯三

合七部七卷

菩薩戒本一卷

後秦弘始年沙門羅什譯

菩薩戒本一卷

北涼世沙門曇無讖與惠嵩等譯

右二戒經同本異譯

菩薩齋法一卷（一名正齋　一名持齋）

晉世沙門竺法護譯

菩薩齋法一卷（一名賢首菩薩齋法）

晉世沙門竺法護譯

右二齋法同本異譯

清淨毗尼方廣經一卷

晉世沙門竺法護譯

文殊師利淨律經一卷

晉世沙門竺法護譯

寂調音所問經一卷

沙門法海譯

右三戒經同本異譯

前七律並是衆律異譯

衆律失譯三

合十二部十四卷

大方廣三戒經三卷

法律三昧經一卷

菩薩内戒經一卷

阿惟越致菩薩戒經一卷

三曼陀颰陀羅菩薩經一卷

菩薩波羅提木叉一卷

颰陀悔過經一卷

菩薩受齋經一卷
淨業障經一卷
在家菩薩戒一卷
在家律儀一卷
優婆塞優婆夷離欲具行二十二戒一卷
右一十二律並是衆律失譯
衆律別生四
合一十六部一十六卷
菩薩戒要義經一卷
右一經出菩薩戒經
三十五佛名經一卷
菩薩布施懺悔法一卷
右二經出決定毗尼經
勸德經一卷
右一經出舍利弗悔過經

優婆塞戒本一卷
右一經出優婆塞戒經
淨除業障經一卷
右一經出淨業障經
菩薩戒經抄一卷
菩薩受戒法一卷
菩薩受戒次第十法一卷
菩薩戒獨受壇文一卷
菩薩懺悔法一卷
菩薩懺悔法一卷異本
菩薩受齋法一卷
菩薩教法經一卷
菩薩出入諸則經一卷
菩薩正行經一卷
右十經是衆律抄

前一十六律並是衆律別生

衆律疑惑五

一部二卷

梵網經二卷 諸家舊録多入疑品

右一戒經依舊附疑

衆律僞妄六

合二部十一卷

菩薩善戒比丘藏一卷

淨行優婆塞經十卷 南齊竟陵王蕭子良出

右二律並是衆律僞妄

小乘毗尼藏録第四 大分

合六十四部三百八十二卷

衆律一譯一

合一十六部一百九十九卷

四分律六十卷

後秦世沙門佛陀耶舍共竺佛念譯

僧祇律四十卷

晉世沙門佛陀跋陀羅共法顯譯

彌沙塞律三十卷

宋景平年沙門佛陀什共智勝譯

律二十二卷

陳世沙門眞諦譯

四分戒本一卷

後秦世沙門佛陀耶舍譯

五分戒本一卷

宋景平年沙門佛陀什共智勝譯

解脱戒本一卷 出迦葉毗律

後魏世沙門瞿曇留支譯

沙彌威儀一卷

宋世沙門求那跋摩譯

四分羯磨一卷
宋元嘉年沙門求那跋摩譯
彌沙塞羯磨一卷
宋景平年沙門佛陀什譯
三品悔過法一卷
晉世沙門竺法護譯
誡具經一卷
晉世沙門竺法護譯
優婆塞五戒相一卷
宋元嘉年沙門求那跋摩譯
善見律毗婆沙十八卷
南齊永明年沙門僧伽跋陀羅於廣州譯
鼻柰耶十卷
前秦世沙門竺佛念譯

薩婆多毗尼摩德勒伽十卷
宋元嘉年沙門僧伽跋摩譯
右一十六律並是衆律一譯定本
衆律異譯二
合八部一百二十六卷
十誦律五十九卷
後秦弘始年沙門弗若多羅共羅什於長安譯
十誦律六十一卷
晉世沙門卑摩羅叉於壽春重譯
右二律同本異譯
僧祇戒本一卷
晉世沙門佛陀跋陀羅共法顯譯
僧祇戒本一卷
魏世沙門曇柯迦羅於洛陽譯

右二律同本異譯

比丘尼戒經一卷

晉世沙門竺法護譯

比丘尼大戒一卷

晉世沙門曇摩特譯

右二律同本異譯

曇無德羯磨一卷

魏正元年安息沙門曇諦於洛陽譯

四分羯磨一卷

宋元嘉年沙門求那跋摩於揚州祇桓寺譯

右二律同本異譯

前八律並是衆律同本異譯

衆律失譯三

合二十九部四十五卷

摩訶比丘經一卷一名眞沙門經

迦葉禁戒經一卷

舍利弗問經一卷

優波離問佛經一卷

大愛道比丘尼經二卷

應行律經一卷

戒消災經一卷

犯戒罪報輕重經一卷一名犯罪輕重經

大沙門羯磨一卷

大戒經一卷

比丘波羅提木叉一卷

大比丘威儀經二卷

異出比丘威儀經一卷

沙彌威儀經一卷

沙彌尼十戒經一卷

沙彌離戒經一卷
沙彌離威儀經一卷
五部威儀所服經一卷
威儀經一卷
優婆塞五戒經一卷
優婆塞五法經一卷
優婆塞威儀經一卷
道本五戒經一卷
六齋八戒經一卷
五戒報應經一卷
賢者五戒經一卷
賢者威儀經一卷
毗尼毋八卷
薩婆多毗尼毗婆沙八卷
右二十九律並是衆律失譯

衆律別生四
合六部六卷
十誦羯磨一卷一名略要羯磨法
十誦律羯磨雜事一卷
十誦比丘尼戒本一卷
四分羯磨一卷
衣服制法一卷出十誦律
揵搥法一卷出十誦律
右六律並是衆律別生
衆律疑惑五
合二部三卷
遺教法律三昧經二卷
二百五十戒經一卷諸録並云有六七種異先所出故入疑
右二律並是衆律疑惑
衆律僞妄六

合三部三卷

毗跋律一卷　此律乃南齊永明年沙門法度於揚州作以濫律名及録注譯偽故附

比丘尼戒本一卷　此尸梨蜜弟子覓歷所傳諸録皆疑故附偽

異威儀一卷　宋元嘉世曇摩耶舍弟子法度造違反正律誑耀僧尼揚州于今尚有行者故旨明

右三律並是衆律偽妄

大乘阿毗曇藏録第五　六分

合六十八部二百八十八卷

衆論一譯一

合四十二部二百十三卷

大智度經論一百卷

後秦弘始年沙門羅什於長安譯

十地經論十二卷

後魏永明年沙門勤那摩提共菩提留支於洛陽譯

十住毗婆沙經論十四卷　龍樹菩薩撰

後秦世沙門羅什譯

大涅槃經論一卷

陳世沙門真諦於廣州譯

彌勒菩薩所問經論十卷

後魏世沙門留支譯

寶積經論四卷

後魏世沙門菩提留支譯

金剛般若經論三卷

後魏世沙門菩提留支譯

勝思惟經論三卷

後魏世沙門菩提留支譯

三具足經論一卷

後魏世沙門菩提留支譯

法華經論一卷
後魏世沙門菩提留支譯
轉法輪經論一卷
後魏世沙門菩提留支譯
寶髻菩薩四法經論一卷
後魏世沙門菩提留支譯
無量壽經論一卷
後魏世沙門菩提留支譯
文殊師利問菩提經論二卷一名伽耶頂經論
後魏世沙門菩提留支譯
大莊嚴論十五卷馬鳴菩薩撰
後秦世沙門羅什譯
佛性論四卷
陳世沙門眞諦譯
大丈夫論二卷提婆菩薩譯
北涼世沙門道泰譯
中邊論三卷
陳世沙門眞諦譯
迴諍論一卷
後魏世沙門瞿曇留支譯
佛阿毗曇論二卷
陳世沙門眞諦譯
業成就論一卷
後魏世沙門瞿曇留支譯
中論四卷
後秦世沙門羅什於長安譯
順中論二卷
後魏世沙門菩提留支譯
百論二卷
後秦世沙門羅什譯

意業論一卷
陳世沙門眞諦譯
破外道四宗論一卷
後魏世沙門菩提留支譯
破外道涅槃論一卷
後魏世沙門菩提留支譯
右四十二論並是衆論一譯定木
衆論異譯二
合八部五十二卷
攝大乘釋論十二卷
陳世沙門眞諦譯
攝大乘譯論十五卷
陳世沙門眞諦於廣州譯
右二論同本異譯
菩薩地持論八卷
北涼世沙門曇無讖譯
菩薩善戒經十卷一名菩薩地經
宋元嘉年沙門求那跋摩於揚州譯
右二論同本異譯
攝大乘本論二卷
後魏世沙門佛陀扇多譯
攝大乘本論三卷
陳世沙門眞諦於廣州譯
右二論同本異譯
唯識論一卷
後魏世沙門瞿曇留支譯
唯識論一卷
陳世沙門眞諦譯
右二論同本異譯
前八論並是衆論同本異譯

衆論失譯三

一部二卷

發菩提心論二卷

右一論是衆論失譯

衆論别生四

合一十五部一十九卷

易行品諸佛名經一卷

右一經出十住毗婆沙論

菩薩地持戒經一卷

右一經出地持論

菩薩善戒受戒經一卷

右一經出善戒經

大乘優波提舍五卷

十住毗婆沙抄一卷

釋論一卷

一切義要一卷

方等論抄經一卷

五惟越羅名解説經一卷

熒火六度經一卷

日出經一卷

佛説惟日雜難經一卷

散持法經一卷

四品學法經一卷

問忍功德經一卷

右一十二經是衆論抄

前一十五論並是衆論别生

衆論疑惑五

一部一卷

大乘起信論一卷人云真諦譯勘真諦録無此論故入疑

右一論是衆論疑惑

衆論僞妄六
一部一卷
五凡夫論一卷
右一論是人造僞妄
小乘阿毗曇藏録第六分六
合一百一十六部四百八十二卷
衆論一譯一
合一十四部二百七十六卷
阿毗曇毗婆沙論八十四卷
北凉世沙門佛陀跋摩共道泰譯
阿毗曇論三十卷一名迦旃延阿毗曇一名八揵度或二十卷
前秦建元年沙門僧伽提婆譯
舍利弗阿毗曇論二十二卷
後秦弘始十年沙門曇摩崛多共曇摩耶舍等譯
毗婆沙阿毗曇論十四卷一名廣說
前秦建元年僧伽提婆於洛陽譯
阿毗曇心論十六卷
前秦建元年沙門僧伽提婆於洛陽譯
出曜論十九卷
前秦世沙門竺佛念譯
婆須蜜所集論十卷
前秦建元年沙門僧伽跋澄共竺佛念譯
立世阿毗曇論十卷
陳世沙門眞諦譯
俱舍論二十二卷
陳世沙門眞諦譯
法勝阿毗曇論七卷
齊天統年沙門耶舍共法智譯

四諦論四卷
陳世沙門眞諦譯
明了論一卷
陳世沙門眞諦譯
成實論二十四卷
後秦世沙門羅什譯
解脱道論十三卷
梁世沙門僧伽婆羅譯
右一十四論並是衆論一譯定本
衆論異譯二
合八部六十六卷
阿毗曇心論五卷
前秦建元年沙門僧伽提婆共道安等
於長安譯
阿毗曇心論四卷
晉太元年沙門僧伽提婆共慧遠於廬
山譯
右二論同本異譯
三法度論三卷
前秦建元年沙門僧伽提婆共道安等
於長安譯
三法度論三卷
晉太元年沙門僧伽提婆共慧遠於廬
山譯
右二論同本異譯
雜阿毗曇毗婆沙論十四卷
前秦建元年沙門僧伽跋澄共佛圖羅
刹於長安譯
雜阿毗曇心論十三卷
宋元嘉年沙門僧伽跋摩共寶雲於長

干寺譯
雜阿毗曇心論十三卷
宋世沙門佛陀跋陀羅共法顯譯
雜阿毗曇心論十一卷
宋元嘉年沙門伊葉波羅共求那跋摩譯
右四論同本異譯
前八論並是衆論同本異譯
衆論失譯三
合五部二十二卷
衆事分阿毗曇十二卷
甘露味阿毗曇二卷
三彌底論四卷
分別功德論三卷
辟支佛因緣論一卷

右五論並是衆論失譯
衆論別生四
合八十六部一百七卷
佛說無常經一卷出第一卷
阿難見妓樂啼哭無常經一卷出第一卷
比丘求證人經一卷出第一卷
佛說群牛千頭經一卷出第一卷
佛說竊爲沙門經一卷出第一卷
瓦師逃走經一卷出第一卷
七老婆羅門請爲弟子經一卷出第一卷
瞎髓經一卷出第一卷
阿梵和利比丘無常經一卷出第二卷
集修行士經一卷出第二卷
比丘問佛何故捨世學道經一卷出第二卷
梵志問世間減損經一卷出第二卷

梵志避死經一卷出第二卷
佛看比丘病不受長者請經一卷出第二卷
童子善射術經一卷出第二卷
佛說孤毋喪一子經一卷出第二卷
三魚失水經一卷出第二卷
慳貪長者經一卷出第三卷
斫毒樹更生經一卷出第三卷
女人欲熾荒迷經一卷出第三卷
獵師捨家學道經一卷出第三卷
坐禪比丘命過生天經一卷出第三卷
貧子得財發狂經一卷出第三卷
放逸經一卷出第四卷
甘露道經一卷出第四卷
佛說多聞經一卷出第四卷
求離牢獄經一卷出第四卷

深淺學比丘經一卷出第五卷
降千梵志經一卷出第五卷
暴象經一卷出第五卷
拘提比丘經一卷出第五卷
良時難遇經一卷出第六卷
梵志子死稻敗經一卷出第六卷
佛說歡喜過差天經一卷出第六卷
昔有三人相愛敬經一卷出第六卷
佛往慰迦葉病經一卷出第六卷
佛說護口意經一卷出第六卷
波利比丘護梵行經一卷出第七卷
慈仁不殺經一卷出第七卷
佛說摩那祇全身入地獄經一卷出第七卷
佛命阿難詣最勝長者經一卷出第八卷
最勝長者受呪願經一卷出第八卷

北方世利經一卷出第八卷
佛神力救長者子經一卷出第八卷
流離王攻釋子經一卷出第八卷
佛說信能度河經一卷出第八卷
有衆生三世作惡經一卷出第八卷
昔爲鹿王經一卷出第九卷
梵志試火恩經一卷出第十卷
二僑士經一卷出第十卷
聰明比丘經一卷出第十卷
說佛寤意經一卷出第十一卷
長壽王經一卷出第十一卷
說法難值經一卷出第十一卷
調達問佛顏色經一卷出第十一卷
佛說無害梵志執志經一卷出第十二卷
國王猒世典經一卷出第十二卷

佛度旃陀羅兒經一卷出第十三卷
出曜華經一卷出第十三卷
承事勝已經一卷出第十四卷
梵志問佛師經一卷出第十四卷
善唄比丘經一卷出第十四卷
六師結誓經一卷出第十四卷
無病第一利經一卷出第十五卷
佛說法施勝經一卷出第十五卷
水上泡經一卷出第十六卷
流離王入地獄一卷出第十六卷
目連弟布施望即報經二卷出第十六卷
調達生身入地獄經一卷出第十六卷
童子問佛乞食事經一卷出第十六卷
倒見衆生經一卷出第十六卷
乞兒發惡心經一卷出第十八卷

長者夜輸得非常觀經一卷出第十九卷
八歲沙彌降伏外道經一卷
鍾磬貧乏經一卷
右七十五經從出曜論別生
王惠經二卷
雜數經二十卷
略述毗婆沙所問釋種因縁經一卷
六足阿毗曇一卷
苦慧經一卷
佛説五陰經一卷一名五陰事經
十報法三統略一卷
十六無漏心經一卷
十二因縁經二卷
斷十二因縁經一卷
旨解經一卷

右一十一經是衆論抄
前八十六經並是衆論別生
衆論疑惑五
一部一卷
遺教論一卷人云眞諦譯勘眞諦録無此論故入疑
右一論是疑惑
衆論僞妄六
二部十卷
成實論九卷　蕭子良
阿毗曇五法一卷　蕭子良
右二論並是人造僞妄

衆經目録卷第五

衆經目録卷第六 第七合卷

隋 翻經 沙門法經等奉　勑撰

佛滅度後撰集録第七 二合一百四十四部分六百二十七卷

西方諸聖賢所撰集一

合五十一部　一百二十二卷

摩訶般若波羅蜜經抄五卷 一名摩訶般若經一名長安中經

前秦建元年沙門曇摩蜱共竺佛念譯

六度集八卷

吳品五卷

吳世沙門康僧會譯

菩薩本緣集四卷　僧伽斯那撰

吳世沙門支謙譯

删維摩詰經一卷

晉世沙門竺法護譯

僧伽羅剎集三卷

前秦世沙門曇摩難提譯

道行經一卷

後漢世沙門支讖譯

道行般若經二卷

晉世衞士度譯

第一義五相略經集一卷

宋元嘉年沙門求那跋陀羅譯

文殊師利發願偈一卷

晉世沙門佛陀跋羅譯

孛經抄集一卷

吳黄武年沙門支謙譯

十四意一卷 一名菩薩十四意

後漢世沙門安世高譯

思惟經一卷 一名思惟要略

後漢世沙門安世高譯
佛醫經抄一卷
吴世沙門竺律頭炎共支謙譯
佛從上所行三十偈一卷
吴黄武年沙門支謙譯
分别業報略集一卷 大勇菩薩撰
宋元嘉年沙門求那跋摩譯
惟明二十偈一卷
晉世沙門竺法護譯
龍樹勸發諸王要偈一卷一名爲禪陀迦王説要偈
宋世沙門求那跋摩譯
雜譬喻經一卷
後秦世沙門羅什出道略集
無明羅刹喻集二卷
雜譬經二卷一名菩薩度人經

右二十一經是大乘抄集
雜譬喻三百五十首二十五卷
晉世沙門竺法護譯
撰集百緣七卷
吴世沙門支謙譯
百喻集四卷 僧伽斯那撰
南齊永明十年沙門求那毗地譯
四阿含暮抄二卷
前秦世沙門鳩摩羅佛提共竺佛念譯
舊雜譬喻經集二卷
吴世沙門康僧會譯
法句喻集三卷一名法句本末或六卷
晉世沙門法炬共法立譯
法句集二卷
吴世沙門支謙譯

法句集二卷
吳黃武三年沙門維祇難等在武昌譯
四十二章經一卷
後漢永平年沙門竺法蘭等譯
大道地經二卷
後漢桓帝世沙門安世高譯
百六十品經一卷
後漢世沙門安世高譯
大安般經集二卷
後漢世沙門安世高譯
禪秘要法三卷
後秦弘始年沙門羅什譯
禪法要解二卷
後秦世沙門羅什譯
治禪病秘要一卷
北涼世安陽侯沮渠京聲譯
禪經修行方便二卷一名不淨觀
晉世沙門佛陀跋陀羅譯
禪秘要三卷一名禪法要或爲五卷
宋元嘉年沙門曇摩蜜多譯
五門禪經要用一卷
宋元嘉年沙門求那跋摩譯
佛爲菩薩五夢經一卷一名佛五夢一名太子五夢
晉世沙門竺法護譯
請賓頭盧法一卷
後漢世沙門安世高譯
阿含口解十二因緣一卷
後漢世沙門安世高譯
三品修行經一卷
晉世沙門竺法護譯

阿毗曇五法行經一卷
　後漢世沙門安世高譯
經律分異記一卷
　宋世沙門求那跋摩譯
比丘二百六十戒三部合異一卷
　東晋沙門竺曇無蘭譯
十誦律釋雜事問二卷
　東晋沙門曇摩譯
優婆塞五學略論二卷
　外國三藏譯
賓頭盧爲王説法一卷
賓頭盧突羅闍爲優陀延王説法一卷
　右二十九經是小乘抄集
　前五十經並是西域抄集
此方諸德抄集二分五百八卷（二合九十六部）

法寶集二百卷
衆經要集二十卷
内典博要三十卷
眞言要集十卷
經律異相五十卷　梁武帝令寶唱撰
淨住子集二十卷
法論一百二十卷
三乘無當律抄一卷
決正諸部毗尼二卷　釋道儼
比丘諸禁律一卷
四部律所明輕重物名一卷
比丘戒本所出本末一卷
諸律解一卷
釋論二十卷　釋惠遠
　右十四是三藏抄集

布施度無極經一卷（出第一卷）
薩和檀經一卷（出第二卷）
波耶王經一卷（出第二卷）
隨藍本經一卷（出第三卷）
摩天國王經一卷（出第五卷）
佛説雀王經一卷（出第五卷）
釋家畢罪經一卷（出第五卷）
槃達龍王經一卷（出第六卷）
佛説菩薩身爲鴿王經一卷（出第六卷）
調達教人爲惡經一卷（出第六卷）
殺身濟賈人經一卷（出第六卷）
佛説殺龍濟一國經一卷（出第六卷）
小兒聞法即解經一卷（出第六卷）
彌勒爲女身經一卷（出第六卷）
蜜蜂王經一卷（出第六卷）

九色鹿經一卷（出第六卷）
菩薩以明離鬼妻經一卷（出第八卷）
車匿經一卷（一名車匿本末經出第八卷）
遮羅國王經一卷（出第八卷）
梵皇經一卷（出第八卷）
摩調王經一卷（事同中阿含大天經出第八卷）
察微王經一卷（出第八卷）
儒童經一卷（出第八卷）
阿離念彌經一卷（出第八卷）
尼呵遍王經一卷（出第八卷）
普明王經一卷
佛以三事笑經一卷
乾夷王經一卷
太子法施經一卷
太子墓魄經一卷（一名太子沐魄）

忠心正行經一卷（一名藍達王經　一名目連功德經）

犛提和經一卷

仙歎經一卷

菩薩作龜本事經一卷

菩薩爲魚王經一卷

以金貢太山贖罪經一卷

彌蓮經一卷（一名彌蘭經）

　右三十七經是六度集抄

羅彌壽經一卷（一名羅旬喻　一名羅貧壽　一名那彌壽）

栴檀塗塔經一卷

　右二經是百緣集經别抄

蓮華女經一卷

　右一經是法句喻經别抄

雜譬喻經八十卷

雜譬喻集十卷　康法邃撰

初受道經一卷

賣智慧經一卷

福子經一卷

罵意經一卷

國王癡夫人經一卷

八歲沙彌開解國王經一卷

六人喻經一卷

馬喻經一卷

化譬經一卷（一名化喻經）

獼猴與婢共戲致變經一卷

居士殺故爲婦鼻蟲經一卷

度脱狗子經一卷

俱夷懷羅云本經一卷

須河譬喻經一卷（一名須河譬經）

毒喻經一卷

瑠璃王入地獄經一卷

佛説首達經一卷一名維先首達經

佛説福報經一卷

佛説教子經一卷

迦葉責阿難雙度羅漢喻經一卷

迦葉詰阿難經一卷

誨子經一卷

無懼經一卷

鼈喻經一卷

人詐名爲道經一卷

貧女人聽經爲毒蛇所嚙命終生天經一卷

福報經一卷

明宿願果報經一卷

聽四因譬喻經一卷

王后爲蛲蜋經一卷

金色女經一卷

赤紫烏喻經一卷

神通應化經一卷一名羅漢比丘咎問

阿難多桓羅云毋經一卷一名羅云毋經

種田經一卷

學經福經一卷

四飯聖法章一卷

八部僧行名經一卷

得道梯隥經一卷

阿難邠祁四時布施經一卷

右四十二經是雜譬喻集抄

前九十七經並是此方抄集

佛涅槃後傳記録第八二分

合六十八部　一百八十六卷

西域聖賢傳記一卷

合一十三部三十卷

佛本行讚經傳七卷
宋元嘉年沙門寶雲於六合山寺譯

佛所行讚經傳五卷（一名馬鳴讚）
晉世沙門寶雲譯

付法藏傳四卷（或七卷）
後魏世沙門吉迦夜共曇曜譯

迦葉集經傳二卷（一名迦葉結經）
晉世沙門竺法護譯

阿育王傳五卷
梁天監年沙門僧伽婆羅於揚州譯

阿育太子壞目因緣一卷
前秦建元年沙門曇摩難提與竺法念譯

馬鳴傳一卷
後秦世沙門羅什譯

龍樹傳一卷
後秦世沙門羅什譯

提婆傳一卷
後秦世沙門羅什譯

婆藪槃豆傳一卷
陳世沙門真諦譯

撰三藏及雜藏傳一卷

佛遊天竺記一卷

合微密持經記一卷

右十三傳記並是西域聖賢所撰

此方諸德傳記二（合五十五部一百五十五卷）

釋迦譜四卷　釋僧祐撰

薩婆師諮傳三卷　釋僧祐撰

訶梨跋摩傳一卷　釋玄暢撰

高僧傳十五卷　釋惠皎撰
弘明集傳十卷　釋僧祐撰
三藏集記十六卷　釋僧祐撰
法苑集記十卷　釋僧祐
沙門仕行送大品本末記一卷
佛牙記一卷　釋僧祐
名僧傳三十卷　釋寶唱
法顯傳一卷　法顯自述行記
佛鉢記一卷
佛本記一卷
世界記傳十卷　釋僧祐撰
塔寺記十一卷　釋僧祐撰
像正記一卷
右十六部並是此方佛法傳記
諸代譯經記一卷

華嚴經記一卷　釋僧衞
大涅槃經記一卷
大集虛空藏無盡意三經記一卷　釋僧祐
大品經記一卷
放光經記一卷
二十卷泥洹記一卷　見智猛傳
如來大哀經記一卷
道行經後記一卷
六卷泥洹記一卷
須眞天子經記一卷
正法華經記一卷　正法華後記
賢劫經記一卷
漸備經記一卷
持心經後記一卷
般舟三昧經記一卷

合首楞嚴三昧經記一卷支敏度
阿惟越致遮記一卷
慧印三昧經記一卷
文殊師利發願記一卷
摩逆經記一卷
前二十記並是大乘經記
普耀經記一卷
賢愚經記一卷　釋僧祐撰
聖法印記一卷
禪秘要經記一卷
禪要秘密經記一卷
右五並是小乘經記
菩薩波羅提木叉記一卷
右一是大乘戒經記
集三藏因緣記一卷　釋僧祐

律分五部記一卷　釋僧祐
律來漢地四部記一卷　釋僧祐
律分十八部記一卷　釋僧祐
十誦律五百羅漢出三藏記一卷　釋僧祐
善見律毗婆沙記一卷　釋僧祐
右六是小乘律記
大智釋論記一卷
菩薩地持記一卷
菩薩戒經記一卷
右三是大乘論記
八揵度阿毗曇後別記一卷
三法度記一卷
右二是小乘論記
僧伽羅刹集後記一卷
右一是大乘集記

前五十五並是此方傳記
佛滅度後著述録第九二合一百一十九部分一百三十四卷
西域諸賢著述一合一十五部一十九卷
賢劫千佛經序一卷　曇無蘭
法鏡經序一卷　康僧會
道樹經序一卷
了本生死經序一卷　支謙
右四是大乘經宗序
三十七品序一卷　曇無蘭
安般守意經序一卷　康僧會
十惠經序一卷　佛調
右三是小乘經宗序
前七經序並是西域所述
維摩經注解三卷　羅什
法鏡經注解二卷　康僧會
道樹經注解一卷　康僧會
了本生死經注解一卷　支恭明
右四是大乘注解
安般守意經注解一卷　康僧會
三十七品經略解一卷
右二是小乘經注解
前六經注解並是西域所釋
答問論二卷　羅什答慧遠問
實相論一卷　羅什
右二論並是西域所著
前十四經序注解及論並是西域諸賢著述
此方諸德著述二合一百四部一百十五卷
華嚴經序一卷
大般涅槃經序一卷

大品經序一卷　釋道安
大品經序一卷　釋僧叡
小品經序一卷　釋僧叡
法華經後序一卷　釋僧叡
妙法蓮華經序一卷　釋惠遠
妙法蓮華經宗要序一卷　釋惠觀
維摩詰經序一卷　釋僧叡
思益經序一卷　釋僧叡
自在王經序一卷　釋僧叡
道行品注序一卷
道行經序一卷　釋僧叡
勝鬘經序一卷　釋惠觀
勝鬘經序一卷　釋法慈
十住經合注序一卷　釋僧衛
漸備經序一卷

法鏡經序一卷
本業經序一卷　支道林
了本生死經注序一卷　釋道安
人欲生經序一卷
首楞嚴經序一卷
雜出首楞嚴經序一卷
右二十三是大乘經序
增一阿含經序一卷　釋道安
中阿含經序一卷　釋道安
長阿含經序一卷　釋僧肇
四阿含暮抄序一卷
本起四禪序一卷　支道林
安般守意經序一卷
大十二門經序一卷
十二門經序一卷

陰持入經序一卷
道地經序一卷
禪經序一卷　釋僧叡
禪經序一卷
法句經序一卷
關内出禪經序一卷　釋僧叡
廬山修行方便禪經序一卷　釋惠遠
　右十五是小乘經序
十部律序一卷　釋僧叡
　右一小乘律序
大智度論序一卷
般若經問論序一卷
十地經論序一卷
中論序一卷
百論序一卷

十二門論序一卷
　右六是大乘論序
鞞婆沙序一卷　釋道挻
十四卷鞞婆序一卷　釋道安
舍利弗阿毗曇序一卷　釋道標
婆須蜜阿毗曇序一卷
阿毗曇序一卷
阿毗曇心序一卷
阿毗曇心序一卷　釋惠遠
雜阿毗曇序一卷
後出雜阿毗曇心序一卷焦鏡
三法度序一卷　釋惠遠
成實論序一卷
　右十二是小乘論序
僧伽羅刹經集序一卷

右一是大乘集序
四十二章經序一卷
十法句義序一卷　釋道安
右二是小乘集序
前五十九經並是此方宗序
放光般若經注解一卷　帛法祖
光讚般若略解二卷　釋道安
維摩經注解二卷　竺道生
賢劫經略解一卷　釋道安
持心梵天經略解一卷　釋道安
金剛密迹經略解一卷　釋道安
首楞嚴經注解一卷　帛遠
維摩經注解五卷　釋僧肇
勝鬘經注解二卷　釋僧馥
人欲生經注解一卷　釋道安

了本生死經注解一卷　釋道安
無量壽論偈注解一卷　釋曇鸞
前十二是大乘經注解
陰持入經注解二卷　釋道安
大道地經注解二卷　釋道安
大十二門經注解一卷　釋道安
十二門禪經注解一卷　釋道安
安般經注解一卷　釋道安
右五經是小乘經注解
前十七並是此方注解
實相論一卷　釋羅什
三宗論并二諦論一卷
實相通塞論一卷　釋道含
涅槃無名論一卷　釋僧肇
般若無知論一卷　釋僧肇

物不遷論一卷　釋僧肇
法性論一卷　釋惠遠
佛性論上下二卷
佛性論一卷　釋明朗
丈六即眞論一卷　釋僧肇
顯宗論一卷　帛法祖
漸悟論一卷　釋惠觀
明漸論一卷　曇無成
辯三乘論一卷　支道林
會通論一卷　支曇靜
會通論上下二卷　釋惠義
釋駁論一卷　釋道恒
沙門不敬王者論一卷　釋惠遠
沙門袒服論一卷　釋惠遠
明報應論一卷　釋惠遠
釋三報論一卷　釋惠遠
正二教論一卷　釋僧紹
命源論一卷　釋曇靜
神本論一卷　支曇靜
四執論一卷
辯心識論一卷　釋惠遠
申無生論一卷　曇無成
均善論一卷　釋惠琳

衆經目録卷第六

衆經目録卷第七

隋翻經沙門法經等奉　勅撰

大興善寺翻經衆沙門法經等敬白

皇帝大檀越去五月十日太常卿牛弘奉

勅須撰衆經目録經等謹即修撰總計衆經合有二千二百五十七部五千三百一十卷凡有七卷別録六卷總録一卷繕寫始竟謹用進呈經等又敬白仰惟無上法寶道洽無窮像運中途緣被兹土昔方朔覩昆明下灰令問西域取決劉向校書天閣録載已見佛經方知前漢之世正法久至非爲後漢始流此地矣但自道淡情華眞僞玄隔人尠宗敬雖有若亡又致明帝夢感金容親應者當是

聖道憑籍皇王大啓弘奉之端耳於是發使西域專求佛經緣此摩騰法蘭創出四十二章世高支讖廣譯諸餘經部是後通道之士相尋而至爰曁魏晉京洛之日雖有支謙康會驟宣於金陵竺護蘭炬飛譯於雍洛然而信敬尚簡奉行罔微比逮東晉二秦之時經律粗備但法假人弘賢明日廣於是道安法師創條諸經目録銓品譯材的明時代求遺索缺備成録體自爾達今二百年間製經録者十有數家或以數求或用名取或憑時代或寄譯人各紀一隅務存所見獨有揚州律師僧祐撰三藏記録頗近可觀然猶小大雷同三藏雜糅抄集參正傳記亂經考始括終莫能該備自外諸録胡可勝言僧衆既未獲盡見三國經本校驗異同今唯且據諸家目録删簡可否揔摽綱紀位爲九録區別品類有四十二

分九初六録三十六分略示經律三藏大小之殊粗顯傳譯是非眞僞之别後之三録集傳記注前三分者並是西域聖賢所撰以非三藏正經故爲别録後之三分並是此方諸德所修雖不類西域所製莫非毗賛正經發明宗教光輝前緒開進後學故兼載焉又法經等更復竊思諸家經録多是前代賢哲修撰敬度前賢靡不皆號一時稽古而所修撰不至詳審者非彼諸賢才不足而學不周直是所遇之日天下分崩九牧無主名州大郡各號帝畿壇場艱關並爲戰國經出所在悉不相知學者遥聞終身莫覩故彼前哲雖有才能若不逢時亦無所申述也當今經等識學誠不及古而宿緣多幸運屬休辰四海爲家六合清泰殊方異俗宛若目前正朔所班書軌無外又

皇帝大檀越雖復親綜萬機而躭道終日興復三寶爲法輪王求關四趣之門大啓天人之路在域群生莫不蒙賴而況經等夫何復論所恨識慧無長猥參嘉運不能盡獲三國經本及遺文逸法造次修撰多有罔昧進思退省慙慨良深敬白

衆經總録

大乘修多羅藏録第一 六分

合七百八十四部一千七百一十八卷

衆經一譯分

合一百三十三部四百二十二卷

衆經異譯分

合一百九十五部五百三十二卷

衆經失譯分

合一百三十四部二百七十五卷

衆經別生分

合二百二十一部二百六十四卷

衆經疑惑分

合二十一部 三十卷

衆經僞妄分

合八十部 二百九十六卷

小乘修多羅藏録第二 六分

合八百四十五部一千三百四卷

衆經一譯分

合七十二部 二百九十二卷

衆經異譯分

合一百部 二百七十卷

衆經失譯分

合二百五十部 二百七十二卷

衆經別生分

合三百四十一部三百四十六卷

衆經疑惑分

合二十九部 三十一卷

衆經僞妄分

合五十三部 九十三卷

大乘毗尼藏録第三 六分

合五十部 八十二卷

衆律一譯分

合十二部 三十二卷

衆律異譯分

合七部 七卷

衆律失譯分

合十二部 十四卷

衆律別生分

合十六部　十六卷
衆律疑惑分
合一部　二卷
衆律僞妄分
合二部　十一卷

小乘毗尼藏録第四六分
合六十三部　三百八十一
衆律一譯分
合一十六部　一百九十九卷
衆律異譯分
合八部　一百二十六卷
衆律失譯分
合二十九部　四十四卷
衆律別生分
合六部　六卷

衆律疑惑分
合二部　三卷
衆律僞妄分
合三部　三卷

大乘阿毗曇藏録第五六分
合六十八部　二百八十三卷
衆論一譯分
合四十二部　二百八卷
衆論異譯分
合八部　五十二卷
衆論失譯分
合一部　二卷
衆論別生分
合一十五部　一十九卷
衆論疑惑分

合一部　一卷

衆論僞妄分

合一部　一卷

小乘阿毗曇藏録第六 六分

合一百一十六部四百八十二卷

衆論一譯分

合一十四部　二百七十六卷

衆論異譯分

合八部　六十六卷

衆論失譯分

合五部　二十二卷

衆論別生分

合八十六部　一百七卷

衆論疑惑分

合一部　一卷

衆論僞妄分

合二部　十卷

佛滅度後抄録集第七 二分

合一百四十四部六百二十七卷

西域聖賢抄集分

合四十八部　一百一十九卷

此方諸德抄集分

合九十六部　五百八卷

佛滅度後傳記録第八 二分

合六十八部　一百八十五卷

西域聖賢傳記分

合一十三部　三十卷

此方諸德傳記分

合五十五部　一百五十五卷

佛滅度後著述録第九 二分

合一百一十九部一百三十四卷

西域聖賢著述分

合一十五部　一十九卷

此方諸德著述分

合一百四部　一百一十五卷

右九録合二千二百五十七部五千三百一十卷

衆經捴録卷第七

大般涅槃經疏

隋章安頂法師撰

唐天台沙門湛然再治

清刻龍藏佛說法變相圖

科南本涅槃經序

元崇聖院傳天台宗教校經沙門師正述

吾佛大聖人最後雙林會上爲末世比丘普及大地衆生明心見性而說是經也備明戒檢廣開常宗摩訶止觀依之爲扶律顯常喻之以贖命重寶故經云此經若在佛法則在此經若滅佛法則滅佛法命脉存亡繫焉始於沮渠蒙遜請曇無讖及猛法師兩度翻譯共十三品成四十軸行之北方至宋文帝敕嚴觀二師同謝康樂更共治定開爲二十五品縮爲三十六軸行之江南其間說聽領悟甚衆著述申明亦多如僧傳所載也去聖逾遥神根轉鈍吾祖章安尊者約龍樹宗旨用天台義門製疏科經深符佛意荊溪刪補法道重明自四明慈雲講唱孤山作記之後寥

寥絶聞其故何哉蓋由經文浩博疏義淵微加之科未入經卒難尋討師正刻志斯典有年于兹宋之壬申寓古源法師永清輪下爲座首遂倣法華光明體例以疏科句分標經上凡疏不牒者起盡難定而與諸友往復徵折方丈主決必歸於是每夜集於猊峰軒下經科疏記輪環讀之預斯集者大慈懷總報慈大成大雲居簡壽星文勝龍華清正園華懷坦天竺法杭始於是秋之八月終於明年之季春無極東堂可度重加讐訂白雲古山僧録道安鋟梓流通願與後人受持讀誦如説而行上不孤於佛祖下不負於已靈壽祝一人功霑九有云時至元歲在壬午聖制日序

- 序品一 — 經卷一　疏卷一　鈔一之二卷
- 純陀品二（此品施常住五果對此土雜衆）
- 哀歎品三（此品施勝三修對此土聲聞衆）
  - 經卷二　疏二之三卷　鈔二之五卷
- 長壽品四（此品訖大衆問品隨問而施對此土菩薩衆）
- 金剛身品五
- 名字功德品六
  - 經卷三　疏卷四　鈔五之六卷
- 四相品七 — 經四之五卷　疏卷五　鈔卷七
- 四依品八 — 經卷六　疏卷五　鈔卷七
- 邪正品九
- 四諦品十
- 四倒品十一
  - 經卷七　疏卷六　鈔卷八
- 如來性起品十二
- 文字品十三
  - 經卷八

- 鳥喻品十四 — 疏六之七卷　鈔八之九卷
- 月喻品十五
- 菩薩品十六
  - 經卷九　疏卷七　鈔卷九
- 大衆所問品十七 — 經卷十　疏卷八　鈔九之十卷
- 現病品十八
- 聖行品十九
  - 經十一之十三卷　疏八之九卷　鈔十之十一
- 梵行品二十（此品末指雜華經明天行）
- 嬰兒品二十一
  - 經十四之十八卷　疏十之十一卷　鈔十二之十三卷
- 高貴菩薩品二十二 — 經十九之二十四　疏十一之十三卷　鈔十四之十六卷
- 師子吼品二十三 — 經二十五之三十卷　疏十三之十五卷　鈔十六之十七卷
- 迦葉菩薩品二十四 — 經三十一之三十四卷　疏十五之十七卷　鈔十八之十九卷

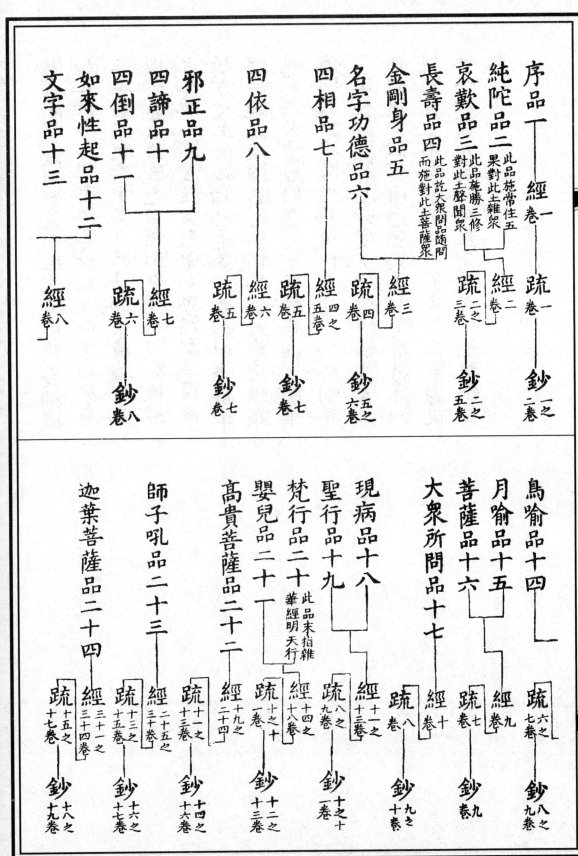

憍陳如品二十五——經（二十五之三十六卷）
疏（十七之十八卷終）——鈔（十九之二十卷）

陳如品末（後分經四品半 唐麟德年至）
遺教品一
還源品二
——經（三十七卷）——鈔（二十卷）

茶毗品三
廓潤品四
——經（二十八卷）——鈔（二十卷）

疏云居士請僧經云涅槃後分更有燒身起墖囑累三品鈔云今遺教還源則當囑累品茶毗廓潤則當燒身起墖之文尚未至此

南本大般涅槃經三十六卷二十五品章安尊者疏分文爲五初從如是訖序品是召請涅槃衆二從純陀訖大衆問合十六品是開演涅槃施三從現病訖德王合五品是示現涅槃行四從師子吼訖品是問答涅槃義五從迦葉訖陳如品是折攝涅槃用

大般涅槃經疏卷第一上

隋章安頂法師撰
唐天台沙門湛然再治

序品上

上代直唱消文釋意分章段起小山瑶闍内憑等因茲成則此經文句盈縮非一有二三四五七八梁武但制中前中後開善唯序正光宅足流通靈味問有緣起答有餘勢河西五門婆藪七分與皇八門雖蘭菊各美而經遮論開牧女添水遮也派深析重開也今分為五又為七一列章二示處三釋名四生起五通別六引證七異解初列章者一召請涅槃衆二開演涅槃施三示現涅槃行四問答涅槃義五折攝涅槃用云云二示文處者初從如是訖流血灑地是請從純陀訖大衆問是施從現病訖德王是行從師子吼訖品是義從迦葉訖經是用三釋名者道不孤運待時處伴今涅槃時到而面門啓照隨類發聲駭悟感動會此拘尸緣牽曰召招致曰請衆有權實實者可召權者宜請五十二衆十方奔集咸為顯發大般涅槃故名召請涅槃衆也佛於無量阿僧祇劫修習難得大涅槃藏本無祕吝但不盡能受所以初用毒塗後以水洗前同末異伺機待時因純陀獻供施常色力因比丘請住斥偽談眞懇懃問迦葉承旨隨問施與使無遺滯法雨充溢滿拘尸城故名開演涅槃施也然祕藏淵凝非行不到善巧方便示現令前所以右脅而卧默無所說示現病行迦葉推請乃加趺融懌說三指一菩薩奉行五行十德是故名為示涅槃行

然涅槃之義浩然無盡欲舉一蔽諸若指鹹淡海故專問佛性聯翩六重佛一一酬名涅槃義然佛性之體非善非惡善惡雙用彌滿無涯且囊括梗概以略該廣用善則羅云被攝用惡則善星堪收二子既然餘皆可例又體非邪正邪正雙用用正則始攝陳如五人用邪則終收邪徒十外初後既爾中亦例然名涅槃用四生起者由衆有施由施行立由行見義證義有用亦是用由於義義由於行行由於施施由衆集逆順相由故成次第無始而始故有召請不終而終故有大用惡盡邪亡善窮正息折攝既休畢竟寂滅入於涅槃五通別者初中後說莫不對衆若無衆者唐說授誰故通是衆別說衆集最在於初宜名召請通論一言一事皆施衆生別對問緣因求而與其文既廣其事亦明是故名爲開演涅槃施通論訓物莫非規矩悉通是行別論五行十德文多事顯故名涅槃行也此經始終悉明佛性佛性則通無處不辨別以一番問答純論佛性文明事顯名涅槃義通論一部導利羣萌如大地藥草爲衆生用我法亦爾是故名通別論攝惡攝邪文多意顯故別明用六引證者先引多文次引一處初多文者如聲光普告令疾至佛所爲最後問豈非召耶又師子吼云召請十方諸大菩薩集娑羅林大師子吼純陀品云我今施汝常命色力德王品云汝今欲盡大涅槃海值我多有能相慧施聖行品云菩薩應當於大涅槃專心修習五種之行又云修大涅槃得十功德師子吼中則以六句問於佛性以何義故

名爲佛性如來具答佛性只是大涅槃義迦葉品云慈心游世間世間不出善惡邪正翻十仙之邪攝一子之惡即涅槃用次引一處文者師子吼云佛性者亦名首楞嚴三昧亦名般若波羅蜜亦名金剛三昧亦名師子吼三昧亦名佛性然佛性非一云何有五以五名之令解非五召請之衆悉是如來同行知識若從德本乃皆住楞嚴若從示現即五十二衆故以首楞嚴名證召請衆私謂五十二衆者比丘等三衆菩薩衆爲一從二恒至千億恒增數衆有二十一同數衆有八無數衆一中間衆有四六天爲六梵衆一脩羅一魔天一大自在天一四方四合五十二無上調御一切種智周照機理纖芥無差開常顯性發掘覺藏以施時會若從佛智應名般若若從設教名涅槃施當知般若之名可以證涅槃施是五一行眞正調直不可傾動復能碎散煩惱結惑若從修習名之爲行若從譬喻喻於金剛當知金剛三昧可以證涅槃之行義者名之所以故涅槃名下有佛性所以佛性即是涅槃之義此義自在決定無畏若從能譬喻師子吼若從所譬即佛性義當知師子吼名可證涅槃之義體用相即一切諸法中悉有安樂性無非佛性即體而用游化世間攝惡攝邪皆歸正善當知佛性之名可證涅槃之用今依經分章文義有據非徒穿鑿七出異解者梁武中前中後約時分經若以平旦中後可然黃昏夜半復齊何文居士請僧經云說此歷一周爲是何年中前中後今隨法分章則無此難開善爲序正序即召請

正即四章光宅足流通只是用章少分靈味取問有緣起答有餘勢旣處處有問答應處處有餘勢若河西以初兩卷爲引接今昔有緣門此得實失權今言召請具包權實以第三卷至大衆問爲略廣門此但約文言多少今開爲演涅槃施則兼於廣略以五行爲涅槃行門十功德爲菩薩功德門行與功德俱是因中今合爲行章則不煩文以師子吼盡經爲不可思議中道佛性門混和難解今分義用文則易明地師以第一卷爲神通反示分此得權失實今言召請即無所偏彼以第二卷爲種性破疑除執分第三卷至大衆問爲正法實義分今爲一涅槃施則兼其二分彼以五行十功德爲方便修成分彼以師子吼爲不放逸入證分前之修成已是入證證

又入證可非煩重今爲義章彼以迦葉爲慈悲住持分陳如爲顯相分持惡向善顯邪還正合爲用章興皇初爲引接今昔有緣門此用朗意三破疑除執門此用地人意三略廣門四行門五位門六行中道門皆用朗意方便用門邪正不二門與河西開合之殊名味不異第二別釋者召請章是經家所置舊呼爲通序別序三世道同故言通序教門機別故言別序又今佛一期小大別圓悉安如是故名爲通經經由藉悉皆有異故名爲別又諸經初皆安如是同是勸信之詞於通序中或五或六由主處離合如是者所傳之理我聞者能傳之人一時者能傳傳所傳會機會理之時佛者稟承之主住者所聞之地衆者親承之伴展轉相證勸信非虚欲使將來順

而不惑又小大諸經初皆勸信信大信小大小應異若不異者則無小大共別圓殊如其有異如何分別今略說之若言能傳所傳二事相似爲如能傳所傳無非曰是此信三藏意也若言解與眞合爲如身灰智寂爲是此信通教意也若言稱機爲如事逆理順爲是此信別教意也若言魔界即佛界爲如一色一香無非中道爲是此信圓教意也如是既爾我聞等類之可解故龍樹云其信者言是事如是不信者言是事不如是若信初三是信方便諸權如是若信後一是信圓融一實如是此通別序諸師皆用世所常聞不俟多說具如法華疏中今此唯存約教一義他皆準彼今明通序五句亦可序於五章如是序請我聞序施一時序行住處序義同聞序用

如是序涅槃衆者夫不異曰如無非曰是若不得如是異則定異非則定非違斯意者異則不異非則不非始從列衆蛣蜣已還詭類殊形果報紛雜幢摩梵世蓋覆大千巨細相傾精麤映奪若以牛羊眼看則無非舛互豈得如是得如是者知法身大士住首楞嚴種種示現悟異不異是故稱如知非不非所以言是當知如是爲召請衆作序明矣我聞序涅槃施者我昔不聞而今得聞見八斛秔糧周徧大衆聞二施果報等無差別新伊四德祕密佛性種種法味不聞而聞故知我聞序涅槃施一時序涅槃行者一時之行非次第行一時之證非前後證文云復有一行是如來行非次第行於一念中即能具足現五趣身即一時證當知一時序涅槃行住處序涅

槃義者處是歸身止息之所表佛性是宗極究竟之地驅邪引惡向彼拘尸非枯非榮中間寂滅若他若自到極而止當知住處序涅槃義同聞序涅槃用者山林河海之神牛羊螽蟄之類爲同聞衆即知等教三子併作三田善惡俱收邪正悉度故同聞衆是序涅槃用已將五序别屬當竟更説一序各序五章夫衆不出八佛八佛與現佛不異名如無非佛者故名爲是二施無差故言如同入祕藏故言是如來之行故言如一行徧攝故言是同一佛性故言如義體不二故言是邪惡不二故言如更無過者故言是當知如是通序五章我聞亦然昔聞四衆非八佛今聞八佛即四衆我昔聞初後優劣五果遷移我今聞二施無差等皆常樂我昔聞江河迴曲不徑

到海今聞拘耶尼洲猶如直繩我昔聞肉眼尚不見空況能見性今聞學大乘者雖有肉眼名爲佛眼佛眼見性了了分明我昔聞善惡涇渭邪正異轍今聞低彌神龜同皆在水是爲我聞通序五章一時者一時奉聲光召請一時集娑羅林一時顯如來密藏一時聞涅槃常施一時聞頂戴奉行一時安祕密藏中入涅槃義一時已聞常住二字啓悟父母七世宗親及諸衆生怨親善惡是爲一時通序五章住處者聲光召請同向佛住處也佛以佛所住處施與時衆從佛住處起涅槃行見佛住處乃是見義以佛住處引攝邪惡是爲住處通序五章同皆見聞常住聲光爲如非餘方便之聞故是同聞最後問答常命色力安無礙辯同聞拘耶直繩之行同聞西海

祕藏之義同聞邪惡有佛性用是爲同聞衆通序五章復次五序序於三點如是總序三點不縱不橫不並不別乃稱如是我聞序般若一時序解脱住處序法身同聞序三點不虚復次五序序四德者如是總序四德我聞序樂一時序淨住處序常同聞序我云云例以五序序經要義皆悉準此不復廣說餘例思之我聞者我我我無我無我我非我非無我聞聞聞不聞不聞聞不聞不聞三種我聞是昔所聞方便之義非我非無我不聞不聞圓論我聞者今經正意一時者一是數方世間義耳空爲一者即二乘義眞俗合一菩薩義也一一切一切一非一非一切而一而一切後一者今經正意一時佛者三身四義後義在今準前可知住處者具存應言拘尸那竭此無翻或翻爲角城有三角華嚴云角城南者即其城也或云蓑草城或言茅城此城草覆因以名之或云仙人城昔仙人壽長崇其人以人名名於住處亦以名名國故言拘尸國力士生地者人中力士力敵千人凡三十萬共爲羣黨無所臣屬以法自持亦不暴亂即土人也故言生地阿夷羅跋提此翻金沙在城南闊二十丈或言闊四十丈娑羅雙樹者此翻堅固一方二株四方八株悉高五丈四枯四榮下根相連上枝相合相合似連理榮枯似交讓其葉豐蔚華如車輪果大如缾其甘如蜜色香味具因茲八樹通名一林以爲堅固只此一城有種種見若見土石者人所住處世間之義若見是無常苦空興廢者二乘住處若見是發菩提心處是值先世佛

處願處修定等處者是菩薩住處若見是四德圓滿究竟具足慈愍示人茅城表常力士表我吉河表淨樹間表樂又一一事表四德者城不可壞表常豐有表樂御敵表我無難表淨力士無屬表常心安表樂力壯表我色悦表淨河者恒流表常金沙表淨清涼表樂吉福表我樹者下文云東雙表常南雙表樂西雙表我北雙表淨又雙茂表常陰涼表我華以表淨果以表樂若能總別識四德者即諸佛住處若謂同聞是生死人凡夫所見謂是聖人二乘所見謂登地去菩薩所見謂是九佛中之八佛即諸佛所見若得此意下去句句作此消之就同聞衆又二初衆集次威儀初文者私謂準一家意須以五十二衆以爲同聞是故同聞冠五十二今比丘當初故云同聞同聞爲五謂與數類衆數今文少衆義合有之與者共也釋論以七一釋共謂一處一時一戒一心一見一道一解脱諸比丘與佛同此七一故言佛與若三藏明義丈六佛與諸比丘同是拘尸處同在涅槃時同律儀戒同禪定心同無漏見同涅槃道同有餘脱七皆同佛是故言共若通教明義五同二別何者體法智慧即色見空非色滅空此見不同摩訶衍道不同隘路道不同也當知二別若別教明義尊特身佛時處等七前兩比丘之所不見如爲盲人設燭何益無目者乎戒心見道解脱於前兩比丘如爲聾人奏樂何益無耳者乎此佛不與前兩比丘共此中比丘尚不與前佛共況比丘耶若圓明義佛之七一皆佛境界唯與圓菩薩共住首楞嚴

示比丘像者共尚不與前三佛共況比丘耶今言共者皆是大權及開顯竟故也大者歎德也釋論云摩訶者翻大多勝天王大人之所恭敬故言大通四韋陀三藏故言多勝九十五種故言勝此依三藏釋也賢聖之所恭敬故言大通達析體法門故言多勝析法心慧兩種解脫故言勝此依通教釋也學無學人之所恭敬故言大通達大小法門故言多出過聲聞辟支佛上故言勝此依別教釋也七種方便之所恭敬故言大通達權實法門故言多於畢定衆而作上首故言勝此依圓教釋也大權開顯如前比丘者氣類也以三義故名爲比丘不仰不下不方不維次第行乞清淨活命故名乞士戒禁七支禪鎖心猨怖無常狠伏煩惱脂是名破惡修此三法天

魔煩毒慮其出境復恐度人是故愁怖此三藏義體達諸法非仰非下非方非維以資慧命知惡非惡亦無知者是名破惡不得怖喜無怖喜者是名怖魔此釋通比丘義從淺至深歷次第三諦求中道法喜是名乞食次第破五住是名破惡以煩惱怖故業怖業怖故陰怖陰怖故天魔怖是爲怖魔此釋別比丘義一切諸法中悉有安樂性名眞乳糜以此自資安樂性中純是佛法無惡可破名爲破惡魔如佛如名爲怖魔此釋圓比丘義準諸經皆有衆字四人已上和合名衆釋論有破戒瘂羊有羞眞實四僧後之二僧應百一羯磨前二不堪煩等是有羞四果是眞實即三藏衆乾慧性地是有羞八人已上是眞實即通教衆三十心是有羞十地是眞實此別教

衆十信是有羞四十一地是眞實圓教衆餘二比丘教教有之惡無差別故不別說有羞眞實復有四義一發起二影響三當機四結緣合而明之故言衆云云八十億百千者數也或但人或數人法空或數法門或數實相云云次前後圍繞者威儀也或以三業恭敬機動或以四門入空機動或以四門入假機動或以四門入中機動從二月十五日下第二別序正是召請文爲三初明能召次明所召三結召能召又爲三一聲召二光召三動召聲召有六一聲時表法二聲時臨機三聲之本末四聲之橫竪五聲有感應六聲中歎告初二月下聲時表法者二月是仲春之時仲中也即表中道十五日是月滿之時滿表圓常故以仲時滿月之日表於中道圓明之法次

臨涅槃時下聲時臨機道機時熟不待不過臨赴之時下文云香山諸仙拘尸力士純陀須跋善根成熟故唱涅槃令其得入祕密之藏法華云應以滅度而得度者示現滅度而度脫之即此義也三以佛下聲本末者神力爲本大聲爲末從本垂迹皆悉令悟非本非末又空慧爲本種智爲本實相爲本云云四其聲下聲之橫竪徧滿是橫有頂是竪他解有頂但是梵世即尼吒天無色無身不應聞聲故非有頂有人引仁王云無色定力能變化作香華雲等以供養佛何以不能變化作身此亦堪難令作三番橫竪一橫被六道竪徹三界二橫被四生竪徹三乘三橫被十界竪徹等覺故知不唯尼吒爲有頂也若以三有之頂即非想是又三有頂即無學是復有一

頂即妙覺是兩頂被召一頂被請此意既寬豈比梵世五隨其下聲之感應隨類則感不一普告則應無二以無二之聲應不一之感蓋不可思議六今日下聲之歎告又爲二先歎後告歎今崇仰告令悲戀初歎又二初雙歎兩德次雙結兩德初先歎内德次歎外德初文者内德無量但歎三號者欲明三事初歎如來允同諸佛生其尊仰是爲世父應供者是上福田能生善業是爲世主正徧知者能破疑滯生其智解是爲世師故下文云我等從今無主無親無所宗仰云云次外德者外德無量但舉四等者欲明本父君師本時誓願皆具四等今當利益拔苦與樂斯爲要也憐是大慈憫是大悲覆護是大喜等視是大捨次爲作下結歎爲二初爲作歸依結三號次爲世間舍結四等次從大覺下告也告之言報初報令斷疑次報令與問大覺徧知能斷前疑四等慈悲必聽後問後問則教道演暢獲涅槃施斷疑則棄僞獲眞新伊方顯大聲普告爲設教之序此義明矣前具歎三號今但報大覺大覺正是徧知明師即主即父故不煩文復次如來是初號大覺是後號歎初告後互舉一邊其意則徧若依前分別應節節明四義得意自顯故不復云次爾時下光召文爲四一光時次所出處三光所照四光利益初文者夫昏明交際旭旦之時表智明生惑闇消滅涅槃力也爲此緣宜故晨朝放次明光處者面門口也口非六色而六色在口表佛性非六不離六法又青黃赤白是定色表隨自意玻瓈碼碯是不定色隨物而

變表隨他意又大涅槃海大身衆生所居之
處種種龜魚種種珍寶其明雜色正應表此
又濟六道淨六根故放六色三光偏照此下
明所照三千乃至十方即是横照若例聲中
應有竪照而不照者高廣互現四其中下光
益他人至此判爲新衆既有其中之言何須
云新又云三業等可知今文爲二初蠲三障
六趣衆生是報障罪垢是業障煩惱障如文
次是諸下三業戀慕生善在文易見障除善
生速得見佛指於光召序涅槃行意在此也
三爾時大地下地動召中有陸動水動水地
相依是故俱動表無明愛見二互相依將翻
有緣癡愛故地動以表之復言震者起涌動
是其形震吼覺是其聲廣則六動十八動也
云云然聲光動等或前或後或復一時感見不
同豈可定執從時諸衆生下次明所召文爲
二初總明所召謂時諸衆生是也二時有下
別明所召謂隨類別出總召爲四初抑苦二
興請三釋請四釋苦初文者聞師父滅何得
不苦苦没憂海自他無益故言裁抑次當共
下興請若抑苦而住亦復無益故須興請故
言當往佛所一劫減劫者若請大劫則妨後
佛只是請於小劫從人壽八萬四千漸短至
十歲是一小劫三互相執手下是釋請文爲
三初發起請次正釋請三結請言執手者只
是更互悲悼起發之端次復作是言正釋請
意夫如來者乘如故來世則有佛如來若去
世則無佛故言世間虛空欲請如來父也佛
是應供供福不窮若無應供善業則竭故言
衆生福盡欲請應供主也徧知之智遮惡示

善徧知若去無人示導故言不善增長欲請王徧知師也請意既爾宜急詣佛不可停留三結請者速往速往四又作是言下釋苦夫慈悲覆世苦者拔之貧者樂之今慈悲雙去俱嬰貧苦雙唱虛空無救無護無所宗仰此釋無主苦貧窮孤露一旦遠離無上世尊釋無親苦設有疑惑當復問誰釋無師苦如是展轉釋成愁苦之意次從時有無量去是別召請文爲二初召此土次召他土此土爲三先召閻浮衆次召中間衆三召上界衆閻浮有三謂聲聞菩薩雜衆釋論明菩薩行中道故居季孟間具足應如法華疏文有事有表云云他人先分二意一增數列二減數列於初分道俗衆等今意如前初聲聞又二一僧二尼僧又二初佛邊衆次外來衆問佛邊何用召答雖不召來驗令後問又從多故亦得言召佛邊衆爲三一所召二奉召三順召初云時有無量者上已定數言無量者上列端首此通徒屬故言無量大弟子者如弟如子尊讓兩楹而目一事云云尊者者諸梵行人互相敬重稱爲尊者如阿舍中諸比丘從今稱長者爲大德少者稱長老美其德業故言長老云云迦旃延此翻扇繩簿拘羅此云善容優波難陀此翻大喜或云重喜其形端正父母字之爲大喜在家爲輪王捨身爲魔王魔王知將來事現十八變化汝能出家當得如是父母聽之得三明六通故字爲重喜次遇佛光者是奉召應言遇聲光地動略舉一兼二三其身戰掉去是順召上文遇光觸三障生三善今略障存善如文問羅漢憂悲都盡何頓

至此答此是殘習非正使也又示楷模令物攀慕又别惑未除非通惑也憂悲者是佛法界攝一切法下文有憂無憂悉是如來境界約四教分别不復委言次爾時復有八十百千去召外來衆爲二所召奉召所召有四數類歎結初數可解次比丘者類也釋如前皆阿羅漢去先歎自行德羅漢是無學之位心自在是俱解脱人即歎不生德所作已辦是歎無學智應供德離惱調根根亦是賊遺教云此五根賊此歎殺賊德次如大龍王去歎化他德既云有大威德無容自威知是利物爲他所仰夫象是陸中力大譬慧龍是水中力大譬定或只呼象爲龍象如帝釋婆羅賓象步虚而行眴息之間超忽萬里化其身爲三十二牙牙有七池池七蓮華華七玉女女奏樂音適悦三十三天若取龍象爲喻者彌順化他栴檀譬以戒益物師子譬以慧益物能以二法匠成於他還爲淨衆之所圍繞四如是無量功德下結也既言無量知結自他佛眞子者迹爲小乘眞子本是大乘眞子以大乘眞子結上自他功德云云次奉召中三初光次聲後動初光召二各於晨朝去是奉光召朝是明初用楊枝者即表行初可表機動顯勝行初遇佛光明次更相謂言下順光召望前亦無齺三障之文而有三業善文更相謂言是口業善舉身毛豎是身業善生大苦惱是意業善波羅奢是樹名葉青華有三色日未照則黒日照則赤赤脉皆現日没則黄表未奉召三善不生如黒奉召悲哀如赤無佛如黄云云爲欲利益去簡順召之意利益衆

生簡非自行成就大乘簡非小道第一空行簡非淺近此與佛之眞子文會次從顯發如來去是奉聲召亦二初大聲普告令最後問令奉此召顯發如來方便容教開常問極最後教與次爲不斷絶下順聲召若順佛聲教則不斷說法三爲諸衆生去奉地動召亦二初上山海震動翻邪見性令奉此召次調伏因緣疾至佛所即順動召能召所召互相領悟智能知智此之謂矣云云二列尼衆爲兩初列衆次發迹列衆爲二謂所奉所召有四名數位歎等列中列上首三人拘吒羅末見翻尼姨女通是二方女人之稱別論者在俗爲女受五戒等者爲姨出家者爲尼但律中亦呼阿姨阿姊以法爲親作此稱之位可知歎中先歎自行如上次如大龍去歎化他德亦如上次亦於晨朝時去是奉順三召如上說次比丘尼衆中去發迹爲二初明初比丘尼迹也皆是菩薩本也先指通位次別指高位菩薩語通未知高下所以更釋本高迹廣初云人中龍者若只於世人中如龍此不多奇乃是賢聖人中之龍次位階十地者釋其本高現受女身者明其迹廣迹何故廣四無量心故本何故高得自在定故尚能作佛何以不能爲九界像云云他分此文爲兩雙初本迹一雙後因果一雙因果難見云云次列菩薩衆亦爲二云云所召六謂數類位名歎結初一恒河沙者數也諸經多以恒河爲量者有四義故一人多識之二入者得福三於八河中大四是佛生處大聖同鄉故多用之此乃四悉檀意次菩薩摩訶薩者類也此翻道心大道

心釋論解菩薩十義一盡教化一切衆生二盡供養一切諸佛三盡淨一切佛土四盡持一切佛法五盡令一切佛種不斷六盡分別一切佛土七盡知一切佛弟子衆八盡分別一切衆生心九盡知斷一切衆生煩惱十盡知一切衆生根如是十門爲首復有無量阿僧祇門是故名爲菩薩大品佛自明摩訶薩義亦有十門一當於無量生死中大莊嚴二當捨一切所有三當等心於一切衆生四當以三乘度脱一切五當度一切度一切已忘其度功六當解一切諸法不生法相七純以薩婆若心行於六度八當學智慧了達一切法九當了達諸法一相十當了無量相是十門爲首名摩訶薩龍樹釋此十義一大莊嚴者不計日月歲數百千萬億劫於生死中利益度脱一切衆生二捨一切所有者一切貴賤若内若外無所遺惜三一切衆生等心者憎愛厚薄怨親悉均四三乘度脱者隨其堪任皆使同到涅槃五忘其功者不得彼我亦不見能度所度六知不生者一切法皆不生七行六度者以清淨無雜心行六度迴向薩婆若八了達一切法者世間所作之事皆悉了達九一相門者謂畢竟空也涅槃相離憶想分別十無量門者一二三四諸增數法門此十門爲首復有無量法門是名摩訶薩義此中應明四種菩薩如别記文中多歎圓菩薩德

大般涅槃經疏卷第一上

音釋

讖楚禁切 訂丁定切評議也 鋟七尋切刻板也 駭下楷切驚也 蛣蛣契吉切蟯墟陟嫁 蟯羊切蛣蟯蟲名 吒切

大般涅槃經疏卷第一下

隋　章安頂法師　撰
唐　天台沙門湛然　再治

序品下

三人中之龍去明位人中龍者出方便位位階十地者住眞實位安住不動者本際常寂方便現身者徧下地法界化益四其名曰下列名一恒沙衆但列二人海德者如大集中海慧菩薩亦如下文大涅槃海八不思議從此立名名爲海德云云無盡意者大集中此菩薩自說其名舉八十種法門明無盡意云云五其心皆悉下歎德文爲三先單歎上求次約四弘兼下化三結上求下化初文敬重者此約理論如下文云諸佛所師所謂法也大品云佛初成道觀誰可敬無過般若我當敬重即其義也安住者此約證論下文云一切衆生及以諸佛悉皆安住祕密藏中即其義也深解者此約智論下文云能生菩薩深廣智慧如函大蓋大井深綆長即其義也愛樂者約事行論如下文云雪山八字不以爲難日割三兩未曾稱苦即其義也守護者此約教論如下文中仙豫行誅覺德破陣即其義也諸菩薩上求心大至此如海略舉五義以示其相次從善能隨順去歎下化德初總歎四弘次別歎菩薩已階十地安住不動不證涅槃寧入生死憶本誓願隨順世間以大悲隨順起兩弘誓以大慈隨順起兩弘誓即總歎意也次作是誓言去別歎未度者度別歎初誓已於過去持戒戒是罪垢對治以對治故垢縛得脫故言解未解者別歎第二誓紹三

寶種者是法門無量別歎第三誓若言刻檀鑄寶書修多羅剃頭染衣此但事中相從三寶不絶若發菩提心名佛寶體解大道名法寶事理和融名僧寶此即理性三寶不絶小般若云經卷所在即有佛及尊重弟子下文云若知常住當知此家即爲有佛以此而推三寶不絶即是無量法門於未來世去是無上佛道誓願成別歎第四誓三以大莊嚴去是總結四弘亦是雙結上求下化故言大莊嚴若作別結第四誓者未來作佛相好嚴身十力無畏以莊嚴心名大莊嚴大品多用六度三十七品以爲莊嚴小般若中以無莊嚴而爲莊嚴下文以六度福德十地智慧爲二莊嚴六成就下結又二先總次別初總結上求下化福德智慧次等觀衆生如一子下即是別結下化四弘也次亦於晨朝去是奉光召次舉身毛豎去是順光召存身意略口善及三障等顯發去奉順聲召爲諸衆生去奉順地動召釋如上云云三二恒河沙下列雜衆爲三初二十一衆增數次八衆同數三一衆無數初二恒河文爲三云云初所召中亦有數類名歎結初二恒數也非世所知故以恒量之優婆塞下次類也舍利弗毗曇云離欲男女正法華云清信士女大哀經云勳士勳女或云善宿男女雖有多種通名在家二衆若別説者形雖在俗元未婚娶常隨如來爲二衆者此是離欲二衆若曾婚娶今持五戒永斷俗法則於佛法有功名曰勳士若俗法不虧而持五戒加復八齋名善宿男女復次直三歸者名無分優婆塞若一若二名少分若

三若四名多分若具持五名滿分經言具足即是滿分又具持五戒近求人天即無分兼畏生死苦志求涅槃是少分若爲衆生是多分若知戒是法界攝一切法專爲佛道是滿分威儀具足者有威儀恒與禮俱恒與戒俱恒與無常俱恒與慈悲俱恒與實相俱恒在首楞嚴定能種種示現徧十界像舉足下足皆具佛法婬舍酒肆無非正道住佛威儀乃名具足當知五戒與威儀有本有迹能於本不動普現衆迹是名具足戒威儀問優婆塞義若此聲聞菩薩佛復云何答義理必然未見名教惑者不信今試言之四善根是無分聲聞初果是少分二三果是多分無學是滿分又此四分若於大乘俱是無分若斷塵沙是少分若斷無明一兩品是多分若盡無明是滿分故法華云我等今日眞是聲聞以佛道聲令一切聞即多分聲聞若乾慧性地是無分菩薩若八人至六地斷惑與羅漢齊是少分十地修方便道是多分八地道觀雙流是滿分又三十心是無分初地二地是少分三地至九地是多分十地是滿分又十信是無分十住是少分行向是多分十地是滿分又通教十地別三十心是無分別十地圓十住是少分圓十行十回向是多分圓十地是滿分一切衆生皆有佛性而無見用即無分佛初住初地能百界作佛即少分佛二住二地已上是多分佛妙覺是滿分佛以是義故一一法門皆有權實本迹即此義也問蛣蜣蝮蠆義復云何答夫一善法即有四分例一惡法亦應如是未見名教置而不論且就權

者言之小菩薩所作是無分蝮蕫初地初住所作是少分乃至十地十住等所作是多分如來所作是滿分是故得有權實之衆實召權請故稱召請其名曰下三列名但列二人無垢稱王者或是維摩羅詰彈斥八千訶詰五百即其人也善德者或是父舍設施會者即其人也即二恒之上首深樂觀察下四歎德先歎後結歎有上求下化從十三對治去是歎上求舊云以苦爲藥治於樂病常無常等亦復如是今明此乃初教非今經意舊又云此諸對治是六行觀引下文云無常者即是生死常者即大涅槃無我者聲聞緣覺我者如來法身苦者一切外道樂者謂大涅槃不淨者有爲諸法淨者佛菩薩所有正法而復料簡此六行觀前來未說至第二卷方乃說之於鳥喻中始明雙游不應以此歎優婆塞德此是經家取後大意向前而歎與皇並云諸比丘初來之時悉未是羅漢經家將後悟無學向前歎之比丘不然俗衆豈爾當知佛同行人久達斯觀所以歎耳又料簡一者藥病相主可是對治六行雙游豈是對治解云藥病相主病去藥存是偏對治六行雙游互爲藥病病去藥亡是圓對治若爾者佛同行人久通六觀歎則非疑餘實行者復云何耶權引於實亦得有之如下文云禀前教者以無常藥對治常病常病雖去復執無常聞常住藥破無常病即是今教之所用下文三修以勝破劣即此義也二者元不禀前教以大涅槃次第而修先修無常治常次修常治無常破二十五有得二十五三昧徃大涅槃

是爲大涅槃海漸漸轉深是則備有兩種對治云何推一是前教一是後教說耶三者復有一行是如來行具足常無常亦常亦無常非常非無常圓修六觀雙治常無常更互藥病病去藥亡病治俱捨所以稱此爲對治門若論一行一切行如聖行明若論雙游如鳥喻說諸優婆塞具此德行前二猶淺後一則深文云深樂觀察諸對治門即歎第三意也五十二衆根性不同不出三種權者同實引向涅槃得入涅槃尚無一種况復三耶則是眞對治門義亦是顯發如來方便密教意文中正歎權引於實若無實行權何所引若無權者實無所軌既歎於權亦旁歎實云何判在前後教耶若歷句分別應言味俗爲苦沉眞爲樂沉眞爲苦分別爲樂常我淨等亦復

如是又沉空爲苦大涅槃爲樂沉空爲樂大涅槃爲苦乃至增上非增上亦復如是問恒與常何異答不從因緣爲常始終不異爲恒此等皆是二邊之病互爲藥病名之爲門通入中道非藥非病亡邊亡中樂聞者即前欲重大乘意也如海納流如空容色能爲他說者知智在說巧智解深亦兼下化齊此是以理爲大乘意也渴仰大乘者即上安住充足餘渴仰者意兼下化善能攝取者即上深解愛樂如上約事守護如上約教善能隨順即歎下化總別歎四弘誓願具如上說以大莊嚴者結歎文也如上說悉能下五結如文次亦於晨朝下奉光召但明奉召之時即是見聞覺三召爲欲闍毗是順聲召何者上文顯發密教此云闍毗如何融會上出家衆直言

顯發此在家衆因事表理藉財通法闍毗此言焼然辨香木者因然以顯不然寄滅以明不滅顯非滅非不滅辨供獻食因食以明不食顯非食非不食則方便得開容教獲願是奉聲召香木有種種莊嚴者因滅明不滅非滅非不滅有種種妙法食有三德六味寶蓋寶座悉皆嚴好此表慈悲弘濟理中亦具種種法門從諸優婆塞各作是念去是順動召上云爲諸衆生調伏因緣此中明檀攝衆生令其調伏意同也從是優婆塞等皆已安住去是順光召應躅三障今但生三業之善並如文次從各各賫持去是獻供亦成順召之文次三恒河衆文爲三云云所召爲四謂數類名歎初三恒是數次優婆夷下是類如上釋三壽德下列三人名以壽爲德即常等也有人言德鬘是勝鬘勝鬘是王夫人類不應在此舍佉是三十二卵之母從悉能堪任去是歎德歎文爲兩一略歎上求下化二廣歎上求下化初堪任護持即略歎上求護者護正法之教如上守護大乘持者持於正法事理如上敬重大乘乃至愛樂大乘爲度百千者弘誓緣由現爲女身者弘誓所作故指此爲略歎之文次從訶責家法去廣歎上求下化還是廣於護持之意於廣歎中三先上求次下化三雙結上求下化初上求文爲二初論事觀次結成功德事觀爲二初標事境次出五門初訶責家法者即觀境也若只以箕帚婦禮爲家法者太局若三界輪迴爲家法者太奢今以五陰爲家法果報卷局籠檻繫閉凡愚之所保養聖賢之所鄙棄故言訶責次

自觀巳身下初是苦觀四大相害諸蟲復唼四大互殘身爲苦數是身臭穢者是不淨觀即五種不淨也貪欲縛者薄皮覆之謂之爲淨纏著無巳故名獄縛死狗者究竟不淨九孔常流者自相不淨如城去是空觀瓦木土石假緣虛立三毒惡鬼止住其中外誑內諂是故名空是身不堅者是無我觀是身無常者是無常觀麤細兩觀如文次從寧以牛迹去結其功德結其事觀合爲七一舉譬結其事觀觀知此身過患彌廣次舉三三昧結其事觀道理深微因緣者事觀即是內外推求檢不可得故空空無陰相亦無空相以無相故所以無作釋論云二乘緣眞觀三三昧菩薩緣實相觀三三昧云云三舉大乘結其事觀與修多羅合四舉能說結其上求不失下化

事觀即是教他之法五護持下舉護持結其事觀即是理觀不動本地六毀呰下舉其訶毀之事迹也即菩薩之本結其事觀是願力所爲七結其事觀即是正觀能壞生死在文可見云云此意咸是優婆塞章對治之門男性剛直但論對治女性愛染故備五門五門同緣緣於實相即事而理是妙對治於菩薩章中是深樂大乘守護大乘與上同也雖現女身實是菩薩是上安住大乘次從善能隨順去歎下化德如上釋云云三以大莊嚴去雙結上求下化也釋如上云云亦於晨朝者奉召也各相謂言去是順召宜應者宜順三召獻供敬儀云云次四恒河衆爲二云云所召有數類歎名初四恒數也次毗舍離城等類也毗舍離翻爲好道肇師翻廣嚴什師翻廣博皆是國

巷華整從此得名離車亦黎昌亦彌離楚夏不同此云邊地主或云傳集國政觀師云其國義讓五百長者遞爲國主故言傳集國政罷政則出外爲邊地主云云諸王眷屬者是諸離車皆更互爲王即有皇枝外戚等還屬王類三爲求正法下歎德爲二初歎後結歎爲二初爲求法故一句明上求次三雙是下化一戒施二折攝三聽説如文文似下化而兼上求次從皆悉成就去結如文列名如文二如是等各相謂言去是順召若無奉召何得有順舉順即知有奉順召但明順動召餘可知次獻供敬儀如文七多羅樹者王性剛高不居物下佛力接之高七樹也或云只是隨宜耳次五恒大臣長者文爲二所召順召所召有數類歎名數類如文歎中有上求下化

如文列名云云從所設供具去是順召設具中因食開常是順聲召詣雙樹間是順動召心懷憂惱是順光召云云次列舍離既言六倍勝前應是六恒但王數可數但除阿闍一人餘者不須恒量故數不言耳文爲三所召奉召順召初所中有類有名類中簡闍王者此王在後列名如文嚴四兵去即是順召是諸王等是歎德具有上求下化歎德而不次第者顯其無定次亦於晨朝是奉召三持甘膳等是順召次七恒夫人衆上列當世夫人此列寡嬪淑等文爲二所召順召所召有數類名歎也類中簡世王又出本是三三昧迹爲女儀悉是權類列名如文悉皆安住歎德也上求下化悉如文各相謂言者順召如文次八恒天女衆文爲三云云所召有數類名歎初如

文次天女類也此中多是三光已上四壃已下天女之類三列名如文四作如是言下歎德爲三先歎報得天眼所見次是諸下歎上求三善能下歎下化初如文次歎上求中欲聞大乘是深解大乘威儀具足是安住大乘餘如文三善能隨順下是下化釋如前亦於晨朝者是奉召各取天木香者是順召如文云云次九恒龍衆亦爲三云云所召有數類名奉召如文設諸供具下是順召如文次十恒鬼神王衆文爲二所召有數類名此應是同名後列者是正四王仁等速詣是順召供具如文云云次二十恒鳥王增數至千億恒沙鬼神至白濕王但略列數語類出名而已其中或有歎德皆可解是爲增數前二十一衆意從復有十萬億恒河沙天子風神雨神是三衆

同數復有二十恒沙象王至二十恒沙仙人凡五衆同數同數文竟閻浮提中一切蠡王者是無數衆第二列中間衆閻浮提是一邊無量世界是一邊其中間又爲二一結前列後二悲近召遠結前者結前三十四衆簡出二衆者有事有顯事者迦葉入滅定定所持故不來阿難爲魔所罥故不來有所顯者迦葉爲顯不捨細戒故迦葉最長子方持佛法佛若臨滅應敕細戒告阿難言我滅度後諸微細戒能持者善不能者捨迦葉後問何等是微細戒阿難言不知即訶阿難云汝面受佛旨今言不知可捨不可捨又爲外道所譏師所制戒滅後皆捨復不可捨迦葉若來寧得執正此事阿難爲顯最後佛稱歎付囑顯神呪力阿難若來則不顧問亦不稱歎亦復

不使文殊持咒解罥二衆不來其意顯此問佛令捨細戒迦葉不許師弟相拒何也答不然佛爲利根隨有利益迦葉爲鈍根還令如故故非違拒次列後爲三初人天次山神三河海神初文者即是諸四天上下之人天也經言中間中間何所不收文雖不云三天下及百億四天下義推應有何者他方遠國尚復能來東弗西瞿何縁不至十方尚來百億四天何意不來若推中間之言衆最應多唯可意知不可文載云云次及諸山神下他云山神山形此未必爾樹神示半身不作樹形山神不必爲山形也直是神道附山而巳先列衆山次談其相後明詣佛海神亦爾如文熈連者相傳云只跋提是熈連今言不爾跋提大熈連小或言廣四丈或八丈在城北跋提在城南相去百里佛居其間涅槃爲散華所及熈連未見翻次其林變白下是悲近召遠巳集者悲未集者召又爲二先悲近次召遠初悲近者凡現三相娑羅如前釋此林榮茂忽然變白猶如白鶴林中有鶴當林變時與鶴無別此有所表榮若定榮不應忽變枯若定枯不應如鶴枯既如鶴則枯非枯榮既忽變則榮非榮非榮非枯中間涅槃者表不生不滅而現生滅雙林一變隨類各解上達其本下悲其迹中根在悲達之間現病品云下愚凡見言必涅槃唯諸菩薩文殊師利等能知如來常住不變即此義也次虚空堂閣綺飾分明者表佛身相天上天下最爲第一今身縁巳謝無上智慧不復居御下士所悲又堂本地架而今處空則空中有堂而彫文刻

鏤綺飾分明不動不墮妙麗莊嚴表空中藏具足無減中士所尚又華堂嚴整光悦利益是其有也高處虛空無人受用是其無也若有無事訖當收此空有歸非空有此上士所達下悲上達中士悲達季孟之間三堂下多有流泉浴池者表佛身口赴下流出無量言教猶如浴池浴池有二一能滌垢穢二除熱悶表於佛教能令客塵外盡無明内除有妙蓮華者表導佛教即是修因因逾世果故引兩處爲喻化緣將訖如堂高舉言教流潤如清泉在池論其本體非去非留語其利益故言去留文云咸覩如來涅槃之相者一往是下士所見若具足論應有上達下悲具如前說此之三相前後雖異而意同前前以大聲勸問問則祕密教顯如今堂下清泉流出利益多人前面門放光五色徧照除三障生三善令立行升進如今高堂迥出去下陵空綺飾分明種種莊嚴校前動地動水表於翻倒見性令變林況鶴使不滯榮枯歸中會極物之難悟再更抵掌悲近召遠相雖復異而意同前但再令開曉從四天王下即是召遠若從前開文即第三召上界衆凡有五章初欲界天先明四王即是類也各相謂言者奉召良由聞見聲光即以天眼觀他獻供而自營辦來至佛所即順召也釋天但有所召順召云云乃至第六天其間三天略不出之上至有頂此應是色頂加列大梵王如文料簡三頂云云前論佛力應徹三種頂此中論供具只明色頂云云次列脩羅王舍脂父正報劣天依報相亞言光勝者此是大菩薩光故可言勝次

魔衆魔名殺者波旬名爲惡中之惡住六天頂爲欲界主文爲三一類數二開恩赦下三辦供上獻上獻爲兩一奉呪二奉供佛受呪不受供問魔既弊惡寧得好呪答此呪是先佛之法偶爾得之譬如有人在國遇寶還奉國王他解呪是鬼神名聞名不得爲害如盜者伺財財主知名覺喚其名盜則不行次云呪是鬼神王名若喚主名主勸其黨亦不爲害三云呪如霹靂鬼神畏威不敢爲害四云呪是密語如軍中號相應即放不應則治鬼神亦爾順呪則護不順頭破五云呪是佛敕無敢違者有人彈云呪是明呪大明呪無等等呪若是鬼名等五云何令人得悟道果今解不爾若一向解不能契道應作法門解之諸煩惱是鬼名無明是鬼王善能破惡猶如霹靂即事而眞是爲密語第一義諦爲佛所敕依此法門必能得道又是通別四悉檀意前四別後一通此解無妨次大自在天即摩醯首羅居色界頂主大千界十地菩薩迹現其中若法華中列世界主梵天王者此意云何若言娑婆世界主者正是首羅若言尸棄大梵等者更舉二禪等收三四禪梵王耳又云若言爲世界主者其實只領小千而已經家美之故言世界主私謂此是大千之中得爲大千之主降此不得文爲二一與同類是所召二獻供是順召如文次爾時東方下召他土衆或云聲光不至彼彼佛自遣命至此土

若依前文光徧照此三千世界乃至十方亦復如是豈非光召又彼佛遣文三召意足香

飯奉佛此光召也往彼禮敬此動召也請決所疑聲召意也文為二初明一方次例三方東方為三雙初彼佛說此佛此衆見彼衆次此間大衆以不思議不見而見見彼無邊身無邊身以不思議不來而來三復以彼供奉此佛此佛不受彼佛之供如此三相還是經初三種之瑞彼佛說此此衆見彼即是聲瑞此衆見彼彼衆來此即動地瑞彼供獻此此佛不受即是光瑞初雙中初彼佛說此佛文為四一明遠近二彼佛說此三發來四現瑞如文次此衆見彼衆亦為四一驚怖二安慰三見彼衆四唱苦哉然大衆見佛應生歡喜何以唱苦聞彼佛說此佛應當入於涅槃還是前聲瑞覺地動戰慄還是前地動瑞見如鏡之光還是前光瑞聞見是已彼佛為此作涅槃相是故唱苦問此衆皆是佛同行人何因驚怖答今論實者意不在權又十地位有上下品上品所作下品不知佛力所作佛借神力昆蟲能知不借神力則不能知此無邊身承佛神力而現此瑞首羅驚怖復何所疑次第二雙初從大衆見無邊身一一毛孔明此菩薩示不思議不見而見明一毛道即是見小容七萬八千城莊嚴巨麗即是見大然其身量同等虛空非大小安可說盡而復不妨從彼而來巨細相容毛孔不闊城亦不小復聞歡娛受樂之聲復聞唱言苦哉之聲復聞純說大乘之聲即是非苦非樂不相障礙菩薩所以現此事者表於今佛入般涅槃亦不可思議次從爾時無邊身菩薩與無量菩薩是彼菩薩以不可思議不來而來次第

三雙中初供佛次不受如文次例餘三方悉如文問身既無邊此土他土俱在毛端那忽從彼以來於此是即彼邊而來此邊此間大衆見從彼來即是此邊見於彼邊舊云少分無邊故有來去此不應爾既言量同虛空虛空豈有少分多分既言少分則不同空今明菩薩不思議色即邊無邊無邊即邊非邊非無邊邊即無邊量同虛空無邊即邊自彼之此此見彼來雖邊無邊非邊非無邊而能邊無邊故稱不可思議若有定者非不思議例如文六梵不見頂非見非不見能見能不見譬如帶鏡身邊身在鏡裏裏而非裏非裏而裏又如日不下池水不上升而影現水頑礙之色尚復難思況不思議寧以情取從婆羅雙樹去大段第三結召請中二初結衆集次結瑞相瑞本集衆衆既已集瑞亦隨竟故須兩結初結衆集又爲二先明其處不可思議次明其人不可思議初文者三十二由旬能容五十二衆長旛大蓋人無妨礙供具無傷又鍼鋒微塵容無邊身已不思議況受四方十方微塵無邊身菩薩復有幾許眷屬供具人無障礙具無損傷此是處不思議次人爲四初從十方下結他方衆集在鍼鋒及閻浮者結此土衆集在雙樹此是人不可思議二簡應集不集不應集而集應集即迦葉等三衆不應集毒蟲惡人惡鬼等三衆此明集不集俱不可思議三明衆集利益謂集不集衆等起慈心集不集處等皆嚴淨陀羅婆神者是集衆三千大千衆生是不集衆又簡除慈不慈不慈者一闡提是不生慈心慈不慈者

皆不思議從爾時三千世界以佛力故下重明處三千是衆集處十方世界是不集處等皆嚴淨如極樂土故言十方亦復如是以衆集故致此利益不集處不集衆不發心尚不思議況復如來示生示滅寧可思議此是結衆集竟次從如來面門下結瑞相竟從前至此總有九瑞共成三意但作一收所以然者聲光及風皆從口出若收光入口風聲例然收聲則息教疑者問誰此表師去收光則息照三障闇於道三業善不生此表主去收風則息神變顛倒無由得轉此表親去大衆見一解三見收聲入口知必失師是故嗚呼而哭唱言不受人天供養此哭失田悲無法食見收光入口知必失主是故哭言聖慧日光從今永滅三障誰除三善誰發見收風入口知必失親是故哭言法船沉没誰破無明此岸度到涅槃彼岸三種之哭哭主親師嗚呼是意慟號哭是口哀戰動是身苦三業悲戀乃至於此

大般涅槃經疏卷第一下

音釋

綆古杏切井索也　蝮蠆蝮方六切虺蛇也蠆丑邁切毒蟲也　籠檻籠盧東切笭也檻器尸驗切圈也　遞大計切更易也　窅規縣切網也　鍼諸深切也

大般涅槃經疏卷第二上

隋章安頂法師撰
唐天台沙門湛然再治

純陀品上

釋品爲三一辨疏密二辨德行三釋名初意者依天竺文猶屬壽命品開破今昔常無常義於義則密於文則疏謝氏從人從事題純陀品於文則密於義則疏今明涅槃施章於梵漢兩文俱無所失隨前人則施常命隨後事則施常修云云次德行者純陀是二恒之數何故別立一品略明十異一時衆先供而後請純陀先請而後供二時衆三請佛皆默然純陀一請如來即受三因受大會四因食開常五自請住六騰衆請七金口歎八大衆歎九當徒問答十往昔誓願衆無其一寧不立品問純陀十異迴超衆表何不前供而後獻耶答後供者讓他德也舊明五讓謂賤讓貴凡讓聖麤讓妙少讓多近讓遠今依文宜爲十讓初以俗讓道謂僧尼衆次以凡讓聖謂學無學三以淺讓深謂諸菩薩四以賤讓貴即國王大臣五以顯讓冥謂天龍鬼神六以少麤讓多妙謂人天等七以財讓法即是魔衆八以同類讓異類即師子鳥蠭等九以近讓遠謂十方菩薩十以城傍讓隱遯忍辱仙衆五讓收文不盡十意粗周問何故昔默今默而有受不受異答佛意難知今通別兩解今昔二默俱是四悉世人所默有受不受佛隨世界故有二默受不受異或宜默受宜默不受二俱生善欲生彼善故有二默破惡得道亦復如是聖無唐捐非凡所測別釋者時

衆無奇緣弱不感令追責往緣是名世界黙然不受初若發言不受則後供息心衆供都集普皆等受是名爲人黙然不受黙不受者眨其不能因食以明不食開無常顯常無勝治力是名對治黙然不受若是食身可黙受食法身常身無食無受是名第一義黙然不受黙然不受是佛境界義不可盡略言四耳三釋名者純陀名也六卷云姓華名子純子之與陀二文互出舊云本名純陀後大衆稱德號爲妙義今則不然純陀是彼音妙義是此語先立嘉名爲最後作瑞所以大衆稱美不應名德兩分例如善吉空生即其儔也然妙義淵博不可言盡略示其十謂義妙解妙檀妙位妙德妙感妙通妙説妙田妙益妙義妙者三點四德不縱不横不並不別佛及衆生皆悉安住祕密藏中文云諸佛境界不可思議一切法中有安樂性解妙者解大涅槃微妙智慧照窮理性動合機宜發心畢竟等無差別文云言純陀者名解妙義雖受人身心如佛心檀妙者八斛四斗充足一切鍼鋒大衆文云令汝具足檀波羅蜜位妙者雖在居家蓋諸無學工巧之賤釋梵歸仰如盛滿月映蔽星辰是優婆塞等法王子文云如幼出家隨大僧數德妙者如前十異十讓爲佛爲衆之所稱歎文云南無純陀南無純陀而爲我等之所瞻仰感妙者東方佛使作大神通人天枯燥賚持香飯獻而不受九方亦爾況復人天純陀一請即爲哀納故知物妙非妙食麤不麤非麤非妙文云普爲大會哀受純陀最後供養神通妙者始辦供具地六種

動正獻食時說十三偈如經即神通妙說妙者巧與五難善覆有爲如經田妙者最後入滅是良福田文云汝爲衆生作良福田益妙者因受其供普受大會則財益一切因食開常即法益一切如經純陀大士具茲十妙及餘無量一切諸妙故名純陀品若依經名應言十大若依人名故言十妙妙之與大左右之異從此訖衆問是涅槃施分文爲三此品施常住五果擬對此土雜類衆哀歎品施勝三修擬對此土聲聞衆長壽品去隨問而施擬對此土諸菩薩衆云云問有他方衆何文擬之答從現病品去更明五行十德師子吼問性及迦葉陳如擬對他方諸菩薩衆然佛平等說普雨一切豈容分隔一往分文以示起盡於無分別中作差別說問若爾始終只是一涅槃施則無餘章答前明通意得作此說云云此品爲四初因獻食以明不食不食是常破於無常開非常非無常二因其請住以不住破住開非住非不住三因於論義有爲無爲且共置之開非有爲非無爲四因催供明爲滅須食爲不滅不食開非滅非不滅四段在文可尋生起者衆被召來意在開密故因食明常常則應住故因常請住住非圓極是故遮住以無住破住住與無住互成得失故有爲無爲且共置之若置非求是是亦無是故即非是是故文言方便涅槃即是而非故催其施令正是時第二第三亦復如是是非俱非寂滅爲樂事窮理盡故低頭飲淚而辦供也通別者雖分四段不可一向何者圓滿妙說義不可盡隨其類音各各得解不可各

解局於圓法今三意望之一別舉常破無常文云我今施汝常命色力安無閡辯別明於我以有我故所以論於我住我觀若無我者誰住誰觀文云汝今當觀別明於淨有爲不淨無爲即淨文云善覆如來有爲之相別明於樂樂即涅槃一切諸佛皆至是處文云生已不住寂滅爲樂若一向從別則成對治失於圓旨此義可知云云二明通者今所明常不言常異於我常即是我亦即淨樂我即是常亦即淨樂淨樂亦爾文云是常法印即是諸佛之法界也若但是常常即鈌減不具四德寧當得是法界印耶三明非通非別畢竟清淨何者若但是常破於無常是待對法經論所害釋論云無常者是對治法非第一義常治無常亦復如是中論云若法爲待成是法

還成待今言常者非常無常故非通別若是通者通即對別別既被非通寧得是當知常者非通非別文云二施果報等無差別無通無別乃名爲等我亦如是非我無我文云汝今當觀諸佛境界佛境界者無我無無我淨亦如是非淨非不淨文云有爲無爲且共置之捨有捨無即非淨非不淨樂亦如是非樂非不樂名寂滅樂文云不應思惟長壽短壽無長無短即非樂非不樂如是三意不可定三不縱不橫不並不別即通而別即非通別不一二三而一二三須識圓妙乃解於常又此四文成前起後言成前者上大聲普告令最後問爲欲顯發方便密教今果爲開雙非之教上面門放光却障生善咸欲成就第一空行今果勸觀諸佛境界上地動翻倒咸歸

佛所令果示有爲無爲且共置之欲求正法應如是學如是學已寂滅爲樂同於如來所至到處故涅槃施成前召請等義言起後者教觀諸佛境界即般若德欲求正法應如是學且共置之即解脱德寂滅之樂佛所到處即法身德如此分文即顯佛語上中下善不徒開章初獻供文爲四一請二受三難四答請又二初經家敘德二發言陳請敘德爲二一敘德二敬儀先敘其讓德次敘所爲德敘讓德中兼具十意優婆塞如前釋此即三讓謂俗讓道凡讓聖淺讓深拘尸城如前釋此是以近讓遠城旁讓隱遯工巧之子有二義將作大匠子則貴執斧子則賤未知是何且指以賤讓貴以麤讓妙同類十五人者一本云五十雙卷云五百十五據端首五十據親近五百據徒屬或當如此此之一句是同類讓異類以顯讓冥以少讓多今敘意者此人正爲請佛受供即是以財讓法依文證義義自滿足次爲令世間得善果者敘所爲德善果多塗謂可意果無漏果隨分果究竟果可意果者賢聖所訶文云我今於此處不求人天身無漏果者二乘灰滅經家所歎必非自調自淨之果隨分果者三賢十聖住果報分而非極下文云我今所獻食願得無上報故非分果爲令衆生得佛菩提究竟之果次捨身威儀下敘敬儀威儀不同謂俗威儀道威儀法門威儀佛威儀如波斯匿王見諸佛時捨五威儀冠劒珮履車餘雖無五亦有脱巾解帶徒行等皆俗威儀道威儀者謂偏袒單縫天冠天衣法式規矩等法門威儀者謂生

忍法忍等諸法門也佛威儀者謂相好力無畏不共等法或可捨俗服服道服或捨事服入法門服或即俗服是力無畏偏袒右肩者有俗袒道袒權袒實袒俗袒者如書中肉袒謝罪道袒者弟子事師供役便易故袒右覆左權袒者權化易行故袒權覆實此釋他經非今教意今言袒實覆權覆無常之權袒雙非之實正當機利物便易得宜故言偏袒右肩右膝著地者日既右轉隨順世間以右著地即世界也日是陽精表智導行此即爲人文殊經云右是正道左是邪道用正去邪此是對治膝表於行地表於理以行契理故以膝著地即第一義此意通用可解他經若依今經膝即常行地即常理以行到理故膝著地此是第一義也不釋合掌私云事釋可知

如世斂手則表敬也若所表者二表權實二理諸教諸味各有此二今經合已理無外也悲感者悲則悲他感則感佛他行不同悲亦不一諸供不受則福德不生是故悲也供既不受不得因供開常是故悲也常既不開雙非不顯是故悲也佛若受供最後檀成我與同類衆願悉滿故以悲助他以感祈佛不釋禮足私云以我之頂歸佛足下故諸教之果咸歸圓因次白佛去陳請謂標請正請結請標爲二初標三寶舟航次標自他求度初世尊及比丘僧即二寶也佛及比丘智斷具足即是法寶哀者慈悲法門指此一字又是法寶如是三寶即無供之衆爲有供衆而作福田若無無供供無所供供若無受供無由供是故須請受我等者即是同類羣輩言最後

者由初致後如來出世初益衆生令入涅槃後益衆生佛無再受之期我無再供之日故言最後爲度無量者標他也如此自他欲憑册航請求度脫世尊去正請有三法譬合法說爲二一所失故請二所求故請所失爲兩初明所失次釋所失初所失者失於三寶無王是失佛無親是失法無救是失僧無護去釋所失若無主忠無所護若無親孝無所歸若無師學無所趣既不爲主護又無主可護則無榮無祿是故言貧既無親可歸又親去不歸則無生無蔭是故言窮無師可趣又師不示趣則無訓無成是故言困釋所失意顯次從欲從如來下是所求故請又二初明所求次釋所求初文者求佛一體即滿三益佛是良田即是從上求祿故言求將來食佛能長養法身慧命即是從親求生佛能訓導令得正轍即是從師求成若從如來即兼諸義次唯願去即釋所求次從世尊譬如刹利去是譬請開爲兩一貧窮譬譬上所失無主無親等請無主故貧無親故窮二役力譬譬上所求求將來食請貧窮譬中舉四姓者舊云是四族姓是義不然現見四族一方俱貴不相忝謝今文四姓高下不同於義不便今明是四種姓刹利翻田主愛民治國王者之類婆羅門翻淨行博學明文之類毗舍未見翻應是平民耕農販賣之類首陀未見翻應是底下客糞擔尸之類舊以四姓譬四生又譬六道是義不然若四生六道譬太近收義不盡今譬九法界根性束九以爲四種方便菩薩根性既有化他統物之能譬於刹利聲聞

緣覺同是無漏清淨涅槃譬婆羅門天人兩界善道受報譬於毗舍地獄等四同是惡趣譬於首陀所以然者一切衆生同一佛性其味眞正一體三寶等無差別而爲煩惱之所覆蔽輪迴六道受種種身界隔差別其味混雜或酢或鹹或甜或苦無主無親亡家亡國一體三寶隱而不顯外則遠離三寶喪失善法故言貧窮善惡隔絶故言遠至非巳本源故言他國下性品云一切衆生雖有佛性皆不能見而爲三毒所覆故墮地獄畜生餓鬼生刹利等種種家中即其義也若觀開譬以刹利等譬四種人根性則便若觀合譬云貧四姓者即我身是可譬一人有四根性其義則便而文又云拯及無量苦惱衆生者復似就於多人作譬既有二文不可一向若得此意一人既然多人亦爾故於一人兩用無妨然此經宗明常辨性尋初法說通失三性三性不顯義說爲無正性不顯故言無親緣性不顯故言無主了性不顯故言無救通舉三失以爲請端法說所求中云但從如來求將來食者專從主求禄是求緣因緣能資了了能顯正此略舉一而爲請也就譬失中別請三性意言衆生本有正因之性一體三寶等無差別而爲惑覆受種種身四姓等異此舉異以請不異別請如來顯於正性以貧窮故遠至他國者無主曰貧無親曰窮無師曰困此舉貧請富別請如來顯緣因性役力晨作乃至草藏此明始從人天乃至菩薩偏除煩惱唯是少分無上善根不能開發唯希天雨天雨一灑即能發生別請如來顯了因性然

三佛性非通非別隨順根緣通別兩請餘文如經下如來受中亦有兩意我今爲汝除斷貧窮是許其作主顯緣因性無上法雨許爲作師顯於了性雨汝身田令生法芽許爲作親顯於正性此是別許三因佛性從何以故純陀施食有二果報無差云何無差若許作主即是親師若許親師即是許主是三如一等無差別若顯緣因即顯了正若顯即顯緣因是三性顯等無差別此是通許三因性也惑者云此未明佛性云何此解答經明佛性是其正宗初若不開後何所躡良以初請一體之佛作主親師一體之親施其常命色力一體之主施其常安一體之師施其常辯令其身內一體三寶三佛性顯自他內外等無差別上根利智已同純陀爲未解者至哀歎中開祕密藏安置諸子悉入其中長壽金剛次第相躡乃至迦葉師子吼等廣顯佛性若初開宗不明佛性者爲開何義何義爲宗恐帖文流散故懸示此意次從役力農作去譬上所求此譬略從人天二乘方便菩薩所有善法悉是緣因少分故舉此爲求役力者正明厭弊惡趣貧窮尚人天善故言役力農作得好調牛文有兩意若以牛譬於身身是善果猶屬人天若以調牛譬身口七此譬於戒良田譬定平正譬慧耘除草薉譬斷煩惱此亦兩意若除四住譬二乘善若除塵沙譬三菩薩唯希法雨去正求了因唯希如來是求主求親法雨是求師三求若允如貧得主如窮得親如蒙得師則佛性顯所求之要正在於此佛隨其求應請而施施常命色力

是許爲親顯其正性施其常安是許爲主顯其緣性施其常辯是許爲師顯其了性前後無違方知文旨三從言調牛下合譬先合役力後合貧窮文不次者貧之與役不定前後只貧故役只役故貧始從人天至三菩薩悉皆是貧雖少不同皆貧如來無上財寶不次第合意或在此合役力譬又兩先歷法合後一體令初歷法合中不合人天者特是文略身口七支用戒防護合上調牛定能資慧合上良田慧忘差別合上平正除四住惑合上除蕪除塵沙惑合除沙鹵次世尊我今身有下就一體合體有於戒以合調牛定合良田慧合除蕪雖少善緣不能顯正唯希如來去正是合求了因言教從貧四姓者去合上貧窮上歷四姓今就一體已如前釋從拯及下合上歷別四姓意也三從我今所供去雙結又三初結上法譬中所求之請法說中云受我微供然後涅槃似獨請佛令結譬云冀得充足如來大衆者結其不獨在佛善能充足五十二衆又是顯其能以一食普施大衆衆多而供足供少而周多不思議供供難思衆云云次我今無主無親去雙結上法譬中所失之請三如羅睺羅者雙結法譬中求失之請佛是金輪即羅睺主又是親師我及一切亦復如是事三如一同羅睺羅從爾時世尊去第二受供文爲三一許受施二正受三釋施許受又二一敘許二佛唱許初經家舉三號佛然其所請故以三號而對許之舉世尊許爲主舉種智許爲師舉調御許爲親既許爲主即斷其貧既許爲親即祛其窮既許爲師

即除其困三失還得三求遂克世尊者一切之所瞻仰如世孝子之事親如婆羅門之事火如諸天之奉帝釋事親即親義事火即師義奉釋即主義云云又世尊者如學無學等衆星之瞻佛月如四種菩薩海水繞佛須彌寶山檀林師子等喻喻戒定慧世所崇仰故言世尊一切種智者或以相好色身徧對一切一切各解故名一切種智何者世有衆生事八十神一神一好隨其所覩見其所事如來一身徧令其解故名一切種智又不以色身爲佛以一切種智爲佛一切種智依此色身見相莊嚴當知智慧具足故名一切種智調御者稱適機緣應生應滅應受不受皆爲調御一切衆生他經以調御丈夫爲兩號今經合爲一號文云自既丈夫復調丈夫善哉善哉者印其法譬兩請次我今爲汝除斷貧窮去是佛唱許斷貧是許主法雨是許師生法芽是許親從汝今於我去是正受汝今於我欲求常命色力者述其請父安者述其請主無閡辯者述其請師我當施汝者即是許三云云舊明涅槃正體是常治於無常故序五時云般若雖明尊特之佛爲成無生楞嚴雖云七百僧祇豈及法華無量壽法華無量壽猶是無常至涅槃教始明常樂遠斥鹿苑近破法華同歸涅槃圓常窮源盡性之說如此說者偏摘諸經對緣一句作無常義偏取涅槃破病之常以爲正體二塗俱失何者般若佛母涅槃佛師楞嚴三佛涅槃三點法華一乘涅槃佛性一乘即佛性一切衆生悉一乘故云何一乘還破一乘法身云何破於法佛佛

師云何破於佛母故知惑其方便迷於部教互相是非失其正旨今所不用地人雖無五時之執以當現常破無常義義勢相似巳同舊壞興皇解云常無常者藥病相治無常治常若識無常是治常方便病去藥盡若不識者執藥爲病病即斷見故云王今病重常治無常亦是方便病去藥盡若不識者即成常見識兩方便能斷斷常則非斷常故智者見法生即滅斷見見法滅即滅常見若不識者還是二見今明此釋與舊不同若得意者無所閒然逐語生想俱同前病何者彈常無常是互論方便指非常非無常而爲正體如避空求空去空逾遠何者佛言二施果報等無差別若其昔說五果無常今說是常可是差別若常無常俱是非常非無常者方是等無差別亦是顯發方便密教若得此意般若楞嚴莫非祕密然此常義斯教之喉衿衆經之心首羣聖之窟宅諸佛之法界不可思議如來智慧說不可盡若凝然常若當現常若破病常豈會圓理今試言之夫佛出世本爲大事因緣大事因緣即是常住常法包容故名爲大常立諸法故名爲事常機常感故曰因緣常無差別差別說常下文云諸佛所師所謂法也以法常故諸佛亦常三世諸佛悉師此常常無師弟師弟俱常如是分別名世界常我今爲汝除斷貧窮無上法雨雨汝身田令生法芽汝今於我欲求壽命色力安樂無閡辯才我當施汝常命色力安無閡辯又云我今哀憫汝及一切是故今日欲入涅槃若諸天人於此最後供養我者悉皆當得不動

果報如此等文皆明常法發生常善是名爲人常也若欲遠離四顛倒者應知是常樂我淨我是佛義常是法身樂是涅槃淨是正法以此四種破四顛倒又云先所修習四法相貌悉是顛倒欲得眞實修諸想者如彼智人巧修我想常樂淨想譬如明醫先以鹹苦治其本病本病雖去復患鹹苦後以淨乳治於鹹苦佛亦如是先以無常治其常病常病既去更病無常今以眞常破昔無常故云我爲醫王欲伏外道是故唱言無我無人爲此因緣而説有我常破無常亦復如是又東方雙者即是於常爲破無常又二鳥雙游譬於如來無二二用如是等文皆明常法對破無常釋論亦云常與無常是對治法非第一義是名對治常也第一義者則非常無常今經亦云二施果報等無差別若常破無常無常異常是則差別非第一義第一義者非常無常故無差別若二鳥雙游明其二用二鳥俱息明其雙寂即用而寂寂滅爲樂是大涅槃如是等文皆第一義常也當知是常四悉無閡常亦間隔因緣大事常亦寂絶畢竟妙理常亦出生建立諸法常亦對治破於倒惑自在若此云何偏據是於對治藥病互論埋沒圓能害諸經論又大涅槃本自有之非適今也又二十五有悉皆有我我即佛性佛性即常佛性雄猛難可毀壞此多文義即是現常又云夫有心者皆當作佛未來當得常樂我淨如是等文即是當常又三世有法無有是處既無三世何得復有現常當常淨名云但以世俗文字説有三世非謂菩提有去來今若

固執當現各據三世不解我意寧會偈旨又此常者顯發如來方便密教昔覆於常今開辯常無別今常異昔無常開昔無常即是今常次我今爲汝斷貧窮者若除四趣貧窮即開諸惡無常而顯於常下文云懺四重禁除謗法心盡五逆罪滅一闡提即其義也若斷人天貧窮即開諸善無常而顯於常文云我今於此處不求天人身設使得之者心亦不甘樂又云因滅是色獲常色等即其義也若斷二乘貧窮即開無漏無常而顯於常文云爲諸聲聞開發慧眼云云若斷方便菩薩貧窮即開六度通別無常而顯於常文云令諸菩薩了見佛性又云自此之前我等皆名邪見人也總而言之開諸有餘悉是無餘開諸不了悉是了義是名顯發如來方便密教悉皆安置三點四德祕密藏中又此常者即是佛性佛性即常既開於常即開佛性既爲此等作親開正作主開緣作師開了除斷貧窮開境界性悉皆當得不動果報即開果性若例此義何人何法何教何行何位何用而不是常何法不是非常非無常豈復更有善惡三乘差別等性畢竟悉是大般涅槃言語道斷心行處滅不可思議竪深橫廣無邊無底能建大義充滿法界不可窮盡何得判是疑然破病當現常耶如此常義猶若虛空略對四家示其梗概次正受中五果之名文中不釋私云五既並果具攝因果一切萬德先消名次對法五法並常故初云常連持曰命常命則以無始無終而無斷絕以非色爲色吾今此身即是法身作用爲力徧一切處用無窮

盡不動名安雖具力用安固不動被機有辯無緣慈悲普施法藥次對法者此即三密命即意密色力及安即身密無閡即口密亦名四德意是常德身是樂我口即淨德若得此意徧一切法無非此五佛具此五故以施人以五常故施亦無盡言無盡者即五果也

大般涅槃經疏卷第二上

音釋

賫牋西切持遺人也　閡牛代切阻也　遯徒困切隱也　薉烏廢切蕪也

大般涅槃經疏卷第二下

隋章安頂法師撰
唐天台沙門湛然再治

純陀品中

三何以故去即釋施也釋初釋後中間可知此意非但後教開常開初亦爾既舉諸教例知行位證人亦復如是是常法印印於一切無不是常初後供養即是行常初後法施即是教常初後二施必有其人即是人常初後果報即是證常證必有位即是位常等無差別即是法常云云復次等無差別者若依答文有種種義或初後皆受皆食皆不食故等或初後皆得五果故等或初後皆見佛性皆斷煩惱皆能說法故等若依楞嚴初後皆如皆空故等若依釋論初後皆是諸法實相故等若此中意即是初後皆常故等常者即是非常非無常之常故等若得非常非無常意歷一切法教行位人等無差別問一切衆生常爲現爲當答已如上說三世皆常問若現常者衆生即佛耶答如胎中子豈不同父姓若同父姓寧責者少凡有六即一切衆生即是理常聞大涅槃解知佛性即名字常知性能修即觀行常如夜見杌即相似常金錍抉眼三指分明即分眞常無上大覺即究竟常如此諸常疑何等常阿耨菩提翻名釋義如常可見受最後供一期事畢法理具足汝聞見此依而行施檀必具足三純陀設難文爲二初總非不恣後別作難治城作四難開善作五難名目不同云云今明五難一有智斷無智斷二有聖號無聖號三具四身三身四具度

眼不具度眼五得五果不得五果云云初一難具論自他後四難唯論於自此難本明受者福他初既備舉後不煩文是故略之然此五難芟角難解何者至理寂滅無大無小若乖迹化物緣有利鈍應有勝劣小緣所見初後俱劣大緣所見初後俱勝若始坐樹下受牧女乳糜食此食已十力充滿此小緣劣見若始坐華臺眷屬菩薩悉坐華葉十方諸佛放眉間光入華臺頂諸佛眷屬放眉間光入華葉頂華臺菩薩三昧受職成於報佛華葉菩薩成於應佛此大緣見勝當知牧女與諸佛不同乳糜與光明永異此即大小二佛最初受施若見佛自行乞食到純陀舍食檀耳羹中夜入滅輿向雙林以火焚身此小緣劣見若見純陀悲感但獻八斛四斗不思議供充飽一切見十方佛遣大弟子鉢盛香飯奉佛涅槃大緣見勝當知乞食與送食不同香飯與檀耳永異大小二佛最後受施其相若此例推智斷乃至五果亦應各異純陀芟角將大緣之後並小緣之初構差別之難佛約大緣所見初後無差以答則涇渭皎然初後不二今更引經而分別之勝天王中初坐樹下有四種相或見坐祥草或見坐天衣或見坐七寶或見坐虛空像法決疑經佛入涅槃亦四種相或見拘尸土石樹林或見是七寶莊嚴或見是三世諸佛菩薩所游居處或見是真如實相純佛境界前後既現四相不同例推智斷乃至五果亦應各異今更對教主而略說之若三藏佛初受乳糜未有智斷不能化他令得智斷凡法未離不得聖號苦行體

羸外須雜食無漏未發内有煩惱果縛尚在是後邊身必歸磨滅是無常身雖行事檀未得理度檀不具足乃至般若亦復如是父母之身但是肉眼未有通明故無四眼既受食已自得五益能五益他觀純陀言專引三藏佛初成爲難若通教佛菩薩道時已斷正使無漏現前自得智斷亦令他得已捨凡法入聖人位誓願扶習現坐道場示受食身無復四住但有習氣名無常身後邊之身非是正使無常之身後邊之身已具亡三檀波羅蜜乃至般若已得四眼未得佛眼示消搏食福利於他令得五果純陀所難都未涉此若別圓佛初受施時如佛所答我成佛來無量阿僧祇劫久具智斷令他智斷乃至久已不食不消無五事果示現初成初受後成後受豈可以劣見之初難勝見之後初後二果等無差別其義明矣四佛答爲兩初正答五難次普受大會初答第三四身三身之難者身有離合故有四三常是此教之首故超而答之但純陀先舉三藏佛初以作難三藏之佛六年苦行精氣殆絶乳糜資益身力充滿則是食身如是食身從業緣現故是煩惱身三十四心斷子縛盡唯果縛在是後邊身終必入滅是無常身故舉爲難佛今以三破四正言後邊與無常同故合爲一無常身也汝舉四身乃小緣所見大緣所覩則無此四何者光明者即是智慧智慧者即是常住常住之身則非食身又光明者即是智慧之光破煩惱闇非煩惱身若始斷煩惱猶有果縛是後邊身今非始斷故非後邊四大果縛可是

無常常住智慧猶如金剛故非無常大緣所覩唯三無四何況如來已於無量阿僧祇劫無此四身大小雙非四三俱遣即是非食非不食非常非無常非煩惱非不煩惱非法非非法非邊非非邊非金剛非不金剛能赴兩緣作四作三而於如來非四非三玄而復玄是故二施果報無差明矣次從善男子未見佛性去答第一有智斷無智斷難純陀引三藏佛爲菩薩時納妃生子棄國捐王樹下坐草起洗受食是時未斷一毫煩惱不能化物據此爲難佛以大緣所見爲答破於藏通二緣成佛何者二緣所見非但三藏未受食時不見佛性受已作佛亦不見性通佛亦爾當知未見性者雙破二教若華臺菩薩受佛職時入金剛定登佛職位得三菩提明見佛性常身法身金剛之身即名爲智無四種身即是於斷亦能令他具足智斷又入金剛三昧即金剛身破無常身即一番智斷得三菩提即是法身破煩惱身又一番智斷究竟見性即是常身破於食身又一番智斷亦能令他具足智斷是故二施果報無差智斷無殊得名時異三從菩薩爾時破壞四魔去答第三有尊號無尊號難純陀據三藏菩薩在家之日有輪王相是人中天從出家來至受食時猶未得道尚劣生天何得尊號亦非生天之天乃至不得作生淨天之天既無此號故言猶是衆生佛今不以三藏爲答乃以大緣所覩華臺華臺菩薩已破四魔故釋論云得菩薩道破煩惱魔得法性身破陰死魔得不動三昧破天子魔今經亦爾入金剛定是金剛

身破天子魔即是生天得三菩提即是法身破煩惱陰得見佛性即是常身破於死魔如此功德豈非生天淨天天中之天今入涅槃亦破無常等四倒之魔無四倒故破煩惱魔無煩惱陰死即無天魔初成後滅既俱破四魔俱非衆生俱得尊號是天中天等無差別四從菩薩爾時雖不廣説去答第四六度五眼難純陀據三藏中棄國捨位不見説法但有捨財不見理檀故言猶未具足檀波羅蜜乃至般若但見障内故言唯有肉眼無有佛眼乃至慧眼佛今乃以華臺大緣所見雖不説法先已通達財法事理檀波羅蜜乃至般若皆已具足過於人天二乘菩薩之所見也亦分得佛眼今佛答法檀一事餘度五眼準此可知故略不答先廣通達今爲衆生廣顯

通達是故二施等無差別五從善男子如來之身去答第五有五果無五果難純陀以三藏中施食五德命色力安語施主還得五種果報今聞佛説我實不食施主亦應無五事果佛今以本地初成答之我無量劫不受不食畢竟清淨小緣初見口受乳糜大緣初見頂受光明而於法身非食非不食小緣後見受於檀羮大緣後見普受大會而於如來無乞無受是故初後二施果報等無差別次普受者從我今去是受衆供次請住文爲四一因請二騰請三遮請四重請先生起四意衆咸獻供請住供既不允請住未申佛因純陀許受衆供衆因純陀更請佛住純陀順旨仍騰衆心佛受衆供普開於常常法非住不應請住常法深奥衆未能達衆意慇懃是故重

請與皇解云大衆同聞聲告不久當滅聞答難云法身常身又初聞滅謂如燈盡聞常謂恒在世夫如來者本無去住何曾如彼見住見去只去是住只住是去不起寂滅現身餘會去相宛然而恒在住相不去而常去若爾如來去住於衆何益云云今明佛無去住緣宜不同略有四種或有見去而自慶乃言無量衆生墮佛前後我今有幸見佛始終自慰爲得此是世界因緣見去或悲泣懊惱拍頭號哭三業戀慕此是爲人因緣見去或有見去破無量惡如來尚去我云何著是爲對治因緣見去或有見去入祕密藏至佛至處了了見性與法王子等是爲第一義因緣見去或可一人具四或但三但二或可四人各一種種不同而於如來都無去住且舉純陀或時悲感或時歡喜或云如來不般涅槃而我不能不懷憂惱或時自云我今已與文殊師利法王子等若衆無緣純陀豈然故知純陀不爾悉爲緣耳於去一句四緣不同餘住亦去亦住非去非住三句準知初因請文爲二初長行二偈頌初爲二謂喜歡初不納供是故悲塞今聞普納咸皆歡喜喜由純陀是故稱歎欲遂本心所以進請就歎爲兩一略二廣略舉四歎謂名利德願名者嘉名先立妙義後興將後驗前名不虛稱故同聲歎云希有純陀言大義者横闊無涯言妙義者竪深無底又常非常是深義一常一切常是大義非常非非常是妙義已如前説次汝今下利者吉祥福地率土同集十方響會旛懸梵世蓋覆三千如來默然一無所納純陀後請前供

普收如此聲譽絕倫蓋世故衆歎言汝今現世得大名利德者即德之一字十讓居後五果當先一人而已八斛微少用滿檀度此其德也願者願等三字滿足貫上四俱足故前佛立誓今佛願圓故言願滿從甚奇純陀去廣歎從後向前以歎四德初更舉六難廣歎第四願滿諸天命盡五衰相現其餘天子爲呪願云願生善處願得善利處是人道利是持戒下文云十方土多爪上土少捨人天身得三惡多捨人天身得人天少捨天得天諸天不喜捨天得人諸天所願猶如兩人在兩須彌一彼豎鍼孔一因風放綖得入鍼孔此事甚難若在人中能持戒者復難於此海底盲龜千年一出值浮木孔入孔中居此事甚難若在人中值世有佛難復過此仰鍼於地

梵宮投芥墮在鍼鋒此事甚難值佛生信復難於是生信聞法復難於是辦最後供復難於是此六於他爲難純陀則易故大衆歎言甚奇純陀復得難得無上之利如優曇華者華表輪王能最後供得五事果必作法王大衆已爲授記廣歎願滿竟次從南無去是廣歎德南無或言救我或言歸命或言屈膝謂屈雙膝其有十讓五果檀度之德故今歎之又南無者具有三義口稱是口業屈膝即身業歸命即意業三從猶如秋月去廣歎其利秋是陰時月是陰精至時即盛映蓋衆星孤明獨秀麗天皎地一切瞻仰純陀亦爾既有妙利與勝妙時會建立妙義在大衆前衆莫能先對佛開常蒙普受供一切大衆三業歸崇四從南無純陀心如佛心下廣歎其名上

云名解妙義名與法合心如佛心名與佛合眞是佛子名與僧合與三寶合即顯其身一體三寶亦是五果三點四德五佛性等一切法界具如向說歎其得主心如佛心歎其得師名解妙義歎其得親如羅睺羅云云次偈頌中二初一偈頌上歎次三偈請初文云汝者汝即純陀頌上名也生人道者六難之一頌願滿也超第六天而等梵王請佛開常即頌德也我及一切衆頌譽也上同聲讚此云我及一切也如有端首推下論義似如文殊爲請首也次請中二先二行爲衆爲一切云云次一行要請要之以命者佛不在世不蒙甘露法身慧命將不全也次騰請爲二初長行經家所敘次偈是純陀請詞初長行中云卒喪者略耳具足應言喪主親師云云前奉聲光大衆奔躃流血灑地故今言卒喪蒙施常命色力安辯該統法界許主師親故言忽然還活時衆大喜於前純陀慶悅於後復是一讓次偈中十八行半爲兩初十一行半騰衆歎次七行騰衆請初文中略騰三歎初騰歎願中先騰六難後猶如下作譬結初云獲已利騰歎善利難人身善處難蠲除等是善利所離金寶聚者騰佛世難不懼者所離也優曇華者騰生信難投鍼鋒者騰最後供難佛不染世法去騰聞法難我今所奉食去騰歎德也因供發願願無上果不願諸有如伊蘭出栴檀去因於微少充足大衆又因食顯不食非食非不食道香德風開發一切悉非常非無常我今得現報去騰歎利如文從一切諸世間去正騰衆請爲三初兩偈騰悲苦意次三

偈騰請住益意後兩偈結二意文云世間無調御者無主親師生大苦惱次文如來在僧中去總明三寶益如須彌山別明師益山若映水水同山色師若說法如法奉行故是師益佛智能善斷半行是智度益雲起清涼是善權益此兩明親益如來能善除去是主益煩惱之賊寇亂行人佛日照除撥亂反正故是主益三結者若失三益增戀悲慟結上若惱意也若得三益信心增長結上請住意也從佛告純陀如是如是去第三遮請有長行偈頌長行為二初述歎難次以難遮請初文者夫六難展轉相依三種無佛時亦有三種佛出乃有今述佛出時三難餘者可知云云次以難遮請為三初以難遮請二以佛境界遮請三以二用遮請以諸難遮請者汝騰眾四歎自快六難六難之與四歎由我涅槃施汝常命種種功德普及一切我若久住無最後供誓若不滿眾不稱譽名亦虛設自失已利又障他人那忽自欣後供而請久住久住無後供後供無久住汝自矛盾故遮言不應意正在此次汝今下舉佛境遮者佛之境界唯佛能知非下地圖度言語道斷心行處滅至存彌亡至亡彌存非存非亡即住不住不住即住非住非不住如此境界言之者訥取之者失絕其情慮故遮云不應問純陀住十住地那忽遮之同凡不知答知有六種云云亦是為下而抑於高高尚不應下自息望三悉皆下舉二用遮請者但佛境玄妙及佛勝用汝所不知謂常無常二鳥雙游去住適宜稱機隱顯或時用住或用不住只不住即住亦是

非住非不住昔用無常施得五果一切諸行悉皆無常若定無常何得今教施常五果徧一切法悉開爲常當知非常非無常能常能無常又昔用無常論五門觀謂他境界今教用常論五門觀即自境界豈定自他能作如此之自他耶當知皆是佛之勝用若用於常故無勞請若用無常復不須請故舉二用遮言不應十一行半偈爲兩初十行半明無常用後一行明常用初又二前九行通明諸行無常後一行半正用無常初又五初三行半無常觀次一行苦觀次一行空觀次二行無我觀次一行半不淨觀問諸天化生豈是不淨答雖無臭穢賢聖所訶亦是不淨次諸欲下明正是無常用如瑞應云出四城門起於厭患故不貪著離欲思惟六年苦行證眞實法三十四心發無漏慧今日當涅槃即最後無餘次我度有彼岸一行即常用度者度此彼之彼岸亦度非此非彼之彼岸於諸此彼而得自在故我非但過一切苦亦過諸樂及無苦樂乃名大樂我淨例然云云他判前九行半是佛同於常無常行亦是眞不眞義後兩行即是諸行同於如來無常常不眞眞義此常無常顯非常非無常眞實法也今言若爾常無常是二方便因兩方便得顯眞實即如瓔珞二觀方便得入中道第一義諦此乃淺深三諦之意菩薩境界云何得與佛境界同此文分明云當觀諸佛境界佛境界者三諦一諦一諦三諦非一非三而三而一一空一切空三諦皆空一假一切假三諦皆假一中一切中三諦皆中只中是俗眞只俗眞是中

無二無别如此乃名諸佛境界所以用佛境界而遮請者若一空一切空云何請住乃至一中一切中云何請住遮請之意正在於此云何以菩薩境界釋佛境界耶若但隨文難見此意今更就偈文以顯此意前九行半明一空一切空離欲一偈明一假一切假我度一偈明一中一切中偈中廣出還釋長行佛境界意且點其意在後更釋云云四重請者或云非重請佛不重答故或言兩向望前爲重請望後爲論端於中爲三初領旨次謙謝三正請領旨從以難遮請生六難由佛誠如聖言謙謝從佛境界生諸佛境界浩無涯底豈是蚊蚋能知邊表分知非究竟知知是謙也謝者從於用生蒙佛受供成最後檀慳結漏斷等於文殊蒙佛受供成彼岸智均大菩薩故舉龍象喻於智斷又舉幼年自況以初具戒況於先達拔淵泉之下處雲霄之上者蓋佛菩薩之恩是故須謝謝無常用三正請常住之用能生物善大衆苦至如來未然是故重請有法譬合初法如文次譬中言變吐者有二解一云譬大衆戀慕飢渴願如來住終無變吐故文云我今欲令如來久住故知爲衆生作譬二云爲佛作譬佛思物機亦如飢渴願佛住世亦無變吐故合譬云唯願世尊亦復如是故知爲佛作譬夫聖言巧密不可偏取云云第三旁論者何名旁論先釋名次帖文釋名又三一釋名二出意三料簡初釋名言旁論者前獻供爲正爲無爲是旁又時衆是旁人時衆未解爲旁故論又兩人實慧爲正方便爲旁與斯問答是其權巧故名旁論

又如來境界爲正二用爲旁今之所論論於二用故言旁論斯乃四悉意思之出意者何故旁論佛因獻供施常以破無常又明二施等無差別利者玄解非常無常惑者便生勝負之見鄙無常而崇於常如來又因請住以不住破住又明諸佛境界不可思議利者即解非住非不住惑者又謂不住勝住迴惑自迷不能得解是故文殊以無常不住訶其請住純陀以常住難其無常不住拒抗紛紜彰其非理故云有爲無爲且共置之懸指如來後當廣説舉是顯非昭然可解爲是義故故須旁論復次上純陀自云文殊師利法王子等時衆懷疑文殊古佛行遠解深能問能答純陀初心位淺解微上雖能問未見其答云何稱等是故旁論文殊深而墮負純陀淺而獲勝淺勝非勝深負非負非負非勝方顯其等約斯事理顯旁論意大略可見不俟多釋料簡者問文殊明空三昧而爲正法應是無爲純陀對有論無無待有成還應是有那忽言文殊執有純陀執無解云文殊扶昔教之空望大是有純陀扶於今教對有論無有去無無還得是無又復純陀始具足檀則行淺不應云勝文殊古佛則深故不應負解云適物所宜更互椎砧非定勝負不負而負於深無損不勝而勝於淺無增文殊且共置之則勝負雙捨又文殊執昔就昔爲是望今爲非純陀執今就今爲是望昔爲非若作四句各執二用顯體爲俱是各執二用傷體爲俱非各辨體用各有一是一非即用而體即俱非是非非文爲二一旁論二復宗旁論又三一

文殊訶勸次純陀訶勸三文殊稱美初文殊訶勸又二先訶次勸先訶中牒其請辭汝今不應發如是言即訶也次汝今當觀應如是學即勸也次純陀訶勸又二先雙訶說觀次雙勸說觀就雙訶又二初訶說觀之非次雙結觀說之過初訶說觀之非又二先訶說次訶觀初訶說又三一不應摧勝號同劣號二不應舉劣法同勝法三結其失辱初文者夫如來者通是諸佛之極號今古不異故曰如來豈可以極尊同於諸行夫諸行者生死賤名卑鄙底下羣有勞累若以如來同諸行者摧常住爲遷滅屈涅槃作生死豈可然乎次譬如水泡去舉三見一闡不應以劣法同於勝法勝法者即四德也劣法者即四倒也水泡譬無常車輪譬苦我聞諸天壽命極長極長天者即是非想非想無色不可見故故言我聞舉長對短短即墮胎落孕此舉不淨問無色云何是不淨耶答雖非惡色賢聖所訶亦是不淨如聚落主失勢力者譬無我也當知不應舉四倒法同四德法三世尊亦爾去彰其失辱若摧勝同劣則失天中之尊號亦失四德之勝法若舉劣同勝則辱諸佛世尊之勝名亦辱常等之勝法從是故文殊下是訶其觀亦爲三一不應觀勝名同劣名文云勿觀如來同於諸行二不應觀劣法同勝法文云爲知而說不知而說若知如來非是諸行強說同者令下法同上法若不知如來非是諸行而言同者即闇惑上法混和下法三彰其失辱若使如來同諸行者則不得稱爲天中天則失尊勝名及尊勝法若使諸行同

如來者則辱尊勝之名亦辱尊勝之法云云次從譬如人王去兩譬雙結觀説之過初譬結觀過次譬結説過初文又二先譬次合初譬中云王者譬衆生力士譬佛力士爲王施功佛爲衆生施化王見力士多技藝者厚賜封禄衆生得佛恩深四事供養力士以技德伏物不以威加如來但以智慧神通非那羅延力佛具功德汝今云何憶想分別觀於如來同諸行耶此豈非結觀之過明矣次短壽譬結其説過亦二先譬次合初譬中云父母譬衆生子譬於佛相師譬文殊衆生感佛譬如父母佛隨機應譬如生子佛實長壽文殊説短豈非訶説之過此文明矣次從譬如貧女者是雙勸説觀舊云貧女譬生解丈夫譬護法開善云貧女譬生解丈夫譬捨迷治城云貧女譬護解丈夫譬慚愧招提云貧女譬説佛無爲丈夫譬覆佛有爲今以女譬慈生子譬説丈夫譬剛遠行譬觀譬文自現又承躡上來非徒臆説然對聖訓凡寓上識下非訶勸文殊又勸博地無益極聖不勞勸不上不下發心已去未足已還正須訶勸譬文自明矣云云初勸説譬有開有合此開六慈謂理乃至究竟貧女至加復病苦以譬理慈貧譬無智病譬無斷無有居家譬無常住五果無救護者譬無主無親女雖貧病有生子義理無智斷而有解説之義下文云慈是一切諸善根本云云飢渴所逼游行乞匃者即名字慈無智爲飢無定爲渴癡散所逼欲求靜慧則素絲易染薄知名數微達方隅名字慈也止他客舍觀行慈也觀五陰如逆旅暮合朝散觀

六入如空聚貪者求物觀六塵如惡賊愚不知避焚灼惘之豈非觀行慈也齊此慈來通名解說解說未彰如女雖能生而子未顯可譬懷胎寄生一子相似慈也向觀陰舍生清淨解如寄生子此慈說已彰譬子生出通前慈說悉有障難至相似時慈悉倚伏更互彊弱故於此位說諸障難實通前也舍主驅者此譬報障障於慧解義言驅去慈解同體故言抱兒向涅槃城故至他國名字慈後分眞慈前兩楹之間故言中路遇惡風雨即內業障蚊蝱唼食即外業障經由恒河即煩惱障抱兒而度者於三障中不捨正說說陰界入非常非無常說諸惡業非縛非脫說諸煩惱非明非闇以相似慈及相似解障不能障故言而度水漂疾者三障力彊激奪慈說慈說

體妙不屈三障故言而不放捨於是母子遂共俱沒者慈與解觀俱從相似轉入分眞故言俱沒如是女人慈念功德生於梵天天者通是分眞究竟兩慈觀下合譬其義自顯云云從文殊若有善男子去合譬先通合四慈後通合兩慈通塗明者從前理慈已來不應偏運偏解偏說初文爲三一者正護不得偏說二者引過不得偏說三者乖理不得偏說偏說非正護正護不偏說偏說無慧眼慧眼不偏說偏說乖正理正理豈偏說此中三文廣有所破云云從若正見去合後兩慈合前許圓說不許偏說合後開偏說不云圓說若通論前後皆有偏圓而互現者前未見機理宜但許圓止偏是故文云自責愚癡後見機理尚許偏說何況圓耶是故文云正見者也又正

見者即是圓見若見有無不名無爲具有無者方乃名圓就文爲四先開偏説次釋見機三牒譬合初没四牒譬合後證初開偏如文次釋見機者能爲衆生是見世界機生善法故見爲人機亦是見第一義機生憐愍心即對治機三四如文次從如人遠行是勸觀有譬合譬又二初正勸次重勸初文者六卷名爲丈夫譬此開六種觀義謂理觀乃至究竟觀遠行譬理觀去後位遥名遠理寂而照名行中道譬名字觀始末兩間通稱中耳疲極者煩惱勞累生死拘逼謙卑請益皆是疲極寄止他舍譬觀行觀三界幻居猶如寄止五欲非已爲他權託陰入如舍無明所壓如卧沉昏不醒如寐忽然火起火是無常來無徑路故言卒起卒起無常即報障也上具三障

此略舉一即時驚寤譬相似觀昔來未得而令得之爲驚似解鄰眞爲寤言定死者解惑相排惑雖彊盛不久摩滅如入海見平故言定死雖知定死即猶未死未能入聖但在白法故言慚愧衣纏身者衣以譬觀身以譬境若作偏觀照境不周是爲可恥圓觀圓境無所可恥故言纏身便命終者他以被問難屈爲死然被難死死者無量應生梵天既不生者當知非也今言死者似觀轉謝生忉利天者分眞觀起此譬兩成就三十二臣即分眞義若就一主即究竟義而言梵王及輪王者更譬究竟觀不生等顯其所離善男子下重勸勿觀從文殊如來眞實去合譬但合上即便命終分眞觀去若能如是去合上生忉利天他以此文三十二相合者乃是合主不是

合臣若爾八十反應合八十種好輪王無敵應合十八不共法耶今云八十種好亦不與他共故皆合究竟

大般涅槃經疏卷第二下

音釋

褠居候切成也合也 糜忙皮切粥也 躃毗亦切倒也 唼作答切入口也

大般涅槃經疏卷第三上

隋章安頂法師撰
唐天台沙門湛然再治

純陀品下

從文殊讃言去是第三文殊稱美文爲四初領成其説二歎言行相應三歎玄會佛旨四受勸又勸領成前兩勸兼領兩訶初如文次善男子汝今下言行相應言長壽因縁者正見正知正護正説即是常住因縁也此領前合譬中似解之意故言因縁能知如來是常住法者此領前合譬中分眞之解善覆如來此領後合譬似解也常受安樂者是領後合譬中分眞解也若領眞似二解即是兼領六位之意然文殊止一言訶勸純陀作爾許訶勸文殊竟不觝攘翻更讃美良由純陀所説會教會機聖人但説已法不説他法驗知純陀是分眞位是故文殊還以分眞美其言行即是發純陀五戒之迹顯分眞之本私云當知十讓從迹而説復以小初難大後者亦恐時會及未來世唯執小初以難大後妨於大後用破小初言時會者乃是新衆何以故一代教門彈斥洮汰已會毫善豈執如來定入涅槃同於初小正爲未來鈍根小習而執於小故法華云除佛滅後若不爾者豈有如前幢旛妙供人天雜類菩薩聲聞皆默不受而於城中工巧微供彰言納受因玆普領時會之供復能難佛爲佛所歎又與文殊旁論往復故知純陀非聊爾人三從如來次後去歎玄會佛旨指哀歎等爲廣説四從我之與汝去受勸又汝勸我覆於有爲我亦勸汝覆於

無爲雖終日說有不能盡其用終日說無不能罄其極言所不洎絶而置之又言置者指廣置略即世界置涅槃正體非體非用非爲無爲旣非正體可共置之即第一義置汝勸我覆有我勸汝覆無更互是非莫知其正即對治置有爲無爲乃是旁論令此正以獻供爲宗置旁復宗故言且置即爲人置次從汝可隨時去是復宗論文爲四初復宗勸供有勸有訶二如來印讚成前起後三明悦可有問有荅四明讚發讚純陀之說發文殊之迹初又二先勸次訶就勸供爲三一勸時二勸速三勸奉佛勸時者如初行時初到時病時物新熟時令最後供是初去時二勸速者古佛道法過中不食令速赴此時三勸奉佛者正爲最後供佛涅槃次純陀下訶亦爲三一不知時二不知速三不知佛初令時者汝令時施佛可時施一切大衆不皆涅槃此則非時非時索施理涉於貪次不知速者佛六年苦行尚一麻一米今須臾間何須速也三不知佛者汝謂如來實須食耶文殊同他見謂須雜食純陀申已解食即不食故訶文殊墮三不知次爾時佛告去如來印讚成前起後印其訶即是成前讚其智即是起後三從文殊語純陀去是明悦可文爲五一偏慶悦可二破偏悦可三並悦可四解悦可五寂絶悦可時衆謂純陀行淺故佛印其所悦以破時情初文殊因此偏而慶之汝說無爲蒙佛悦可次純陀即以圓破偏非但悦可於我亦悦一切三文殊作兩番關並先定之若定悦可一切衆生我說有爲亦應悦可若不悦我圓

恱則破一切之義是則不成還是偏恱成佛
愛憎即作伏並四純陀覺其伏並還解兩關
一無偏染恱可二有普淨恱可無偏爲三一
彈無偏恱可二釋無偏之意三舉譬顯如文
次從等視一切去明有普淨恱可即是如來
境界非我爾所知云云五從國王去明寂絶恱
可不應作偏普籌量上文殊明有爲無爲且
共置之即是絶言不可説恱此中意明有恱
無恱是佛境界不可籌量即是絶思恱可初
譬分智不及究竟王家駕駟譬究竟智群下
驢乘譬分眞智後譬分斷不及究竟龜龍在
水喻有無明菩薩行故見不了了金翅騰空
譬無明盡佛不行故見則了了開善云前是
下不知上後是上能知下冶城云兩譬皆是
下不知上初不知上智後不知上境靈味云

初不知法身後不知應身云云四文殊去讚發
讚純陀之説故言如是如是其既高推佛境
不可度量是故讚美發者拂我執一塗之義
因汝試我試則非實故言有爲非有爲汝推
未詳故言無爲非無爲前文殊云且共置之
則言語道斷今純陀云是佛境界非我所知
則心行處滅覈微則言盡研極則思窮故説
觀皆寂從爾時面門去第四催供文爲四一
催供二請住三領解四辦供前來諸瑞各有
所表故知此光正爲催供文殊前勸純陀時
施斬固彈訶今佛躬催不敢前却催文爲兩
謂光催聲催光催爲兩一催二默初催又三
一放光二解光三騰光初放光中照文殊者
上佛印純陀所説會教合機今光照文殊亦
扶上化下二人論難皆由佛力次即知是事

者解也數人云見色知心文殊覩光遂解佛意三騰光催供如文次悲黙者催供故悲未諾故黙次聲催亦二初三催次悲哭次復白大衆去請住文爲兩初告衆共請次重請初告衆文爲兩初告衆請次佛有酬告請如文次佛酬中二先止亂次說五門觀觀中二先作觀次結初六譬空三譬無常三譬不淨兩譬無我後總結何故說五門耶汝請住世本爲開道若能五觀與住不殊若不能觀住世何益遺教云能持戒時與佛在不異即此義也次重請亦二有請有酬請如文重酬爲兩初酬次釋初文者汝請久住爲哀愍我以入滅爲哀愍云云釋中二長行偈頌長行如文偈與下二偈意同後當說之偈中二先偈次長行止三爾時純陀領解又二初領解次述成

領解者雖知不滅不能不悲不能不請雖知如來滅而不滅不能不慶不能不悦述成又兩一述不能不喜二止其不能不悲初喜者汝既能知如來方便亦應合知如來眞實故舉二鳥以譬權實不得相離春陽之時譬適會機宜無煩熱池譬涅槃自在無畏諸佛同以二法逗緣無礙自在能如此解善哉善哉次汝今不應思量長壽短壽去凡舉四義止其不能不悲一舉如來境界不可思惟若長若短皆如幻化幻長幻短非短非長何所可悲二舉如來方便若長若短如來於中無所染著何所可悲三舉如來涅槃成汝檀因克不動果因果具足何所可悲四我爲良田成汝因果汝克因果自是良田復能令他因果圓滿自利利人何所可悲尋文可見四爾時

純陀下是辦供先自謙次辦供初文中云涅槃非涅槃者亦是共行二鳥義也即如來境界故下地絕思次辦供中云尋與文殊者有二解一云文殊解最後供故攜友共辦二六卷云燒香散華盡心供養佛及文殊不云同去

哀歎品上

荼毒居懷曰哀悲號發言為歎略從事標言哀歎品廣而言之內喪道法曰哀外失慈覆曰歎文云失蔭及法味如犢失其母世界也又巳生善訛故哀未生善翳故歎文云養育諸子付旃陀羅老少病苦而行險道生善也又現惡未盡故哀將惡方起故歎文云猶如困病人食所不應食對治也又應獲祕而不獲故哀應不失祕而失故歎文云獨以祕法偏教文殊遺棄我等第一義也然四緣感佛佛則興世四機若息佛則唱滅故約四悉釋哀歎品此文梵本猶屬壽命品謝氏分為兩者略有十異前品從人後品從事前品對俗今品對道前品有供今品無供前品雙請此品單請前品因人此品率自前品略明佛性常住此品具說三點四德前品論今教此品具今昔前品二人論今品對佛論前品動執生疑此品破執除疑前品聞法抑割此品見地動哀歎然此十義備有通別今舉一邊別彰其異興皇釋此品有七謂三請三酬結會生起云佛入涅槃衆生孤露故哀請住世佛酬云汝本為獻供聞法今巳納供生汝福德巳說新伊生汝智慧而不肯學知住何益次祈請者如來昔教無常五十許年始得成就

令說新伊常樂我淨應久住教詔若入涅槃不如還修舊法舉象迹秋耕憚教不受佛即酬云非全不教終令汝等得解新伊故云安置諸子祕密藏中我亦住中名入涅槃前已哀祈既不許住只應譏諷以命要請如來若具常樂我淨即免四倒便得自在久住於世必入涅槃便不免倒常樂之言便爲徒設若不住者我等毒身寧容久住亦當同佛入於涅槃佛即酬云我之去住豈汝所知汝言去是定去住是定住我之去住如二鳥雙游去而恒住此何勞請住住而恒去亦何須請汝不解此寧得同我入於涅槃既三請不允情無所錯即便生疑若無常非昔不應說常樂若是何不早說如來則有差機之失佛即會云昔說無常破汝常病汝今又以無常爲病

爲汝說常汝病有前後故教有興廢汝自橫謂施教早晚迂迴如來屈曲隨逐豈佛差機早晚自汝反咎如來如此生起於義易見而復三請在前三酬居後其間子段處處相關斯乃彼師玄談七意若欲消釋殊背相生今明此品是對比丘施於新伊勝三修法就文爲四一大衆請二如來答三比丘疑執四佛破除疑就請又二一請緣二正請緣者緣於地動知必涅槃是故悲請問誰動地爲緣答法不在因亦不在緣不在因緣不離因緣既從因緣寧有作者雖無作者亦佛神通而動於地令其悲戀安置有緣於解脫中亦佛智力說法歡喜安置有緣於般若中亦佛體力非悲非喜安置有緣於法身中亦是純陀文殊智力令衆開解入般若中亦二人通力去

時地動令衆悲戀入解脱中亦是二人第一義力令衆非悲非喜入法身中亦是大衆感對治力聞法歡喜感爲人力動地悲哀感第一義非悲非喜致地動緣其義無量淨名云或有恐畏或歡喜或生厭離或斷疑斯則神力不共法就地動又四謂時處相由時者佛以四事止華氏之悲純陀腷臆小醒低頭歛淚大衆聞法悲惱暫息二人既去法音已停更欲增其悲戀之善於其去後未久之頃當是時也震地動之即是時也處者大地是横處梵世是竪處或言初禪是梵世或通四禪皆是梵世雖不連地而有寶宮亦皆震搖即其事也問上釋聲光徹至非想以爲有頂今此地動爲止梵宮答上云有頂有頂文寛得作遠解此云梵世齊文而已若依下文動時能令衆生心動名大地動無色四心亦應被動即其例也相者有三一小大動相二六種動相三十八動相是三種相皆以形聲爲本形有動涌起聲有震覺吼若單形聲是爲小動形聲共動是名大動形聲各三是爲六種一中更三謂動徧動等徧動三六十八苦更分别閻浮提一四天下小千中千大千十方傳傳相望作小大動大大動等有人云此經六種華嚴十八動此豈應爾特是形中略言一動聲中略言一震又云大動又云能令衆生心動當知義兼十八不同人情由者例此亦應有小由大由大大由若輪王生没地得主失主悲喜故動是名小動若辟支羅漢生没地得應供失應供悲喜故動是名大動若佛生滅地神山神及諸天龍等得應供失應

供悲喜而動即大大動今經正明如來八相唯少升天降魔文略不存就八相中是如來入滅地大震動此則別語經由若通論者如前所解純陀大衆皆是動緣舊云料簡地動之詞是經家所序或言佛說觀師云不然當時聞語豈是經家文無標告焉知是佛應是地震而有此詞次從時諸天龍下是正請又爲三初長行及十一行半偈是哀請次二行是祈請三長行五譬是譏請初長行敘語以毛豎哀泣而爲其相次十一行半偈爲三初兩行一句略請次七行一句廣請三二行結請初標調御師人仙犢毋即是略舉三事爲哀請之端可見次猶如困病人下作喪師譬云云如國無君主下作喪主譬云云長者子下作喪親譬云云如來入涅槃下兩行結哀請上文

初明犢失毋今結還明我等及衆生悉無有救護護字結無主救字結無師次譬如日初出兩行舉日山兩譬是祈請歎於一佛而具三益日有三義一高圓明譬主益生長萬物譬親益照了除闇譬師益而譬文論照了合文明除暗正言師義是本兼有二能山亦三義高出水上譬主益深入水底譬親益水色同山譬師益師德如山安處衆海能宣妙慧照下昏迷言略意兼矣舊解曰還自照爭論不同開善莊嚴云佛有智能自照光宅云佛果無有自反照智觀師難光宅云佛無反照智亦應不自知作佛不作佛彼救云佛雖無智知作不作若欲知時借諸佛智佛道同故今更問之佛道既同諸佛無智何所可借又並但能知他無智自知者唯應覺他不名自

覺此是光宅四失標隔眞諦牛糞淨土指端
重覺無記如來次問開善莊嚴汝用反照智
照一切種智者復用何智照反照智是則無
窮觀師自云佛無別反照智只自有智智能
反照如此說者即害兩家云云今明佛有一智
三智三智一智非三非一而三而一一道種
智外破諸闇二一切智能反自照三一切種
智非內非外非自非他若即一而三可難光
宅即三而一可難開善三一難思可難觀師
云云此二偈亦名祈請如來在世所葢若此祈
佛留光照葢我等故名祈請從長行去即第
三譏請先述舊解譏請凡作五譬初作有始
無終譬二作怖畏譬三違本誓譬四不平等
譬五無慈悲譬初譬有三開合結國王佛也
諸子四衆也他云技藝者始從鹿苑終至法
華所說諸經巨有所妨今則不爾以二乘法
合之則可見端正正見也愛念禪定也技藝
神通也旃陀無明也亦習氣也初教三學似
如有始不盡餘惑故言無終二怖畏譬者亦
三舊云諸論者譬通達諸經今謂不爾譬破
四魔而今不住乃畏死魔三違誓譬者略無
結請有人佛也作務本誓誓盡度生官事譬
起應囹圄譬入生死人問者舊云十方佛或
云實智問權又云假設此問今以機爲旁人
機謝告終終如出獄故言安樂夏曰夏臺殷
曰羑里周曰囹圄白虎通曰囹令也圄舉也
令其思愆舉罪云云四不平等譬亦三方藥十
二部法也祕方即密教教文殊諸菩薩也不
教外學二乘也五無慈譬亦三可尋舊釋譏
請但譏請於師失主親二義今更會之初一

譬識法親次兩譬識法主後兩譬識法師初譬識法親者夫云親者慈念爲本初生教訓似若親慈付旃陀羅頓乖骨肉法親亦爾從佛口生即是養育得佛法分即是端正技藝者學人思惟無學習氣若大乘意凡有無明斯皆毒害棄我而去是付旃陀云云次兩譬識法主者夫云主者以威伏敵以恩養民前譬威武未暢後譬恩惠不充通達諸論如當敵怖畏今畏此論者如爲敵欺法王亦爾除衆生畏衆生未免故佛有畏初學作務譬民有生業收閉囹圄譬民無聊生業廢譬無惠閉獄譬無恩法王亦爾初令學無學等修道品作務而復循在思習無明獄中百姓有罪在子一人衆生苦惱云何如來欲受安樂次兩譬識法師者夫師有訓導之德前譬識師内惜良方後譬識師外祕坦道觀諸譬文皆有深意而此譬最明攀類文殊而恥行險路豈非識師意耶第二酬請初酬哀請有長行偈頌長行初止外悲勸修内觀凡夫八風得失憂喜道與俗反升沉碩異何者失不可愁憂追喜不可愁惱得下文云若常愁苦愁遂增長唐勞無益若能勤遮二惡勤生二善惡是憂喜之本善故則無憂喜唯當清淨故勤精進止其苦惱苦惱止故則無攀縁寂然無爲謂之正念正念者何即無念也若無念者親主師誰誰臣子弟誰去誰住誰度不度誰是愁者所愁者何寂然無朕由是人天還得正路止不啼哭又以譬顯之佛是生善之縁得善如愛子失善如喪子今聞近慧不憂失善故言殯送巳訖云云次偈頌爲二初一偈是止

悲次一偈而勸觀而互有二義不可一向初言開意者開精進意尚已無憂況聞定慧又言開者開意實相生死涅槃二邊俱寂偈云是故當嘿然又開者明解二用皆方便故故云諸佛法爾云云次偈者樂不放逸勸正念慧守心勸定也遠離勸進也自慰者結前勿悲受樂者守斯念慧汝應正念修心勿如凡夫悲號何益然諸比丘悉是上果豈同下凡特是對聖訶凡此正酬其哀請也復次比丘下酬其祈請歎請汝稱佛如日如山鎮照等益法身常在不出不沒隨機二用乍隱乍顯日雖照世有目者覩山雖峙海流入者見汝同無目不流復何益矣若言有益今勸汝問設不能問我今爲汝開其問端若能問者爲說甘露然後涅槃既不能問請住何益此乃貶其不及止其祈請兼顯菩薩之德正酬其歎請祈請也舊解十五雙純就初教中作藥病義謂空是藥不空是病乃至二不二亦如是有純約今教謂空是生死不空是涅槃乃至二不二亦如是若能問者則甘露門開於汝有益既不能問請住何益興皇云下文具有此意下文正約始終意也空即昔教不空今教乃至二不二亦如是今明此義寬廣兼開衆問故文云如是等種種法中我當隨順爲汝斷之諸釋無咨今更約三種空不空非空非不空乃至二不二非二非不二亦如是又約四種空不空亦空亦不空非空非不空乃至二不二亦如是昔教今教悉得同此三種四種廣分別之云云即是昔教今教三門四門從諸比丘佛世難值下是酬譏請興皇云此

爲八階是彼師之盛釋一歎五難二歎離八難三舉佛昔因成佛今果四奪其果非五奪其因非六顯眞法性勸令修習七勸捨昔依今八正示新伊先歎次示先奪後與得成次第以此八階酬五識也初五難於餘人是難於汝爲易八難難離而能得離是故歎之既歎離難得羅漢果即是於始方令汝入祕密之藏即是於終云何而言有始無終復言空過於小爲是於大爲非故言空過舉於往因成今果者正酬其識明如來久劫捨頭目髓腦求大涅槃只爲利益豈當怖畏所以非其果者汝果虛僞非正法寶無戒定慧不能莊嚴正法寶城他取寶城證涅槃是圓總包含故故不可翻輿皇云涅槃非總非別名含總別取此酬其不違本誓所以非其因者發菩薩心乃名出家汝不發心則非出家袈裟但是染衣而已汝不染正法故非大乘衣汝雖剃頭不爲正法除諸結使所以示勸眞實法性昔之小乘是虛僞今日大乘是眞實昔以無爲爲法性今以妙有爲法性法性未曾是有是無爲他緣故說有說無知昔無爲是法性者如迦葉云身是法性身云何存身若存者即非法性當知昔以無爲爲法性佛即破之滅非法性夫法性者非是滅法取此酬其不平等識汝取滅度非我不等所以捨昔依今此正釋疑疑云令我捨昔依今者昔何不說佛即解云譬如大地我法亦爾治衆生病初說無常爲治汝病今說於常亦治汝病初後並爲治病故也所以說新伊者既勸捨昔依今故須新伊祕密安置汝等令住其中非

是棄汝不示坦道不是無慈前後共答五識請也今明不然得五難離八難同是一意何以分爲二只就斥中酬五識請文義具足何煩八階共來答之是故不用今分文爲三一歎與二斥奪三勸獎夫欲奪之必先與之其識請旣切今斥奪亦深旣斥其僞復須示眞與奪抑揚自成次第於此三中卽是三雙初歎與爲一雙謂能得能離是故須歎次斥奪爲一雙謂不得不離不得眞實不離虛僞是故須斥三勸獎爲一雙謂應離應得昔教應離新伊應得是故須勸初從佛出世難下是歎與得離又三先釋次譬三結初文五難此與上文互有互無上爲俗人不歎出家割愛難不歎阿羅漢難此中爲出家人不歎最後檀難不歎聞法漢餘皆相應離八難者得人身離三塗値佛離佛前後鬱單越長壽天及邊地難得出家離根不具難得羅漢離世智難次舉金沙曇華譬之次離於下結之云從汝等遇我下是斥奪不得不離今點此意酬五識者汝等遇我我初令汝得五難離八難是我善始今復使汝不應空過是我令終云何謂我有始無終又取意釋其上文云生育諸子形貌端正是佛之始付旃陀羅是佛無終若取佛意不應以親認佛何者其不識佛非是王子不識寶城形不端正無明自覆卽旃陀羅何須遣付此卽無始無終迴過與諸比丘從我於往昔下第三卽是酬其違本誓識夫難行苦行非止一塗我甘之如薺無上方便其門不小未嘗吝惜汝等放逸不受不行於此大乘不肯作務非我無惠夫身命者

誰所不重我輕生忽死經無量劫指山指地骸骨倍多指海指江髓腦非喻況復妻子國城捐棄無數如是恩德但爲汝等放逸無慙繫在囹圄不得解脫非我無恩此以不慙不受之過還諸比丘從汝等比丘云何莊嚴下酬第二怖畏識我正法寶城功德具足戒爲墻壁嚴峻絶險衆魔羣盜所不能闚定爲其塹深廣波瀾無涯無底五塵六賊沒溺沉淪慧爲埤堄鑒徹識遠博達今古明了具足我城如是何所不威何所可畏汝等比丘無城無嚴有怖有畏故迴怖畏還諸比丘從汝今遇是下酬其第四不平等識此正法城表裏皆寶琳琅充溢瓌琦煥爛非但無窮復無遮礙商人遇之執持僞礫取者鄙吝非城不等此以偏過迴還比丘從汝諸比丘下酬其第五無大慈悲不示坦道識汝下心知足是不厭小徑不貪大乘是不欣坦道披服袈裟是不厭糞埽不染淨法是不欣瓔珞多處乞食是不厭貧里不求法食是不欣上味剃除鬚髮是不厭小智不爲正法是不欣大明汝既不厭悲無所拔汝既不欣慈無所與盤桓隘路憎背坦道此以無欣無厭之過還諸比丘已懸酬五識竟今更帖文從汝等遇我下是第二不得不離一雙文爲二先略明不得不離次廣明不得不離汝等遇我是略明不得不應空過是略明不離我者即是眞佛此佛亦我亦常亦淨即是法身金剛之身非後邊身非雜食身如此眞佛汝所不識但識應化化非眞佛非說法人淨名云汝不見佛不聞法不入衆數與六師等不識眞佛是斥其不

得不應空過此奪其不離云何不離雖離八難不得無難雖得四果不得眞果果旣非眞難亦不離故言空過即是奪其不得次從我於往昔下廣斥不得文爲二一斥不得眞三寶二廣示眞三寶斥文爲三一廣釋眞佛二廣釋眞法三廣釋眞僧廣示此三彰其不得初釋眞佛又兩先舉道前方便故言我於往昔次舉道後方便故言今得無上方便將後例前皆是無上無上方便者道前是圓因下文云復有一行是如來行道後是圓用下文云二鳥雙游舉前舉後無上方便釋成眞佛常樂我淨汝所不識而汝識者灰斷入滅無道後圓用雖有道前非無上圓因此是斥其不見眞佛從汝等云何莊嚴下廣釋不見眞法夫眞法者即眞善妙色出生妙善甘露圓滿具足無缺亦名醍醐一切諸藥悉入其中一切三學種種功德縱橫高廣充溢彌滿猶如寶城墻壍埤堄乃名眞法汝以空觀除惑惑盡則觀亡以身智爲有餘涅槃若入無餘灰身滅智同空永寂淨名云貪所樂法攝論爲下劣乘法華云鄙事此經稱僞礫此是斥其不得眞法從汝諸比丘勿以下心下廣斥不得眞僧又二先總斥下心不慕上法次別約因果功德斥之本以因果功德名僧汝之因果皆非眞僧雖服袈裟非破五住惡非怖內外魔雖行乞食經歷多處非應供乞士雖剃除鬚髮非殺賊不生則非眞僧上舉眞佛法斥僞佛法而不出於僞佛法相今斥僞僧亦不出眞僧之相前後互現亦是舉眞即知僞舉僞即知眞從汝諸比丘今當眞實下示

眞三寶文爲二先標今當眞實是也眞對昔僞實對昔虛二正示者今我現在是也我即佛寶大衆和合即僧寶如來法性即法寶法寶之中具於三點如來即般若法性即法身不倒即解脱此三稱藏藏一切法佛僧例然三從是故汝等下是應離應得一雙又二初勸離僞次勸修眞初文者夫僞體者正由無明無明未除不得免僞故勸捨無明諸比丘譬如大地下是勸修眞文爲四一譬說祕密藏二法說祕密藏三釋祕密藏四結祕密藏譬爲三一大地譬二諸山藥草譬三爲衆生用譬大地非但普載而已亦不生而生生於藥草亦無用而用爲衆生用藥草所生不離能生亦即所生爲衆生用衆生雖復取用亦業招大地福感藥草三種宛轉不得相離種

別不一一即具三可以譬祕三即是一可以譬密具一切物可以譬藏故舉此譬祕密之藏次從我法亦爾下即以法合譬以明祕藏於中有順合超合欲表祕藏自在不定不可思議初我法亦爾者此順合法身如大地大地如法身故言亦爾舉三法身合大地三義出生妙善甘露法味此舉三般若合諸山藥草三義爲衆生用舉三解脱合用中三義我今當令一切衆生入祕密藏即超合用諸子四部入祕密藏即超合藥草我亦自入超合大地病苦愈者藥地之功息矣安住湛然衆生得益般若功亡法身之用息矣同歸至寂祕密藏中一切衆生是初發心擬初住位四衆是中心擬四十位佛是後心擬妙覺位同入祕藏咸見佛性問衆生入者與佛同耶答

六位分別云云

大般涅槃經疏卷第三上

音釋

觝攘觝典禮切排也攘如陽切逐也覈下華切考實也荼同都切苦荼也腷蒲逼切腷臆意不泄也樏倫追切囹圄囹郎丁切圄魚許切囹圄獄名塹七豔切遶城水也瓌琦瓌姑回切琦渠羈切瓌琦偉大貌

大般涅槃經疏卷第三下

隋章安頂法師撰

唐天台沙門湛然再治

哀歎品下

復次躡上文來大地譬佛寶諸山藥草譬法寶爲衆生用譬僧寶次合文者我法亦爾是佛出生甘露是法而爲衆生是僧三從何等名爲下是釋祕密藏先出他解次帖文地人云阿黎耶識在妄惑内稱祕密藏成論人云當來果佛在衆生外一切衆生當得佛果此理屬人是亦内即時未有是亦外外故非内内故非外名祕密藏涅槃本有論云衆生身内有佛亦非密身外有非身内非身外有非非内非非外有並非密也衆生即是故名爲密前兩種解爲此論破云云若昔教説者隱故名祕覆故名藏謂無常覆常相覆無相不了覆了令常等隱名祕密藏如形殘人如外道論等種種譬喻下文廣説是名昔教祕密之藏今經開敞如月處空清淨顯露不如昔教但以正法微妙不可思議絶名離相衆生不解名爲祕密法界包含攝一切法用不可盡名之爲藏故下文云不縱不横不並不別是祕密義三法具足無有缺減是其藏義文義炳然那忽餘解舉涅槃論破諸人師舉涅槃經破方便教大風卷霧清漢炳然云云今釋祕密藏文爲三一譬三點二譬三目三合以三德此之三文一往而言是從事入理三點是文字此約言教三目是天眼此約修行三德是佛師此即約理又是佛印印於教行凡有言説與此相應即祕密教修習相應是祕密

行證得相應是祕密理故約三釋稱理教行初三點中言云何如世伊字外國有舊新兩伊舊伊橫豎斷絶相離借此況彼橫如列火豎如點水各不相續不橫不同列火不豎不同點水應如此土草下字相細畫相連是新伊相舊伊可譬昔教三德法身本有般若修成入無餘已方是解脫無復身智如豎點水縱而相離又約身約智分得有餘解脫橫一時有三法各異如橫列火各不相關新伊字者譬今教三德法身即照亦即自在名一爲三三無別體故是不橫非前非後故是非縱一即三如大點三即一如細畫而三而一而一而三不可一三說不可一三思故名不可思議不可思議者即非三非一名祕密藏如世伊字此句是茲經之根本爲顯斯義廣立問答致二十五品洋洋無盡若失此意全迷根本將何指歸云云次約三目釋者摩醯首羅居色界頂統領大千一面三目三目一面不可單言一三縱橫若並若別能嚴天顔作世界主徹照三千若不縱橫嚴主照世一切皆成三德亦爾縱橫並別祕藏不成不縱不橫祕密藏則成云云次約三德釋祕密藏者果地衆德但言三者蓋舉略兼諸法身之身非色非無色非色故不可形相見非無色故不可心想知雖非色而色充滿十方巨細相容不廣不狹雖非非色亦可尋求能發衆生深廣智慧故曰如來色無盡等即法身德般若者非知非字非知故不可動慮分別非字故不可言說書紳亦非不知非不字非不知故不同灰滅非不字故不同偏空雖非知無所不

照三諦徧朗極佛境界凡聖並明雖非字而半滿具足世間出世間上上諸字悉了法界流注若懸河海涌不可窮盡淨名云能以一音演說法衆生隨類各得解皆謂世尊同其語斯則神力不共法即般若德解脫者非喧非寂非縛非脫非縛故五住不能繫非脫故十智不能虛非脫而脫二邊之所不拘如百句解脫中說非縛而縛爲訥鈍邪癡闡提外道所縛故有病行嬰兒行住首楞嚴示現善惡隨所調伏衆生之處雖鄙必施如醫療病如華在水無染無著名解脫德佛身業不可思議法身則攝佛口業不可思議般若則攝佛意業不可思議解脫則攝故知三德攝一切德又大品名爲色淨般若淨受想行識淨般若淨法華云如來莊嚴又云六根清淨總諸經異說悉爲三德所收包含總別囊括事理以略收廣不逾三德君偏縱橫並別一異皆非祕藏文云法身亦非般若亦非解脫亦非不縱不橫不並不別三一相即一中無量無量中一非一非無量者是名祕藏從我今安住下第四結祕密藏安住三法此結三德入大涅槃結祕密藏如世伊字是結三點文略不結天目然佛常安住三法而言我今者蓋隨緣宜故云爲衆生故名入涅槃即此意也第三從爾時諸比丘去是疑執章文爲三一執二請三疑佛上斥奪奪是所證未能即捨是故有執佛說新伊一聞不解欲學須請今昔兩教皆是佛說何故一僞一眞故有斯疑執文爲兩一敘悲苦二正陳執初文者其聞佛說安住三法名入涅槃了不思

惟安住之義而生去此住彼之解是名悲苦云云次從世尊快說去是陳執他云述上聞法上未曾說但執昔教就執爲二初執後歎執又三一約教執理二約行執理三正執理快說者執昔之教壯之言快此教快能詮理故也次譬如象迹者執昔之行行是進趣中勝故以大迹爲譬行有智斷想是智之初門舉初爲言從精勤去是執斷斷思則知亦斷邪見是故語後不言前耳及無常想者惑去智亡從世尊若離無常去正執理此理中適非離非不離若離無常應不入涅槃若不離無常猶具諸惑以非離非不離故能斷諸惑冥理會眞豈復過此斥言是僞云云他解離者則昔教爲非若不離者則昔教爲是觀文難見次從世尊譬如農夫去是歎也歎上三執秋時耕者法有二能一草不生二水地肥肥即歎教草死歎斷又肥即歎行農法歎理秋耕歎教象迹歎行無常歎理云云次世尊譬如帝王去是請上聞新伊欲欣修學如來若去從誰禀承因是則請上識請中多作親譬佛斥非眞今不敢作親譬但作主師譬正是統訓義寛故也合有五譬初一請主譬後四請師譬觀合譬文是請學新伊何者羅漢已破四住無知無明是所未除既舉別惑知請新伊初恩赦者通爲聲聞未除兩惑者作請呪師譬亦通爲聲聞未除無明者作請香象譬偏爲學人未除思惑者請瘧病譬偏爲無學人未除一邊者作請醉人譬通爲一切凡聖作請前二譬如文第三香象譬中先譬次合合中云五十七煩惱者解者有三五五蓋也十

十纏也七七漏也數人言欲界四鈍貪瞋癡慢通迷五行五行者見諦四思惟一五行上各有四四五二十上兩界各除一瞋則五行下各三三五十五兩界成三十就欲界二十成五十通心七使即七漏爲根本論人云見諦十使迷四諦爲四十思惟四使又迷四諦四四成十六合見諦爲五十六并無明是爲五十七與皇云五門觀一一有三倒謂想見心三五十五約三界成四十五又四諦各三倒三四十二足前成五十七云云醉譬中行三業惡得報合中服藥吐惑云云三從世尊譬如芭蕉樹去是疑教昔教若非佛不應說昔教若是佛不應非令教若是何不早說令教若非云何稱實是故致疑就文爲三初明無我次引證三明用芭蕉約行陰槃滓約色陰七葉約三陰次引佛說一切法無我我所三如鳥迹空中下明無我用者昔教能除見思故也所以明無我者佛昔教明無我我修無我若有我者無有是處云何令日說言有我故舉無我爲疑教端第四從爾時世尊讚諸比丘去是破執除疑文爲二先讚次破初文者上有三意何故獨讚無我無我是執疑等本故也何故讚之世間問答法爾故也又初以無我破邪其能服用又將欲奪而先與之又執劣感勝即四悉意也次佛破爲三初破其偏理下文云是三種修無有實義二破其偏行下文云先所修習悉是顛倒三破其偏教下文云先所斷乳此非實語此三意各二謂騰執酬破初破偏理先騰次酬初騰爲三一接讚騰執二作譬三世尊下結歎醉有二過

一倒亂二乖善三結歎文二初結醉過與不修者二歎無過與善修者次佛破者即以酬爲破於中爲二初破不倒亂是倒亂迴醉與之次破善修非善修迴不善修而與之初破倒亂爲四一誡聽牒起二明其倒亂三出不倒亂四結過歸之誡聽中言牒起者重牒彼計但知文字不知其義者文是語言義是理趣醉亦聞語不曉語意亦自有語而無實録汝亦如是聞他流轉他不流轉自言善修實非善修次倒亂中提日月來者正破倒亂譬也衆生者他云正寄比丘汎指衆生今謂不爾既迴醉與之當知比丘即是衆生我計無我者破其倒亂亦是破其執於無常無我爲是汝以無常無我爲是此是亦非實非無我横計無我如彼醉人於非轉處而生轉想云云

三我者去出不倒亂者即常樂我淨汝之所非則不非乃非其所是佛者覺義以自在故名我常者法身不從緣生故常樂者即是涅槃涅槃無受名爲大樂淨即是法法即無染汝所非者而今則是是義不知良由於醉云云

四汝等比丘下結歸者即迴醉還之比丘謂常是倒無常不倒佛迴無常是倒常是不倒如日月不轉醉見迴轉日月豈醉醉者過耳常樂我淨實非無常横計無常是倒者過次從汝等若言去破善修非善修文爲四初雙標兩修次雙明八倒三雙迴過還之四專舉勝修初中云汝等若言者是標其善修無有實義斥善非善如醉僞言而無眞實次標勝修夫相對者義有廣略或作十門八倒六行等不同今但略對三次從苦者計樂去是雙

明八倒汝行八倒云何自樹稱爲善修文云是人不知正修諸法三從汝諸比丘去是雙迴八倒而反歸之文爲二初迴常樂四倒歸之後迴無常四倒歸之就初又二初正迴倒次三番料簡初如文次三番者謂世出世有不有倒不倒等初世出世者夫至理如空非世出世惑之者成倒名爲世間解之者成德名出世間無明覆汝唯倒非德彼若救云若是倒者云何名爲常樂我淨次世間法下有不有故於世間料簡字義義如下說但有其名是故非德而無其義三何以故下有倒無倒是則但有四倒三倒顯其無義舊云三心無倒識心是倒又云識心無倒餘三三倒想有想倒受有心倒行有見倒又通別二釋三倒通在四心之中差別對者識心心倒想受想倒行心見倒又凡有心緣境即心倒通是想像即想倒通能分別即見倒又初心妄計即心倒心緣成想是想倒想成冰執是見倒又見倒在凡夫心倒想倒是學人無學則無倒今謂何故却以倒還比丘是等比丘妄謂心盡心實不盡無漏心空想偏見故故成三倒一倒具四成十二倒故結過還之問世間亦有常樂我淨出世亦爾者亦應言世間亦有無常無我出世亦然耶答例二乘無常無我即是世間諸佛無常無我無上方便即出世間問有名無義云云世間出世間倒德非倒德勝修劣修並應四句分別又世間唯倒無德出世唯德無倒即倒不倒是世倒之德起方便用是出世之德例餘一切諸義悉然舊云無常無我是劣修常樂我淨是勝修又云

單修者劣雙修者勝又非偏圓修乃是勝修今問屬當諸修與誰分別云云單勝修者是次第人雙勝修者是不定人非偏非圓者是頓人云云四從何等爲義去是專明勝修文爲二一對劣明勝二勸勝修若通論其劣備有諸過但偏破甚者生死有縛著故無我聲聞更進趣故非常外道以苦捨苦故是苦有爲多染是不淨云云偏舉勝破劣如經今通意者初文云我者即如來只標三寶攝一切法常即法身此標三點攝一切法樂即涅槃此標四德攝一切法淨即無爲此標法界攝一切法然此諸義不縱不橫不一不異不可思議故得是義故得是勝次若欲下勸修如文次從時諸比丘去是破其偏行亦名酬請文爲二初騰請後酬請破行初騰爲三一領旨歎佛

二因歎正請三要命結請如文從爾時佛告去是酬請又二初訶不應次正酬初訶者如來去住非汝境界汝既不能知佛往來寧得隨去故言不應次酬請爲二初以人酬次以法酬汝前請住正欲學法今留人法於學頓足更何所請人酬中爲三一標付囑人次歎人同如來三釋歎初二如文第三釋中意者如王委任大臣巡者行也佛欲巡行餘方故委任迦葉從汝等當知去以法酬請又二初酬請次破偏行初酬中有法譬合譬中從春時去爲偏行作譬舊云聞思修慧觀文不會今隨河西朗師分文爲兩先明起惑失理後修學求理初一句是起惑春時者年初物生譬起惑之始又因惑生解故言春時有諸人等二句失珠之處舊云大池是無常教朗師

云是生死海浴字或作沼多作浴乘船游戲三句失珠之縁舊云聞慧解淺故云游戲河西云恚慢心如乘船五欲樂如游戲失瑠璃寶喻失佛性舊或言失理或失解没深水中一往没失非永失也舊云圓理藴在無常教下故言没深水中又佛性理爲恚慢生死所没不能得現次是時諸人下習解求理爲二先依昔教偏修即是僞修二明今教圓修即是勝修初云競捉者即是偏修無常苦觀而習學之瓦石即傷害譬苦草木虚浮譬無我砂礫水底分分離散譬無常各各自謂無非得理次歡喜持出下譬今教圓修舊亦三慧今意不爾猶是偏修之末明理未極故言乃知非眞一往爲四一悟昔非眞二由佛性力令衆生悟三明信解四明慧見即是得理初文即今教起已方悟昔非舊兩釋歡喜向前持出向後莊嚴云歡喜持向前出非眞向後今皆爲一句次是時寶珠下由佛性力始明眞修此開今教説於佛性由佛性力令衆生悟在水中者佛性非遠只在生死五陰身中水澄清者由佛性力令衆生悟三於是大衆下明一往信解喻之如見而未得取如月形者中道圓理究竟無缺四是時下慧見也安徐者處在生死如在涅槃故言安徐次汝等比丘不應下合譬又四先合偏修次合圓修三復應當知下重合偏修四欲得眞實下重合圓修此中經文是留心處故存舊解請勿嫌煩今釋此章諸比丘雖聞新伊未除舊執謂佛無常所以請住雖信法常未信佛常口雖請新意猶從舊佛訶其舊執云汝等不應

作如是語佛酬其請新故言所有正法悉付
迦葉如來緣謝故去迦葉機興故付内同佛
德外委大臣秉正法教乃指圓伊而作依止
酬其所請此中爲學新伊者故故言法付迦
葉下文爲不學新伊者故故言迦葉無常不
堪付囑各各爲緣今初以法酬請中爲二一
法說破二譬說破法說者汝欲學新伊應改
迷生信猶存僞執眞法不染故云汝先修習
無常苦者非是眞實次譬中又二譬合初如
春時去先開放逸失寶譬次開求得不得譬
亦名有方便譬無方便譬春時者年物俱新
適悦時也譬五塵六欲是耽湎之境諸人者
總譬放逸之徒在大池浴者大池譬生死河
浴譬恚慢愛憎等也乘船譬乘諸業遊戲譬
著可愛果失瑠璃寶者譬無解因於放蕩慧
解潛昏故言失耳故此章破行失爲便非先
解後失著樂翳解義言失耳没深水中者生
死陰覆也從是時諸人去爲無方便求解不
得作譬諸人者通是迷徒别擬三修悉共入
水者信於初教義如入水求覓是實者作劣
三修競捉瓦石者證三爲眞自謂得者言得
滅度歡喜持出一句譬上稱歎象迹第一善
修無我内執在懷故言歡喜向佛稱歎故言
持出譬上封執生疑之意乃知非眞者爲有
方便求解得者作譬譬聞今教破昔理行非
實方知苦無常等僞同瓦礫故言乃知非眞
都從上來合作六意共消求得之文夫寶珠
者珠是本有非適今也而衆生著樂沉没水
底拙覲推求竟不能得即理實珠以聞今教
知前不實知字知義始自今經即名字實珠

是時寶珠猶在水中以珠力故水皆澄清者觀行寶珠依教觀理理爲所詮故言猶在水中能詮如所詮所詮如能詮故言以珠力故水則澄清於是大衆乃見寶珠故在水下猶如仰觀虛空月形者相似寶珠仰觀於月彷彿類珠似解鄰眞故言乃見相似位明矣虛空譬相似常月圓譬相似樂月光譬相似淨非上非下以上比下自在無礙譬相似我云云是時一人譬分證寶珠以一名人人得其門故言一人方便力者道前圓修安徐者安於生死作涅槃解微妙正觀徐詳審諦不昏教水不動心波與理相應即分得寶珠此約六位顯有方便勝修之人求得寶珠約行義便汝等比丘者合得失兩譬又二而復兩畨合者初畨合三修得失後畨合四修得失應用

此意徧歷諸法皆有勝劣兩種修也故文云在在處處常修我想常樂淨想豈獨今經非止一境觸處成觀思之第三從爾時諸比丘去是破疑教章文爲兩初騰後破初騰具昔教行用理如佛先說教也而修學者行也離我慢等用也入涅槃者理也行理等已破竟語勢相成正意在教昔教若是今不應非今教若是何不早說云云就破爲兩先歎問次答答又二先譬後合譬爲四一譬四倒病二譬三修藥三譬三修病四譬四德藥就初爲六初倒病者王是也內闇常淨外擧我威貪引取樂是爲病者次秉倒師者外道著常淨爲頑著我樂爲罥邪病師也三信受邪倒謂厚賜俸祿信邪術也四純用乳藥者倒藥也色白是常味甘是樂膩潤爲我稱藥是淨即邪

藥也五亦復不知自是邪也六是王下亦不自知病王不别者是病者不知是倒病也巳略對竟重更釋文王者王領爲義如受化者亦有徒屬譬之爲王無明爲闇著樂爲鈍世智爲少智醫譬外道其實不能治病而亦欲爲衆生彊請春秋傳云心不則德義爲頑口不談忠信爲嚚外道亦爾内無眞解外無巧說俸禄者受化衆生供養外道純用乳藥者總明藥少病多俱不知藥病不知病起根源者衆生三毒八倒由於取相取相緣於無明其所不知不知病也雖知乳藥是不知藥佛假說我横計即離乍言青白黄黒云云風冷熱病者逗藥失所風喻瞋冷喻癡熱喻愛是王不别者何但不知藥亦不知病次復有明醫者譬三修藥文爲三初說明醫二治病緣三正治病初文明醫曉八術一治身二治眼三治胎四治小兒五治創六治毒七治邪八知星内合佛知八正道能治八倒病云云令通論醫有十種一者治病但增無損或時致死空見外道也恣行惡法善法既亡慧命亦死二者治病不增不損常見外道也投巖赴火不生禪定不能斷結三者唯損無增即世醫所治差巳還發斷結外道也四治病差巳不發所治不徧即二乘也五者雖能兼徧而無巧術六度菩薩也六者治無痛惱而不能治必死之人通菩薩也七者治難愈病而不能一時治一切病别菩薩也八者能一時治不能令復本圓十信也九者能一時治亦令復本而不能令過本圓中心也十者能一時治復令過本圓後心也今之明醫即第十醫通達

常無常等二鳥雙游即是八術次從是時舊醫去是治病緣爲二初同後異同爲三一同生業二同學業三同化緣初同生業者明如來託生王宮納妃生子而衆生不知咨受反生貢高如文次同學業者乘羊車學書後園講武脱冠遣馬詣阿羅羅六年苦行等四十八年者中阿含云就外道學必先給使四十八年然後與法宗師云自佛出世凡五十許年法華已來至涅槃時始明久本前三時教唯明此身成佛無別本身然師弟之敬必自終身則猶是外道弟子故言四十八年從法華已來別有本身所餘二年始非其弟子此解太漫又開善云四十即四禪八年即八定六卷云四十八年治城云八禪中各有六行厭下苦麤障攀上勝妙出合四十八依天台止觀中四見爲根本一見三假一假四句一見十二句四見合四十八句即是邪法四十八年三共入見王者是化緣同然外道實無觀機之智邪化先出故言是同次是時客醫爲王説去即是後異又爲二初少異後頓異初文云醫方者如爲提謂説五戒文鱗三歸技藝者即是神通如瑞應中明治國療病者三歸翻邪入正譬如治國五戒治五惡譬之療病又歸戒者皆能翻邪治惡時王聞已即是歸正驅令出國即是捨邪從是時客醫去即是頓異又二先觀機頓異次設教頓異初觀機中有問有答實非顯灼二往復也初求願者唯觀一初教之機也次王即答者根緣冥對右臂身分者右手動便譬初教中無常苦便餘身分者譬後機教並皆隨順此即已

有大機意也又解右臂譬我見餘分譬諸惑作此解者於初教便彼客醫言我不敢多者此重觀機但唯須初教一機多傷損者我見生惑妨害事多若聞正教猶故計我當斷善根之首横死者以解斷惑此是壽終以惑障解此名横死時王答言下衆生受化復傳未聞即上中下皆得悟也次爾時客醫去即正施教此中舉五味者即五門觀辛譬不淨苦譬無我鹹譬無常甜譬空酢譬苦云云三其後不人下正治衆生復起無常之病前破邪常説無常教衆生不解定執一切皆是無常還復成病譬如癡人謂鹿爲馬智人語言此鹿非馬雖知鹿無馬而執無爲馬何處復有無是馬耶故無馬是病起無常倒復有多種一謂佛果無常此病易見二謂生死無常此病難見何者生死即是眞常佛性既謂無常寧不是病文云王復得病者衆生病也文爲二一正起病二根縁扣佛初如文次即命是醫下根縁扣佛如遣使命醫古本云我今病重困苦欲死四醫占王病下説今眞常四德之樂文爲四一一往爲説二衆生不受三如來重説四衆生方受初文又四一正説二開權三顯實四病藥相治初即如來正爲説常次我於先時下開權古本云所斷乳藥是大妄語今經治定止言昔非實語明昔權宜説非究竟三今若服下顯實即顯今時常樂之教四王今患熱下病藥相治無常譬火能燒世間故言患熱今圓常之藥猶如乳味能治熱病次時王語醫下衆生不受即前諸比丘疑執不受常住之言文中有四雙驚雙譏貶如

來褒外道狂耶是一驚熱病是一驚故云雙驚狂謂失心之病今驚如來爲是失本無常之解熱病者是驚如來爲更起於邪常惑耶汝先言毒今云何服即是雙譏汝先言毒今云何服即是以昔譏今今既令服先那言毒即是以今譏昔迴互此語即兩譏也欲欺我耶者還成上意三先醫所讚下是貶答如來如來誤我驅逐舊醫四如汝所言下褒外道如文三是時客醫下如來重說即是此中破執釋疑文中有四一止其所說二正爲釋疑三重問四重答此初即一往止其所說次如蟲食木下正爲解釋又二先譬後合此中通體是譬今更爲譬作譬明外道橫計之我偶與正我名同而非解理如蟲食木次大王當知下合譬可尋三時王問言下重問四客醫答言下重答又二先唱兩章門次釋兩章門初唱章門者初即毒藥邪常章門二即甘露眞常章門次云何是乳下釋兩章門又二先廣釋甘露後略解毒藥所以爾者既廣識甘露反此即毒不勞繁文就初釋甘露章又三牒釋結初牒可見次若是乳牛下釋章門舊解七事初事者本明於乳而言牛者欲明乳從牛出譬教是佛說此言牛者爲犢子時不食酒糟等後成大牛其乳則善譬爲菩薩時已不起斷常果時多德諸法師云酒糟能令荒醉以譬五欲之愛滑草滑利則譬利使麥麩麤澀以譬鈍使輿皇云酒是眞味糟糠則無譬橫說求眞無復眞味又云酒清浮在上糟沉濁在下譬斷常高下滑草譬貪欲麥麩譬瞋恚次其犢調善下第二事明復有善好

眷屬放牧之處第三事所行境界不高不下二解一云慢心爲高愛心爲下又云二乘爲高凡夫在下飲以清水下第四事明唯有般若清水無戲論馳動不與特牛下第五事外譬特牛是無乳之牛内合諸惡知識斷常之人不受中道圓常之教即是特牛飲食調適下第六事舊云禪定之水譬之如飲智慧資糧喻之如食明定慧二事並得所宜又云正以此慧方便自資不令失所故言調適行住得所第七事舊云精進勤策名爲行取捨調停故言住又云常在中道平正故言行住得所次除是乳已下釋毒藥章門今明是義不然何者既舉甘露破於毒乳應辨常義破於無常何用利鈍兩使釋滑草麥麨復將矜已以蔑人解高原下濕此與聲聞斷見思何異

共二乘無我我所何殊同於無常如何破病今所不用今釋七事牛譬教主即喻法身常身舍那尊特異於無常丈六乳譬常教此乳亦名醍醐下文云牛食忍草即出醍醐是其義也酒糟者酒清譬無爲定糟濁譬有爲定佛不躭染眞諦三昧如不食酒不味著俗諦三昧如不食糟滑草麥麨者泥洹智易得如滑分別智難生如麨佛智非一切智非道種智其犢調善者得中道理柔和善順不處高原下濕者不以涅槃爲證不以生死可住飲以清水者非五欲淤泥非無明闇濁離此二邊即佛性清水不馳空眞不驟俗假不與特牛同群者特牛無乳譬無慈悲明佛有不共慈悲飲食調適者入空爲飢出假爲飽中道不入不出即不飢不飽行住得所者住祕密

藏是住得所二鳥雙游是行得所如此釋者符經合義常破無常文理俱會豈與他同四從爾時大王下衆生受化又四一受教傳化二餘人不受三重爲說四方信受初文前自信受後更傳化即上根人自得解已傳化中下皆令得悟次國人聞之下中下不受三王言下重復傳化四爾時大王下上中下根俱時領悟次汝等比丘下合譬上本有兩藥兩病今此合中但合兩藥不合兩病所以然者本疑經教有說不說若昔非者即不須說今若是者何不早說今用此意除疑爲邪常故不得早說今常復破邪常病故只得說於昔空無常今直合兩藥令於教門可解故不復言病文中初合無常之藥後合眞常之藥上譬中先明始同後明末異今亦備合此先合始同今言如來爲大醫王正合前時有明醫曉八種術出現於世者今合從遠方來次降伏一切下合末異初合漸異即合共入見王說種種醫方及餘技藝治國療病等次欲伏外道下合頓異即此教意無我無常合前和合諸藥謂辛苦鹹五味次比丘當知下合此教意前結外道之非後結今教爲是爲調衆生爲知時故須說此無三如是無我一句二解一云此語向後二云此猶屬前有因緣故合前眞常之教合後又三第一正說二簡外道之非三說如來之是

大般涅槃經疏卷第三下

音釋

炳 補永切明也　耽湎 耽都含切樂之甚也湎彌兗切溺也　㦤 與力切

大般涅槃經疏卷第四上

隋章安頂法師撰

唐天台沙門湛然再治

長壽品上

前之三品嚴觀所安此品存本但改命爲長移壽在下西方語倒不移亦善譯人左右應無別意恐依上文當知如來即是長壽或依偈初云何得長壽長只是常何不用常爲名正言由常樂我淨獲此長壽從所得立名故也今釋長壽爲四一同諸佛法身智慧壽命皆悉同等故言長壽二由物欣長惡短引令樹善故三對破偏修無常之拙明圓勝修之常四長短相形是對治門會非長短之長故言長壽此是涅槃施中第三對菩薩衆隨問而施凡十四品諸問答中長壽爲首從初命品餘各隨便其文有勸問正問初勸比丘次勸大衆初勸有三佛法至三故又表佛慇懃故又初勸除疑二勸受寄三勸益物其上疑既盡初勸則默既不堪寄付次勸則辭既無化力後勸則推初文者何故偏勸問戒律河西云佛法有兩一經二律上已問經今勸問律是義不然經深律淺既能問經豈不能問律而待勸耶觀師云律是聲聞之本又是今經之宗不殺爲因得長壽果故偏勸問是亦不然今案經云於諸戒律是則律儀定道俱名爲戒諸語不一豈獨律儀又將下驗上非偏勸問律空者慧也寂者定也當知勸諸比丘問戒定慧有人作二諦消是亦不然二諦文晦三諦文明何者戒定慧三是入眞之梯隥即勸問眞本性空寂即是問中明了通達

即是雙照二諦即勸問俗又言莫謂如來唯修空寂者如來既不專修眞俗即是勸問非眞非俗第一義諦第二再勸爲二初勸次辭勸問戒律初者一云略耳具說如上又取下文意佛欲寄付故以戒律而爲勸端次辭者既於戒律不能問者即辭不堪有法譬合法說又三正辭釋結正辭辭無智慧不能問於三號如文次釋辭釋於三號皆不思議如來境界深微之法允同諸佛故號如來我不能問則是辭上本性空寂所有諸定不可思議窮於甚深微妙禪定能爲一切而作福田故名應供我不能問則辭上明了通達所演教誨不可思議者窮於一切言說邊底示導衆生是道非道號正徧知我不能問則辭上戒律又釋辭不能問於三諦諸佛境界是不能問中所有諸定是不能問眞所演教誨是不能問俗三結辭中云無智慧者無三智也次譬辭爲四一聲聞不堪寄二如來不應寄三聲聞彊受寄四如來失所寄初明不堪言老人者閻浮果報將盡之年譬諸聲聞十二緣觀支支十二從過至現故百二十過現滅故老死滅無明滅乃至老死滅故將入涅槃身嬰長病者正使雖盡習氣尚存又無明別惑未侵一毫故言長病寢卧牀席者況空滯寂失遊戲神通不能起居者不能入有如不能起不紹三寶如不能居氣力虛劣者無常住命如無氣無十力雄猛如無力少眞實故名虛非勝修故名劣餘命無幾將入灰斷次有一富人者下譬如來不應付囑智斷圓滿故言富人緣事欲行者適化多務故言緣事乘

如起應故言欲行以百金者百句解脫漢書稱一萬爲一金既有百金即是百萬一句解脫既有一萬解脫以爲眷屬百句解脫即有百萬解脫而爲眷屬或經十年二十年者有三解一云十劫二十劫二云人中爲十天二十三云正法爲十像法二十是義不然若爾後時如何得歸會耶今明通惑爲十別惑二十逗緣除物通別兩惑名付家事受寄者除通別惑即感我歸還時歸我者舊二解一云只指釋迦餘方應盡此土感與後還猶見我昔法實三云彌勒下生猶見釋迦眞實之法法身不異故言歸我今解通別惑盡即是還時即是歸我此義稍便三是老病人下聲聞妄受無繼嗣者舊二解一云無善心實男慈悲心女二云無受化眷屬紹續其後今言無常住信心之子病篤命終者灰身入滅四財主行還下如來失所寄法寶喪失癡人者二解一云受寄者即是癡人不能籌量妄受人寄二云能寄者名癡人假設此言若遂寄聲聞則是癡人若不寄者則非癡人次世尊下合譬但合妄受喪失不合前二合後二中先合第三次我今下合第四從佛告下第三勸益物爲三一勸二推三讃初如文次推功爲二先譬後合譬又四一譬歎菩薩二十五者即二十五三昧盛壯端正者是諸三昧王多有財實者一切三昧悉入其中父母者三諦一諦爲毋一諦三諦爲父法喜爲妻善心爲子道品爲眷屬十方諸佛即是宗親次時有人下譬正應付囑例上釋三是時壯夫下譬秉持受寄四其人遇病者譬不失正法世尊

下是合譬先舉不應次合應寄三爾時佛讚下即讚也無漏心羅漢心者忘我推功也二緣者緣聲聞不能菩薩則能或善能問答或法寶久住利益衆生悉出上文從爾時佛告一切大衆下第二通勸大衆問佛既普等若得問人普皆利益又對於偏勸故普勸也先偏後普明偏普不定顯非偏非普問比丘寡德慇懃三勸菩薩不爾何俟二三勸耶答佛如師子殺象及兔皆盡其力終無厚薄故皆三勸若爾菩薩亦應無疑而有辭讓答比丘皆無菩薩皆有以有問故故知有疑是故菩薩則可付囑以慈心故故能益他又例作無而意異菩薩久解是故無疑自謙是退義稱佛菩薩乃是推功問何故約命言不可量約辯言不可盡若戒若歸而勸問耶答多有所闕略舉四意一如來是大富施主隨其所求而給與之若問命即開長壽金剛身身容等義若問辯即開般若四相口容等義若問歸戒即開善業首楞嚴能建大義百句解脱意容等義乃至開邪正四倒四諦如來性文字月鳥等義涅槃施得顯也二如來施主方便無量若問命即開天行若問辯即開梵行若問歸戒即開聖行嬰兒行歸戒所防即開病行五行若立十德自顯涅槃行明三如來施主正法寶城莊嚴無量如來能問無可問處如來能答無能問人百金妙寶初求付託得能問人問命即常莊嚴問辯即樂莊嚴問戒即淨莊嚴問歸即我莊嚴能問能答具二莊嚴雙樹涅槃其義得顯四如來施主慈悲無量憫念邪僻哀憐不善若能問歸即用常辯

攝邪若能問戒即用常命攝惡涅槃之用得顯爲此義故舉此三種以爲問端問端通後亦通前不答問命即是常修問辯即是樂修問歸戒即是我修又問命即常法身德問辯即樂般若德問歸戒即淨我解脱德又問命即常命常色常力問辯即常語問歸戒即常安又文云能如是問則大利益一切衆生即通前通後問端該廣籠括若此云云第二正問爲四一欲問二許問三謙問四正問欲問又二初經家敘起次自咨發敘中爲四一敘本位二敘迹宗三敘感對四敘威儀初本位者有通有别菩薩通位童子别位論云十二而能問者即有四意一正法非色不可以人幼而棄於法重法重人故也二生比丘善於菩薩道信念堅固三折伏高心四明佛力大

若依十住即第九住若類文殊童子即十地頂聖位難知且用十地釋童子也次迹宗中言婆羅門者迹託高宗姓大迦葉者寄生貴族如此間甲族三以佛神力者感對也爲決定衆而作上首感佛威加作對揚主令五十二衆同飲甘露非斯大器孰能爲之四即從座起敘其威儀次而白佛言下自咨發者佛雖通勸寧許問不是故有咨次佛告下佛許如文三從爾時迦葉去是謙問文爲三初大小爲一雙次高廣爲一雙三借助爲一雙初文者如來哀愍即大慈悲大中之大我以蚊蚋小智小中之小以小問大寧得相稱次雙者佛德巍巍明佛威高師子難伏明其衆廣如來之身猶真金剛佛色大故智慧亦大智海圍繞則大衆智大佛及大衆高廣若斯我

以蚊蚋何能當此第三雙者若論巨細不言自絶今假佛威神借助智力大衆善根添我機辯乃能發問四從即於佛前是正問舊説三種不同一分偈二問數三因起初分偈不同者河西云前十九偈是問後四偈請答又一師云前二十一行是問後二行自謙又一師云從前至後無非是問又一師云從容兩存後亦非問乃是迦葉巧致問之餘勢爲諸品生起又亦得是問甚深行等是問五行十德安樂性是問師子吼迦葉等云二問數不同者梁武三十二問河西三十四問靈味亮冶城素莊嚴旻並用之中寺安三十五問開善三十六問光宅三十七問三因起不同者開善云一一問皆從純陀哀歎中生太昌宗云悉是臨時致問皆不從前文生靈根令正云或有從前生或不從前生豈可一例從前生者云何得長壽問從純陀品生當知如來即是長壽生金剛身問從法身常身金剛身生願佛開微密從哀歎品祕密藏生云何得廣大從迦葉爲衆作依止生有屬當者可從上生無屬當者不從上生興皇云此問不應近自純陀乃通論釋迦一化教門始自王宮終乎雙樹何者文云生死大海中云何作船師即是問始即初成道時事後問云何捨生死如蛇脱故皮此即問終是最後涅槃時事中間施化法門非一欲顯發如來方便密教應來應去種種示現此意宏壯包羅廣大大明覺道囊括古今今觀此二十三偈前十九偈雖即是問問中有請唯願大仙説是也後四偈雖是請請中有問安樂性諸行等是也

又開合不同如初一偈合成兩問開成四問云何知天魔一偈合成一問開成兩問若直數云何則有三十二問若數合偈亦只有三十二問若數開偈則有三十四問若數請偈中三問足合偈則有三十五問若數請中三偈足諸云何亦有三十五問若數請中三偈足開偈者則有三十七問各有去取致盈縮不同意在於此此是事數增減在人不勞生爭今依河西數開偈不數請偈但爲三十四問答盡大衆問品言因起遠近者若謂諸問因上文生聲聞未曾聞常聞可生疑菩薩久聞何故致疑又聲聞聞說疑執已破菩薩利根那忽未解救云爲緣故疑若爾則問不因上又云菩薩知佛應說此法承佛神力預爲咨問者佛力無所不至何乃近在兩品耶又言問於一化始終者與經抗行全不相應經問長壽之因佛答往昔至心聽法持不殺戒是長壽因今乃取一化從王宮來佛在何處聽法從誰受戒雙樹之終復聽誰經爲受何戒若無此事一化不成彼爲極談今謂不與文會故非極談今試出其意云何得長壽此問常果元本之因佛答云若業能爲菩提因者至心聽受聞已轉說我修是業得三菩提今復爲人廣說是義如此之因蓋非近世如法華中點塵數劫猶不能知今正問此久遠之因本若無常果不應常本若是常常不可修而未能知長壽常果所因云何若問此義任運自顯非常非無常之常因獲得非常非無常之常果因果常義既顯果上萬德悉是雙非之因獲得雙非之果義雖無邊一往結

攝是問過去本初因果行位誓願功德智慧道品六度等諸法門若問云何於此經究竟到彼岸即是問一化始終現在逗緣所施諸教何者若其無初即無於後今既問後任運問初既問初後中間可知當知一化始終凡對無量機緣所施言教不可窮盡雖不可盡一往結攝是問現世隨他隨自隨自他無量法門若問云何得廣大爲衆作依止即問來世所施方便引導衆生國師道士儒林之宗住首楞嚴種種示現無量無邊雖不可盡一往結攝是問來世權實曲巧方便誘接荷負度脫等諸法門略舉三句示斯問意不出三世故文云如是甚深諸佛境界自利利他無量法門豈出三世若尋古始元元不窮若尋現世廣廣無極若尋來際永永無盡如是乃是囊括古今大明覺道可謂諸佛之境界豈只近因兩品亦非遠遠由一化今敘問意宏遠若此猶懼不會諸佛境界之明文況諸師所言寧稱佛旨興皇嘲人云不知兎角有無而空爭長短不知諸問進不而爭於問數少多何益今用河西於問中分二十三偈爲兩前十九偈正作三十四問後四偈請答初一行問佛因果佛修因得果不可言是現未强可指於過去次一行云何於此經問今教今教當機而說不可言是過未彊可言是現在云何得廣大下十七行雖義通三世上已屬兩世竟彊可名爲未來何故言彊大般涅槃非三世攝非謂菩提有去來今皆以世間文字彊說之耳後四偈請答前三意初一偈願爲諸菩薩說微妙諸行等前問長壽果果必有

因因即是行故知此偈請答過去法門次一行請答現在前問云何開祕容此中請答安樂性安樂性由來未開故知是請答現在後兩偈請答未來上問廣大依止此請答未來法門甚自分明已列問數結請文竟次示答文處云何得長壽凡四問此品下文及金剛身品答云何於此經究竟到彼岸名字功德品答願佛開微密四相品答云何得廣大爲衆作依止實非羅漢等四依品答云何知天魔凡兩問邪正品答云何諸調御心喜說眞諦四諦品答演說四顛倒四倒品答云何作善業能見難見性並如來性品答云何解滿字文字品答云何共聖行鳥喻品答云何如日月太白與歲星月喻品答（十五問竟）云何未發心下有十二問皆菩薩品答云何未發心夢見羅刹逼令發心答云何於大衆而得無所畏三偈答云何處濁世四華喻答云何處煩惱醫師等十四譬答生死大海中云何作船師風王四譬答云何捨生死如蛇脫故皮金師兩譬答龍能脫骨可譬涅槃云何觀三寶菴羅閻浮樹答三乘若無性文殊騰疑本無偈答云何諸菩薩而得不壞衆舉護法因緣答云何爲生盲而作眼目導如人口爽不知六味答云何示多頭常爲衆生而作父母答云何說法者增長如月初如人有子始生六月答云何復示現究竟於涅槃凡七問皆大衆問品答云何復示現究竟於涅槃放光奉供答云何勇進者知人天魔道若有比丘能以如來誓願而發願者於世最勝不能覩了常者是旃陀羅答云何知法性而受於法樂

說二十一行偈答云何諸菩薩遠離一切病三病人答云何為衆生演說於祕密廣釋諸有餘偈以無餘偈答云何說畢竟及與不畢竟用云何名為無餘義耶云何復名一切義乎唯除助道常樂我淨善法其餘一切皆名有餘答云何而得近最勝無上道亦取前諸菩薩遠離一切病答上三種病人得滅罪後近無上道兼答此問若有病人若遇不遇悉得差者此去佛最近若遇即差不遇不差此則次近若遇不遇皆不差者此去佛遠又云取大衆發心如來授記以答此問今引十證明答問竟一者偈中與問次第而來長行相對次第而答故知答問盡二者偈中設問竟即自謙云甚深微妙安樂性等非我所知請於如來為諸菩薩自演說之若從此意知答問盡三者答若未盡不應謝恩答問既竟時衆得益起禮燒香散華供養故知答問盡四者上來召衆雲集慇懃問答若未竟寧得倚卧涅槃既右脅息言知答問盡五者付囑文殊寢而無說大衆重請既受請已跏趺融懌方談五行故知答問盡六者對告德王賔主有異知答問盡七者師子更問問人既別知答問盡八者文云如來初開涅槃經時說有三種人三種人乃是答問之末實非創說之初今云初開乃是後說之初非初說之初既有初說後說不同知答問盡九者前問多答卷少後問少不應答卷多知答問盡十者河西面對梵文口決曇讖指授慇懃親說十九偈是問後四偈非問斯人不信孰可信耶爾時佛讚下第三佛答又二初讚問次答問

讚問又二初讚次謙讚又二先總讚次别讚酬其上别總二請若三十四問是歷法别請後則總請先酬總請故初云善哉善哉所以須此讚者世間問答酬徃稱美佛不違世法是故先讚人但見年幼不期智深見問淵玄方知非淺又若見佛讚皆發竒特心是故須讚他方來衆見小小菩薩能問大大事皆生敬伏是故須讚又此一一問皆與理合是故須讚皆有所擬云云次别讚者即是别讚三世之問初讚其問過去法門有三義一舉果讚因言汝未得者非全不得乃是因中分證非是果地究竟故言未得二舉甚深密藏讚其所問汝問長壽佛以一切種智爲命此之智命果地所證故言我已得之已得非始得已圓滿唯佛與佛乃能究盡故云甚深密藏而汝能問是故讚其所問之法三讚其被加其上請云承佛神力今加而讚之故言等無有異坐道場者讚其問現其上問云云何於此經究竟到彼岸佛即舉三義讚之一舉初以成後讚其巧問談現化之始終故言我坐道場初成正覺二讚其一人以均大衆故云有諸菩薩亦曽問我是甚深義三讚其現得大衆加助其上請云及因大衆善根之力今明功德句義無異是爲讚問現在法門從如是問者則能利益無量衆生是讚問未來上問言云何得廣大爲衆作依止此言利益可解云云舊解坐道場亦曽問者或言是華嚴中問翻經不盡其文未來或言是偏方不定教文亦不來或言是祕密教非顯露攝義皆不然今明道場乃是元初圓滿始坐非方便道場

第二卷云我已久於無量劫來久已成佛亦如法華成佛已來甚大久遠昔諸菩薩曾問此義如今不異正對過去之問非一化之始不應據寂滅道場及偏方祕密爾時迦葉下第二自謙佛向讚其上等如來下齊菩薩其謙亦兩一謙所問橫竪不及二誓聞法頂戴增加初文者不能飛過大海橫不及也不能周徧虛空竪不及也次文云頂戴守護高深增加守護廣大何以知然文中次釋云願令我得深廣智慧從佛告迦葉下第二正答問大分爲兩初次第答三十四問次大衆供養初答者初盡此品文是答長壽之問又兩初答長壽因後答長壽果更釋因果之名一云若有因果則墮常義若無因果則墮斷義若言開因果之祕故說因果此語小勝若爲顯涅槃兼言因果此語最勝涅槃無因果方便說因果從容抑按顯於正法故言因果今明若因自是因果自是果則墮自性由因故果由果故因則墮他性因果因緣故因因果因緣故果則墮共性非因非果故因果墮無因性皆墮斷常但以四悉名爲因果顯非因果故云因果前文非不明果後文非不明因從多從正分此二門初答因爲三初誡聽次正答三論義初誡聽者將說長壽甘露妙藥若覆器不聞則思修俱失故須誡衆釋論云專視聽法如渴飲一心入於語義中云云從如來所得長壽之業去是正答文爲五雙一指果人因人以標業二指果法因法以勸業三明自行化他以證業四開譬合譬以況業五示果報華報以結業初果人者如來因人者菩

薩若無此業不名菩薩佛無此業不名如來此業成因因名菩薩此業成果果名如來業若定因不得作果業若定果不得作因當知此業非因非果能因能果雖能因果因果叵得言語道斷心行處滅如來境界不可思議精進菩薩亦不能知豈是凡情闇心圖度不能已已輒述所聞次果法者菩提也因法者三慧也聽是聞慧受是思慧轉爲人說即是修慧若菩提無此業不得成果三慧無此業不得成因至高無頂至廣無涯多所成就其相云何若業能破業是爲破業從無住業立一切業是爲立業非破非立而破而立是爲正業如是正業不可言三不可言一言一則失用言三則傷體即體而用即用而體即體而用故言此業能爲菩提之因得菩提果道前體用廣爲人說道後體用即用而體非因非果非自非他故上文云以珠力故水即澄清豈非即體而用下文云大慈大悲名爲佛性豈非即用而體三從善男子我以修習去是舉自行化他證成於業我以修習故得菩提即證道前體用今復爲人廣說此法即證道後體用然我果久成道前之業非復今時故知却明過去法門答初之問四開譬中先譬次合譬如王子者似譬道前王譬菩薩子譬羣生犯罪譬起惡因繫獄譬受惡果憐愍譬天性相關愛念譬拔惡因躬至繫所譬拔惡果夫王子者刹利種也罪爲獄囚衆生亦爾同佛之性罪業所拘流浪生死亦有佛性亦無佛性如王子是囚囚是王子爲此義故慈悲與拔菩薩亦爾下合譬凡舉三法合譬

初一子地合同體大悲況即體而用次四無量心拔苦因與善因拔苦果與樂果大喜慶悦大捨平等況用不離體即用而體三四弘誓願徧約四諦苦諦則通不但四趣集諦亦通不但十惡道諦不但戒善滅諦不但灰斷弘誓之境囊括則周故用三法合譬況業五舉二報結者聖人以慧爲命智慧自在故壽命長即譬果報天上受樂則譬華報云云三從爾時迦葉白佛去是論義凡四番問答初番先問次答問有三意一述不解二謂不應三正作難不解者領長壽業非因非果非自非他故言深隱次不應者一子之地同體大慈體無愛恚云何子想若同子想即是起愛起愛云何同體同體云何起愛故云不應三作難者破戒作逆應須治罰治罰乖慈云何等視等則無罰云何言治治偏乖慈慈之與治二俱乖體展轉有妨難從此生云云次佛以一言答其三意云我於衆生同一子想如羅睺羅者同體之慈是慈清淨微妙第一非染愛慈是慈深隱非但難解亦復難說即體而用不妨等視如羅睺羅既即體而用慈亦復然一言答三其意在此然迦葉問菩薩修慈此問道前佛以道後果慈答之云我於衆生亦一子想舉後答前前後不異次從迦葉復白去是第二問答先問次答初問中舉昔事難令義力士無慈碎聽戒童子童子命斷即昔事也若承佛力即如來遣害傷慈縱毒頓乖一子即難令義次佛答中明三世之慈爲三初明童子是昔事若答此事擬過去慈童子金剛二皆是化幻人幻杵以害幻命寧有實

耶設權懲惡正是大悲拔其苦因假設濟危正是大慈與其樂果至慈至巧非一子義何者是耶他解見機猶害五百淨行尚實有害事若將此釋都無所損次從迦葉去明現世慈本地指三業行慈又三初如來之意於諸衆生生一子想雖謗法闡提邪見毀戒悉如一子況復餘人心常平等即意慈也次從譬如國王去明口行慈又二一先舉國憲次明佛法後結治罪初國之嚴刑以酷爲本二佛之法網以慈爲宗舉非顯是佛法有三若擯永出衆外若四羯磨不出衆外唯不得爲羯磨之主十四知事人令通名羯磨而實有輕重初言驅遣羯磨即是律中驅出羯磨馬師滿宿二比丘於聚落汙他家行惡行佛令與驅出羯磨出此聚落訶責者即律中苦切羯磨般荼盧伽比丘喜鬪爭鬪搆兩頭與人鬪競至城中訴乃以詞牒結著衣帶數數如是佛令作苦切羯磨苦惱切勒置者即依止羯磨是施越比丘爲人輕薄數犯可悔罪數惱僧佛令與作依止羯磨令依剛正有德之人住持教示不令數犯舉罪者即律中下意羯磨鬱多羅比丘爲質多居士菴羅寺主恒得好食居士後時遇優波斯那於舍供養不與寺主相知鬱多羅生瞋語居士言飲食雖美但無胡麻歡喜丸耳此居士少年貧時曾爲此業故以刺之居士因即說譬如鷄與烏共生一子或作鷄鳴或作烏聲汝或善語或作惡語而此比丘父母異國故以譏之佛知令與作下意羯磨僧中遣一人將是比丘往居士所下意懺悔不可見即是三擯八法之中

以明三擯一不見擯二不懺擯三惡邪不除擯此中無不懺之名是滅擯一事教門不同不可見即是不見擯車匿比丘數數犯罪諸比丘勸懺悔答言我不見罪佛令與不見擯不懺者還是車匿數犯人勸答云我雖見罪不能懺悔佛令作不懺擯滅即滅擯未捨惡見即惡邪不除擯事起利咤言欲不障道三諫不從與作惡邪不除擯三從善男子如來所以去是結無對治罪之意使其無復惡因則無惡果即是大慈施無恐畏三從善男子汝今下即是身行慈也舊云照人爲一天爲二五道爲五又云常光爲一非常光爲二面門三眉間四通身爲五云云從善男子未可見法去明來世行慈而言比丘糾治者比丘護法文爲四一標來世二明持毀三譬四結初二可見第三譬中言暴惡者譬破戒人會遇重病者譬所犯彰露鄰王興兵者譬持戒糾治病王無力者毀禁惡止恐怖修善者明其得益譬中有三三種何異初爲各住各學行非法者故以鄰王爲喻次爲同住各學行非法者故以宅樹爲喻後爲同住同學行非法者故以白髮爲喻又解斷四住惡解惑相治如除鄰王斷塵沙惡除體上垢如除毒樹斷無明惡同體之惑如除白髮云云四若善下結即判眞僞不治毀禁壞亂佛法佛法中怨無慈詐親是彼人怨能糾治者是護法聲聞眞我弟子爲彼除惡即是彼親從迦葉白佛去第三番問答先問次答問又爲二初非佛旨次舉事難初文者領前能訶責者是我弟子不驅遣者佛法中怨此則一是一非愛憎去

取則無等視一子之心升沉碩異故仰非也次舉事者若一塗一割等無憎愛亦應一持一犯咸不賞黜既賞持黜犯亦應治割賞塗塗割既等持犯應均若持毀禁此言則失若不治刀割彼言則虛進退結難次佛答爲三開譬合譬況顯開譬爲四一生諸子二付嚴師三囑苦教四得福無罪初王大臣者譬佛菩薩生育諸子譬生信者生信不同故言諸子形貌端正譬戒能防色聰明黠慧譬定慧防心二三四者有人云一二是出家二衆三四是在家二衆此義不然舊云若二是小大若三是三根四是四部此亦不然一是一乘二是小大大是一乘三是三根上根是一乘四是四部四部中有一乘若爾一子諸子皆處處著亦處處有是則太亂今以信心爲子

生信不同略爲四種謂藏通别圓各有三學通皆得論端正黠慧準下合文以壞法者爲子此不相乖三種信偏則破壞法性即是可悲爲子就正信者可慈爲子次付嚴師者舊云四依爲師依下合文以國王四部爲師此是乘法之人而秉法者以法爲師下文云諸佛所師所謂法也法有嚴與不嚴不嚴有三嚴即圓法三而作下囑教君可教詔者教偏入圓威儀禮節者譬圓戒技藝譬圓定書數譬圓慧學圓速成不須苦切若不速成要當苦治杖譬於智藉杖故子死如由智故偏破偏破故如三子死圓立故如一子成言破偏者非但治毀三藏通别持毀悉皆苦治何以故於藏是持於圓是犯通别亦爾故言雖喪三子我終不恨圓子信常是故不死未階究

竟故言苦治舊以四部爲四子杖殺何部何部不死合義不成不會經文今所不用次合譬中如來合王臣視壞法者合諸子國王四部合師三品法合禮節等應當苦治合杖死不也者合唯福無罪云云三從善男子去是況顯王之與師是子則念非子不念成就其子不成就他偏念偏治尚無有罪況佛平等慈念平等成就平等治之而當有罪故云如來善修平等心故王之與師偏念偏教尚得福無量況復如來等念等教寧不獲福故舉三世功德善修是現世長壽是來世宿命是過世云云

大般涅槃經疏卷第四上

音釋

嘲陟交切調也 懌夷益切悅也 懲持陵切戒也 糾吉酉切督也

大般涅槃經疏卷第四下

隋　章安頂法師撰

唐天台沙門湛然再治

長壽品下

迦葉復白去是第四番問答先問次答初問又三初非佛旨次譬釋非三合譬結過初非佛旨者領上修平等心得三世福謂此旨爲非次何以故下舉譬爲三一如知法人但有其言二還至家中都無其行三是知法人結言行相違云云三合譬結過亦爲三修習等心合上知法今者世尊去合上無行如來將無去合上相違若言慈心應得長壽而今短壽必有怨心此結意行相違不殺命長而今短壽凡殺幾生此結身行相違口行相違已如上說與皇述他釋云迦葉恒執迹爲難佛恒用本爲答此則問答永不相關不問本迹何以爲答而云執此生疑難耶只約丈六一身疑者不達恒言無常達者了此即是於常常若異此則非常也此釋未明常義甚多佛以何常而爲答問無常亦多迦葉爲執何無常耶云云次佛答爲兩初彈其麤言次明常壽第一今明麤言者汝以果討因乃謂如來怨心殺害汝何不以因討果明如來命長必無惡因而謂有者即是麤言次於諸常中最爲第一者於何等常而言第一自有世間相續不斷名常復有二無爲常斷煩惱得者名數緣常事緣差者名非數緣常無此二者名虛空常此之四種皆悉不及如來之常如來常者即是妙有故言第一此三藏義又眞諦之常對生死虛僞謂此眞常既無生死亦無此眞

亦無照應如來常者本自有之無所待對其常實照故云第一此約通義又言常者出常無常即是非常非無常直常而已此約別義又如來常者即邊而中具足三點不縱不横是故此常最爲第一約圓教義從白佛去第二佛答長壽果文爲二初明佛實常次明三寶常就初有二先略問答次論義初問如文云云次佛答擧四譬初譬諸壽入常壽常壽第一次常壽出諸壽常壽第一三譬常壽非常非無常故常壽第一四常壽能出能入故常壽第一亦是生死壽命之河入涅槃河涅槃河出生死河非生死非涅槃而生死而涅槃云云初文者舊解八河譬四生各有因果又四生爲四人天地及虛空爲八今謂人中天上地及虛空各有生陰中陰壽命是爲八河若爲論其出入凡是一切生陰中陰所有壽命若長若短皆當作佛果地壽命如八河流必歸於海一切諸命悉入常命是爲入義次言出者大涅槃河常命爲本能出人天地及虛空長短之壽如阿耨池流出四河大品云由般若故出生刹利婆羅門等淨名云從無住本立一切法是爲出義三非出入者若定出入何能出入故非出入擧虛空歎四能出能入擧醍醐歎云云次就論義文爲三一蹋宗作請二問世性三問法性初蹋宗中問如文次答爲四一非二況三結四勸可解就世性問爲二初唱世出世兩章門次難難又二初難兩教無異次難兩理無異次佛答中皆作異答初答教者先佛說常教外道盜常教盜不盜異云何不異次理異者佛理微妙是故不

現外道理僞是故不現微妙與僞云何不異答此爲四一先佛被盜次後佛認歸三結正四勸修初先佛章有開有合初開譬中言長者者先佛也羣牛說教也色種種逗機異也同共一羣詮理等也付放牧人弘經者也令逐水草隨機化益也唯爲醍醐期常住也不求乳酪不期人天二乘無常犂以自食弘經人自益也長者命終先佛去世也賊掠羣牛佛教被盜也無有婦女無慈心也犂以自食有得之利也相謂言去欽慕深理也我等無器非根性也設使得乳無安置處設能持戒非常住基唯有皮囊天人感報設能持戒成諸有業不知鑽搖無定慧方便漿譬人天善初酪譬似道後醍醐譬眞道加之以水譬起我人知見等也一切皆失起見墮惡人天善失凡夫亦爾去合又二先略次廣凡夫善者盜佛餘法餘是像末之世盜竊得起正法時不得起也入涅槃後合長者命終雖復得是合不知鑽搖爲解脫者合加之以水有少梵行合犂已自食實不知因少梵行生梵天者合無婦女雖修行生天實不知因於佛法從是故如來出世之後去二明今佛認歸又三法譬合初法如文次譬中云輪王今佛也羣賊退散者驅逐外道徧六大城牛無損命認常樂等具足還歸付放牧者付弘經人即得醍醐者自他俱契法性常住三從法輪王去合今佛出世凡夫不能合驅外道令諸菩薩去合放牧人三如來是常不變去結正是非可解四從迦葉當知下勸修又二初勸修次簡修初又二先勸迦葉次通勸云云次簡修者

簡昔顯今若修二字作滅相者昔教灰斷法性也若修二字常住者是今教法性三問答法性中問爲四初標問作請次舉昔難今三以今難昔四結也初可見次文者然昔教身智兩捨今問法性即是捨身不言捨智者數師言智有二種有漏智滅即是涅槃無漏智滅是非數緣不取爲涅槃旣有是非故不言捨智論師云兩智滅皆是涅槃而有二義若言道能致滅此邊則非若言果盡此邊即是涅槃旣有是非故不言捨智觀師云不應爾特是略耳若無所有者難也故以法性難身三身若存者下以今難昔身若存者是身難法性法性是無身即是有有無相害更互相難四身有法性下結其不解佛答爲兩先非次譬初非者我不曾言滅身滅智名爲法性

此乃昔說今則不爾是故非之次譬又二先譬次合譬又二先正譬次譬斥非初云無想天者數師云無想初念猶有心起從生愛結無想樂成即便滅心則有非色非心補處論師云心不可滅而言無想者爾時心細如蟄蟲氷魚似無細心而言無色想者不復緣於麤色次不應下譬非此中具論五陰云何住即色陰受樂即受陰想行即兩陰見聞即識陰一解云但是四陰後言若爲行於想心不別言行陰次善男子下合譬又二初合正譬次合斥非初合無想天成就色陰而無有色想如來法性成就寂滅而無有滅不應作滅不滅問也次汝今不應下合彈訶云云從復次善男子下第二通明三寶一體是常歸依文爲二初明三寶常次論義初又三一勸修常

二明得失三正辨歸依先勸作常想後明無無常想次若於三法下明得失舉失爲誡舉得爲勸若昔四時都不得言三法異想而不得戒何以故以作別體歸依故也開善云前巳得道得戒若不得者今教起時何不更受既不更受當知巳得若見今時一體教起猶執昔別不依今圓即是不信故言無戒若能於是者更重勸也三譬如因樹去是正辨歸依又三開譬合譬舉非顯是迦葉下是論義有兩初番問答次番領讃皆可見云興皇云樹譬常住影譬如來而爲衆生作歸依處迦葉難闇中有樹無影譬如來滅後則不爲他作歸依處佛答闇中有影肉眼不見如來常爲作依薄福不見而言非依

金剛身品

金剛能譬身是所譬金剛四義一紫磨金精世界基本二其體堅牢無能侵毀三其用勁利所擬無前四其色不定煜爚難視金精譬法身至極攝一切法體堅牢固譬常住不動離百絶四勁利譬寂而常照大覺大明不定譬無礙自在徧一切處然法身具足無量功德此中正明離百絶四堅牢常住答上金剛之問若從能譬言金剛品若從所譬應言法身品此則法譬雙題故言金剛身品復次上雖三十四問通用一意只長壽故金剛之身即堅固力而不可壞法身常身非雜食身圓通無隔若解長壽即解金剛之身乃至諸問皆悉通達若不解長壽亦不解金剛之身乃至諸句爲不解者更分別說若以通當名非無別義若以別當名非無通義通不當名則

通非通别不當名則别别非别非通非别而通而别今從别意明金剛身答第二問有人解長壽是法此法附人金剛是人此人有壽堅固力是用此是人法體用之異以判通别今明等欲分别何不附文上文云施汝常命色力安無礙辯初已略説今則廣説言長壽者即是常命金剛身者即是常色堅固者即是常力名字功德即是常安言四相者常無礙辯後廣答問亦不離此常住五果五果故别常住故通若别若通若束若散皆非總非别非束非散自在無礙直明通别一意統攬理義推之自明故不多説又他明長命短命可壞不可壞常無常等各自兩邊不相關涉非長非短非壞不壞非常無常在兩邊外此則縱横並别乃是一塗非經正意今則不然即長而短故枯林入滅即短而長故榮林入滅東方雙者爲破無常而説於常即非短非長雙樹中間非榮非枯中道法性第一義諦一中一切中榮即是眞一眞一切眞枯即是俗一俗一切俗三諦即一諦一諦即三諦差别無差别無差别差别非差别非不差别而差别而不差别諸佛境界具足如此不可思議不可破壞故名金剛身品就文爲二初明法身果次明法身因上問中含兩今答爲兩章初明身果又兩一明法身二論義略舉五身明法身義舊解法身常身是當體得名不可壞身非雜食身從離過得名金剛身從譬得名又言四身更互相成常身故不壞不壞故常身非雜食故成法身法身故不雜食故金剛譬之今明四句皆當體皆離過皆法皆譬

亦得相成何者金剛有四能成顯法身法身有四德成於譬意金剛立世喻法身體堅喻常身勁利喻不壞身不定喻非雜食身正用此意標品豈可作餘釋耶從迦葉白佛去第二論義文爲三謂問答領解初問中二先問次釋初問者舉所見難所不見既應入滅是無常身病苦所侵是破壞身碎爲舍利是塵土身受純陀供是雜食身既不見四身亦不見能譬金剛之身次何以故去是釋初無常身餘例可解次從佛告去答又爲三初非其所問次正答三結勸初如文次正答中具百非者然此百非若單數則一百六十句若複數則一百句既言百非理應複數然百非之中或有雙非兩捨或一存一亡雖不常住非念念滅即雙非之意非身是身即一存一亡

然古舊相承不解百非唯釋非身是身一句今出七家一云非身者非是食身是身者是法身又云非身者非生身是身是法身又云非身非金剛前身是身是金剛後身此三家悉用俗爲非以眞爲是又非身者法身冥如是身者應現十方又云非身者眞諦是身者俗諦此二家以眞爲非以俗爲是又云非身者非眞身是身者是好身此一家漫漫不知何者爲非何者爲是雖復漫漫終有是非興皇云法身不爲是之與非是所不能是非所不能非絶百非非百是無是無非能是能非故言是身非身覯師云是身非身因緣相成法身非身不妨是身終日是身而復非身終日非身而復是身文一云是空離空雖不常住非念念滅此兩家是一意今未能精識衆

家旨趣且為書之天台大師明三種四句一
單二複三具足單四句者謂是非亦是亦非
非是非非複四句者是是是非非是非非亦
是是非亦非是非非是是非非非是非是是
不是是亦是亦不是是非是非不是是前句
約非次句約是亦應前單後複具足者是是
是是是是不是是是亦是是亦不是是是
是非是是非不是是是名具足有句非是非
不是非亦是亦不是非非是非不是非是是
非不是是非亦是是亦不是是非非是是非
非不是是是名具足無句餘兩具足句類之
可解不復能作但依天台大師止觀文中三
四句相則易可見私云既云但依止觀文則
易見今比望彼文是非各作三種四句先約
是者是不是亦是亦不是非是非不是單也

是是是不是不是是不是不是亦是亦不是
是亦是亦不是不是非是非不是是非是非
不是不是複也是是是不是是亦是亦不是
是非是非不是不是是不是不是亦是
亦不是不是非是非不是亦是亦不是是亦
是亦不是不是亦是亦不是亦是亦不是亦
是亦不是非是非不是非是非不是是非是
非不是不是非是非不是亦是亦不是非是
非不是非是非不是次約非中亦三四者非
不非亦非亦不非非非非不非單也非非非
不非不非非不非不非亦非亦不非非亦非
亦不非不非非非非不非非非非非不非不
非複也非非非不非非亦非亦不非非非非
非不非不非非不非不非不非亦非亦不非
不非非非非不非亦非亦不非非亦非亦不

非不非亦非亦不非亦非亦不非亦非亦不
非非非非不非非非不非非非非非不非
不非非非非不非亦非亦不非非非非不非
非非非不非仍存章安先釋不敢擅易然雖
是非各別成句不非即是不是即非爲成三
四故須互對將此三種四句望前諸師所非
爲非何四句未非何四句非此等諸四句彼
但出四句之見未出絕言之見那即結爲法
身耶今言非身者非如此等諸見所得雜食
之身無常塵土之身故言非身即非而是是
於法身常身金剛之身然佛身非是非非能
爲物現非身是身又解除一法相者不二也
如來身者實是雙非而言法身者蓋爲緣耳
故云除一法相大品云除爲薩婆若心古來
非唯不釋百非亦不出其意何故唱百爲非
何所屬當今試言之夫如來身離於百非佛
身既權實不同百非亦淺深有異百非者下
文云具足百福成於一相如是展轉具足成
就三十二相言百福者持不殺戒有五種心
謂下中上上上上中上乃至正見亦復如是
是五十心名初發意決定成就是五十心名
百福德如是百福成於一相又云一善具十
是爲百福釋論云大千人應失眼失命有能
救得其眼命者是爲一福如是百度名百福
德對百福論百惡百惡爲非從百惡感得四
趣雜食無常塵土之身名爲非身從百福感
得如來相好之身法身常身金剛之身五分
清淨名法身得三無爲名曰常身八十億魔
不能壞名金剛身故名是身此乃三藏佛身
離百非也又百福所感三十二相清淨之身

悉是有有有有果報賢聖所訶釋論云毒器不任貯食食則殺人有心行行不任得道故知迦葉正難於此我今唯見雜食無常塵土之身當知百福爲非福性空故爲是故曰凡有相者悉是虛妄若見諸相非相即見如來此以空法爲法身空無生空爲常身空不得空便是金剛身是爲通教佛身離百非又空中無法無是無非亦復無身豈可以空爲是若不是者即爲非也二乘得空何故不是佛身如空不可窮盡無相無礙普能顯現乃可稱是二乘不能現者但是偏空非時取證名雜食身此空可破即無常身此空須棄是塵土身故空爲非身諸佛得空能現身者是中道空中道即是法身常身金剛之身是名別教佛身離百非也又非百惡入百福非百福入百空非百空入百中次第淺深縱橫並別皆爲非也次第取證即雜食身前後勝劣是無常身差別隔礙是塵土身故別非也佛身圓妙無復若干一中無量無量中一非一非無量不一不異具足無缺名大涅槃惡即中道無二無別一切諸法悉安樂性百惡尚中況百福空而不即中即中之法法身常身金剛之身乃可稱是是名圓佛離百非也離前三非名佛身者他經中意第四即非名佛身者今經正意古來諸師全不料簡雖唱百非不知何非徒言法身未知是何此釋大意可見

此既諸佛境界玄妙難測鑽仰彌難更又一解初人天身一句即具九十九句功德後涅槃句亦具九十九句功德中間亦然何者一

句既是法身故備諸功德依經又三番前三句爲一番明非人天身似如非俗入眞入眞之意即俗即眞雙非兩捨如放金剛到金剛際乃止次八十句爲一番明非身是身似如非眞出俗出俗之意即空即中一出一切出隨應度者皆得見聞後十七句爲一番明無有知者無不知者似如雙非二邊即邊入中一色一香無非中道雖此分別亦不一向若一向者不成微妙微妙者即入即出即中又即出即入即中又即中即出即入不一二三而一二三三如來下結勸又二初結如是乃名微妙法身具足功德餘四身亦如是結非聲聞緣覺所知結成常身二乘無常不能知常非長養結成非雜食身眞身不同坏器結成不壞身結金剛身如文又結不壞身云示病苦爲調衆生者即是示破壞身若例此文亦應示非法身鹿馬等身亦應示無常身朝生暮殞等亦應示雜食身爲獵師食肉等亦應示非金剛身芭蕉泡沫等明五句法身即入非身意也示五非法之身即出是身意也即入即出即出即入即是微妙功德之意非入非出是不可宣說意也依入五身身具百句即五百句依出五身身具百句即五百句是爲一千又即入即出即出即入又是二千非即非非即非即出非即入又是二千總爲五千句文云如是無量微妙功德豈止五千約此經文聊作五千次從汝今日去勸也勸自行化他如文三從白佛去是領解領上兩勸云從唯然世尊去是第二答法身因因有得果之能能名爲力即是答得大堅固力之

問也迦葉前疑無常速朽聞佛百非非於雜食塵土等身然後方顯常身不壞悟解歡喜而猶未知法身所因云何更騰疑牒問金剛身是騰前所因云何是起後佛答爲三一正答二領解三勸修初有略廣略爲二初明護法次引證初文者護法不壞令得常住不壞之身取相似因而爲答問次我於往昔是略引證從善男子護持正法去廣答又二初廣明護法次廣引證初又二一在家二出家在家護法取其元心所爲棄事存理匡弘大教故言護持正法不拘小節故言不修威儀護法有四句出家在家共不能護者無名行比丘無勢力俗人是也在家出家獨不能護者還是兩種各各不能出家在家獨能護者佛及仙豫是也出家在家共能護者今文是也昔是爲今非今非爲昔是今昔俱非今昔俱是昔時平而法弘應持戒勿持仗今時險而法翳應持仗勿持戒今昔俱險應俱持仗令昔俱平應俱持戒取捨得宜不可一向次從迦葉白佛去是出家之人護法有問有答問中棄理存事爲難答中棄事存理爲答如文二善男子過去久遠去是廣引證文爲四一護法本緣次從爾時有一去明護法行三從尋即命終去是護法果報四從爾時王者去是結會前二如文第三中云阿閦者道行云無怒放光云妙樂無怒妙樂二名相成淨名云無動王前生是第一比丘後生是第二又約四依王是初依第一比丘是第二依爲聲聞者非小乘也乃是大乘聲聞舉此二人定以何人爲證舊取王能護爲證或雙取爲證

第四如文次迦葉白佛如來常身猶如畫石是領解我以常解解佛常身耿耿不没喻如畫石三以是因緣下勸修又二初通舉因果以勸四衆次别勸在家開執刀仗文即爲二先勸次簡又四一問二答三領四述就問爲二初問師之有無二問戒之持犯問者問其與持刀仗者相隨猶有師德爲無師德就佛答又兩初正答後結歎正答中二初答戒之有無次答師之有無初文二初正答是無戒人與護法相隨而護法者非無戒人如文次既自持戒云何化他更問此事佛答與護法者俱如文從迦葉夫護法者去二答有師無師之問先略後廣略中三意一持經二持律三摧伏破戒具此三德故可爲師正見是内解經律遇弘緣摧伏惡人是外用迦葉若有比丘下是廣答還廣前三而不次第初廣摧伏爲三先出壞衆師弟次通舉三衆三明淨衆能壞前二衆從善持律去廣明持律能壞前二律中明六種五法一學人二無學人三神解四畜弟子五訓誨六事用此中正是神解五法得離依止堪爲師位四事與律問答小異一事則異律謂爲誦木叉此中名隨時教化神解五法者一是調伏衆生二知輕三知重四是律應證五非律不證云何調伏調衆生時不得選擇時節處所又不得一向漫調云知重可見知輕者即十三前九無諫後四有諫兩諫不從未結具方便罪三諫不從方結正罪非律不證者知他犯律不應證之如有人云佛入凡夫中作五欲便自忘是聖人後遇善知識語云汝是聖人那作此事只

覺自是聖人又佛入地獄代衆生受苦實受割劇之痛如此等言子皆不證聖人豈然又云彌勒應爲五百我是一人斯言皆不可證善解一字者即律一字應約律字解五名也如止觀云云善持契經去廣明經亦復如是例律應有五事一隨時教化二知有餘三知無餘四非經不證五是經應證二佛法無量是結歎迦葉下第三領解佛讚下第四述成云云學人五法者謂信戒定慧多聞從五停心至那含也無學人五法謂五分法身齊第四果神解五法如前畜弟子五法者一謂十夏十夏是長宿堪畜弟子二持戒纖毫不犯令時不犯初篇即名不犯後可悔故三多聞大小内外精通者若不能具會須一藏無者不可四能除弟子憂悔若退戒還俗應説苦切之事五能除弟子惡邪弟子既無衣食勢力即欲越濟應爲除其惡邪餘兩五法不論云云

名字功德品

夫世間名字有同有異同者俱是體上之稱異者名召於體字歎其德佛法亦爾隨順世間强分同異以大般涅槃爲名其餘稱歎不可思議諸佛境界正法門等悉皆是字而此名字通有功德今先分別名之功德文中舉七善七譬釋此經名謂語善義善文善純備具足是獨一善清淨是行善梵行是慈善金剛寶藏是備具善治城取上中下足爲十善開善合爲八善今依七譬釋七善文又餘經及下文皆言七善不勞足之初譬明大是廣義所謂八河入海又是深義所謂一方深奥祕密又大是極義所謂希望永斷又是第一

義所謂象迹爲最又大是勝義所謂秋耕爲勝又大是寂義所謂善治亂心又大是具足義所謂八味具足皆一一敘之名大般涅槃此即名功德次稱歎字功德功德有三一是諸佛之師文云無量無邊諸佛世尊之所修習二是菩薩之門文云菩薩修是大般涅槃得正法門能爲良醫三杜衆生四惡之趣文云衆生聞此經名墮四趣者無有是處然涅槃功德無量無邊不可思議略舉三條釋字功德六卷名受持品此從能持人得名此文從所持法作名互舉一邊此品答上云何於此經究竟到彼岸之問文中明諸佛修習已到彼岸菩薩得聞則是中流衆生聞名發足此岸然涅槃之河非彼此中而彼此中一問三答答過所問就文爲四一勸持二問三答四領解初爲二一勸持二受持受持功德不墮四趣者舊云聞經修行登於性地是則不墮三云爲作遠緣起惡則墮但藉此緣後能反本又云聞經理解與聞慧相應理數不墮興皇云聞經名者下文自云名無名故聞不聞故如此聞名無生正解尚無人天寧墮四趣當知所得功德超度有流是佛境界二乘不知今皆不然聞經得解自是生解功德何關歎於聞經功德此不相應但持五戒五戒小善尚不墮惡況復修行夫大涅槃是深廣極勝第一寂靜具足之名信此爲受不忘爲持如此聞名自不墮惡不俟深解二白佛去是問爲二一問名功德二問持功德向聞勸持及以聞名既猶未了是故更問三佛答其二問即爲兩章答名爲三初判名次明七善

三明七譬初文可見次七善者舊釋序正流通爲初中後善招提云萬德是初善萬善是中善萬果爲後善果與善殊此不可用經約行施是初善持戒爲中善得報爲後善云云三七譬者他解六譬釋大後一譬釋般涅槃今觀文初譬釋大後六譬釋般涅槃然通釋名不分別也問此中以常釋大應以大釋常便爲不異答一往名異其意則同以非常非無常故常非小非大故大故互相釋降伏諸結者即煩惱魔魔性者天魔放捨身命者即陰死兩魔餘五譬可見最後譬中云八味者以譬四德開常出恒不爲緣生故常不爲緣滅故恒開樂出安外無能壞爲安内無所受爲樂無垢與清涼同皆是淨不老不死同皆是我問云何是酥之八味有人用八功德水爲答此不爾水乳體别本不相關云云耎輕是觸不臭是香飲時無苦調適是功能云何併之而作味釋有人以六味爲答此亦不然苦辛鹹酢酥中永無對義不便數又不足今謂乳酪時淡其味不足醍醐時濃味已純一酥居季孟之間兼備衆味可得爲譬酥有生熟去酪近即酪漿二味乳是其本即五味也就甜淡膩即爲八味二善男子下答奉持問上答名則廣今答持何略既廣達名字受持功德亦復不少故不多説白佛下領解也初領名後領持

大涅槃經疏卷第四下

音釋

煜爚　煜余六切爚弋灼切煜爚光明照耀也　漫謨官切水大貌　泡披交切浮漚也

大般涅槃經疏卷第五上

隋章安頂法師撰
唐天台沙門湛然再治

四相品上

四者數也相者如經以四種相開示分別大般涅槃顯然可見從此立名前諸問答皆含三德義略不彰此品答其頗佛開微密廣爲衆生說之問明四相解般若明三密解法身明百句解解脫今解般若從此當名故言四相問頗佛開微密又云演說於祕密開演云何舊釋云昔說法身般若無解脫今開涅槃具足三德此但解開未明於說開善云四相答開密現病答說密此示兩文未判其異與皇云豎論是開橫論是說昔以無常覆常今以常覆無常更互相覆今昔兩覆迦葉請開佛明今昔兩說是涅槃二用方便同顯非常非無常復次昔三點無常今開是常昔教直言自正正他是爲四相今開爲般若昔直言此身納妃生子今開是法身昔說有爲解脫即是智上意地能緣今開爲解脫此三皆常並是涅槃方便此即豎明開微密相若橫釋者昔欲說常而不得說爲於邪常今始說常二用具足下文云昔說有餘江河迴曲今說無餘河不迴曲今昔相成共顯一道此即橫說微密相也是義不然常無常亦常亦無常非常非無常此之四句皆覆正理故釋論云般若波羅蜜四邊不可取邪見火燒故又是四句皆方便門譬王密語智臣能解又此四句對治四執又此四句皆是正理故云一切諸法中悉有安樂性若爾悉皆相覆那獨言

常與無常更互相覆不言餘二論其方便那獨言常與無常獨是二用兩非方便耶論其開密那獨言開非常非無常不開三句偏僻自壞其間並決可自思之今明四句悉互相覆通是祕密四句互治通是方便四句即理皆得開祕皆名涅槃如是悟解名開祕密如是敷演名說祕密更以四句重分別之自有開非說說非開亦開亦說非開非說就自行爲開教他爲說自他雙明則亦開亦說不自不他則不開不說今之四句該括凡聖不獨在佛又一一句各論開說自行顯理名開自說已證名說說中二者分別法相名開如分涅槃以爲四相名開祕密通塗廣演名說與皇只是此之一句自行化他有二者令他同已所得名開已法授他名說不自不他亦爲二者至無至處名開常無所宣名說如是分別開祕說祕差別之相亦無差別舊云此品明三密不明三德亦云此品明三德不明三密又云只明三密即開三德開口密是般若開身密是法身開意密是解脫三據不同而爲三章今家用此三章消文然呼爲三密亦互相有而從多判以爲三密約四相廣開般若一則破偏二則顯圓何者昔說般若無相離相今明般若即相無相只般若是四相只四相是般若即相無相不求無相顯圓者開於涅槃以爲四相涅槃寂滅尚無涅槃而四相無缺雖開四相四相一相即大涅槃從涅槃開四即俗諦四相即一相是眞諦一相即四故非一四相即一故非四非一非四名大涅槃不並不別不縱不橫方顯圓意約十界

身開法身者亦破偏顯圓昔說法身無我今明無我而我我即無我例如般若云云約百句開解脱者亦破偏顯圓昔離百非絶四句名爲解脱今解脱即百句百句即解脱解脱即非非即解脱例如前說云云就口密爲二先正明口密次兼明身意二密初正明口密中文爲二初明四相次料簡涅槃初又二一明一相四相次明四相一相初爲三初標次列三解釋文自爲四然自正與善解是自行正他與答問是化他就自行中有化他意從多則自行攝化他亦爾就口密中通有身意而多屬口身意亦爾標大涅槃一也開示分別四也就自正爲二初明佛自正次譬比丘自正初云若佛如來者即是正人見者正智諸因緣者正緣於境而有所說即是正教明正人中擧二號者佛是正覺如來與佛其義不異此之二號自正義便故言若佛如來又復見者是用佛眼照因緣境實相非因故非自亦不在緣故非他不共不無因了達實相名之爲見以見正故所說亦正次譬比丘者佛境難解擧淺況深而令易了又爲三一見火二誓三結見火聚者火從緣生推此火聚火爲自生爲從薪生爲薪火生爲離薪火生若火滅時爲至東方南西北方耶生無所從滅無所至火聚因緣四不可取邪見所燒觀身亦然不有不無不亦有無不非有無悉不可得是名正見次便作是言下因見立誓我寧抱是熾然火聚終不邪見若有若無乃至非有非無亦不邪說十二部經佛僧三寶抱火燒身誓不邪見利刀割舌誓不邪說若聞他說

亦不信受明自正見不爲邪動於此說者復生憐憫明其自誓不爲邪行之所滅没比丘正見及以正說尚復如此況復諸佛三應如是下如觀火聚破身見定執結成自正舊有問云汝開涅槃以爲四相自正正他而爲兩相亦應開一寶以爲三寶自覺覺他應爲二寶寶不開二自正正他豈爲兩相觀師答云教門不同何得盡例爲緣異說今若例之自覺覺他同就佛智但是一寶自正正他約自他相他相非自不得爲一自覺覺他智唯佛智不得爲兩云就正他文爲四初以歡喜正他二以無我正他三以常樂正他四以第一義正他初文者知而故問令女歡喜豈非世界以無我無常調伏賢聖令生善根豈非爲人出世常樂破世無常豈非對治若欲遠行

寶付善子即第一義尋文會義理甚分明夫乳養嬰兒止可含酥若爽强食食俱不可正他亦爾從微之著漸而正之女人能生譬慈是善本嬰兒譬初信始生乳養譬聞法自資含酥譬贊歎歡喜贊歎逸美益更成病故云多含兒酥將無夭壽酥尚莫多況强爽食喜逸妨道況生善與對治故須籌量含酥譬世界故文云如來實說令我歡喜又女人心疑含酥太多不得聽法佛爲解釋令得專心是正他相又嬰兒稍大節乳與食此譬勸進生諸功德即爲人也文云亦說無常苦空無我又兒長大能自行來硬食尚消況復爽乳譬功德稍著堪可切磋彈斥對治故文云出世三味破世三味又兒長大委業示寶此譬生善破惡已周歸宗會極入第一義故文云應

以寶藏付於善子推此經文須作四悉就歡喜正他文爲五一女人默念二如來故問三女人歎佛四請法多少五結其歡喜舊四釋一云正說法時此女人來二云不爾佛於于時已年八十呼女爲姊豈有老姊乳養嬰兒蓋引昔事三云佛化爲女例如化童四云都無此女假設寓言從世尊如是去是生善正他舊用此語以合上譬又云女人稱佛以爲世尊或云是佛自稱世尊今將此文成前起後若消不消即是成前說無常等即是起後文爲三初成前歡喜次亦說下正是生善三若佛下料簡不堪對治云復告女人去是對治正他文爲二先牒不堪次明對治以出世三味對破世三味然鹹酢苦是凡夫報味無常苦無我是賢聖道味凡聖合稱爲世間三味甜辛淡亦是凡夫報味常樂我是出世道味合稱出世三味此別有意云復告女人去是第一義正他文爲二初以三悉即是惡子不付寶藏後第一義名爲善子即付寶藏不付聲聞故不以真諦爲第一義又取聲聞爲生善者既非獨大乘此乃小大通共以爲四悉當知是家則爲有佛者佛是常義又是覺義覺即解義此人解常故其家有佛三者能隨問答文爲二一正釋能問答二唱斷肉初文佛舉無方之問須作無方之答但約一施爲端餘事例爾若不施名施應不持戒名尸乃至不智名般若云答有五句例爲兩釋一初不知彼不食魚肉以魚肉施彼既不受於我無損而成大施二云先知不食欲顯彼德故以施之於我無損於彼著名又見作福隨

喜不障亦是大施又見苦者方便解之不損一毫而名大施迦葉白佛下二立斷肉制有六番問答初番唱斷肉有師十義釋應斷肉一云皆有佛性盡應作佛二云諸佛菩薩變化無方三云眷屬輪迴四云同四大五陰五云精血不淨六云怨已不能而欲啖他七云本自無怨横加酷害八乖菩薩化道九食少罪多既不斷肉望十方有分十怨對無窮若殺一生五百生償故不應食如食子肉者父子同體天然之慈垂淚而咽無耽味心一云有其昔事昔國王在路飢食子肉以度險道二云子捨身肉供養父母三云舉譬如食子肉四云非但食肉如子肉想凡受施時及果菜等皆他命分如子肉想云云第二云斷大慈種有三解一云佛是大慈二云初地是大慈三云性地是大慈大慈必藉小慈爲種若食肉者則無小慈故言斷種又云只衆生是大慈種定應作佛華嚴名諸衆生以爲佛子食之即是斷佛種也第三云三種淨肉即是不見聞疑有二解一云不見爲我殺不聞疑亦爾二云若不見不聞但令是殺不問爲我不爲我若是不疑須云爲我第四番明十種不淨肉者下梵行云人蛇象馬猪狗雞狐師子獼猴獼猴似人蛇似龍象馬是濟國之寶豬狗狐是鄙惡之畜師子是獸王人是已類九種清淨者即是見聞疑各有前後方便及以根本云云第五番明美食若隨他語言是美食若隨自意不言是美第六番云五種牛味乃至金銀盂器悉不應受佛答爲八一訶不應同尼犍裸形自餓饕餮若過若不及也此中

應自斟酌如實物者起重貪心尚不應畜如五味者非正身分故聽受之豈如尼犍一向制之二明須識如來開三遮十之意那得同彼外道見乎以爲衆生不可頓斷先斷三種相三種外故次斷十種次斷十種之外斷貪想故一切悉斷三頓制諸弟子悉斷一切肉者對昔唱令而菩薩戒中久制輕垢之罪爲度衆生雖現食肉而實不食四明食肉怨嫌長遠化道不行與衆生隔絶云云五明執小乘食肉謗大頓斷起惡爭論六明食肉多起惡事七除饑年汙器八結制悉如文云何善解因緣義即第四相若通論者預是經論皆是假名因緣之教若別論者三藏事相是因緣教今文偏指戒律者如欲制戒先須緣起次明戒體後廣出相故名爲因緣餘兩藏少不如此多故不別指就文爲二番問答初假設四問一問何不頓説二問墮三問律四問木叉先一是總後三是別如來何故不爲弟子頓説五篇七聚令其修行待其有犯方始制耶波斯匿者此翻和悦王多仁慈若不醉時恒懷愛念若得酒時應死判生云云佛在其國欲制盜戒問王國法盜幾入重王答五錢佛依國法有事制立多問於王今標國主意在於此深妙義者何不頓説篇聚戒律戒是大乘常樂我淨故言深妙第二問墮而不問戒與毗尼誦者義得相兼木叉名解脱毗尼名滅只滅兼解脱問木叉兼得毗尼律有二義一詮量輕重二者遮制今取遮制邊兼得戒義戒是遮止律攝誦者書之在文爲律闇誦在口爲誦一體而有兩名佛答四問更重答

木叉舊用此爲五問云云就答中不次第初答木叉次答墮墮三重答木叉四答律五答總問初答木叉者知足淨命是其義也次答墮墮者墮通輕重若犯五篇則墮四趣墮義則通又復墮者偏在犯重云云又墮者長養此偏在輕輕墮二塗重在地獄波羅提下三重答木叉律者下四答律初一句直順入三藏入戒威儀即毗尼藏深經即修多羅藏善義即毗曇藏十誦唯九十彌沙塞九十二一尼不病不得往說法二迴僧物向己今言九十一者復是教門廣略五或復有人破一切戒去是答總問何不頓說所以不得頓制五篇者恐人屏破若頓制五者恐人不敢持所以漸漸從輕至重具足者具一切惡盡一切相者一切善也無有因緣者無復佛法因緣亦是撥無因緣爾時有善男子去第二番假設問如來何不預說文爲二先問何不預說次問將欲陷墜在文可尋佛答爲二先答陷墜之譏後答不先之意於中有譬有合初譬中作輪王譬又有三意初說十善譬頓教次行惡者漸斷譬漸教三行聖王之法即捨位出家譬會漸歸頓合文亦爾於中二先正合次舉輪寶明開合意初雖有所說合頓意也要因比丘合漸意乃見如來法身合會頓意次舉輪寶譬三寶不可思議者顯如來頓漸開合若先說不說皆非衆生所能圖度故不可思議從復次自正去是第二明四相一相前分別顯示大般涅槃故明一相四相今明是一一相即大涅槃等無有異故明四相一相若定一四豈得一四故知非一非四得說一四他以

異體一體三寶爲例今明不爾異體三寶是小乘非此流例一四四一皆大乘意一體三寳三寳一體可得類之亦如上文總稱涅槃别稱三德云云就文爲二初正明四一後反質釋疑初正明者證名自正常破無常是正他因問廣衍爲答問分别三點爲因緣名異體同更非别法故是一相上文以法身爲别涅槃是總今以涅槃爲别祕藏爲總是故不同然顯名法身隱名爲藏或時爲總或時爲别解脫與般若既等無有異例亦應然次反質中有疑有質有答有通可尋間四相一相是四悉不答義理應通觀其文相亦可例作大般涅槃即第一義爲聲聞說常是對治因問廣說即爲人三點而成即世界云云佛告迦葉去第二料簡若涅槃即四相等無有異何故料簡涅槃不料簡四相四相名異於昔涅槃名與前同昔滅因縛無依無正名爲涅槃故滅煩惱已無别涅槃今涅槃滅煩惱已有常住法昔涅槃滅諸有今涅槃有妙有昔涅槃無有依報今涅槃有所師法昔涅槃無正報今涅槃有如來若不料簡無以取異文爲四一佛料簡二迦葉論義三領解四述成初佛料簡爲二先假作五難一明滅惑二明滅有三明滅依四明滅正五通滅有皆引昔教悉據佛意可尋次若有人作如是難去是佛作答爲三初訶次答三結異初訶有通别通訶是邪以偏難圓故言邪難次迦葉下别訶迦葉不應者不應名同混令無常故言不應憶想次答爲三初答滅惑滅依兩問文云滅煩惱者者謂主者既無煩惱主者依報則無所

屬故不名物若依昔義指此無物以爲涅槃若依今義只是所離何以故下即明所得畢竟是淨寂靜是樂無上是我常如文今之涅槃所離所得與昔爲異次從滅盡諸相去是答滅有滅正兩問相即是有兼於正報若依昔義滅有滅果即是涅槃若依今義只是所離無遺餘去明所得無有遺餘是樂鮮白是淨常住是常不退是我云云三從言星流者答第五通問星流即煩惱滅有餘涅槃散已尋滅不在五趣無餘涅槃若依昔義即名涅槃若依今義只是所離皆是常住無有變易即是所得與昔不同三復次迦葉去結定其異昔涅槃中無正報人今涅槃中有於諸佛昔涅槃中無有依報今涅槃中有法爲師昔涅槃中無有諸有今涅槃中而有妙有所謂恭敬昔涅槃滅煩惱已無復有法今涅槃中有常住法以法常故諸佛亦常此仍略語若具言之以法樂我淨故佛亦復然云云次迦葉復白去論義兩番問答初番中先問次答初問中文有二似作三難似約煩惱業有初云煩惱火滅如來亦滅者由煩惱故是故有人煩惱既滅何得有人而言如來常在不變次意言迸鐵赤滅莫知所至良以業運業滅則不能有至云何而言常樂我淨下文云鐵熱赤色滅已則無復有良以惑業故得有有煩惱業滅那得妙有次佛答言鐵是凡夫如來不爾今明凡夫二義外道世智斷惑還更得生即是凡夫無常二乘斷通惑已復生別惑亦是凡夫無常如來不爾不同二邊是故名常云云迦葉復言去是第二問答此問還躡前兩

意先問次答初問中意者凡夫滅惑還更得生故是無常如來既滅亦應還生猶是無常次佛答中二初彈非次轉譬初彈不應何者佛非兩凡久盡通別豈生煩惱故言不應次轉譬答凡夫體熱如鐵難融佛智猛盛如火然木滅已有灰滅煩惱已則有涅槃壞衣斬首破餅物謝於前名生於後煩惱滅已獲得涅槃不同汝問三迦葉下領解如文四述成者後宮是統化之境譬閻浮提後園是賞翫之所譬常樂我淨云迦葉復問我已度去是第二廣開身密六道殊形爲遮皆聖所作餘人不能今皆開顯法身之密前開般若爲四相合四相爲涅槃涅槃即是法身解脫此以一周開口密已今更開法身出種種身合種種身只是涅槃般若解脫他謂一物覆一物

開一物顯一物隱故各開各顯永不相關理豈然乎只覆於開只開於覆成論人謂此是權巧於凡不解今明若此不解餘何可解地人云是法界用今明豈離體而有用他明巨細相容是聖人之術事今明何有一術而非因緣因緣即空即假即中唯應度者乃能見之寧非因緣因緣妙慧能以一塵容於無量無量容一塵延促過現引擲此彼自在無閡莊周達體化爲胡蝶又識已夢往至天涯昏怳尚然況復至德者哉就文爲二初開身密次論義初開密爲兩一問二答問爲四一領旨二正難三結問四請答初如文次難者耶輸此言名聞羅睺此言宮生云三四如文答爲三初總非次誡聽三正答初如文次是大涅槃下誡聽若有菩薩去是正答正答又二

初通舉菩薩住大涅槃有八復次後別舉釋迦初文又二初七復次正釋後一總結初中舊解菩薩住大涅槃爲三一云是佛應爲菩薩示作因人爲能住果故言住大涅槃二云不爾若是佛者還是佛在涅槃何謂菩薩住涅槃住者有二種一信住二眞住既是因人但是信住有人難此兩解若其是佛應爲菩薩此還是佛住於涅槃非關菩薩若是信住何能作於如是大事夫涅槃體逈出因果雖非因果而能因果若將因人來望涅槃云涅槃是因因人住故若將果人來望涅槃云涅槃是果果人住故例如正性非因非果而果而因云云今明圓菩薩從初發心常觀涅槃行道故上文云一切衆生皆悉安住祕密藏中圓教菩薩何以不能住大涅槃所以明菩薩者舉因以顯果因尚若此何況於果此義自成何故言佛應作菩薩復何故云菩薩不能作諸變現下文云菩薩住大涅槃修種種行何意不能住大涅槃種種神變故不用彼解此七復次並從少至多初直舉一須彌入芥乃至十方入塵展轉相望彌顯不可思議之妙次總結可知善男子我已久住去次別舉釋迦文爲三一略明化道之法二廣辨方便之處三總結初如文次於此三千去廣辨方便之處又爲三初總明三千施化二別明閻浮施化三總結諸方便就別約閻浮又爲四一此生應現二明餘生三重明此生四重辨餘生云云初此生中言摩耶者賢劫經翻極妙瑞應翻曰妙又翻大智母十方各行七步者河西云象王初生即行七步如來示同象王

行故治城云示過六道故行七步大善權經云各行七步應七覺分覺未覺故南方言作上福田者河西云梵本以南方爲右右是便手明佛法以淨戒爲便故爲上福田開善云南是陽方能生萬物故言福田西方示七步者河西云西方是後故曰生盡爲最後身開善云西是秋方謂言死地北方者河西云梵本言勝故云已度生死東方是諸方之首生長爲義從我於閻浮提示現出家是第二辨餘生若依一方示現出家即生成佛今言四果故是餘生又蓋由衆生感見不同若作今生者亦有此事二乘之人咸言如來是阿羅漢釋論云聲聞法中阿羅漢地名爲佛地云云爲欲度脱去即是第三重辨此生成佛之事輸頭檀亦云閱頭檀此云白淨亦云淨飯云云瞿曇者善見婆沙翻爲滅惡阿含云純淑我又示現去第四重辨餘生云云迦葉復言去第二論義有兩問答此中論義牒前燈滅譬滅已永不復生何得無方楞嚴示現將前意難後義答文爲三初訶其問二舉譬答三反責迦葉奉答因以爲難佛答文四一訶問二定宗三會譬四料簡初二如文三會燈滅云是羅漢涅槃永滅不生如來涅槃滅而不滅無生而生云云若更下四料簡中云那含不受生者一云不受欲界生大乘那含不受二邊生也

四相品下

從此卷初是第三開意密明解脱德文爲二初明開密次明解脱他解開意密輿皇云開身密未盡今明通開三業之密文云如來之

言開發顯露豈非開口密如來心無慳吝豈非開意密如來法身具足無缺豈非開身密經有通文不須偏說何者佛示凡像說半字法隨他所宜方便三業覆眞三業愚者不了名之爲藏今開方便即是眞實智者了達無所祕藏是約三業開密又約四句開密謂他開佛密佛開他密佛開佛密他開他密他開佛密者品初迦葉云佛法不爾咸令衆生悉得知見知即開意密見即開身口兩密云云佛開他密者示諸衆生諸覺寶藏顯發額珠置祕藏中是開他密佛開佛密者我從得道常說般若法身解脫我今此身及諸色像即是法身若子長大有堪任力如來則無慳吝之心是佛開佛密義也他開他密者如德王云我解一句半句以解一句至半句故見少佛性如佛所說我亦當得入大涅槃云云又十二句開密謂四句中各開三業則十二句開密云云又無開無覆無顯無密何者佛性之理未曾是開其誰爲覆既無開覆寧有顯密一句叵得則無衆多特以衆生聞不能解名之爲密智者了達則無復顯密無顯密故名之爲開無開而開如前分別問釋論云般若是顯示法華是祕密舊解此云般若大道無住之說而爲顯示法華斥小以爲祕密祕密不了顯示則了此義不然法性非顯非密爲緣顯密經經悉爾豈可以龍樹別意通害諸經此文亦以無常斥常豈是不了故前開密次說解脫者兩義相關何者若定開定覆爲開覆所局不名解脫非開非覆能開能覆開覆自在方是解脫故此兩文並屬解脫德攝就開

文爲兩前明開密次論義開文爲三一問二答三領解問爲三初非密藏而言無次是密語而言有三結也初文云藏者理也理無開覆云何言密故是無也次何以故去是語故有語者教也教本爲緣緣有開覆故有密語例有身意等密就是密語有法譬合等云云初法如文次譬中幻主機關應是兩事幻有二義一鄙術淺近不令人見二畏他效術不令人見機關亦爾二事既同共爲一譬云云合結如文第二佛答爲兩初歎問答其無有祕藏次九譬答其唯有密語然諸譬之中或順或反秋月是順譬積金是反譬在文可見云云就九譬分爲三初七譬斥密三業開顯三業次長者教子一譬釋開密因緣三龍王一譬明無開密因緣初文者秋是陰時月是陰精陰精在陰時其明轉熾月譬佛能應秋譬機能感感應相應唯開無密第四譬云雖負出世法者河西云佛本誓度一切衆生衆生未盡佛入涅槃故言負之興皇云佛得果時是爲衆生豈有行因而爲衆生得果不爲但衆生未盡故名爲負斯意俱不異河西今爲兩釋初心是小富得果是大富能度衆生生不肯度如人不從債主求物主當與誰義言爲負實無所負下文龍王譬乃兼顯之又佛初發心誓令衆生猒棄諸有是名不負世法誓令修習出世之法荷負此事如地持物始終不捨故言雖負出世之法此乃荷負之負非負僨負次長者教子譬爲兩初爲密作譬後爲開作譬初爲二先開次合初開爲四一欲教大二緣不堪且爲說小三不說大四結無覆

藏初二如文三不說大中云毗伽羅論者此云字本論河西云世間文字之根本典籍音聲之論宣通四辯訶責世法賛出世法言詞清雅義理深邃雖是外論而無邪法將非善權大士之所爲乎其文問答等可尋四結如文從佛言善哉下合初譬也初述賛正合欲說大教也次以諸聲聞下合且爲說小也三而不爲下合不爲說大四善男子如彼下合無秘藏次從如彼長者教半字已下爲開密作譬次所謂下合如文舊引此文證無常是小常是大與皇難此義云大品亦明無常應是小乘解云無常通大小並云半滿亦應爾今明無常是三藏常無常是通常是別即常無常而非常非無常是圓應用四意分別衆經豈可一向而生爭論三復次下龍王雲雷

去爲無密因緣者作譬不下種是無密緣不萌芽是無開緣如文三迦葉復言即領解文次如佛所說去是論義又二先論義次領解初論義有兩番問答初問有三先領今常次引昔無常三問云何佛答爲二初明昔權後明今實初昔權中云波斯匿者鴦掘經云和悦阿含經云祖母養次我今下明實舌墮落者以常爲無常致招此過彭城寺嵩法師云佛智流動臨無常時舌爛口中此尚不易迦葉復言去是第二番問答此問近從如來常存無有變易生偈迮但三問長行有四問佛答初問有三意無積聚者舉積明無積聚積聚有二者是明無積之積僧亦如是者是明積之無積聲聞是有爲者聲聞作意故是有爲非時取證故名積聚菩薩無作中行故曰

無爲不以空爲證名無積聚云云次亦得名爲者答第二問迹難尋者答第三問我說是人者答第四問今明佛答四問廣顯常住無積是淨知足是樂難尋是我無至處是常復次無積是無集知足是無苦難尋是有道無至是有滅有滅故無苦有道故無集道之與滅皆常樂我淨常存之義明矣次迦葉復言者是領解也從佛告迦葉所言大者去有人用此文述成迦葉今從此去第二正明解脫文爲三初略成解脫次廣明解脫三總結解脫略又二初略說解脫次論義略說爲三一舉廣大二舉無創疣三解脫處包攝無外不可求其涯底故言廣博淫怒癡盡患累都除故無創疣境智相應故名爲處是爲略說三點不得相離亦是體用成就亦是自他具足三意雖略義理粗周就廣大文有法有譬所言大者其性廣博此是隨名訓釋不可謂是待小之大何者上文以常釋大此以廣釋大下以不思議釋大當知此大乃是絕待不思議大譬有竪橫兩意人雖多德要在壽命壽命無量即是竪譬合於內行行雖多塗貴在正法故言爲人中勝如我所說下一人具八多有功能即橫明衆德將譬望法具以橫竪釋大次從所言涅槃下明無創疣有人引此翻涅槃爲無累無累即是無疣與皇解云涅槃外國總名解脫此間別稱理應以此總翻彼總以此別翻彼別何得用解脫別名翻彼總名而翻涅槃爲解脫今不翻總而但翻別爲無疣者正言總能兼別別有無疣之義故以別釋總如此翻名那可混濫就文有法譬合

法説自無創疣譬説治他創疣只是互現三從解脱處文爲二一自解脱二調伏他初文中言處者第一義諦而爲處所不會此處不得解脱自安此處復調伏他普賢觀云常波羅蜜所攝成處此又云以是眞實甚深義處當知以第一義諦爲處明矣次隨有調伏下化他處者非但顯圓亦是斥小昔法身般若雖化衆生而無解脱無餘解脱無餘二德一入永謝尚自不能一處調他況復處處今之解脱隨十法界六道四聖但是衆生須調伏者普於其處而調伏之雖在地獄身心不苦雖在畜生而無怖畏雖在餓鬼恒無飢渴雖在人天無人天事雖在二乘以佛道聲大悲教他於一切處都無創疣染著之累以是義故名解脱處非直觸處無染又有般若照明法身自在只解脱處三點具足斥昔顯今其義明矣二迦葉白下是論義上明三義此但論兩初二番問答論無創疣義如文後三番問答論解脱處初番如文次番問答爲二初問雙標次答中二初雙釋次雙結舊解常住佛果有色而引此文又一師云佛果無色而言色者妙慧顯然故名爲色二能應爲色又有説云三聚之中二聚非色一聚是色取色聚顯然喻佛果解脱與皇云若定有色定無色者不應安或或者爲緣作色無色然法身非色非無色而或色者是無色色或無色者是色無色以是義故二乘不解非其境界聲聞無色者小乘患色猶如桎梏爲説無色菩薩能體色無色故言妙色湛然今皆不然解脱之體何曾是色及與非色下文云不可説

色及以非色不可說空及與不空爲兩緣故言色非色非色亦色色亦非色色非色不可思議第三問答正顯此義乃是諸佛境界非聲聞緣覺所知即其義也二爾時迦葉白佛唯願哀愍下是廣明解脫有問有答問或爲二涅槃行是問因解脫之義是問果觀師云不須分別因之與果直是問此解脫行德行德是行今謂不然乃是請廣上三義行者銜音謂是施行演暢令其開廣請廣上廣博意言解脫者請廣上無創疣意義者請廣上解脫處上三義既略今是廣請云何餘解次答中相傳有百句招提云就頭首數止有八十四五若大小合數有九十七八極細爲言有一百餘但一百是數之圓名故言百句例如大品百波羅蜜唯有九十云云古來未見釋此百句唯眞諦三藏一卷義記略不可解天台大師曾於靈石一夏釋此百句解脫一句之中皆作百句凡萬法門先學自飽而不錄之今無以傳惜哉惜哉後代無聞上舉三義略釋解脫後百句廣明於一一句備於橫豎無有創疣到解脫處調伏衆生句句悉爾何者三點相即具足無缺三義具足止可懸照豈可曆言欲廣明之爲力不足鑽仰不已輒分其文初從名爲遠離去至譬如日月不偏衆生廣上無創疣義三紙從名無動法至不生一念之善廣上解脫處義一十七行從譬如穀聚去至譬如幻物廣上其性廣博義一紙六行又從無有身體去至能救一切怖畏者更廣上無創疵義一紙十八行又從即是歸處去至洗浴還家更廣上解脫處義二紙又從無作樂去至斷一

切貪一切相更廣上無創疣義（三十七行）此中既是廣説之文重釋無咎觀師偏解一兩句云解脱不爾雖無此岸而有彼岸者彼此相對若雙非者如非彼此此彼既去然後以非彼非此結之例如絶待非小非大結之爲大非彼非此結爲彼岸又相待釋如惡墜善升將非顯是此岸是生死彼岸名涅槃欲貶下劣尊於高勝故言雖無此岸而有彼岸又解脱者斷四毒蛇取四鈍使以爲四蛇謂貪瞋癡慢正言此四通於見思能傷法身損慧命問斷惑是因解脱是果云何解脱斷四毒蛇開善引經云無明力大佛菩提智之所能斷果有等覺妙覺等覺即斷莊嚴引經云上士者斷無上不斷觀師云果地非斷非不斷緣宜聞斷如開善緣宜不斷如莊嚴今若依四教義三藏果斷因不斷通教因時斷正果起斷習別教因斷多分果斷一分圓教從因至果皆稱佛智皆非斷非不斷不斷而斷斷即不斷斷一切有去是去理外生死出生無漏善法即是就理内涅槃斷塞諸道者斷有所得諸道若我無我四句皆除不除我見者不除理内之我今明斷一切有即是破假出生無漏即是入空斷塞諸道即是雙非二邊不除我見即是入中名爲解脱此義比諸師明哲自見之三從三跳三歸去是總結解脱又二一總結二論義總結者三跳免怖結上無創疣三歸結上解脱處即一而三是横廣即三而一是豎深結上其性廣博他解畏獵師故三跳怖魔外故三歸初跳喻歸僧離獵者猶近第二跳喻歸法第三跳喻歸佛方得安隱

故下文中怖鴿入舍利佛影戰怖未安又逐三寶次第初跳喻歸佛次跳喻歸法第三跳喻歸僧具歸三寶乃得無畏有人云前是别體三歸後方是一體三歸今云不爾只於此中即是一體三歸時衆未了迦葉更問而重顯之迦葉白佛若涅槃佛性下舉三事論義一問三歸二問無作樂三問不生不滅百句既廣略舉三問私云於解脱後設此三問信此三問攝萬法門初問三歸者既言解脱如來涅槃唯是一法只應一體一歸而已云何言三即是舉三難一佛答爲四一以體妙故應三二名義料簡故應三三引證故應三四自在故應三初體妙故應三若解脱涅槃定是一體不得三者則非妙非實不可歸依即三而一即一而三乃是妙寶是可歸依文云

怖畏生死故求三歸以三歸故知涅槃一即其義也次名義料簡者解脱如來及以涅槃同皆是常所以名同其義則異從同故一從異故三名一義異尚得爲三名義俱異何得不三三引證應三者昔别體僧上尚具三寶况一體佛上而不具三四自在不定故應三者昔爲破邪説一爲三三不乖一今爲破别説三爲一一不乖三如此三一乃是諸佛境界非下所知迦葉復言去問無作樂問爲二初領旨次云何下作難意云若畢竟樂名涅槃者即無所有誰受安樂佛答爲三謂譬合結以患故吐吐故無復所有乃名爲樂佛無受樂亦復如是迦葉復言去問不生滅有七問答前四如文第五問云何如來作二種説者此問從何生上來或以虚空喻佛身或不

用或以雲雷喻佛身或不用或言一三或言三一執此爲難云作二種說佛以兩譬答害佛害毋身雖不壞逆罪已成皆不可定說若言身壞身實不壞若言無罪其實得罪如來知時或時定說或不定說以四悉檀皆不虛也三迦葉白佛去是領解四佛贊去是述成也

大般涅槃經疏卷第五上

音釋

括古活切包括也
嬰伊盈切嬰孩也
耎乳兖切柔也
硬魚孟切堅也
磋倉何切磨治也
醎酢醎胡喦切酢倉故切
耽都含切樂也
裸郎果切赤體也
饕餮饕他刀切貪時也餮他結切貪食也
促趨玉切短也
擲直隻切投也
邃雖遂切深也
迮側格切
創疮創初莊切與瘡同疮手求切瘤也
跳他弔切越也
桎梏桎職日切足械也梏姑沃切手械也
鈍徒困切愚鈍也

大般涅槃經疏卷第五下

隋章安頂法師撰

唐天台沙門湛然再治

四依品

四者數也依者憑也一切世間憑之得益故言四依憑有二種一憑自法取益二憑他取益若唯憑法不兼憑人不名爲依若憑人者兼得於法文云四人出世護持建立利益義彊故立四依答上云何得廣大爲衆作依止問廣大法也得者人也直論廣大亦可依止未必有人若得法者人必有法上問得法人今答得法人故知從人立四依名又昔人雜眞僞依法簡人今法混小大依人簡法今依正人取正法故依於四人立四依品又昔依法簡人則其人無法法亦不徧如捨此就彼以求虛空今明人即秉法不捨此就彼故從四人立四依品是用四悉檀意以釋品也問如來是正人何不作如來像四果非正人那作四果像答佛雖正人其出佛後故不得作如來之像四果非正人謂四果是眞福田化道易行宜作此像問餘像難者楞嚴何故種種示現答通論悉作別存四果自有如來爲如來如來爲四依四依爲如來四依爲四依四依爲四果四果爲四果四果不能爲四依雖有諸義今取一塗即是四依爲四果像問如來爲四依可得四依爲一依不答上開一相爲四相合四相爲一相開則百解脫合則但是如來涅槃今從涅槃開出四依合則還是佛爲四依問何故初令依法後令依人答佛初出世邪人甚多使依正法簡邪人後無

邪人唯有小法令依正人簡小法亦是初人利故依法令人鈍故依人究竟而論人法雙依文云依法者是法性法性即如來舊明四依位行不同地論人三十心前是弟子位三十心是師位初地已上是第二依皆師位成論人十住六心已前是弟子位七住已上是初依師位又云十二心已前是弟子位十三心是初依師位彼見華嚴十三心爲主爲導爲尊爲勝又十七心已前弟子位十八心已上是初依師位又十九心已前是弟子位二十心道種終心是初依師位中論師十信皆非師位十住初心去至六住是初依師位從七住至七地是第二依位八地九地是第三依位第十地是第四依位差别爲論初有煩惱無涅槃後有涅槃無煩惱無差别論初後俱有煩惱俱有涅槃然地人是别義中論是圓義成論三十心不斷别惑而於中立依别圓俱不成今約地前未斷别惑是初依地上斷别惑作三依者是别義約十信是初依三十心十地斷别惑作三依者是圓義就圓義更作通别通者四十心共作四依别者十信是初依初住至六住是第二依七住至九住是第三依十住是第四依餘皆例爾他明初依有師弟位今則不爾四依通是師位能爲世間作依止故通是弟子位弘宣佛法故别論初依唯弟子後依唯師中間亦師亦弟子云云分此品爲八一標名相二辨利益三明出時四論植因五判罪福六勸供養七簡眞僞八會今昔初文爲三一標章歎二列數歎三示相歎標章者大涅槃中有四種人此四皆

得涅槃法故名涅槃中人若俱得法云何初依具煩惱性令明得法多種初依相似得法後三分真得法真似合論皆在涅槃此中通歎四人自行化他之德於有佛法處不令他緣擾亂故言能護於無佛法處能令興顯故言建立有無兩處皆能住持故言憶念此三句自行德也有佛法處能令增上故言能多利益無佛法處能使見聞故言憐愍有無兩處雙作依止令按此句歎益他德二從何等爲四者列數歎也具煩惱性名第一者依別教判即三十心依圓教判即十信位此之兩位皆斷通惑則不得言具煩惱事皆伏別惑其事不起其性猶存故言具煩惱性次二果名第二者依別教判初地至六地若依圓教一途別判初住至六住準通共乘見地至薄地俱未離欲若準大乘七地亦有未離肉身云云三果爲第三依者依別教判是八九地若依圓教一途別判在八住位準小乘判不還欲界準大乘判七地之位不還三界云云第四果可解若細就圓教判者云云從云何名爲去是示相歎爲二先示四人相後總歎德初文自爲四初人相爲三一伏道相二修行相三位相初伏道者煩惱未除故名爲具事已被伏但惑體在故名爲性故是伏道次修行相者伏惑行行不出自他自行不出戒慧二學化他不出生善破惡總而言之不出權實二智善知方便權智也祕密之法實智也尋文可見八大人覺者出遺教經少欲知足遠離精進正念正定正慧不戲論少欲是道多欲非道乃至不戲論是道戲論非道云云三位相

爲三初以凡簡聖次以聖簡凡後以因簡果而定其位初是凡非聖者菩薩非佛非第八人者用共地釋之八人是斷道初依是伏道故非第八又從後向前八人地是第八故言非第八人第二依相亦三一證相二行相三位相初證相中若得正法者是斷道證別惑既除佛性乃顯與法相應修道得故云得法次行相中受持正法者即從真起行例如小乘修道之行亦不出於自行化他然證道行行心純是法無有非法故言不淨之物佛聽畜者無有是處云云三是名下位相小難舊云未得色無色定又四忍爲論但得伏順未得無生寂滅今明若準前人亦應可照以前簡後是第二人以後簡前未得第二第三住處準小乘中佛爲第一身子第二阿難第三此中以後向前簡之故佛是第一第四依是第二第三依是第三此人未得如是第二第三住處名爲菩薩故是因位已得受記定當得果此人斷無明見佛性緣熟即能八相成道故言已得受記古來三釋皆不可解河西云後人從初人受名第四從第三第三從第二第二從第一即名第一人所以未得第二第三住處觀師云合凡聖兩人共作一依但是初依未得第二第三住處依增一集初二二果爲第二依人初果未得第二第二果未得第三彰此二果並有未得同是功用故爲一依此解易見不同諸師今明若依圓教初依之人已斷通惑長別三界豈有第二依未得色無色界住處若依別教地前初依亦斷通惑早過三界不應以色無色爲第二三亦

不應以初果爲一住處斯陀含爲第二住處第三人相亦三一證相二行相三位相初證相乃多略示三業清淨不誹謗正法去是口淨及爲客塵去是意淨不藏舍利去是身淨骨肉所覆法身隱沒名如來藏今法身顯舍利不藏即是身淨不論說我者重明口淨受身無蟲重明身淨臨終不怖即是意淨次阿那含者爲何謂去明行相名爲不還如上說者指第四卷後不還欲界乃至不還三界即是徃行能入欲界不爲二十五有過患所汙即是反行徃反利物即是周旋三名爲菩薩去即判位相第四依相亦三一證相二位相三行相雖不如前次第三義是同初文云斷諸煩惱者殺通别兩賊明其因亡捨於重擔者不受分段變易兩生明其果喪逮得已利得佛所得所作已辦者至第十地學行窮滿是名應供住第十地即是判位出其處所三得自在智下即行相得自在智即自行相隨人所樂即化他行相欲成佛即成結自在之智是名四人去二總歎四人自行化他功德迦葉白佛去第二明依利益外遣魔邪內淨結業至功妙用利益世間就文爲二初教聲聞降二不教菩薩降初番有問答問爲三初唱不依二釋不依三結唱不依如文釋中瞿師羅翻爲美音佛答爲兩一然問觀察二正降魔佛是外緣內須信智智照邪非信受正法於佛尚須信智況復餘耶正降魔爲二初譬次合譬爲三初譬魔來次譬魔降三譬魔退偷狗譬魔舍譬佛法夜入譬正法衰羸弟子起無明爲夜六卷云賊狗次其家婢使下

正譬降魔三乘之中聲聞最劣譬之婢使斷命者五繫繫之魔僞不行義如斷命三偷狗聞下魔退汝等下合譬合上三譬可尋五繫二釋一五尸繫二繫五處五尸表五種不淨觀伏愛魔五繫表五門觀伏見魔見魔是偷愛魔是狗迦葉白佛去是第二不教菩薩降魔此章有問有答問爲兩初明依法自足二明何用依人佛答爲三初然問次正答三賛歎然問如文次正答爲三一法二譬三結成法說又二初唱兩章門次雙釋小大聲聞雖天而肉不能徹理爲魔所罥所以須教菩薩雖肉而佛徧無不照魔界即佛所以不教云云二譬爲三初譬佛教聲聞次譬佛不教菩薩三譬菩薩教聲聞初譬有開有合開譬有三謂教方便教起念教破敵初方便中云勇健

譬佛性怯弱譬聲聞聲聞之人常依附佛四念處如弓五善根如箭神通如矟五繫如罥索次又復告言去是教三勝念不怖是教戒視他是教定勇健是教慧或時有人去是破敵又爲三謂魔來魔降魔退魔無智慧故言無膽變爲相好詐作健相邪定爲弓邪慧爲刀世技爲器仗陣中大呼者說五諦六陰十九界十三入等汝於是等正降如是輩下是魔退善男子去合譬但合後兩不合初一精進堅固合上教三勝念善男子下是第二不教菩薩降魔文爲三初不教降次釋不降三譬顯初聞深經者聞魔界如即佛界爲此義故不教降也內乘大乘外憑佛力衆魔羣盜如螢見日則失威光此乃釋其不降之意譬顯可尋復次善男子下三譬菩薩教聲聞有

譬有合譬爲四一魔化聲聞二聲聞受化三四依降魔四聲聞還本復能發心魔用通力轉變猶如大龍無慈善心此弊惡魔攝化聲聞如欲害人眼視譬神通氣嘘譬邪說次是故下聲聞受化見形者覩其變聞聲者聞其辯觸身者惑其術喪命者失善根三有善呪者下四依降魔也善呪者即是大乘涅槃中道之法力四如是等下聲聞還本乃至發心聲聞緣覺下合譬備合四譬先合聲聞受化次合魔化聲聞三學大乘者下合四依降魔四聲聞去合還本進發復次去即是第三結成爲三初結爲聲聞次結不教菩薩三雙結兩意三是大涅槃去贊歎文還贊美菩薩人法初贊現在人法次贊未來人法爾時佛告去是第三明四依出時是時爲用非時無益

若佛在世正法猶與飽德豐道何勞助弘若佛滅後正法衰羸無醫無藥應須治救方假四依文爲三初佛通說時二迦葉別問三迦葉料簡通說時者佛涅槃後時通正像末是通說時次從迦葉白佛下是别問時有問有答問爲兩一滅後久近不如法時二滅後久近如法救時次從佛告去佛答二問後四十年者正法八十年分爲前後即是後四十年經說不同一云正像各千年一云各五百年一云正法五百像法一千或云正法一百或云八十蓋由緣有濃淡致說有賒促若前四十年去佛猶近如法人多後四十年去佛小遠猶有見佛者如釋論優波毱多見年百二十尼問佛相好比丘威儀當知後四十年猶有見佛人也恐是後非法起時多誹謗故一

解云正法五百除四百二十年取八十年分爲前後前四十年廣行流布後四十年隱沒於地一云不然佛滅後百一十六年王作大會異部起計優波毱多不能融會爾時佛法稍有澆醨豈唯四百六十方沒於地當知迦葉阿難持法四十年與佛在不異後四十年去聖日遠巳就澆薄而後文迦葉問佛去後四十年沒地何時還出佛答正法欲滅餘八十年前四十年還出過此復沒正當此言正道四百二十年後之與沒又一解佛三十成道若年十歲人悟道者至佛滅時其年六十見佛始終能融會大小於佛滅後四十年秉教如佛在不殊過此巳後不見佛始者不能整理生斷常計故言隱沒於地而不道百三十歲者年耆根熟不能匡正故不言之問十歲者見佛始迦葉阿難佛得道日生此不見始何能持法如佛在耶答此二人者迦葉是長子阿難得佛覺三昧不比餘人云云次從善男子去答如法人能拔濟者文爲兩先正答後歎勸正答又二初褒貶小大二正明救濟初褒貶開譬合譬開譬爲四一譬大二譬小三結貶四結褒即此褒中云粳糧譬常甘蔗譬樂石蜜譬我醍醐譬淨粟稗譬無常等也合譬如文二善男子下正明四依救濟先譬後合譬有三一叙小乘化二大乘化三小受大化初文者小乘之人各有眷屬有所王領故言如王小化者小行偏曲譬如深山入無爲坑故言惡處雖有甘蔗慳惜不喫懼其有盡者小化也專行小行妨於大道雖有大教以求有心受持讀誦譬之慳惜有所得故譬

懼其有盡二有興國王是四依救濟以大法統王故稱爲王車載者事解車載經論與之又云以神通化之令大乘弘宣譬如車載又云方便智曉令其得解與皇云以身弘道譬如車載令明大行訓之故言車載三其王得已即受大化次是四種人下合譬但合後兩意以五種過合上貪惜積聚爲利是爲地獄有爲名譽是鬼有以解法增長我心是修羅有爲依止故是畜生有爲貿易故是世智辯聰外道業也次又善男子下歎勸初歎經後勸人王至深山能令深山平坦譬經至曲見能令曲見大直地即金剛譬開小乘理即大乘理人即金剛開小乘人即大菩薩迦葉白佛去第三料簡時有問有答問意云佛滅後四十年隱没於地爲當永没復更興耶次佛答中云餘八十年者一云但正法餘八十年在時前四十年與後四十年已即滅一解云正法一千五百年未滅八十前四十與後四十滅也迦葉復白佛下是第四植種深淺以顯四依夫深經妙義不易可聞況復當徒開演分擘玄毫指南宣揚卷舒宇宙非輕悰者所能爲之就文爲兩一問二答初問爲三初舉惡時次索好人三請答惡時有四句正戒正教雙滅惡人惡法俱興此四句應是五濁亂時何者正法滅是見濁正戒毀是命濁非法增是煩惱濁無如法衆生是衆生濁時是劫濁索好人有六句信曰受不忘曰持臨文曰讀背文曰誦傳文曰寫傳義曰說即五種法師又是三業受持是意讀誦說是口供養書寫是身於五濁亂時能三業如法者請答

此事今答爲三初歎問次正答三勸初如文次正答中擧九河者舊解云値一佛發一願下一沙雖値多佛不發願不下沙雖發心不見佛亦不下沙雖見一佛多發心只下一沙雖一發心見多佛亦只下一沙以如此數令滿一恒是爲一恒煕連與恒河異者煕連在拘尸城北尚小跋提恒河入東海四河中大故異煕連若就行者煕連但聞而不謗一恒加有信樂二恒加讀誦三恒説淺義四恒加一分五恒加八分六恒加十二分七恒加十四分八恒具足一十六分四恒從惑取解則難五恒從解取解則易六恒去更深細爲難如仕至太尉則易至丞相則難此猶難解十六分者譬如世間一十六兩以爲一斤仙慧師云煕連是弟子位八恒是師位兩兩配四依云云開善治城云九恒皆初依位煕連至二恒是初心習種性三恒至五恒是中心性種性六恒至八恒是後心道種性亦極難解若全稱佛法以爲一斤則初依人窮佛法盡至三四依復何所爲若稱初依以爲一斤此乃自是初依之法何關佛法今明煕連至三恒爲初依一分八分爲二依十二十四爲三依十六爲四依文云具足解盡其味云云三從若有始發心去是勸也上説九恒値佛窈窈至深恐時情抑絶更接引勸之但令發心未來必能護持建立善男子有惡比丘去是第五明信謗罪福前煕連已上唯信而已今煕連已前有信謗罪福勸福以遮罪就文爲二初明罪福因果次勸福結依初文明爲四初謗相佛是一切衆生師父入涅槃時人天悲苦

乃至毒蠆懷仁無不戀仰惡人獨言滅快是一惡也少欲知足受持禁戒威儀具足名之爲僧其皆放捨二惡也大乘之法賢聖之師其獨拒逆不信三寶即謗相也從善男子汝今應當去次明信相自行生於二世之善化他滅於二世之惡互舉一邊即信相也從若有不信去三明謗人之報現身去是現報命終後去是生報生生常處去是後報從若復有人去四明信人之報本所受形去是轉報障譬如霧露去是轉業障如人出家去是轉煩惱障立譬多種若作大戒譬譬十地眞解若作十戒譬譬地前似解如純陀中意此中作無戒譬始自凡夫發心即階十住雖未斷惑因中說果即是轉煩惱障上惡人約三報橫論今善人約三障竪論綺文互說耳二從

或有衆生去是勸福結依此文甚寬不問弟子非弟子因善因惡但能發心聞一偈者則近菩提因貪希利養是因三毒發心況九恒植善四依功德耶即是能信始終鑑戒謗者因果善男子汝應供養去是第六勸供養文爲二初勸供養次論義初又二初勸供養次問答初文者夫四依大盖九恒因厚難可遭遇故勸供養次問舍二意云何識田云何供養佛答亦二初正答次引偈初文者建立正法是福田相河西云發心持戒受持大乘爲人解說及護法等是福田相今文但明護法即兼衆事當捨身命是供養相以重奪輕次偈者初引事師偈次引事主偈二迦葉白下是論義先問次答問有領旨陳疑請答領旨如文次陳疑爲三初三定次三難後三結從

然出家人去是三難若從昔法皆不應禮若從今義皆應供養二旨相違是故作難從如佛言口去是二結如文或言三結取持戒比丘亦名有犯是結出家不禮在家二從佛告去答爲二先略答次廣答略文少而意廣何者我爲菩薩説如此偈不爲聲聞三三之疑皆遣故也廣答文多而但專明持禮於破不言有罪是爲意陜然答此一條餘二例遣二廣答文爲三一舉時二設譬三結時中又四一舉時濁二明救濁三和濁四明無罪初文云如我上説者近指前文前文是迦葉問詞被佛印竟即成佛説正法滅是見濁毀正戒是命濁增長非法是煩惱濁一切賢聖隱是衆生濁受畜不淨是刧濁次從是四人中去是救濁即能救濁者此人出世撥亂反正使

人之濁不濁三見諸比丘者是惡濁之徒不糾治者且和濁光未得機便四善男子去結無罪如此破戒若年少若在家應須禮敬供養次善男子去設譬又二先譬次合初譬文爲三一爲時作譬二爲同作譬三爲糾作譬此中既釋持毀又開大小乘故須此事以消其文秉法主如國王緣盡謝世如崩亡儲君譬傳化弟子煕連一恒植善淺薄故言穉小此譬正法毀滅之時旃陀羅者破法身慧命之種多饒財寶者惡業增長多有眷屬者破戒徒黨篡居王位者破戒統位此譬破戒增長非法盛時國人居士婆羅門者譬三種持戒之人上品遠離故投他國中品不遠不同故言不欲眼視下品不能自移故言如樹又樹譬上品如童子不遠而能匡正此譬一切

聖人隱不現時守邏諸道去明其作威作福守邏諸道譬惡比丘置立制網塞持戒路七日擊鼓譬立制網開放逸門灌頂師者外國登位使七世素貴鉼盛四海水灌於王頂是曰國師如此閒授璽稱尊號時譬惡衆中求羯磨師和僧三唱是事如是持分半國者烏迴準此僧正犍和吒準此僧都互相羯磨秉捉門徒皆無來者譬持戒人耻入惡衆不共同事復作是言去再作威福非法轉盛若不肯作羯磨師者當舉破戒者爲主甘露不死藥者名聞利養安身之具是同此等皆譬非法盛時二爾時有一婆羅門子去是和同譬文爲四一童子受慕二王大歡喜三諸人瞋怪四同事曰以婆羅門者淨行也童子者因位也弱冠二十盛時二智英勇淨行戒也長

髮慈也善呪巧慧我昔爲之同事也次王大歡喜喜惡化無壅諸人瞋者是不見機持戒者嫌也三從爾時童子下爲糾作譬文爲二先治惡次立善治惡文爲四一相研定二求取大法三弘宣大乘四正作擯初研定者我捨家法息大乘持戒來作王師者作破戒衆主教王微密者元令入大此意不彰故云微密次童子答言下是求大法不死藥者佛性常住之理隱在破戒之下言不知者惡障妙理則是不知言持去者不惜破戒之衆任汝開化三是時童子去攝來大化也請諸大臣者譬其來學者也諸臣白王者迷徒得悟傳化者也王語師言者生信求解四爾時童子更與餘藥者依律苦切對治訶責王既服已受治屈折藥發悶亂者推尋事理生重憂悔

方乃自知佛海死尸前大臣白王者上根悟也王求藥者中根悟也悶絶者下根悟也次從爾時童子立本儲君去是立善人中又爲四一立善二驅惡三無犯四旁歎初文云立本儲君者大乘本體還得統立也師子御座不應升者第一義空與破戒者不相應也治國理民者破戒亂常擾善機民次爾時童子復以解藥去更說實相懺悔之方驅出國者擯小乘中分別決定若持若犯之限域也三四如文次從善男子我涅槃後去合譬也但合二不合時此初合和同以方便力合上我捨家法也與破戒等同其事業者合上來作王師釋論明四種僧破戒僧名同雜僧應是畜不淨僧有羞僧應是假名僧從爾時菩薩下二合糾治破戒也八不淨者謂畜金銀奴婢牛羊倉庫販賣耕種手自作食不受而啖汙道汙威儀損妨處多故名不淨從爾時菩薩雖復恭敬去是第三結成又二初結有罪無罪二結但爲菩薩不爲聲聞初中云雖恭敬去明持禮毀無罪雖受不淨是亦無罪何以故去釋無罪意從以是因緣去明持受毀供養亦無罪如文次明若乖此說則有罪若乖此心則有罪次從善男子我於經中者結爲菩薩又二先引偈次判云云迦葉白佛去第七料簡爲三先問答次約法簡三領解初中有問有答問爲兩意一問緩二問失只應是一問佛有兩答故爲二問佛言去答也先答失不失後答緩不緩初答不失中先法次譬初法者律中解云若破戒者體解俱失數師云戒體常在但是汙戒下文云失與不失悉

是戲論不解佛意今經明四依示同破戒故
無所失次善男子如隄塘下譬也又二先譬
次合譬中又二意無治則漏治則不漏犯已
懺悔則不失不懺則失次合二譬可解當知
菩薩不同隄塘次於乘緩者答第一問舊云
聲聞急戒緩乘菩薩急乘緩戒有人云乘如
綱戒如目提綱則目正得中道本戒則自圓
今明不爾經偏舉菩薩急乘緩戒若具論者
聲聞菩薩各有四句如別記次約法簡又三
初約福田簡次約智簡三天眼簡初福田中
三法譬合云云問下梵行使平等施與此相違
答各有其意此中明四依故簡眞偽梵行明
慈心平等故不分別又此中誡福田梵行誡
施主云云二復次善男子如迦羅下用智簡先
譬次合六卷云迦留治牟皆不見翻但知是
甘毒二果譬於持犯女人譬凡愚執事小兒
譬無智施主問何處得果者推其根本笑而
捨去譬知偽棄之善男子大衆下合譬受八
不淨合迦羅迦不受不淨合鎭頭迦持毀共
住合二果同林有優婆塞據教問次引祇洹
爲證次不許同住等合智者問從若有受者
自毀誤入合上笑而捨去三從譬如城去約
天眼簡於中二先譬後合雪山譬涅槃常住
妙理藥譬依涅槃立清淨行賣藥人譬姦狡
執事雜藥譬毀者不別不別者買譬無智施
主迦葉去合假名合雜藥眞僧合妙藥肉眼
合不別者天眼乃能別天眼非但別偽因不
應禮施復能見果不應禮施三迦葉白佛是
領解初稱歎次頂受云云從如佛所說去是第
八會通昔依四法今依四人文有問答問又

二先舉昔依次請會初昔依者然阿含中出次第依法不依人依了義不依不了義依義不依語依智不依識與今迦葉所列次第有異梁武云此文爲定諸法師云今經出昔依以阿含爲定或言出經者誤或言於昔雖了望今未了故了義在後今且釋阿含次第者昔人無常故不可依以法常故故法可依法有小大大法了義是故須依語若生著故不須依了語下義義體無著是故須依識著智解是故依智從如是四法非四種人正請會通次佛言下答又爲二先別會後總會所以別會者正言今依人與昔依法二言相反故偏須別會文爲四初會人法依法即是依人二明昔不依人者不依無法之人三明今依人者還是有法之人四舉下況上初依法即依人者人法不異興皇言昔以法簡人結還依智今以人簡法結還依人昔人既破昔法亦除今人既存今法須取但今人法不二昔人即聲聞緣覺豈依此人昔法即方便半字若不悟者亦須破法若了悟者不除此法次若復有下明昔不依無法之人三如上所説下明今依有法之人又爲四一唱應依二釋應依三歎德四釋歎四若有人能下舉下況上明外凡能知佛常不爲利養所轉尚復可依況於四人而不依耶次從依法者即是法性去總會四依又三初就今教會二舉今昔相對會三結會初文又二先會次結初還依問次第會之文自爲四初依法爲三雙一雙標二雙釋三雙結初依法者即妙有之法不依聲聞之人即雙標也法性者即如來聲聞

者即有爲是雙釋也雙結可尋次文二初會
依義者覺了即般若不羸劣即法身滿足即
解脫昔教解脫具則無身智身智在則解脫
不滿又不得是三寶次不依語下又二先明
無理之語後明亂正之語初文者如佛所說
貪求無猒去有二解一云此是佛說外道經
中之言二解是佛自說經生凡夫之過不得
依此爲行次又復唱言下是亂正之語三釋
依智不依識若知法身是常即是眞智若言
無常即是識著四釋了義爲三一標宗二歷
法三辨宗初約一大乘兩緣來望爲了不了
次又聲聞下是歷法有五雙相對大小常無
常大小所說食不食滅不滅可尋三聲聞乘
下辨宗初辨小後辨大各有標釋結次如是
下總結復次依義下第二今昔相對會通釋

前兩依文句相涉人謂但三文爲三初兩依
共釋次釋第三三釋第四初共釋爲三一釋
依義兼明依法次釋不依人三釋不依語此
初第一偏明依義次此後即不明依語但語
勢相仍仍明不依人又明依義即是依法是
故無別依法之文但有不依人此即第一偏
明依義法者名常下釋法也後具結二種若
有說言不可見下釋不依人若復有人下釋
不依語依智者下二別釋第三依依智不依
識所言識作識受無和合僧者但有識著作
因受識著之果皆是生死則無常住一體之
僧三依了義者別釋第四依明了不了若言
有四緣得畜八不淨即是了義一無檀越二
時飢三建立四淨施解者不同一云具此四
緣方乃得畜二云隨一皆得三云前三一一

皆得畜之但須淨施淨施一事既不可無是則皆須二緣得畜若說有時非時皆聽畜者爲不了義三分即是三藏我爲肉眼下第三結會也或時肉天兩眼相對則是障内外或法慧相對此論照眞俗異今以肉慧相對者此論凡聖之殊

大般涅槃經疏卷第五下

音釋

羸倫爲切瘦也　劣龍輟切弱也　罥高縣切網也　弊毗祭切惡也　嘘休居切吹也　麴居六切　醨鄰知切薄也　褒補刀切揚美也　稗旁卦切似稻薉草也　貿莫候切易也　窈伊鳥切深遠也　蠆丑邁切長尾毒蟲也　陜胡夾切隘也　糾吉黝切三合繩也　篡初患切奪也　邏郎佐切游偵也　璽想里切印也　羯磨梵語也此云作法羯居謁切　壅委勇切塞也　嫌胡兼切憎也　研倪堅切窮究也

大般涅槃經疏卷第六

隋章安頂法師撰

唐天台沙門湛然再治

邪正品

邪者魔也正者聖也邪魔多種謂邪惡邪俗邪偏邪漸邪惡者闡提謗法四重五逆十惡四趣等果是也文云聽畜八種不淨即謗佛執九部經謂無方等即謗法若欲行淫應脫法服即犯四重此等名爲邪惡邪俗者通謂二十五有因緣煩惱業陰天魔等是文云依因父母愛欲和合生育是身愛即煩惱是身即陰以有漏形作無漏身即是天魔往昔苦行即是業等即其義也邪偏者謂聲聞緣覺無常苦空邪曲涅槃等是文云如來無常變異宣說無我即其義也邪漸者謂分別歷別棄捨二邊別求中道亦三昧魔菩提心魔等是文云如來於諸外道邪論無所知於世間湯藥無所知無所知故故名如來於刀割香塗不生憎愛唯能處中故名如來即是其義正者名聖聖正多種謂執正善正眞正方正對於四邪以論四正四邪既出於文翻邪即正不俟更論此四邪四正即四悉意邪惡尤重衆邪之根即世界也邪俗之邪爲清升者立此名字即爲人也邪偏偏破生死入涅槃即對治也邪漸所到之處即是常住從歷別門立此邪名即第一義正亦如是執正是魔是欲界主執正欲界即世界也善正是世間之善爲成衆善即爲人也眞正是出世之法對破世間方乃名正是次第大乘能到實相實相即第一義通塗邪正其相如是今經所

指兩法兩人謂魔經魔律持魔經律是爲四魔此意則寬該前諸邪正亦四種佛經佛律持佛經律是爲四正則冠前四正從此立名故言邪正品此品答前迦葉問云何知天魔爲衆作留難如來波旬說云何分別知然四依有廣大之德邪正有分別之能雖二義相成而四依答廣大邪正答分別兩品備有形聲兩僞而前品多明形亂後品多明聲亂云云文爲五一略明邪正二廣明邪正三論義四領解五述成初略中有問有答問則牒上四依答則出邪三寶魔即邪佛所說即邪法受持者即邪僧如百論迦毗羅自謂爲佛所說弟子等爲此惑亂須上四依迦葉白佛去二廣說邪正有問有答問中雙問邪正三寶云何分別如文上問云何知天魔爲衆作留難是問形亂如來波旬說云何分別知此問聲亂今問魔及所說即上兩問而言隨魔行者即是徒黨還隨魔作形聲兩亂廣答文爲二先答形亂次答聲亂初云七百年者正法千年由度女人減五百年六百七百入像法時摩耶經云六百年馬鳴出七百年龍樹出是時魔盛即有四依魔有有漏通能變爲四部四果及佛色像猶如獵師外被袈裟內懷殺害魔亦如是外爲聖像內挾邪謀夫無漏在心不在於色云何言作無漏之形聖人有無漏威儀亦是無漏五陰故魔學之從是波旬當作是說下二是明聲亂文爲五一亂佛身二亂結戒三亂佛德四亂經律五亂罪福初亂佛身者又四一亂生二亂行三亂入廟四亂納妃初文者若言實生是魔說言不生生

是佛說次就行中亦應例爾今不爾者明不行是魔說行是佛說何者魔邪常欲隱佛之德顯佛之過名亂佛行入廟納妃皆如文從佛在舍衛去是亂結戒如文六十四能者佛有三十二相外道夸毗謂倍勝佛故云有六十四能又佛有三十二相并業外道攀對求等故立六十四能三從若有說言去是亂佛德此中明佛不知好惡不別寃親刀割香塗悉不欣惡如即人云刺眼不眴此以癡意亂德四從若有說言如來爲我者是亂經律初通就經律作亂後就常無常作亂如文五從復有人言去是亂罪福文爲三番初明正次明邪三更明正初比丘自知非聖答云非聖是則無犯次從復有說言無波羅夷去是邪三從若復說言於諸戒中去更明正若過一法者說戒時最初問淸淨不三唱不答即犯妄語云云一切衆生雖有佛性要因持戒者佛性是正因持戒是緣因云云迦葉白佛去是第三論義文有三番一論佛性二論過人三論夢覺初番先問云云次答中如來或說我或說無我是名中道者中論云諸法實相中無我非無我我無我皆是假名言我是假言無我是實非我非無我即是中道次第二番問答先問次答答中先明犯次明不犯後重明犯如文云云第三番問答中二先問次答夢婬無罪寤已應悔若寤已讃歎得罪大品中意亦爾云云摩訶楞伽此云赤色與下文被服赤色相違云何通解云下文說未制戒時此中說制戒後又一解赤亦多種大赤則遮如乾陀輕赤此則不遮云云迦葉白佛去第四是領解

第五述成

四諦品

此品答上云何諸調御心喜說真諦舊云佛昔隨情但說有量四諦止在界內聖心不暢今緣常住說無量四諦出三界外故佛心喜亦名有爲無爲四諦亦名有作無作四諦今問有量出分段不出變易無量亦不出變易不出既同俱是有量量與無量是對小大兩緣何足爲喜又有量是有爲者那言三是有爲一是無爲若爾有爲義不成若無量是無爲者那得猶有變易生死解言不爲分段身命所爲故言無爲不無三相若爾實非無爲無爲不成無作亦壞勝鬘雖有此之名教別爲一緣不得用彼無量四諦釋此經文義不相會舊又明五時四諦初時約事如苦是偪迫相云云第二時至第四時約理如五受陰洞達空無所有是苦義義即是理解言入觀之時亡名絕相無此四事藉四方便故言四諦如見諦入真無八忍八智但緣一滅言忍智者從方便爲名爲此義故四時不明佛性佛心不喜第五時以智爲諦文云無苦而有真實故說佛性佛心則喜今問若還是前有量無量已如前難若非有量無量復是何諦則無別名既無別名則無別理復何用此以釋今經今明此品與聖行品有同有異聖行具明四種四諦今文但明一實四諦其相云何佛性實相徧一切處能於四事明了實相乃可稱諦若不了者倒而非諦經有明文何須致惑謂知如來甚深境界常住不變微密法身名之爲諦此乃且舉佛果爲端實通一切

畜生地獄陰界諸入悉了常住法身不變名苦聖諦於不淨中而生眞智不壞正法名集聖諦於斷滅中識如來藏名滅聖諦明識三寶及正解脫名道聖諦諦非四數約四了諦故名四諦如來出世元爲說此覆相今開塗乳獲洗故言心喜說眞諦從此立名故言四諦品文爲二初明四諦二領解初四諦即爲四章章章各六但有次第不次第之殊苦諦六者一明惑二明惑果三明解四明解果五結解六結惑一即是四四即是一名不思議此文明矣初明惑又兩先直明苦後不解故苦下明苦有三種一是苦非諦非實二是苦是諦非實三非苦非諦是實云云當知是人必墮下是明惑果若有能知下是明解若一經耳下是明解果若如是知下結解若不知下結惑次集章亦六次第如前此初明惑以是不知下明惑果若有深智下明解以是因緣下明解果又牒昔迷舉非顯是若能知下結解若人不能下結惑次滅諦章亦六次第小異初明惑言多修空者一是二乘沈空二是外道撥無即是多修空次修苦滅者是明解亦應言逆聲聞而偏語外道有二義一前來以訶聲聞二聲聞乖理即是外道若有修習下明惑果若有不作下明解果若能如是下結解若有不能下結惑道諦章亦六還如前次第但後結小異初即明惑先出所惑次正明惑以是因緣下明惑果若能發心下明解乘此一念下明解果若有人言三寶無常下結惑若修是法下結解實結道滅言四諦者道滅是四諦之後當於第四迦葉白佛去二

是領解

四倒品

倒者惑也上云醉人眩亂日月迴轉況顯惑義但倒數不定或一二三四八乃至衆多一者只是無明虚妄羅籠自繞二者是見想取著而致毀傷三者癡心心倒狂猖想倒分別見倒四者常樂我淨僞藝無實八者無常樂我淨瓦礫非真衆多者但涅槃佛性畢竟清淨非倒非諦從解惑因緣而說倒諦先佛出世破倒之教遺法在世時去聖遠執字亡旨不知方便藥變成毒即起常樂我淨四倒佛初出世投無常藥而倒瀉之病去藥存執之爲是迷佛方便起無常等佛觀是病應用常等以治其病若後末世常等爲病傳付後佛乃能治之通亘前後皆名四倒若治常等則如昔教治無常等如哀歎品此品但明迷惑之病若其解病即能解藥離倒無諦緣宜別說故明四倒文明八倒以四題品經家從略就合爲四今從合題者欲對四諦使相成故近論三品相成魔說佛說總論邪正四諦別明正解四倒別明邪惑若但解諦倒者如偏識人入單知杌人非具足知不名正善具成就不能作善業雙解邪正倒諦俱通即是正善具成就能作善業業者即如來性次第相成合爲四倒其義則便故言四倒品文爲二先明四倒後領解初就四倒即爲四章初章爲三一出苦境二出苦體三結於佛果非苦爲苦此即是惑應招苦報遂言是解即是苦中生於樂想無常變異者謂佛行苦捨身入滅謂佛壞苦彼言如來是常謂爲倒無常謂

爲諦我若說言下正是倒心樂生苦想云云無常常想即第二倒境中雙舉二想體中偏釋一想上巳雙舉不欲煩文亦出倒境後明倒體并結可見所言不修者即是不修般若空慧後二倒可尋第二領解又二先領解後述迷別論取撥無因果名邪見迦葉久無通取一切倒心爲邪迦葉猶有云云

如來性品

此題不標佛而言如來者允同三世三世諸佛皆初號如來又舉初以標後又如名不異破諸異計又如來即佛佛即如來故言如來性品四悉檀云云又如來是極果之勝號性是至理之本名非但極果名曰如來衆生本性亦名如來又如來擬果性擬於因雖因果雙列意在於因故言如來性品又果之本性性隱難辨舉顯以目隱故言如來性品又性理含藏備種種性善惡三乘舉勝棄劣故言如來性品又如來名通夫有心者悉未來如來四依開士猶如如來十方諸佛同稱如來就一佛之上有化應報法皆稱如來今文中正辨如來藏之如來二十五有悉皆有我以我同故故名如以如示人故言來常不可壞名之爲性從此立名名如來性品當知此如來藏即佛性也諸師解藏義不同論師言佛果在當即時未有故名爲藏又言佛性衆生心神心神自能避苦求樂即是心神開善云六法是佛性義皆不然此品以如來自性不以心神不以六法又如來藏隱心神六法皆顯又如來藏常心神六法遷變無常與如來性全不相關今皆不用地人云惑覆於理名之

爲藏是義不然私謂非無一邊但不與此品題合彼以惑與理異故惑能覆理今依經一切諸法中悉有安樂性那得無性之惑覆於無惑之性不會經旨故不用也私謂非但惑性相即一切何所不収涅槃何法不在一切衆生即涅槃相一切國土即涅槃相云云又論人云當果爲性此即在外六法爲性此即在内地人云惑覆黎耶此亦是内與皇云非内非外偏據正性地人偏據本有論人偏據緣了復據當果果性果果性悉爲經訶如盲觸象不會玄旨今明四句平等清淨無爭故名爲如以四悉檀巧示衆生故名爲來常不變易故名爲性豈獨一法爲藏性耶又人執云如來藏者不得不有是義不然佛性非有非無非亦有亦無非非有非無那得獨言是有

雖非此四有因緣時於一門中作四悉說故言如來藏者不得不有以有接斷以有破常以有令悟悟佛性時佛性非有三門亦爾云何執有而害三門如人問橋多爭何益今明佛性其意若此若得此意亦在本性中間極果亦隱亦顯亦外亦內如經舍內金藏大小不知善能掘出宗仰是人即其義也問藏性理三云何同異答只是一義若欲分別理惑合論名之爲藏全不論惑稱之爲理不可改變稱之爲性云云有師生起五譬初問二十五有有我不耶佛擧貧女藏答明其有我但隱而不顯若爾何不早說佛擧毒塗譬之由常病未歇不得洗乳前後兩病就衆生論隱顯塗洗就佛教論若爾衆生等有何故六道區分升沈碩異佛擧因鬬失珠致有悲喜不等

若爾何故鬬耶佛舉甜藥真正停留在山寡德所招流乎鹹酢若爾真味不變誰能毀傷若叵毀傷則無殺罪佛舉利钁能穿石砂不損金剛如佛不可害與心逆罪性不可毀毀陰得罪然一答可解何故聮翩只爲佛性難明須萬斧劈樹生起五譬是彼之巧思故今存之云云然此一品答上兩問初答云何作善業次答能見難見性此兩相成只由善業能見於性性由善業業始性終從終題品論人解善業義者假名行人能御善惡御善則淘練心神得成正覺中論人問生死中有假人此人是佛性不彼答不得是佛性即並亦不得是我既其無我誰御善業又汝明假者是不自在我是自在二事相害地人明法界之體有善惡用體用具足在妄惑內如土覆金無能沮壞妄惑若爾此用無用何能作業今明此義如經金藏不可見者是時不能作於善業掘出藏已何須善業耘除草穢小乘運作非是善業異人方便示子金藏於舍掘之正是能作善業之義若約六位初位不能後位不須中間四句是作業位若約四句隱不能顯不須亦隱亦顯正能作業就答善業又二一明佛性爲善業作緣二明佛性正起善業初爲善業作緣又二一明業緣二論義初業緣中復有問答問近從四倒品生一切世間雖說有我不名佛性出世真我名爲佛性是故興問二十五有若定有我有則非有若定無我誰作善業故言二十五有有我不耶佛以兩譬答之初譬則明本有不可見次譬不即得說以釋疑初譬中有法譬合法說爲

兩一本有二不可見然佛性非本非當爲緣說之次譬文爲四一譬本有二譬不可見三譬緣感四譬顯說初文意者窘乏緣了故言貧有能生力故言女棲託五陰故言舍有正佛性故言金此性包含故言藏此性廣博故言多次家人大小不知者舊解四果聖人爲大三界凡夫爲小此皆不知中論人云但菩薩爲大但聲聞爲小亦皆不知今明人天爲小析空二乘爲大析空二乘爲小體空二乘爲大但空聲聞爲小但空菩薩爲大但空菩薩爲小出假菩薩爲大皆亦不知三時有異人去譬緣感於中問答先以小道逗之故言耘除草穢緣不肯受故言不能若示子金緣爲化力欲先於人我亦欲見即是後已四是人即去顯說三合譬有二先合次帖合可見

第二譬爲二先譬次合初譬爲四一明起有我病二說無我藥三邪我病息四眞我教興意同哀歎彼譬顯此譬隱舊解女人良醫凡四師說一云女譬法身醫譬應身二云女譬實智醫譬權智三云女譬前佛醫譬後佛四云女譬佛智醫譬機緣上文貧女譬衆生身此女既不言貧用譬佛智勝應生育一子譬於衆生禀教生解以解微故故言嬰孩著邪常故故言得病次是女愁惱下譬說無我之藥又三一佛智觀機二得機設化三斷邪我初文者權智起悲故言愁惱覓無我機故言求醫次良醫既至即得機施化設三種藥譬無常三修三因告女人下斷邪我教此中乳譬眞我眞我非時故言莫與苦味塗乳者譬以無我覆於眞我如苦與甜其性相違前合

三藥中何故復有乳此亦是無我苦味與常相違三其見渴乏下譬邪我病息先明病息次明藥消眞我緣起故言渴乏我無我相違故言毒氣無我治邪邪消藥息故言藥消四毋乃洗乳譬眞我教與又四一爲説二違情三重説四受行可見次如來亦爾者合譬也但合二藥不合二病本意疑於我無我異是故合藥治病是旁是故不合哀歎亦爾問隱名如來藏我是佛性者一切衆生有我性耶答一切衆生皆悉有性未即是佛是故有我未是我德何者人別法通法通故有性有我人別故非佛非德問法是人法昔既無別人法是誰法解云法屬法性云迦葉白佛下第二論義問答初問者前明二十五有有我今難此義初總唱無次何以故下別作十二難

合爲四意初四難約果次兩難約因三四難又約果四兩難難處初爲兩雙謂始生終沒差別勝負可見次因難又兩十惡等是約惡因酒後是約惡緣可見三重約果四難者一據苦果二據苦緣三據忘失四據憶念四責處兩難初難別在何處次難徧在身耶或可但作六雙爲十二難或可十難難現用二難難處所云二佛告下答也還酬十二難初舉兩譬答覓現用後利钁譬答覓處所言現用者其難眞我若常應無生滅次差別勝負難佛答意實有眞我爲瞋癡所覆不能得見故有終沒升沉前譬得而失後譬失而得但此妙解凡夫未得那忽言失此是理數之言應得不得故言得而復失得無別得還得於失失無別失還失於得得無所得失亦無失云

於初二譬中初譬三意謂譬合結譬爲四一本有性理二遇緣起惑三根緣扣召四聖應破惑初文中言王家者佛所統處力士者譬衆生有能降魔制外之用故言力士眉間者中道也金剛珠者或言理或言解或言理解圓淨不可破壞如金剛珠次與餘力士者即遇緣起惑失本有理又二一起惑二失理初文餘力士者天魔外道諸惡知識云云角力相撲者斷常乖於正觀正觀破於斷常故言相撲以頭觸之者乃以身見觸中道解次其額上珠下明失正理沒在斷常邪見身中三其處有創即是機緣感苦二見傷正解爲創舊云感生死苦果爲創即命良醫機召於佛時有明醫即聖智達知失理招苦即便停住者明失非失四是時良醫下說法破惑又二初

譬偏說次譬圓說初偏說者無我撿邪如就覓珠力士驚答譬禀教作於無我之觀從迷得解故言驚答將非幻化即無我觀爲何所在即無常觀憂愁啼哭即是苦觀此爲說偏教次是時良醫下譬說圓教又爲四一爲說二不受三重說四即受譬說佛性一往不受也初文中言皮裏者隱斷常中影現外者舊云當果在當與皇云佛智黙照令明性理虛通偏一切處是影現於外次是時力士下是衆生不受舊云皮裏譬現在筋裏譬未來若在現在何不破惑而出若在未來不應可見與皇云惑輕曰皮惑重曰筋三時醫執鏡去是如來重說鏡譬圓經照信心而文明理顯信諦明了四力士見已即是信受次善男子下合譬但合三不合第一初合第二遇緣起

惑譬中有二今唯合一起惑合相撲次故墮地獄下合第三招苦感失此中併得通答前十難三如彼力士合第四聖應說法初合偏說前有佛說衆生作無我觀今但合後意又二先合作觀後明不知中有牒譬正合也譬如非聖下是雖觀無我亦不能解何者若解眞我方識無我既不解我所以無我不成先牒譬後合也次如來如是下合爲說圓前譬有四但合後二此初合第三如來重說是諸衆生下合第四信受先合後舉譬帖正合中先明有惑時不信後明除惑時信受第三結歎不思議次復次善男子下雪山甘藥譬舊云助答上問觀師云譬失而復得開譬合譬開爲四一失二得三重失四重得初明失中二初理性次辨失初文者雪山譬衆生身一味藥譬中道不二故云一味此理能除倒惑故名藥名曰樂味其味極甜者教理相稱即是教樂理甜也次在深叢下者明煩惱覆所以失理煩惱深邃倒惑交加致使不見次有人聞香下是第二明德又二先少分得後具足得初分得中云聞香者一云依經信知故言聞香二云十住菩薩見未明了故言聞香過去世中下第二明具足得即是前佛已證此理造作木筒者即是說教譬十地了因以因承果故言接藥在在處處者過去生生修十地因從地流出集木筒中者因果相應了因克正故言流出三王既没已下重明失即是前佛去世衆生縱逸構諸煩惱致使失之六味譬六道本味眞正從起惑後流入六道或酢或鹹是藥眞味停留在山譬衆生身正

性不異隨六道流是故有異凡夫薄福加功不得者譬有著心苦行禪慧求覓真理而不可得亦譬種種掘鑿欲覓性理了不相關四復有聖王下重得即是今佛復證此理善男子下第二合譬但合兩失不合兩得此初合有理而失前云在深叢下今合爲煩惱叢林所覆前次譬云人無見者今合云無明衆生不見以煩惱下合第三重明失即是或酢或鹹正酬前勝負差別之問佛性雄猛下第二答前十二中後二責覓處所之問也前有別總之責今正答總問雖約五陰論有此性而身可毀性不可毀身是性之住處身家之性即是佛性性家之身無非佛性又二初正說次論義初正說爲三初牒不可壞次廣辨三總結迦葉白佛下二論義有問有答問者前云佛性雄猛不壞應無殺生之罪次佛答爲二先法次譬初法爲四一云五陰可殺故成惡業所言住五陰中者他用六法以爲佛性非解此文六法只是五陰何容五陰住五陰中衆生還住衆生之中若用心神爲佛性者心是四陰是則心神還住心神他解當果爲佛性者當果繼屬衆生故言住五陰中當果若有復非當果當果若無何所繼屬地人以黎耶爲佛性爲惑所覆釋此乃便復當前難若有佛性即生之日便應有知今用下文釋之佛性不即六法不離六法不即故不如諸師所解不離故言住五陰中實理言之佛性豈應有住不住特是爲緣作此異說若定執此妨前後文畢竟清淨寧有內外當之與現住不住耶私謂此說終窮又五陰中者約五

陰論得有此性不約草木私云作此說者仍挾方便次以業因緣下釋疑疑云或謂唯應殺墮地獄那復得有二十五有故今釋云業緣不同致諸趣異三非聖之人下簡諸外道自謂得聖計我不同四出世我相下明正我相二復次善男子下譬也又二先譬次合初譬爲二先爲五陰可毀作譬後爲佛性不可毀作譬初譬中云善知伏藏者譬能殺人利钁譬殺具多殺於磐石砂鹵等次唯至金剛下爲佛性不可毀作譬可見次合中唯合不壞從善男子方等經者下是第二章正明佛性能起善業文爲二初明作善業次論義初文者有人云佛性能起起於正道所作善業今觀前譬佛性但爲善業之緣今文明以佛性教作善惡業故喻喻之從迦葉復白佛去

二論義初雙問甘毒如文次佛答爲三一明愚智二人次明一體三寶三明中道圓觀妙解次第相生由智不惑教識一體三寶妙觀得成能作善業愚者反此善業不成初約愚智中三先佛更徵問次迦葉答三佛爲釋釋中初有七行半偈又二前四行半雙辨愚智次三行偏明智者初文兩譬兩合前一行同服甘露有夭有壽次半偈同服毒藥有死有生古來三解一云同禀大乘有得有失後譬同禀小乘有得有失二云約師弟師說大乘無得之教弟子解者爲壽迷者爲夭小乘師說有得之教弟子作大解爲生守小教爲死三者只是一大乘經於其得者作甘露名於彼失者作毒藥名又只作一甘露名說其禀行者有得有失只作一毒藥名說諸有禀者

有生有死反覆相成令明於其失者俱名甘露及以毒藥保愛染著名爲甘露傷毁破壞故名毒藥於其得者俱名甘露亦名毒藥入理生善故名甘露顯體破惡故名毒藥具此二義名善業教諸文之下各有合譬尋之可見譬如癩人服鴆病差解藥還醒譬學無常苦空斷惑知是大方便即入摩訶衍從聲聞及縁覺下偏明智者皆約人辨初約二乘次約菩薩後約衆生似約三諦而作善業菩薩即中增進善業二乘即空而中以作善業衆生即假而中便作善業故舉三人意或在此從迦葉汝今當去第二辨一體三寶然昔初教舉非顯是破邪歸正明别體三寶此義易知前長壽中明護法舉法歸依諸佛已成一體三寶不許歸别歸别體者歸戒不具今文勸歸已身當成一體三寶顯於自體成善業故又免魔縛各有所據就文爲三一勸二論義三領解初文中云善分别者勸令分别已身之中一體三寶先勸次釋初如文次若能諦觀者釋勸也得入祕藏者即生理善甘露之義是人已出世者即是破惡毒藥之義二俱有得即此明文又知我者是佛寶我所者是法僧二寶雖無異體義說爲三又佛覺法不覺僧和合於一佛性說此三義二爾時迦葉下論義有二番問答初併不受後併歸依佛皆不許初問有十偈爲四前一行半唱不知次兩行問昔别體三四行半問今一體四兩行結問請答就初總云不知次無上者别不知歸佛無畏者不知歸僧云何作無我者不知歸法次云何歸佛者兩偈問昔别體爲

三此半偈問佛寶得安慰者如前四相中說次一行問法三半行問僧轉得無上利者如前波闍波提供僧得佛法功德僧是傳法之人故言轉得無上利三云何眞實說下四行半問令一體中又四初一行半法說未來若不成去已身中隱三寶未來當成可得歸依若其不成爲可依不不如次第依於別體無預知者無預約自照次第約從他次云何未懷妊一行三句是譬說懷子譬解懷子必十月十月譬十地若有解者十地若滿可得成佛若無解者徒自萬月亦不成佛三衆生業亦然一句合譬四如佛之所說下一行難佛不定說或令歸現或令歸當致令愚者輪迴墮苦四假名下二行結問請答初一行明我不知結請次一行明佛知故請答二迦葉汝當知下佛答還酬四問從後爲次初一行許斷疑酬其請答如文次一偈酬問一體前舉懷妊據了因作問佛以中道正因爲答明諸菩薩與佛不異那得云無十地包胎不可歸依於諸菩薩者舊有三釋一是及字即是汝及諸菩薩等於第七佛偈文迮不安及字二攺於爲及三不須攺明諸菩薩皆同是佛賢劫則第四若七佛數即第七佛佛是覺義能覺佛性與佛義同云云三兩行酬其別體之問翻邪入正故須歸依邪者天神爲佛寶殺法呪羊云是婆藪殺汝而得生天即是法寶能殺之人即是僧寶翻此三邪歸於三正問昔以正三翻於邪三何不以正我翻於邪我若以無我翻邪我者何不以無三寶翻邪三寶答對治之法略有二種一用有門爲對治者

立正破邪二用空門爲對治者故用無我破於邪我各有便宜三寶是境歸馮有在宜用有門邪我是内患宜以無虛之云云四如是下半偈酬前唱不知今言能知得無所畏不應不知迦葉白佛下第二問答初問中意者併欲歸依三種三寶皆是佛說何所取捨初一行欲依昔别體别既翻邪即是正路次兩行欲依自隱時一體後一行欲依他顯時一體既出生死已成正覺故言諸有所無有又解諸有有現成佛無有無二十五有二爾時佛告下佛答佛欲更爲分别不得妄依文爲三初昔之别體有依不依二顯時一體有依不依三隱時一體正是所勸一向須依初依不依者爲二先明今不須依次明昔則須依初又二初别體既是昔時爲緣今不須依昔依

時翻邪昔日須依次所以者何去更釋不依之意於佛性中有法僧二寶者非但已成之佛佛性之中具有法僧只當成佛亦具二性即佛法法佛不二即是僧寶身既具三何須依於别體三寶次須依又二初爲欲化度下明昔則須依次若欲隨順下更釋須依之意興皇明四假理緣就緣對緣因緣昔即是對邪明正是故須依若依龍樹四悉即對治意云云次從菩薩應作下明顯時一體又二有依不依不依文爲二初明不依文云我今此身歸依佛者即是自歸已身佛寶豈敬他佛次何以故下更釋不依之意然我與他佛既無異何須歸他次若欲尊重去明有依義爲相尊重是故須依又二先正明後解釋初正明者法身是本地舍利是應身欲令衆生敬我

意者爲欲亦化衆生生善三從亦令衆生去明令之所勸隱時一體一向須依文有三法譬合初法中爲五一分別一體有三此初文則自身有佛寶也一切衆生皆依下即是自身有於法寶又有歸依非眞下即自身僧寶問身有法僧可爾何爲有佛答身中佛性佛性即是法身佛寶能說此法即是法寶能受持者即是僧寶他尚歸依我身三寶我今豈可不自歸耶問會三乘歸一乘名一乘者亦應會三寶歸一寶名爲一寶若會三乘歸一乘無三乘異會三寶歸一寶亦無三寶之異論師數師不敢爲例觀師例之會三寶歸一寶上義說佛法僧異亦如會三乘爲一乘義說三乘異故法華云眞是聲聞眞阿羅漢云云從若有分別下次爲他作一體三寶舉體是

佛佛是覺義舉體是法法是不覺舉體是僧覺與不覺而不相違從於生盲下三結別體爲生盲凡夫作此分別復當爲諸下四結一體爲二乘得聖之人說我身有一體三寶如是菩薩下五雙結兩義爲惡衆生而作佛事則結自身說於別體爲諸智者而作佛事亦結自身說於一體次譬說爲三一大將二太子三大臣所以舉三譬者大將譬了因太子譬正因大臣譬緣因亦譬三寶太子譬法寶大將譬佛寶大臣譬僧寶大將建意三一臨陣制敵二我最第一三諸兵依我諸兵依我譬緣制勝譬了第一譬正太子亦爾紹繼霸業譬正調伏王子譬了餘王子依譬緣如王如先王成前譬王子大臣者王子即屬大臣譬也三菩薩亦爾合譬中二先正合後結勸

初合者所言三事與一體者別說於三即是一體一體之上義說於三如涅槃中具有三點實非別異次如來下結勸又二先勸捨昔別體之三次勸取今一體之三初捨中又二先出昔三寶後乃勸捨昔別體中舉頭譬佛寶頭最爲上支節手足譬法僧爲化衆生示此梯隥次是故汝今下勸捨次汝於大乘下結勸取自身中一體如大將大臣於自身中建決定意不取別體及他巳成迦葉白佛下第三領解文爲四一領解二佛勸持三稱歎四佛述成初文又三一發迹二自領解三誓化他可尋善男子下第二佛勸持還只勸前自解化他自解即是高升祕藏化他即是下度愚迷云云迦葉復言下第三稱歎稱歎佛性即是隱時一體相好等即是顯時一體爾時佛贊下第四述成從我今當更爲汝下是第三明中道圓觀文爲三初許說次正說三歎教初中云入如來藏者入藏由觀非觀不入次若我住下是正說文爲二初略後廣略又爲三一標中道二明乖中之惑三辨破惑之觀初標中道即明非有非無若我住者明非有我住在身中即是常法不離於苦常即是我身即是苦此即是有此有非道若無我者明非無若定是無則無修因趣果亦無父母世間善法此無非道既作有無兩責不得有無即非有無名中道說次若言諸法下是明乖中之惑又二初明惑次結惑初明惑中有六句三雙相對三句計常三句計斷於生死中自作此計障理不明故名爲惑若開善云生死一向是苦無樂光宅云生死之中有定

實樂莊嚴云生死之中有虚妄樂妄樂乃爲行苦所偪故非實樂然三師所說皆爲此訶開善云生死是苦即是此中斷見光宅云一向是樂即是此中常見莊嚴云妄樂又爲行苦所逼即是此中亦常亦斷亦應有第四句計不知是誰次從修一切法常下結惑又三謂法譬合初法中言修一切法常下結墮斷見者解有二意一云本自執常他將斷難常義不立便執於斷本自執斷他將常難斷義不立更執於常二云兩見相因見修斷過即自修常見修常過即自修斷如步屈蟲下譬六卷云折腰蟲周易云尺蠖之屈以求伸也時俗云桑枝變作未必全爾桑枝爲蟬腐草爲螢其例亦然此蟲腰折修常斷者合譬明斷因常生常因斷生故有此譬以是義故下

第三明破惑之觀又二初正明次結解初亦有三雙六句對前無我只應言我而經中言常者有二解一云誤二云常是通名我等是別佛果萬德通得名常言餘法者中道之外皆名餘法常樂我淨即指如來祕藏佛法僧正解脱等當知中道只是眞法二邊爲餘當知如是下是結解又二先法後譬初法中云愚人無疑者有二解疑爲解津愚旣無解所以不疑二云中道分明顯然易解愚尚不疑何況智者依文似如後解爲勝如羸病人下譬說還喻前二解若依惑意則愚人分別而生諸見如服酥輕便若依後解酥是好藥健人服者本來自好羸人服者亦得輕便譬中道法愚人亦解六卷云服已迷悶即是不解迷惑意也有無之法下第二廣明中道又二

初約諸法有無顯中道二約諸法不二顯中道初文者夫有無者不可定取說有為無說無為有有是無有無是有無於無上說有有不定有於有上說無無不定無不有不無即是中道次不二者無二異不二無不二異二二不二不可得乃是非二非不二是名中道初文有無中有法有譬初法說極略唯此一句直標有無其性不定若他明三無為定無不可為有三聚定有不可為無此非不定不名中道譬如四大下次舉譬先譬次合初譬中欲明有無不定如佛赴緣若執有者破有說無若執無者破無說有四大亦爾如善醫師別知諸病若水病者以火藥治若火病者以水藥治地風亦爾不善醫師不別病相妄授於藥次善男子下合譬初總合次別合初

可見次若言下別合又二先舉有無為合後舉常無常例合初又二先別破有無後總結為誡初文三句初句云智不應染者有二解一云智聞佛說佛性是有不應染著愚便責其現用處所或六根中或徧身中二若聞佛性是有應知佛意不定專在於有有即表無無即妄語者是第二句破無亦二意一云道理不無定無乖理故是妄語二云佛性雖有未有現用故言是無汝有智人不應云妄若言有者是第三句為執有情多故更重破不應默然者若有佛性應能現瑞何以默然二云若定有有者就汝推檢何以默然次亦復不應下結不許爭論言有言無乃至四句並是戲論若說於苦下第二舉苦無常等例合復有五一約苦二約無常三約我無我四約

空寂五約幻化皆解惑對辨可見文云雖有去來而常住無變者此是即去來不去來即動而寂從若言無明下是第二約不二不異明中道亦有法譬法說爲三一約因緣明不二二約觀行明不二三總結明不二因緣是境觀是智照總結是境智初十二因緣明不二又三先舉無明次舉行識三舉善惡舊解無明是惑明即是解又云無明行是過去識等是現在三世分別此不會經經訶云明與無明行識等異是愚人法智者了達其性無二若言應修下第二約觀行明不二又三一苦二無常三無我我與無我下第三總結不二又三一結歎二結勸三結會結歎又二先結佛所歎後結說已結勸又二初勸持不二法二勸持不二經如我下三結會懸指般若

舊云引深奧品中燈炷喻或云大品度不盡外國本經應有此文或言大品雖不的當而不二之義無差又云諸有二者名有所得無有二者名無所得又二是眼識識內了別眼外見色此則是二眼識無二乃是智者了達諸法亦爾從如因乳生酪下第二譬成因緣不二之義如五味相生無自他性即是因緣因緣即是中道其意顯然文爲三初列五味二廣破自他三結因緣義初列五味者五味相生成前不二次如是酪性下廣破自他先立章門後解釋初章門中略從乳生爲章門次例四味就初又兩初從乳生酪即是章門從自生他生並是非門次若從他生下第二釋二章門先釋非門次釋是章門初非門中先釋不從他生次釋不從自生初破他生可

見破自生中云不應相似相續自生是一往將誰相似相續而今見續乳後有酪等味故知不從自生自生即應五味一時既前後相續豈得一時雖不一時下釋是章門破自他之後因緣假記云酪從乳生而不自不他而言先有者亦是因緣甘味多故不能自變者乳味即甜酪味即酢下論義難此是牛食噉下第三結是因緣先譬次合初譬中食水草譬稟經教血變成乳譬變惡爲善若食甘草譬稟大教若食苦草譬稟小教雪山譬此經肥膩譬佛性牛若食者譬衆生醍醐譬佛果能依此經修行得無上佛果無有青黄赤白等色譬依教而修無聲聞天人之果純得醍醐涅槃果也此中六位文義宛然云云是諸衆生下第二合譬中先合次論義初合中先合

二後合不二不二中云無明轉變爲明者他經復云明起斷無明舊三解一云只斷是變變是斷文兩義一二云變語就體斷語就用一心體上有善惡兩義只已心上變善爲惡變惡爲善心即不變次就用著須斷無明只得於明不斷不得即莊嚴師解開善嫌莊嚴淺近就修習緣了兩緣釋之從迦葉下第二論義從前乳中先有酪性生文爲二先難次答難中又二先定次難難中二先難定有次難定無初難定有爲三一正難乳中有酪者即是已有云何言生夫生義者先無而有乃名爲生次法若本無下釋難若言乳中下三並難若乳是酪因草亦乳因云云又倒並若草爲乳因亦應乳爲草果草爲乳因草中得有乳者乳爲草果乳中亦應有草乳酪因果亦

例此並文中但舉一耳若言乳中下二難定無者只應難有不應難無恐佛轉計度入無中是故逆遮而難無也善男子下二佛答文爲三初研譬二重爲合譬三結譬意初又三一非定執二以理解三結非定執初非執中先作三章門後次第釋破一定有門二定無門三他生釋三門者初釋不得定有云乳中有酪何者乳白酪黄乳甘酪酢色味既異何得定有次釋乳中不得定無酪者文云置毒乳中酪即殺人先得置毒於乳後時乳變成酪飲此酪者毒猶殺人何得言乳定無酪是牛食啖下第二以理解釋又二先明乳從草生還是因緣假說後明酪從乳生亦是因緣假說兩文各二初二者先云從緣而有後結是因緣衆生福力者有三義一牸牛之福欲飲子時血變爲乳二犢子之福令母有乳三犛人之福人若無福子尚不足况得充人是乳滅巳下二明酪從乳生又二初明緣生後結因緣醪是以物攪之爊是火氣經本或作酢字而今酉邊著麥者非以物攪字亦非酒名酒名應酉邊作孝盖書者謬是故不得定言下第三結非定執善男子明與無明下第二重爲合譬此中開轉斷義如前釋云云以是因緣下第三結譬意善男子衆生薄福下第三歎教勸持又二先歎佛性理次歎教歎理爲二先舉忍草後牒兩譬於中先牒兩譬次諸衆生下總合兩譬次從譬如虛空下是歎教又二先歎經後勸信初文有譬有合虛空譬法身雷震譬說法起雲譬慈悲象牙譬衆生華譬佛性有三解一云别有象牙草聞雷

生華二云是象牙生華經云四象優鉢羅等聞天雷時牙上有華三云此象牙非別生華直是牙上有文彩如華衆生佛性下合譬有三番合之可尋若有善男子下是第二結令勸信從迦葉白佛下品中第二答能見難見性文有四問答初兩番辨深行證見後兩番明淺行聞見聞見酬其能見證見酬其難見於證見中總有二番初番可見次番中有問有答答中總舉十譬初以百盲通譬一切衆生百是一數之圓例如世姓甚多而言百姓求解見性譬如治目造詣良醫者根緣感佛是時良醫譬佛垂應金錍四解一云譬此經一指三指譬昔三乘教亦云金錍譬佛方便慧一指三指譬根緣悟道除膜譬斷無明煩惱二云三指譬三慧三云初教一指般若至法華二指涅槃三指四云譬三忍信順無生解三忍爲二一云十信信忍三十心順忍十地無生忍又初地至三地是信忍四地至六地是順忍七地至十地是無生忍今明不然經合佛性豈可餘釋一指示之答云不見者譬入眞諦則不見性二指不見者譬空假二諦亦不見性三指示之答言少見此譬一諦三諦即空假中名爲佛性初住初地則能分見故言少耳善男子下合譬又二前正合此況聲聞初文者若尋合文金錍譬涅槃教三指譬佛性即是三德三諦等也文云無我惑亂者即是不了昔教惑於無我故不見性今教眞我乃見佛性次九譬可尋也迦葉白佛下是第二有兩番明淺行聞見初番問可尋佛答有四一譬二合三勸四褒貶初譬中云

非想非非想天者三有四空之頂無身而有識無相而有想此事難知佛性亦爾非二乘所了二合等三文可見迦葉白佛非聖凡夫下第二番問答初問中云非聖凡夫者即外道也其自稱聖如來奪之故言非聖若理內凡夫即聖凡夫內道外道俱云有我有我之性兩事云何佛舉貧富二人譬有三初譬次合三結成譬為三初菩薩施化二聲聞施化三如來施化初菩薩化又為四一說教二稟受三捨應四起感共為親友者能化所化化道交通義言親友王子富於法財真我顯現故言富眾生取我在身具足諸見故言貧人互相往反者感應相關是時貧人下是第二眾生稟受見王子刀者非是證見聞菩薩說真我佛性好刀譬中道佛性真我心中貪著者愛樂此法王子後時下第三菩薩捨應持真我去故言持刀機感事容是故言逃更化餘處故言他國貧人於後是第四凡夫起惑菩薩捨應眾生流轉受五陰身故言寄宿眠是闇時譬無明昏自號有我故喻囈言古本曰讕言讕者典誥囈字旁人聞下第二聲聞施化應具論四果文略闕第三王初王是初果私謂餘子之言可兼二三舊即旁人譬機機將是人是感初果故言收之興皇云旁人是五方便似解王是初果真解似伏真斷破彼我見言至王所眾生對初果義言君臣屠割者譬分析五眾求我叵得曾稟此法故言素為親厚能化所化既非異轍故言一處眼見譬聞慧手觸譬思慧取譬修慧並不得思修故言不敢手觸況當故取羊角者邪曲計

我欣笑譬悲慘未欲破此邪計故言隨意去尋立餘子即二果施化次第四王即四果却後下是第三如來施化但是前逃菩薩今還成佛數時者數耳唯明無我不言眞我者望下文合中應有説我教也優鉢羅華者婆羅門計神白色羊角者剎利神色黄火聚者毗舍神赤黑蛇者首陀神黑善男子合譬還合三譬譬云有一好刀合云説我眞相譬云持是淨刀逃至他國合云説已捨去聲聞縁覺下合前第二四果施化爲斷如是下合第三如來施化又二先明無我之教正是合前善男子下第二更明眞我之教前譬中無但有其義善男子若有凡夫下第三結成答意在文可見云云

大般涅槃經疏卷第六

音釋

夸枯瓜切　眴輸閏切目動也　寤五故切覺也　鬘莫班切　杌五忽切木無枝也　鬬丁候切爭鬬也　叵普火切不可也　钁厥縛切大鉏也　劈匹歷切破也　薉烏廢切蕪薉也　撲弼角切踣也　磐蒲官切大石也　鹵郎苦切鹹地也　鴆直禁切毒鳥也　藪蘇后切　霸必駕切把也謂把持諸侯之權也　蠖烏郭切尺蠖屈伸蟲也　膩女利切肥也　𤛓居候切取牛乳也　攪古巧切動之也　燸乃管切溫也　錍篇迷切　膜莫各切瞖膜也　囈魚祭切獨處亂言也　讇丑琰切佞言也　寱研計切寐言也　轍直列切車轍也　慘七感切悽慘也